中國書畫基本叢書

弇州山人題跋

書畫跋跋

〔明〕王世貞 撰
〔明〕孫 鑛 撰
湯志波 點校

上海書畫出版社

中國書畫基本叢書編輯委員會

總序

王立翔

藝術伴隨着人類文明的發生發展而源遠流長，這其中，散落在華夏大地上的中國藝術瑰寶，成爲了世界文明源頭的重要標志。而與其他文明古國相比，中國藝術（主要指書畫藝術）與文獻的淵源特别綿長悠久。唐張彦遠《歷代名畫記》云：『書畫同體而未分，象制肇創而猶略，無以傳其意，故有書；無以見其形，故有畫。』他不僅追溯了華夏文明文字與繪畫的源頭，同時揭示了中國人對這两者功能及其互補特性的認識。中國的書畫藝術及其與文獻的特殊關係，便是在這樣一種淵源之下生長起來。這一傳統綿延有二千餘年，使得中國的書畫文獻成爲了世界文化的一筆豐厚財富。

因着中國人的特有禀賦和山川養育，中國的書畫藝術形成了獨立世界藝術之林的表現方式，承載着中國人的主觀與情感，寄托了他們看待人生、理解世界的思索，而這些形式和内涵也早早地以文字的方式，匯入在中國各類文獻之中，并伴隨着書畫藝術發展的不同時期而形成由分散而漸獨立，由片言殘簡而卷帙浩繁的奇觀，更爲重要的是，在記録與闡釋中國書畫藝術的進程中，逐漸形成了諸多中國書畫文獻的特質，并與圖像遺存一起，成爲認識中國古代書畫藝術狀貌，觀照中國書畫發展史，揭示中國藝術精神不可或缺的重要憑據。

中國書畫文獻的構成，是以書畫藝術爲對象，以文字方式進行記録、觀照和研究的歷史文獻。現今存留的早期文獻，散見在先秦諸子之言中。作爲中國思想文化的萌發時期，中國諸多的藝術觀念源頭也發軔於斯。其中以孔子的『明鏡察形』之説和莊子『解衣般礴』之説爲最重要的代表，分别借藝術創作述儒家、老莊的人生哲思，雖重點不在藝術，但都切中藝術功能的本質，這形成了後世藝術創作『外化』和『内求』两種功用和理論的分野。中國藝術在其早期即與中國的學術思想聯動，這種特性與中國書畫的筆墨呈現方式相結合，形成了中國文人在藝術創作和理論上的深度契入。繪畫在宋元以後形成了重要一脉，書法則因文字的關聯，更是早早成爲主角，在魏晋時期主導藝術達到巔峰。同時，文士的契入，更是在書畫文獻的發育和積累中擅其所長，發揮了巨大作用。如漢魏六朝時期，湧現出一批文學色彩濃厚的書法文獻，如漢末崔瑗《草書勢》、西晋衛恒《四體書勢》、索靖《草書勢》、南朝齊王僧虔《書賦》等等，竭盡描述書法美感之能事，深深影響了當時和後世的書法創作。現存最早的完整繪畫文獻是南朝謝赫的《古畫品録》，這部著作不僅提出了系統的繪畫六法，還以獨特的方式涉及了畫品和畫史，影響深遠。在此之後，歷經後世各朝，文人和畫家，或兼有雙重身份者，分别從其特長出發，更多地投身到書畫文獻的著述中，書畫文獻著作數量逐漸宏富，内容更爲廣闊，闡述愈加精微，并建構起論述、技法、史傳、品評、著録、題跋等多樣體式，形成了中國獨有的書畫文獻體系。

除專著、叢輯、類編等編撰形式之外，更有大量與書畫藝術相關的文字，散落在別集、筆記、史傳等書中，成爲我國彌足珍貴的藝術文獻遺産。

前後二千餘年的累積，雖因年代久長，迭經變遷，尤其是早期的書畫文獻散佚甚多，但留傳下來的數量仍稱浩繁。古人以上述諸種的撰著體式，將書畫藝術所涉及的研究對象均包羅在内，毫無疑問成爲後人理解和借鑒的重要寶藏。除了其他文獻都具備的史料特性外，我們還可以認識到中國書畫文獻許多重要特質。

前述孔子與莊子對繪畫功能的重要論述，實是中國藝術思想和精神的發軔源頭。先秦時期，『畫繢之事』雖爲百工之一，但其社會地位仍然低下。孔子從統治秩序和人生哲思層面將繪畫的社會功用作了理想闡述，這一思想通過文獻流播當時和後世，爲歷代帝王和士大夫所接受，認爲繪畫可以『成教化，助人倫，窮神變，測幽微』，『有國之鴻寶，理亂之綱紀』，可與『六籍同功，四時并運』（《歷代名畫記》）。這大大提升了藝術的社會地位，成了藝術功能社會化的發端。也正是這一認識，解釋了中國歷史上文人士大夫乃至帝王熱衷於書畫創作和鑒賞的原因。

相對社會功用的『外化』，孔子還提出了藝術『内省』的『繪事後素』一説，揭示了繪畫『怡悦性情』的内在本質，引導出影響中國藝術的一項重要審美標準『雅正』。同樣，孔子的這一觀念，也淵源於其内省修身的理論，『依仁遊藝』是儒家思想的歸屬（藝原謂六藝，但其中也包含與藝術相關的内容），并由此引申出『君子比德』的『品格』之説。同樣是觀照藝術本體，與孔子的中庸思想不同，莊子的『解衣盤礴』以不拘形迹的方式探求藝術家内心的真率，更容易被藝術家所接受。

這两種觀念的不斷深化和融合，逐漸構成了中國藝術精神博大精深的内核，而這種深化和融合的諸種軌迹，隨着後世政治宗教倫理學術思想的豐富而曲盡變化，行諸文字，則大量反映在後世的書畫文獻之中。而後世的書畫文獻基本依存其自身發展的需求，在更寬廣的領域對書畫藝術的成果、現象、技術、規律、歷史、品鑒等等内容進行記録和研究，産生了浩瀚的文獻，成爲今天極其豐厚的文化遺産。

在二千多年的累積過程中，中國的書畫文獻雖然數量龐大，但仍有一定的系統性，許多文獻因具有開創性和典範性而具有經典意義。如南齊謝赫《古畫品録》，唐孫過庭《書譜》、朱景玄《唐朝名畫録》，宋郭熙《林泉高致》、郭若虚《圖畫見聞志》、黄休復《益州名畫録》、米芾《海嶽名言》，明董其昌《畫禪室隨筆》、清石濤《畫語録》等等。最爲著名的當屬唐張彦遠的《歷代名畫記》。這部完成於唐大中元年（八四七）的繪畫史專著，被人譽爲畫史中的《史記》，是我國第一部美術通史著作。它以中國傳統學術史、論結合的方式，開創了繪畫通史的體例，對繪畫的社會功用、自身規律、畫家個人修養和内心精神探索等重要問題發表了客觀而積極的見解；在保存前代繪畫史料和鑒藏資訊方面，尤其功績卓著。《歷代名畫記》之所以對後世具有經典意義，張彦遠對文獻的搜羅及研究之功至爲重要。

經典文獻毫無疑問具有重要的學術價值，因此對後世而言具有引領性和再研究價值，甚至在體式上也具有示範性。在書畫文獻的歷史上，這種特徵最明顯，并形成了傳統。南齊謝赫《古畫品録》之後，有陳姚最《續畫品》、唐李嗣真《續畫品録》；唐張懷瓘撰《書斷》之後，有朱長文《續書斷》；孫過庭著《書譜》後，姜夔作《續書譜》。有的後來居上，聲譽蓋過前著，如元人陶宗儀以《書史會要》接續南宋陳思《書小史》和董史《書録》；也有雙峰并峙、相互輝映者，如康有爲《廣藝舟雙楫》與前著包世臣《藝舟雙楫》。當然，傳統的承續性和内容的再研究，并不完全僅僅體現在書名上，更多的是在體式上和内涵中。

與其他類型文獻的歷史過程一樣，書畫文獻這一豐厚的文化遺産，也是經歷了漫長的歷史年輪，有着自身的成長軌迹。書畫藝術雖然與中國美術的淵源極爲悠久，但因其與載體（紙帛、金石、簡牘等材料）有不可分割的關聯，書畫文獻無疑也以其記述之對象的内涵和外延爲範圍。漢魏兩晋時期被視爲書畫文獻的發端期，東漢崔瑗的《草書勢》、趙壹《非草書》等文被視爲現存最早的書法專論。這個時期的書畫文獻因散佚而遺存十分有限，一些重要名家的文字，多被後人推斷爲後世托名之作，若王羲之的《題衛夫人筆陣圖後》等。比較可靠的文獻，多有賴於他人的引録。

六朝隋唐則是書畫文獻的成熟期。這時的書畫創作和批評鑒賞已蔚然成風，一些美學觀念和研究方式得以建立，對書畫藝術的認識進入到一個更加系統的階段，出現了謝赫《古畫品録》、張彦遠《歷代名畫記》、孫過庭《書譜》這樣彪炳後世的著作。

宋元進入深化期，帝王士大夫深度介入書畫藝術，創作和理論研究相得益彰，書畫藝術更多地融匯在上層階級的政治文化生活中，書畫文獻數量進一步擴大，顯示出深化發展的特徵。

明代是書畫文獻的繁盛期，主要原因一是商品經濟進一步發展，市民階層興起，社會思想活躍，藝術上分宗立派，鑒藏風氣大盛，書畫藝術呈現出嶄新的需求；二是刻書業的發達，文人和畫士看重傳播效應，著述熱情高漲。這些都使得明代的書畫文獻數量和體量均超越了前代。

清代可稱承續期，書畫文獻的數量進一步增加，作者身份和著述目的亦更加多樣複雜，書畫文獻的門類在進一步完備的同時，也延續了明人因襲蕪雜之風。樸學、碑學的興起，則大大刺激了金石書畫論述的開展，皇宫著録規模更是達到了巔峰。對書畫研究和著録的熱衷，并未因清王朝覆滅而停滯，而是繼續綿延至民國。

受現代西方藝術史學的影響，今人將圖像也視爲文獻的一種。這種觀點放置於中國書畫，確實也更有其合理性，因爲圖像兼具有可闡釋的諸種資訊，是可以用文字還原的；而在中國書畫中，文字之於作品的不可忽視的地位，也足以顯示圖像與文獻相映的多元關係。然而中國書畫文獻的體系是中國古代自身固有的，梳理中國歷代書畫文獻，還是主要依靠中國的傳統學術，從其自身的系統中去觀照進行。因此，我們今天討論的中國書畫文獻，仍然是以文字形態存在的典籍爲主。而事實上，中國書畫著述的傳統，向來是超越作品本體，更注重揭示其豐富的内涵和外延，這正是中國書畫文獻特别重要的價值所在。

書畫典籍作爲書畫藝術研究具有核心作用的材料，是我們解決書畫藝術本體問題和歷史現象可靠性的基本依據。因此，書畫文獻的專門化梳理，是我們繼承和用好這筆豐厚遺産的前提。但在古代學術分類中，書畫典籍的專門化則有一個過程。在《隋書·經籍志》之前，史志均未專設與書畫有關的門類，與藝術有關的樂（樂舞）、書（小學）作爲儒家經典的附庸，被安排在六藝（或經部）之中。但彼時藝術（書畫）的自覺尚未發端，典籍亦不够豐富，故難有獨立之目。《新唐書·藝文志》始有『雜藝術類』，僅録張彦遠《歷代名畫記》等書畫之屬典籍十一種。直至清《四庫全書》，書畫（另有篆刻）之屬被歸在子部藝術類中，這纔與今天書畫篆刻之藝的歸屬基本一致。但有些書法文獻則因與金石、文字有關，仍分散在經部、史部等類别中。

如同其他專門之學對於史料的需求一樣，歷代書畫文獻之於今天中國藝術學科研究的重要作用是不言而喻的。不過以中國歷史研究爲參照，書畫文獻的史料價值至今遠未得到有效利用，這在某種程度上與書畫文獻的整理不够有關。歷史研究有三段説，即史料之搜集、史料之考證解讀、史料之運用，史料須從浩瀚的歷史文獻中鈎稽而出，同時又在研究、運用過程中被更深度發掘。因此，對書畫文獻進行『整理』、『研究』和『整理之研究』，是一項大有可爲的工作，對治書畫史和藝術史來説尤爲重要。

中國古籍卷帙可謂汗牛充棟，歷代書畫文獻也堪稱浩繁。由於學界研究和新一代書畫讀者的閲讀需要，從歷代文獻裏梳理出更多的重要書畫典籍，并以適宜現代讀者正確閲讀理解爲指向地加以整理研究，是今天出版人所應做的工作之一。上海書畫出版社向以中國藝術文獻的整理出版爲己任，《中國書畫基本叢書》就是在認真梳理歷代書畫文獻的基礎上，借鑒業已積累的經驗，充分發揮本社的專業優勢，有效組織各種資源，借助當下之技術條件，决心出版的一套主旨明確、内容系統、版本精良、整理完備、檢索便捷、切合時代、適合讀者的大型歷代書畫典籍叢書。叢書之『基本』寓意，一是以傳統目録學方式觀照歷代書畫文獻，選取史有公論、流傳有緒、研究必備的書畫典籍，以有助讀者『辨章學術，考鏡源流』。二是指整理出版的範圍，確定爲流傳、著録有序之歷代書畫典籍。今廣義之文獻，多含散見於其他文獻中的書畫資料，包括未見諸已編集著作中的詩文唱和、往來書翰，以及留存於書畫作品之上未經集録的相關題跋等等，此類文獻的搜輯整理出版，尚有待於將來。三是以當今標準的古籍整理方式爲基本要求，充分吸取已有之研究成果，達到規範的文獻整理出版要求。

需要指出的是，治中國傳統之學的一大特徵，是融文史哲於一爐，治書畫藝術之學，既要結合書畫藝術之本真，又當置身於中國國學之中，這是土壤，這是血脉。因此，整理研究好書畫文獻，必須以傳統的版本校勘之學爲手段，以深厚的中國歷史文化爲基礎，做更多具體而微的工作。

願所有參與本叢書整理研究編輯出版工作的同道們，能爲傳承和弘揚這份優秀的遺産作出應有的貢獻！

序

鄭利華

王世貞（一五二六—一五九〇），字元美，號鳳洲，又號弇州山人，嘉靖二十六年（一五四七）進士，仕至南京刑部尚書，是活躍在明代嘉靖至萬曆文壇的一位重要人物，在當時和後世聲名卓著，影響深遠。這不僅是他身爲明代中葉重要文學流派『後七子』的代表人物，尤其是隆慶四年（一五七〇）『後七子』倡起者之一的李攀龍去世後，其『獨操柄二十年』，『聲華意氣籠蓋海内』（《明史·王世貞傳》），而且一生著述極其繁富，在文人學子中間流傳頗廣。

王世貞受到時人和後人的矚目，當然主要還因爲他和同道李攀龍步武崛起於弘治年間的李夢陽、何景明等『前七子』，嘉靖年間在文壇重新掀起詩文復古之思潮。不過，作爲一位興趣廣泛而富有才思的文人，實際上王世貞一生博學多識，所涉獵的方面甚廣，除詩文之外，又宿好書畫、古刻、古器及二氏之藏等。也曾經因此自名其齋室曰『九友』，在《九友齋十歌》的詩序中，他對所謂的『九友』作過這樣的解釋：『齋何以名九友也？曰山曰水，齋以外物也；曰古法書，曰古石刻，曰古法籍，曰古名畫，曰二藏經，曰古杯勺，并余詩文而七，則皆齋以内物也。是九物者，其八與余周旋，而一余所撰著，故曰九友也。』由於王世貞『三世爲九卿八座巨富』（李維楨《弇州集序》），家境殷實，加上個人廣博的興趣愛好，特別對像名跡墨帖、名畫古刻等多有收藏或經眼。這在王世貞本人的著述中已不同程度地體現出來，如他的詩文集《弇州山人四部稿》及《弇州山人續稿》，就編録了其爲各類收藏或經眼之品物所撰作的題跋，其中《四部稿》卷一百二十九至卷一百三十八，分别録有雜文跋一卷、墨蹟跋三卷、碑刻跋一卷、墨刻跋三卷、畫跋二卷；《弇州山人續稿》卷一百六十至一百七十一，分别録有雜文跋一卷，墨蹟跋五卷，墨刻跋二卷，畫跋三卷，佛經畫跋、道經畫跋一卷。上述各類題跋，内容相當博雜，不僅述録了王世貞本人所蓄藏或過目的雜文書畫古刻等，同時反映了他對於文學藝術作品辨析和鑒賞的眼識以及個人的趣尚。所以，從這些題跋當中，既可以瞭解相關作品的流傳情况，也可以認識王世貞這位文壇巨擘在文學和藝術方面的取向。

鑒於王世貞的著述卷帙龐大，整理起來具有一定的難度，加之長期以來學人對他的關注，更多着眼於他所提出的一系列詩文復古理論和相關的實踐活動，相比起來，這些博泛而瑣雜的題跋及其價值并未受到應有的重視，在此情形下，自然也談不上對它們加以系統的整理。因此，當志波君按照浙江人民美術出版社的編輯設想并結合他自己的興趣所向和研究所長，提出校點整理王世貞所撰各類題跋的計劃時，我個人覺得這是一件十分有意義的工作，應該予以鼓勵。也鑒於這些題跋所藴涵的不可忽視的價值，相信隨着它們的整理出版，特别是對王世貞本人涉及書畫古刻的藝術理論、乃至中國古代藝術史的研究，不無裨益的作用。

是爲序。

二〇一二年六月於復旦園

點校説明

明代『後七子』之一王世貞不僅以詩文名世，其書畫收藏與鑒賞亦獨步一時。王世貞收藏宏富，書畫真跡經眼頗多，前人書畫論著更是稔熟於胸，從其所輯《古今法書苑》七十六卷、《王氏書苑》十卷、《王氏畫苑》十卷中可略窺一斑。詹景鳳曰：『元美雖不以字名，顧吴中諸書家，惟元美一人知法古人。』（《詹氏性理小辨》）朱謀垔云：『世貞書學雖非當家，而議論翩翩，筆法古雅。』（《續書史會要》）王世貞所作書畫題跋，絶大部分收入《弇州山人四部稿》（以下簡稱《四部稿》）、《弇州山人續稿》（以下簡稱《續稿》）文部之『題跋類』中，共二十二卷。《四庫全書總目》著録有《弇州山人題跋》七卷，并云：『考《弇州四部稿》有雜文跋、墨蹟跋、墨刻跋、畫跋、佛經跋諸類，此本惟墨蹟跋三卷，墨刻跋四卷。其文與稿中所載又頗詳略不同，疑當時抄撮以成帙，其後又經删定入集。』此書或已亡佚，今據《四部稿》、《續稿》文部之『題跋類』點校整理。王世貞將『題跋類』分爲雜文跋、墨蹟跋、墨刻跋、碑刻跋、畫跋、佛經畫跋、道經畫跋七類，因其中碑刻、墨刻頗多混雜，故今統稱爲『碑刻墨刻跋』，佛經畫跋、道經畫跋統一歸入畫跋中，故總計雜文跋二卷、墨蹟跋八卷、碑刻墨刻跋六卷、畫跋六卷，現按此序重新排列，并在每卷後注明原書卷次。

王世貞所作題跋，或是自己收藏品評，或是友朋雅集同題，或是受人之請鑒定真僞。將《四部稿》、《續稿》與現存王氏題跋真跡對照可見已多有潤色改動，即四庫館臣所説『其後又經删定入集』。而《續稿》所收題跋與《四部稿》亦偶有重合雷同之處，如《嵩嶽廟碑銘》一則，《四部稿》卷一百三十六、《續稿》卷一百六十七均收，内容完全相同；《四部稿》卷一百三十《翠微居士真蹟》與《續稿》卷一百六十一《薛道祖墨蹟》内容基本一致。這種情況極少，爲維持原貌一併存入，不作删改。

王世貞所作書畫題跋（以下簡稱《題跋》）之價值表現在多個方面。首先是書畫真僞鑒定與考辨。多有友人不遠千里請其鑒别，如『孔炎王孫走使二千里，索余題鑒』（《題跋》卷十九《題馬遠山月彈琴圖》），而王世貞在書畫辨僞方面確有過人之處，徐獻忠書《黄庭内景經》，王氏『一見而辨』，知其『初爲飛鳧人加染古色，雜識舊印，以希重價』。再如黄彪書《參同契》『用趙吴興贋識，以示客，客多以爲吴興也』，王氏却識破『割去之』（《題跋》卷九《有明三吴楷法二十四册》）。書畫考辨方面，相傳爲閻立本之《唐文皇訓子圖》，王世貞據《宣和畫譜》定爲黄筌《勘書圖》（《題跋》卷十七《題勘書圖後》），考辨詳核有據。書畫之鑒别考證，『米（芾）以法，黄（伯思）以事』，而王世貞往往能兼而有之，《題跋》中的鑒定方法與結論，對當代書畫鑒定仍有重要參考價值。

《題跋》是建構書畫史之重要材料。王世貞對書畫追溯源流、品評優劣往往帶有一定的研究成分，如《國朝名賢遺墨五卷》、《續名賢遺墨卷》是對明代書法史較早的概括總結，而《三吴楷法十册》、《三吴墨妙》、《有明三吴楷法二十四册》則是對吴中書壇的評述研究。王世貞所作題跋在明清時期頗受重視，汪砢玉曾對其書畫題跋進行梳理，録其書畫目寫成《爾雅樓所藏名畫目》，收入《珊瑚網》中；孫礦甚至專門針對王世貞書畫題跋作《書畫跋跋》一書進行補正；《清河書畫舫》、《珊瑚網》、《佩文齋書畫譜》、《江村銷夏録》、《大觀録》、《六藝之一録》、《書畫史》、《石墨鐫華》、《書法離鈎》、《嶽雪樓書畫録》、《金石文考略》、《漢溪書法通解》、《南宋院畫録》、《玉臺書史》、《書法精言》、《書法正傳》、《書林藻鑒》等書更是多采其説。明清時期對王世貞題跋的不斷引述補正，使《題跋》成爲書畫史的重要組成部分。

《題跋》詳細記録了明代書畫的流通，展示了明代文人生活的真實側面。明代乞人撰寫墓誌碑銘極爲盛行，或多以書畫作爲潤筆，《題跋》中屢有記載。如戴文進《江山勝覽圖》是『太原黄子廷綬爲其伯父贄壽言，走數千里而貽我』（《題跋》卷二十《戴文進江山勝覽圖》），祝允明所書《黄道中致甫字説》是黄淳甫『爲其尊人五嶽山人乞集序潤筆』而贈（《題跋》卷九《有明三吴楷法二十四册》），《晋公子重耳出亡圖》是『少保銅梁張公卒，而其子錦衣君某某輩來請志銘』時所收（《題跋》卷十九《晋公子重耳出亡圖》）。

而王世貞亦嘗以薛紹彭所書《禊帖》『贅西川王大夫作先公傳』（《題跋》卷六《薛道祖三帖卷》）。當然也有購買交換，如文與可畫《竹》是王世貞『不意購得一賈人肆中』（《題跋》卷十七《題文與可畫竹蘇子瞻詩後》），《褚臨蘭亭真跡》是以『百三十金』購自黃熊手（《題跋》卷六《褚臨蘭亭真跡》）。祝允明所書《上皇西巡歌》是『以京兆他書數紙、文太史書一紙、畫一紙易之』（《題跋》卷五《祝枝山李詩》），其他如『於思用處購得鍾隱三間無瑕紫玉硯，以董源林石易凝式二帖，層雲峰承晏墨易懷素二帖』（《題跋》卷十五《小西館選帖》）不勝枚舉。其中亦不乏友情贈送，如錢舜舉畫《李白觀瀑圖》是『嗣子上林家教舉以遺余』（《題跋》卷十九《錢舜舉畫李白觀瀑圖》），《文太史三詩》、《畫扇卷則是文徵明親書所贈（《題跋》卷五《文太史三詩》、卷十八《畫扇卷甲之六》）。《題跋》中所展示的書畫流通不僅是明代吴中文人生活中的真實反映，亦是書畫流傳有序之可靠記載。

《題跋》是探討王世貞書學、文學、史學思想的重要材料。王氏書學、詩學思想多有相通互補之處，其『復古』之思想在書學領域亦有展示：『書法至魏晋極矣，縱復贋者、臨摹者，三四刻石，猶足壓倒餘子。詩一涉建安，文一涉西京，便是無塵世風，吾于書亦云。』（《題跋》卷十《淳化閣帖十跋》）而『書之古無如京兆者，文之古亦無如京兆者。古書似亦得，不似亦得；古文辭似亦不得，不似亦不得』（《題跋》卷八《祝京兆諸體法書跋》）則是其『復古』下書學與文學之間的差異。王世貞亦是明代著名史學家，有《嘉靖以來内閣首輔傳》八卷、《弇山堂别集》一百卷、《弇州史料》一百卷等傳世。王氏自言：『黄長睿、趙明誠往往以碑帖證史傳之訛，余竊願學焉。』（《題跋》卷三《鍾太傅薦季直表》）其『以碑帖證史傳』之思想在《題跋》中多有體現，如以《西平忠武王神道碑》證《舊唐書》之訛（《題跋》卷十四《唐柳書西平王碑》），以《薦季直表》補《三國志》之闕（《題跋》卷三《鍾太傅薦季直表》）。以碑帖補闕指訛，拓展了史學資料範圍，此類題跋對研究王世貞史學思想亦不無裨益。

需要指出的是，王世貞的書畫評論，遠非此二十二卷題跋。尚有一些題跋未能收入《四部稿》、《續稿》中，今在《大觀録》、《六藝之一録》等書中尚能得睹。王世貞在題跋前後往往有詩記之，與題跋珠聯璧合，而其《藝苑卮言》中的書畫評論、《續稿》中文部之『書後』類，亦是重要書畫史資料，但限於體例，這些材料本書暫不收入。

目前學界所用《四部稿》、《續稿》以台灣影印本爲主，文海出版社一九七〇年影印出版《續稿》，偉文圖書出版社一九七六年影印出版《四部稿》，台灣商務印書館一九八六年影印出版的文淵閣四庫全書本《弇州四部稿》、《弇州續稿》更爲普及。然影印明刻本選用之底本均爲後印本，多斷版缺字，雖經清人手補，但頗有錯訛，《四庫》本亦多有篡改。本書中《四部稿》底本採用國家圖書館藏明萬曆五年王氏世經堂刻本，《續稿》底本採用美國普林斯頓大學圖書館藏明崇禎刻本，均校以《景印文淵閣四庫全書》本，王世貞存世題跋真跡以及《皇明五先生文雋》、《弇州正集》、《弇州史料》、《古今法書苑》、《書畫跋跋》、《清河書畫舫》等亦作參校。底本之明顯版刻錯誤，如『己已巳』、『太大』等混用及異體字據意徑改，不再出校勘記。

筆者水平有限，錯訛不當之處在所難免，甚望讀者不吝賜教。

湯志波謹識

二〇一二年五月

《弇州山人題跋》出版已經八年，承蒙學界關注，時有謬讚及指正。今對原書略作修訂，并經雍琦兄提議，將孫鑛《書畫跋跋》各則按内容分插到王世貞題跋之後。孫鑛（一五四三—一六一三），字文融，號月峰，浙江餘姚人。萬曆二年（一五七四）會試第一，官至南京兵部尚書，有《姚江孫月峰先生全集》十二卷傳世。《書畫跋跋》正編三卷續編三卷，是孫鑛專門對王世貞書畫題跋所作之題跋，或推其説，或辨其訛，或補其闕，議論翩翩。正編依次是墨跡跋、碑刻跋、畫跋，各一卷，續編亦如之，共計四百二十六則，每則前雙行小字摘鈔王世貞原跋，註明『王氏跋』。這種『跋之再跋』的形式較爲罕見，研究王氏、孫氏之跋語，不可偏執一端。今將二氏題跋合爲一書，卷首目録則分别保持原樣，庶幾爲書畫史之一助。

《書畫跋跋》整理以清乾隆五年（一七四〇）居業堂刻本爲底本，校以《景印清文淵閣四庫全書本》（簡稱『《四庫》本』）、民國八年（一九一九）上海大東書局石印本（簡稱『民國本』）。由於王世貞題跋已在前，爲避免重複，今將《書畫跋跋》中摘録的『王氏跋』删除，僅保留跋王世懋《趙松雪書大洞玉經》一則。個别題跋僅過録王氏跋，而無孫氏評論，今正文一併删除，僅在目録中予以保留。《書畫跋跋》前有乾隆己未（一七三九）杭世俊序，乾隆庚申（一七四〇）任蘭枝序，孫宗溥、孫宗濂撰《凡例》十一則，順治己丑（一六四九）毛先舒跋，今作爲『附録』一併存入。本書整理出版獲得了國家社科基金青年項目『沈周與吴中文壇研究』、中央高校基本科研業務費專項基金、華東師範大學人文社科青年跨學科創新團隊項目『多元視域下的江南文化研究』資助，謹致謝忱。

湯志波補記

二〇二〇年二月

目録

弇州山人題跋卷二

雜文跋

弇州山人題跋卷三

弇州山人題跋卷四

墨蹟跋

弇州山人題跋卷五

墨蹟跋

弇州山人題跋卷六

墨蹟跋

弇州山人題跋卷七

墨蹟跋

弇州山人題跋卷八

墨蹟跋

弇州山人題跋卷九

弇州山人題跋卷十

墨蹟跋

弇州山人題跋卷十一

弇州山人題跋卷十二

弇州山人題跋卷十三

墨刻跋

弇州山人題跋卷十四

弇州山人題跋卷十五

墨刻跋

弇州山人題跋卷十六

墨刻跋

弇州山人題跋卷十七

畫　跋

弇州山人題跋卷十八

畫　跋

弇州山人題跋卷十九

畫跋

弇州山人題跋卷二十

畫　跋

弇州山人題跋卷二十一

畫跋

弇州山人題跋卷二十二

佛經畫跋

（附）書畫跋跋目録

書畫跋跋卷一 墨蹟

書畫跋跋卷二 碑刻

書畫跋跋卷三 畫

書畫跋跋續卷一 墨蹟

書畫跋跋續卷二墨刻

書畫跋跋續卷三 畫

附　録

弇州山人題跋卷一

雜文跋

王山人西湖詩後

錢塘田叔禾志《西湖游覽》，即野畯紅女吐一語小雋者必録焉，王君此詩惜後出二十年，遂不獲采。然散施湖山中，光色無恙，異時又焉知無叔禾者出於才情雅致，條添一段佳話耶？余有幽憂之疾，故不能東游，時時取叔禾《志》列山房中。晚又得君詩，于少文臥游計足矣。

甲申十同年會圖

《甲申十同年會圖》，作於弘治辛亥，距今六十有七載矣。太師李文正公爲之序，而太保閔莊懿諸公次焉。余所見兩本，其一在益都故尚書陳公清所，其一則莊懿諸孫一鶴、一琴持以見示者也。明興人才之盛，獨稱孝廟時，而孝廟諸大臣，又獨稱甲申成進士者。

中間如劉忠宣、戴恭簡、李文正、謝文肅、王襄敏及莊懿公，皆歇歷中外，位承弼，著篤棐聲，其他類亦廉潔好脩之士，僅一焦泌陽鶩耳。以香山洛社之耆俊，不在野而在朝，固可以仰窺孝廟如神之智。其一時景物光彩，爲人所艷羨而不可得者，僅此圖在，覽之寧無興慨耶？然是九君子之賢，厪足以奉弘治之泰，而一焦泌陽成正德之否而有餘，小人之效，速于君子，若此則又可懍然而思警也。甲申之名公卿而物故者則倪文毅岳，在南者則張簡肅敷華，因附志之。

題江夏公卷後

江夏公射策舉高第，爲弘治庚戌讀策大臣，用故事相唱酬成卷，而江夏公手書之藏於家。卷中若三原王端毅、鈞陽馬端肅、瓊山丘文莊、盱江何文肅、陽曲周文端、猗氏耿文恪、長沙李文正、錢塘倪文毅、四明屠襄惠，皆彬彬鉅公長者。蓋憲、孝之際，太璞未完，其精斂，往往脩本而略於飾。江夏公孫淳父出示余，三復之，恍然若絳侯、張相如對語時狀，令人想見文景之盛，有餘慨焉。卷首畫爲杜堇古狂筆，今亦不可復得矣，淳父其善有之。

題葉秀才爲方氏復姓記後

建文末，天下之名能殉義者，莫如天台方先生；其得禍之烈，則亦無如方先生。先生歿三十餘年，而天下乃敢舉其名；又五十年，而天下乃敢誦其言；又百年，而天下乃有求其已絶之裔而爲之記者。蓋先生在圍城時，則以其幼子托上海余氏友，若伍胥之托王孫於鮑者，遂冒余姓。其後人今爲南昌司訓，有聲。先生之鄉人葉君刺得其狀，業欲爲置田宅，要司訓君歸天台，奉先生祀，其書與記甚詳。嗚呼，先生方駕格澤，驂故主而賓于帝所，其正氣沸鬱宇宙間，世之日星，先生之名，而金石其言者，耿然若以爲不没，即其後之存與否，無足爲先生輕重。第以一時萬乘之尊，挾不世之怒，而有不能盡快其意於意外之日者，亦可想也。葉君名琰，爲先生纂述遺事，又能推其別居爲文信公祠。令得及事先生，庶幾哉趙朔、李固之客，即千古奚讓焉。

梵隆羅漢

咄！汝十六大阿羅漢，化身三千大千，有無功成行圓，却入隆師指間。謂汝是阿羅漢，法在何處？謂汝不是阿羅漢，汝在何處？咦，即不在隆師指間，却在居士鼻孔毛裏，覓之畢竟不得，無可奈何而已。

題虹月樓詩後

魯恭王所治諸宫室，獨靈光殿存。王文考異之，作賦紀其勝，曾未數百年，復鞠爲草莽。而後之君子，僅於殘編遺墨間，想見其飛虹却月之勝，或有或無而已。朱氏在勝國有虹月樓，畫壁冠東南，楊鐵史爲之記，馮海粟係之詩，爲一時勝事。今所謂樓與畫壁俱漫滅無餘，而朱氏子孫尚能守海粟詩蹟，以比於文考之賦。曹子桓云『文章者不朽之盛業』，信然哉！朱君謂卷末有大王父司馬公題，托某敬識其後而歸之。

三忠祠歌後

日予郎燕中時，嘗游所謂三忠祠者。客或以文信國亡論已，即諸葛丞相〔一〕、岳武穆祠若非其地。然予謂忠義在人心，靡所不應，且燕故屬冀州，操以冀州牧成篡業，又于金爲大酋所都，彼二君子，亦豈能一日而忘恢復其地哉？固不幸生各不獲，遂令陸沈於腥羶者數百年，而真人出，始大洗之，俾亂臣狡狄之區，一變而爲薄海星拱之所，二君子有靈，其不灑然而來游以享也。予既用是語客，又嘗一再餞故參議陳先生于祠所，徘徊縱觀，相與慨歎久之，然未及以其説請于先生。後十五年，先生之子謙亨出先生所爲歌三章，故文太史徵仲書而刻之石者以示余。讀之憤激用壯，令人慨然有白衣冠易水意。太史固信國裔孫，其爲樂書宜也，不佞何足以辱先生。先生没矣，昔人謂孔北海、嵇中散雖九泉下凛凛有生氣，非其人與歌也耶？

題所作僊巖歌後

文丞相自真州跳元師，與其客六人汎海，由台上以間入廣起義兵，台固其所從取步道也。去丞相歿二百八十年，而台諸生葉琰捐其所游地曰『僊巖』者，請于官祠丞相，而益以腴田若干畝供祀事。友人支秉中爲余言，因與家弟各爲歌一章紀之。踰月而葉生攜卷素來乞書。嗚呼，士古今不相及，令葉得生值丞相，持片紙，從鄉里惡少年數十，餘皇道海，截瓜步，簒太后、少主以歸，亦一奇也。何至令丞相間關五嶺，至雩都而始就潰哉。即幸際太平，可以無節顯，而往往致其微意於千古磊落慷慨之際，亦可嘉也已。

題荆王贈張太史文後

右荆王贈左相素齋先生致仕敘，及諸名士大夫之作附焉。今百年矣，宛然熙朝盛事，可想見也。昔漢東平王蒼好善，其驃騎司馬中郎感之，宦於國，至老不忍去爲它吏，天子兩賢其道，加旌賞，流膾史册，蔚爲美談。先生實以坊直侍王，後相之。七十而始歸，王之所以賢先生與？一時豔羨，故不多讓也。至於出處大節，超洒寡累，又有非申公、枚叟所敢望者，先生誠賢哉。余故書其後，以遺張氏子孫使寶之，知其久于疏傅〔二〕之金也。

跋李于鱗贈徐汝寧子與序後

我輩歷落崎嶔人，無所不可，饒作循吏如西門豹，不免落褚先生《滑稽傳》中，何足道哉。于鱗獨曉曉鳴其不平，豈真有不足耶？爲之一笑。

贈題楊憑序後

憑，里中子，癸丑歲嘗有德于余，余爲文贈之。已脱稿，會匆匆北上，不果。憑固不知余之有文贈之，且十年矣。而交游中如徐中行、吴國倫輩，頗往往能傳誦以爲奇，思一見憑而不可得。今年春，余居里，憑以事北上過余，别語及之，始欣欣動眉宇，欲乞書爲行李重。嗟夫！余世所厭棄，以爲崎嶔歷落可笑人也。又其文多自喜，如鄉一二三子之外，鮮讀之者。而憑方數中怨，起獄家破，於吾言不一讐，其何重之有？雖然，吾覩憑之貌益少、氣益壯，而心日益長、操慮日益深。憑行矣，世有能讀余文者，又焉知其不識憑於杜德機也耶？

二張詩

乙卯秋，得伯起、幼于二君詩，合爲一卷，去今十五年矣。伯起書法日益進，幼于詩日益佳，余日有所得，得輒爲人持去，不復能成卷。余後先一人耳，而勤懶若此，固遇不遇之一徵也。

送徐長谷詩後

余以己巳閏六月過長谷先生飯，是時先生甚健，進肉餌，兩頰紅膩，出一紙授余曰：『此羅仙翁書也。』書兼正、行體，筆小粗，然不甚疎慢，其辭亦多養生家指，且云有異夢蓄之十年，與先生爲蓬萊之契，方厭句曲多人事，而史少卿際來迎煉藥于玉陽山房，當以七月初赴。徵仙翁貌，云蒼頭實見之，髮雪且禿，而色渥丹。問其年，云百三十八矣。楚人，嘗舉成化間進士，至大參。余甚異之。七月而先生書來，告如約。余因爲二律詩以贈，具人舟導先生汎太湖，而北過玉陽山房。會余有錢塘之行，可半月許，歸再訪先生，則捐館戢身一木矣，不勝駭。質先生之子云，抵少卿所，一夕暴下，而所謂羅翁者絶不來，叩少卿，則亦未嘗迎也。先生意憤憤，輒發輒病，利增劇。然病中作答予詩一章，句新而筆勁，若無他者，屬其子曰：『爲我持謝王君。』俄而不起矣。余後遇董尚書、吴參政、唐比部，皆好談養生者，云俱得羅書，書大抵如前指，又傚尚書筆爲薦於蔣河間。而考之成化中羅姓登第無楚人，且百三十八年，胡寥寥至於今而始著也？羅事不足深論，獨歎生世之無憑，如釋氏所謂一刹那間者，而余與先生得之晚而失之易，爲可悲耳。會先生子出絹素索書二詩，乃爲紀其事，而志余感于後。

敬書先大父公尺牘後

先大父司馬公手書十二紙，内二紙上其師西溪先生，二紙貽婦弟陳，餘皆貽其婿今蘭溪史丞者。偶得之合爲一卷，藏笥中。司馬公以厚德聞海内，每作親故書，娓娓如耳語不厭，人人皆得意，以公親我，即先君子亦然。世貞始好爲尺牘，語稍簡有法，而實意衰矣，書以志愧。

題贈王先生卷後

余爲文贈水亭公，時公年六十。既三年，而王君來守吴郡，余解青州節歸。又三年，而王君以璽書督吴四郡兵。又二年，而遷陝省以去。水亭公固老不衰於舊，而王君望日重，位日尊，名理日益精，乃數數顧余，出此卷欲書之，爲水亭公壽。又以舍弟頗解臨池，併令書于鱗文偶焉。余之歷落嵚崟，世棄久矣，即于鱗亦負非時之誚，而其文又皆詰曲聱牙，取唾觀者。王君即不棄敝帚，治江南六歲，槖朽然而籍手於兹，以覲水亭公，豈公父子俱有昌歜羊棗之嗜耶？爲之一笑。

題包參軍東游稿後

王逸少東歸日，時時與周益州書，期游目汶領，竟以遲暮不果此緣。宗少文既倦，往棲江陵，貌諸所游歷於一室，曰：『撫琴動操，欲令衆山皆響。』余每三復斯事，慨然流歎。束髮登朝，使車所歷上谷、太行，尋治兵東土，汎萊海、登岱宗，周日月之出没，窮天地于一瞬，蓋庶幾哉生平大觀矣。幽憂抱疾，塊守蝸廬，雪鴻指爪，托之夢寐，即濟勝寡具，壯游不恒，造物所忌，今古一轍。吾友包庸之挂冠殊久，乃能賈其餘興，再渡江涉淮，而北數千里，信宿天門、日觀間，覽秦漢之遺跡以歸。歸又能悉寄之于詩若文，至盈卷軸，嗚呼盛哉！庸之夙臨池，步武逸少，畫筆不減少文；詩亦清麗，有開元、大曆風。吾事事不能勝，又不能負一笈以從烟霞之後，而庸之乃更欲托以不朽，豈吾杜德機時，乃微見吾丘壑耶？兹與庸之約，異日倘過衡、華、峨眉洞天，爲我致聲祝融君、蓮花峰主、青城丈人，曰王生疲于詩，亡慮矣。

題素庵卷後

左史張先生顔其居曰『素庵』，而一時薦紳大夫爲之文若詩成帙，大王父司馬公之跋與焉。司馬公於先生爲外孫，先生歿幾七十年，而司馬公捐館舍，今又四十餘年，兩家子孫，喬木相望。余嘗過先生之廬，而其裔孫汝珴，後官藩國爲侍從，四壁圖史之外，蕭然無長物。竊有慨於先生之素風不衰，而愧吾王氏之媮鮮衣怒馬者，因敬題而歸之。

聚芳亭卷

吴興山水號清遠，其在唐宋時以園亭之勝埒宛、洛。自余游吴興，求其跡而不可得，蓋内郭崇而闤闠，外郭夷而桑麻之區，其俗之朴茂纖嗇固然。余嘗戲謂山可瀦，湖可陵，則亦治而田舍之矣。間以故典考所謂亭館以披翫卉木者，唐開成中，楊刺史漢公爲園於白蘋洲，而亭之曰『集芳』，見白少傅樂天記；宋牟端明子才爲園於郡宦，而亭之曰『芳菲』，見周弁陽公謹《雜識》；至元時閔廷舉介甫爲園於近郊，而亭之曰『聚芳』，見陳進士遇記。三亭大抵命意相埒，其故址隨後先廢，而獨介甫能合一時之知詞翰者爲之記若詩，其七世孫少保莊懿公又能求故李文正公爲之顏其端，而志其殿，以謀不朽，亦可謂能世業也已。莊懿從子宗伯公妻起爲郡冠帶著姓，今其居雖少徙，而喬木鼎舍固照映菰苕間，諸孫一鶴輩又擬余片言繼其後。嗚呼！天下之至不易久存者人耳，其次則亭館卉木耳，然余嚮故欲求亭館卉木之跡於其墟而不可得，得人之片言而若新，何也？毋乃所恃以久存者又人乎？其亦可慨而思矣。

跋汗漫游卷

《汗漫游》卷，故許國用先生物。有范庵李少卿題篆，石田沈山人畫，復系以長句。枝山祝京兆爲之賦，西涯少師，守溪少傅，青溪太宰，匏庵、篁墩二宗伯，九栢太常輩皆有詩。諸公成化、弘治間賢公卿士人，以詞翰著名，而祝書、沈畫尤是昭代逸少、愷之，絶不易致。嘉靖末，余偶從吴中得之，爲篋笥清翫。今年春，先生子元復太僕來訪海上，語及之，太僕歎曰：『吾髫時所習讀也，失且五十餘年矣。』余輟以還太僕，且爲題一詩於後，作許氏故事。嗚呼！李太尉諄諄著戒於平泉木石，未幾而歸之它人，而鄭文貞之笏、李衛公之帶與詔，久而其子孫愈寶之，至足以動九重之聽，太僕可語虎兒善存之，勿作失得弓達也。

題池上篇彭孔嘉錢叔寶書畫後

余少讀《歸去來辭》，雖已高其志，而竊難其事，以爲非中人所能。後得白樂天《池上篇》，覽之頗有合，謂此事不甚難辨，此文不甚難搆，而千百年少儷者，何也？蘇長公云，樂天事事可及，唯風流一事不可及。余則云風流亦可及，唯曉進退不可及也。友人彭孔嘉嘗爲余書此篇，遒勁豐美，備得顔、柳骨態。長夏無事，錢叔寶復系以圖，宛然履道里白叟退休所矣。吾名位雖小薄，而年差壯，小祇園水竹差勝，圖籍差具，酒量差益，今年湖田不沮洳，亦何必請分司奉耶？便當一决，書此以俟。

題大石山聯句卷

大石山以稍僻，故見遺范文穆《吴郡雜志》〔三〕，第其奇勝不在靈巖、天平下。成化中，吴文定、李太僕、張子静、史明古、陳廷璧共游之，而文定、太僕、子静、明古爲聯句，角險鬭勝，遂成藝苑佳事。太僕書此詩最爲合作，題識如祝希哲、文徵仲、徐子仁諸公，東南名法書盡是矣。獨以不得沈啓南畫爲恨。然世人自貴耳，叔寶續爲兹山傳神，亦不俗也。内君謙和韵，遂不減作者。昌國翰墨少傳世，覽之令人肅然。華玉劇爲前輩鳴不平，當是苦佻健少年見窘耶？吾郡人居自矜饒趙吴興翰墨，而吴興却無之以爲笑。今東南名法書爲玄旻一卷將去，異時不免更笑吾郡也。

文待詔詩帖

待詔公長幼于可一甲子，薄虞之歲，詩卷酬和，幾無隙月。噫，亦奇矣。孔文舉髫齔時，抵掌龍門，既屈年正平，交游之懿，輝映前史。待詔公少游沈徵君、王太傅，稱重客，晚得幼于爲小友，殆庶幾乎？公既圽，幼于不勝西州之感，拾〔四〕其遺作，貽余讀之，前已能言之。

輩風流，故宛然照人也。余遂拈其事，爲詞林一段致語。公有時名，其詩若書，吴中人雅

贈梁伯龍長歌後

往年伯龍登太山，以長歌千三百言見示，余戲作此歌答之。中多吴兒俚語，久不復記憶。今年冬，伯龍出佳紙索余重録一過，豈謂余嘻笑謔語，亦成文章耶？然伯龍藝益高、名益起，而窮日益甚，時時避人僂行，意長者之騃猶故也。書畢，不覺失笑唾紙。

跋兩山記及詩後

余既爲兹記而讀之，所不能如伯玉者，文度所得西洞庭者，俱可十二，於東山亦染指焉，伯玉則不暇也。吾裹十日糧，酒倍之，行不問主所，至自津盡，匿名姓，與釣父群。長空皦然，了無纖雲，靡夕不月，靡飲不夕，清歌流醱，遇興輒極，涼暄天劑，秋不蕭瑟。從行諸君，陸丈善詩，子念儷之；陸丈善畫，張生嗣之；李生善奕，奕稱國手；黄生少年，雅亦善酒；季善供具，佐吾饞口。將書一通，以寄伯玉大司馬署中，當听然而笑，夢我五湖之曲也。

書匡廬稿後

用晦王孫寄佳紙，乞余書游匡廬諸作，得記一首、詩十二首。余所歷僅十之二耳，僅一日而陰晦半之，譬如見裴叔則粗服亂頭時，安得得其玉山映人之狀？用晦坐少文一室，又隔一層想像，縱令鼓琴動操，亦安能令衆山皆響？書此爲觀者預解嘲耳。

題于鱗手札卷

余次于鱗集，乃數數覩襲勖克懋云。今年春過廣陵，克懋出于鱗手書詩及尺牘，滿紙皆効肝膽語。吾鄉者謂于鱗私一殿卿耳，不謂復有克懋也。夫寡交而合者必深，少可而推者必篤，克懋有此，足以自老矣。

又

于鱗居恒謂所知：『吾與元美，後世毋能軒輊者，獨自恨少不解臨池耳。』今覽之信然。

又

仲春廿一日入興化，哭子相墓。次日還高郵題此卷，不覺淚涔涔濕紙上。生平意氣盡矣。

題趙承旨畫陶令像鮮于太常書歸去來辭及余所作長歌後

家舊藏趙承旨畫陶靖節像，飄然有羲皇上人意。鮮于太常書《歸去來辭》，行草遒逸飛動，大是江左風格。虞文靖復爲二君補小傳，奕奕雋令，勝國名筆備矣。癸酉冬，少師蒲州楊公稱病歸其里，世貞擬輟以爲贈。或謂公負宗社勳，歷中外四十有五年，以上宰謝事；靖節令彭澤甫八十日而遽歸，若大不相倫者。是不然，公之不爲功名係，與靖節之不忘宗國，其致一也。昔人有以武侯《出師表》偕《歸去來辭》互稱，蓋深識之矣。且公忠順勤勞，奚啻倍屣，長沙公至於急流勇退，豈復爲八十老人婆娑態耶？不佞業以贈公，而敬爲長歌題其後，以見區區仰止之私無間於今古云。

太僕刻周書冏命跋

按《周禮》，太僕秩下大夫，孔氏以下大夫無稱太者，定爲中大夫，要之非甚貴倨也。乃穆王於冏〔五〕而特命之，至媲於大司徒，而俾之『繩愆糾謬，格其非心』，又戒以『慎簡乃僚，無昵匪人』，則亦重矣。第讀其辭，則若後世所謂奉車駙馬都尉職耳，其於攻執撫穌、禁驫驅犨之責，無與也。夫以穆王之賢，一侈心啓而七萃之士高奔，戎輩〔六〕應之，八駿之跡遍天下而莫顧返。是時伯冏〔七〕者，無論其人在否，躬命之而躬與之左，甚可慨哉。

夫子所以删《書》而不廢者，非特以其文也。

刻魯頌駉篇跋

『馬斯徂』，職馬耳，而歸之『思無邪』，見靡不以爲迂者。夫子重存之，而舉以貫《詩三百》，何也？『秉心塞淵，騋牝三千』，毋亦茲意哉？後世才不必誠合，而王毛仲之徒，亦能孳馬至四十三萬，亦富矣；而卒不能益開元之治，君臣後先以侈敗。今太僕旦夕轉徙，業無以徂我馬者，其於『思無邪』，則不可以食息怠也。

刻揚雄太僕箴跋

子雲意在脩辭，故其語漫浪，不若聖規之切，然所謂『雖馳雖驅，匪逸匪愆』者，視『騁容與，跐萬里』，不大徑庭哉。

題正學元勳卷後

故新建王文成侯取叛王，正德中勳最大，而又能直指心訣，以上接周、程氏之統諸言，立德立功者無兩焉。然其封爵屬大司馬，紛拏垂四十年，至隆慶初始定，而從祀之典屬大宗伯，迄於今尚在議也，此何以故？説者謂揚雄氏白首矻矻，著〔八〕書天禄而不聞道；李廣將軍結髮七十戰而不獲侯，獨文成以一悟而師世學，以一勝而開國封，能無爲老將宿儒忌也？彼其稱老將宿儒者，欿死沿塹〔九〕戈戟間，亦徒自苦耳。《易》有之：『易簡，而天下之理得。』文成庶幾哉！盛德大業矣，於忌乎何有。

題莫雲卿送春賦

余嘗爲雲卿題《送春賦》，雲卿絶愛之，稱於人。不記作何語。甲戌秋日，復覩此於友生所，怳若阿嬌出長門，小玉枕臂，掩抑睨盼，殊不勝情。書法豔冶，有瑶臺羅綺之態，然勿令少年見之，見則魂佚矣。莫怪老顛殺風景也。

題所書贈莫山人卷後

寒泉山人自喜爲詩，詩清絶而不得志於諸少年，每過余輒欲乞余語，然未必留篋笥中也。今年游京師，益不得志於諸少年，而其自喜爲詩益甚，出素卷迫余書舊作於太宰公詩後。余書若不已，亦且將不得志於諸少年矣。

書贈孫山人詩後

幕府不見客，獨見兆孺，留之彌月。又不爲客作詩，獨爲兆孺作四詩，兆孺不可謂不遇也。

跋所書梁公實墓表哀辭及詩後

余猶記草公實《哀辭》，劇寒，夜搆火，五尺縱横素，書之四更乃畢。與子相、明卿浮三大白，歔欷而散。二十餘年矣。所寄肖甫中道弇外艱去，竟弗達。去年冬，公實之仲有貞聽調燕中，以《墓表》見托。余謂文成，當併《哀辭》及所草十輓、生平倡和之作，聯爲一卷。仲尋補吉郡文學，而余叨撫鄖。草《墓表》已竟，適有南役，擬録一通寄之，而手瘖痛，以兩指拈管，不知其作何書也。吾六人者，如矍圃觀射客，存逝各半，其最少爲余，亦已五十矣。頫仰人世間，能不心折？仲其爲我焚之公實墓前，不然，存作梁家故事，令諸兒讀之可也。

書蘇長公司馬長卿三跋後

蘇長公跋相如《大人》、《長門》二賦、《喻蜀文》，皆極口大罵不已。余謂相如風流罪誠有之，然晚年能以微官自隱於驕主左右而不罹禍，此其識誠有過人者。恐長公於兹時不能免太史公腐也。余於宋獨喜此公才情，以爲似不曾食宋粟人，而亦有不可曉者。於詩不取蘇、李别言，以爲六朝小生僞作。又謂：『有崔顥者，曾未及豁達李老，作《黄鶴樓〔一〇〕》詩，頗類上士游山水，而世俗云李白，蓋當與徐凝決殺也。』豈不知崔顥爲何如人耶，只『晴川歷歷漢陽樹』一淺語，公畢世何曾道得？宜其詩之沓拖餖飣也。

緑牡丹詩後

始余爲王太史家賦緑牡丹，得一律，敬美弟繼之題錢叔寶畫，以貽太史。吴中名彦，傳和至數十百首，遂成花王一段佳話。太史出示此册，然余詩是王家緑牡丹耳，因別賦一律書其後，觀者勿笑老書生畫蛇添足也。

宋板前漢書後

此書余得之江南故家，末有倪元鎮跋，當是元鎮家藏北宋板也。惜闕目録及陳涉、項籍等傳十餘卷。中有朱書，用唐抄本及南本、舍人院本參校，係宋景文筆，字畫妍好，無一字苟簡。而考證評隲有出於諸注之外者，別作墨書，亦景文筆，蓋録劉原父語也。前輩讀書用心如此，令人汗下。

又前後漢書後

余生平所購《周易》、《禮經》、《毛詩》、《左傳》、《史記》、《三國志》、《唐書》之類，過二千餘卷，皆宋本精絶。最後班、范二《漢書》，尤爲諸本之冠。桑皮紙匀潔如玉，四旁寬廣，字大者如錢，絶有歐、柳筆法。細書絲髮膚緻，墨色清純，奚潘流瀋。蓋自真宗朝刻之秘閣，特賜兩府，而其人亦自寶惜，四百年而手若未觸者。前有趙吴興小像，當是吴興家物，入吾郡陸太宰，又轉入顧光禄，失一莊而得之。噫，余老矣，即以身作蠹魚其間不惜，又恐兹書之飽我而損也。識其末以示後人。

原《弇州山人四部稿》卷一百二十九

校勘記

〔一〕『丞相』：底本均作『承相』，以下據《四庫》本徑改。
〔二〕『傳』：底本作『傳』，據《四庫》本改。
〔三〕『吴郡雜志』：疑爲『吴郡志』，衍『雜』字。
〔四〕『拾』：底本作『石』，據《四庫》本改。
〔五〕『冏』：底本作『同』，據《四庫》本改。
〔六〕『輩』：疑爲『輦』字。
〔七〕『冏』：底本作『同』，據《四庫》本改。
〔八〕『著』：底本作『箸』，據《四庫》本改。

〔九〕「沿塹」：《弇州史料》、《四庫》本作「鉛槧」。
〔一〇〕「樓」：底本作「梅」，據《皇明五先生文雋》、《四庫》本改。

弇州山人題跋卷二

雜文跋

題楊忠愍公三札

先友楊應芳以一身持宗社大計，維萬古宏綱，雖片紙隻字，皆從忠肝義膽流出，以故人争拱璧視之。覩此與少司寇吉陽何公三札，可知已。記應芳下獄時，不肖以橐饘獲侍，談笑從容，謂留銓有三君子，鄭公曉吾所師、楊公豫孫吾所友、何公吾師友之間。又謂吾即死以累足下，不者，三君子可不朽也。明年君赴義，已，楊公用中丞卒官，鄭公用大司寇卒於里。盖十二週而應芳之天大定，贈秩易名、專祠録後之典備，而何公亦老且死矣。不朽之托，是三君子者，不一酬也。而余幸與少師華亭公終之，人不可以無年，信夫。何公之子仁仲以三札索余題後，不覺淚下沾楮。

題袁柳庄卷

明興，以相術名世者，獨袁太常珙、尚寶忠徹父子。太常術尤神妙，而稗史僅載其識文皇龍潛一事。即姚少師廣孝奉敕撰《志銘》，亦不能致詳，僅有云『事具九靈山人戴良《傳》』而已。偶有鬻書者，以一牛腰卷來，則戴《傳》與諸公之序跋，皆儼然。戴《傳》極爲典覈，而諸公中如蘇平仲、唐愚士、王達善、曾子啓、胡若思輩，尤號文學知名士，又有所謂僧道衍者，即廣孝也。余故稍爲次第之，而命學生王應賓書《誌銘》附於後，庶幾異日傳方技者，不至寥寥，此亦其一助云爾。

又〔一〕題袁柳庄卷

《雙槐歲抄》記廷玉自丁丑謁成祖於藩邸，至己卯遣歸，爲民人周繼祖訐告，按察僉事唐泰械至京，釋之，惟命太醫院使戴原禮取相書以進。壬午六月，成祖登極，命千户張勇、典膳徐福驛召之，既至，拜太常寺丞。又云廷玉嘗以事過靳，見一婦乳女於榜廊，哭甚哀。問之，云：『夫當戍趙州，今在酒肆，飲畢即行矣。』廷玉惻然，與俱至肆所，詰其夫，曰：『我韓嶺金世忠也，居以卜度日，今缺戍，爲族人賂卒長，以我行。』廷玉爲相曰：『此尚書骨也，勿慮。』因代償其酒價，且貸米二斗贈之，曰：『富貴毋相忘。』金至戍，以卜行，文皇召而試之，金有才辨，應對蠭起不窮，遂得幸。迨舉兵，俾署長史篆，累遷兵部尚書兼詹事，此皆可以補志傳之佚。其相金公事甚奇，然永樂中諸賢題贊，皆極稱廷玉之驗，而了不及此事，何也？因附題於後以備考。

題李文正都氏節義卷

李文正公賓之爲太僕，都先生玄敬序其先節婦唐氏及義士文信事，而手書之。都氏之後微，而玄敬有女歸於陸司訓肖孫，年九十一而終。文正以詞翰名天下，搢紳大夫得其隻字若拱璧，而兩家文獻，獨司訓之子昌孺在，因舉而歸之。爲昌孺母者，栢舟之操，既不愧于唐，而昌孺復博雅能古文辭，又庶幾成都先生宅相者，其置之青箱中。昔人所謂『文敏外孫多異書』，此亦一證也。

先司馬翰墨後

先大父司馬公以厚德名天下，覩此與餘干令沈君書，何必減令尹子文，作令者亦不獨餘干人，置一通坐隅，賢於崔子玉《政論》多矣。捧誦之餘，不勝先德之感，敬題以歸沈君之後人。

又

右王父司馬公與管方伯先生尺牘，凡十六通，其三通以命侍史，餘皆手筆也。前輩爲人謀必忠信，書辭宛曲詳縟，如家人兄弟然，此略見之。内五羊一札云：廣東二司十月間死者四人，皆以憂迫故。當是瑾豎竊國時事，其憂生畏讒良甚矣。然至所謂『人食米一升，何往不可度日』，却大是名語，讀之未嘗不灑然也。方伯公以老成善吏治，有聲弘、正間，與少參虞先生三人稱石交，故因其裔孫承時之請而志之。

題周氏交游書札

故周康僖公按山西，所得朝賢尺牘二十五通，其最顯者賈少保鳴和、鄭司徒體元、高司寇肅政、周司徒子康、孟少宰時元、陳少司馬邦瑞、王中丞應韶、魏太常子才及王父少司馬公。高時理糧餉，鄭撫其地，故所往復獨多。前輩詳於事情而簡於稱謂，猶可徵也。葉文莊雖列晋銜，而專治乃獨石。獨石，上谷地也。衡州君既誤屬之，而仲蔚又誤稱之，何耶？孫清非壬戌及第者，當是一填守人耳。并二宗室書非真跡，似亦宜去之，太僕不忘其先乃爾。異日脩通家故事者，此卷足矣。

張幼于四跋

幼于才有餘，而此銘能以不足持之，非特閲世之言，蓋内觀而有深得之言也。昔人讀《政論》、《昌言》而欲人置座右，誤矣。此銘乃堪置人坐右耳。

又

慧山泉實天下第一，余所嘗中泠、康王谷俱不逮也。吴僧圓顯編集泉之詩文，而邑人尤叔野續之，嘗屬余序。今得幼于贊，又當爲集中第一矣。

又

幼于十箴皆精切，而口、舌、耳、腹四箴，讀之尤令人愯然。即不佞奉以周旋，可以無大咎矣。

又

武王受丹書後，無所不銘，幼于殆得其遺意，唯不能忘情於文，間出巧語；不能忘情於世，間出感慨語耳。雖然，亦可觀矣。

題竹醉翁集後

顧翁以五月十三日生，里中謂之『竹醉日』，云以是日徙者，毋弗榮者。顧翁既老而樂其名，自稱『竹醉翁』，所爲詩文，悉以竹醉弁之。而申學士、劉侍御其撰傳若贊，則或稱『醉竹』云。夫竹之爲竹，蒼翠勁挺，虬鬚龍鱗，脩幹密節，夫人而能知之，若所謂醉，吾不能悉其狀意者。藉地粕，挹天酒，柔篁新粉，使人狎而易爲把臂歟？顧翁之所托於竹醉，吾亦不能悉，意者思其林若叔夜之傀俄其玉山歟？吾雖不能悉竹之醉，然時時游於竹，僅識竹；雖不能識顧翁，乃於顧翁之詩而竊於其所謂『峭蒨青蔥』者而識其似也。異日顧翁進我於竹間，吾將醉而更悉之。

徐長孺詩卷

屠明府長卿於縣齋清暇，約沈山人嘉則爲樂府五七言絶句各廿章，而命不佞嗣響焉。一時諸名士如徐長孺輩，皆有屬和之什，雖雖乎盛矣。記勝國末，吴中饒介之以《醉樵歌》試諸名士，獨張孟簡第一，得黄金一挺；高季迪次之，得白金三斤；餘各有差。屠明府齋庫蕭然，當别無所覬，覬齒牙一餘羨耳。長孺脩辭甚蔚麗，有才致，當不負明府甲乙榜也。其以爲何如？

題徐氏族譜序記卷

古者相里氏、相馬氏，而獨無相人氏。然凡稱相士者，多以相得名者也。今讀馬司業一龍、俞憲使憲、王憲僉問所撰《徐氏族譜序》、《記》，極稱其家世爲江左喬木，而所推重，則文甫與其子應福相術之高。夫許負一婦女耳，以其術封鳴雌亭侯，傳國一再；而袁氏之爲天綱、爲客師者顯於唐；爲珙、爲忠徹者顯於明，位至九列，遂號鼎貴族。今徐氏之族於江左久矣，固不待相術顯，將無以相術益重耶？抑三君子之言，能益重其術與族耶？客有李時養者，名善之，而乞余題其後。

題所書詩與曾生

吾友曾舜徵衡，楚間名士也。吾往歲以文拔舜徵於楚棘中，褎〔二〕然首冠，蓋三戰而三不勝。一日來謁余，問：『先生讀何書，何所結撰，有以教我否？』余謂：『讀書垂五車，一句不得用；著書餘二百卷，一字不足存。』舜徵頫首大快，以爲會心至訣。將別，忽出高麗精繭，乞書近詩。余亦漫爲應之，既滿卷，始悟而笑曰：『乃令我作誑語人，舌不至鼻乎哉？雖然，吾鄉者猶不能忘工拙，今乃併忘之，是以拙日甚也。子以爲足存，或不足存，是不在我。雖然，子而忘我拙，必能忘子之工。忘則純，純則天，惟無戰，戰且必勝哉。』

題所贈張平叔詩後

百穀謂平叔壯游嵩中、五嶽、西華、峨眉，俱以褰裳陟頂，所闕者東岱、南衡耳。昨來面詰平叔，則北嶽乃曲陽舜祀之所，而其在渾源者，了未之識也。恐西華自青柯坪〔三〕而上，非骨騰肉飛者未易度。平叔蹣跚笨伯，斷乎不能過彼一步也。且東岱、南衡几席間地，何故坐失之？平叔解嘲，謂峨眉震丹〔四〕第一山，苟陟此，足准三嶽矣。因乞余一言。平叔姓字全冒張紫陽，紫髯豐頤，亦類有道者，故篇中稍及之。

題舊贈汪仲淹詩文後

甲戌冬，余别仲淹燕邸，手書此一文一詩，當時忽忽從車塵中得之，了不復記憶。今八年矣，而復從仲淹所讀一過，譬之酒談寱語，雖復不倫，而往往見真性。然仲淹不以余言爲薦，其攻古文辭益精，而去時趍益遠。所可怪者，鄉虞太公辞而太公乃安之，卒與伯子共養，以天年終；而余與余阿敬亦後先解紱，而自匿於畏壘之里，豈鄉者真醉談寱語耶？將無昔者迷而今者寤，則仲淹胡爲乎沾沾敝帚，而强余拂拭之也？其歸而質之伯子。

題月槎詩卷

入圜來不能受筆研役，而爲李時養所强，書贈月槎子五言律挂幅，又得雜詩一紙。久之，月槎子以牛腰卷來謁，署尾則吾里之薦紳先生詞翰咸萃，而予雜詩者儼然在焉。内程大倫書則予所贈詩，王應賓書予《四月二日即事》，第三作也。月槎子方外士也，方外之士，於人間世一切無所好，而乃好詩，又好書者，何也？予詩不能工，書又不工，二君子又不欲蔽予醜，而月槎子復好之，不一而足，豈月槎子有葉公癖，予尚得謬稱龍之似也耶？諸賢中有真龍者，月槎子且驚而走矣。

題文昌祠投詞後

文昌星也，於天官家爲奎若壁〔五〕，而今以屬之梓潼張惡子。張神於蜀甚烺烺，第其品在雲長、翼德間，獨所謂七十二化及主文昌福禄，乃至上擬佛天尊號，則皆托之乩筆，或吃菜事魔人附會之。今天下所在有祠，而吾州之祠成於陸參政孟昭，乞張真人題額，後有周舍人宗勉手書投詞，與陸參政文量、杜古狂愳〔六〕男跋。二陸、周、杜皆吾鄉名搢紳長者，其事爲天順甲申，而今則萬曆之壬午，垂百二十年而手澤若新。道士費生輩又能世寶之，可念也。周後復姓馬，其名紹榮，累官太常少卿，直秘閣，以書顯；孟昭以任俠顯；

文量以政術顯；　思〔七〕男以丹青顯。張真人者不署名，攷而知其爲元吉，去題額之二年而爲成化丙戌，坐虐殺不辜，極刑，論減戍鐵嶺，遂爲玄教之玷，漫爾志之。

題張應文雜著後

張君應文嘗手録近著數千言，以示伯子厚德，伯子轉示余，不覺彈指歎服。記泊徐阡時，君與余札復往累紙，嘐嘐然，自詫得古文龍虎之秘，冲舉可計日，而實未脱抱朴、上陽前後窠臼。今僅兩匝歲，而廓然盡洗之，遂能雙佩大寂、紫陽兩心印，横直顛倒，無非單刀入陣手段，異時陶隱居不免翻供，桓真人掃除矣。君它作不盡求合古矩矱，而瑰奇博辨，要自不從凡口中來，至粥語粥卦，《冰壺先生傳》淡而不厭，比而有餘風，故非徒以文滑稽者也。雖然，君殆僅僅言之者爾，若余乃深得其趣者，第日夜老是中，而不能贊一辭，以此輸君耳。君誠深得之，何不托一鉢來，就我煨折脚鐺，而尚戀戀伯子鼎養耶？

題手書國史張文忠公傳後

有於國史録得永嘉張文忠公傳者，因爲手書一通，以貽其孫汝紀。貞嘗見元馭學士言，《世》、《紀》多出江陵張公手，以簡嚴爲貴，諸大臣生卒行履往往裁削至盡，而獨於永嘉公《傳》手筆最爲典覈，雖微詞小托，而推挹良深，大瑜小瑕，即古傳李贊皇奚讓矣。豈江陵之才略器業有足相當，於中復有真契耶？後兩公易名俱得『文忠』，其寵靈位望於中興無三焉。永嘉公没而有太師贈，江陵生拜之，跡其終始恩遇，若有踰於永嘉者，而永嘉之絲素矣。

題鄭少谷傳丁戊詩後

鄭繼之、傅木虚皆閩人，而好操秦音，稱少陵氏後。繼之雖野率，然入頷猶勁促，且多感慨時事；木虚如摶沙作炊，都不成飯，不知何以擅此聲閩中也。繼之嘗有詩云：『覺來天地終歸盡，煉得丹成亦可憐。』春秋僅三十九以殁。木虚棄妻，息創大還，自詭冲舉可致，卒卒病死無奇。而所贈程半刺茅陽者，老而棄官服，食草木，壽至九十三，人固難論也。程之孫孟孺文學要余跋，存故事耳。余乃爲二君子樹牙頰，亦贅矣。

題與程應魁詩後

詩成，孟孺讀之，意不懌，曰：『束髮弄聲律，來今種種矣，公奈何不有以誨我？且公不善書，何以獨後先論書？』余笑曰：『管公明云，善《易》者不論《易》，吾不善書，即是以論書也。吾倦吟矣，懶融所謂牛頭二十年所得都忘，何以語子？雖然，無法可語，即語也，子於胎骨森然，獨少脱换耳，必下真種子，使如羚羊挂角，無跡可尋，乃爲詩也。』孟孺復請曰：『公已具真種子乎？與我哉。』余笑不能應。

題弇園八記後

余草《弇山園記》，凡八篇餘七千言矣，而意猶有未盡者，復贅數語於後。始余臥離贇園之鷃適軒，與州治鄰，旦夕聞敲朴聲而惡之，行求得隆福之右方耕地，頗僻野，而亦會故人華明伯致佛藏經於其地，建一閣以奉之。前種美篠環草，亭後有隙地若島，雜蒔花木。捧經之暇，一咏一觴於其間，足矣。辛、壬間，居母氏憂，小祥，謝客無事，而從兄求美必欲售故鄉之麋涇山居，得善價而去。山石朝夕墮，村農手爲几案碪盎之屬，巧者見戕亡賴子，不得已，與山師張生徙置之經閣後，費頗不訾。其西隙地市之鄰人者，余意欲築一土岡，東傍水，與今中弇相暎帶，而瓜分其畝，植甘果嘉蔬，中列行竹柏，作書屋三間以寢息。而亡何，有楚臬之除，余故不别治生，與仲氏産俱以授家幹政，其人有力用而侈。余自楚還太僕，則所謂土岡者，皆爲石而延袤之，倍中弇再矣，余亦不暇問。自太僕領鄖鎮、遷南廷尉以歸，則東弇與西嶺之勝忽出，而文漪、小西之崇甍傑構復翼如矣。時與推故，第敬美徙居其間，乃復治凉風堂、爾雅樓及西三書舍，則余指也。蓋園成而後，問槖則已若洗，第惜政才不能詰。余以山水花木之勝，人人樂之，業已成，則當與人人共之。故盡發前後扃，不復拒游者，幅巾杖屨與客屐時相錯，間遇一紅粉，則謹趨避之而已。客既客目我，余亦不自知其非客，與相忘游者日益狎，弇山園之名日益著。於是群訕漸起，謂不當有兹樂。嗟乎！賢者而後樂，此余豈有胸無心者，第一時狃成，事不能如吾家仲寶，毁長梁齊之易，今悉棄去弗顧，戢身一團焦，草衣木食，以此没齒，而猶喋喋爲此記者，欲令子孫知吾過耳。李文饒，達士也，爲相位所愚，至遠讁朱崖，身既不能長有平泉之勝，而諄諄焉戒其子孫，以毋輕鬻人，且云百年後爲權勢所奪，則以先人治命泣而告之。嗚呼，是又爲平泉愚也！吾兹與子孫約，能守則守之，不能守則速以售豪有力者，庶幾善護持，不至損夭物性，鞠爲茂草耳。且吾一轉盼而去之若敝屣，吾故不作李文饒之不能爲主，而吾能不爲主似尤勝之。子孫曉文義者，時時展此記，足矣，又何必長有兹園也。

題敬美書閒居賦後

敬美歸臥澹圃，有感於潘安仁《閒居》之適，手書其賦而係之跋。余謂敬美殆愛其辭與二圃風景、果蔬、花木之屬有相當耳，若安仁，蓋熱中而强爲雅語者，夫拙宦則故博士亦足，何必望塵賈侍中？學圃則洛涘故佳，何必濡首石氏金谷？一不審而餘波及人，白首同盡，致併板輿所奉者，而失之矣。然自安仁敗後，洛中滔滔，即玉樓金埒，鍾爲燐火，鬱爲草莽浸淫，以逮中原無咫尺賦中地，而我婁水一曲，當時已自晏然。今吾與敬美幸而生太平之日，未老棄羈紲，相與夷猶於澹圃中，雖百安仁何敢望哉。然敬美此書膚理細緻，而多媚趣，骨亦不乏，翩翩出祝氏上，與安仁此賦，却足徵二絶也。

又

後有元馭一跋，峭語直氣，森森可畏。千載枯骨，生前作事不審，尚得〔八〕見此君？

題手書詩與趙太宰後

汝寧趙太宰先生遣信索余近詩。先生爲八座長，方黑頭，棄之若敝屣，天子强留不得，而書來惓惓，以予兄弟出處爲念。豈季子見遺金不拾，而令五月披裘公拾之耶？因書寄七言三十章，中間多有贈送家弟者，區區鑿坏之故，與家弟所以亟出亟歸，歸而不復出，大約盡之矣。兹與先生約，異日以一芒屩謁先生嵩、少、王屋間，便當把臂入林。不然，而天子問山司徒啓事，吾儕名姓若不識可也。

題所與陳道易長歌後

余與麓陽先生陳道易交三十年矣。六年前，自清源來訪余弇園，極言汝寧風土之善與汝泉尚書之孅，足依謀卜居焉。尋别去，不復相聞。已忽有傳道易非常耗者，凡三至，不免投杼，與家弟及二三友生太息汍瀾久之。今年春，得尚書一札云：『且歸矣，陳道易買田甚近，可以煖老。』余驚喜過望，作數行報之云：『更得一陳道易也？』六月九日避暑弇園，道易忽具冠服投刺相訪，余忽衩衣出迓，而左右皆猜怪，以爲鬼物，幾欲取桃湯灑之。爲語其故，相與大笑。命酒留連竟日，時尚書已得請予告矣。吾吴中虚號佳麗，苦歲侵不已，食指衆，無長策應之，見道易談汝寧易作活，幾欲割兒輩一人從之，往依尚書，而不忍也。因作長歌書以贈道易，歸與尚書讀之，不呼大白罄三斗酒者，吾不復弄筆硯矣。

題王三公槐蔭

王氏之望，在瑯琊者，從始興文獻公渡江，以郭景純讖，與長淮并盈涸；在太原者，以晋公祐手植三槐讖語，而徵於文正公，至今艷稱之。瑯琊之裔，振振繩繩，不肖竊托蔭焉。太原之裔，播在商城，則有三公者。喜施予，焚責券，能感異僧遠托涅槃，而子自寶益，爲德不替，諸孫曾代繁衍，而季問遂舉鄉薦出仕，有聲實。季問之同年生劉太常涥爲之誌傳，李廷尉已顔之曰『三公槐蔭』，而吾鄉沈進士孚聞復爲之《説》甚詳。夫以晋公之不嶄合世主，以全符氏百口三槐之讖，若執左契，而蘇長公以『仁者必有後』歸之。然考之史，文正公有子不甚顯，而顯者乃其仲氏，豈文正之仁，在大中祥符間不能如晋公耶？即不如晋公，何至不如仲氏耶？要之天道福善，亦偶然耳。執善以論福，更自千里，且夫爲陰德者，不獨不使人知之，已故不自知也。季問兩棄邑令，以扶侍慈人，飯僧聽經，托鉢行化，併其名而匿之，若不自知爲德者，而猶不能忘情，於其先則近厚，聊以答其意而小廣之。

題所書九友齋歌後

余方持節鄖中，而以念此九友，故作十歌志。歸無何，移南廷尉，尋避言還里，除留尹不就，而是九友者，朝夕與余周旋，甚適也。尋有所感觸，以爲天下之能適我者，必殢我，遂復作《反九友齋歌》，束身入曇陽靖，然尚時時取二藏幡之，而遠近之責余文者踵至，不可拒。因復自悟，役我方寸以殉人目，此雕蟲業不小，苟從净名居士入不二門，而藏亦筌蹄耳。擬於歲朝誓佛前，一切掃除之，而喻子邦相尚喜余《九友齋歌》，以嘉素責書，余姑書以復而志其尾。要知光明藏中無一物，毋論前九歌非，當即第十歌所實此幻軀，令邦相覓之不可得，差小契耳。然則最後一歌亦贅也，邦相其謂爲何？

題與天界寺僧詩後

隆慶己巳正月，余自魏郡移浙省，取道留京，與家弟會宿天界寺。遇大雪，留滯者將五日，時主僧半峰公八十餘矣，匆匆爲米汁所困，僅能成一詩，亦不及付此僧。别去十四年，而其雛孫秋潭訪余恬澹觀，則頭亦鬖鬖白。問半峰公，化去亦十許歲矣。止之宿，雪復垂垂下，因成一詩志感。會渠出行卷索書，因併前作付之。雪鴻指爪、老宿幻軀所不足論，更十四年，秋潭能踪跡我於市廛中，乃爲奇也。

題所書近作

大參李惟貞〔九〕先生出佳册索書，得前後贈寄先生與宴會古近體共九首，後有餘楮，復得七言近體十首。余年來畏苦思匠心，所造都忘工拙，然猶未至大落夾。至於八法，素所不講，又以三錢雞毛筆作之，既成取視，真若塗鴉。先生書法妙一時，乃敢以此溷鄴侯架，良可笑也。第不遂覆瓿，令耳孫輩藏之，作季子縞帶故事，差可耳。

題王太史二姑山記後

不佞讀顔司徒《麻姑壇記》，慨然想見姑與王方平二上真之靈跡，而不可得。今年王太史胤昌過余恬澹靖，出所艸《游二姑山記》，讀之覺九咽作青精氣，兩腋習習風生，因戲謂太史：『君是方平裔，宜其精至乃爾，第不見方平現雲杪如衛子卿，何耶？麻姑以人勝耳，從姑之勝，遠過於麻姑，歷千萬年而君始拈出之，所結緣甚深矣。異日以爲太史治可也。』太史笑曰：『吾而方平裔，足下獨非方平裔也耶？』命題其後。

題與徐長孺三札後

余一歲來得報長孺三紙，大要以長孺欲相師，故力拒之。而會長孺亦用太君善疾，故阻此來。今年正月，太君疾良已，而長孺就宗伯聘，與辰玉共竹林下銅盆食，五日一過觀，次佐焚脩，又不廢制科業，可謂雙舉其肘矣。第以余三紙皆代筆，必欲得手書而後快，無乃於前書空有之説，尚未徹了耶？將猶美𩆶靡而及其笑步耶？吾家子敬尺牘妙天下，安石得輒批後還之，古今人好尚不同乃爾。

題送敬美弟十律後

昨年爲敬美弟寄送，前後得七言律十篇。吾弟始以病乞歸，吾不虞其病；既而不獲請，吾不喜其留；其别我而還江右，吾不愴其行；移視關中學政，吾不美其遷。十篇之中，蓋九致意丘壑焉。吾弟不少忤，出卷素俾盡書之，且云：『閲諸生卷，疲則取以當濁醪；遇少得意，則取以當藥石。』快哉言也。支道人遊王孫邸云：『諸賢覩其朱門，貧道以爲蓬户。』審爾，則驅六傳按部五陵，何異躡履度青柯坪〔一〇〕，吸蓮花掌露哉。吾弟行矣，毋相忘，當掃曇陽觀半室以俟。

題王陽德別墅廿絶句

余既爲陽德成《暘湖別墅記》矣，陽德復以肖甫五七言絶句各十題寄示，曰：『子能悉倚韵和之乎？』余戲謂陽德：『子何獨不廉於我也。』屬長夏無事，遂完此責，不知於肖甫如何，愧輞川多矣。雖然，霜後必以乳柑三百顆報我。

題汪仲淹新集後

仲淹生平尚節概，不寖然諾，然不無仲孺之累。其爲古文辭雄爽有調，而或不免士衡之蕪。余每一規之，輒一小異。今年與李本寧、來不疑自棋來，則恂恂長者，已而盡出其新篇讀之，沈着温茂，一倡三歎，有餘音矣。老子曰『爲學日益，爲道日損』，其仲淹之謂耶？子之兄伯玉先生，人倫之冰鏡也，歸而質之，以爲何如？

題泖塔諸詩後

余五載圜居，僅一出弔徐文貞。還而徐孟孺以泖塔僧來要余，便道同汎禮塔。舟子誤之，將抵泖而暮，將渡而大風雨，僅一推篷指點，得宛在水中央小態耳，興盡廻棹。居兩月，而僧以沈山人嘉則、馮太史開之、屠儀部長卿詩來，三人詞場射雕手也，未復有袁長史履善和章。長史亦故人，欣然誦之，初亦洋洋盈耳，轉誦之却覺少會心處，令人轉憶少陵、摩詰。

題辯疏後

余此二疏，凡一具而不止，一上而不達矣。其草于何存之？曰所以志也。昔余之起自田里而補魏也，南瑣臺薦之曰：『宜使佐治國史也。』故相徐公、故宰楊公曰：『可一面也。』於是再疏辭不得，而徐公去國矣，已楊公亦去國矣。余自浙參而長晋臬也，屬老母有采薪，而故相高公起長銓，高公者，先大人同年也。而余伏闕請辯，時高公與徐公争權而有惡言，余是以用母疾乞休，高公寢弗覆也，而緩其限，且語人曰：『是將臥而待遷乎？』會老母疾已，强赴晋，卒卒完棘事，老母病復發，即單車馳歸，且上章自劾。當是時，苟及老母，而削籍至盡者快也。尋以老母訃聞，高公知之曰：『嚮者之乞休，情乎？』復寢不行，而南中之給事爲王爲張者、御史爲姚者，其門下士也，猶舉高公舊語而脩之，於覲時疏及我矣。罪我以與楊忠愍周旋，而釀先大人禍；巇我以居先大人喪，而縱淫樂。先大人之中禍也，固權臣陷之，自有繇；所謂與楊忠愍周還者，余疏中語也。居喪之苦，與吾弟懋偕不茹葷，不入内，不預外事，迨服除而縞素，不聽聲樂也。當是時，與高公同相者李公、張公知之，維高公亦知之，故絀瑣臺語不用也。余服未除，而撫巡有薦，未即吉而補楚臬。當是時，楊公復爲宰，尋罷，余再與棘事。甫畢而還廣西轄，未一月，入領太僕。明年之九月，余以中丞節督治鄖楚，念毋以報上及知己，有所見輒言，言有示許者與示聞者，往往戆直不中節，而讒間入矣。前是，余與楚棘事，憤僞學之披猖，發策一及之，而其魁方用事，又與余同年，往往陽托善余，而陰造不根傷政府語，使人不可聞。會余量移南廷尉，人謂且見疎，其魁乃授指於南瑣，而楊公〔一一〕之疏上矣。尋得旨解職，候別用。故相徐公時里居，謂余曰：『且辯乎？』余曰：『不，難辯也，今猶雞肋，我辯之是求用也。』居二載，起尹應天，徐公曰：『且趨命乎？奚辯哉？』余曰：『不，難趨也，趨之是急官也。不辯是愛一官，甚於人也。辯而辭，彼許余辭，余快也；怒余辯而褫之，亦快也。』故事，上疏者具揭於三相及宰臣，余謂舍人子：『揭所重張公，先疏而後揭，毋先揭而疏。揭先之，彼必阻，是市僞也。』舍人子强爲黠者也，既唯唯不知其何所受，先具揭，張公果力止之，且爲辭見危，已而復見甘也，限且迫矣。垂上事，而給事某□、御史某之〔一二〕之章復上矣，又加我以汙濁不根事。是二人者，亦講學壬人也，探意於其魁，其魁尚猶用事，所以告之，如告楊公〔一三〕也，仍得旨解職候用。余時不勝冤，具此疏乞置獄勘，而後請死，既而歎曰，上寬我不誅，尚雞肋我，而又何辯之爲？不辯有自明者，辯而有不終明者，且彼竟以我求用也，已矣夫！已矣夫！已矣。而竟存草者，不敢使上見之及政府見之，將使里之人見之，如以余言信者，余猶可以稱人於里也。不然，覈而摘我，我猶可及死，以實三君子之口，而快其魁之志也。己卯孟夏朔日志。

題何將軍賣劍歌卷後

張司空破格擢雷煥令豐城，而發干、莫於九地之下，其求之勤若此，今何將軍特以一貧故，捐二十年所佩之寶劍而鬻之，抑何衰颯不振也。而諸名士顧争爲長歌，以壯其舉，毋乃各欲自露其鋒與不平之氣耶？將軍毋輕棄此劍，異日有知將軍者，以一騂騮將五百騎，西出玉門取樓蘭首，思復得此劍，晚矣。唐人詩曰『時平壯士無功老』，語有致可憫。吾亡友俞仲蔚獨不然，其歌寶劍云：『天下長令萬事平，匣中不惜千年死。』此殆爲老夫發，何將軍首肯之乎？噫！前有元振，後有仲蔚，而諸名士不已，何也？

陳公直道編後

余嘗謂野史不可盡信，作《攷誤》數卷以正之。吴中陳直道公永錫，爲藩參、爲御史，三用抗疏忤旨，瀕百死而益勁，天下之人能言之。而友人劉子威侍御撰《續吴先賢讚》，於公若有所未滿者。蓋謂公宣德初逮治請室，凡五年乃得釋，復其官，則親前已死獄中。乞行服，不聽，又乞歸葬，乃聽。至所述讚云：『祚〔一四〕數跌不悔，佚興佚廢，至陷其親於囹圄以死，不爲服，雖成直臣名，然以此易彼，是豈有不得已者？』則凜乎霜鉞之加，即逝者有知，公無以自解矣。後得柯少詹潛所著《年譜》讀之，乃公以宣德辛亥下獄，明年壬子，父思恭死，弟禮死。又明年癸丑，母顧死，兄祐死。又明年甲寅，從子瑞死。又明年乙卯而後釋，詔奪情，復故官。公懇乞歸殯終喪，新天子憫而許之。三載戊午，服闋還朝。尋出楚，而有遼王之獄。然則所云不終喪者，謬也。夫公之出處非後進所敢議，百折不挫之操，豈區區一富貴可溺者。子威又復云：『其後世官亦有顯者，乃多智計，用和謹貴顯者。』謂方伯子兼也。子兼視余丈人行，折節而見友，其人清簡冲澹，恬於進取，有鳳皇千仞之操，毋論『智計』語不相當，即『和謹』亦非所以擬之。當子威之成書，余不及與相楊榷，第子威以文名世，其書必傳，故余一拈出，附於《直道編》後，子威不謂余以厚道望生者，將必罪余以曲筆媚逝者也，余固甘之矣。

所記疏白蓮沼治芳素軒後

疏白蓮沼芳素軒之閱月，即爲之記。人或謂余何健筆研乃爾，余笑曰，非也，吾昨者過離賁園，覩危甍傑構瞥起，凡二十餘楹，跨據橋道，而昔之所謂鷃息軒、碧浪齋、壺隱、晞髮二亭與花樹梧竹無一存者，僅餘前小島與緑萼梅，婆娑暎照而已。始悟陵谷之變遷，是千萬年事；市朝之轉徙，是百年事；而兹園乃一轉盻間事耳。歸而取吾記讀之，歷歷猶可數，不然，則是園者，烏有先生而已。天下之壽者，莫若山，山之不盡真者，不必壽。

今吾山與吾記俱幸而有聞於天下，雖然，吾固知山之壽不能勝吾記之壽也。何以徵之？過永州者，覓子厚之愚谷諸勝不可得，得之其文。夫真山川且然，况不盡真者哉。

題祝希哲詩後

祝京兆好書，自撰數律，以其能得晚唐人三昧也。亦好作此結法，以其稍出眉山、雙井上也。吾所見人間凡十餘本，此其最翹楚者，聊爲拈破。

汪禹乂與子書後

汪禹乂與其最少子書，凡十四。雖小赫蹏，必方幅；隨意數語，必端雅有味；結字雖草草，必具真行法；陳蘇州德基擬之陶靖節《示儼等疏》。靖節吾所不敢輕言，賢於陳暄多矣，堯卿其奉以寓羹墻之思哉。

書所作乞花場記後

徐孟孺與陳仲醇偕築讀書處於小崑山，乞名花實之，目之曰『乞花場』，而屬余記。自余之記成，而頗有豔之者，會孟孺葬母於天馬山，治丙舍依止之，遂舉以歸仲醇，而别築室於鍾賈山，去小崑山五里而邇。其室甚陋，而地尤勝，曰：『服除，吾將以爲鹿門，率妻子居之。』仲醇意不能恝然於孟孺也，扁其館曰『徐來』，孟孺亦不能恝然於乞花場也，屬陸茂才萬里書余《記》曰：『吾且時寓目焉，怳然若吾身之坐起斯場也。』昔韓退之還名畫於獨孤生，而記其事，今畫不知所嚮，而《記》烺然猶在人世間，何況廬舍卉木之跡，轉眼而付之田更樵牧之手，求之暮煙秋雨而不可得，當不若求之於此《記》也。孟孺能薦余言否？

屠長卿詩後

屠長卿手書五、七言古近體二十四章，寄余金陵，長夏讀之，令人忘暑。其宏麗奔放，真才子也。若陸平原之材多、張壯武之不實，小所不能免耳。詩語大半道情而夸特甚，蕊珠宫所首禁者。此不過英雄欺人，第今後世視之，如李青蓮疑其仙去不死。余報以一章，欲其杜門壁觀者十年。玉京雲軿，長安蒲輪，總當駢集，長卿故不首肯余指，聊識其後以自儆。

徐武功與諸賢送韓襄毅公總督兩廣卷後

此韓襄毅公再起帥嶺南，而故相徐武功先生餞而叙之，一時諸君子若夏太常昶、徐方伯瑄、張大參顒、劉憲僉珏、錢方伯昕、馮憲副定，并徐先生爲十人，以少陵氏《上哥舒翰開府》『動業青冥上，交親氣概中』詩語爲韵，而分賦之者也。今獨『業』字韵闕，蓋徐先生叙而不及賦故。先生既以分韵而悔，謂襄毅公之忠勳戡亂，與哥舒之貪殘起釁不可同日語，奈何以哥舒擬公？雖然，亦僅取一時之致云爾，以哥舒之不能當襄毅，豈俟徐先生言之。少陵氏異日不云乎『寄語防邊將，慎勿學哥舒』，譬之韓昌黎之奉于司空書與『實録順宗紀』，故自爲冰炭也。是之則爲詩與書，非之則爲史，故文士恒例耳。獨怪玄宗委膈而付哥舒者十餘年，必使之盡耗河西隴右之財力，以病劇不任而後暫已。襄毅公之繇中丞而晋大夫，繇提督而拜總督，寧不隆寄渥錫哉。公篳路藍縷，以開嶺外百世之安，然未能竟三載，不病而强以病免，嗟乎，何幸將之久，而賢將之弗克久也！是二語也，以哥舒則不可，以襄毅公則可。而是十君子也，其名位詞翰，皆三吴一時選，片語零落，無異吉光之羽，人且寶之，而况爲公之子若孫者哉。

書瓦官寺刻二記二詩

金陵多古名刹，其地又多據山水之勝，然往往爲聲酒所汙，余甚厭之。凡三過瓦官寺，寺僧獨具茗，以嘉蔬起麪餅供，余輒欣然爲飽。有載酒從者，俾移庖萬竹、同春二園，蓋寺僧守梵網木义甚嚴，不忍以口腹破之故也。會僧刻余二記二詩，因舉『晨鐘』、『午飯』二語拈出題其後，且戒游者，慎毋以酒食下地獄種子也。

題寄漁卷

人有不識王弘之者，問漁師得魚可賣否？弘之曰：『吾釣亦不得，得亦不賣。』此真所謂寄漁人也。題額者陳道復，亦玄真子之流，序之者王敬臣，則羊裘老翁，上動星象，第不可責之筆墨行逕耳。覺得兩畫不署姓名，尤堪鼓枻屈大夫前。新正杜門，疏乞保守鑑湖一曲，覩此殊更瀟洒。

韓氏藏祝京兆所澮記及袁永之詩後

嘉靖初，韓襄毅公諸孫有號所澮者，乞故祝京兆希哲記，而希哲手書之，一時以爲二絶。而是時袁永之兵部與君善，後先記詩凡三十五首。永之詩名噪一時，無能舉其書者，而書却有風態可賞，希哲大都不無楓落吴江之恨。韓君之子懋賞，合裝爲一卷，偶令余題其後。余謂當襄毅公時勳位隆重，而韓君乃其親孫，又嘗參督府佐都綱，能汰膏腴於五鼎中，而得不厭之味，懋賞貧且漿酒藿肉之不給，而又能守其先之訓，以此蹟遺後人，其於澮當更難也，澮乎相與更勉之。

題陸中丞漕白糧疏草後

余既以陸生之請，傳其尊公皐南大中丞事，勒石於其賜塋之陽矣。既而得公所上隆慶封事，而歎曰：『陸公其猶有遺稱乎哉？是余之罪也。』夫公前後封事凡數十，而此其最有德於三吴之人者，何以知其然也？凡漕卒之艘萬，其實糲，六師食之；民之艘千，其實鑿，天子六宫食之。卒怙〔一五〕其衆，而驕其民曰：『吾爲官運也，而私運也。』恣魚肉之，抑之不得先；斥堠、津梁之人亦抑之且魚肉之，曰：『而私運也。』於是民益損，其橐至一鍾而至一石，又往不及期，中貴人乘而侵牟之，業挫産不能償。公乃與前督漕使者潘君謀，疏其狀上聞，大司農酌之，報可。於是民漕不得名爲私，與卒分道而行，毋所陪償，天子六宫亦遂早食新矣。抑豈三吴之人德陸公，大司農亦且德公。夫一言而爲百世利計，孰有大於此者，而余遺之，嗟乎，此非余之罪也！陸生慄然，别梓公之疏以行，而俾余識其後，且曰：『太史公傳賈長沙，其《治安策》不載，載之《新書》，世固急言其策，而後及傳，有以哉。』

游金陵諸園詩後

余舊游燕、吴諸名園，多以詩紀之，詩多七言律。而今年二月，自家抵郡，過徐少參廷裸園，得二首；三月自郡抵金陵，金陵之園不減李文叔所紀洛陽，次第游之，得十四首。適武林卓澂甫光禄以素卷索近詩，而凍筆不能應，吾鄉人章藻工吳興結法，令録以與之。澂甫有園在塘西，甚雅麗，而余不獲游，有如異日躡蠟屐相過，能以家釀百斛潤筆，當更爲澂甫園新詩，併嚮者諸作悉手書之。第澂甫之愛其釀甚於吾詩，及書恐不能也。

題牛首詩文後

余與姜宗伯，陸、李二司寇，方司農參牛首及祖堂、獻花巖，既畢而爲記記之，又爲雜體詩詠之，欲手書付山門，而嬾拙轉甚，展筆而復縮止者數矣。會周公瑕自吳中來，公瑕書法妙絶，金陵緇白，亡不愛其揮染者，因以屬之。雖老，尚能揮汗結此緣事也。六季及唐以來，釋氏之文，僅一王簡棲《頭陀》、温子昇《寒山碑》而已，餘皆托之伯施、信本、登善、北海、清臣、誠懸以傳。孰謂書小藝，山僧其善藏之。

題故崑山劉令畫像碑記後

劉侯之令崑山也，屬主上方嘉隆漢宣之效，責吏治守令，而侯獨精心爲之，前後俷六載，始以高第徵拜臺察。又俷四載，而士民益謳思之不忘，相與伐石，樹之五父之衢，而支學憲可大記其績，刻之以垂永永。諸生歸有禎既倡其事，而又圖侯之像於絹素，揭支君之文於後，俾不佞爲之題尾。侯之在事，則不佞貞跧伏田野間，得窺侯之一二，大較誠與明合，其所近必先實而後名，其獲必先下而後上，其指必先教化而後刑罰，所急必單赤，而亦不廢衿紳之禮。以故侯之澤，愈久而愈深，其士民之謳思，亦愈久而愈不忘也。侯今晋爲天子中執法，自是而中二千石，而九卿，而三公，故不至作黄潁川、朱桐川，厘厘班、史一循吏而已也。夫一循吏故不足名劉侯，然爲崑山人名劉侯，又安能舍循吏哉？蜀人勒文翁像石室，至今尸而祝之，歸生其用蜀人故事，俾侯像與支君并不朽可也。

莫愁湖園詩册後

出三山門半里許，得一弄頗閴寂，其北街爲莫愁湖園，魏公之介子廷和所分受者也。諸公子名園以十數，皆奇峭瑰麗，第天然之趣少，目境亦多易窮，而此園獨枕湖帶山，頗極眺望之致。游者遠車馬之跡，而與魚鳥相留連，誠故都之第一勝地也。莫愁不知所得名，若梁武《樂府》所稱：『十五嫁爲盧家婦，十六生兒字〔一六〕阿侯。』不過狀其閨中之絶而已。及沈佺期《古意》則易爲征人之婦，宋〔一七〕詞『艇子難繫』則又易爲北里之冶，更誤矣。廷和治臺榭亭館以快游者，又合許太常之記、邢太常之額與群賢之詩爲鉅册，而屬余跋之，翩翩佳公子哉。余游晚，亦會園以大水故，蕪廢不治，然喬木脩篘，與斜陽遠浦、菰蒲蘋芡相暎帶，其趣亦自不乏也。因檢槖得近作一律、四絶句書之，而復徐君曰：『不侫歸矣，亟治之報我弇中，當更成一詩寄君，作神游可也。』

題李僉憲墓誌銘後

李僉憲良材捐館之第三年，而其冢嫡勝任扶服走金陵，謁余銘。既應之，復拜且泣，出卷索以請曰：『是將摹之石而藏諸窆，以慰我先君子地下矣。毋若李之存者，何幸手書此素，留爲我李家寶，庶春秋饗祀出而展之，以比於大訓、河圖乎？』性不喜書，適病瘡，十指皆屈强，姑令侍史録之，而强題其後。昔韓昌黎手書《歐陽四門哀辭》而識之曰『余生平手書僅此二通而已，以遺崔清河、劉彭城』，然不聞其家請之也。今李生乃能昌黎我乎？吾文既乏二長，書又不解八法，李氏如有瓿覆，其舍諸吾，固知生之請誤矣。

題彭公甫先生傳後

余讀天臺山人所撰《彭公甫先生傳》，不覺三乙三歎，惜其早逝而不相及也。先生崛起草澤之中，年甫勝冠，而能不爲佔僤所繩，即以聖賢之道自任，其智崇而禮卑，即取余微節辨晳、不苟易簀之際，綽然定見定力矣。嗟乎，先生之壽僅二十有九，使得從吾夫子宫墻之末，加以三載，即不敢論入室，希□庶亦在堂廡間哉！若天臺山人此傳，蓋曾子稱吾友意也。

張應文詩跋後

吾友張子始好葛稚川、張平叔家言，謂内外丹皆可成，而神仙可立致，余不薦者久之，乃潛心蔥嶺之教，多所注釋。又久之，復悟一切放下，灑然無一絲罣。今年仲冬，寄余詩偈如干首，則單刀直入，葛藤斬斷，蓋深得黄蘗、趙州三昧，而以游戲出之者，使余舌吐汗浹不能收。雖然，余只是暫時岐路耳，張子可留却鼇山頂上受用。

原《弇州山人續稿》卷一百六十

校勘記

〔一〕『又』：底本作『文』，據《四庫》本改。
〔二〕『褒』：底本作『褒』，據《四庫》本改。
〔三〕『坪』：底本作『平』，據《四庫》本改。
〔四〕『丹』：疑爲『旦』字。
〔五〕『壁』：底本作『璧』，據《四庫》本改。
〔六〕『偲』：底本作『偲』，據《四庫》本改。
〔七〕『偲』：底本作『偲』，據《四庫》本改。

〔八〕『得』：底本原闕，據《四庫》本補。
〔九〕『惟貞』：《四庫》本作『維禎』。
〔一〇〕『坪』：底本作『平』，據《四庫》本改。
〔一一〕『公』：底本原闕，據《四庫》本補。
〔一二〕『之』：《四庫》本作『某』。
〔一三〕『公』：底本原闕，據《四庫》本補。
〔一四〕『祚』：底本作『作』，據《四庫》本《續吴先賢讚》改。
〔一五〕『怗』：《皇明五先生文雋》作『怗』。
〔一六〕『字』：底本、《四庫》本作『生』，據原詩改。
〔一七〕『宋』：底本作『宗』，據《皇明五先生文雋》改。

弇州山人題跋卷三

書畫跋跋卷一

墨蹟跋

鍾太傅薦季直表

魏太傅鍾成侯元常書，世不多見，見者唯淳化間〔一〕數帖及《戎路》、《力命》二表而已。《宣示》乃右軍臨筆，《長風》、《白騎》識者有疑，《戎路》、《力命》紛紛若訟，獨此《薦季直表》最後出，由分湖陸歸蕩口華，復爲之刻石以傳。自華氏之刻行，而天下之學鍾書者，不復知有《淳化閣帖》矣。此《表》小法楷法，十各得五，覺點畫之間，真有異趣，所謂『幽深無際，古雅有餘』，昔人故不欺我也。華氏藏爲大戎脅取，夤緣佐朱提。權相復見法，籍入天府，尋用代禄，轉落緹帥家。緹帥没，余乃偶得之賈人手，亦云幸矣。好事者意此神品無上法書，不應歷唐宋間寥寥乃爾，又歷千五百年而完好若未觸手，甚或以纖媚疑之。第此正純綿裹鐵，書家三昧也。庸詎知非其時臥江左深山中，不得排金門、入紫闥，而亦用此故不墮兵燹耶？藉令李懷琳、宋儋白首臨池，辨此結體否？咀賞之餘，因敬題於後。

又

鍾太傅《薦季直表》，向者草草題數語而未盡。春日閒居，數展閱之，愈見其妙。李太僕貞伯眼底無千古，爲文待詔言：『雖積筆成冢，不能得其一波拂也。』待詔又辨『關内焦季直』爲『關内侯季直』，今《表》内『侯』字甚明，蓋裝潢之際，少加墨潤故耳。此書即令懷琳輩作贋，必當倣《宣示》、《墓田》，不解別創此結法也。以《淳化帖》中蕭子雲《列子》一段較之，中間尚可容數人，何況懷琳輩哉？其辭極典實，是東京語，於繇它文筆更勝。第表尾稱『黄初二年司徒東武亭侯』，攷陳壽《志》繇本傳，爲魏相國，封東武亭侯，坐法，以侯免。文帝即王位，爲大理；即帝位，爲廷尉，進封崇高鄉侯，遷太尉，而不言作司徒，若少牴牾。然《法書録》有袁昂評鍾司徒書『字十二種意，意外殊妙，實亦多奇』。敇旨既具如評，復謂繇書意氣密麗，若飛鴻戲海，舞鶴游天，則繇固嘗爲司徒傳遺之耳。愚又考華歆、賈詡傳，歆以魏相國改司徒，禪代之際，忤旨不益封，辭疾不允，至四年而太尉詡卒，繇代之。按，廷尉於九列爲第五，不應超拜上台，豈歆托疾得請，而繇自廷尉領司徒，後進太尉，而歆復代之耶？其崇高鄉二年始定封，東武之稱，斯爲當矣。黄長睿、趙明誠往往以碑帖證史傳之謬，余竊願學焉。若上米芾印，則宋人之蛇足也。芾恒云生平不見漢魏書，故寶晋齋斷以晋始。

鍾太傅薦季直表

太傅此表正與《蘭亭》絶相似，皆是已退筆於草草不經意處生趣。但《蘭亭》長，此匾；《蘭亭》瘦，此肥；《蘭亭》今，此古。然《蘭亭》以骨爲肉，此以肉爲骨；《蘭亭》規矩在放縱中，此放縱在規矩中。其相反處，筆意亦正相合也。第考諸跋中來歷，即始於陸行直，以前不著所自，好事者疑寥寥唐宋間，亦是見知律。然筆法自妙，不應以耳聞疑目見。若以年銜爲駁，則史傳所記，主在大政蹟不謬，區區履歷，非所經意。且此等處極易錯，不足爲據。僞作者摭史事粧飾，固不難耳。季直事，陳壽《志》不載，書法創出，事創出，正可定爲真也。米顛閲書白首，無魏遺墨，語見《書史》。米芾印果似蛇足，然安知非作《書史》後得覩此，不及增入；又安知非以《寶晋》故，妒魏蹟，如劉涇不信世有晋帖耶？若貞觀、淳化、宣和、大觀四印，則的爲僞作無疑。且陸跋止稱有河東薛紹彭印章，則此外諸印皆至正以後所增耳，蛇足又豈獨一顛哉！司寇公得此卷後即出撫鄖陽，余不及乞觀，至今爲恨。今諸子中不知阿誰收得？異日尚圖畢此心願也。

右軍三帖跋

余前得先右軍《大熱》、《此月》二帖於崑山顧氏，乃黄琳美之家物，轉入陸太宰全卿，顧氏其外孫也。《大熱帖》更世久，紙墨已盡揭，而猶有搵入膚理者。細玩之，極純雅可愛，當是真蹟。《此月帖》筆勢圜逸，而間有襄陽意，疑爲米南宫臨本。後得《淡悶干嘔帖》於慧山談氏，印識題跋甚衆，結法精美有度，而發筆微怯，據鑒定以爲唐人臨本也。真跡縱潦倒如裴叔則，病劇回眸，猶足掩映數人。臨帖從真蹟上翻出，優孟抵掌，尚近於王孫隆準。薛紹彭云『古囊織縹可復得，白玉爲躞黄金題』，況爲之後者乎？珎重珎重。

右軍三帖

《大熱帖》有二本，一在《閣帖》第七卷，云：『足下尚停數日，半百餘里，瞻望不得一見卿。此何可言！足下疾苦，晴便大熱，小船中至不易。可得過夏不？甚憂卿，還具示問。』黄長睿釋如此。劉次莊闕『小』字不釋，『船』字釋作『恒』。臨江《二王帖》釋作『比恒』。又云『里』字上稍短，釋作『生』字者非。『比恒』、

『小船』俱未當，未見《閣帖》真本，不敢臆斷。今驗顧氏所摹閣帖，『恒』字是無可疑，『小』字右點帶筆自中畫左貫過右，中畫上有横轉畫，殆類『所』字。第作所『恒』，文義不屬。一在《閣帖》第八卷：『便大熱，足下晚可耳。甚患此熱，力不具。王羲之上。』不知司寇所得是何帖？《淡悶干嘔帖》亦在第八卷：『足下各如常，昨還殊頓，胸中淡悶，干嘔轉劇，食不可强，病高難下治，乃甚憂之。力不具。王羲之。』楊用修謂『淡』即『痰』，『干』即『乾』，古字從便耳。良是。『劇』字劉釋作『亂』，非。《此月帖》閣帖無之，元章《書史》、《待訪録》俱不載，不知作何語。跋疑是南宫臨本，想其筆勢流動，或亦可玩。《淡悶帖》據鑒定爲唐人臨本，此所謂下真蹟一等，亦是奇寶。第恐是後《閣帖》上臨出耳。《大熱帖》果係真蹟，真天地間神物，足與《季直表》抗衡。安從得乞暫玩？古人於筆法，或觀舞劍，或見蛇鬬，皆云有悟入，然豈如覩真蹟之爲快哉！

題唐虞永興汝南公主墓銘稿真蹟後

昔人於永興、率更書俱登品神、妙間，而往往左袒永興。余初不伏之，以虞之肉似未勝歐骨，蓋謂正書也。晚得永興《汝南公主誌銘草》一閲，見其蕭散虚和，風流姿態，種種有筆外意，高可以室《蘭亭詩叙》、《治頭眩方》，卑亦在《枯樹》上游，則非

《鄱陽》、《薄冷》險筆所能并駕矣。此草吾鄉陸太宰完所藏，而李文正東陽爲識其後，且云太宰見此本三十年，往來於懷，其弟長卿始購得之，以爲快。然余攷米襄陽《書史》云『先於洛陽王護見摹本，後十年真迹在故相張公孫直清處，其後止「貞觀十年十一月丁亥朔十六日」』，與今文正相合。但所云旁小字注『赫赫高門，在裴丞相家，是其銘』及前褾紅綾色如新，有名幾玄者題云云。又《宣和書譜》已入秘殿，而前後御題寶識今皆無之，此豈即王護之本？抑果真迹，而流轉兵燹失褾識耶？襄陽又自言嘗臨《汝南墓誌》，浙中好事者以爲真。虞本此書雖妙極戈法，而不無襄陽結構，或即米所臨，未可知也。竊以爲右軍之《宣示》、大令之《白騎》，即一轉故自佳耳，何必鍾太傅哉？陸公與余後先丁未進士，俱有書畫癖，而文正題跋之日，正余此日也，爲一歎而書其末。

虞永興汝南公主誌銘草

此無錫華氏物也。華禮部起龍歿後數月，唐元卿忽謂余曰：『元谷家《汝南誌草》，今又爲鳳洲公有矣。』若甚懊不得意。然《書史》云：『此幅文但至半而止，行下有空白紙，猶空十一字。此蓋卒日猶未言葬，闕文尚多，安得便言「赫赫高門」？不當後幅却與前幅不相連屬也。』然此蓋草稿，『赫赫高門』正是銘文發端語，葬日等不必屬草，祇可臨期填入，故徑接『赫赫』去耳。幾玄題是咸通二年，唐懿宗年號也。崔十八綽曰：『此去獲見《汝南帖》，亦何減於昇第耶？頓令人土苴人爵。』内小字注，不知注在何行旁。今既無此小注，其後行下猶有十一字空白否？空白止十一字，則後無餘紙。御題寶識應即侵入行内，何由割去？然則司寇所得多係米臨本，不，亦王薐本，斷非真蹟明矣。凡御寶等，但有添入者，鮮有割去者。惟《貞觀》、《淳化》所收闌出民間，或割去以應募。自遭靖康亂後，無此忌矣。且未入南宋御府，復何爲諱縹識耶？惟不增縹識，或猶是王、米二本，不至作螟蛉耳孫耳。余初聞元卿語時，曾舉《書史》米臨張直清本對，今跋中亦及之。人所見固不相遠，第果係米臨本，必當并入小字注，不應遺却。若王氏本有無，則或未可知耳。

褚河南哀册文

右故相河南公褚登善書《唐文皇哀册文》，得之吴江史氏家。蓋九百年而紙素完好，墨色爛然刺眼，真神物也。評書者謂河南如瑶臺嬋娟，不勝羅綺，第狀其美麗之態耳，不知其一鈎一捺有千鈞之力，雖外拓取姿，而中擫有法。此晚年筆，似非虞永興所能伍昂也。卷初落江南深山中，且諱避，故不登宣和御府及入海岳、長睿諸君眼，然亦用是得脱金燼，爲光堯帝、阿暉賞識，顯晦固有時耳。宋景濂嘗爲詹國器跋一卷云：『似河南筆，然中落八字，又無諸賢款識，其爲贗本無疑。』阿暉既當上誇其父，余之所得，視景濂不既多乎？

又題哀册文後

余所得此帖，有于瓌、紹彭題識及諸名賢私印甚夥，至于紹興御記、敷文鑒賞，斷不若詹本之少據。而結法淳厚，風華秀逸，又非褚書之它存者可擬。余所有《枯樹賦》雙鉤及刻《聖教序》、《班固贊》雖佳，係少年筆，不免細而微佻。此册與《家姪至》一帖同法。其爲真蹟神品無疑。宋學士跋詹本謂『廿三年』下闕『歲次己酉五月甲辰』八字，『嗣皇帝』下不書『治』字，『遡悲風於長』字下闕『術』字，又『庚寅』作『庚子』，與此正同。意者詹氏所得其臨摹别本耶？然此有『高祖配天，一人有慶』，而詹本獨闕，或褚公書此稿草，故不止一本耳。按，内『庚子』、『庚寅』，據史當以『庚寅』爲正，『術』字闕係筆誤，『治』字闕則非臣子所敢書也。余又取《文苑英華》、《唐文粹》、《大詔令》諸書參考之，如『鳳紀凝秋』《文粹》作『鳳管』，『高祖配天』《文粹》作『高配於天』，『良書自得』《文苑》作『良畫』，『先懷反正』《文苑》作『先懷友敬』，『蚩尤遁剪』《詔令》作『遽翦』，『徙邑垂仁』《文苑》作『從邑青扆』，『同規』《文苑》、《文粹》作『青戾』，『龍鄉委賷』《文苑》作『委質』，『升年』《文苑》作『千年』，『商管初飛，秋絃罷佾』《文苑》作『弘璧陳階，鈞天罷佾』，『鶯川攸緬』《文苑》作『夢齡遐想』，『羲和司日』《文粹》、《詔令》作『端圭司日』，『凝清秋於廣路』《文粹》作『凝秋林』，又與《文苑》俱作『廣陌』，《詔令》作『拂凝霜』，『隅山』《文粹》、《詔令》作『嵎山』，『虛衛』《文苑》作『肅衛』，『輕池』《文粹》作『輕馳』，凡十餘處，疑即宋學士所謂不能悉數者。然遍考三書，此異則彼同，而詳翫其語，要當以此册爲正也。豈諸書所載，或得其初稿，或得其進御改定之筆耶？若此文之爲褚公撰，諸集甚明，學士似亦不必更贅以年月考證也。詹本世不復著，而學士及方希古跋在，吾故詳著而書其後，毋使世之覽者如《蘭亭》訟端。

褚河南哀册文

余甲戌歲與敬美同在禮部，閒論書法，敬美曰：『若覩家兄所藏《哀册文》，天下無墨蹟矣。』余曰：『安得乞一覩？』敬美許之，後因循未果。米元章未見此帖，然相傳俱云學褚最久。余嘗見其跋褚摹《蘭亭》真蹟，筆法與此絶相似。《海岳名言》云：『吾書小字行書，有如大字。惟家藏真蹟跋尾間或有之，不以與求書者，心既好之，隨手落筆，皆得自然，備具古雅。』又云：『褚遂良小字如大字。』以此驗之，益信。莫廷韓初入燕日，沈伯英謂余曰：『雲卿爾來方學《哀册文》。』是時莫尚名是龍，字雲卿也。筆意頗亦近之，然米得態，莫得姿。先是，余曾得石本於姑蘇，當時亦絶愛之，後鳳洲公家亦有石本，華起龍寄一帙來，覺不如舊購者。詢之敬美，云：『印此石，買時并買石耳。』然細較印文行款俱錯，原是兩石耳。舊刻顧元慶跋，謂唐中丞應德先生云在義興堵氏，今司寇乃謂得於吴江史氏，豈由堵轉入史耶？此書妙處在筆勢飛動，鈎捺有力，第位置間尚不甚滿人意，不耐着眼看。謂此能擺脱歐、虞拘束，固自一説。第《宣示》、《黄庭》，其位置不方整，然細玩之，安插自有法，妙意涌勃，蓋巧運規外。此帖則生硬，點畫似尚不受令，米莫病亦然。

懷素千字文

藏真此卷，歐陽文忠公家物，後有公跋語，與《集古》、《金石録》所載同。内缺百四十一字，文徵仲太史手補之，亦僅虎賁之似耳。藏真書雖從二張草聖中來，而結法極謹密，微有不可識者，或從心時波磔不應手也。此卷字字欲仙，筆筆欲飛，是行世第一本，由文忠而歷王文恪家，轉入余手。爲拈出，差不爲負矣。公瑕叙其繇來甚詳，且謂不讓吾家河南《哀册》，或以爲知言云。

又

此卷後有歐陽文忠公跋，知爲公家物也。『六一居士』印章甚奇古，硃色若新，第跋語所謂『後人棄百事而以學書爲事業，至終老窮年，疲敝精神，不以爲苦者，是真可笑也』，意大是不滿素師。蓋公方在兩府，刺促西廳掌故，故無暇究八法也。它日出鎮潁、許間，有詩云『晚知書畫真有益，却悔歲月來無多』，更敢作此跋語否耶？藉令素師不辨此行逕，荼毗禿顱後草木腐矣，六一何自知之？爲之一笑。

懷素千文

此帖在文忠公家，又已見《集古録》，不知米顛何由未見。陝刻今盛行世，跋語不言字畫同，應别是一本。素師雖有鐵腕力，然不脱緇流氣，筆法亦太近。今周公瑕謂不讓《哀册文》，恐未然。河南游夏比肩，師則蘇、張輩耳，無但品格殊，地位亦懸絶。

宗室家懷素千文

余家有懷素《千文》真蹟，僅九百字，飛動奇逸，爲諸瀍書冠。今得豫章宗侯所藏絹素《千文》閲之，圓熟豐美，又自具一種姿態。大要從山陰派中來，而間有李懷琳、孫過庭結法。或以素生平遒放疑之，當是種芭蕉濃瀋染葉時筆，不然。恐非周越、高閑輩所辨〔二〕也。吾兩家其善有之，斗牛〔三〕間雙紫氣，不在干將、莫耶矣。

宗室家懷素千文

素師《千文》今世存者尚多，想其在日，所書固不少。然其筆法秪是狂勁，故易僞作，以乏醖籍耳。此帖據跋似亦疑其僞，然僞亦有佳有不佳。楊二山太宰雅好書畫，每〔四〕向飛鳧人曰：『有假者持來，我買。真蹟價重，我不能買。』然往往亦得佳者。

顔魯公書送裴將軍詩

右顔魯公《送裴將軍詩》，多感慨踔厲，是公合作語，而不見集中。錫山安國續刻之，故應是安氏物也。書兼正、行體，有若篆籀者，其筆勢雄强勁逸，有一掣萬鈞之力，拙古處幾若不可識。然所謂『印印泥』、『錐畫沙』、『折釵股』、『屋漏痕』者，蓋兼得之矣。裴將軍當是裴旻，旻劍舞與張長史書、吴道子畫爲開元第一，公于時年尚少，甫得法長史。其書此歌時，旻豈亦錦韝紫膜、盤馬跳躍，爲驚雷掣電狀耶？不然，何公書之酷似道子畫也。跋尾曹武惠王、林和靖處士俱亦自有筆意可觀。

又

公行書實勝正，而其傳者獨《争坐位》、《祭濠州伯》、《姪》、《送劉太真詩》而已。

此卷兼正、草、行三體，而大又倍之，足以展其龍跳虎臥之勢，用大金剛力護張長史心印，真可寶也。

顔魯公送裴將軍詩

長史筆法，原自劍舞來。魯公受法長史，復遇善劍將軍，宜其雄强勁逸也。

柳誠懸書蘭亭詩文

自《禊叙》出右軍筆，玉匣《蘭亭》、龍孫《定武》外，石刻何啻百千本，而孫興公文及諸賢詩寥寥無傳者，獨柳誠懸少師嘗一録之，見《宣和書譜》。柳法遒媚勁健，與顔司徒媲美，書家謂『驚鴻避弋，饑鷹下韝』，不足喻其鷙急。去山陰室雖遠，大要能師神而離跡者也。余從顧氏所驟見之，怳然若未識，久看愈妙，因捐一歲奉獲之，仍爲歌志於後。

又

公此書乍看之，亦似有一二俗筆，而久之則俗者入眼作嫵矣，殆似髭聖之視羊鼻翁也。鋒勁處真純鈎鑷稍，游絲細筆亦似鐵鑄，中間一二行小楷，以無意發之，絶得晋人心印耳。

跋尾楊少師有書名，乃不能佳；宋適無書名，乃致佳，此亦不可曉也。滄浪、莆田、海岳、無垢及長睿校書，皆宋之諳八法者，皆有跋。澹游老人王萬慶，庭筠兒也；明昌，金章宗年號，然則此卷蓋入北矣。萬曆改元初秋，書於九江道中，舟行如畫。

柳誠懸書蘭亭詩文

誠懸書力深，此詩文率爾摘録，若不甚留意，而天趣溢出，正與清臣《坐位帖》同法。然彼猶饒姿，此則純仗鐵腕，敗筆誤筆處乃愈妙，可見作字貴在無意，涉意則拘，以求點畫外之趣，寡矣。中一二俗筆不足嗤，惟間有醜怪處，去惡道不遠，玩者亦玩其趣可耳，若効之，恐遂成惡札，張温甫、陳白沙是其末流也。余有此石本，首標『唐帖卷三』，不知前二卷爲何帖，亦不知何地所刻。或云即司寇家石，然《小西選帖》不載，尚屬可疑。《蘭亭》詩文本多，此但裁取佳句，實籍誠懸筆蹟以傳，餘棄者遂不傳。考《法書要録》，右軍五言五首，其一曰『纏利害未若，任所遇逍遥。良辰會起處』，似缺數句。其二曰：『三春啓群品，寄暢在所因。仰眺望天際，俯盤緣水濵。寥朗無厓觀，寓目理自陳。大矣造化功，萬殊莫不均。群籟雖參差，適我無非親。』首句五字草。誠懸録此篇，删起二句，『緣』作『渌』，『厓』作『崖』，『目』作『物』，『親』作『新』。細味《要録》，是誠懸誤書耳，今《詩紀》遂作碧天對渌水矣。其三曰：『猗歟二三子，莫非齊所記。造真探元退，涉世若過客。前世非所期，虛室自我宅。遠想千載外，何必謝曩昔。相與無所與，形骸自脱落。』自『前』字至『宅』字注。其四曰：『鑑明去塵垢，止則鄙悋生。體之周未易，三觴解天刑。方寸無停主，務伐將自平。雖無絲與竹，元泉有清聲。雖無嘯與歌，詠言有餘馨。取樂在一朝，寄之齊千齡。』其五曰：『合散固有常，修短定無始。造新不暫停，一往不再起。於今爲神奇，信宿同塵滓。誰能無忼慨，散之在推理。立言同不折，河清非所俟。』中或稍有誤字。一及三四五，誠懸俱不録，馮汝言《詩紀》亦不收。若非彦遠此録，則世間無此詩矣。周藩圖内至標云：『羲之詩兩篇，成不知何人臆斷。』弇州公最留意詩翰，亦未深攷。第據《要録》，此五詩與《蘭亭序》同作一帖，當即接序後。貞觀時臨《蘭亭》者最多，奈何獨棄此詩，可懊也。想次篇五字草，三篇『前』字至『宅』字注。覺烟霏露結之狀，勃勃楮册間。

雜古墨蹟

前二紙，智永一劄似臨筆，褚河南斷簡，得之陸太宰所。本與右軍帖爲一卷，故黄琳美之家物也。眉山兄弟二劄，故當雁行。襄陽諸詩，尤自秀穎〔五〕。鄧文肅、班彦功、饒介之皆元人名書家，翩翩可喜也。余所爲聚此卷，如窮波斯採寶得成寶船，辛苦頭白。

雜古墨蹟

永師臨本不讓陸平原《擬古》，河南斷簡亦是未央宫瓦。以蘇、米隨杖履猶可，鄧、班、鐃豈應闌入其間？波斯船中恐無此等物。

范忠宣公誥勅

右尚書、右僕射、中書侍郎、高平范忠宣公入相麻，學士蘇文忠公筆也。蓋中書行詞、門下審定、尚書奉行，故告尾有『門下侍郎臣大防、給事中臣臨等言』。『制可』後别一幀，仍列左僕射大防及右僕射爲公，俱未謝。蓋大防以侍郎、公以貳樞同入相耳。其後左丞劉公摯、右丞王公存、吏部尚書蘇公頌、侍郎孫公覺，則皆官尚書省者，其書作行草，至尚書省臣押名似出一人手，而甚有筆意。吾家先司諫紹興中領郡告正同，第書『敕』，此書『制』，則以官位大小異耳。文忠詞深醇懇切，自是四六西京，亦唯忠宣公足當之。第一時在位皆耆德，天下欣欣然向治，不知宣仁老，司馬文正、吕正獻殁，哲廟之欲竇開、奸萌伏，而宋之大事幾已去矣。諸公獨忠宣公最稱能持平，不爲深激，得君子之體，然不獲藉此挽回世道，僅足以緩小人之怨，老而禍寬耳。嗚呼惜哉！吾於嘉、隆之際，幾見此盛，而隙亦動，爲之悚然。

范忠宣公告身

中書行詞、門下審定、尚書奉行，今制猶如此。内閣擬票、六科看詳、六部議覆，每〔六〕日章疏送科部，侍郎入科畫本，即以面上御批紅字謄録於後，某年某月某日於會極門奉聖旨云云，侍郎某押，皆手細書。若不畫不押，猶可封還不行也。今則朔望一到，科胥人代書，侍郎惟僉押，存故事耳，科中且或以辭謝爲敬禮矣。忠宣公爲相，果能持平。跋謂『不得藉此挽回世道，僅足緩小人之怨，老而禍寬』，恐未然。使垂簾初諸大臣皆能持此心，詎有紹聖以後之事哉！第疑范公亦是微見隙動，乃矯以持平耳，嘉、隆事亦然。

宋先司諫公告身真蹟

右直秘閣、知常州軍州、兼管内勸農事告身一通，爲世貞十五世祖司諫府君是時去司諫者三歲，業六十有七矣。而高宗思之，以舊銜領郡。行押者，右〔七〕僕射兼平章事秦檜、參知政事孫近、吏部侍郎晏敦復也。敦復嘗指斥檜奸，近則所謂『伴食相』耳。當府君在諫垣，數上章抗論國是，有直聲，故相張魏公實知之。其殁也，南軒先生予之銘。嗟乎，令司諫而真，檜必不肯行詞頭；然使府君而真，司諫必有所以自見於檜者，而竟已矣。後二十一年，府君卒，至其裔孫國子先生諱廷璧請於故按察使陳公璉、少宰葉文莊公盛爲之跋，皆散佚不存。正德中，告身始歸我先大夫司馬公。世貞乃購得二公稿於別集，而乞吴士善書者書之，而志於後。文莊公終吏部左侍郎，爲吴郡名公卿；陳公以學行顯，其爲按察也，吏部言其文而選愞不稱憲，特改通政，使掌國子監事。以非常典，附志之。

又

某三十年前，曾覽《宋八朝名臣言行録》，今日有見遺者，於舟中閲之。見所紀先司諫事，而愧昔者之草草也。張右相以吕尚書失律不自安，而是時，姦檜方任元樞，嗾臺諫論之，冀得代其處。公獨不可，蓋檜欲相，而公先出諫垣矣。公之守常，又以不禮檜黨之仕虜庭者，爲所譖，罷，主崇道觀。則公之始出諫垣與罷郡，皆檜意也。公在諫垣年已垂七十，其罷郡業七十餘，至八十七而後考終。及二子登上第，又及見檜敗，天之所以報公亦不薄矣。因再拜復書於後。

宋先司諫公告身真蹟

司諫王公者名缙，見宋《名臣言行録》別集第六卷。是時臺諫諷公同論張右相，公不惟不從，且上疏論劉光世等驕惰、王德忠勇、酈瓊輩潛謀有日；方防秋之際，張浚未可遽罷。臺諫遂劾公觀望，欲爲後圖。以此出知温州云。

范文正公手書伯夷頌

范文正公手書《伯夷頌》，纖妍有好致，第不作天章、延慶風骨耳。書家者流，以爲得《樂毅論》遺意，吾不識《樂毅論》，未敢附和。然伯夷聖清與昌黎高平，皆斯道梗梓，不應於翰墨中論輕重也。跋内文、富、晏、杜諸名相，聲實相伯仲，仁、粹二君，實文正喆嗣，而君謨、才翁輩皆擅臨池，尤可寶愛。别一卷皆元人跋，蓋元有平江路李總管者嘗得之，以歸於范氏之子孫，一時諸公高其誼，争爲之詩歌題識，其間極多名手。人謂元人書勝宋人，定不虛也。不佞獲一寓目，不勝惕然，有高山仰止之感。至秦繆醜欲與韓、范論心，爲之失笑。

范文正與尹舍人書

范文正公與尹師魯舍人二劄，蓋家人寒暄語耳，而君臣父子之道備，固不當以書家論也。跋者如宋洪文敏邁之博識，尤文簡袤、楊文節萬里、明吴文定寬之學術，元柳待制貫、黄文獻溍之詞行，汪文節澤民、太不花忠介之死義，皆卓然名搢紳，與二君風猷節概固有相感異代者。不勝子長執鞭之歎，敬書於後。

范文正道服贊

范文正楷書《道服贊》，遒勁中有真韵，直可作『散僧入聖』評，非調筆也。跋者皆名賢大夫，而獨文與可、黄魯直最著。魯直此書極精妍端雅，不作險側態，豈見正人書後，所謂心正筆亦正耶？然結瀍時有元人濫觴，不可曉也。

道服贊

文正非書家當行，特亦非不能書者耳，然視永叔固勝。跋謂『不作天章、延慶風骨』，可謂善爲辭。《道服贊》今刻《停雲館帖》中。

雜宋元墨蹟

雜宋元墨蹟一卷，其後乃元人跋，虎兒書耳。中間虎兒差有家風，致能亦自遒爽。唯蔡忠惠奕奕神令，得晋人筆，名所以冠四家，不虚也。

雜宋元墨蹟

此卷不知幾人書，乃獨舉米、范、蔡，要之止忠惠一條佳耳。

宋賢遺墨

宋賢遺墨一卷，曰光者，司馬太師温國文正公。曰浩者，司諫晉陵鄒忠公志完。曰侁者，集賢脩撰閬中鮮于子駿，元祐間循吏也。子由印記者，眉山蘇文定公轍也。曰芾者，禮部員外郎知淮陽軍襄陽米元章。曰友仁者，元章子、兵部侍郎敷文閣直學士元暉。曰孝伯者，即之父，參知政事。《宋史》不爲孝伯立傳，《即之傳》第云參政孝伯子，又不載邑里，可謂挂漏。曰庭珪者，王盧溪也，忤姦檜謫，晚始登用，得宫祠以終。曰宗翰者，胡氏，爲監司，不甚顯。曰思退者，湯僕射進之，以大觀文落職。凡相二人、執政二人、侍從監司六人。此卷文正公始而進之，終疑若不倫者。噫，宣仁一女主耳，用司馬公，而契丹至戒邊吏曰：『中國相司馬矣，慎毋生釁。』夫以乾道帝之賢，志在恢復，而使之與張魏公并命，又何舛也。南渡之不振，蓋不必韓、賈而後决矣。余故留進之書，俾論治忽者思焉。

宋賢遺墨

司馬諸公大率俱以人重，米氏父子似不當置此中。以品則非倫，以書又恐不甘居此列耳。既云賢，湯進之宜黜去。

蘇滄浪真蹟

蘇滄浪子美草書少陵《漫興》八絶句，而遺其一。後不著名姓，或有謂爲山谷道人及杜祁公者。南宋諸君子以書法及寓吴之歲攷之，定爲滄浪無疑也。按〔八〕，懷素《自叙帖》前六行爲公所補，與此頗相類。此更頹然自放，而氣亦不乏。山谷與公後先俱服膺素師，公得法而微病疎，山谷取態而微病緩，公勁在筆中，山谷勁在筆外，以此不能無堂廡也。公爲杜祁公愛婿，公殁而祁公始學素草，頗有冰玉之譽，然此卷謂祁公書，尤誤也。

蘇滄浪真蹟

永叔嘗云：『蘇子美喜論用筆，而書字不迨其所論。』玩蘇書，良然。字非不佳，却不得筆勢。此跋云『勁在筆中』，似尚未中的。

蔡蘇黄米趙帖

余得蔡忠惠《安樂》、《扶護》二帖、蘇文忠《久上人》一帖、黄文節《眉州》、《畢大事》二帖於柘湖何良俊氏，又得米海岳古詩於長洲張鳳翼氏、《提舉帖》於華亭張某氏，最後得文忠《送梅花帖》、趙文敏《騎從帖》於嘉禾盛氏，《弭節帖》於吾州周應元氏，後先以善價購之，不敢作米顛據舷狡獪也。千狐粹腋，知爲裘者苦心，子孫其善藏之，勿落俗眼。

蔡蘇黄米趙帖

此『千狐粹腋』，雅相稱似，勝前『窮波斯寶船』。第彼有魯侯甗鼎、秦璽損敗角，好古者應仍取彼。

東坡書煙江疊嶂歌〔九〕

蘇長公此書極醇古，妙在藏鋒而秀氣，又自不可遏，乃至大令《辭尚書》、永興《孔子廟堂》法亦時時見之。豈定國、晋卿皆公所深愛，而晋卿畫又足發之耶？時萬曆改元初秋，宣城道中展此卷，覺九派九子諸江山，各出所有來争勝也。

東坡書煙江疊嶂歌

舟行烟江疊嶂間，展此卷，良是兩重奇境。第不知晋卿圖亦在卷中否？弇州公最慕長公，亦甚重長公書，奈何未購得所書《赤壁》兩賦。余曾於韓禮侍世能家見一本，姿態穠鬱而有飛動勢，是嘉興項元汴家物。元汴印識滿紙，然細玩亦是響搨本耳。蓋長公字肥，用墨濃，故摹者易爲力。

山谷雜帖

魯直詩曰：『春來詩思何所似，八節灘頭上水船。』此君每出語，法即若上水船，非妄也。書極老健。又云：『樊口舟中，燭下眼花頭眩，更觀東坡醉墨，重增睡思。』若未首肯坡書者，此不可曉。

山谷雜帖

此跋謂『此君每出語，即若上水船』，後又跋謂『殆類余近日伎倆』。兩語皆謔，然後語味較長。魯直最服膺東坡，即醉墨傾欹，半不可讀，亦當如張文潛搜索持去，胡乃以『增睡思』目之？不知此燭下眼花頭眩書若何，能醒人睡否？

山谷卷後

此卷山谷老人詩，故夏太常家物，燬於火中，每行下輒缺一字。太常子大理德聲補之，亦佳。卷尾有吴文定公跋及手簡，要當有李文正篆首，今亦脱落矣。詩不著題，亦缺名氏，而考公集有之，《杜老浣花谿圖引》也。歌詞力欲求奇，然是公最合作語。書筆横逸踈蕩，比素師饒姿態，亦稍平易可識。而結法之密、腕力之勁、波險神奇，似小不及也。始公作草書，眉山先生從傍賞歎不已，錢穆父〔一〇〕學士曰：『魯直書故佳，恨不令見懷素《自叙帖》耳〔一一〕。』公意不〔一二〕謂耳。最後見素書，大愧悔，以爲不如遠甚，愈刻意臨池，晚節自謂得長沙三昧，然以吾家藏素《千文》字真蹟校之，公猶在堂廡間也。

山谷浣花溪圖引

余未見山谷狂草，以其行書意度之，謂『横逸疎蕩』、『饒姿態』，良是。第長沙故未得三昧，此老復何從於彼偈下悟出？

題山谷卷後

山谷老人自謂得長沙三昧，然余竊怪其巧於取態，而略於求骨。此卷書太白長歌，翩翩幾與風人争勝，使懸腕中加〔一三〕拔山力，不啻作長沙矣。張守跋初不知爲太白詩，後見全集，始能補其闕語，以爲奇事。豈羊皮詔中人例宜爾陋耶？後二跋如蕭海釣文明、沈石田啓南，皆弘治間名士也。

山谷太白長歌

長沙是僧筆，山谷是文人筆。然僧是長沙短處，文人是山谷長處。

山谷老人此君軒詩

先騎曹子猷云：『何可一日無此君？』吾家小祇園竹萬箇，中有軒三楹，不施丹堊，純碧而已。零雨微颸，朝暾夜月，峭蒨青葱，暎帶眉睫間，令人神爽。陳子兼方伯爲題署曰『此君軒』，今年歸自楚，得山谷老人大書《此君軒詩》一卷，怒筆勃掣，有籜龍坼石勢。懸針下垂，則輕梢遏雲；槎牙外嚮，則鬚節奮張，居然墨池傍兔苑。因留寘山房中，異日乞公瑕雙鈎入石，壁之軒，爲此君傳神也。

山谷老人此君軒詩

余姊夫吕膳部通甫曾購得此卷，是王太守龍川家物。擘窠真書，筋骨甚厲而不傷態，真有籜龍坼石勢。第細看，亦是雙鈎本。後又購得一卷，是臨本，而腕力弱。蔣少參汝才復有一本，則愈草草矣。司寇公所得豈其真蹟耶？安得并取較之。

又一卷

涪翁書《此君軒》第二詩，是初得長沙法，而以華陽真逸筆運之，能於稺中取老，作法外具眼觀可也。

又一卷

前一卷真，此卷草。『稺中取老』，此意尚未能解。

山谷書墨竹賦

石室先生以書法畫竹，山谷道人乃以畫竹法作書。其風枝雨葉，則偃蹇欹斜；疎稜勁節，則亭亭直上。此卷爲劉克莊書《墨竹賦》，尤是當家。試一展覽，淇園秀色在目睫間矣。

山谷書墨竹賦

『畫竹法作書』，真善狀黄體風度，以寫《墨竹賦》，良是一合。安得購與可竹冠於卷首。

題米南宫書後

元章妙得晋人筆，而以神俊發之，往往於結構外取姿韵。余嘗評其書如兒駒試風，劍俠入道。此卷爲友人李子所藏，前一紙是其本色，奕奕有生氣；後一紙尤精，不失褚河南懸腕法。余愛翫久之，乃以王履吉小楷《南宫傳》系其後，而記以歲月。李子嗜古，而所藏時爲人持去，不甚惜。此卷其善有之，縱老顛復生，勿受彼淩奪也。

米南宫書後

自崇寧、大觀上至晋，幾八百年；至唐初亦可五百年，而彼時墨蹟猶多存。淳化内府所藏姑不論，據元章《待訪録》，晋帖三十餘，唐帖八十餘，其後續見者尚不盡載。他元章所不見者恐亦尚多。今去宋元祐、崇寧不五百年，而蘇、黄、米真蹟殊寥寥，蘇、黄尚曾經焚毁，米則無禁。人言米元章自少至老，筆未嘗停，有以紙餉之者，不問多寡，入手即書，至盡而已。而元章亦自言一日不書，便覺思澀。其遺蹟留世者應最多，乃今米蹟猶難得，不知何説。余所見惟李銀臺伯玉有一卷『昨風起西北』古詩，是真蹟，遒勁有神采，然無古人沉著入木三分意。又其筆意終與蘇、黄相近，想時代使然。此兩帖余未之見，跋云一紙奕奕有生氣，當與伯玉卷同；後一紙據稱不失褚河南懸腕法，則應近沉著矣。李子法書既爲人持去不甚惜，何緣得一借觀之。

翠微居士真蹟

思陵稱，北宋時唯米襄陽、薛河東得晋人遺意。虞道園則謂黄長睿知古法，書不逮所言；紹彭最佳，而世遂不傳；米氏父子舉世學其奇怪，弊流金朝。此卷多寫其生平得意句，結法内擫，鋒藏不露，而古意時溢毫素間，不作傾險浮急態。内一詩絶似右軍，幾令人有張翼之歎。然則予之幸，不大勝於道園哉。道祖，襄陽同時人，與劉涇俱好收古書畫，翠微居士其號也。

翠微居士真蹟

跋稱道祖書『不作傾險浮急態』，想其爲人亦然。其不甚傳或坐此。

薛道祖蘭亭二絶

薛道祖手書《禊帖》，是從真定武本臨得者，足稱喆裔。此帖文徵仲太史家藏，入張伯起，轉以售余。籤首有徵仲八分小字，精絶之甚。及危太樸〔一四〕、虞伯生二跋，皆可寶也。獨蘭亭畫乃宋人筆，僅半幀，伯起定作趙千里，恐未當耳。宋人唯道祖可入山陰兩廡，豫章、襄陽以披猖奪取聲價，可恨可恨。

薛道祖蘭亭二絶

定武石藏道祖家，道祖又最嗜古蹟，應日臨數過。然傳世者少，何也？此臨本今刻《停雲館帖》中，亦覺力弱，彷彿形似間不甚有骨。

宋高宗養生論

右太史姚君繼文藏宋思陵手書嵇中散《養生論》一篇，行楷真、草相間，後有『德壽御書』印。德壽，思陵爲太上時所居宫也。思陵初擬豫章，在青冰之間，晚始刻意山陰，傍及鐵門限，此尤其得意筆。正書時於督策露章法一二，蓋欲以拙救熟耳。行草翩翩二王堂廡間，而不能脱蹊逕，然要當於六代人求之。繼文工八法，無俟余贅。余獨歎中散之精於持論，而身不能免也。其微言奥旨，若遺丹之在藏，數百千年，尚能起痼離凡。中所謂『一怒足以侵性，一哀足以傷身』，思陵深戒之，故德壽三十年，不減玉清上真，而五國之游魂不返矣。單豹食外，彭聃爲夭，其思陵與中散之謂耶？

宋高宗養生論

思陵於字學最深，此是遜功帝遺風，然骨力似尚不及，正與米氏父子相似。紹興中虎兒直敷文，可謂箕裘世舊。

范文穆吴中田園雜興卷

右范文穆《田園雜興》絶句六十首。公好紀事，帥廣右有《桂海虞衡志》，帥蜀有

《吴船録》，此盖罷金陵閫，以大資領洞霄宫，歸隱石湖時作。即詩無論《竹枝》、《鷓鴣》家言，已曲盡吴中農圃故事矣。書法出入眉山、豫章間，有米顛筆。圓熟遒麗，生意鬱然，真足二絶。余不敏，何敢望公，然視公挂冠幸尚少，息黥〔一五〕補劓之暇，安知不能爲公增一段吴語耶？因識其末以俟。

范文穆吴中田園雜興卷

文穆手蹟余曾見，蓋得米意多。今人率嗤宋詩，然宋人真率處却有風致，能感動人，今人徒雕琢；宋詩如生野花，今詩如畫牡丹。

張即之書後

張温甫秘閣喜作擘窠大字，不一詩輒盡一幅絹，豈鵝溪遭蠶厄耶？聞金人極愛重之，懸餅金購募，彼誠以爲傑魁男子喑嗚叱詫者，不免神堯作率更笑耳。此一絶句及戲題跋語，老手峭勁，却於桑皮側理書之，似解人意。覽眉山諸賢側臥趯筆，倦後一展可也。

又

張温甫好書少陵《古栢行》，豈所謂『霜皮溜雨四十圍，黛色參天二千尺』者，似渠墨池派語故耶？余見凡數本，咸峭骨可畏，此稍和腴，而遂不甚能發筆，可歎也。

張即之書後

温甫書佻處得之李北海，而以柳河東筋骨行之。故槎牙四出，不免墮惡道，其失乃在不得斂鋒法。少保沈蛟翁處有此公書《蓮經》，刻板較稍有醞籍，蓋刻者損其槎牙耳。其署書却佳，緣字大則槎牙猶不甚刺眼。其喜作擘窠字，亦以此。中斌媚處却近趙吴興，此是北海一派分來。

原《弇州山人四部稿》卷一百三十
《書畫跋跋》卷一

校勘記

〔一〕『間』：《四庫》本作『閣』字。
〔二〕『辨』：《皇明五先生文雋》、《四庫》本作『辨』。
〔三〕『牛』：底本作『女』，據《四庫》本改。
〔四〕『每』：底本作『毋』，據《四庫》本改。
〔五〕『潁』：底本作『潁』，據《四庫》本改。

〔六〕『每』：底本作『毋』，據《四庫》本改。
〔七〕『行押者，右』：《四庫》本作『行詞頭，乃』。
〔八〕『按』：底本作『桉』，據《皇明五先生文雋》、《四庫》本改。
〔九〕『烟江疊障歌』：《四庫》本作『烟江疊障圖歌』。
〔一〇〕『錢穆父』：《四庫》本作『顧謂諸』。
〔一一〕『耳』：《四庫》本作『姿態』。
〔一二〕『意不』：《四庫》本作『可』。
〔一三〕『加』：《四庫》本作『如』。
〔一四〕『樸』：底本作『素』，據《清河書畫舫》改。
〔一五〕『黥』：底本作『黔』，據意改。

弇州山人題跋卷四

書畫跋跋卷一

墨蹟跋

趙子昂枯樹賦真蹟

褚河南《枯樹賦》爲武延秀差作二王屏風脚，歐、虞之跡不與焉。其在當時，珍貴可知。趙吳興更取二王結法臨之，茂密秀潤，視真蹟不知孰叩山陰堂室耳。畫樹全得古籀法，真吾山房中二絶也。

又

昔人謂臨書如雙雕摩天，各極飛動之勢，余得褚河南雙鈎真蹟，與此卷對之，雖形模大小不甚異，而中間行筆絶不同。褚妙在取態，趙貴主藏鋒，褚風韵遒逸飛動，真所謂謝夫人有林下風氣；趙則結構精密，肉骨匀和，顧家婦清心玉映，自是閨房之秀也。若買褚得趙，當亦不失所望矣。

趙子昂枯樹賦真蹟

凡臨書，或取態，或取勢。大概以意求之，於位置間不能無毫釐失，果得其意，則失亦似矣。此臨褚，則惟點畫真行處不改換面目，其結體遣筆，全是自運，不知何爲亦標曰『臨』？然比之自書，却稍近古雅，豈魯人之學柳士師者耶？

趙吴興小楷法華經

《法華經》兼明二宗，又似釋門左右史，蓋釋迦、阿彌陀佛及妙音、觀世音、普賢、藥王、文殊、彌勒諸菩提薩埵緣起，功德皆在焉。然其大指，多寓言以示攝化耳。十六王子明得道於無始，而不爲遠；舍利弗以至五百羅漢明成道於無終，而不爲遲。若乃無學聲聞弟子，即人皆可以爲堯舜，以至提婆達多。見他山有攻玉之石，滅後多寶佛塔聞聲即現，表吾道之不生不滅，三千萬億化身，諸佛隨光而集，徵此理之萬殊爲一。《藥王品》見誠之無所不貫，妙音、觀世音見誠之無所不應，其言若至，宏奇詭偉，不可涯涘，而脩持供受之功，則甚切近要約。至於宿因超劫，與它經多相牴牾，而求名之懈，龍女之頓，要〔二〕

亦有不能盡然者。蓋其時在會比丘、比丘尼、優婆塞、優婆夷聞聲而先退者五千人矣，而况數千載之後，不親見佛而讀其遺編者乎？然使後世耳證之人，焚身煉指以爲福，創塔如多寶以爲功，像千手千眼以爲化，則又失之遠矣。勝國之法，以因果調殺心，以饒益餌貪癡，故多粉金書《大藏》者以十數，獨《法華》爲勝；書《法華》者人以十數，獨趙吴興爲勝。而此卷乃吴興自用了願者，以小楷書精藺，其結構細密，肉骨豐遒，蓋備有北海、誠懸之妙，而時濟以大令者也。第二卷缺，爲明夏太常昶所補，尤圓潔可愛。吾弟其善護持之，賢於《多寶塔》功德矣。

趙吴興小楷法華經

此本是敬美所寶，余曾寓目。細筆方匾體，每字起處俱有折鋒。敬美指示余，此蓋字字相連不斷勢，匀熟有餘，然不脱寫經手氣。此云『備有北海、誠懸之妙，而時濟以大令』，余未敢附和也。夏太常補一卷，是二沈餘派。謂『尤圓潔可愛』，亦所未解。豈過篤友于，遂忘其曲筆耶？

趙吴興大通閣記

仙人稱五通，所不能通者，出輪廻之外耳。佛法則六通矣，亦有不能通者，能化有緣，不能化無緣也。此云大通，則一切皆圓滿矣。按《法華經》，佛與阿彌陀佛俱爲大通智勝如来法王子，無央劫以来，今始成佛，閣所以名大通歟？文敏書此記，遒勁勻整，肉不隱骨，晚年最妙筆，佛地位書也。元人跋至三十餘，皆具八法。蓋其時多能書而又好事，非今人所可及也。善囑付、善護持，吾弟其念之。

趙吴興大通閣記

此卷與前卷同日觀，字幾如錢大，展卷光彩射人，絶得歐、虞碑碣法。雖微帶肉，而骨力圓勁，媚姿自肉中出，猶是本色。惟骨法令人改觀，筆縱而不肆，殆如半空擲下，起收處皆莫得端倪。點畫一一得所，不若他碑之漫排置。謂是晚年最妙筆，良然。此是長洲伊家故物，乙亥歲伊客部在庭至京，欲以宋人《胡笳十八拍圖》易之，敬美不應。伊亦曾以圖示余，乃臨本中最低下者，價不能當三十一，孰與易也。

趙吴興心經真蹟

《般若密多心經》，是王舍城中無上三昧語；吴興書，是蘭亭室中無上三昧筆。昔有開士學殷楊州咄咄法，寫《蓮華經》能使方丈地畢劫不被四風雨，今留此經山房中，鄴侯三萬卷，皆賴護持矣。珍重珍重。

趙吴興心經真蹟

吴興書信佳，然謂與《般若經》俱入三昧，則似過。

趙文敏書濟禪師塔銘

右濟禪師塔銘，誾禪師撰。二僧皆南渡後法門龍象也，毋論其文辭工拙，要之是本色語耳。趙文敏既夙精臨池，諳極八法，而又服膺西来，深入三昧，故其所書，視他蹟尤妙。蓋本右軍骨，調以大令肉，即北海跳踉，不露一筆也。千八百驪珠入我橐中，月來賣文錢爲之一洗。恐兒輩厭，不能浮大白快賞之，第以一瓣香展供耳。

趙文敏書濟禪師塔銘

昔王右軍逼桑榆，以絲竹陶寫，恒恐兒輩覺。今弇州以賣文錢易墨蹟，恐兒輩厭，意正同。然絲竹固不如墨蹟，第右軍惟恐損歡樂趣，不廢絲竹；弇州遂不能浮大白，意似少怯。若一瓣香展供二高僧，要是當行耳。

趙文敏書詹舍人告

右趙文敏所書宋起居舍人詹仲儀告辭、奬諭各一通，豐麗遒逸，肉骨停整。其學李北海，殆如玉環之於飛燕，雖任吹多少，而霓裳一曲，足掩前調。後當有題名及勝國諸公跋，惜爲俗子益以松雪道人僞款及印章汙其前後，遂成蛇足。聊爲拈破留之，勿令覽者有《蘭亭》之訟也。

趙文敏書詹舍人告

既稱『宋起居舍人』，其告辭、奬諭，文敏何由書之？豈重録其辭耶？未見得真蹟，不敢臆斷。

趙文敏公行書

作書有全力而無先意，乃得佳耳。此卷趙吴興行書，二贊二圖。詩及跋尾凡二百三十二字，李北海法十四，米襄陽法十六，而妙際時以大令發之，天真縱逸中自緊密，波磔遒麗外不廢拙古，所謂信手拈來，頭頭是道，故曹溪以後境也。卞華伯以眉山贊語跋之，亦似見一斑者。立春日題此，覺芳英爛漫筆端。

趙文敏行書

松雪在當時，聞一字白金五分，此跋云二百三十二字，豈論價耶？然亦止十一兩餘耳。趙筆法全得之右軍，其寫碑乃參用北海，拖曳法襄陽、大令，恐不甚似『有全力而無先意』。行押法信如此，若正書或不然。《筆陣圖》固云意在筆前者勝。

趙子昂二帖後

昔人評趙吴興如丹鳳翀霄，祥雲捧日，余謂正書不足以當之，獨以尺牘行草得山陰父子擫拓法，而以有意無意發之，蓋不負此評耳。余所有二帖，一開卷間，見其精采映注，姿態狎出，而結法復不踈，盖尤其合作者。跋尾俱交游中書家董狐，語可信也。

趙子昂二帖後

子昂尺牘果佳。

趙文敏公篆書千文

書家者流，篆獨爲諸體之楦，大較有字筆，有字學，不可廢一者也。二李遠矣，僅徐騎省兄弟、郭恕先有字學，而不得筆，夢英而下亡論也。新安吴孝父示余趙文敏此卷，余不解篆學，第覩其配割匀整，行筆秀潤，出矩入規，無煩造作，恍若所謂『殘雪滴溜，蔓草含芳』之狀，肅然斂容者久之。然讀王氏跋『衙官《嶧山》、豎子陽冰』語，又未嘗不爲一笑，至錯喉噴卷也。

又

新安吴生以趙文敏篆書《千文》乞余跋，文敏此書極精整有意，出徐騎省、周右丞上。絹素用織成烏絲欄，是南渡後脩内司物，目所未見。吴生别之二歲所，乃在余質庫中。驚問主事者，生質之得四十金，用爲豪具，徑去不顧矣。昔盧節度從山北盧匡求右軍《借船帖》一閲，渠寶之，但許就視而已。盧除潞州，行三舍，客有攜此帖云有一郎君求售，盧驚惋還之，不復問。吴寶此書，不移時而其身不能有，何况盧氏子也？余自是不以合浦珠，而以爲楚人弓，姑識之耳。

趙文敏篆書千文

余不解篆書，第微識其意，若能用之真、行、草間，良是妙境。必欲真作篆，恐終是畫鬼魅手。宋以來惟徐騎省庶幾，若文敏篆，恐不免似杜工部以詩法爲文耳，果能出騎省上哉？吴生、盧郎事略相似，夫挾青蚨者不乏，何乃即歸之二公？想以二公有企慕意，冀其易售耳。無見所欲，難哉難哉！盧節度還之不復問，是佳事。司寇公乃遂有之，似少愧盧。若云責在主庫者，此則郭翁伯斷舌律也。第吴甘心爲豪具，山北郎乃是盜父物，其起因不同。『合浦珠』、『楚人弓』二語，便是公案。

趙魏公千文篆書

趙魏公書貴重人間若拱璧，然往往有力輒易致，獨篆體不甚經見。今年夏，爲歙人吴生跋一《千字文》，筆法之妙，彷彿斯、冰復生。旋聞其鬻之好事家，爲邑邑累日。歲聿云暮，有以公别紙《千字》贄吾文者，其用筆雖細，而結構愈密，焕然舊觀。時病肺，强進一大白賞之，既而自悔其多好也。卷後老鐵一銘，亦自佳。當時聞有伯琦參政篆，不聞有鐵，乃知前輩未易才也。

趙文敏公于歸帖

趙吴興《于歸帖》，淳雅有古法，是合作者。然此青鳳一毛耳，生猶寶愛之若周人，不知其得吉光全裘，當更何如也。蘇長公嘗書赫蹏云：『吾此紙可以劚錢祭鬼，後五百年當受百金之享。』古人自負，定不虚耳。

趙文敏于歸帖

據云青鳳一毫，當無多字。蘇長公赫蹏自謂五百年後受百金之享，正不知幾何字耳。

十絶句詩畫跋

唐人十絶句，婉麗有情，得藍田詩中畫趣。趙文敏書筆翩翩，能發之。會錢叔寶、尤子求避暑蘿賫園，令各作句景十小幅，復走一价吴興。要文休承併作之，共成一册，不敢倣畫院品第，庶幾後之覽者，如入寶山，各自有獲也。或云趙書有疵筆，出俞紫芝手。果爾，所謂買王得羊耳。

十絶句畫跋

昔人謂摩詰詩中有畫，郭淳夫亦記羊士諤、長孫左輔等詩謂有發於佳思而可畫。今此十絶句，不知作何語。淳夫所記四絶句，亦在其中否？錢、尤、文俱吴中一時妙手，安得令作掛幅壁間觀之？

鮮于伯機千文

鮮于太常草書《千文》，初展卷間，不能大佳。久看，始覺其精緊有筆外意。跋尾楷書數行，輕纖自媚，乃謂是五十以後筆，豈亦有明遠、文通之恙耶？

鮮于伯機詩記真蹟

昔人謂趙文敏每以己書三紙易鮮于困學一紙，今困學三紙往往不敵趙一紙，豈古今人頓異嗜耶？余所有困學《游高亭華巖記》及詩真蹟，殆數千言，見《鐵網珊瑚》中。行筆清圓秀潤，芒角不露，隱然唐人家法，即與文敏鞭橐中原，不知合置誰左。跋尾鄧文原、龔璛亦臨池老手，可寶也。

鮮于伯機兩卷

先伯父都督公有伯機草《蘭亭》石刻，今在從子處，龕爲卓屏。其書祇是圓熟，筆力亦不弱，但無一種出塵意。若子昂則入眼媚色照人，何可相比。趙以己書二紙易鮮于一紙，當是時名已成，故爲此以推重困學意。若謂易一紙焚之，則是以入宫蔽目子昂，或不應爾。

楊鐵厓卷

至元間，楊鐵史聲價傾海内，餘名往往借客。今其文與書俱在耳，獨勁氣時一見筆端，異日《老客婦謡》，此亦可窺也。

楊鐵厓卷

鐵厓公余曾見用墨頗重，亦有紛披老筆，然恐非書家派，當借詩以傳耳。

明宋太史手書鄭濂名解後

右包參軍家藏宋太史書鄭生名解示余，按《書述》稱，太史父子不失邯鄲，此書行筆極蕭散，而有純綿裹鐵之意，似非規規學步者。跋尾如烏傷王子充、金華胡仲申、豫章揭汯，號能文章家。初不以臨池名，而結法翩翩自佳，皆可重也。汯，故曼碩應奉子。太史名濂，鄭生亦名濂，豈古所謂慕藺齊莊之遺耶？則其文該洽辨覈，固宜爾。昔斛律丞相至不能署其名而更之，猶以爲繁，若太史者，得無乃愧其簡乎？此語頗有意，然當不免參軍一盧胡也。

宋太史手書鄭濂名解後

太史書醇古入《書品》，《鄭濂名解》，《潛溪集》未載，近聞有刻太史全集，不知搜及此否？

宋仲珩方希直書

參軍又出二紙，其一爲中書舍人宋璲仲珩，其一文學博士方孝孺希直也。仲珩，太史公少子，希直嘗評其書如威鳳翀霄，祥雲捧日，此書雖草率不經意，而時時見八法，俊美圓逸，知方君非曲筆耳。希直不以書名，而剛方不折之氣，流溢筆墨間。其名磨損不可辨，蓋永樂中有禁，收公筆劄者同罪故耳。而百六十年間，學士大夫寶之若拱璧，然則人主之威有不能盡伸於天下之賢者，可慨也。希直在建文朝以文學博士伏節，其職若今侍講、讀學士者，因附記之。

宋仲珩方希直書

人謂仲珩書勝乃翁，似不然。仲珩饒態然稍疏，景濂較有醞籍。方希直書未見。

宋克急就章

余往與徐獻忠先生論書法，歎章草自二王後，僅一蕭子雲，即顏、柳、蘇、米以至趙吴興，負當代能聲而不一及之。黄長睿刻意其學，而無其法。國初宋南宮仲温可備述者，然波險太過，筋距溢出，遂成佻卞。先生笑謂余家藏仲温《急就章》二百年矣，差不露筋距，舉以乞余。賻池零落若追蠡，而絹墨幸不敗，結意純美，余欣然重表飾之，以爲征誅之後，獲覩揖讓。而後偶取葉少藴刻皇象石本閱之，大小行模及前後缺處若一，惟波撇小異耳，此豈亦仲温手臨象本耶？然一二傍釋小字，圓穩有藏蓄，與仲温它書不類，而仲温別自補《急就》闕文與張夢辰，則小而勁，此恐或非仲温筆也。然因是得覩皇象渥洼之種，遠出仲温蹀躞上，語曰『買王得羊，不失所望』，夫寧啻不失而已哉。

宋克急就章

章草不難學，難精，第亦人所難識。去篆隸殆不遠，征誅之後，獲覩揖讓，良幸。然魏文不云乎：『舜禹之事，我知之矣。』看皇、索兩帖是何等筆法。

宋仲温書畫帖

宋仲温生平作章草極多，然微涉佻而尖，此書畫帖遂能藏穎，古法藹然，大抵不經意乃佳耳。宋此書本無可疑，而爲後人增二印章，遂成蛇足。吾故爲拈出，生其善有之。

宋仲温書畫帖

仲温作字僅能不俗耳，無晋唐筆意。弇州每推許之，殆所不解。

俞紫芝急就章

錢唐俞和子中頗得趙魏公三昧，此帖以宋經箋紙用章法書《急就》，覺古色藹然，令人不忍釋手。按，章法自皇象、索靖後，唯右軍父子《豹奴》、《孫權》二帖，至黄、米蕩盡。黄長睿始振之，然往往筆不逮意，子中獨能尋考遺則於斷墨殘楮，遂與仲温并驅。昔孔北海思蔡中郎，見虎賁貌類者，輒引與同飲，曰『雖無老成人，尚有典刑』，俞此紙覽之，能不興北海之賞乎？

俞紫芝急就章

紫芝急就以存古章法則可，跋引皇、索、右軍父子爲論，過矣。『虎賁似中郎』，却是切論。

凌中丞書金剛經

晋世諸賢好寫河上公《道德經》，自褚河南《聖教序》後，乃始有書釋經典者。而《金剛經》獨蘇眉山、趙吴興往往作行楷散施阿蘭若，《金剛經》是佛真諦語，故非他經比也。中丞凌公書此經，全用鐵門限筆，圓熟有結體，得臨池三昧。蓋百餘年而復歸之公孫比部，豈古先生所爲善護念、善屬付者，至是始驗耶？因爲題數言于後云：『若不見真相，願以自護持。若見不真相，願以施比丘。若得見真相，無護亦無施。』

凌中丞金剛經

鐵門限筆皆自空中擲下，最勁而整。謂中丞全用此師筆，乃以圓熟目之，三昧安在？戲題一偈：『不得鐵限法，此則寫經手。果得鐵限法，即應勝蘇、趙。作不鐵限法，正是凌中丞。』

凌中丞臨子敬洛神賦

昔人謂右軍書《黄庭》如飛天仙人，《曹娥碑》如幼女漂流於波間，若大令此賦，則仙人凌洛波，容與而不憔悴，蓋兼之者也。誠懸云：『子敬好寫《洛神》，人間合有數十本。』余所見古刻，獨『十三行』及一全本耳。『十三行』勢稍竦側，而用筆重，翩翩若迅鶻；全本筆輕微，而秀媚儇逸，姿態不可言。此帖爲故中丞凌公所臨，蓋全本也。公仕仁、宣朝，至中執法，以嚴重稱公卿間，結法清婉乃爾。太史公見留侯像，能不慨歎。已巳余來吴興，公之諸孫工部君寶藏之，而間以示余。庶幾吾家石泉男之爲右軍、大令孫者矣，因識其後。

凌中丞臨子敬洛神賦

長洲章氏摹刻《洛神》全賦，後有王摩詰、薛河東印，不知母本在何所。中丞所臨豈是耶？余猶疑其出懷琳輩手，若『十三行』固佳。

沈民望姜堯章續書譜

事固不可知，沈民望以一書遇人主，備法從，更百五十年，乃不能與操觚少年争價，問之人有不識者。然此卷行筆圓熟，章法尤精，足稱米〔二〕南宫入室；而所書乃姜堯章《續書譜》，爲臨池指南，皆可玩也。因收而志之。

沈民望書姜堯章續書譜

二沈氏弘治以前天下慕之，弘治末年語曰：『杜詩顔字金華酒，海味圍碁《左傳》文。』蓋是時始變顔也。余童時尚聞人説沈，今云〔三〕或有不識，想吴子然耳。出吴境，即希哲、履吉恐亦有不識。

天全翁卷

右前一紙爲聯句詩，僅失詩題耳。後一紙爲《水龍吟慢》，句詞半已不全，皆天全翁手筆，故特存之。人謂翁書由米顛來，非也。其遒放波險，全得長沙面目，神彩風骨，亦自琅琅，惜結體少疎耳。

靈巖勝游卷

天全先生游靈巖作此詞，寓《水龍吟慢》，已載郡乘中。此卷爲劉以則書者，以則，靈巖之東道主也。其詞不盡按格，而雄逸伉爽，時一吐洩，居然有王大將軍麈尾、擊唾壺態。書筆勝法，亦往往稱是。卷首沈啓南畫，足爲兹山傳神。劉西臺、祝參省、錢學士皆有書名者，獨桑民懌以文自豪，而語不甚稱，爲可怪也。

徐天全二札

天全翁出入長沙、襄陽間，余嘗評其書如劍客醉舞，傲傲中有俠氣。此二紙皆真跡，而《盤谷》一章，尤横逸不可當，豈所謂遇其合者耶？

徐天全詞

天全翁自金齒還吴十餘年，多游吴中諸山水，醉後輒作小詞，宛然晏元獻、辛稼軒家語，風流自賞。詞成輒復爲故人書之，書法遒勁縱逸，得素師『屋漏痕』法。此卷盖以貽吴江史明古者，詞筆俱合作，後有吴文定、沈啓南二跋，亦可寶也。

天全四帖

謂翁書由襄陽、由長沙，皆未然。元未得筆，謂『筆勝法』，亦未是。祇是天分高，略涉獵古帖，遂以意行之耳。神彩風骨良不乏，其横逸處正與蘇滄浪相似。

名賢遺墨

右一卷墨蹟，爲學士承旨宋文憲公景濂、教授胡公仲申、太常丞張公来儀、學士解公大紳、太師楊文貞公士奇、祭酒李文忠公時勉、太宰魏文靖公仲房、太保高文義公世用、太傅于肅愍公廷益、太師徐文靖公時用、右都御史韓襄毅公永熙、太師王端毅公宗貫、宫傅何文肅公廷秀、太保劉忠宣公時雍、太師李文正公賓之、脩撰張公亨父、少保倪文毅公舜咨、宫保戴恭簡公廷器、太保屠襄惠公朝宗、檢討陳公公甫、太僕李公貞伯、宫保吴文定公原博、太師梁文康公叔厚、太傅王文恪公濟之、太保洪襄惠公宣之、太宰王公□輝、少保毛文簡公憲清、新建侯王文成公伯安、宫保湛文莊公原明、提學李公獻吉、何公仲默、宫保劉清惠公元瑞、詹事陸文裕公子淵、修撰楊公用脩、舒公國裳、少詹黄文裕公才伯、贊善羅文恭公達夫，其人二百年名臣碩儒也，如景濂、大紳、原博、貞伯、子淵名能工八法者；士奇、時勉、仲房、世用、賓之、伯安、元瑞、用脩、達夫，庶幾中郎虎賁，他固不盡爾也。余裒而藏之，竊附於『甘棠勿翦』之義云爾。昔山谷老人謂王荆公書簡遠，從楊少師法中流出，黄長睿謂章申公惇楷法妙入魏晋三昧，米海岳謂蔡魯公京及弟開府卞俱得古人筆。然是四人者，其精緗菀翰距今無一存，即有之，亦不能售數鐶之直，而韓、范、富、歐率然之筆流落人間，尚以拱璧視之，然則物之可傳，固在此而不在彼也。僕既題此，一友人過視而笑曰：『若自爲拙書解嘲耳，且若論詩，何以不取高崇文，而取宋之問乎？』僕無以答，因記其語。

名賢遺墨

名賢手蹟得一睹，良快。『高崇文』、『宋之問』善諭也，魏文靖署書有名，王新建筆法恐不在宋、解、吴、李、陸下。

三吴墨妙

右三吴墨妙一卷，自建康至雲間以南，皆吴也。爲賦草者二，徐武功、金太學，二元玉各一紙；爲説者一，沈學士民則；爲詩歌者九，錢文通原溥、張南安汝弼、桑柳州民懌、蔡孔目九逵、文待詔徵仲、陸文裕子淵、顧憲副英玉、王山人子新、王司業繩武、徐長谷伯臣各一紙；爲尺牘者十三，沈少卿民望〔四〕、李太僕貞伯、王文恪濟之、唐解元伯虎、顧尚書華玉、王大僕欽佩、豐考功人翁各一紙，吳文定原博、祝希哲、王履吉各二紙。國朝書法盡三吳，而三吳鏦錚稱名家者，則又盡數君子。其長篇短言，出於有意無意，或合與不合，固不可以是而概其生平，然亦管中之一班也。留山房中，異日便堪作吾鄉掌故，兒輩其寶存之。

三吳墨妙

今字學吴中果甚盛，然豐人翁越人也，亦置菰蘆中。豈以西京封國論耶？

三吳楷法十册

第一册。陳文東小楷《聖主得賢臣頌》，文東名璧，華亭人，國初以書名家。沈民則學士《出師表》字頗大，民望大理《虞書·益稷篇》字小如文東。余每見二沈以書取貴顯，翺翔玉堂之上，文皇帝至稱之爲『我明右軍』，而陸文裕獨推陳筆，以爲出於其表。今一旦駢得之，足增墨池一段光彩。然是三書皆圓熟精緻，有《黄庭》、《廟堂》遺法，而不能洗通微院氣，少以歐、柳骨扶之，則妙矣。盖所謂雲間派也。

三吴楷法十册

此十册公嘗以借伯玉，余得縱觀之，大都不甚佳。内惟祝希哲、文氏父子、履吉等諸名家間有可觀，然亦非得意筆。似是凡佳者皆别爲獨卷，稍次者乃退入此册〔五〕耳。册各有手跋語，與此又稍不同，此想是後定稿也。

第一册

陳文東、二沈其筆法大約『圓熟』二字盡之，宣、正間直兩制諸公多用此法。手跋云此所謂雲間派，不得歐、虞手腕法。伯玉云：『蘇人好立門户，才隔府便指作别派。』既又云：『無怪蘇人，彼各有師承，或鍾、王、歐、虞等，必宗一家。所執皆古法，所以今人不能屈。』兩語皆中的。然余在客部見四夷持來辨驗諸勅，洪、永間間作歐、虞體，甚遒勁可愛；宣、正至成、弘多沈體，亦間有姜廷憲筆；若趙體則自國初來皆有之。趙體間作行書，尤覺神彩飛動，玉璽硃色皆若新，惜不令司寇公見之。

第二册。徐元玉臨褚河南《哀册文》，字差細而筆老，獨不勝其佻㒓，蓋摹褚而用之以米者也。《東原生傳》差精謹，當是中年筆。周伯器跋有微致，其人即周疑舫也。錢原溥《陳氏墓碣銘》遒迅，然欠雅，是宋仲温遺搆，雲間人至今倣之。吴原博《墓表》極得蘇長公筆，而鋒多含蓄不露，佳手也。蔡九逵《嗣命議》書雅健而辭不甚佳，陸子淵二柬在真、行之間，元玉小而不楷，錢、吴、蔡楷而不小，聊備一家云爾。

第二册

徐武功微有風采，吴文定負書名，然不得長公氣骨。陸文裕二札稍佳耳。

第三册。祝京兆賦一首、雜詩三十首、後序一首，少年時稿耳。楷法甚精絶，間以小行，若草率不經意者，而具種種姿態，可寶也。又古近體詩十五首，是行卷上公卿者，稍似經意，多大令風格，而近纖長。其詩亦多秀儁語，視晚歲應酬若出二手，獨《擬元日早朝》排律而押韵用二『新』字、二『人』字、二『臣』字，不可曉也。

第三册

祝京兆書秀媚出塵，細玩儘有姿態。然醖籍未深，謂是少年書，良然。

第四册。祝京兆《黄道中字致甫説》，用禿筆作楷，而間帶行法，純質古雅，隱然欲還鍾、索風。道中，即吾故人淳父姬水也。爲其尊人五嶽公乞集序，以此爲贄。余固辭，謂此汝南家乘，奈何畀人？則曰：『使不佞而仍故名與字，知非公有也，且公文成，非吾汝南家乘乎？』爲一笑而留之，因記其語。又《赤壁賦》勁挺，從褚河南來，而結法微佻；《約齋閒録序》出入鍾太傅、王大令，古法鬱浡指掌間，而雅緻精密，削去畦逕，與《黄道中字説》皆晚歲筆也。人不可以無年，信夫。

第四册

昔歐陽率更不擇紙筆，皆能如志。此秃筆非京兆孰敢書以贈人？然淳古雖有餘，而轉折處未匀净，終是爲秃筆所累。《閒録序》固佳。

第五册爲文待詔徵仲小楷《甲子雜稿》，凡詩四十七首、詞四首、文八首，中亦有率意改竄者。楷法極精細，比之暮年氣骨小不足，而韵差勝。詩亦多楚楚情語，如《元日》、《梅雨》、《言懷》、《無題》、《夢中》諸篇，皆晚唐、南宋之佳境也。聞之吴人，待詔每新歲輒書舊詩文一册，至老無復遺。而没後分散諸子，有徽人某子甲以四十千得廿册以去，今不知所在。此本乃故人子售余，爲直十千，因留置此，比於吉光之片羽耳。

第五册

余在項子長少參見待制所録詩稿數帙，是行書。其云每年録舊語正同。此乃是小楷，稍爲難得。

第六册，文待詔徵仲小楷。其一爲余書《早朝》等近體十四首，用古朝鮮繭，結構秀密，神采奕奕動人，是八十四時筆也。其二《古詩十九首》，極有小法，其妙處幾與枚叔語争衡，是八十八時筆也。又一條三行，『射禮有鹿中』云云，尤精甚，而考據詳覈，偶於散帙得之，附於後。其三《晝錦堂記》，差大於《古詩》，結力遒勁，是六十七時筆也。其四《拙政園記》及古近體詩三十一首，爲王敬止侍御作，侍御費三十鷄鳴候門而始得之。然是待詔最合作語，亦最得意筆。攷其年癸巳，是六十四時筆也。其五致仕三疏，中有竄改，當是稿草，而精謹乃爾，令人作顔平原想。吾所綴集，皆待詔中年以後書，真吉光鳳羽，緝而爲裘，後人其寶守之。

第六册

此徵仲小楷，足可壓卷。其淳古處少遜希哲，而秀媚精密過之。大率行草希哲勝，楷法徵仲〔六〕勝。世人多重行草，徵仲歿後，名少衰，以其用行法作草，又或一律乏諸變態耳。

第七册。王履吉《拙政園賦》及詩四章，皆小楷，得鍾、王筆意。《張琴師傳》亦類之，其下指極有媚趣，微傷自然耳。退之《琴操》稍大，兼正、行體，意態古雅，風韵遒逸，所謂大巧若拙，書家之上乘也。跋尾仲蔚與家弟評履吉書若訟，而各有致，并存之。

第七册

余絶愛履吉小楷，曾見有極遒媚者。此數章似俱未甚快。

第八册。文壽承書《五子詩》，是于鱗輩初年作，蓋未絀茂秦而進明卿也。休承書《養生論》。二君號太史箕裘，然壽承覺淳古，休承雖自清俊，結法微佻卞。彭孔嘉書余《廣五子詩》及近體數首，是古高麗藾，能於率更内斟酌，温潤秀勁，光彩射人，蓋中年最合作筆也。許元復一紙，老筆圓熟〔七〕流俊，而所書《龐居士傳》，語尤可喜。是四君者，僅一休承在，然老矣。而前後五子者，復失其六。每一展卷，輒爲噫歎。

第八册

壽承《五子詩》精謹有法，小變乃翁體，然尚不及晚年之舉止自如。孔嘉《廣五子詩》是顔派，猶覺拘而未暢。休承有一種脱塵氣，王家馭絶重之，而貶壽承。蓋由待制風浹閭里，彼處凡夫庸子皆能作文家體耳。其實壽承竟是當行，人謂待制之長，壽承傳字，休承傳畫，不虚也。許元復法亦出顔，而微帶肉。

第九册。陳道復《千文》，此君書不易楷，楷不易小，而吾兼得之。陳子兼《三槐堂銘》妍秀而微少骨，《蜀中詩》古雅而小遜態；陸子傳二歌出《麻姑壇》，遒麗肉滿，覽之燁然。然是二君最合作書。王禄之與其師尺牘亦自佳，俞仲蔚前後雜詩二幀，共二十二首，諸與余倡和者，是晚年筆，稍縱而有誠懸腕。《寶劍篇》以下是二十年前書，尤精婉可愛，詩亦多警句，故并存之。

第九册

陸子傳作《麻姑壇》體絶精整，其行款及字大小俱倣《麻姑》式，宛然魯公遺意，覽至此，頓覺神爽。子兼、禄之書皆本趙吴興來，骨不勝肉〔八〕，是縉紳中名筆。道復《千文》亦不俗，仲蔚筆力頗勁，而字形不甚悦人，亦未純是柳，然有半空擲下意。以古法論，當右仲蔚。

第十册。顧德育《牡丹》一賦，酷有徵仲家風。黄淳父前長篇一，永興之有鋒鍛者，後十二章小似不及。周公瑕詩二十章，用筆精雅有法。袁魯望十五章、莫雲卿十四章、王舜華十二章，吾所不敢深論。若魯望之流利、雲卿之濃婉、舜華之輕俊，皆菰蘆中翹楚者也。最後得張伯起唐人數詩，伯起生平臨二王最多，退筆成冢，雖天趣小渴，而規度森然矣。

第十册

公瑕、雲卿、伯起皆余與往還者。公瑕作率更體甚遒整，作吴興體最沓拖厭人，而每好作吴興，不甚作率更，不可解也。此二十章是本色，而微參以率更意，筆肥而骨勁，足稱合作。雲卿善用墨，最濃而最流動，後數年益進，此尚是未進時筆。伯起懇懇趨古名家自矜，此云『天趣少渴』，恐伯起聞之未快。顧德育、王舜華吴中常體，黄淳甫書，蘇人謂帶邪氣，然用力亦深。袁魯望小變吴體，士夫之能書者，獨奈何無百穀。

原《弇州山人四部稿》卷一百三十一

《書畫跋跋》卷一

校勘記

〔一〕『要』：疑爲衍字。
〔二〕『米』：底本作『宋』，據意改。
〔三〕『云』：《四庫》本作『人』。
〔四〕『望』：底本原脱，據《四庫》本補。
〔五〕『册』：《四庫》本作『卷』。
〔六〕『徵仲』：底本作『仲徵』，據《四庫》本改。
〔七〕『熟』：底本作『肉』，據《四庫》本改。
〔八〕『肉』：底本作『月』，據《四庫》本改。

弇州山人題跋卷五

書畫跋跋卷一

墨蹟跋

李文正陸文裕墨蹟卷

涯翁篆勝古隸，古隸勝真、行、草，此研光箋書數詩，乃晚年筆。余割其半及跋尾遺王學士而留此，以其備有衆體故耳。最後《蘇墨亭》一歌，更遒勁，蓋中年得意筆也。儼山先生《寶應雪夜翫月歌》則出入北海、吴興，雄逸超爽，有秋雕春駿騰騫絶影之勢。陸之於李，歌辭不妨衣鉢，書法更自青冰也，因合而藏之。

李文正陸文裕墨蹟

西涯翁在位日，書名震海内，篆書姑置勿論，行草亦清勁有筆，第微帶邪氣。彼時大夫書多作此形狀，蓋幾日用不知矣。儼山翁精究八法，於瘦硬中露秀媚，亭亭獨上，但尚未是當行耳。謂勝李果然，謂出於李或未然也，以『青冰』目之，恐陸未服。

李文正詩翰卷

太師李文正公詞翰擅聲館閣間，此卷爲宗易太史書，當謝首揆之次歲，而卷端有《牧羝》、《擊賊笏》二曲，豈意有所不足耶？今年爲甲戌，距公書時正一甲子。北虜有解辮，而邊戍無脱巾，當此可無感也。宗易爲任丘李文康公，時亦以首揆贈太傅。偶與元馭語次及此，因舉贈之，以比於虔刀之義云爾。

李文正詩翰

《牧羝》、《擊賊笏》二曲，亦是偶然書之，恐未必有意。長沙、任丘居首揆，皆尚包荒，今以贈荆翁，或未首肯。

張東海册

張南安書，雖流浪自喜，往往失之緩弱。此册《鐵漢篇》用秃筆，差遒緊，可存。

張東海册

東海翁筆勢飛動，自是顛旭狂素流派。遺筆處殆如雲行電掣，安得云『緩弱』，惟未能去俗。凡俗體、俗筆、俗意、俗氣俱不免犯之，蓋亦爲長沙所誤。

桑民懌卷

桑民懌才名噪一時，幾有『雕龍繡虎』之稱，此卷爲盛秋官書者，尤多生平得意語。其書似不勝文，文似不勝詩，大要不能去俗耳。盛舉高第後，至廣憲，以廉名。

桑民懌卷

民懌詩間有一二中晚句，卑卑偏鋒，亦未露豪氣。此云『書不勝文，文不勝詩』，則此卷當置何品？

李范庵卷

書家評吾郡李少卿貞伯如純綿裹鐵，視祝京兆不愧冰清。余此所藏卷雖尺一，草草不經意，而遒勁有生氣，可重也。少卿當憲廟時，抗疏不肯書佛經，爲藝林樹赤幟。今給事岑君允穆於鼎革之際，白簡數上，皆國家大筴。至救周太常一疏，尤卓犖偉甚。余故舉而歸之，且以慶貞伯此書之得所托也。

李范庵卷

司寇公稱貞伯眼底無千古，至目趙吳興爲『奴書』。然余嘗見其數札，大約從二沈來，亦間作賓之、原博脚手。夫學古人何名爲奴，若從風而靡，則真從者氣習耳。如今人恥先秦兩漢不學，或拾歐、蘇餘芳，乃自矜『捨筏』，其失正同。

金元玉卷

王可大比部亟爲予言，金元玉書法勝徐子仁。問之吳中，人不識也。亡何，購得此卷。元玉筆橅倣吳興，老意縱横，神爽奕奕可愛，惜結筆小，未去俗耳。視子仁堆墨，不啻誠過之。

金元玉書

徐子仁書嘗見之，金元玉書未見。元玉名琮。

雜帖

吴文定之眉山、沈啓南之豫章，僅得其似耳。京兆翩翩，時有大令風度。文待詔中年筆微涉佻，而韵頗勝。履吉善取態。俱可録也。

雜帖

希哲、徵仲、履吉是吴中三絶，文定書以爵顯，啓南書以畫顯。

祝希哲小簡

希哲此書皆赫蹏小簡，與舍中子多言市井廻易事，買書便是雅語，至末簡所謂『月甚佳，可来一跳』，盖希哲與閶門少年時時傅粉墨作優伶劇耳。書極潦草，中有結法，時時得佳字。豈晋人所謂裴叔則粗服亂頭亦自好耶？

祝希哲小簡

余亦有枝山赫蹏數簡，潦草中儘有佳趣，語亦多鄙俚，第不作廻易語，差免銅臭。然他人孰無廻易簡，或用拭几，或以炷油，人何由見之。此簡傳至今，正坐爲佳字累耳。

祝京兆卷

祝京兆書名薄海内，然其行草往往自豫章来，獨此卷徵仲《灌木圖歌》時有大令遺意，雖極縱放，而結法不踈，運腕極勁。卷後王履吉跋、黄勉之歌，皆可重也。圖今在徐氏，大可丈餘，徵仲生平得意筆，上有京兆書，作擘窠大字，怪偉動人。因附記於此。

祝京兆灌木圖歌卷

京兆腕本勁，第間失之踈。此云縱放而不踈，允爲合作。豈徵仲圖如裴將軍舞，能發京兆筆勢耶？圖上大字更怪偉，不知是大令筆？豫章筆？

祝京兆雜詩

祝京兆少時書雜詩，多作小行楷體，若草草不經意，而流麗有態，時時媚眼。譬之夷光阿環，捧心病齒，皆可圖也。

枝山豔詩

希哲詞多青閨中廋〔一〕語，令人絶倒，宜從褚河南瑶臺美女，不當作秃師屈彊老筆也。

淳父乃以豐麗賞之，得非取駿於驪黃之外乎？

京兆雜詩艷詩

款曲中度語，是京兆詩本色；秀媚中逸態，是京兆書本色。若作屈彊老筆，豈故矯其枉乎？然則何不作昌黎、次山語書之？

祝京兆季静園亭卷

祝京兆書《季静園亭詩》，以大令筆作顛史體，縱横變化，莫可端倪。雖攷之八法，不無小出入，要之鐵手腕，可重也。然書道止此耳，過則牛鬼蛇神矣。

祝京兆季静園亭卷

枝山筆微似大令，縱牛鬼蛇神，終是豫章，非顛長史也。然渠此種草却易僞。

祝京兆卷

此希哲中年書，雖不無出入，然往往自楊少師、豫章、襄陽来，而疎瘦横放，不求盡合，所以可重也。卷首四字尤遒偉，中有贈關西孫逸人，即太初也。

祝京兆卷

書法於古人何必盡合，既云楊、黄、米，安得若出一手？當是與希哲而四耳。關西太初，司寇公想亦重其人，故特點出。

祝京兆秋興八首爲王明輔題

祝京兆書本作顛旭，時時闌入顛芾中。此卷書少陵《秋興》，數行後天骨遒發，幾與『波浪兼天』、『石鯨鱗甲』語争雄長。小展視間，太行諸山忽若奔動，爲之一快。

祝京兆秋興八首爲王明輔題

京兆於顛史不近，狂僧稍近，然取姿處多，要非的派也。顛米態彷彿似之，用筆亦不類。若謂素骨而芾姿，庶爲定評，顧又恐許京兆太過耳。京兆好書中晚詩，此書杜老《秋興》，固自難得，更覺與墨池增勝。

京兆雜詩卷

祝京兆此紙雖出山谷、海嶽，末復遒勁，政如三河少年，躍馬自快，然是正德間筆也。

京兆雜詩卷『三河少年，躍馬自快』兩語，可謂善諭。

希哲草書月賦

希逸此賦，真江左琳琅，一時膾炙人口，然不無穉語。希哲生書法波靡，時乃能用素師鐵手腕，參以雙井逸趣，超千載而上之，尤可貴也。余嘗謂希哲如王、謝門中佳子弟，雖偃蹇縱逸而不使人憎，跳盪健鬬如祭將軍，而有雅歌投壺風味，識者以爲知言。此卷爲故毛光禄書，光禄嘗刻之石，殁而其家貿以供何穎考兩日費。今年春，與張中丞肖甫閱之，時陸叔平在坐，曰：『此贋本也，真蹟在故毛光禄所。』余笑謂叔平曰：『子知光禄之有此賦，不知此賦之不爲光禄也耶？』叔平悟，乃睨視之而笑。嗟乎，人閲物，物亦能閲人，聊以寓吾一時目而已。

又

祝京兆好書謝希逸《月賦》，人間合有數本，吾所得毛氏者，其甲也。此卷落筆甚遒，初亦緊束未暢，數行後姿態横出，波撇暎帶，幾欲與豫章争衡，且結法全類毛氏本，唯以管城君小弱故乙耳，然亦是渠喆昆也。程君游太湖烟月間，誦『洞庭始波，木葉微脱』

語，取此卷印證之，不如見裴將軍舞劍，書法爲之一進耶？

希哲草書月賦

自國初來，諸書家多書珍寶中文，希哲乃好書《月賦》，當是漸作。獻吉解此賦良多俊語，第突起説『初喪應劉』不知何意，雖古人無忌諱，亦何必乃爾。『素師參雙井』、『王謝子弟祭將軍』評希哲最當，『物能閲人』，大是閲世深語。

祝枝山李詩

祝京兆作旭、素書，是京兆旭、素書耳，佳處亦多大令取態筆。獨此卷太白《上皇西巡歌》五首，因秃管淡墨之勢而用之，雖極狂怪怒張，而結構自不踈，中復饒古飛白遺意，鬖鬖乎二氏青冰矣。卷在江西程生所，余以京兆他書數紙，文太史書一紙、畫一紙易之，用米襄陽故事耳。

祝枝山李詩

『京兆旭、素書』信是確論，然此語凡學古人者皆可加，不獨京兆也。若以秃管淡墨遂謂爲二氏青冰，則是希哲殫平生力，翻不如敗毫殘烟矣。恐無但二氏未心服，希哲必且屈彊。即毛穎，陳元亦將有後言也。元章與人易書畫，自謂：『看久即厭，時易新玩，兩適其欲，乃是達者。』今司寇公亦此意否？若程生，則恐是爲徇知屈，但得取數多聊自寬耳。然亦可見是軸之勝他卷矣。

京兆書杜紫薇詩

祝京兆好書中唐詩，初讀前一詩，以爲京兆語，而怪其稍濃渥有致，既辨其爲杜紫薇集，爲之一笑。至於書紛披老筆，望而知其枝指生也。

京兆書杜紫薇書

枝指生望而知，杜紫薇辯而知，此豈公之鑑詩暗於鑑字乎？不然，稍濃之怪是別淄澠之舌，此無假物色。若紛披老筆，恐猶是以形旁求人，或以贋本誑公，離朱暫眩，尚未可知也。

題祝京兆真蹟

昔人謂右軍才行甚高，有遠識，惜不究其用，以書掩之，此非公言也。令右軍而用，不過作先始興、謝文靖耳，千載之下，孰有艷羨珍異若此者乎？張長史與顔尚書同學隸，不勝，去而爲草；吴道子與張同學草，不勝，去而爲畫；楊惠之與吴同學畫，不勝，去而爲塑。彼其所就則已卑，然而其就專也。古人之志於傳也如此，右軍可無惜矣。余始甚愛京兆字學，晚得其集讀之，不稱。人乃有謂京兆書掩其文章者，故識之於此。

祝京兆真蹟

右軍才略豈云以書掩之，正自以書顯耳。許元度、孟參軍，晋代固不乏也，祝京兆之文章亦然。使書不工，孰是瓿頭取敝籍視之哉！張長史授顔尚書筆意，唐人所記甚明。此云張與顔同學隸，不勝，去而爲草，不無矛盾。且《郎官壁記》真書出顔上，何謂不勝？當是譽楊惠者假兩公爲重，巧爲此説，不足據。

又

祝京兆草隸奕奕絶世，唯李獻吉詩、沈啓南畫可以配之。然獻吉與京兆絶類，蓋皆有敗筆而不失爲大家也。濟南諸公後出，幾令獻吉失盟主，而京兆遂無有能踰之者。書則文徵仲類何仲默，王履吉類徐昌穀，敗筆絶少。畫家唐伯虎亦不減徵仲。

又祝真蹟

獻吉詩、希哲書、啓南畫，果是三絶。獻吉何嘗失盟主，第以晋楚争强，遂忘齊桓耳。五霸桓公爲盛，終是定論。嘉靖末年，履吉字佑遂在希哲上，好古者又或首舉豐人翁，然要之行利皆通終當歸希哲。余不解畫，獨妄謂啓南未必擅場，戴進、吴偉亦自嶽嶽。彼各有流派，啓南格雖入妙，然多行書筆，譬之米南宫終身無楷也。時吴、戴不能詩，品稍俗耳。唐伯虎若在，恐亦未甘居第二。

茂苑菁華卷

吴中希哲、徵仲、履吉、道復稱四名家，此卷種種臻妙。履吉差作意，希哲太不經意，然姿態各自溢出。雲卿得此，殆若狐腋之粹白矣。昔蔡中郎篋《論衡》而談驟進，雲卿臨池比益工，得無慮爲人搜作藝林公案乎？

茂苑菁華卷

道復書亦豪勁有姿態，第無古法，謂之散僧良然，亦祇可參禪耳。祝、文及王自是吴中三名家，道復或未可等倫。廷韓書後益工，然别有解，不從此四君來。

文太史三詩

文太史八十四時，爲余出金花古局箋，行書此三詩以贈，書極蒼老秀潤，而結體復不踈。三詩濃婉不在温飛卿下，唯《明妃曲》爲永叔所誤，不免時作措大語耳。以此知宋人害殊不淺也。

文太史三詩

衡山翁書絶有古法，筆力甚蒼勁，以不經意出之乃更妙。在日名絶重，卿相無不折節，下至婦人童子皆知之。乃今歿後四十年來，人遂或不購甚書，此皆肉眼以目皮相耳。若於書學稍究心，見翁真蹟，必當斂衽下拜。

文太史四體千文

文待詔以小楷名海内，其所沾沾者隸耳，獨篆筆不輕爲人下，然亦自入能品。此卷《千文》四體，楷法絶精工，有《黄庭》、《遺教》筆意；行體蒼潤，可稱玉版《聖教》；隸亦妙得《受禪》三昧；篆書斤斤陽冰門風，而皆有小法，尤可寳也。自興嗣成此文後，獨元時趙承旨及待詔能備此衆體，惜少章草耳。

文太史四體千文

待制真、行自佳，無容言。若四體，恐終係强作。云沾沾矜隷法，想稍能熟其體耳。篆書倘遇生字，或不無旋檢《篆韵》。

文待詔游白下詩

文太史歸隱後，扁舟秣陵，與劉司寇、顧司空倡和，大是香山社風度。書筆視平日小縱，而蒼老秀潤，時時有法外趣。詩亦清逸可喜，第起句往往落韵，此公疥癬疾誤入膏肓，吴人至今中之耳。

文待詔遊白下詩

徵仲齒長於獻吉，其詩猶沿宋元來餘習，以大曆後俊語爲的。其起句落韵亦坐此，然却有一種真趣，讀之亦醒快。邇來詩家家李杜，顧去真趣較遠。

文太史書進學解後

史稱昌黎爲《進學解》，執政憐而奇之，遂以省郎知制誥。令昌黎今日出此文，三日内不得回首望春明門鴟吻矣。然此文雖跌宕，終不能如東方、子雲雅質而饒古意。文待詔書法出《聖教序》，亦然。

文太史書進學解

退之此作，雖古質處微遜《客難》、《解嘲》，然能别出意，不重墮達旨釋誨烟霧中。較量身分，固在倩、雲伯仲間。若待制書之於《聖教序》，則尚隔數塵，恐難與昌黎并論。

文太史絶句卷

文待詔此書，真得豫章三昧者。取態雖小不足，而風骨遒爽，殆似過之。諸絶句如『老病迂踈非傲客，只愁車馬破蒼苔』，大類白少傅分司洛中語，皆可寶也。

文太史絶句卷

徵仲書中年類松雪，晚年益以豫章法，更覺遒勁有神。若詩則原係白傅派，絶句尤多逸趣。

文太史三體書

蘇文忠書錢唐伎女諸絶句真蹟，字頗小。文太史特以意臨寫，不拘拘形似，而古健遒偉，隱然爲眉山傳神，抵掌老優，當自色恧。後三體書，擬豫章尤妙，惟作米家筆，差不似耳。昔人謂右軍臨摹《宣示》勝于自運，又云『筆禿千管，墨磨萬定，不作張芝作索靖』，信然信然。

文太史三體書

待制自謂早年效玉局作字，然玉局淳古，待制秀媚，不得其真，惟得其偃筆肥墨耳。晚年縱筆豫章，形不似而神似，其險側飛動，有墜石裂冰之勢，與效蘇處意正拗。若襄陽則標格原殊，奈何得似也？

文太史三詩後

晉陽風物凄緊，九月於明佐藩伯齋中，覽故文太史三詩，『金波桂樹』、『清露梧桐』語，恍如此身在越来虎丘間。其結構之遒美，亦似與玉蘭堂中人烹茗匡坐，却卷後别是一境界，良增季鷹之感。

文太史三詩

諺云『物離鄉貴』，在晋中觀蘇詩蘇字，自是誤入天台。司寇吴人，鄉感尤當深也。

趙飛燕外傳

文太史小楷書《趙飛燕外傳》，初看之若掾史筆，草草不經意者，而八法自具，是真蹟也。余乃丐尤子求作小圖，凡九段，系其後。尤於此圖有精思，頗得龍眠、吴興遺意。周公瑕復爲書《西京雜記》十餘則，俞仲蔚書《外傳》，皆小楷。工絶之甚，往往有踞太史上坐意。《外傳》文蕪雜，盖稍爲筆削之耳。飛燕、合德事不足論，第伶玄此文與國色并絶代，爲千載風流斷案。太史鐵心石腸，而寄托乃爾，毋亦靖節《閒情賦》故事耶？

趙飛燕外傳

伶玄此傳文絶奇，柔曼中清骨玉立。徵仲秀骨，公瑕豐姿，各得一班。又徵仲近飛燕，公瑕近合德也。尤求畫亦是周昉遺風，皆雅相稱。惟仲蔚蒼險筆，未免似賞花烹茶，若以書《高士傳》則庶幾矣。

徐髯仙墨蹟

金陵少臨池者，如顧司寇、陳太僕，皆得意而不得法。最得法者徐子仁，然好堆墨，書離披擁尰，不能免『墨猪』之誚。此卷雖極濃肥而有骨，端重而不乏態，是最合作書也。子仁行世最少，君其寶藏之。

徐髯仙墨蹟
子仁書行世亦不少，第掛幅多，大概亦是松雪派。

雜書畫册總跋

前後序及題畫八分，皆文徵仲手書，精絶之甚，第不及晚年鐵手腕耳。吴中一時書法盡此矣。惟祝京兆紗得晋人法，趣常有餘，王履吉、陳道復皆少年筆，與晚歲全不同。

吴中文士盡此矣，語遂無一佳者，乃知此道之難也。

雜書畫册總跋

弘、正間吴中文果卑弱不可讀，若詩句恐尚有一二佳者，以當陳王少年筆，或不辱也。祝書法果獨絶，徵仲小楷即出少年時手腕，固猶勝其文耳。

王履吉五憶圖歌

履吉《五憶歌》，雖昉自平子，而能用己意發之，後復有文伯仁系圖。伏日一展閲，如碧玉壺賜對，消得紫綾半臂矣。其用筆秀雅，絶得《尚書宣示》、《樂毅論》遺意，獨中間一入崛强肥重，文皇戈法未易療也。

王履吉五噫圖歌

歌昉平子，復有伯仁爲之圖，豈生平所歷勝地耶？抑即吴中名蹟乎？伏日消得紫綾半臂，據跋當是自詩及圖得之，然使非履吉墨妙，恐清寒亦未必侵入公肌骨也。履吉書效虞永興，其一波倔彊，正自王彦超重摹《廟堂碑》來。若得唐搨本效之，當無此失。

王雅宜書雜詠卷

履吉行草自山陰父子中来，然所得者姿態耳。此卷《白雀寺》諸詩尤備風骨，有美女舞竿、良驥走坂之勢。友人王元肅云：『履吉作此時，病已甚，然時時偃臥，以指畫腹，曰：「祝京兆許我書狎主齊盟，即死，何以見此老地下！」』前輩用心如此，何必減鍾太傅，可念也。

王雅宜書雜詠卷

履吉行草得之大令爲多，若右軍恐不甚似。病中猶以指畫腹，蓋酷意在書矣。吴人言履吉書日進詩日退，不虛也。

王履吉白雀帖

王履吉先生養痾白雀寺，訪故人王元肅虞山不值，作此歌。元肅拏舟追及之，因以二丈許桑皮縱筆滿卷爲贈。雖結法小踈，而天骨爛然，姿態横出，有威鳳千仞之勢。蓋月餘而履吉物故，當是絶筆也。又二十餘歲，而元肅爲雙鈎入石，嘗乞余言跋尾。居數歲，元肅亦歿。又二歲，而有以此卷質者，詰之，知非王氏有也，無何贖去。又數歲，而復得之它所，流落宛轉，真如傳舍。失弓得弓，何必在我。因爲題其後，以俟後之君子主斯卷者。時庚午之夏伏日也。

王履吉白雀帖

余有此石本，是徑三寸餘行書，而間用素師《自叙》法，忽出一二行徑五寸字。米元章亦時有此法，大約由縱筆中乘勢爲之耳。若稍有意，恐遂不入格。此幅全是大令風骨，微出入永興，比之平日筆，更覺顧盼有姿。履吉年不滿四十，亦既臻此，使天假之年，亦何讓祝京兆？蘭摧玉折，可痛可惜。詩稱『緘書報不遇』，此云訪，或係誤。余在禮部時，與沈瑞伯、王家馭同觀此帖，瑞伯書法主趙吴興，甚不取履吉，曰：『此帖有何佳處？祇是取媚時眼，絶無古法。』瑞伯去，家馭曰：『此終是佳筆，何得云爾。』家馭又謂此蹟今歸王陽德參知。陽德宦吴中，得佳蹟數種，此其一。今觀跋，當是庚午歲後公以贈陽德耳。『失弓得弓，何必在我』，此猶龍公去其人之論，然此卷書者王姓，所贈者王姓，購得者王姓，今轉贈者又王姓，則是終未能去其楚耳。書訖覼然。

王雅宜長恨歌後

白學士《歌》綿麗詳縟，宛然開元宮中韶景。履吉以行草書之，豔冶之極，併得玉〔一〕真情態。余乃乞莫雲卿書陳鴻《小傳》，家弟書手删《外傳》，俱小楷補之，翩然有晋人意。尤子求復系以圖，令人恍恍有乘槎犯斗之興，然不欲多展，展則恐費蒲團工力也。

王雅宜長恨歌

履吉艷冶書白《歌》，雲卿穠麗書陳《傳》，敬美秀潤書《外傳》，子求巧密作圖，皆與玉環姿態相稱。

王履吉書江文通擬古詩

江文通擬古詩，如逸少臨《宣示帖》，形勢巧密，勝於自運。唯《古離别》、《李都尉》二章差不似耳。履吉之於虞永興，亦似文通擬古，書法姿態既備，結構復不踈，蓋晚年得意筆也。

王履吉書江文通擬古詩

擬古惟文通最高，無但《陶》、《謝》諸章彷彿逸少擬《宣示》，即《遠别離》、《李都尉》猶是米元章摹書手。若履吉之於永興，則稍得其層臺緩步遺意，尚乏骨力，果出得意筆，亦是文通自運詩耳。

陳道復赤壁賦卷

此道復過醉時筆，雖得失相當，而遒偉奔放，有出蹊逕之外者。唐文皇云：『當今名將唯李勣、薛萬徹耳。勣不大勝，亦不大敗；萬徹不大勝，則大敗。』以語文太史及道復，必當各領取一將印也。

陳道復赤壁賦

道復書大約山野，但不係山野貴人，猶稍有真率意。司寇引李、薛作平論，初讀時默爲徵仲稱屈。然英公赫赫千古，即婦人小子，皆知徐懋功。若薛將軍，則問之青衿生，且或不識。以之當陳，或亦是流品。

朱射陂卷

壬子冬，余以使事道維揚。朱子價爲書二卷，其一爲近體，旋失之。此卷多齊梁樂府語，雖不無小出入，而宛倩穠至，不失箕裘。書法蕭散流宕，有林下風氣，尤稱合作。自後固時時詩寓余，然絶不可入眼。至九江集幾落行卷中笑海，豈文通才頓盡耶？子價已化異物，秋日曬書出之，殊切山陽之感，聊識於後。

朱射陂卷

朱子價余猶及見之，詩多效六朝體。此卷謂是齊梁樂府語，固是合作。蓋見時人學盛唐未似，欲出其上，不得已逃而之六朝，嘉靖中年多有此風。然此公用力極刻深，其詩殆無一字無來歷，但多以難解爲奇，又似故以失粘拗句爲入格，用意亦覺少偏。初有《池上編》一帙，用修所批選，甚精。後稍縱，雖或不無得失，若謂『落行卷中笑海』，則似貶太過。書極服膺枝山，乃行筆却絶類雅宜，率以緩懈取態，與其詩可謂兩絶。

馬太史卷

同年馬太史作書，大有筆而不勝好奇之念，往往使人不可識。此卷爲余書《東封紀行》，可二萬言，皆行楷，遂無一筆放軼，蓋余酒間嘗譏之故耳。聞徽人袖精鏐購太史書，時得贋者。此卷乃落余山房散帙中，將并飽蠹魚。物故有遇不遇也，因識而收之。

馬太史卷

孟河公書學懷素，尤主《聖母碑》，然失之太狂。其狂亦多出有意，以故雖稍有逸態，而乏雅趣。此卷皆行楷，謂以酒間譏之而然，良然。渠有一行卷贈先公，亦皆小行楷，亦緣先翁不喜其狂草故然。却是舍所長就所短，卷在余手，後爲人持去。

陳子兼卷

余甚愛陳子兼書，每出紙素，子兼輒欲書己作，余甚苦之。癸丑避寇吴中，以此卷索書曹子建詩，子兼不伏慢駡，乃别録《蜀中》諸篇并卷見遺，今可一紀矣。曹詩鼺然山房，而《蜀中篇》遂爲人攜去，子兼知之，不免又作一大駡也。

陳子兼詩牘卷

此一卷陳子兼詩及尺牘，書法極灑落可愛，然皆數千里外筆耳。晚歸，僅一水，而音問極少，或小札數行。因題二韵于後：『莫怪陳驚座，年来尺牘踈。老饕能自飽，不喜换羊書。』

陳子兼卷又詩牘卷

子兼書肉勝，以書子建語，似猶未稱。若書其詩，又似詩未稱。以作尺牘，或庶幾耳。

俞仲蔚書

俞仲蔚舊爲余小楷歌行一紙，行草及大書古選體各一紙，合爲卷，藏小西館。仲蔚前後寄余詩，不下數百紙，不能盡爾也。子敬作精書以貽謝太傅，謝輒批尾還之，物固有遇不遇也。

俞仲蔚書

仲蔚書自米氏派來，骨力古勁，而形狀不甚悦人。司寇公與交最厚，至於書，有存有不存；其評語又或與或不與，不知何説。物固有遇不遇，若仲蔚書，恐藏小西者未足爲遇，其歸之他人者，或未爲不遇也。

俞仲蔚書金剛經

褚登善書《陰符》、柳誠懸書《度人》，二經余見褚石本，又於項吏部處見柳真蹟，皆小楷，而柳尤勁挺有風骨。今年春，仲蔚爲余書《金剛經》一册，微用米顛筆，而八法種種不乏，其得柳爲尤深。此經是佛最妙語，破一切着。比之《陰符》、《度人》，故不與易也。凡書《金剛經》者，眉山、吴興併仲蔚而三，皆法寶兼墨寶，故志之。

俞仲蔚書金剛經

仲蔚果有柳、米筆，若書《金剛經》謂與眉山、吴興皆爲『法寶兼墨寶』，則似過。

楊秘圖雜詩

記余初入比部，時見同舍郎吴峻伯論書法，輒云：『故人楊秘圖珂者，今之右軍也。』余購得此卷，不勝喜，以示峻伯。字爲之解，云：『此非右軍而何？』余時心不能伏，然無以辨之。又數載，稍稍識書法，一日檢故卷出而更閱之，蓋楊生平不見右軍佳石刻，僅得今關中諸王邸幡〔二〕搨《十七帖》，其結構盡訛，鋒勢都失，别作一種細筆，而臨摹不已，遂成鎮宅符，又似雨中聚蚓耳，恨不呼峻伯嗤之，然詩語亦得一二佳者。今聞其人尚在，多作狂草，或從左或從下起，或作偏傍之半而隨益之，其書益弱而多譌，然自負日益甚，詩亦日益下。第其爲人瀟灑食貧，有遺世之度，可念也。因記於此。

楊秘圖雜詩

秘圖名珂，字汝鳴，吾邑人。少爲諸生，即有書名，晚愈矢意狂草法，人品絶高。弘、正以前不可知，若邇年以來當爲逸人第一流。胡梅林少保舊令餘姚，稔知汝鳴。後爲制府，意欲汝鳴入幕下，謂倘來謁，即隨以厚幣，汝鳴竟不往。少保有碑，欲得汝鳴書之，而難於言。後禦倭海上，過邑城，駐龍山，使幕客故與汝鳴交好者誘之來山間遊，已胡公燕居服猝至，不得避，因留共飲。讌談既洽，幕客諷以寫碑事，汝鳴乃爲寫，贈之金，卒不受。此風今豈可得再見也！弇州公與汝鳴不識面，此跋數語，美刺皆中，即如爲汝鳴傳神，可即録入《續高士傳》。

陳鳴野詩

山陰陳鶴鳴野，翩翩任俠，高位置，恒自稱中國陳鳴野云。楷法用墨絶肥壯而無鋒穎，若黿鱉之縮項足，行草殆似枯枿敗蔓縱横道上，而云出自魏武、鍾太傅、顛旭、狂素，良可笑也。此卷所書絶句中如『夜深池上弄琵琶，萬里星河月在沙。莫怪樽前彈《出塞》，只今邊將未還家』，却自有唐調，可喜也。

陳鳴野詩

鳴野與先君交，余數見之，『翩翩任俠』四字得其爲人。其詩學劉隨州，長七言古近體，其佳篇如『夜深池上』等語，殆不可勝數。不勤勤藏稿，稿多散失。其真書多肉，草書多骨，然皆不出法度外。遇其合作，時亦咄咄露神采，肥有骨，瘦有姿，此跋『介蟲縮項足』、『枯枿敗蔓』之諭，亦得其似。然似摘其病譏之，或未見其得意筆耳。先君不喜狂草，渠與先君往來詩帖、詩軸皆真書，或微帶行，絶不作草。

外國書旅獒卷

余於燕中邂逅王太常汝文，談諸譯人多精於其國書者，乃以《旅獒》『明王慎德』至『所寶惟賢，則邇人安』百六十五字令書之，得九紙，爲西天、女直、韃靼、高昌、回回、西番、百夷、緬甸、八百媳婦。大約多類籀草，而西天獨雄整，女直有楷法而小繁複，不知其爲陳王谷神所製否也。因復乞黎惟敬、俞仲蔚、周公瑾、莫雲卿、王舜華、陳道易、程孟孺、管建初輩，作篆籀、分隸、小行、大行、章草之類以冠之，而錢叔寶復爲圖系焉。余以中國書固稱彬彬八法，然自大篆而後，會意、象形之外，亦僅取其適用美觀而已，不必盡有書理也。諸夷於書理無論，要亦能用以紀姓名、通朝聘，而世守之不變。異日同文之化成，此亦一故事哉。乃至竺典所謂造書主三天人，曰梵、曰迦盧，而蒼頡顧其少。季元二張贊羊皮詔，孟浩則曰『書契復見科斗文』，光弼則曰『龍蛇後見古文字』，蓋皆厭屬虜饌，忘其膻腥者也，何足道哉？

外國書旅獒卷

今制，四夷館有譯字生，習諸外夷字，歷九年於史館前考試字法，無誤生爲序班，已官者遞進二品。嘉靖前購來諸夷書甚多，學者憚其繁，時時盜出毀其籍，今惟韃靼學不廢，字多横寫而直讀。餘各夷書母〔三〕籍多失，或間止一二葉存，略識數十字耳。報遇夷人來，則賄通事人，問其意，别造語譯之，要不失事情而已，其實非本字也。此《旅獒》文雖籀草爛然，恐亦多非書亦多僞作夷字，以欺我人，不恤〔四〕外夷笑。此《旅獒》文雖籀草爛然，恐亦多非本字，不知梵、迦盧視之云何？

扇卷 甲之一

扇卷甲之一爲法書，凡十六人，二十一面。内徐髯仙子仁三，李西涯賓之、白洛原貞夫、朱射陂子價、許高陽元復各二，吴匏庵原博、顧東橋華玉、金赤松元玉、唐六如伯虎、王前峰繩武、王涵峰履約、袁胥臺永之、馬孟河負圖、吴霽寰峻伯各一。西涯僅一詞耳，與匏庵皆以書名，而皆沓拖不稱，更不若震澤之遒勁也。華玉翩翩有晋人意，元玉、伯虎俱足吴興堂廡，差薄弱耳。子仁堆墨，豐美而肉勝；繩武似舅，鹵率而骨强。履約膚立，不能難其弟。永之踈逸自放，貞夫作輕重筆，斌媚近人。子價結體雖踈，而天趣溢出，良堪壓卷。負圖之縱誕、峻伯之纖弱，若此合作者，不易得。元復《牡丹歌》及書皆圓熟，不得禄之補圖，尤爲離俗耳。此皆吾後先所收，以不堪動摇，故聚而帙之，時一展翫，庶不以炎凉戚疏也。

扇卷 甲之二

右扇卷甲之二，法書凡二十一面。祝枝山希哲六面，皆草聖也，老筆紛披中秀骨森然，超出蹊逕之外，當於神、逸二品中求之。蔡林屋九逵一面，圉圉可憐。王雅宜履吉九面，翩然灑落，覽之如山陰道上行，使人應接不暇，而《輞川》一書，小楷尤精麗，真堪與摩詰語争勝。其與履約一面，又履約繩武一面，僅堪烏衣諸王而已。陳道復二紙，頽然自放。王子新一面，步武邯鄲，聊附於末。記吾家右軍及蘇長公俱爲會稽、餘杭老姥作扇緣，不知希哲、履吉存日何似？以今度之，想亦當然耳。

扇卷 甲之三

右扇卷甲之三，其廿三面爲文衡山徵仲書，其一面爲壽承臨筆。内『庭下戎葵』、『風攪青桐』二面作眉山體，與『初秋雨霽』皆小行，特精甚。《赤壁賦》字尤小，餘半面圖以補之。『睡起』、『絹封』、『缺月』三面皆豫章體，險急中風骨奕奕可愛，此老之於二公，庶幾出藍之美。其他體俱本色，而筆多暮年，或肥或瘠，各具神采，『八十衰翁』一面，即所謂壽承臨者，不失箕裘。余與此老晚合，中有四紙見寄者，惜其紙垂敝，不能作懷袖觀，聊以當笥篋之珍爾。

扇卷 甲之四

俞仲蔚凡三扇，宋玉《神女》及《舞賦》、司馬相如《美人》、曹子建《洛神》，多作蠅頭小楷，而清勁有法。周公瑕之班姬《擣素》、文休承之宋廣平《梅花》，精麗輕逸。陳子兼之宋玉《高唐》、朱子價之相如《長門》、黄淳父之杜牧《阿房》、莫雲卿之舒元輿《牡丹》、家弟之江淹《神女》，覺意勝法。張伯起之禰衡《鸚鵡》、彭孔嘉之潘岳《閒居》、袁魯望之陶潛《閒情》，覺法勝意。程應元《前赤壁》倣鍾太傅，《後赤壁》倣顔平原，雖骨格未成，時復長進。諸賦上下二千年，才情妙麗，各極其致；而目下數君子皆名臨池者，以小楷紀之，真可寶也。

扇卷 乙之一

扇卷乙之一，凡九人十九面。王文恪濟之一、沈石田啓南三、周康僖伯明一、夏文愍公謹一、祝京兆希哲二、文待詔徵仲四、王雅宜履吉三、陳白陽道復三、袁谷虚補之一。是數君子者，獨文愍爲江西人，沾沾負書名，餘皆吴中工八法者。文、祝、王、陳已見甲卷，所以屈居此者，不無紙敝墨渝之歎耳。

扇卷 乙之二

扇卷乙之二，凡九人十五面。王西室禄之一、許高陽元復二、朱射陂子價一、陳雨泉子兼二、馬孟河負圖二、王前峰繩武一、俞仲蔚二、周公瑕二、高唐王篆書一。繩武余猶及識之，禄之而下皆所與還往者，其人皆有書名，作行草遒勁有法，而高唐篆筆最爲淳整，其弟齊東王尤有法，嘗貽余兩扇而失之，以爲恨。附志於此。

扇卷 乙之三

扇卷乙之三，凡九人共十五面。湯湖州世賢一、陳布政鎏一，爲前、後《出師表》。沙秀才魯一，爲《赤壁賦》。梁禮部孜一，俞山人允文五，王山人逢年三，陳山人演二，王太學穉登、文司訓嘉共一，則皆所自撰歌詩。内俞古隸二，陳古隸一、篆一，餘俱小楷，斐然可愛。亦以紙墨不甚精新，屈居副篋耳。

扇卷 乙之四

扇卷乙之四。宗提學臣一、徐方伯中行三、張少參九一一、吴提學國倫一、吴中丞維嶽五、董宗伯份三、皇甫僉憲汸一、俞廉憲憲一、王太守可大一、仲舍人春龍一、張比部燭一、李茂才言恭一、周袁州璞一。皆平生所還往，而於交有心許者，有面合者。其人有工臨池者，有擅長城者，然半已游岱矣。攬之不勝人日曝書之感。

扇卷 乙之五

扇卷乙之五，爲吾少師華亭徐公二面。公過余小祇園，又得余賀孫成進士詩，手題此扇見寄。又宋中丞望之一、曹中丞子誠一、莫方伯子良一、張中丞肖甫一、吴大參明卿一、王大參陽德一、張進士伯起二、王太學百穀二、歐博士楨伯一、俞山人仲蔚一、莫太學雲卿一、魏解元懋權一、毛山人仲章二、顧茂才懋儉二。其人多昭代耆德、清時勝流，或擅長城、或精臨池者，偶以所得之晚，第居是耳，非有所甲乙也。

扇卷

兩漢以前尚篆隸，多用之章、疏、檄、牒。晋以後尚行草，多用之簡札。邇來此兩則率胥人代書，其自書者，軸、卷、册、扇四種及赫蹏小簡而已，而扇於日用尤切，尤堪賞玩。其敝者，或用爲軸，爲卷，爲册，爲屏。余感司寇扇卷，因效爲一册，殊横闊，不便置几案。又書扇時自有行款法，今改爲横幅，則傾斜失度。又扇自别有一種風度，改作册，亦失本真。且翰墨在扇間，即如花木在庭除亭館、在岩谷，天趣悦人。如右軍書姚姥五字扇，大令畫烏駮犗牛、書牛賦扇，至今赫赫照書畫間，何反改從幅紙列，此又何異削圓方竹杖、重漆斷文琴耶？若謂不宜以供揮暑，則但可置之笥篋中，日取展玩，與卷册同用而不失扇書本趣，似更簡便耳。

此扇卷九軸，當以希哲、徵仲、履吉爲一等，壽承、公瑕輩諸專家爲一等，吴中稍諳八法者爲一等，文人詩人别爲一等，名公卿士大夫又爲一等。

原《弇州山人四部稿》卷一百三十二
《書畫跋跋》卷一

校勘記

〔一〕『廋』：底本作『瘦』，據《書畫跋跋》改。
〔二〕『幡』：《四庫》本作『翻』。
〔三〕『母』：底本作『毋』，據《四庫》本改。
〔四〕『恤』：《四庫》本作『惜』。

弇州山人題跋卷六

書畫跋跋續卷一

墨蹟跋

右軍鶻不佳帖

『鶻』當是右軍諸孫小字。右軍自誓墓後，謂『我卒當以樂死』，然間語凝之輩：『藍田望不逾我，而位遇遼邈，當由汝曹不如坦之耶？』今又云：『鶻等不佳，都令人弊見此輩，吾衰老，不復堪此。』曹公有云『生子當如孫仲謀』，人於子孫，雖豪賢不能忘情，劇可歎也。此帖連《白石枕》、《鄴中戰場》諸蹟，爲濮中李少師東之家物，米元章之父阿奢以奕勝獲之，遂爲米氏物。後有『尊德樂道』印，見元章《書史》甚詳。今則割爲一卷，而有『開成二年柳公權記』一條，豈全卷題字亦隨之而割耶？結體比它跡形勢稍廓落，而遒聳雄邁，有威鳳翔霄、神驥追影勢。余老矣，後先所見右軍父子手筆唐臨至八本，譬之玄奘入五印度，覩薄伽梵、金光明相，能不悲喜？敬題於後。

右軍鶺不佳帖

字之妙惟在運筆，故得見墨蹟一行，勝墨刻千行，况右軍蹟又最上神妙者乎？今司寇自矜後先見右軍父子手筆唐臨至八本，可謂奇幸。第按諸跋，右軍前三帖及此并後褚臨《蘭亭》共五本，大令祇《送梨》一本，就中真蹟，右軍二，大令一。而前《此月帖》，跋云疑是米臨，則唐臨亦止二。其三本不知爲右軍？爲大令？於何處見？係手筆？係唐臨？徒令人作望梅想。以余所聞，華東沙氏有右軍《袁生》、《姨母》、《初月》三帖，大令《廿九日》一帖，疑司寇未之見。文壽承氏有大令《地黄湯》，又姑蘇某氏有右軍《裹鮓》，朱忠信晚購得右軍《快雪時晴》，此豈司寇所及見，即所云八本之三耶？此七帖傳聞惟《袁生》、《快雪》係真蹟，餘皆唐臨。華氏帖今蓋歸項少參子長云，此《鶺不佳帖》跋不言購得，不知是誰氏物。帖割跋亦分割，自是常理。《書史》稱李孝廣收得右軍黄麻紙十餘帖，所記帖語《白石枕》等共七章。此帖幸存，餘帖今在何所？似未曾入石，妙蹟杳然，令人悵望。

王大令送梨帖

敬美弟自燕中歸，得大令此卷，後有柳誠懸、文與可二跋。考誠懸跋，蓋併右軍『思言敘卒何期，但有長歎念告』十〔二〕二字俱誤以爲大令，故有『劒合延平』、『珠還合浦』語。米元章鑒定之，遂拆爲二卷，而子瞻所題『家雞野鶩同登俎，春蚓秋蛇總入奩。君家兩行十二字，氣壓鄴侯十萬籤』，蓋右軍《思言帖》尾也。元章左祖大令，故不謂爲然，而誠懸跋後細題『又一帖十二字連之』語，皆爲元章所削去，恐後覽者以誠懸跋語致疑，備記於此。若大令筆，雖稍有剥軼，而存者猶自煜煜射人眉睫間。元章所稱天真爛熳，故不虚也。誠懸搆結淳古，生平鋒鍔斂盡，隱然有羹墻思，吾弟其善有之。

大令送梨帖

萬曆庚辰，敬美以江右臬副入覲，遘疾，乞致仕。余在験封，爲力請於冢宰，不得。遲至三月十日，仍赴江右，有詩四首寄謝。余乃不知其次日早得此奇物也。敬美書家當行，矻矻數十年，捐貲搆古真蹟，至兹歲乃始獲此晋法書一紙耳。元章《書史》載其辭云：『今送梨三百顆，晚雪，殊不能佳。』是十二字，而柳跋云兩行十字，敬美亦跋云十字，而費五十金，且損五六。此帖今刻《臨江二王帖》中，『今』下

『送』字缺，『顆』字則元無，《書史》誤增耳。無送字而云《送梨帖》，當是舊標題云爾也。柳後細題一行，元章削去，可惜。據《書史》有貞觀半印、梨氏印、王文正孝先跋，今司寇、奉常俱未言及，能無剥蝕否？《書史》又云劉季孫以十千置得，其子以二十千賣與王防。迄今又幾四百年，雖割去右軍一幅，價增止五倍，亦不爲甚重。第劉在日，米曾約以歐陽詢二帖、王維雪圖六幅、正〔二〕透犀帶一條、硯山一枚、玉座珊瑚一枝相易，因硯山爲王詵借去不果。率更書、摩詰畫彼時何價廉乃爾？此帖不知後何時復歸元章，蘇跋屬右軍，米跋奈何不存，而與可跋乃存也？古人用墨皆濃，濃最難，敬美謂子敬、誠懸、與可墨色濃淡前後如倒置，謂古人今人不相及，非徒用筆，即用墨亦然，良是。第謂凡稱右軍真蹟墨瀋昏淡者皆贋品，則恐未盡然。何者？濃墨遭水濕，亦不無落色耳。

虞世南汝南公主墓碑真蹟第三跋

余初閲此書，以爲視右軍《頭眩方帖》有入室之妙，後見米元章《書史》，謂《頭眩方》即虞所書雙鈎本，在鮑傅師家。俗人添入『羲之』兩字。及考黄長孺記，潯陽人入山得大石，中空，内有小石刻羲之《頭眩方》，比之《絳帖》字稍縱逸，各有妙處，然則《絳帖·頭眩方》蓋永興臨右軍筆耳。余懸斷之語，似不減老米目擊也。米又言宋世大令、永興極不易得，真跡雖好事家亦無之，然則余之有此碑，寧啻吉光半幅耶。

隋賢書出師頌

史孝山《出師頌》，係古章草法，在宋時有兩本。《天府志》索幼安所謂銀鈎之敏，而人間則盛推蕭子雲。余舊於文壽承所見一卷，上有祐陵泥金御題『征西司馬索靖書』與宣和瓢印，蓋天府本也。第黯黮不甚可别，細翫其行筆處，亦似微蹇澁，往往有楓落吴江之恨。今年秋，家弟敬美購得一卷，其大小行模相彷彿，而結法特加遒密古雅，墨氣如新，又有太平公主胡書、王涯僕射『永存珍秘』二印，越國公鍾紹京半印。楮尾米友仁敷文鑒定，以爲隋賢書，遂入紹興内府。余竊謂二跡皆自幼安臨出，特紹興之所入者佳，而宣和之所藏當小次耳。小米不能别所以，而概以隋賢目之，大似暗中摸〔三〕索。余良幸，獲再覯此希世之珍，所小不滿者，子雲奇跡遂以永絶，令人慨歎。

隋賢書出師頌

文壽承晚年於燕市無意中購得索幼安《出師頌》，價三鐶耳。好事者多往索觀，云字已昏暗不可識，就明處定睛視，久之，乃稍可辨點畫，若筆法則衹在影響間。壽承後摹入石，余曾見搨本，亦頗饒古趣，第不見所謂『銀鈎之敏』，又多滲蹟，似若曾經水漬者。然壽承時已七十餘，昏昏默默，若何摹出，目力可謂强，亦可謂妙手矣。敬美此本不知得自何人，未曾與余言。司寇謂勝文本，當由墨色鮮明耳。小米概目以隋賢，并司寇謂自幼安臨出，恐皆屬懸斷。但果係宣和、紹興真物，亦即是書林至寶矣。以此觀之，世間神物沉埋舊家敝篋者，尚不乏也。

褚臨蘭亭真跡

唐人臨右軍《禊帖》，自湯普澈、馮承素、趙模、諸葛貞外，其嚴整者必歐陽率更，而佻險者咸屬褚河南。河南蹟尤多，米襄陽既於《書史》稱得蘇沂家第二本，以爲出他本上，然攷之是雙鈎廓填耳。《書史》又云，右軍《筆精》、大令《日寒》二帖，薛丞相居正故物，後歸王文惠家。文惠孫居高郵，并收得褚遂良黄絹上臨《蘭亭》一本，乏貲之官，約以五十千質之。後王以二帖質沈存中，而攜褚書見過請售，因謝不復取。後十年，王君卒，其子居高郵，欲成姻事，因賀鑄持至高郵，以二十千得之。此本藏深山民間，落黄拾遺熊手，以百三十金售余。後有襄陽題署，備極推與。且云是王文惠公故物，辛巳歲購之公孫瓛，與《書史》語合。按，蘇家本於崇寧壬午閏六月手裝，此則壬午之八月手裝耳。書法翩翩逸秀，點畫之間真有異趣。襄陽所稱慶雲麗霄、龍章動采，庶幾近之。蓋山陰之喆嗣，而蘇本則其仍孫，何得甲彼乙此耶。今年爲萬曆丁丑，上距裝裱之歲，蓋七甲子少三正朔耳，安得不六倍其直也？又有李伯時一跋，雖真跡而似非題此卷，故剔之以戒蛇足。

褚臨蘭亭真蹟

管子安褚本曾以示敬美，敬美詫生平所未見，即欲攜歸與司寇賞之。時子安不肯，彼時似尚未得此本也。據跋，管所得是蘇沂家本，公所得是王文惠家本，第管本余猶疑其自米臨本上重臨出，此本寧詎是河南手臨乎？司寇固具眼人，第有一真本，斯贗本易别，若俱是贋本，則所謂一種僞好物者，未免以貌似眩離婁矣。

顔魯公書竹山潘氏堂聯句

唐太師魯郡文忠公在吴興日，宴客於竹山潘氏堂，聯句而手書之。凡十九人，如處士陸羽、僧皎然、李觀、房夔輩，皆知名士，而所謂粲、顒、須者，於公爲子姓，皆有文行，官爵具《家廟碑》中。公此書遒勁雄逸，而時時吐姿媚，真蠶頭鼠尾得意筆，大較與《家廟》頡頏，而此乃手跡，又當遠勝之。第《宣和書譜》實載之目録，而考無祐陵御題及宣和瓢印，前僅冠以緝熙殿章，而後有米元暉鑒定。按，緝熙殿，理宗朝所建也，雖隆準宛然，能無邯鄲子輿之惑乎哉？不知靖康之變，玉盌金魚散在人間，雖以光堯懸勇爵餅金購募，而應者拆洗去之，小米能别書，不能别所以，或爲諱其自。至理宗日，始加以秘殿章識耳。此事與楊少師《神仙起居法》極相類。『晋府圖書』則當見收於恭王，以永樂之籍，入紀綱手，而後佚之，如高克明《雪霽山行》之類，不可勝紀。余既書此，人或笑余直當以八法定真贋，不當瑣瑣出處，令後人目以爲黄長睿也。

顔魯公書竹山潘氏堂聯句

此詩無宣和印識，當是佳臨本。何者？靖康變後，御題無所忌，正當借以爲重，何爲剪去？第今人作，必當贋宣和，不贋緝熙，以其祇有緝熙章，知是北宋時臨本，非近時僞物，正可貴也。摹本尚可辨，佳臨本絶難辨。八法定真贋，恐即魯公復出，亦未易言。

徐騎省篆書千文後

此宋右散騎常侍邠州行軍司馬徐鉉鼎臣篆書《千文》，宋壽皇以賜魏僕射杞者，後有諸名賢題跋。按，騎省篆法，朱長文肩之妙品，以爲能繼李秘監絶學於《喪亂》之餘。其行筆點畫皆精嚴有法度，今此《千文》雖未敢謂得《岐陽》、《嶧山》之秘，而螺匾隱然，文武兼濟，其爲真蹟無疑。獨壽皇稱『賜尚書左僕射同中書門下平章事魏杞』，而係載淳熙，攷之杞以乾道二年十二月拜右僕射同中書門下平章事，至三年十一月而罷，八年改左右僕射，爲左右丞相，明年爲淳熙改元，以後固無所謂左僕射，而杞於其時已卒，未嘗爲左僕射也。得非好事者爲畫蛇之足耶？老謬多遺忘，聊記所聞於後，俟真賞者鑒定焉。

按，此書亦不惡，而少勁密，無徐騎省古意。跋尾皆一筆俗書，以至御筆與璽皆僞作，蓋不特官稱之誤已也。吴中一子欲售余，不應，乃强余跋，讀畢怏怏而去。後聞售之嘉興項氏，得百金，蓋割去余跋，而後欺之也。諺云『若無此輩，餓殺此輩』，然哉。

林和靖雜詩

右和靖林處士君復手書七言近體五首，其語冲夷可詠，而結體尤峭勁，然有韵態，不作嵓嵓骨立也。蘇長公一歌，其推許此君至矣，然至『詩如東野不言寒，書似留臺差少肉』二語，便是汝南月旦，何嘗少屈狐筆也。留臺者，李建中也，嘗分司御史臺。攷之集稱西臺，以偶東野，當更稱耳。長公書法匀穩妍妙，風神在波拂間，而麗句層出，尤刺人眼。始錢唐人即孤山故廬以祀和靖，游者病其湫隘，因長公詩後有『我笑吴人不好事，好作祠堂傍修竹』，遂徙置白香山祠與長公配，故迨於今香火不絶。乃其遺跡與長公同卷，價踊貴十倍，太史公有云：『伯夷、叔齊得夫子而名益彰。』若君復者，抑何其多幸也歟。

范文正道服贊

范文正楷書《道服贊》，遒勁中有真韵，直可作散僧入聖評。贊詞亦古雅，所謂『寵爲辱主，驕爲禍府』，是歷後得之，非漫語也。跋者皆名賢大夫，而獨文與可、黄魯直、柳道傳、吴原博最著。魯直結法端雅，了不作生平險側，而過妍媚，極類元人筆，如揭伯防、陳文東輩，亦能辨之。恐魯直真蹟已亡佚，爲元人所補耳。成化中御史戴仁贊書，頗得吴興意，而名不琅琅，故拈出之。

又題伯夷頌

此帖與《忠宣公告身》跋之月餘，而其後人主奉不能守，作余質庫中物者十年矣。余聞之，數責其以原價取贖，不得。今年初夏，悉理散帙，分授兒輩，因舉此二卷以歸主奉，且不取價。嗟夫，余豈敢以百金市義名，顧滿吾『甘棠勿剪』之願云耳。爲范氏後者，時時念文正公之手澤；爲它人者，遠則念伯夷，近則念李總管，庶幾其常爲魏公家有哉。

范忠宣告身後

題忠宣公告身之一月，而爲吾家物。又十年而始復爲范氏物，微吾非若有矣。昔靈武中興，有以大將軍告身易一醉者，當其身則可。范氏之子孫，慎毋以忠宣公爲酒資哉！後覓其家付還之，故云。

六大家十二帖

余得蔡忠惠《安樂》、《扶護》二帖、黄文節《眉州》、《畢大事》二帖於柘湖何良俊氏。忠惠帖皆手札，藏於其外甥謝氏者，倉卒間不作有意筆，天真爛熳，而結法森然自如。文節小似涉意，險峻與流利相錯，前一帖神采尤更燁燁。更數年中，得蘇文忠《祭黄幾道文》於朱司成大韶家，《送梅花帖》於嘉興盛氏。攷《祭文》是元祐三年書，玉堂視草，匆匆間精思搆結乃爾。後有錢狀元跋，真而不能佳，去之。《送梅花帖》大自古雅，十指拂拂吐生趣。又得米襄陽《殷令名帖》於故人徽州李守道氏，《顔真卿帖》於華亭杜生，亦柘湖舊物也。二帖皆跋古碑及墨蹟者，神駿有風姿，雖字不可〔四〕小楷，而有徑丈之勢。第後一帖極譏顔、柳之挑剔，而已首犯之，何也？李少師東陽一跋，頗精，故留之。又得趙文敏《騎從帖》於嘉興盛氏，《弭節帖》於吾州周應元氏，周藏此帖二百十五年矣，以余之喜書也，輟以相贈。二帖劇有右軍父子風，圓俊精純可愛。最後得薛翠微三札於王宗伯錫爵氏，薛書跡傳世至少，而余獨得『上清實〔五〕享』四帖，於此三帖，此君書名不能敵四賢，而結法自山陰，似不甘其下。文休承《上清》等帖，嘖嘖稱此，不意有偶然之遇，因留其二於趙前，而附舊跋於尾，其一帖并卷内。昔藏蘇公《久上人》、《米老詩》二帖，另置宋賢墨跡卷，然二書最致佳品，於此卷未易雌黄也。吾於六君子書，竭資力二十年，數得數汰，如波斯大舶主采寶山，非一地亦非一時也，但不至作彼曹剖身駄耳。因詳記於末，以示後人。

宋名公二十帖

右宋名公簡札合一卷。翰林學士李宗諤送從表兄詩中有云『銅魚四明守』，當是知明州也。宗諤字昌武，饒陽人，故丞相昉〔六〕之子，仕至右諫議大夫。王文正公旦嘗薦參大政，以瘻相欽若陰中止，其稱學士，當在景德二年後。呼表兄爲腹兄，不知何所據。按，老米謂宗諤主文既久，當時試士無易書例，故争爲肥褊朴拙，以投其好，今攷之果爾。然則公書雖不見賞專門，亦負時趣耶。范仲淹者，字希文，吾吴人，有二帖遺尹師魯舍人，此其一也。尹時謫居，故帖内云云，朋友之道盡矣。跋者多宋元人，吾僅留尤袤。袤，常之無錫人，以秘書監終，謚文節〔七〕。范公由政府以兵部侍郎知鄧州，卒累贈太師，謚文正。軾者，蘇軾，字子瞻，眉山人，爲吏禮兵部尚書，翰林承旨，以端明、龍圖二殿學謫儋耳。赦歸，提舉玉局觀，終贈太師，謚文忠。此《寄久上人帖》，古雅爲生平尺牘最，墨光奕奕射人眼睫，應接不暇。黻者，米芾，吴人，以乳媪蔭得官，止禮部員外郎，知淮陽軍。此《送提舉通直詩》，結法雄爽有逸致，而不至作生平佻險，其書『黻』則郇公行押體也。又絶句一首，無姓名，而有『緝熙殿寶』，考其詩是黄庭堅語。庭堅字魯直，豫章人，由史館累謫宜州，卒追謚文節。此書翩翩老致，而結構森然，詩亦婉致，所謂『春來詩思何所似，八節灘頭上水船』，殆類余近日伎倆，可發一粲。紹彭者薛紹彭，字道祖，中山人，號翠微居士，累官秘閣脩撰，知梓潼路漕，與弟嗣昌輩俱有名，所謂『河東三鳳』者也。此與趙大年《借墨帖》，古氣涬涬遒勁中，蓋余所寶三帖之一也。沈與求字必先，德清人，以知樞密院卒，謚忠敏。自謂『屏跡里居』，當是知潭州丐祠時也。世忠者，韓蘄王也，字良臣，慶陽人，以三鎮節致仕卒。史稱其目不知書，晚歲忽有悟，能作字，工小詞，據《與司農總領帖》，當是太保領元樞時耳。而結法頗遒麗，恐其時尚未入悟，或佐史筆也。允文者虞允文，字彬甫，仁壽人，以左丞相兼樞密使出宣撫川陝，進少保，封雍國公，謚忠肅。此公蓋南渡名臣灼然者，吾以其慷慨議恢復近張魏公，而識時宜勝之。書法出鍾成侯，雖不能精詣，亦自古。汪藻者，字彦章，德興人。仕累禁近，後以顯謨閣學士謫死。藻有文行，饒志節，其書亦出入米襄陽。衡者，葉衡，金華人。以右丞相樞密使竄郴州，後復官，予祠。衡以進士十年取相位，以宰相片言得罪，時多疑之。書雖不免墨豬，而有拙意，且以力勝。王十朋者，字龜齡，樂清人。年四十七狀元及第，又十七年而以龍圖閣學卒。所與書極辨者，不知何許人，想亦工佛法者，公可謂能衛道矣。蔣璨字宣卿，紹興中爲户部侍郎、敷文待制，史不載，載《書史》。所題《冲寂觀》二詩，極俚淺，而書筆圓孅，翩翩得晋人意。考詩注稱『伯考太師樞密』，當是蔣穎叔。穎叔嘗知密院，其稱太師，則以子堦歷侍從，加恩故也。冲寂觀在陽羨，乃其家香火地。紹興甲子，已不無黍離之歎，今不知有遺跡否？王淮字季海，永嘉人，以左丞相樞密使罷爲大觀文，卒謚文定。劄子當是答故相或執政者，其人亦非下中，以庇一戚故，受朱紫陽掊擊無餘地。張綱字彦正，丹陽人。嘗至大參，以資政殿學士致仕，卒謚文定。用太常駁，改謚章簡。此劄似得致仕恩謝執政，又爲其子先容耳。范成大字致能，吴人，假紫微使金虜起聲，至參政，後以大資領祠，卒謚文穆。其書最得二家法，此小草亦離離可愛。孝祥者張孝祥，字安國，烏江人。以詞翰名，弱冠及第，歷典大郡，官顯謨閣直學士，卒年僅三十又七。安國射策合執政得狀元，得狀元而忤執政不調，良可笑也。樓鑰字大防，鄞人，累官參政，以大資領祠，卒謚宣獻。其書辭黯然天真之痛，而札亦稱之。了翁者魏了翁，字華甫，蒲江人。以樞密同僉督視江淮軍馬，贈太師，累封秦國公，謚文靖。

公名位俱亞真文忠，而卹典遠過之。此書倉卒爲密戚弔慰，故旨惻而辭絜，筆亦草草。張即之字温甫，孝祥從子，以父孝伯蔭補，官至直秘閣，壽八十餘。與孝祥俱擅臨池名，而即之尤琅琅。此行體不足言，然却不墮惡道。余初得十五紙於崑山六觀堂周氏，内有不知名人及吕資政嘉問、錢樞密端禮。余惡吕之盜從祖公弼疏草而示王介甫也，錢之附湯思退而左張德遠也，故汰之，并汰〔八〕不知名者。尋得黄忠節一紙於曹進士茂來，虞忠肅一紙、范文正一紙於其後人，蔣宣之一紙、魏文靖一紙於從孫定鼎詹簿，遂併舊所秘蘇、米、薛三紙合之，得二十紙，吾家爾雅樓何必減吴興墨妙亭哉！尤可快者，能汰錢、吕，作書家一董狐耳。

宋名公二十帖

此諸帖大約以人重，非真能書者。蘇、黄、米三家似當别出，不宜雜置此中。韓蘄王晚雖稍有悟，亦豈詎工詞翰，所作小詞及字，恐俱出代筆。惟以其趣味可賞，故人遂許爲真耳。汪彦章長於四六，然嘗力詆李伯紀，謂饒志節，或未然。

東坡手書四古體後

坡仙所作《煎茶》、《聽琴》二歌，《南華寺》、《妙高臺》二古選，中間大有悟境，非刻舟人所能識也。《南華》詩最後作，攷其書是海外雞毛筆所揮染，故多纖鋒，大抵能以有意成風格，以無意取恣態，或離或合，乍少乍老，真所謂『不擇紙筆，皆能如意』者也。人云公書自李北海，此書獨得之《汝南公主誌》、《枯樹賦》，余見公墨妙多矣，未有逾於此者。敬美自燕歸出示余，漫題其後，俟長夏無事，當盡取四詩和之。

東坡手書四古體

東坡詩儘有自得處，第才太高，未免信口道，以此稍違大雅耳。此諸詩大率從禪解中來，跋所云『大有悟境』，蓋亦以禪理言也。余未見坡翁此卷，亦未見《汝南誌》，徒切健羡。

蘇子瞻札

『千乘姪屢言大舅全不作活計，多買書畫奇物，常典錢使，欲老弟苦勸公。卑意亦以爲然。歸老之計，不可不及今辦治。退居之後，决不能食淡衣粗，杜門謝客，貧親知相干，决不能不應副。此數事豈可無備，不可但言我有好兒子，不消與營産業也。書畫奇物，老弟近年視之，不啻如糞土也。』

蘇長公此札家人語耳，而中余病如描寫。蒲傳正不知作何許狀，想亦是好奇落魄、不問産業者。數百年中，乃亦有此兩人也。記以自規，且自笑也。

蘇子瞻札

書畫奇物謂不啻如糞土，良是。第甘食美衣，及貧親知相干，亦孟子所謂於我何加者。若果食淡衣粗，謝絶貧相知，杜門日把玩書畫，亦何不可？

蘇長公書歸去來辭真蹟

坡公爲卓道人契順書靖節先生《歸去來辭》，於法書中最爲高名。而余所見者石本，竊怪其腕力弱而鋒勢纖脱，戲以爲三錢雞毛筆罪過。歸田後，從文休承所得真蹟閲之，真所謂『回頭一笑百媚生，六宫粉黛無顔色』者，懊儂生平石本觀皆鹵莽耳。契順，吾吴定惠院行者，院今爲寺，尚在。吴俗藿靡，乃有此奇人與奇事，惜猶爲名使，非行脚本色。而錢世昭《紀聞》則謂佛印、了元有一札附契順與公，公跋語了不及了元，豈故略之，欲以見契順重耶？了元札大要，謂：『權臣忌子瞻爲宰相耳，人生一世間如白駒之過隙，二三十〔九〕年功名富貴轉盼成空，何不一筆勾斷，尋取本來面目。』又曰：『昔人問師，佛在甚處？師云，在行住坐臥處，着衣喫飯處，没理没會處，死活不得處。子瞻胸中有萬卷書，下筆無一點塵，到者地位，不知性命所在，一生聰明要做甚麽？』計蘇公得此，當汗簌簌下三日，不應漫然都不及也。靖節《歸去來辭》，是羊溝内三尺地事；坡公與契順所作，是鯨海外萬里地事，以此自擬與擬契順，皆不類。跋語以《鄱陽》校《蔡明遠》擬契順，又不類。題尾者，永樂間館閣二公，皆以字行，皆得賜謚文靖，而才氣與公又總不類。

此亦是佳臨本耳，爲休承不免曲筆。

蘇長公書歸去來辭

佳臨本自是寶物，所謂『下真蹟一等』者也。跋謂契順攜有佛印書，中大有箴規語，不應漫然都不及。按，公此幅字，自是爲酬契順路費計，彼時曇秀亦嘗至惠州，坡曰：『公還山中，人必索土物，何以應之？』秀曰：『鵝城清風，鶴嶺明月。』坡曰：『不如將幾紙字去，每人與一紙。』其爲契順書此辭，亦是此意耳。了元公應自有詳書答，何必於此及之。

坡老洞庭春色中山松醪二賦

《洞庭春色》、《中山松醪》二賦，實此公《酒經》之羽翼，成而絶愛之，往往爲客書，所謂人間合有數十本者。余與敬美所見石本，一則草而瘦，一則楷而放，與此蹟頗不同。此蹟不惟以古雅勝，則姿態百出，而結構緊密，無一筆失操縱，當是眉山最上乘，觀者毋以墨豬跡之可也。賦語流麗伉浪，亦自可兒計。此公將過嶺留襄城，恰得五十九歲，與余正同。余不赴刑部侍郎，庶可免嶺外游，第斷米汁來僅旬日，已與二賦無緣，不知此公而在，能首肯否？

坡老洞庭春色中山松醪二賦

坡翁小文字每多俊快可喜，况此是説酒，用以助翰墨姿態，尤爲當行。此外尚有《酒子》及《濁醪妙理》二賦，若兼得公書之，并《酒經》共爲一卷，日展數過，亦何讓李謫仙三百杯？

山谷書昌黎詩

生平見山谷書，以側險爲勢，以横逸爲功，老骨顛態，種種槎出。獨此録昌黎送符城南讀書詩，小行體，盡斂其怒張之氣，而爲虚婉，與《蘭亭》異體同用，尤可寶也。昌黎木强語，山谷愛之，其示相與送符事相類。第昌黎晚節貴盛，故其談讀書之效津津然，山谷以筆札得罪，流離放逐。生兒愚魯，亦是佳事，何必强之讀書耶？放筆一笑。此書是真蹟，而經水漬，以故不能佳。

山谷書昌黎詩

『生兒愚魯，亦是佳事』，此是極聰明人自誇語。

山谷伏波神祠詩臨本

山谷書劉禹錫《經伏波神祠》詩，最爲奇逸，有瀠洄飛舞之勢。後有張安國、范致能、李貞伯、文徵仲諸跋，皆佳。初自華東沙氏售於吾館甥叔陽，意忽疑之，持以見畀。偶囊澁不能應，得旬日留，托王君載雙鈎，而俞仲蔚廓填之，雖不盡得其妙，比之搨石，尚少一重障也。卷今爲嘉興項氏以重價購得，佳人屬沙吒利矣，可憐可憐。

山谷伏波神祠詩臨本

此真蹟價須幾何？致令司寇公囊澀不能應。雙鈎廓填，亦即是鏡中像，第不知二公長技能入唐人室否？

薛道祖墨蹟

宋思陵稱，北宋時唯米襄陽、薛河東得晋人遺意，虞道園則謂黄長睿有書學，而筆不逮識；紹彭最佳，世遂不傳；米氏父子舉世學其奇怪，弊流金朝。此卷《雪頂山詩帖》

能以拙藏巧；《上清連〔一〇〕年》帖皆書所作得意語，波拂之際，天趣益發；《在縣帖》與《上清》微類，而加圓熟；《通泉帖》咄咄逼右軍，幾令人有張翼歎。大抵筆多內擫，結取藏鋒，妙處非乍看可了，前輩語固不虚也。道祖，襄陽同時人，嘗以從官典郡，與劉涇俱好收古書畫，翠微居士其别號也。

薛道祖三帖卷

翠微居士薛道祖書學最古，法最穩密，而世傳獨最少，惟道園亦自恨之。十五年前，余嘗得其『上清連年，實亨清適』四帖，以示文仲子。仲子大快，以爲所覩惟《晴和》、《二像》、《隨意吟》三帖，不謂復覩此，真足以軒輊六朝，追蹤漢魏。今年忽於元馭宗伯所見此三帖，不覺失聲歎賞。居月餘，偶及之，則云：『偶以寄吾弟家馭矣。』家馭亦不甚鑒許。又月許，而家馭自留都輟以見貺，云：『公何自愛之？吾不敢知也。』世固有遇有不遇，豈道祖書遇余，而不遇家馭兄弟耶？抑家馭兄弟割所愛以殉余，而故隱之也？仲子又亟稱道祖所臨《禊帖》尤妙絶。此卷實嘗落余手，以贄西川王大夫作先公傳，度不可再返，惟時時屬大夫子續之，勿輕與人而已。跋有居仁者，陸姓，亦勝國能書人。

又

此大三皆與大年者，蓋宗室令穰也。畫品超絶，與道祖翰墨契甚深。吴文定跋惜其不列於四大家，爲之扼腕。按，道祖之先少保嗣通者，書法有舅氏褚登善宅相，時人語云『買褚得薛不落夾』，而道祖與米元章實齊名，故元章貽之詩云『世言米薛或薛米，猶言弟兄與兄弟』。然嗣通筆怯，不逮登善，乃得列歐、虞四大家；道祖品高，無遜元章，顧獨不得與蘇、黄四子并者。嗣通跳跋墨林，旭、素、顔、柳尚未出，而道祖時，四子數已滿故也。與道祖頡頏者，章惇，蔡京、卞俱有可觀，以人故不齒云。

薛道祖三帖卷

唐四大家，蓋或云歐、虞、褚、陸，宋四大家其蔡是蔡京，今易以君謨，則前後輩倒置，恐君謨不甘。若云蘇、黄、米、薛，固自穩當。

米元章跋奕碁圖

圍碁坐隱出神仙手，本是雅事，而爲米老作聚頭磕腦語，使人憎畏。然再翫之，亦自有顛趣。書筆極遒勁〔一一〕，有意作縱逸而少姿態，不使人愛。若馮海粟待制畢力作此歌與此書，皆可到也。跋尾亦類元人，乃不知所以。後有善鑒别者，亦云是元人，但不能辨其爲馮海粟耳。

米元章尺牘

坡老題米元章所藏右軍《思言》三帖，云『君家兩行十二字，氣壓鄴侯三萬籤』，元章筆不盡如右軍，然亦煒煒神彩，不作强弩砍陣勢。數之得字至三十二，吾不知孟氏所藏書，視鄴架如何，其賞愛之，當亦不下坡老也。第方先生以受知先帝一語，謂爲貽坡老者，則不然。元章，蘇門後進中醍醐，往還竿尺極綿篤，决不作世情鹽醯語。名諱一印章，亦畫蛇之足，聊爲拈出之，勿使强解事者作口實也。

羔羊居士飲中八仙歌

羔羊居士者，名升，逸老其字也。宣和中嘗以草書進御得官，此卷少陵《八仙歌》，暮年紛披老筆，有懷素、楊景度遺意。乃其字逸老，遂欲弟視右軍，何也？得非所謂『騎羸〔一二〕騣騣欲度驊騮前』耶？楊用脩識其意，第疑其爲南唐王文秉，則大誤矣。

宋徐内翰小楷蓮經

徐内翰作細楷《蓮花經》，以爲無漏，因不知多寶藥王《懸記》、《囑累》諸品，皆種種權攝耳。罪福俱空，何所住耶？此公稱自信居士，乃不能信心即佛，良可歎也。

宋元人墨蹟

此卷皆尺牘，宋人得三紙、元人得九紙，而中間最知名者，宋人如吕龍圖嘉問、錢參政端禮，然皆不成字。元人如鄧學士文原、張方外天雨外，其間不知名人翰墨，却有絶佳者，以此知趙魏公之所倡，率於勝國八法，功不淺淺也。

張即之老柏行

余所謂温甫好書《老柏行》，此即其一也。峭骨成削，如畫枯木醜石，而中間微帶一點生氣。凡温甫書，余悉以乞好事者，不惜。今春曬書，偶於敗簏得之，稍爲裝池，俾伴古蹟，若鰲之守鯉，金象之配玉，不念乘風飛去耳。

張即之書杜詩

張温甫書如蘇家木假山，秃節挺秀，槎牙四出，此卷更勃鬱有生氣。其所托旨於杜歌四章，蓋憤羯胡之滔天，冀恢復之有日，然未久而黍離繼之，良可慨也。内『舅甥』作『舅主』，又倒寫凡兩字，蓋老手多悮，無足致疑。

又老柏行

張温甫雖以世胄起家，然其痛中原之板蕩，憂宗國之黍離，往往於翰墨發之，故特好書孔明《老柏行》，而所謂『根若青銅』、『霜皮溜雨』者，老筆槎牙，亦自相類。第余前後所見凡四五本，皆不能快，而我州牧仰松公所藏，最爲傑出。蓋其風神骼格，綽有生氣，如自巫峽雪山間來者。公絶寶愛之，以爲足當雪堂、雙井，則僕未敢遽許。昔張彦遠評估，謂伯英書價可以敵國，豈張氏諸賢爲清河左袒，例當爾耶？一笑。

宋司馬温公梅都官王荆公王都尉墨蹟

右宋賢遺墨四帖，皆真蹟也。涑水公全得古隸遺法，少姿耳。生平不作行筆，與韓魏公同意。宛陵以詩噪一時，與歐九齊名，此書古雅殊勝之，今人於書知歐九而不知宛陵，名之不可以已如此。金陵結法草草，紫陽笑之，謂公一生那得忙如是，然雙井極推重，以爲有狂素、風楊家秘。余不能決，獨歎此公之於涑水，文學行誼無不差池，而晚途乃若冰炭，此公無一筆楷，涑水無一筆草，於此可以窺見其微。王副車翩翩濁世佳公子也，覩此札，知其步趣眉山至矣，獨不能得其風神耳。春月病瘍，十指如槌，而强爲題此，恐不免貂尾蛇足之誚。

米趙四帖

右敷文閣直學士米元暉書一紙，翰林學士承旨趙子昂書三紙。敷文所跋，乃其父元章臨唐陸柬之帖，今臨帖已不可見矣。敷文奉旨鑒定，故結法精密，遠勝它作。夫以一小臣之臨筆，而至廑萬乘之寶藏，思陵之好，尚可想也。承旨與幻住庵主赤牘，前後累數十百紙，此牘皈向尤切，結法尤婉麗可愛。《歸田》一賦，出入河南、北海，用意小過，所與直翁書内云：『自冠便知讀書屬文，中間不幸爲雜好所分，如彈琴、繪畫、吹簫之等〔一三〕，日夜不休。爾後覺吹簫不甚佳，最先棄去。次知琴之〔一四〕爲理甚長，而世俗皆不解，於是極意討論，既得其説，亦棄去不復。而獨於畫未能忘情，而人不知其用心之苦。』此等語非直公實録，亦風流有味。今世人寶承旨畫，不啻拱璧，此老知之，地下屐齒亦折矣。

米趙四帖

昔人謂於藝當學可傳者，勿學不可傳者。可傳者謂詩文、書畫等也，不可傳者謂奕棋、握槊、琴阮、簫笛等也。昔夫子稱游於藝，夫亦以怡吾性情足矣，何必僕僕爲身後名哉。翟孝廉德夫又謂彈琴勝於奕棋，作字勝於彈琴，此則取自適意，視前論爲優。今子昂謂棄去簫，次棄去琴，獨於畫未能忘情，此自是風流俊人語，雖自悔，實自矜。第云知琴之理甚長，得其説棄去，恐亦是未能得耳，既得安能棄？又古洞簫三十六管，今人鮮解吹，凡今所云簫者，蓋長笛耳。子昂所謂不甚佳者，簫耶？笛耶？元暉席父名，其書似未得與趙并論。

題孔炎所藏宋仲温絶句後

漢以白鹿皮薦蒼璧，璧不過值數千耳，而皮至四十萬。宋仲温一紙，詩既不工，字小勁而寡天趣，吾弟及助甫諸君跋尾，却大有俊筆，真所謂本末不相當矣。隆準諸王孫，先後故多奇詭哉！

蘇長公三絶句

蘇長公畫竹，草草數筆，不倫不理，而濃淡間各自有天趣。書筆只兩三字帶誠懸，餘俱本色，蒼勁之中，媚態雅韵，靡所不足。七言出律入古，有聲有色有味，第不當於驪黄之内求之。余幾欲爲東圖和此韵，既而放筆曰：『不若且容此老獨步。』

蘇長公三絶句

此跋於長公畫竹及詩、字皆極其贊頌，曰『天趣』，曰『不當於驪黄之内求之』，似是醉餘逸興淋漓信筆揮染者，極令人企羨。曩日共東圖論書畫時，恨不及索觀之。

題詹侍御藏馬麟楳鮮于伯機歌行真蹟後

督學使者詹君明甫，出其先世所遺馬麟《古楳圖》及鮮于伯機書長歌一章，于今汪司馬伯玉之記，趙司成汝師、亡弟太常敬美之跋而示不佞世貞，曰：『吾詹數百千載，爲撫名族，蓋至宋淳熙中，而詹氏圃之楳即以奇古見圖，其圃可知已。且又百年，而元之才儁若吴幼清、戴式之、虞伯生、鮮于伯機、揭曼碩，俱有歌詩紀其事，其歌詩皆稱其人，而獨麟之畫、伯機之書以精妙擅名海内，今又三百年矣。吾詹之族，指轉蕃宦，而顯者不絶，而問其圖與歌詩，皆不知所嚮，何况此圃與此楳，蓋唯有指點想像於暮烟秋黍之賓〔一五〕而已。不穀乃以偶然而得之，其費不過數鐶之直，而詹之寶，雖連城萬金璧未與易也。不穀將有意於先生之一言，故特攜之白下，以待先生。而家不戒於火，它圖籍悉委之燼，而圖與歌巋然若靈光之獨存，豈造物者以詹氏文獻，故巧而歸之，復巧而全之耶？其歸也，其全也，是殆非偶然者。』世貞竊謂楚弓之人失人得，當其身可耳。若周鼎之忽淪忽出，承宗祧之後，而爲世守者，其重當何如耶？是以春秋於盗竊寶玉大弓，與得之不一書者何？志守也。麟之畫、伯機之書，即非爲詹，亦不必詹之後人得之，且以爲拱璧。今在詹而爲詹寶者，又當何如哉？姑用是贅兹卷目以語明甫，第相壤而得吉以植楳，大闢圃而藩之，與茲卷相禪於千百世，此非其祥也耶？

題米元暉手書詩後

米禮部芾壽止四十五，而其子敷文至八十二，書法則不啻箕裘而已。此敷文所書，詩叙語後缺一行，詩六章前缺一行，紛披老筆，遒媚險譎，是晚年最合作筆，詩句云『我今將及古稀年』可證也。若其語之沓拖潦倒，不無南渡門面、老顛家風。

米元暉手書詩

元暉詩余未見，據所記一語，果是胡釘鉸類。若元章詩，固自有工者。楊用修述其《望海樓》一篇云：『雲間鐵瓮近青天，縹緲飛樓百尺連。三峽江聲流筆底，六朝帆影落樽前。幾番畫角催紅日，無事滄洲起白烟。忽憶賞心何處是？春風秋月兩茫然。』精密而流快，是晚唐佳境，何得概以沓拖潦倒目之？

原《弇州山人續稿》卷一百六十一

《書畫跋跋》續卷一

校勘記

〔一〕『十』：底本、《四庫》本作『不』，據《書畫跋跋》改。
〔二〕『正』：四庫本作『玉』。
〔三〕『摸』：底本作『模』，據《四庫》本改。
〔四〕『可』：《四庫》本作『過』。
〔五〕『實』：底本、《四庫》本作『時』，據意改。
〔六〕『昉』：底本作『昉』，據《續稿選》改。
〔七〕『節』：疑爲『簡』字。
〔八〕『汰』：底本作『沃』，據《四庫》本、《續稿選》改。
〔九〕『十』：底本作『千』，據《四庫》本改。
〔一〇〕『連』：底本作『達』，據原帖改。
〔一一〕『勁』：底本作『頸』，據《四庫》本改。
〔一二〕『羸』：底本作『贏』，據《四庫》本改。
〔一三〕『之等』：《四庫》本作『奕碁』。
〔一四〕『之』：《四庫》本作『碁』。
〔一五〕『賓』：《四庫》本作『濱』。

弇州山人題跋卷七

書畫跋跋續卷一

墨蹟跋

趙松雪書千文

右趙承旨《千字文》，不言是何年書，當是至元以後、延祐以前無疑也。蓋其功力既完，精神正王，故於腕指間從容變化，各極其致。中有踈而密者、柔而勁者、生而熟者、緩而緊者，出山陰，入大令，傍及虞、褚，不露蹊逕，正以博綜勝耳。文待詔乃謂師李北海，吾未敢薦也。三十年所見《千文》真蹟多矣，紹興董氏智永真、草，從規矩出風度，當爲第一本。三辰顧氏懷素草，從風度覔規矩，當爲第二本。此卷折衷二僧間，具體而微，不免屈居第三。若趙模，時代雖古而韵不足，鮮于樞骨力雖强而氣不清，四、五之間，尚爲幸矣。敬美試覈之，不謂楚盲師强辨璞否？

又

今年六月，有故人以趙文敏公《千文》來售者。初閱之，則潦草酬應，厭倦筆墨之意可掬；爲再三過，時時得佳字；重翫之，則搆結波策有不容言之妙，覺右軍父子出入腕指間。文休承謂生平見公草書僅二本，此本尤佳絶。蓋公以至治二年壬戌四月廿八日書，以六月辛巳捐館，中間閏五月十八日曾跋子敬十三行《洛神賦》，謂『老疾不能作跋，雨後稍涼書』。此蓋去書《千文》僅二十日耳，是宜其有厭倦色，而老手斵輪、運斤成風之勢，故不容掩，然公自是翰墨緣且盡矣。余置書畫緣，亦於今日盡，臨紙黯然，低回久之。望日曬書題。

趙松雪書千文

大凡詩文書畫等，晚年則力量進，所謂年是年力。然精神周密，却不如少年時。書畫道成雖不若詩文之焦勞，第衰邁時潦倒或亦不免，但就其漫興中，詩文則氣格深厚，書畫則姿態淋漓，皆有一種天趣，正是大不可及。今司寇評松雪此書，云『酬應』『厭倦』，云『運斤成風』，曲盡老手之妙。第自謂置書畫緣於此日盡，不知是何年語，此後果能不再購名蹟否？

趙松雪書歸去來辭

趙吳興書《歸去來辭》極多，獨此爲第一本。妙在藏鋒，不但取態，往往筆盡意不盡，與余所寶《枯樹賦》結法相甲乙。余生平見蘇長公、鮮于伯機及公書此辭不少，然見輒愧之。自己卯冬決筴不出，明年棄家作道民，稍堪一舒卷。然陶公好酒，乏酒貲，余好酒，酒貲頗不乏，而年來厭謝杯勺，以此竟輸公一籌。人間世貴人嗜書畫若渴，獨此辭以見諱得免，近始屬吾弟敬美。敬美倦游且歸矣，歸則遠出吾上，再能作趙公書、步陶公辭。第畏酒一籌，亦恐不免輸却，因戲題於後。

又

彭澤天隱人，作此天隱文字，一絶也。以吳興書書之，二絶也。以吳興畫畫彭澤像，三絶也。吳興稱右軍《蘭亭》能乘退筆之勢而用之，此書正是退筆，疎密師意，不墮貞伯『奴書』誚，四絶也。吳興此畫尤出塵趺宕，道元、伯時間獨得彭澤風氣，五絶也。跋者柯敬仲、黄子久諸名儁，深於二家理，六絶。幸不入長安朱門，爲吳興里人姚生所得，不減彝齋之寶《定武》，七絶也。觀者吾弟敬美近棄秦中紱，彷彿柴桑栗里之致，而吾與元馭學士以兩道人從旁臾之，八絶也。去重九不四日，天高氣澄，大是展卷候，九絶也。恬淡觀中焚香閲之，髯枝四垂，籬英欲舒，居然松菊三徑，十絶也。題此後，吴興固爲我絶倒，彭澤當亦不免作虎溪笑，如何？

松雪歸去辭書畫

『貴人嗜書畫若渴，獨此辭以見諱得免』，大是快事快語。宜對之進一觥。

趙松雪書歸田賦

趙吴興子昂書張平子《歸田賦》，有以爲類宋人者，當是見其取態謂米襄陽，見其藏鋒謂薛河東耳。不知結法自二王來，而大令分數獨勝。其視二子，居然有閉門造車、開門合轍之妙，與余家所藏《天馬圖贊》、《雜詩》蹟正同。大較高處在肉不没骨，筋不外透，雖姿韵溢發，而波瀾老成，譬之豐肌玉環作霓裳舞，誰不心醉。平子此賦殆是解太史令五年内作，聊以寓其蕭散跌宕意耳。春秋至六十三，尚作尚書典樞，要豈若淵明之真能咏《歸去來》者？史固稱其少工屬文，貫六藝，善機巧，以後身之蔡中郎，始究八法，而兼綜之。千載而得吴興，其才技風流，大有相賞契者。而豐生老詩不學，僅取歸田之名，而恣其甚口於宋王孫，寧非所謂蚍蜉撼大樹耶？且吴興卒於至治二年，年六十九，而今謂延祐以後七十餘，時筆結法妙脱蹊逕，非祝希哲《十九首》略近之，而蚩其頹筆老態。遇殺風景人，無可奈何，因附志於此。

趙松雪行書唐詩

余嘗評吴興作北海書，往往刻意求肖，似勝而不及。獨此數詩，筆以自然發之，風骨秀逸，天機爛熳，佻而能緊，真有出藍之孍。六觀堂藏趙書無不佳者，《陰符經》、《枯樹賦》及此而三，今皆爲九友齋中物矣，書此以志沾沾。

趙松雪墨蹟

趙吴興《擬古》五首，尖利遒逸，出入李北海，所謂本色書也。趙有本色書，猶沈啓南有本色畫，第非最上乘耳，然結法無一筆失度，要之極真，無可疑者。末一札稍自放逸，以不經意故佳耳。書辭却可笑，稱『無等僧録吾兒』，無等者，僧字也。然前後自署名，唯謹至『吾兒』二字輒提上，蓋公篤於佞佛，其夫人管氏致書中峰和尚稱『女弟子』，而公所度墳庵僧，即拜公爲義父，以故書辭中皆僧俗兩家事，使世眼人見之，鮮不以爲贋者。第果贋筆，却不作此理外稱謂也。

趙松雪洛神賦

趙吳興《洛神賦》乃中年筆，不甚經意，而時時有法外賞。十行後，姿態溢出，宛然驚鴻游龍也。歎賞之餘，爲題其後。

松雪洛神賦

余少時曾於友人卞孝廉應龍所見松雪書此賦，是絹素上書，最蒼勁多姿態。卞友日置案上臨寫，䨏池半已脱落，絹亦多浮起。憶其風骨，似是晚年筆，視此中年者，未知孰勝。

趙松雪手書十五詩後

趙吳興自謂此十五首不讓唐人，中間致語如『北來風俗猶存古，南渡衣冠不及前』、『白鷗自信無機事，玄鳥猶知有歲華』、『平生能着幾緉屐，負郭〔二〕何須二頃田』、『白露已零秋草緑，斜陽雖好暮雲稠』、『南渡君臣輕社稷，中原父老望旌旗』、『故國金人泣辭漢，當年玉馬去朝周』，其用意使事，間出唐人表，所以不及唐人，亦坐此。若書法則密不掩態，媚不勝骨，上可以入大令室，下亦踞北海客右矣。據題『延祐五年書付從子玠』，是公爲翰林學士承旨最承恩日也，蓋六十有四歲矣，以故書法入化境如此。跋尾子俊者，玠父也，公集中有倡和詩，其書如王、謝家子弟，雖散髮躡屐，亦自有貴門風。

松雪手書十五詩

據所録六聯，皆以新巧爲工，謂『用意使事出唐人表，所以不及唐人亦坐此』，果也。『南渡君臣輕社稷，中原父老望旌旗』，是傷故國語，『玉馬去朝周』豈自道耶？如此則視『金人泣辭漢』者愧矣。二詩俱未見全篇，不知爲何作，天命改易，人力豈能奈何？要之不仕可也，若易主則凡希聖賢者皆不當仕，又無論帝胄矣。

趙松雪書秋聲賦

趙承旨此書英標勁骨，諤諤有松風意。要當與《秋聲》闘雄，而行間茂密，丰容縟婉，春氣融融波拂間，故賦所不能兼有也。承旨書與歐陽少師文，皆中古而後最鮮令標舉者，惜不能脱本來面目，盡脱之，何必減羊中散、褚愛州。

趙吳興管夫人仲穆三札

趙承旨與婦魏國管夫人、子仲穆總管各有寄中峰禪師書一通。吾弟敬美得而寶之，又爲志之。計中峰所得趙公家竿尺，故不止此。公行狀稱，元延祐帝及太后愛公翰墨，有應制，則命管夫人與仲穆副其體，而藏之秘閣，曰『令後世知子昂父子夫婦皆工八法也』。人王、法王後先欲得公筆作藏寶，第公一瓣心香，則寓幻住庵久矣。逃虚老人何用復嘵嘵，爲空門飾蛇足。然老人書亦自遒婉，堪與幻住守衣鉢，惜署尾失計，稱青宮少師。

鮮于伯機游高亭巖詩記

鮮于困學氏博學負材氣，貌偉而髯，類河朔傖父。余見其行草，往往以骨力勝，而乏姿態，略如其人，以故聲稱漸不敵趙吳興。人謂吳興以己書三紙易困學一紙焚之，恐未必爾也。此《游高亭巖記》及詩，凡一千六百五十六字，見《鐵網珊瑚》中。字兼正、行體，大小如《宣示》，而備有褚、柳筆法。其文亦典贍〔二〕可喜，獨所紀浄師草聖，以爲錢唐人家所收王逸老合作皆其筆，却大誤。逸老名升，别號羔羊居士，宣和中嘗獻草書，稱旨得官，至紹興時年八十餘乃終。楊用修著《墨池瑣録》謂逸老南唐人，名文秉〔三〕，又誤也。逸老不合狂擬右軍，兩見誣，作僧俗人，可發一笑。

鮮于伯機雜詩

開卷數行，疑以爲文徵仲正德間書，以後結法稍不類，然不敢斷爲鮮于伯機筆也。伯機行草頗縱而有骨，然不能盡除河朔氣，此書極有風度，結字似疎而實密，波拂之際，姿媚横生，比之他筆，猶更楚楚。跋尾『困學翁爲去矜書』，去矜字必仁，伯機子也，蓋用右軍與子敬例。伯機卒時年四十六，其稱困學翁，亦以去矜故云。

趙吴興詩蹟

趙吴興詩落句云『梅花心似鐵』，此老恐未渠能爾。然閲其句法之遒健與結筆之勁挺，鐵恐不如也。陳生强我題，真佛頭抛糞，赧然久之。

吴興擘窠行草，遒逸飛動，似米顛而骨勝之，然不可更過，過則班彦功矣。落句云『白鳥忽飛來，青天一片雲』，殊稱是。

元名人墨蹟

右元名人墨蹟，余後先所遴凡二十五紙，擬以配宋賢者。其人稍不敵其書法，不啻如之，聊爲叙次如左：趙孟頫字子昂，吴興人，以薦累官翰林學士承旨，贈江浙行省平章、魏國公，謚文敏。公於八法無所不精詣，而尺牘尤舉舉得二王三昧，此書雖造次，亦自有風度，不可及也。書辭謂『年已耳順』，又云『有召命使臣在門』，當是皇慶癸丑以集賢講學上冢歸，召爲翰林講學耳。雪庵者，僧也，溥光其名，元暉其字，李其俗姓。累拜昭文館大學士，賜號玄悟大師，善擘窠正書，元時宮殿榜署皆其筆。此紙乃與門雝者，故草草耳，然亦自有誠懸骨。内所云『太后臨寫五臺碑文名額』，此亦一證。鮮于西溪者，名樞，字伯機，西溪其號也，又號困學民，漁陽人，以太常典簿終。此一詞稿耳，而陳樞者藏之二十年，而又記之。書法遒美不可言，正與余藏《高亭巖記》、《詩》同一結構。鄧文原字善之，錦州人，徙家錢唐，累官翰林侍講學士，出爲湖南廉訪使，贈浙江行省參政，謚文肅。公書名雁行吴興，而不及也。此一札乃報人志墓者，獨遒逸可愛。胡長孺字汲仲，婺人，博學而貧，耿介自命，趙文敏極重之。仕不顯，以長山鹽司丞卒。戴表元字帥初，慶元人，以文行稱，爲信州教授，歸兩用翰林脩撰、集賢博士召，不起。二君不忝文學、隱逸者流，所題皆范文正《伯夷頌》，詩語平平，正得伯平而已。巙巙字子山，康里氏，累官學士承旨，提調宣文閣崇文館，後以江浙平章召，天子且倚以相而遽卒，然僅賜銀五錠以葬，而贈謚皆不及，不可曉也。史稱其得晋人筆意，單牘片紙，人争寶之，書家者流，至引以抗衡吴興，而此跋殊草草，不稱。虞集字伯生，蜀人，以薦累官奎章閣侍書學士，贈江西行省參政仁壽郡公，謚文靖。此詩乃貽白雲閒公者，自稱『無住庵主』，以計其時目且青矣，而老筆紛披，可念。揭傒斯字曼碩，富州人，累官奎章閣供奉學士，以侍講學士總三史，卒年七十二，贈豫章郡公，謚文安。史稱其文嚴整簡當，詩尤清麗，善正、行書，今此《送遠上人序》，於書法文體見一斑，而浮屠語則未也。顧安字定之，仕爲泉州路總管府判官，善墨竹，有與可風。此札與天啓僧者，行筆亦圓熟。吾衍字子行，太末人，游寓錢塘，好古博學負氣，尤精篆籒理，自謂出李陽冰〔四〕、徐騎省上，偶以微絓自恨沈死，宋承旨濂嘗傳之。此五詩僅去俗，而書法擁腫不稱，令人興索。喬簣成字仲山，攷《元史》皆不載，僅見之右軍《干嘔帖》、《朱巨川告跋》，書法不能佳，而攷據頗精洽，據此詩尾謂『早歲苦吏事，叢脞不爲詩』，當亦是一州邑官也。張伯淳字師道，杭之崇德人，舉童子科，再舉進士，累遷翰林侍講學士。其書所謂序，乃送一校官者，結法美而圓，亦名筆也。杜本字伯原，清江人，博學工文，能繕性，人主徵之不起，數賜金幣、上尊，最後以翰林待制召，竟不起，學者稱爲清碧先生。余嘗見其一碑，書極清麗似吴興，第少弱耳。而此札乃不甚離俗。李簡字士廉，廬陵人，移居吾崑山，不仕，能文章，尤精於堪輿家言。此詩雖不佳，而小涉禪理，後有和韵名植者，不知何許人也。張天雨即伯雨也，師吴閑閑，度爲道士，自號貞居，又號句曲外史，善詩及書，書尤遒勁有風骨，重虞、揭諸公間。此札多言雅事，楚楚可念。汪澤民字叔志，婺源人，累官禮部尚書致仕，賊破宣州，不屈死之，贈浙江行省左丞、譙郡公，謚文節。泰不華字兼善，伯牙吾氏，舉其榜第一人，以翰林侍讀學士出爲江東道宣慰使，都元帥台州路達魯花赤，死慶元方氏難，贈浙江行省平章、魏國公，謚忠節，以工篆隸名。二公所題亦《伯夷頌》，讀其辭，其能仗節死義，不偶也。鄭元祐字明德，浙之遂昌人，仕至浙江儒學提舉，此君以右手脱骱任左，第書法潤而有度，無左一筆。伯温者周伯琦字，饒人也，以崇文太監出爲陝西行臺廉訪使，晋江南行省左丞治吴。見縻張士誠，不能死，高皇帝薄其罪，得老牖下，幸也。伯温精篆籀隸古，其所書《九日詩》，似是流寓筆。楊維禎字廉夫，會稽人，號鐵史，又號鐵篴道人，博學豪詩歌，自謂不減晋氏風流。仕元爲浙江儒學提舉，高帝召脩勝朝史，不受官歸，以老死。此贈寫真陳伯玉歌，歌與詩豪縱之氣可掬。二君聲實不相下，晚而薰蕕，故不必盖棺也。郯瓚即倪瓚，字元鎮，無錫人，别號雲林居士，又自稱懶瓚，至國朝始卒。君以畫名世，而書亦得大令法，此詩頗能去俗。饒介字介之，番陽人，號華蓋山樵，自翰林應奉僉江浙廉訪，張氏承制，以爲淮南行省參政，頗用事，諸文士趣之。入明以不良死。此札清麗流放，覽之洒然。王蒙字叔明，號黄鶴山樵，趙吴興甥，所謂『承平公子有故態，文敏外孫多異書』者是也。洪武初，起家泰安州守，坐法死。叔明以畫重勝朝，號四大家，而書亦遒駿，此尺牘家人語，故佳。其外又有陸緒者，不得其人，以詞翰故留之。元自趙文敏倡臨池，一時士大夫慕習其學，是二十五人，即不以書名者，書靡不合作，即强半以詩文名，詩文多不成語，真足慨歎。嗟夫，安得令文敏、伯機、子山輩，不必書己作，而盡寫馬致遠、王實夫、鄭德輝、關漢卿撝語，雖雅鄭不倫，亦足表氊裘之盛，爲一時快哉。

虞伯生賜碑贊

道園先生正書、八分俱入能品，此卷爲柯九思博士作《賜碑贊》，用筆若草草，而中自遒勁，有古挑截法，其文辭尤雅净可誦。雖然，令舜華一經意，亦自到也。王舜華求跋，似是其筆，故云。

虞道園詩

道園先生書法可甲乙巙、趙，此書筆雖遒而結法小疎，詩語亦不任經意，獨結尾使事押〔五〕韵，皆狙駿可喜耳。

虞貫二學士詩蹟

右奎章閣侍書學士虞集伯生、翰林侍講學士貫雲石海涯墨蹟合一卷。雲石西域人，其文不能如伯生，而材器磊落，志行卓詭，亦一代奇品也。伯生詩起語、頷聯殊不類生平，唯一結稍疎俊耳，書亦稱是。雲石《四時宫詞》差温麗可咏，縱書渴筆蒼然，而皆不免羶酪氣。所謂康崑崙琵琶手也，須段師印證之，乃得一净洗。

柯敬仲十九首

柯丹丘敬仲於四體八法俱能起雅去俗，此以古隸書古選，宜其合作也。《十九首》中多歎榮華之不久、人命之難期，敬仲始受知人主，司書畫考功，晚途骯髒，流落江左，蓋於篇中有深慨焉。是以波拂雖古雅，而不無圉圉意。昔人謂右軍書《告誓》則情怫鬱，柯生殆近之矣。

張伯雨書諸公贈言

昔懷素師有《自叙帖》，與夢英石刻，皆諸名士大夫詩，今句曲外史復手録松雪、道園、海粟諸公尺牘，豈方袍鶴氅人，例不能忘一切有爲跡耶？第此稿紙不經意，而結法極遒俊，得晋諸賢意。留之後人，作山家清翫，乃佳耳。

趙吴興真草千文後

永禪師書真、草《千文》，後先散施江左僧寺。蓋千餘年，而余於會稽董文玉侍郎家，覯八百本中之一本，自恨此生如值阿閦國，一見不再見。今年在敬美弟處獲覯趙吴興此紙，所謂『焕如神明，頓還舊觀』者，非耶？其結法遒緊圓潤，工力悉敵，而波磔之際，往往鋒鍛中發異趣，酸餡之氣爲之一洗。跋尾皆國初名士，如宋承旨父子、王待制、胡山長、蘇太史、吴殿學，名腕中有眼者，然不肯作僕此狂語。僕老矣，後必有以爲知言者。

趙吴興真草千文

吴興他書於永師似尚有仙凡之隔，今司寇乃以『頓還舊觀』許之，余未見此本，無敢臆斷。

俞和張伯雨真蹟

紫芝生俞和書法，秀潤圓熟，真得吴興三昧，不敢謂之出藍，要亦在堂室之間。若句曲外史張伯雨，不拘拘八法，而遒挺有生氣，要不可以方内目之。此卷紫芝所臨《樂毅論》，當令楚王大驚其抵掌，故不至婢作夫人也。句曲《游天平山記》及八絶句，皆吴中勝事，尤可披賞。此書本作『深山道士』觀，或進以『散僧入聖』，純甫謂爲何如？

楊鐵崖真蹟

楊廉夫作《湘竹龍吟辭》贈老伶杜清，清蓋出所藏鷓鴣文簫壽楊，而侑以其伎，又命小娃歌楊所作《鐵龍引》，倚而和之，故賦此爲贈。題云『老鐵醉筆』，末又有馮以默七言律、邵思文長歌、不知名竹西者絶句，其結法小異，而墨色正同，疑皆即席之和也。余謂老鐵心腸如鐵，腕如鐵，正爲小娃一歌軟却耳，彼老伶手三尺竹，何能動之？然味其調，要須銅將軍鐵着板乃稱耳，又豈區區小娃所能按也？

明唐宋二子墨蹟

唐應奉文筆在金華二太史雁行，而不以書名，今所書《山陰樵者叙》極端勁，有顔平原《朱巨川告》體。宋南宫今隸及章草三紙，皆古論書三昧語，其結法從《力命表》、《出師頌》來，入眼若疎野，而實秀密，筋骨横溢，要不可以蹊逕求之。嘉則跌宕墨池四十年，不離豫章一步，今得此當軼塵而奔矣。其善有之，勿謂齊中少年所掩也。

宋克書張良史筆意

宋仲温作今隸，多問以章草，然未有如此卷者，結法極精緊，而波法又甚秀逸，令人有溢目趣。吴文定、王文恪二公跋，尤更朗朗。特以余家藏《張長史筆意》善本校之，中間大有漏誤，如『使知是道』落一『是』字，『豈得任感戴』衍一『得』字，『從行』誤作『促行』，『其謂』誤作『謂其』，『書之未能』誤作『求能末以』，『成畫』誤作『成書』，及後『巧謂布置』『稱謂大小』二條、總論一篇，皆不録。蓋勝國時此書行世甚少，仲温似未見全本，故漏誤因之。以吴、王二公之博雅，而不能辨，何也？友人俞仲蔚於書法尤妙，因托令補之，而爲拈出所以。不然，後有董逌、黄伯思，紛紛置喙矣。

吴中諸帖

右吴文定公寬一紙，歌行、古選各一，紙倣眉山太欹斜，當令長公見之攢眉耳。祝京兆允明、文待詔徵明各二紙，王徵士寵一紙，皆尺牘。京兆最草草，而最有致。陳太學道復二紙，其後一紙楷書行題名，不辨爲道復也，乃知此君晚退耳。今輟以贈張長輿，而題其後。長輿日臨池，不知小可得力否？

損本三君法書

前一紙爲天全先生送景寅參政聯句三十韵，行體遒美，雜有褚、米法，跋尾始自放，天真爛然。而至後一紙《水龍吟慢》，則筋骨姿態種種横逸，或鋒利若錯刀，或虬健如鐵絲，最合作書也。又范庵先生錢塘三律，縱筆自喜，神采奕奕射人。此翁極誚人奴書，而亦不免有豫章、吴興意，然至曩時所謂院體，一掃盡之。又西涯先生《楊子》、《洞庭》二律，爲陸水村公書，未及畢而以酒至解。是時陸尚爲御史，未幾先生大拜，陸遂不敢請，而跋其事，跋今在《名賢遺墨》中。余後先四得之，合爲一卷，以便批覽。蓋天全、西涯二公，名位相敵，而范庵以風節翱翔其間不肯下，一當合也。天全書固自有飛動勢，二公尚法，而此特縱，遂皆爲生平極意筆，二當合也。爲詩三、爲詞一，而首皆缺，有二字者、有二韵者、有小半闋者，三當合也。夜光之璧，不以損而減朗，况予所得，皆照乘者哉。因題之曰《損本三君法書》。

損本三君法書

此三帖正以損本奇，據跋皆三君得意筆，則尤可賞也。内長沙相二律爲陸冢宰書，以酒至暫停，後大拜，陸遂不敢請，其事尤可紀。釋氏謂今時爲缺陷世界，昔人云寧爲玉碎，無爲瓦全，兩公相業似之，獨范庵名位稍卑，差得自完。若以墨寶言，則又當武功爲首矣。文正好書，此《楊子》、《洞庭》二詩，何少宰謂前無李杜，或未然。然要是此公精到語，余從兄都督公有此二挂幅，曾稔觀之，詩正與字稱。

李西涯詩

李西涯先生最得意此《岳陽樓》二律，故輒爲人書之。而書筆亦遒逸横放，可喜。雖然，誰能爲識悔此二障也。

諸賢雜墨

此卷乃李范庵先生家藏物，内有李文正公、吴文定公各二紙，張東海、沈石田各一紙，皆尺牘之與先生者。祝枝山一紙，尺牘；文衡山二紙，一詩、一尺牘；都南濠二紙俱詩，則與先生之子元復者。又先生與子家書一紙。按，文定後二紙，皆及亡友周原己身後事，詳懇隱惻，至不忍讀。范庵先生與子所謂『諸事便當如我死，一貧正不要人知』，讀之令人悚然。前輩風格，往往如此。吾每得吴中諸名蹟，好以歸其後人，嘗歸《汗漫游卷》於許太僕初，歸祝京兆貽款鶴書於王吏部穀祥，歸李文正都事節義序於其外孫陸秀才圉。獨李氏後無可歸者，記而俟之。

三吴諸名士筆札

諸名士筆札，吴文定原博、祝京兆希哲、王太學履吉、陳太學道復各得二紙，沈山人啓南、李太僕貞伯、顧尚書華玉、金先輩元玉、陸詹事子淵、王中丞履約、王吏部禄之、彭山人孔嘉各一紙。又有名承舉者、號癡翁者，皆白下人，攷其筆意，似亦隱君子也。吴公後不完札，與希哲後談瑣事一札。道復小詩，筆意俱更遒美，華玉結構清密，子淵尤雅俊，而不能無意，元玉、履吉翩翩自快。履約行邊時書寄履吉者，所及時事縷縷，其謂江、陝二省程文冠諸省，蓋一時郎署名手也。禄之與履約札，謂舉筆目眩，閏之則成雙筆，且屬不可聞衡翁語，劇可笑。蓋是時衡翁踰八袠，尚能作蠅頭楷故也。禄之自是草草吴興，如一束枯枿而已。孔嘉《虎丘詩》既不俗，而書筆流利，不作眉山體，驟看之，未有不以爲文氏者。

三吴名士筆札

吴文定不完札，何不以入前卷，名曰『四君損本』耶？陸文裕書固每以有意佳，孔嘉不作蘇體，良難得者。

題陸氏藏交游翰墨

吾州先達陸式齋公，以文學節概名一時，尤有經世才。而其官浙藩時，中萋菲，不獲展。公爲尚書兵部郎最久，所與交無非當世知名士，若卷中吴文定、李文正、李文安三公，程〔六〕克勤、陸鼎儀、李貞伯、張亨父、張汝弼、文宗儒六先生，皆其人也。陸公有子曰安甫，博學而文，安甫二子曰肖孫、象孫。肖孫子曰昌孺，象孫子曰吉孺。吉孺死，象孫遂絶。然皆世世受經術，以脩辭顯，而昌孺復能手葺諸賢之蹟成卷以示余，且謂：『此所存者，千百之一二耳。吾饘粥之業廢，而姑以此併吾身與吾廬，而僅爲三也。』雖然，若鼎儀、若亨父，亦皆吾州人，鼎儀之後衣裾尚有存者，第不能守其先人之典籍；而亨父則爲若敖之餒久矣。昌孺其猶賢乎哉！余故爲詳識之，以勉其後人之世守者，若以乞它人，不直一飽飯也。

李貞伯書古選祝希哲音釋後

詠諸詩，恍若與曹、劉、潘、陸、三謝周旋，及再覽貞伯太僕、希哲京兆大小楷筆，又似彦輔、叔寶，冰清玉潤相倚暎也。雖病眼眵昏，不能不爲之乍青。

又

目疾小愈，復從廷韓處借閲一過，覺英玄頓朗。太僕生平楷筆，余見之亦不少，往往不無佐史歎。獨此書精密秀勁，與余所藏《鍾成侯〈薦季直表〉跋》皆妙品也。第此老畫法、磔法皆自虞永興來，而大駡人『奴書』，所不可曉。孔嘉不待題印，能懸定之，許具一隻眼。若希哲草草批乙，亦堪散僧入聖，不難辨也。余方選集三吴楷法，幾欲奪之，以義不可而止，因識於後。

李貞伯游滁陽山水記

李貞伯先生記游滁陽諸山水數千言，其文詞宛悉穠至，有周益公、范大資、陸秘監風。

攷其時爲成化癸巳，以中翰謁告歸，與宜興静怡翁者偕至滁，訪翁之子太僕丞瑞卿，相與游而作者也。静怡不知其姓名，當是有齒爵者。李先生記成之十五年餘，而爲南太僕貳卿，署於滁。按記而游，游而作〔七〕，歲月當無復遺憾矣。先生以書開吴中墨池，其腕法甚勁，結體甚密，而不取師古，往往誚趙吴興以爲奴書，故其玉潤亦不盡滿之。余所見數十本，大抵小楷不能十一，又不無佐史之歎。獨此記於勁密中發古雅，俗骨换盡，天然嫵媚，當爲目中第一，兒曹其善藏之。

姜立綱書

故姜太僕立綱書此《四子》全文，句讀各有圈，甚精當，是先朝春宫進讀本也。結法圓熟端勁，妙不可言。初見絶以爲沈度學士書，徐覺其波磔處小露鋒鍛，乃敢定爲姜筆。噫嘻，今兩制諸君，不復能辨此矣。

姜立綱書

米元章謂但如布算子便不是書，今書家多祖其説，不知篆隸元布算子者也。米又以『吏楷』嗤徐季海，近弇州公見字稍方整者，亦率以『掾史』目焉，不知古所云隸，正今吏及掾史也。右軍蹟今幾絶矣，近代能得其筆法者，惟趙子昂、姜廷憲二君。趙之祖右軍，人猶知之，然亦不免算子之誚。若姜，則語八法者率不道矣。余在李伯玉家見姜小楷，真精工之至，畫畫有筆，驅遣如意，其姿態全從筆中出，宛是《聖教碑》法。伯玉家又有《樂毅論》臨本，精密而流動，絶有骨力，文壽承極賞之，曰：『泛看止如此，然欲效之，即一波一點亦不易到。』此殆唐初人所臨，沈瑞伯亦以爲然。韓禮侍存良亦有一本，行款紙色俱相同，云是馮承素等所臨。余愛其運筆净又沉着，瘦而有觔，亦謂是唐臨本。後余婿劭之見都城一前輩，乃云非也，此乃姜廷憲手臨者耳。此言大有理，余聞之恍然心服。姜書力原深，宜壽承云不能到也。今司寇謂初見以爲沈學士，此徒以字形方整言。沈法祇從趙變，圓熟是其所長，無右軍筆法。細玩無意趣，然姜亦有一種學沈者，豈此《四子》全文正用沈法者耶？姜雖爲吴子所嗤，然自致身金紫，今其遺蹟在京都，價亦不減希哲、履吉。效之者多白衣躋貴顯，亦可謂遇時者矣。有人作《干禄字書》，應以爲準。

先大父交游尺牘

尺牘一卷，皆弘、正間名臣所與王父司馬公者。爲大宗伯章文懿公懋、少保彭襄毅公澤、中丞毛公珵、大司空孟公鳳、御史大夫周公季鳳、大司徒李公瓚、少司馬任公漢、大司成陳公霽、御史中丞王公崇文、大司寇周公倫、光禄卿劉公乾、太宰夏公邦謨，凡十二人共十四章，一〔八〕稱臧，尚未復姓故也。章公前輩、彭公爲總帥，雖令人代書，而字殊細，辭亦精謹，其它有不盡爾者。王公爲先郎中，公同年子，年事亦遼邈，而後一紙縱筆自快。周公鄉里科第相去二十三年，夏公部人相去至三十三年，而書法亦廓落，講禮如敵，蓋一爲御史，一爲吏部郎，當其時風習已不甚古矣。後十一札則皆蜀中舊寮，其人聲實不大顯，而頗能詳其時藍、鄢兵事，故附存之。此卷舊在伯父房仲氏處，賤直償博進。今年偶見之於鄉人陳生所，以二金贖得，裝潢付兒輩。此卷在它人所，如靈武告身，不能博一醉，若在吾家，則雖敗角如意，亦青箱中物，留之勿復償博進也。

武氏藏交游翰墨

吾太倉之未爲州，而城居者陸參政孟昭、太常鼎彝、參政文量，以政術文學顯，天下稱之爲三陸先生。而萬户武侯號矢庵者，後先與之友，以詩相倡和。侯之孫曰勳，復爲文量館甥，勳之孫字周卿，領衛事，最賢，而能死難。周卿之孫憲卿謁余，而出三陸先生所與矢庵酬和詩，而龔大司空弘、胡司徒璉、王司寇鼎、桑通判悦之作附焉。蓋一時名政術文學人也，則亦相酬和者也。夫吾州之爲衛者二，諸萬户不下數十人，然多以紈袴敗其世風，屈指不易數。蓋至問其故居且不可得，而况於其前人所還往與酬和之遺蹟乎哉！今獨武氏之故第巋然，其木日以喬，而甘泉之井尚無恙，又能守其先世所酬和名卿大夫之詩而帙之，其爲善守而勿替何如也。後人事事不能如前人，獨於詩毋和韵、毋聯句，以此不落笑海中。

原《弇州山人續稿》卷一百六十二

《書畫跋跋》續卷一

校勘記

〔一〕『郭』：底本作『廓』，據《四庫》本改。

〔二〕『贍』：底本作『瞻』，據《四庫》本改。

〔三〕『穣』：《墨池繅録》作『秉』。

〔四〕『冰』：底本作『水』，據《四庫》本改。

〔五〕『押』：底本作『狎』，據《四庫》本改。

〔六〕『程』：底本作『陳』，據意改。

〔七〕『作』：底本原闕，據《四庫》本補。

〔八〕『一』：底本原闕，據《四庫》本補。

弇州山人題跋卷八

書畫跋跋續卷一

墨蹟跋

國朝名賢遺墨五卷

右有明名賢遺墨。第一卷二十人，故翰林學士承旨、太子贊善大夫金華宋文憲公濂以文學佐内秉，爲一世宗匠，而所與徐大章書，脩謹甚，筆法尤遒密可愛。楊鐵篴先生維楨七言律一章，句句使事，雖勁麗而不穩妥，書筆却遒逸，足稱散僧入聖。先生會稽人，元儒學提舉也。不肯食明禄，以其嘗預史局，且卒於洪武八年，故收之。胡仲申先生翰，亦金華人，以郡教授終，其名在宋文憲、王忠文間。此書亦貽徐大章者，頗極推許之致。張羽，潯陽人，以太常寺丞不良死，所作《雪樵傳》，事與文皆清逸，而隸法則韓擇木派也。王達，無錫人，革除靖難間，兩爲翰林院學士，折簡一僧，謂『徐殿下尚未授職』，得非謂中山王少子膺緒乎？亦以見當時稱謂如此。解公縉，一名縉紳，吉水人。初建内閣爲首臣，以左春坊大學士兼翰林院學士出參議交阯，下獄死。此六絶句懷南安舊游作也，時時見才情，筆勢尤遒俊，然墨氣勝而結構小疎。從子禎期臨右軍一札，家雞宛然，而《换鵝》意遠矣。禎期初以學士累，戍遼左，後赦之爲中書舍人，七十餘尚供奉史局。胡文穆公廣題《漁父辭劍圖記》，以舟子辭金事儗之，盖謂子胥、宋瑞略相當，而舟子漁父其節俠同而史佚之，以爲恨。然文穆拈筆時恐不能無色恧也。公廬陵人，建文中狀元及第，累官文淵閣大學士、翰林院學士，贈禮部尚書，再贈少師。楊文貞公士奇贈東莞丞一律一絶句，勁筆紛披，與語俱老。公初名寓，以字行，亦廬陵人，累官少師、兵部尚書、華蓋殿大學士，贈太師，名位器業，一時名臣也。胡頤庵先生儼，南昌人，以國子祭酒兼翰林侍講，進太子賓客致仕。楊文敏公榮，建安人，以少師、工部尚書、謹身殿大學士卒，贈太師。金文靖公幼孜，初名善，以字行，臨川人也。爲太子少保、户部尚書、武英殿大學士，贈少保。三公同官内閣，而同爲胡文穆題《漁父圖》，其一爲古騷，一爲五言選，調同，書法小行楷亦同。曾公棨、梁公潜亦題此圖，則皆歌行，而語皆勝。曾書法尤自精雅可愛，亦吉水人也，甲申狀元及第，以少詹事兼侍讀學士卒，贈禮部左侍郎。梁西昌人，以右贊善佐東宫，坐間瘐死。李忠文公時勉凡二紙，其一跋《江母傳》，其一題《陶靖節度履圖》。公安福〔二〕人，以國子祭酒致仕，贈禮部左侍郎，初謚文毅，忠文其改謚也。清忠勁節，風表百世，而結法乃婉媚而有致。王文端公直，泰和人，文安公英，臨安人，同舉進士，改翰林，歷史局、宮坊、學士、少詹事、禮部左侍郎、典内制，無弗同者，海内稱爲二王先生。而其自侍郎以後，名位恩寵始迥絶，文安瞠乎非埒矣。今所送詩，俱以初拜官遠地者，其詩律筆意乃又無不同也。陳文定公敬宗與李忠文同爲祭酒，天下以南北師範稱之。陳公爲祭酒十八年不遷，卒年八十有八，其詩亦題《昭關圖》者，小楷斐亹，饒晋人意。公之負臨池名，固不虚也。魏文靖公驥《怡壽堂記》，爲吾郡華氏書者，精緊有腕力。公蕭山人，以南京吏部尚書致仕，卒年九十八，眉壽爲我明文臣冠，而行業亦稱是。陳公璉挽李士文序，詞翰俱清雅。公東莞人，爲四川按察使，吏部言其文而不善憲紀，顧得改南京通政使，領國子祭酒，後以禮部左侍郎終，甚奇事也。卷凡二十人，二十一紙，而江西獨得十之七云。

第二卷。錢文肅公習禮，臨江人也，四十餘入翰林，以禮部右侍郎致仕，卒年八十九。此蹟一輓章耳，以公品清貴，故留之。楊公翥，吾郡人，繇薦入翰林，爲郕府右長史，郕王登極，公老矣，累進禮部尚書，食禄不視事，卒年八十五。所書《梅軒記》，爲陳有成作。有成，故太保僖敏公鎰弟也，其辭翰皆頽然長者。高文義公穀，揚之興化人，以少保、太子太傅、工部尚書、謹身殿大學士兼東閣大學士致仕，卒贈太保。其《叙余青陽集》，毅然有解金帶贈王舍人，疏廬陵、東鹿氣，而書法却妍婉，令人作留侯好女子觀。于肅愍公謙，錢塘人，以少保兼太子太傅、兵部尚書，中讒死，贈太傅。公精忠大節，載在國史，此詩乃題黄子久《江山萬里圖》者，以不切於圖，故割置此。馬公愉，臨朐人，狀元及第，以禮部右侍郎兼翰林院侍講學士卒，贈尚書。張文僖公益，上元人，以翰林侍講學士死土木難，贈學士。二公皆登内閣，不躋極品，所題《城南書屋詩》爲戴文進筆，藏余家，今留置於此。徐天全有貞，吾郡人，初名珵，累官華蓋殿大學士，封武功伯，削爵謫金齒，放歸卒。《送僧素庵住持宣府彌陀寺序》乃少年書，而中有塗乙，筆殊秀勁。彌陀寺，上谷名刹也，建於譚大將軍廣，楊東里先生嘗記之。林學士文題《張氏手澤記》，辭翰皆質勝。張之先適者，吾郡人，洪武中十才子也。嘗仕工部郎，謫廣州宣課大使死。學士閩人，進士及第，踰四十年而尚滯五品，其後僅加太常少卿致仕，當時固如是也。商文毅公輅，淳安人，三舉第一人，及第僅四載入内閣，又五年而至少司馬學士，歸田僅十年，復召，累進少保、吏部尚書、謹身殿大學士，又十年而歸，歸又十年而卒，贈太傅。韓襄毅公雍，吾郡人，二十九爲僉都御史，撫江西，後累進右都御史，總兩廣諸軍，此二札皆與吾鄉練綱御史者。韓公推賞獨至，蓋以才氣合也。彭文憲公時，安福人，狀元及第之明年，即入内閣，旋出，再入，以少保、吏部尚書、文淵閣大學士卒，贈太師。所書乃輓章，而『有高誼』、『舊爲鄉里重』、『直言曾感帝王尊』語，得非爲李忠文作耶？劉參政先生昌，吴縣人，弱冠登高第，而官不甚達。先生以博識名，今題《宋江山簿推恩告身》，而疑其制不能攷，何也？太子太保、吏部尚書贈太師三原王端毅公恕，報少保閔莊懿公珪一札，以惠書爲謝，是時問遺可推已，然筆頗謹細，不類北人，恐佐史爲之。以公名臣第一，不敢不存也。太子太保、兵部尚書、贈太保青神余肅敏公子俊一詩，味其語，似於嚴郡謁范文正祠作。少師、太子太師、吏部尚書、華蓋殿大學士、贈太師宜興徐文靖公溥一詩，則卷册中長語也，公弘治中首輔，頗以寬靖長者稱。刑部尚書盱江何文肅公喬新與郁秋官札，乞《琬琰集》、《春秋纂言》懇懇，且云别後日益衰邁，閒中惟以經籍自娱而已。楷法極謹細，無一筆苟，正與志傳所載合。太僕寺少卿長洲李公應禎，初名甡，生平負氣有大節，《放舟》一律，亦得小致語。此公以書名，而波拂間時露崛强，殆類其爲人已。翰林院檢討白沙陳先生獻章，大儒也，然以一膺薦貢士作省臬書，而詞旨縱放，又多潦倒筆，半不成字，且誤稱閔公爲憲副，而旁注一長字，豈與閔契深，不規規世法耶？亦足以見爾時人之樸矣。國子監祭酒冰玉羅公璟，以趨朝賜麵小詞寄陸釴太常，筆法頗欲學宋仲温，而未成長，然當其時亦錚錚，不知何故遠讓長沙。禮部右侍郎、領國子祭酒方石謝公鐸，爲人作一詩，不知何題，而頗清雅，其名位品裁，卷首尾正得平無軒輊也。卷亦二十人，幀如之，而吾郡稍稍有餘者。

第三卷。李文正公東陽二札，書筆俱清麗，而後札與倪公岳者，然不稱同年，或以館契重耳。公長沙人，隸燕中戎籍，累官少師、太子太師、吏部尚書、華蓋殿大學士，贈太師。倪文毅公岳一札，乃寄同年閔莊懿珪者，公時以宫保長留銓，而閔公以宫保正中臺，乃自稱友生，又不及閔别號，亦可見爾時之朴也。公後入爲吏部尚書，卒贈少保。太常少卿兼侍讀陸春雨先生釴，《哭用常》一排律、《過亨父故宅》一律，翰林院脩撰張滄洲先生泰《哭子》五絶句，皆銷魂語也。二公皆吾州人，皆負文學，而皆不獲中壽以死，其後皆凋落，而張尤甚。用常不知何許人，似是官乍顯而溺死。亨父即張，不知結韵劉後村相與何事。太子太保、兵部尚書，贈太保華容劉忠宣公大夏二札，一與郁公，即前卷所謂秋官者，一則其子華容令。華容令，余外大王父也。都察院左都御史、贈太子太保戴恭簡公珊一札，寄閔莊懿者，二公皆孝廟晝接賢臣，想見其時，爲之慨羨。屠襄惠公滽，在吏部數行，要閔公出郊過談，且云有奇果一品未薦，竟不知何物也。公鄞人，以太子太傅、尚書罷歸，召領都察院，卒贈太保。禮部侍郎兼侍講學士、贈尚書新安程公敏政，禮部尚書、贈太子太保常熟李文安公傑，各有詩投吾州陸文量，而《山莊》二絶，有味乎言矣。文量名容，吾州人，有經濟才，以浙江左參政中蔞菲罷歸，所舉德清道中語，真能引分自安者。而罷未久，以邑邑不樂，疽發背卒，何也？思玄子桑悦，常熟人，負才而躁，爲柳州通判，侘傺失意，故其語曰『鷓鴣道我行不得，杜宇勸人歸去休』，又云『投荒此日無言語，不與宗元競柳州』。雖弘曠不足，而旨趣亦悲切矣。書尤縱誕可惱。海釣蕭顯，山海人，按察僉事，以病歸。此君書名彷彿張南安，而圍圍未稱。《雪賦》禁體復步險稱奇，宜其都不成語也。吴文定公寬《蓮溪輓章》作蘇體，極古雅，咄咄逼真。謝文正公遷卷册語耳，王文恪公鏊與楊循吉一札，有前輩虚度，而爲俗子蛇足一印章，不能洗之。文定長洲人，文恪吴邑人，連舉壬辰、乙未，會元及第，文正餘姚人，則乙未狀元也。吴至禮部尚書、翰林院學士，贈太子太保。謝至户部尚書、謹身殿大學士，王至户部尚書、武英殿大學士，俱以少傅、太子太傅贈太傅。三公年位聲實伯仲也，第文苑之績，吴、王居優；清朝相業，謝尤表表矣。太子太保、刑部尚書贈太保洪襄惠公一札，乃撫順天時致閔莊懿者。少師、太子太師、吏部尚書、華蓋殿大學士贈太師順德梁文康公儲一詩，乃宫坊時送王冬官者。南京吏部尚書，封新建伯餘姚王公華一札，乃宫諭時簡閔莊懿者。閔時長中臺也，侍從邀御史飲，而勤拳爲其長乞半日假，亦見當時法紀之嚴。三公通人也，不無館閣方面勞，而有豪賢之累，往往煩白簡，然俱寛然長者。太子太保、刑部尚書、贈少保林貞肅公俊，南京禮部尚書、贈太子少保邵文莊公寶各詩一紙，詩吾所未論，其書一欵細若焦螟，而著剛勁；一粗濃如蠐螬，而表儒雅。人云書筆能觀人心行，不敢信也。卷二十人，凡二十二紙，而吾郡得十之四。

第四卷。南京吏部左侍郎泰州儲文懿公巏《次韵雨花臺》一律，詩拙而微有句，書拙而微有筆。少保、太子太保、吏部尚書、贈少傅太原喬莊簡公宇題戴文進畫歌，此老以詞翰名，歌語步驟起伏，全自李長沙派流出，才小乏耳，書法當亦如是。太子太保、吏部尚書陸公完，吾郡人也，才略勳猷冠一時，而失計作袁絲，身名俱敗，其書亦李長沙詩跋也，弘、正間賞識如此。太子太傅、禮部尚書、贈少保毛文簡公澄，吾州人，狀元及第，嘗佐陸公於吏部，恬静無欲，於鼎革之際，持議侃然，其與王父書談公私情事，皆實境，而筆尤拙。吏部尚書、贈太子太保泰和羅文莊公欽順，毛公榜第二人也，學行尤自超，家書一紙，寄仲氏按察、叔氏中丞者，頗及一時桑梓事。南京禮部尚書、贈太子少保華亭顧文僖公清爲陸太宰賦《也適園詩》，甚有致語，與羅公筆俱清勁。新建伯、南京兵部尚書、都察院左都御史、贈新建侯王文成公守仁一絶句，毋論公理學勳猷鉅公已，詩秀拔有致，結法亦楚楚，卷中閲至此，大醒人目。南京吏部尚書崑山朱恭靖公希周《也適園詩》，亦爲陸太宰賦者。公生平不作一行草筆，此書極謹細，而無取精微，其與辭足先輩風。太子太保、南京兵部尚書、贈少保無錫秦襄敏公金一札，乃及撫楚時與臺使者，公嘉靖間能臣也。南京禮部左侍郎、贈尚書王文定公瓚送王父歸田一章，其書似學高閑、䂬光，而不得筆。公以無心稱新禮，得調南，亦竟用是得嘉謚，事固難料也。應天通判、長洲祝先生允明，書家龍象也，一札雖草草，亦自有天趣。江西提學副使北地李空同先生夢陽、陜西提學副使信陽何大復先生景明，文章家麟鳳也，吾嘗見李先生寫七尺碑，大有顔平原筆，而此札拙略乃爾。何先生倣李長沙而指小滯，三詩出語便自不凡。工部尚書、贈太子太保建業劉清惠公麟，生平於尺牘留意，此札却有事際語，而書筆尤得《聖教》風。吴縣東橋顧公璘，才名與劉公伯仲，而詩語尤俊，此則小竿尺耳，亦見一斑。公官至南京刑部尚書。前翰林侍讀學士、贈學士蘄縣豐公熙三詩，戍閩時作也，辭筆俱清密有致。其子坊以南考功主事謫歸，坐事，後易名道生，才藝亦跨竈，而狂衮之行，家聲隤矣。此札多風語，可笑。書筆殊拙略，而中有八法，非學士可及也。翰林院待詔長洲文先生徵明與王中丞履約書甚詳，待詔生平無此苦，蓋喪其第三郎君時也。白香山叙其詩自謂『分司後無一日不樂，止哭子兩章得悲境耳』，待詔殊似之。太子少保、吏部尚書、贈太子太保吴江周恭肅公用書一紙，公爲宰，當相臣操秉日，而能以職自完者也。南京兵部尚書、贈太子少保增城湛文莊公若水詩一紙，太常寺卿、贈禮部右侍郎崑山魏恭簡公校尺牘二紙，二公雖齒懸絶，而一時成進士，又一時以道學鳴者也。考湛公詩，蓋年九十一矣，而游衡嶽。聞公以一棺自隨，前後諸生導護之，頗行勝地作書院，此豈其時耶？魏公牘蓋與周充之侍郎父子，而與其子者尤近裹着己，讀之悚然。此卷二十人，得二十二紙，最多名賢大夫，而亦多書家者流，吾郡仍十之四云。

第五卷。少保、太子太傅、禮部尚書、武英殿大學士、贈太保崑山顧文康公鼎臣一紙，乃與王父司馬公書也，寒暄語亦自詳縟。詹事〔二〕府詹事兼翰林院學士、贈禮部右侍郎陸文裕公深《早朝》及《禁中觀雨》詩二首，詞翰俱清麗，然比之公生平，差爲落夾。太僕少卿王南原先生韋，雪中簡顧英玉詩，僅小有致，而後云讀樂天《八駿圖》至泣下，故當爾也。先生館試詩有『雕欄十二晝沈沈，畫棟泥融燕初乳』句，傳縉紳間，今似未能稱。太僕寺卿邵康僖公鋭，在江藩時一札與周充之侍郎，不多語，而惻然有共濟意。太子少保、南京户部尚書、贈太子太保武進周襄敏公金，亦嘉靖中能臣也，詞翰亦自楚楚。前翰林院脩撰、贈光禄少卿新都楊公慎，以博學名世，而書亦自負吴興堂廡。此與姜龍憲副札，亦自一斑。翰林院脩撰進賢舒公芬與楊俱狀元及第，俱有直諫聲，而舒公早夭，至於清節，則大徑廷矣。貴溪夏文愍公言，舒公榜進士也，官至少師、太子太師、吏部尚書、華蓋殿大學士，以讒死，此札與其邑朱令者。公時在政府，貴態浡浡辭旨間，而結法却老蒼，有李西臺風。詹事府少詹事兼翰林院侍講學士、贈禮部左侍郎東廣黄文裕公佐，所爲《擬天寶宮詞》六首，實嘉靖宮詞也，詞筆俱婉麗有旨。今少師、太子太師、吏部尚書、建極殿大學士華亭徐公階，與余往復書札頗不少，而此則見貽詩也。公名臣，不擬以詩翰名，然亦自穩密。都察院右副都御史吾吴〔三〕王公守一札，是行邊後寄其弟履吉者，内言劾榆林帥及中貴人，忤當道意，幾致紛紜，在其時已如此。王太學寵即履吉也，所書《獨樂園記》語緊密而饒韵，人謂乃兄書不下履吉，以名掩不也，其間實可容數人。右春坊右贊善、贈光禄少卿吉水羅文恭公洪先一小札，乃與吾師季觀察者。此公極有翰墨聲，以小故園圉不快。陳太學道復，長洲人，一律四絶，語平平耳，而散草極古澹，在懷素、林藻間，是得意筆也。吏部員外郎長洲王先生穀祥，小札數行，亦可觀。溧陽馬君一龍者，余同年也，仕至國子司業，在翰林時使青州，爲余書紀行萬字，皆小行，割其百之一於此。吴邑彭先生年，游虎丘得五言律四首，馬君狂草不堪與顛史作奴，彭先生稿行眉山顰步，而此皆能脱生平窠臼，可重也。其後三紙，河南按察使濟南李攀龍于鱗、福建按察副使廣陵宗臣子相詩各一，江西左布政使吴興徐中行子與書一，余所得於三君子者，不啻牛腰卷，而僅留其一，以志感耳。中間于鱗名最高，其文辭最古，而書最拙，幾不成字。故人梁思伯集李與獻吉、仲默三札，而曰『此何必減元常、逸少也』，余甚感其言。卷中二十人，爲二十紙，而吾郡亦十之二。

余後先所鳩我明名筆，凡竿尺、小文、歌詩之類，合之正得百人，因釐爲五卷。或名德已著，而八法無聞；或倡雪雄舉，而臨池鹵莽，所不敢廢。苟使伯英烏巾、敬元白練，即蹈隱淪，亦在旁采。比於趙宋、蒙氏之際，郁郁乎盛矣。或謂老鐵硜然洛下遺頑，不當厠之維新之代。第考其詞筆似是晚年，毋妨兩收，良足壓卷。或謂達善茅靡鼎革之間，元玉筴失屯夷之代，全卿外私廣陵之托，九和内酣汾陽之奉，雖藝有通塞，而名俱下中，猥以桑梓，無辨竽瑟。第其名位勳伐，亦自炳烺，非爲錯濫。或又謂人一〔四〕落魄，舉世所唾，屈指全數，更贏百一，所宜汰削，靡使敗群。正以愛其書筆，不輕人廢，今附之先學士之後，覽蹟如存品士焉，有雖愧懲一之嚴，無妨則百之數。余聚法書，後先數載，勞同狐腋，好比珠船。然甫完帙，即擬韜之，了不再展。賞鑒之家，笑以爲老鼠搬生薑，其何辭以對。

國朝名賢遺墨

司寇所購昭代諸名公遺蹟富矣，顧奈何無許禮侍成名，《卮言》謂其結構疎而醜，是傖中小有意者，或未然。先文恪公極重許書，今存有所書扇一柄，秀勁多姿，頗得右軍法。詩亦流快，有錢、劉遺調，恨不獲質之司寇公。又姚吏侍洪謨近在檇李，其書逼趙松雪，甚有骨力，何爲亦不見録？

三吴墨妙卷上

右三吴墨妙卷上。爲華亭沈學士度《養心亭記》，作隸古體，雖不甚去俗，然已出宋人上。弟大理少卿粲，手柬小行，遒逸有度。武功伯天全徐先生有貞《太和登祀賦》及《送夏提點詩》，稿草種種有筆意，特不獲縱耳，時尚未改名也。太宰錢文通公溥《奇花歌》，事與書法皆新異，而語平平不甚稱。宗伯倪文僖公謙《與僧求竹帖》却無意而有筆。陳祭酒鑑爲練從道義塾《衍慶堂記》，從道，景泰中健御史也。陳日臨褚摹《禊帖》，故似之，而原本過佻，不若魯男子之善學耳。南安守東海張先生弼書昌黎《石鼓文歌》，是其最得意筆，遒縱怪逸，高一世而不能去世法。李少卿應禎與樱園先生札，樱園者，劉欽謨也。所論魯齋文及借書，具見前輩能好學，千里不及私。李筆本遒，而不無佐史歎。吾長洲沈石田周倣雙井，僅得其竦肩寒儉耳，不得勢也，此三詩尤圍圍。宗伯吴文定公寬與貞伯一札，辨鄉飲碑字，亦如貞伯之寄欽謨。其與陳玉汝一札，具見友朋真意，而書亦能去俗。太傅王文恪公鏊，要客落成數行，比之生平稍有肉。柳州倅桑思玄悦《詠懷詩》，在弘治庚申，具語意似以米魯用兵故耳，書法視南安又鄒魯矣。祝京兆允明二柬，所論皆瑣屑事，而超逸乃爾，頓令人神醒。翰林孔目蔡林屋先生羽一詩，語亦多警俊，惟『程』字韵押不過。其書驟見之，未有不以爲徵仲少年筆者。唐解元一札草草，其書軟熟，亦不惡。文待詔徵明《石湖》三詩，清語老筆，殊覺近人。大司寇周康僖公倫送秦給事謫官，亦尤勁。此老初不以書名，而晚頗琅琅，亦可以見一班也。凡十七人：二沈、錢、張，松之華亭人。徐、陳、李、沈、吴、祝、唐、文，吾蘇之長洲人。王、蔡，吴縣人。桑，常熟人。周，崑山。倪，上元人。

三吴墨妙卷下

右三吴墨妙下卷。顧尚書璘與弟英玉論作詩法甚詳，人謂英玉不甚惇雁序，觀尚書署己號而字呼其弟，居然典刑。徐髯仙霖雖尺牘數行，亦自鬱豉，於頹然中見老手。陸文裕深《五十自壽》二章，亦典雅，書法最遒麗，風骨蒼然，唯結構一二筆小涉踈耳。金赤松琮《赤壁》二賦，墨氣腕力俱勝三君子，俱得三昧者。行家要推元玉，士氣則讓子淵。徐博士禎卿以詩甲海内，而書極少，不多見。二絶句非其至者，然亦有江左王、謝門風。

行筆遒雅，一時在文、蔡間。余於王家馭提學見真跡，乞其兄元馭侍郎手搨之，翩翩出藍矣。陳太僕沂二絶尤楚楚，其倣眉山，當在文待詔下、吴文定上。顧横涇瑮，即所謂英玉者也，以憲副罷，貧死。生平節目磊砢，人謂風概踰伯。此詩與筆則小國之賦耳，殊不堪魯衛也。王茂才逢元結法頗温茂，得晋人意。太僕，韋子也，事事不克負荷，而臨池一技，遠勝家尊。陳白陽道復書《魚游春水》古詩，而筆大似林藻，駸駸乎有楊少師風。王雅宜寵小行五絶句，是初變舊體者，遒骨顛姿，與冶態并見，而不免傷有意，然尚足壓卷。國子王司業同，杜徵仲甥也，詞翰爽朗，酷似其舅。奉化令徐長谷獻忠詩，頷聯有味，而次聯遂失嚴〔五〕，豈所謂『倒繃孩兒』耶？袁提學袠寄王履約詩，是初年作者，以故尚矜局，結法亦密而不能寛，然自如。王選部穀祥索《鄉録帖》，亦足徵好學一班，老筆紛披，尚有生氣。朱九江藩爲余書數十詩成一卷，今割得二首，詞旨婉而踈，書却踈雋婉雅，得唐人『散僧入聖』意。陳方伯鎏一律，乃蜀中寄余者，筆亦流利可喜。彭山人年三絶句調張伯起，小楷極端謹，而辭旨逸蕩，可謂二反。卷凡十六人：徐子仁、金元玉、陳石亭、王逢元皆金陵人，二顧則吾吴人而家金陵者，陸子淵松之上海人，徐伯臣華亭人，陳白陽吾蘇之長洲人，王履吉、袁永之、陳子兼則皆吴縣人，王繩武崑山人，朱子價則揚之寶應人。

祝京兆真行雜詩賦

京兆此詩，是才情初發時語；此書，是工力初透時筆，以故於用意不用意間最得妙理，余絶傾賞之。而王百穀以爲文休承臨本之佳者，得休承面印證，乃大快。今年閉關來，諸名蹟盡付兒子輩，案頭僅餘此，乃以寄穆丈，俾示虎兒作臨池一小助可也。

祝京兆文稿

祝京兆希哲《操縵稿》一卷，凡記三、雜記二十三、説五、傳一、敘二、吏倀一、戒一、銘一，書體二，曰真、曰直，行法錯鍾、歐、吴興，凡六千三百三十九字。蓋弘治以前書也，故不能盡脱滯俗，而中有絶佳，與古人争勝毫髮者，世眼〔六〕或未之識耳。

祝京兆六體書

沈啓南擬畫，若北苑、巨然、大癡、黄鶴，靡所不酷肖，獨於雲林未盡爾也，或謂其巧力勝之故。祝希哲擬十餘體，種種逼真，而至蘇、黄是腕指間物，却時失之。此卷以沓拖作眉山，以矜局作雙井，幾墮老鮑、白石叟窠臼，毋亦坐巧力太勝耶？此外雖於眉眼未盡是，然抵掌談笑，令人躍然有黄初、永和想象。先但寶此，足雄墨藪間，不必購《淳化》、《寶晋》矣。

祝京兆書七詩

祝京兆生平好書晚唐句，獨此王右丞、岑嘉州、杜少陵、錢左司、劉隨州諸公七章，乃唐人第一才情詩，其所作行草，則吴下第一風骨書。今年盛夏，客有攜過山堂者，爲讀再過，陰飈驟來，急雨助爽，九咽皆快，雨後暎南榮，縱覽八法，跌宕遒逸，種種幻變，與雲霞并舒卷，大快事也。客喜談玄，自詭冲舉可立致。余笑謂之：『此詩固佳，但多歎老嗟貧、怨别傷亂語，異日勿攜之道山金庭中，不免群真駁放也。』客笑不答，第趣余題之而去。

祝京兆感知詩墨蹟

在昔延之五君子美《七哀》，非托况前哲，即狗感故知。而吾郡文徵仲亦倣之，第皆逝者，獻吉、仲默則稍稍兼存没。而祝京兆希哲則以古體懷逝者，以近體懷存者，爲人十有八，爲詩十有九，蓋獨王履吉得二章，以孔、禰忘年之契深耳。此書乃晚年筆，尤雅健，兒曹不知何自得之，喜於懷知之目，擬贈其師龍身之先生，而合仇英所圖《竹林七賢》成一卷，豈謂持此謁先生，便堪把臂入林耶？得援戴司農例，後堂受經之暇，博一醉足矣。

欣然爲捉筆題其後。

祝京兆草書二歌

此書初覽而甚駭，其牛鬼蛇神，以爲不類京兆。稍一再展，而後覺其妙，非京兆不能也。其取勢全用元章，而清臣筋、平原骨隱隱自露，詩歌亦稱是。雖然，以擬右軍之虚和、右丞之秀雅，則俱有所不足耳。

祝京兆書成趣園記

祝京兆希哲爲華光禄尚古《成趣園記》，幾三千言，狀其峰巒池館紆餘曲折之勝，不遺餘力。其書法頗出趙吴興，然吴興遒而媚，京兆遒而古，似更勝之。余初得一本，付駿兒爲楷式。八月自金陵過里中，華之宗人叔達强以投余輒去，追而返之，不肯納。稍間，校前本行款大小不甚遠，而結構微有出入，然各遵其妙，豈光禄有二子，京兆各爲書一本耶？華之園餘八十載，不復可蹤跡，而此記尚存，言之不可以已也如此。

祝京兆書成趣園記

庚寅歲，司寇公曾遺余此卷，真體微帶行，數之幾可得三千字，徹尾無一懈怠。

敗筆逸筆，俱不傷其妙。最媚最蒼，最密最散，驅遣自如，全以渾脱勝，不拘拘步趨古人，而古意涌渟毫穎間。生平所見祝京兆書，未有出此上者。跋謂『法頗出趙吴興』，亦其章法跌蕩處彷佛似耳，至其幽深無際，乃得之鍾太傅，謂遒而古勝趙，不誣也。上方微腐，前一段全缺者三字，微損者五字，裝潢亦不甚精。今云有二本，則余所得當是叔達强投本，其付幼公者不知何若。既云各遵其妙，必微有不同，安得并展較之。園亡矣，賴此記存，而記又賴字以傳不朽者，寧獨言哉！

祝京兆諸體法書跋

祝京兆《擬古》以下四章擬《黄庭》，《春游》二章擬《蘭亭》，差小，若《閨懷》則《曹娥》、《洛神》之流耳。《古言》一跋擬章草，跋及古調亦然，而微涉仲温，然皆古雅有深趣。《昆福寺》以下五章鋒微斂，《六宫戲嬰圖》以下三章鋒微露，然姿態似勝，不知旬然誰擬，要之自晋人流出。《朝元引》以下九章擬眉山，《秋夜》以下四章擬雙井、小米，《山水》以下二章及《渡口》一擬南宫，風神宛然，第中間微雜一二己筆，蓋不欲爲韓幹似也。《修夕辭》以下六章結法與《黄庭》并觀，書之卷末，當似擬趙吴興，恐吴興尚少此一段古趣。余老矣，所見京兆墨蹟不下百餘本，未有若此之種種臻妙者，真令人心折。內所擬歐、顏，峭者病姿，莊者病韵。二家本自難學，毫釐千里，少損連城，可惜。二月病瘡金陵，十指木强，覽此興發，題其後真是狗尾。

又

書之古無如京兆者，文之古亦無如京兆者。古書似亦得，不似亦得；古文辭似亦不得，不似亦不得。

祝京兆諸體法書

京兆書，大約得之蘇、黄、米、趙者多，其氣格亦略相上下。擬南宫謂不欲爲韓幹似，果然。若歐、顔則流派原不同，今云二家本難學，非也。間架方整，蹲筆緩趨，最易得畦徑。世聞難學者惟鍾、索、二王耳，《黄庭》、《蘭亭》、《曹娥》、《洛神》即百重繭追之，恐終爲壽陵步也。『古書似亦得，不似亦得；古文似亦不得，不似亦不得』是箴祝膏肓語，京兆聞之，必大憤懣，然詎能不心折。

題祝氏蹟

祝希哲五詩真蹟，一字外老筆紛披，始露軼塵之妙。使皮相之眼，覩之未有不以爲張翼之亂真也。詩語弱而有佳趣，大似晚唐人，或即希哲老忘不能辨，姑識於是。

祝京兆書夷堅志

祝京兆手書《夷堅》丁志，凡三卷，皆小楷。雖不甚經意，而結體出吴興，時時有晋人法。計此例之爲卷，尚當有九十七，今不知所在矣。《夷堅志》在諸説家中尤爲卑猥庸雜，即刻本覽一過便舍之，不足留，何至作此不急事耶？京兆任誕好怪，與景盧臭味合，宜其爾也。比之待詔《杜陽》春風，斯下矣。

祝京兆書祖廷貴墓志真蹟

祝京兆此書雖倣眉山，而微墮欂櫨塹，然斤斤有古意。其文吃吃期期，極步趣古，而乏古意，可謂兩反也。

祝京兆書李太白傳後

太白歌詩既奇，其人與事又奇，不敢望司馬子卿手作傳，得李延壽亦小快，無奈宋景文於喉咽間作囁嚅語，令人憒悶。幸而有祝希哲書之，差足快也。祝書初看若草草而不乏意，又似沓拖而不没骨，依約虔禮、緯乾間。然以擬太白詩，尚隔一大塵。

祝京兆書太白傳

宋景文《唐書》步驟孟堅，以尚簡古，故每每讀之不甚快，以作《太白傳》良非宜。然整齊收斂，亦頗有法。延壽《南北史》雖姿態穠郁，然秖長于叙碎小事，稍近傳奇小説，且靡曼乏裁。使紀大事，未必勝景文也。

文待詔行書

右文待詔行書《先友詩》八章、《歲朝》、《次日立春》七章、《對雪》三章，皆五言古體，《過竹堂》一章、《春寒》一章，次蔡九逵、湯子重、王履仁各一章，《履約》二章，皆七言近體，流麗清逸，時時有會心語。書法摹《聖教序》，遂無毫髮遺恨，優孟虎賁，不足言也。晚筆雖老蒼，覺稍離去之耳。此詩書於外家爲吴遯庵參政，時正德之甲戌也。《歲朝》所謂『開歲四十五，吾行已云衰』，然又四十五年而後遊道山，人生固難量也。此帖今歸吾，吾年已五十四，不知後日云何？捉筆一歎。

文待詔書杜陽編

蘇鶚《杜陽編》，乃郭子横《洞冥》、王子年《拾遺》之類，而自詭勝之，以其頗雜時事也。文待詔徵仲小詩以精楷録之，無一筆失度。昔人稱孟蜀王仁鍇好手録書，至數千卷，卷皆白藤紙細書，極爲端好。每候朝，尚於檐子上得一二番，若待詔與仁鍇，真可謂篤好書者也。第公以誠實心信侈誕事，以精謹筆書狂肆語，大若相反者，聊識於後。

尤叔野赤壁卷

余以癸酉七月望，與守巡三君同登赤壁、汎大江，痛飲劇談於月色中，幾達曙，乃成此二律。今春臥弇山園，屈指四周歲矣。無錫尤叔野得文待詔徵仲書蘇長公二賦，托待詔子休承補圖，口占余詩，俾録于後。余名位何敢望蘇公，不幸讒謗起躓之跡，乃復過之，俯仰今古，可發一慨。徵仲書小楷、古隸皆工，獨休承所畫絶不類，而蘇公賦語奇勝處，小似過情。異日叔野能壯游，當爲一勘破本來面目也。

文待詔小楷周召二南詩二王目録

文待詔後先書《周》、《召》二南中字誼之類詁者，及臨江《二王帖目録》中之有元章、長睿攷訂語者，皆作蠅頭小楷，精工之甚。第《毛詩全傳》當更有數百千條，《二王帖》當更有大令，而今不知落何所矣。待詔此書在正德己卯，業五十歲，而矻矻作老蠹魚不休，當是通德里翁張烏巾合作一人，前輩用力精迺爾，真使人慨羨。

文徵仲手札後

右文待詔公徵仲手札二十八紙，中多與趙梁父、陸子傳二先生者。趙先生之孫某，陸先生之館甥也，裝池成卷，俾余題其後。余嘗考之，晋唐以還名筆，於高文大篇絶不多見，所存唯尺牘。今海内傳文公春〔七〕容之作既富，而寂寥數行如兹卷者，亦復寶之，不啻拱璧，亦盛矣哉。第卷中多謝餉物語，即不過一算器食，公勤拳手書以報，知世之欲得之也。昔顔魯公貴至八座，而乞米、乞鹿脯於李太保，豈魯公臨池不公若，抑□□巖穴之包苴，更饒於廊廟也？若二先生者，賢於姚麟殿帥〔八〕多矣。

文徵仲手札

司寇兩跋，皆謂寶之者勝于姚殿帥。按魯直所云，乃是韓宗儒每得坡一帖，即于殿帥姚麟家换羊肉十數觔，然則姚正是收買蘇書者，何爲冒此誚也。宜云勝韓宗儒乃是。

跋文待詔歐體千文

文待詔不多作率更體，所見唯《張奉直墓表》石刻及此《千文》手蹟耳。石刻小於

《皇甫碑》，筆近肥，《千文》細於《化度銘》，筆稍縱，於整栗遒勁中不失虚和舒徐意致，佳本也。唯彭孔嘉中歲書，有出藍〔九〕之美，晚節則一束楚耳。夏日三四舒展，令人忘暑。

文衡山手柬

文待詔與韓懋賞及祖父三代手札，大要是謝餉物語耳。懋賞能寶之，且乞諸賢題識以侈之，賢於菴山姥、姚殿帥多矣。

文待詔書程鄉令遺愛碑墨蹟跋

昔太丘長文範陳公卒，而蔡中郎伯喈爲文勒於碑，且手書之，古今以爲勝談。今讀盛宗伯端明所志《程鄉令平湖陸公遺愛碑》，亦何以異也。陸公名德，不敢遽謂如文範，然程鄉之政循循殆欲過太丘矣。宗伯之文與人，亦不敢遽謂如中郎，晚途一躓，差類之，至於少年，風節矯矯，亦中郎流亞也。中郎之所撰，中郎自書之，宗伯之所撰，文待詔徵仲書之，以待詔之小楷雖不敢望中郎之八分，要亦有雲仍也。太丘有子元方、季方，元方之子長文，賢貴者累世，程鄉之子光禄卿，光禄之子少司空尚書郎，郎之子大司寇學憲，名德不下陳氏，而盛過之。人謂長文公慚卿，卿慚長司寇，學憲於其先，則有光矣。司寇之子基忠，出其碑乞不佞跋，蓋謂不佞能尚論前哲，而俾之厠於徐文貞、許太常、陸少保、莫方伯之後，將無使不佞作盛公恧也。今海内所知稱者，大司寇耳，以語光禄卿，則忞忞，何况乃程鄉公。雖然，陸氏之文獻，固程鄉公濫觴也，毋念爾祖聿脩厥德，基忠勉之乎哉。

文王二君詩墨

文徵仲先生詩有致、書有格，王履吉先生詩有格、書有致。此册作於嘉靖改元壬午，徵仲年五十二，履吉僅二十八，視晚歲結法稍不爲遒緊，而風韵却更藹然，詩亦楚楚稱是。趙承旨稱右軍《禊帖》謂乘退筆之勢而用之，二先生皆能用退筆，尤可愛也。

續名賢遺墨卷

《續名賢遺墨》一卷。首爲楊鐵崖廉夫七言律，句句使事，而古人姓名居其六，甚可怪。余所以收廉夫書者，蓋入明之八年而後捐館也；所以廉夫壓卷者，雖明人不爲明禄縻也。王學士達善折簡一僧，内云『徐殿下尚未授職』，得非謂中山王少子膺緒耳？亦以見當時稱謂如此。林學士□□〔一〇〕題《張氏手澤》，辭與翰俱質勝。此君及第垂四十年，踰七袠而尚滯五品，彼時故如是也。解舍人禎期臨右軍二紙，字大於本書而踈隽自喜，似不失春雨門風。馬宗伯性和、張學士士謙所題《城南書屋》詩，其畫爲戴文進筆，余故有之，今割此二紙。劉參政欽謨、余太保子俊跋詩，皆卷册中物也，而皆真跡。陸太常鼎儀傷張亨父二詩，不能佳，不知亨父何與劉後邨也，趦韵之難乃爾。羅祭酒明仲似得宋仲温筆，而未成長，然在其時亦錚錚。張脩撰亨父、蕭僉事文明各詩一紙，文明書雁行汝弼，而今僅先驅亨父，何也？謝文肅鳴治、李文安世賢、謝文正于喬亦卷册中筆耳，然各微有致。程侍郎敏政合處不減李賓之，而時帶俗氣。林貞肅待用、邵文莊國賢之所可重者，固不在書也。第邵稍近臨池，而尤行行。陸太宰全卿跋李文正詩，余割留於此，以備一家。顧文僖公廉爲太宰賦《也適園詩》，着意筆也，殊令人眼明。王文定廷獻贈王父司馬公一章，倣汝弼而稍粗勁。劉清惠元瑞與履吉尺牘甚佳，蓋敵手相值耳。元瑞書已見前，余喜而復留之。顧文康九和復先王父紙，當是以先達故加審謹。魏恭簡子材手札二紙，嚴凝篤勵，使人悚然，書所不論。夏文愍公謹簡朱令，令，吾鄉人，辭旨貴態涥涥，第筆蒼老，可取也。王中丞履約寄弟履吉家信，内言劾榆林帥及中貴人，忤當道意，幾致紛紜，在其時已如此。王吏部禄之一小札也，與履約筆俱楚楚。大抵諸公以人重其能，兼以書重者，十不三四耳。全卿、九和、公謹最貴，而不無齒頰微恨，漫識於此。

原《弇州山人續稿》卷一百六十三
《書畫跋跋》續卷一

校勘記

〔一〕『安福』：底本原闕，據《四庫》本補。
〔二〕『事』：底本作『侍』，據意改。
〔三〕『吾吴』：底本作『吴吴』，《四庫》本作『吴興』，據《皇明五先生文雋》改。
〔四〕『一』：底本原闕，據《四庫》本補。
〔五〕『嚴』：《四庫》本作『粘』。
〔六〕『眼』：底本作『限』，據《四庫》本改。
〔七〕『春』：底本作『春』，據《四庫》本改。
〔八〕『帥』：底本作『師』，據《四庫》本改。
〔九〕『藍』：底本作『藍田』，據《四庫》本改。
〔一〇〕『林學士□□』：本卷《國朝名賢遺墨》條作『林學士文』。

弇州山人題跋卷九

書畫跋跋續卷一

墨蹟跋

有明三吴楷法二十四册

有明三吴楷法第一册。吴郡宋仲温書趙文敏《閣帖跋》，按，文敏跋《閣帖》而叙及書家源，體故當有意，仲温亦似以有意書之，結法精純圓孅，比之《七姬帖》差不爲古，然亦足以暎帶來學矣。陸子淵謂陳文東品勝仲温，又有以文東肉勝、仲温骨勝者。文東此書《聖主得賢臣頌》，筆〔一〕法全倣永興，精熟可愛，而亦微使人狎。又書張懷瓘録章草三品人名氏，韋續《五十六種書》、懷瓘《十體斷》内章草一條，雜正行體，而皆有小法，風度溢出。所臨《急就》幾于優孟抵掌，釋文小楷尤精，後書葉夢得及自撰小跋，皆與前三書筆同。大抵仲温作章草勁而露，文東則柔而蓄，正書其猶魯衛也。高槎軒季迪所作《眠雲軒》詩，雖非大得意語，而翩翩度驊騮前，書法亦近仲温，特小踈耳。此君既以事見法，而又寥寥象賢，此紙幾於吉光零羽矣。姚道衍廣孝書，所作凡□十□首得意句，小楷亦楚楚，而自謂筆不佳，故多偏鋒。王文恪、陸文量紀姚公年，或以爲八十四，或以爲六十五。按，公以永樂四年書此，自云七十二年，而十六年始物故，國史稱其少時與季迪、楊金載齊名，則爲八十四無疑也。吾吴詩盛於昌穀，而啓之則季迪；書盛於希哲、徵仲，而啓之則仲温；若文東則雲間之破天荒者，二沈鼎貴，此其濫觴，故紀之如右。

第二册。沈學士民則凡三紙，其一爲《孔子世家》；其一爲金氏墓志銘，王贊善汝玉撰；其一字稍大，爲諸葛武侯《出師表》。沈大理民望字最小，爲《虞書·益稷篇》。《孔子世家》筆勁而氣拘，餘皆圓懿肉好，真魯衛也。波折處於永興尤近，雖温雅可親，而不無佐史之歎。夏太卿仲昭以書供奉者四十年，而始爲吴文定公書此一紙，吴公時尚爲太學諸生也，太卿公業已老矣，而精謹乃爾，令人肅然。盧中令爲已凡二紙，一《種德堂記》，一《拙齋詩》，皆遒勁而不克去俗，其可恨又非二沈比也。

第三册有《拙齋》銘一、賦一、詩三，楊宗伯仲舉爲銘，錢山人子書爲賦，杜山人用嘉、陳山人紹先、劉少詹宗器爲詩，其辭與書法俱伯仲也。徐武功元玉二紙，其一臨褚河南《哀册文》，行體蓋微得其勢耳，遒放横逸，則雙雕并運意。其一《東原生傳》，東原生者，即杜用嘉也，有隱德，而文公此書蓋中年筆，頗於虛和中出姿態。書《傳後》者，吾吳周鼎伯器，結法亦蕭灑。伯器工屬文，頃刻千言立辦，嘗韋韎叩金尚書軍門，從破閩寇，僅得一幕官以老。又國初亦有一周鼎伯器者，檇李人，文行亦相類，然非此伯器也。

第四册。李太僕貞伯凡二紙，一紙臨《蘭亭記》而行筆皆趙吳興，公生平以『奴書』誚吳興，此何也？《陳言疏》謂中書舍人多至八十餘員，蓋當時傳奉之敝，人所蹙額捄嗉者。抗言之無隱，且以攻天曹大臣，不能如杜祁公之遏斜封，直哉言也。第身非臺瑣，而訐詈過當。所論蔣生者，是都御史琳子，琳以冤死，而公稱其爲極刑，後亦是牛哃宿因。然攷之家乘及國史俱不載，當是疏垂上而尼耳。吳尚書原博《王醫師墓表》中有塗乙，然無一筆潦草；《吕翁墓表》字稍大，俱步趣眉山，而時時有鍾意。蔡九逵孔目《嗣命議》以禿筆取勁，姿盡骨全。大抵李、吳純綿裹鐵，蔡則强弩透札，然李不盡汰俗，吳不盡汰濁，蔡不盡汰生，以此小有恨耳。

第五册。祝京兆古近體詩十五首，是行卷上公卿者。中多《曹娥》、《洛神》風格，清氣朗朗射眉睫，其辭亦秀儁，不作晚歲應酬，而所擬《元日早朝》排律，重押『新』、『人』、『臣』字，不可曉也。又雜詩二首，別搆一體，久看乃能識其用意處。右皆早年筆。《演連珠并序》十三首、《卿巒風木行》一首、尺牘四首，皆中年以後筆，駸駸逼歐、褚。

《黃道中致甫字説》稍大，《約齋閒録》又大，則皆晚年筆。進可入元常室，退亦不讓伯施，所謂『幽深無際，古雅有餘』，明興一人而已。黃道中致甫者，吾故人淳甫初名字也，爲其尊人五嶽山人乞集序潤筆。余謂：『此汝南家乘，奈何畀人？』則曰：『使不佞而仍故名與字，知非公有也。且公文成，非汝南家乘乎？』爲一笑而留之。

第六册。祝京兆《勸農圖記》、《赤壁賦》、《著思録序》，字體俱不能小，其楷法亦得十之七八，而淳古秀勁之氣溢出結構間。或似率而密，或似拙而巧，信乎書家上乘也。唯《赤壁》一賦，陗健而小涉佻耳，《勸農圖記》又自超，駸駸在趙吴興上。舊有文待詔畫一幀，余姑割愛去之，而留此書。

第七册。祝京兆《梅谷記》比之《勸農帖》差大，《成趣園記》又大於《梅谷》，本作正體，微取行法以助姿耳，而不勝其筆勢，遂作行。然遒勁古雅中媚態溢發，天真爛然，真墨寶也。《成趣園記》文雖涉繁，然明婉有味，當是潤筆不乏耳。

第八册。文待詔徵仲書皆小楷，其一爲余録《早朝》近體十四章，用古高麗繭，結構秀密，神采奕奕動人，是八十四時筆也。其二《古詩十九首》，極有小法，其妙處幾與枚叔語争衡，是八十八時筆也。又一條三行『射禮有鹿中』云云，尤精甚，而攷據典覈，偶於散帙得之，附於後。其三《晝錦堂記》，差大於《古詩》，結力遒勁，是六十七時筆也。其四《拙政園記》及古近體詩三十一首，爲王敬止侍御作，侍御費三十雞鳴候門而始得之，然是待詔最合作語，亦最得意書。攷其年癸巳，是六十四時筆也。吾所綴緝，皆待詔中年以後書，真吉光翠羽，萃而爲裘，後人慕臨池者，其寶有之。

第九册。文待詔《甲子稿》，詩凡五十二首、文八首，極精謹可愛，而不甚脱學究氣，是時年僅三十有五。聞公每歲輒手書其詩文，前後凡六十餘册，皆爲徽賈從其家購之，此特吉光之零羽耳。徐博士昌穀《落花》七言律十章，是未見獻吉以前語。生於沈啓南、文徵仲而趣勝之，小楷如新鶯未成長，音羽宛宛，自見春意。《贈仇東之》二絶句，則皆進於是矣。待詔又有致仕三疏，中不無塗竄，而結法亦佳，家弟乍目謂爲公稿本，費十鐶得之，以乞余偶。章簡甫之子藻，見而摩娑不已，曰：『吾父筆也，郡守欲梓之，付吾父，録以示公，故有塗竄。尋别録一本，留公處耳。』余遂作章簡甫觀，已而笑曰：『昨乃眼中耳，今乃耳中眼也。』漫附於此，俟家弟歸，當詰之。

第十册。錢文通公原溥書陳氏碣銘，蓋宋仲温派也。硜硜負峭骨，所乏者姿耳。張南安汝弼二五言律，皆倒韵，而語亦平平。後有數行，極推伏陸務觀，以爲李杜之後，便到此翁，小巫氣索，宜其爾也。南安多狂草，吾吴人又不好收之，今此小行雜楷法，幾於優鉢曇花，然純熟中有緊密，恐不減李貞伯、陸文裕。子淵小楷尤不易得，今此尺牘凡四首，中間行法十三、楷法十七，居然有北海、吴興風度。其語却多凡情，可笑。張侍郎文光者，陸公門下士也，陸以書薦之貴溪相，得供奉永陵，驟顯貴，第不爲臨池家所許，而此《蘭亭叙》特楚楚，如士人所恨不堪三復耳。雲間自二沈後，不復能與吾郡抗衡，南安躑躅黄池，文裕跳梁城父，宋、晋不競，或思狎主，終未足撑天半壁。

第十一册。王履吉《閔己賦》、《進學解》、《千字文》皆精，入永興三昧，極書家之熾觀矣，然不如《拙政園》一記四詩。《張琴師傳》渾渾有鍾太傅意，使人愛而復敬之，然又不如退之《琴操》，使人敬而不便解。大抵以古藏雅，以拙成巧，在八法獨覺、等覺間，庶幾上乘之將達者也。跋尾仲蔚與家弟評此君書若訟，而皆有訟理，故兩存之。

第十二册。陳白陽復甫《千字文》、《屈原傳》各一紙，此君字不易楷，楷不易小，而吾乃兼得之。又《陶靖節詩》三十七首，尤覺以拙勝，字形稍大。而於昔人評右軍書《黄庭》、《曹娥》各盡意態，今求所謂正則、淵明觀者，不可得也，唯酷似山田中一老父，或以無求於世，少可采耳。

第十三册。楊憲副夢羽《法駕曲》三章，爲故相夏文愍代筆耳，老腕遒而少姿致〔二〕。王考功禄之與其師履吉尺牘，精謹有法，後有《陳履常墓志銘》及《答同年伊侍御書》，皆稿草，兼正、行，結法彷彿吴興，而傍墮僧趣，名實俱損矣。陳方伯子兼《三槐堂銘》，蠅頭體，妍秀而少遜骨，蜀中詩自云倣鍾太傅體，古雅而微乏韵。陸尚寶子傳《金剪行》、《張烈婦》二章，全得《麻姑壇》法，而以色澤傅之，遂爲一時書家冠。詩調亦典麗，生平所希。若雜文二章，則中多竄改，而筆法亦自清勁。文博士壽承爲余書《五子篇》，五子者，謝榛、李攀龍、徐中行、梁有譽、宗臣，併余六也，爲篇凡二十有五。壽承此書，最爲圓熟豐妍。其後五子稍有去取，辭亦微改易。第其人併書家四君皆游道山，僅余一碩果耳。循覽之際，爲黯然低回久之。

第十四册。文休承學正爲余書沈、宋、蘇、杜諸君七言律二十二首，是七十九歲筆，而精謹雅麗，逾於少年時。又書嵇叔夜《養生論》及蘇子瞻《續養生論》，清俊之極，而微覺佻卞。彭孔嘉山人書余《廣五子詩》及近體數首，是古高麗繭，能於率更内斟酌，温勁精澤，光彩動人，蓋中年最合作筆也，若晚途則一束枯草耳。許元復太僕一紙，老筆圓孅流利，而所書《龐居士傳》，語尤可喜。黄淳父居士前一古體，虞永興之有鋒鍛者，後十二詩，是晚年筆，差小退。周光韜叔初出道復，而此書醉鄉語《酒德頌》，精嚴有古意。程大倫子明全摹徵仲，而《鸚鵡》、《鶺鴒》兩賦，風斯下矣。乃知共父、元晦之競，師承殊未足確也。

第十五册。俞仲蔚爲余書少陵七言律四十六首，皆隋珠卞玉，第何緣用起語四字作題，却大可笑。書極有小法，得柳誠懸《度人經》意，雖小傷挑剔，無妨大雅。又一紙書《見贈》古體八章，稍加圓熟。已上皆六十以後書。又一紙古近體凡十四章，尤精謹可愛。周公瑕爲余書王維、李頎、崔灝、高適、岑參七言律三十四首，鄭喁《津陽門行》一章，皆精雅工緻，而《津陽》尤細而有法。又自作詩二十章，字形稍大，筆亦稍放。二君子自履吉而後，狎主齊盟者也。紙有宋經牋、蜀牋、高麗繭，皆余山房中舊藏，勝於魚文側理多矣。

第十六册。徐奉化伯臣書《黄庭内景經》一紙，伯臣本非當家，用筆圂圂，而時吐鍾意，初爲飛凫人加染古色，雜識舊印，以希重價。余一見而辨，以示其子文，果泣曰：『先子得意筆也。』又黄彪遺我《參同契》，用趙吴興贋識，以示客，客多以爲吴興也。割去之。留於此册，蓋重其文也。伯臣筆生，然久看逾雅；彪甚熟，然久看愈俗，此書所以貴人品也。余識伯臣吴興時，年七十七矣，自詭黄金可立就，然不兩月而卒，今故北書謬脱者三十之一，又闕後六章，然則伯臣之所謂黄金者，可推也。彪與伯臣年行不相及，其品亦薰蕕，特以經故合爲一卷。

第十七册。顧德育《牡丹》一賦，結法酷似徵仲，唯老密處有別耳。袁提學魯望書七言近體十五首，其辭與筆皆流利典詳，而乏古意。王逢年舜華詩十三首，政如吴中子弟輕俊，而不受繩墨，書亦如之。至所謂七十二號，可怪、可喜、可笑皆有之，留以供醒睡可也。張伯起書李供奉絶句五十二首，又李、杜、高、岑律體十一首，此君生平臨二王最多，退筆成塜，雖天趣小渴，而規度森然矣。毛豹孫書王江陵絶句二十六首，亦自楚楚。

第十八册。王學士錫爵書郭景純《游仙詩》七首，學士自撝，不主墨池盟，筆法秀穎，依稀有翡翠蘭苕狀。家弟提學懋書周詩，不能盡合大雅，而老健足風骨，亦是當家。

莫太學雲卿書中唐律，錢左司七首、劉隨州九首、韋蘇州三首、皇甫兄弟四首、郎士元二首、韓君平四首、盧綸員外二首，司空圖侍郎、張玄真子各一首，清麗有態，殊足詩句雁行。其自作近體，瞠乎不倫矣。王太學穉登書王右丞七言絶十九首，書不能稱詩，其書所自造七言律廿三首，雅相當矣。大抵書貴骨勝，不貴肉勝，莫君肉勝而佳，王君骨勝而不佳，此不可曉也。

第十九册。王太學衡書司馬長卿《大人賦》，王好仙道甚㢈，於此賦似有深感，故筆意翩翩近之。又陳思王五言古體，張茂才元舉、陳山人爾見各得十六首，陳王此詩極建安、黄初一時選。又謝康樂十章，則徐太學益孫筆也，康樂才一斗，繼陳王八斗後，餘一斗似屬少陵。少陵歌行爲文茂才肇祉書者十三首，蓋四之一耳。王雖骨未成，而有飛騰蹀蹀之勢。徐能起雅去俗，惜用筆不遒。張子則公瑕之衣鉢，陳生則子兼之箕裘，而小不免俗。肇祉佻側，僅僅得從父休承，而都無精理。小阮若是，何緣入竹林，爲之一笑。

第二十册。皆杜少陵七言歌行，陸士仁得十四章，文從先得十一章，顧紹辰得十四章，錢允治得十九章。始予以爲五言選莫盛於思王，謂能窮雅之變也；七言歌行莫盛於少陵，謂能極風之變也。故乞諸名家合書之，總二册。此册皆近時名筆，端雅有致，陸當擅場，佻側寡情，顧風斯下矣。

第二十一册。楷筆人垂遍，而得吾州王應賓□□、吴郡章藻仲玉，因乞王書盛唐歌行，李嶠、宋之問、郭元振各一章，張謂、崔顥各二章，王維、李頎、岑参各三章，高適四章，章書李白十六章。酒間一展咏，真足動金石，遏行雲。第王學娜如子，亦能窺藩；章倣隆池生，小足竹堂，以概永興、率更，未之得也。後有餘簡，會張元凱子予見過，書近作十七首，毋論結法，其詩與諸賢作河南屏脚，庶幾不辱耳。

第二十二册。唐人絶句，婁孟堅得王勃以下七十二首，徐奉禮兆曦得朱慶餘以下三十二首，沈昌期得賀知章以下四十八首，周茂才子先得杜甫十六首。緣不相知檢，故小有重者，而自王龍標、李供奉外，唐人快語幾盡矣。偶後有餘紙，而康太學時萬、尤山人道恒過此，因戲令康書坡仙《酒〔三〕經》一則，尤書異域數事，俱足鼓吹幽閑者。六生翩翩，屬城《書史》之雋，兒駒汗血，可望千里，但未遇曹成王於蹄塵下，定低昂價耳。

第二十三册。莊子《逍遥游》，王履吉之從孫慎脩書也。《逍遥游》横肆奇詭，超軼象外，而以圉圉未舒之筆紀之，殊不相當也。華茂才之方書《連昌宫辭》、《琵琶行》，精密可愛。吾從子士駰甫脱塗鴉，而亦寫駱賓王歌行，頗有致，將來不妨箕裘。僧大林書所作《平倭行》一紙，伉浪非本色，其結法頗近率更，然是稿本，非爲經意筆也。僧明因書顧歡、袁粲、明僧紹、孟景翼、張融酬往釋道優劣，事見《南史》。明因與余善，是方袍中之粗有意者。金用元賓婦書履吉《白雀詩》，凡三十二首，元賓爲履吉上足，故書法亦因之，綿麗多態，而閨幃之氣未除。昔賢紀六朝、唐詩，俱以僧及婦子殿尾，吾故仍之，蓋采《枯樹》屏脚故事耳。

第二十四册。皆石刻。宋仲温書《七姬瘞志》，烺烺人目，以爲奇事、奇文、奇書。按，所謂潘左丞者，張王貴壻也，後歸明，老牖下以死。既負婦翁，又負此七姬，高季迪詞與楊用脩跋，得其情矣。仲温此札不爲工，取其能去俗存古耳。祝希哲《王文恪墓志》，精整端嚴，剛柔劑克，完然垂紳佩玉氣象。《毛夫人志銘》運筆差圓，形差匾，古雅稱是。唐初諸君子微帶一二行筆，能斟酌伯施、信本間，幾欲踞河南上，書家最上乘也。《陸翁墓碣》字稍大而最古，元常之典刑矣。昔元祐《秘閣續帖》取右軍《蘭亭》、《樂毅》厠之真蹟，蓋謂無他本故也。二君子書名爲我明第一，而此又其手勒石者，不妨用此例存之。

三吴楷法二十四册

此即前十册復以續所得增入重裝者。内高季迪一紙，真是奇跡。此公詩當爲國朝第一人，無但吴中。今筆法又近仲温，良可賞也。吾意季迪墨跡不當雜之此中，宜與獻吉、仲默、君采、昌穀等列爲一帙，閑窗把玩，足可當華林園遊。緣此諸公於八法亦微有窺，又加之以高妙之詩詞，兼此二奇，自是藝林墨寶，非高崇文比也。祝、文諸名家不待言，其十三卷以後，則大約司寇同時諸人書，皆翩翩一時之秀，其書亦余所習見。其十九卷以後，則又邇來少年書，内惟陸士仁者曾見一碑刻，餘皆未見。然俱當方進之勢，未見其止。後來成家，不知屬誰氏耳。

王履吉書雜詩跋

此卷乃履吉後先爲金元賓書者，其《月夜登上方》一紙、何大復《六子詩》一紙，皆緊勁，似疎而密。《牛首山》、《秘書省召試》各一紙，風神逸秀翩翩，與《白雀詩帖》同結構。『甲申五月』一紙，自謂大醉書，豈所謂真大醉耶？然顛縱而中自有骨，可翫也。跋尾兩朱君，子價最與履吉善，故四詩皆悽惋動人，而書法尤精謹；象玄蓋竭蹷而趍者。又有龍文者，羅氏也，與逆人同見法，欲去之。感右軍帖楷侯君集名氏，以爲狹而止。

王履吉贈何氏詩跋

右履吉先生贈何元朗兄弟詩，仲蔚、休承題尾，謂其與《白雀寺》、《贈王元肅詩》同結法。蓋先生庚辛以前，筆豐潤秀美，字字取姿態，而不能無肉勝；至其末年，則風骨遒逸，天真爛熳，交錯掩暎，有不可形容之妙。元朗兄弟視先生雖後進，而才實迫之，以故其獎許健羨，不啻口出，雖任謝齒牙之芬，何以過。是二卷今皆落余手，毋論先生早歸道山，而所謂元肅及元朗兄弟，成異世人久矣。書畢一歎。

王履吉詩墨

履吉此册汎太湖、登東西洞庭詩十之八，語雖壯而不甚秀，似不能與湖山鬬奇也。若其書之遒媚瀟洒，姿態溢發，置之銷夏石壁，無愧色矣。

王雅宜詩稿

王雅宜履吉《山房雜興》，古近體五十七首、頌一首，凡三千七百七十字，皆作小行體，而正書僅十之一，蓋丁亥歲筆也。時書道已成，故雖不甚經意，而自然精整，正書尤自超，詩語亦在雁行。

王履吉小楷四六

履吉此書，皆四六雅語，蓋青箱、白樸之流亞也。懶儒鹵莽，覩此真令人汗下。雖然，履吉有此錦囊，而竟不售，何也？李銀臺嗜法書，而於小楷尤甚，聊爲跋而歸之。

王彭二顔體書

彭孔嘉爲余書《送王大夫入覲》長韵，皆《家廟》、《八關齋》體，乖離中失去後一行及名跋。今年春，偶得王履吉一壽頌，亦此體，雖峭整微遜，而潤秀勝之。履吉故永興入室也，與平原圓方殊不類，不知何由與孔嘉并得其門也。前輩書家工力類如此，余既甚愛而愧之，因合爲一卷，以寓目焉。

陳白陽詩稿

陳白陽道復雜詩一卷，爲篇八十二，多近體，爲字三千七十，兼正、行體。中雖有塗乙處，而行筆大小無纖毫失度，結構雖小傾側而不踈，時時見意態。世人不甚重陳書，至於詩則覆瓿久矣，故特收之。

陳道復書陶詩

陳復甫書能於沓拖中生骨，於龍鍾中生態，以柔顯剛，以拙藏媚，或老或嫩，不古不今，第不脱散僧本來面目耳。此所書陶詩尤爲合作，然世知之者益鮮矣。知之者謂之自然，雖然，比於陶詩，自然尚隔塵也。

陸儼山手札

陸文裕公結法無一筆苟，雖尋常家人語，施於所親狎者，亦精審遒密，有二王尺牘遺意。觀此與周一之四札，可知已。一之雖視公後進，然皆能詩博古，而腰膂間皆有傲骨，宜其相得如此。

題豐存禮詩後

豐存禮傲睨一世，而傾倒嘉則乃爾，信乎爲才服也。計其書時，當已病辟痱，無一筆不顫，而猶有山陰典刑。詩雖不能整栗，而命旨綢繆，宛然建安遺韵也。昔裴成公病劇，回盼一語，猶能使夷甫心折，今得無類是乎？嘉則有『世人皆欲殺，吾意獨憐才』歎，故爲題其後。

題豐存禮詩後

司寇夙昔殊不滿存禮，前附名賢内一紙，猶謂宜汰削，秖以附學士公後。今此跋乃極口贊頌，『山陰』、『建安』既是第一流評語，至謂『無一筆不顫』以比于裴令之病劇回盼，則尤是傾倒心賞，與平日持論頓異。以此觀之，可見公服善，且處心甚平。曩昔刺譏之言，乃是隨吴人短長，取唇脗間流快耳。

豐存禮手札

儉歲鮮食，人有以豐道生手書《雜説》鬻者，竟月無所遇，余乃以五斗米得之。其所論文，罵宋儒前闕數行，亦不甚成語。所論詩，自喜其『江天樓獨倚，風雨酒初醒』，亦恒語耳。金潞太史以爲勝少陵『勳業』、『行藏』之句，則亟稱之。有胡瑛者，以擬趙嘏，則極罵之。其論書，稍推文太史、祝京兆，次則陸詹事，而於馬一龍、沈愷、王逢元、陳鶴、楊珂、沈仕，皆痛詆醜擬，不遺餘力。二沈不聞有臨池名，乃亦置喙，何也？其評沈仕謂如『夏四倚主』，夏四何如人？當是一貴家僕，豐或曾見侮耳。人言此君憨，定不虚也。然行筆最遒勁，結構亦密，比之生平書，最爲合作，留此以備一家。

又

豐考功《病馬行》，中雖雜用唐人語法，亦不能無少瑕，而感慨悲壯，寄托懇至。其書擘窠行草，爲吾鄉張銀臺寰作，且引孫過庭所云『感惠狥知』爲一合，其自負亦不淺矣。展卷猶圉圉，至五六行後，筆意逸發，風骨洞朗，令人如見古人，而中亦有不滿意處，然使罵陳、沈、楊、馬則有餘矣。吴中前輩，每見黄翰書則棄之，吾甚愧其意，然豐書比黄，故大自徑庭，不可同日語也。

又

余每覽豐人翁書，輒怪其胸次有眼，能聚古碑於筆端，而腕指却有鬼掣搦之，不使縱其外擨，以取姿態。孟孺所藏此卷，乃與其鄉人包明府者，前二詩句與筆皆有精采，後則皆尺牘，老手紛披，殆若東城父老談開元鬬鷄事，雖復纚纚舉舉，不免沓拖。人翁生平不齒王履吉，以其結構疎，故履吉當亦不齒人翁。孟孺精八法者，其爲我衷之。

豐存禮手札

沈青門仕其書亦學二王，以入行卷中侑其畫及詩亦自稱，第未成家耳。夏四乃文愍公幹僕，一時氣焰甚張，曾闌入司封署。雷司空時爲正郎，朴之一十，以此讁外，名亦以此大起。此等僕時時有之，存禮作此評時，應是貴溪當國時也。存禮書學極深，顧所書乃有絶不佳者，殆不可曉。然尺牘類多工，此跋謂比之生平最爲合作，以此知司寇平日所見豐蹟，或是偶不佳者，又或係贋筆狂草等耳。

蔡侍郎詩

子木於余爲先達，而齒位不甚高，故於燕中詩相規、酒相狎也。此卷距今二十有八年，其捐館亦十二年矣。覽之不勝山陽之慨。

李于鱗詩牘

于鱗素拙書，不待發齡石七十函，已有訛筆，而余輩愛其辭，更取以爲嫵媚，嘗戲謂子與：『此何必減《宣示》、《黄庭》耶？』于鱗所遺余尺牘、詩篇極多，不無零落。前年聞其訃，始帙之爲一卷，手加料理，時時有淚痕漬紙上。余老矣，留示兒子，欲令其知前輩交誼，且審一時有奇人奇語也。

吴峻伯詩

峻伯爲比部郎時，與余同舍。長夏無事，墨和筆精，遂書此一卷，詩時得清語，但調未去偏耳。書法亦豐妍，但骨未離弱耳。當是時，峻伯名甚盛，却折節於余與于鱗。山東以後，頓長一格，後官漸高，不復能爾也。初夏曬書，爲手裝藏之，時峻伯久捐館，季子稼蹬翩翩起矣。

方元焕書荆軻傳

方晦叔嘗欲書《太極圖説》、《西銘》以贈余，余謂不如《荆軻傳》，尚得一快讀。晦叔遂以行草書此《傳》見寄青社。當時北方之學者山斗晦叔，得片紙隻字珍若拱璧，今來吴中不直一錢，蓋晦叔目中無書學，腕中無書力，而好以意行筆，宜其淪落乃爾。余愛《荆軻傳》文甚，不忍以覆瓿，而姑留之，既以賀晦叔之遇，而又惜荆卿之不遇也。

黄淳父書田園雜興錢叔寶圖

范文穆致能手書吴中《四時田園雜興》凡六十首，真跡在余所。雜有眉山、豫章、襄陽筆意，龍蛇飛舞，真墨寶也。句不能甚工，然描寫吴中風物人情，可爲曲盡。吴興淩玄旻復精擇之，僅得四十首，托故人黄淳父書，而錢叔寶爲作圖。叔寶入白石翁三昧，又家吴趨，其描寫詩意，亦曲盡矣。玄旻之尊人同守君稚德出示余，俾題其後。按，文穆作此詩時，以大資領洞霄歸里第，未幾物故，而又用蚤貴，北使虜，西南帥嶺、蜀，入備法從，參大政，其獲高枕於石湖之濱者無幾。而稚德成進士，出入省郡，僅數年而避讒歸卧。余雖稍稍困歘歷，然亦家食之日多，自今而往，吾二人相與結一汎宅緣，於麥隴翳桑間，細取致能句味之，所得當尤不淺也。第玄旻汗血而與淳父俱凋喪，不無哲人之感，書畢泫然。

原《弇州山人續稿》卷一百六十四

《書畫跋跋》續卷一

校勘記

〔一〕「筆」：底本原闕，據《四庫》本補。

〔二〕「致」：底本作「制」，據《四庫》本改。

〔三〕「酒」：底本作「洹」，據意改。

弇州山人題跋卷十

書畫跋跋續卷一

墨蹟跋

俞仲蔚書月賦

祝京兆好寫希逸《月賦》，人間合有數本。余所得乃毛氏物，遒逸蒼鹵，駸駸乎長沙清[一]冰，何但雙井。徐君出仲蔚此書，則全法老米，亦京兆流亞也。希逸老去始知『隔千里兮共明月』爲同人所笑，不知後來何以見推乃爾。

俞氏四舞歌

仲蔚以五言選澹雅得詩家聲，而時時作綺麗有情[二]語，所謂正平大雅，固當爾耶？第極力倣明遠，而中入長吉，思過苦也。其書足河南三昧，而誠懸骨森然，力過大也。仲蔚在當時不甚首肯我，然詞翰至此，亦足以豪矣。

俞氏書世説新語略

俞仲蔚入霅，道阻雨，無賴漫書《世説新語》數十條。余嘗謂與仲蔚坐，便似晋人周旋；得仲蔚數行，便似晋人赤牘，今以晋人筆筆晋人語，其快又何如也。惜乎仲蔚死矣，一展册間，不能不興羊曇西州慟、杜甫人日歎耳。

俞仲蔚書

陸楚生嘗以素册索仲蔚書隆慶丁卯諸詩，中雜正、行體，内正書别有一種風骨，絶遒勁古意，鬱浡不可言。又篆及八分，各數行。八分吾尚見之，篆尤不易也。仲蔚生時，人爲作一頓美食，或薦數軟語得其書，今乃聞有并金購者。昔蕺山姥鬻扇增直百錢，而後知右軍之貴，楚生今乞余題尾，將無追悔其得之少耶？仲蔚方爲葉道士攝去矣，計當奈何？

又

余自歸里中，每旬日，仲蔚輒有詩及尺牘見貽，而輒爲人持去，甚或童子裂以炷油。

而一友生乃欲持此册博余兩月粮，何也？念仲蔚不復作，而此書殊秀勁有風骨，其詩無七言，遂不墮笑海。且此友生即徒手亦能得我二月粮，以故如其請，應之而識於後。

俞仲蔚小楷趙皇后昭儀別傳後

近年吾吴中小楷，當推俞仲蔚，幾與文太史雁行，履吉、孔嘉俱不如也。仲蔚此書乃趙飛燕姊弟別傳，於遒媚綽約中寓大雅典刑，殆是趙女、班姬合而爲一耳。然《外傳》實西京俊語，《別傳》是隋唐人長語，仲蔚寧肯舍周鼎而寶康瓠，計當更有《外傳》一紙，今不可復得矣。

俞仲蔚行草後

俞仲蔚行草，結法全出米元章，然元章以態勝，仲蔚以骨勝。態勝者，尚以『仲由未見孔子時氣象』目之，不知於骨勝者，尚又何如也。雖然，使二子并見柳誠懸，必與仲蔚把臂入林矣。

王逢年書雪賦

惠連《雪賦》，裁得數語佳耳，不似伊家七歲女兒，能道『柳絮因風起』也。王舜華以狂草書之，自謂禿師三昧，恐亦未入祝京兆堂室。第比之馬溧陽、陳山陰，差有士氣耳。徐君復命李士牧圖之，亦足錚錚三絶。

周芝山贈范生歌

余嘗見虞道園失明後書，真如盲子行路，且神彩都盡。今覽周芝山翁所書《贈范良父歌》，殊不爾也。良父云，翁時八十，兩目俱枯，令人以手擬筆，即縱意爲之，出入雙井、襄陽，風骨偉然。不兩月捐館，殆絶筆也。新春遇翁鄉人，亦周姓而盲，好象戲，其藝幾及神品，不待人説，即能應着。快此兩異事，欣然書之，第手瘡作劇，以兩指挾管，都不成字。又有沈嘉則跋，亦潦草之甚，令後人觀之，不謂一卷皆盲書也？

僧大林詞翰

新都汪仲淹出僧大林遺稿一册見示，大約詞翰皆清瘦有法，而傷單薄，少餘致，雖不盡洗餕餡本色，亦不至作氈根吃藤條語。大林故住持郡之竹堂寺，殁而曉虚白繼之，其遺稿多散佚，不無長吉友人之恨。雖然，曉亦何可盡非？令詩而貫休、書而晉光，而至今在者，何益也。

古選古隸

詩自《風》、《雅》外，當以《古詩十九》及建安三曹爲準，若整麗至三謝而極矣。嗣宗、元亮故是畫中之有逸品，卉木中之有�竹，不當以時代論也。癸酉冬，余自楚汎大江東還，舟中同行者，長洲陳道易、玉山程孟孺俱能作古隸，因稍擇諸篇之尤者俾書之。道易至九江、孟孺至金陵而别。又二年，道易訪余鄖陽行臺，足之始成帙。二君於隸法不能極深研幾，然不作三崔及開元以後筆，猶之帙中無齊梁月露語也。案頭時一展視，欣然獨賞。蘇長公有云，勝對俗人誦梅二丈詩遠矣。

古隸風雅

《三百篇》爲古今有韵文字之祖，余嘗怪吟諷者高或至西京，而不能復泝而出其上；訓故者僅組織而屈爲時義，而不能悟而究於用。故於《藝苑》一編，亦微及之，以示夫有志者。間一潛咏，覺其篇法、句法、字法宛然自見，特不落階級，不露蹊逕，所謂『羚羊挂角，無跡可尋』耳。適華茂才之方、周茂才之冕過余九友齋，偶與談古隸。自文待詔父子歿，幾遂絶絃，而二君子頗抉《許昌》、《孔廟》之秘，因採《詩》之半以授簡，而二君子又懶於筆，所書者僅得十二耳。謂余僭而啓藝苑之則，則有之；謂余僭而附於《删詩》

之末，則何敢也。二君子古隸書《三百篇》不爲辱，第轉令人憶中郎《石經》，妙跡永絶，令人長慨。

又

讀諸公詩不覺失笑，天下才一石，子建何嘗八斗，靈運何嘗一斗，僅可升合計耳。腸肥腦滿，語不足信。

章藻摹瑯琊法書墨跡十卷

右章生摹晋右將軍、會稽内史、贈金紫光禄大夫羲之字逸少正書，凡十幀，爲法書之第一卷。内臨鍾太傅《力命》、《宣示》二帖，皆宋榻秘府佳本。按，《宣示》爲承相始興公寶愛，以授右軍，右軍以授王脩，脩死從殉，遂不傳。傳者乃右軍别臨本，梁武所謂『勢巧形密，勝於自運』者也。故即黄長睿之攷，而置以壓首卷。書家不載右軍《黄庭内景》，而光堯在南内有御臨本，此必渡江後購之人間，而手摹之者。雖其軟美膚緻得之思陵居多，而不無山陰隆準，且又脩内司致佳本，弗忍去也。《外景》、《樂毅》俱有完本、不完本。完本則爛若舒錦，不完本則零若遺珠，三復之餘，覺不完者差勝。二書見駁通人，幾成子朝之誣，至有以爲吴通微及王著筆者，此中尚可容虞、褚數人，不知通微輩能辨之否？第欲以爲貞觀内府及鍾紹京家藏物，則未敢也。《曹娥碑》憔悴宛篤，云有幼女漂流之態，《東方朔贊》遒逸瀟灑，令人作天際真人想。蘇長公謂顔魯公《東方贊》字字臨此書，雖小大相懸，而氣韵良是。古人意當有會耶？楊用脩云《霜寒》其右軍之懿乎？不能兩行，而意自舒綽有餘。《告墓文》以乏佳本，故所摹覺圉圉。《國史異纂》云：『真本具年月日者，江寧瓦官寺鴟吻内藏物，歸之岐王，不久而火失之。世所傳者稿本，不具年月者耳。』此本乃有年月，豈岐王未火之先有勒石耶？

右摹右軍雜正、行體，爲法書之第二卷。内臨鍾成侯《墓田帖》，凡五行。按，《貞觀御府書目》列於右軍下，而行數正同，當不誣也。《蘭亭》三叙，其一定武損本，一唐板本，一褚摹真跡本，皆余所珍秘者。定武本致佳，無可議。板本字稍粗，行亦高闊，而饒波發，翩翩風流，與《聖教》相出入。褚摹本後有米元章跋，與《書史》所載正合。《長風帖》在《淳化》成侯跡中，獨黄長睿以右軍少年未變鍾體目之，甚當，蓋右軍它札稱《長風》要與此同，不應成侯時先有《長風》語也。它若《玉潤》、《來禽》、《何如》、《極寒》、《奉橘》、《鯉魚》、《雪晴》、《轉差》、《蘄茶》、《受鵝》、《石脾》、《小祥》、《增哀》、《轗軻》十四帖，皆灼然者。長睿謂《毒熱》爲唐文皇所臨，元章謂《頭眩》爲虞永興别跡，雖似各有據，然既爲文皇臨跡，亦無碍孫枝，且永和祀遠，鮮有不出唐人硬黄者，而奈何獨斷斷此一則也。元章之論，則以結體纖潤，微類永興，不知永興别跡，故是臨此本者。當是時，有發江南山一碑，中有小石刻，與此本無毫髮異，不應永興未生前已書石也。且後有右軍名署尾，故留之。僧懷仁集《聖教序記》及《心經》，雖不無偏傍輳合，或不必盡本筆，而字體行模精整雅潔，遂爲法書之冠，臨池之士，蓋至今利賴之。余所藏石本，是宋初榻，以故章生得效其技也。

右摹右軍行草第一卷，爲法書之第三卷。《破羌》、《成都》、《清晏》、《此郡》、《山川》、《講堂》、《都邑》、《九日》、《七十》、《雪侯》、《弘遠》、《知念》、《言叙》、《若耶》、《晚可》、《安善》、《道意》、《時事》、《兒女》、《諸從》、《昨見》、《譙周》、《餞行》、《參朝》、《明府》、《廿七》、《謝生》、《中郎女》、《虞安吉》、《宅圖》、《東旋》、《清和》、《遷轉》、《廿八》、《噉麵》、《積雪》、《足下》、《秋月》、《狼毒》、《西問》、《又西問》、《自愛》、《安西》、《得告》、《小大佳》、《向久》、《委頓》、《六日》、《還里》、《信云》、《知君》、《脚中》、《深慰》、《日午》、《小園》、《龍保》，臨書凡五十六帖，内《破羌》一帖，是米家船至寶，最爲神妙，真足壓卷。而它書多出貞觀内府，琅琅有名之筆，與《淳化》相半，黄長睿置喙〔三〕亦少。第謂《餞行》一幀，乃賈曾送張説文，蓋唐人集右軍書爲之，而此則其殘闕者。又謂《深慰》爲文皇所臨，與第二卷《毒熱》同，予前謂右軍遺墨安能保其不一一唐人臨也。《餞行》書法寔神妙，安忍舍旃。《昨見君》亦集成，然亦用此例。《小園子》一帖，元章强排作大令，謂其小縱放耳，抑何待右軍之陋也？《此郡逋弊》，元章以爲予王懷祖者，而長睿駁之，事理誠然。□當是與謝安石。安石在右軍治，交甚篤，意當其入桓大將軍府，或初拜僕射時，右軍故與之作肺腑語也。《晚可》真蹟在余所，僅影響耳。

右摹右軍行草第二卷，爲法書之第四卷。《知問》、《諸賢》、《官奴》、《採菊》、《服食》、《後服食》、《十七日》、《逸民〔四〕》、《裹鮓》、《卭竹》、《後卭竹》、《擇藥》、《月末》、《賑民》、《豹奴》、《敬問》、《飛白》、《後飛白》、《又後飛白》、《丹揚》、《太常》、《熱日》、《朱處仁》、《鹽井》、《胡桃》、《龍保》、《黄甘》、《六日》、《胡母》、《豉酒》、《虞義興》、《筆精》、《司州》、《嘗新》、《麥秋》、《袁生》、《來居》、《還鎮》、《得見》、《敬和》、《七日》、《隔日》、《近日》、《五日》、《謝光禄》、《徂暑》、《月半》、《敬豫》、《長風》、《謝生》、《十一月》、《皇象》、《遠婦》、《君晚》、《嘉興》《尚〔五〕停》，凡五十六帖，《淳化閣帖·敕字十七帖》與臨江石本相間錯，皆烜赫著聲者。《官奴》、《乾絲》鬱勃有飛白勢，《裹鮓》、《虞義興》、《得見》三札，芒穎射人。《豹奴》獨擅章法，《長風》遂爲行書辨鍾部一證。《裹鮓》、《袁生》真跡，余曾於朱太保處見之，或云是唐臨耳。

右摹右軍行草第三卷，爲法書之第五卷。《散勢》、《昨得》、《連不快》、《小佳》、《反側》、《月半》、《廿二》、《廿三》、《虞休》、《建安》、《一日》、《侍中》、《敬豫》、

《清和》、《追尋》、《臨川》、《小大》、《太常》、《鄉里》、《可耳》、《母子》廿三帖，皆得之《淳化》及《臨川》者。內元章以《一日一起》歸之伯高、《追尋》歸之大令，長睿皆不謂然，且云《追尋》字勢語意皆不類，誠然。□却謂《臨川》一帖有子嵩語，以爲右軍不相及，不知內云『子嵩之子』，正相及也，且子嵩何必庾顗。《姨母》、《山陰》二帖，是石泉公進御者，鋒勢遒鬱，勁利不可言。《省書》、《罔極》、《想佳》、《東比》、《不得眠》、《各可》、《諸患》、《大多患》、《十四日》、《熱甚》、《出都》、《敬問》、《諸賢》、《江生》、《西中郎》、《勿殺生》、《末春》、《四月》、《有理》、《北軍》、《雨晴》、《遠近》廿三帖，從《秘閣續帖》中録出者，《吴興》、《大周嫂》、《夜來》、《公孫》、《得書》、《政履》六帖，從宋榻雜帖中録出者，尤崛奇出人意表，內《末春》全是章法，與《豹奴》類，它若《淡悶〔六〕干嘔》及《此月》二帖在余所，二謝書一帖，於江右人家見之，然皆唐臨本也。

右摹右軍疑跡，爲法書之第六卷。如正、行《筆陣圖》二帖，皆出自江東李王所。正書瘦勁，與歐陽率更并驅，幾不可辨；行筆尤自豪爽，有公家大將軍椎鼓態。宋人俱不以爲的，且謂李、王譌書，獨米元章紀之云：『紙緊薄如金葉，索索有聲。趙竦得之於一道人，章惇借去不歸。』大抵非李、王所自辨，可證也。張懷瓘列嵇叔夜於上上品之第二，云：『吾常有叔夜草《絶交書》一紙，非常寶惜，有人以右軍二紙請之，吾弗與易也。』今此妙跡絶，不可復覩矣。此卷後有湘東所進《絶交書》晋右軍云云，而《秘閣續帖》則直定之曰李懷琳，蓋以竇臮《述書賦》中有云：『爰有懷琳，厥跡疎壯。假它人之姓字，作自己之形狀。』而注則謂懷琳《大急就》、嵇康《絶交》皆托之右軍，質得數萬錢，而質家苴以應貞觀之募。第結法雖沓拖多臥勢，不能作山陰内擫筆，然圓熟暢俊，不妨張翼之亂真也。他若《適得書》、《知欲東》、《差凉》、《奉對》、《屏風》、《奄至此》、《穆松》、《先靈柩》、《慈顔》、《噉豆》、《初月》、《蔡家》、《平康》、《闊别》、《足下》、《時事》、《集期》、《旋洛》、《荀侯》、《小大佳》、《闊轉》、《從阮公》、《月末》、《蒸濕〔七〕》、《白耳》諸帖，皆從《淳化》搨出，而元章、長睿俱掊以贋本，理似有據，故别爲一册。或謂既審其贋，胡不割愛，而留使奪嫡？是不然，昔人謂『買王得羊，不失所望』，北海惜中郎而延虎賁，老成典刑之論，故自不俗也。

右摹晋中書令、贈光禄大夫、侍中、太宰、憲公獻之字子敬書上卷，爲法書之第七卷。多正、行體，内小楷《洛神》一紙，又不完本十三行一紙。攷趙吴興孟頫謂所得之陳集賢所，十三行僅二百五十字，係晋麻紙，字畫神逸，墨彩飛動，爲天下法書冠。又謂《宣和書譜》所藏，末有柳公權跋語者，其行字筆意皆同，而小乏韵勝，且係唐硬黄紙，定以爲臨跡。今皆不完本，末有柳跋，正宣和所藏也。《洛神》全文，後先藝林所不載，今何緣有此，豈即柳公所謂人間合有數本之一耶？《白騎遂》本在鍾部，攷之唐開元中，滑臺人家應募進御者，乃大令所臨，而誤屬之鍾，爲改正置此。《九日帖》見石泉公《寶章集》，《辭中令呈》文氣開美，有芥視軒冕意，而結法極似李北海，當北海從此中一派流出耶？《乞假》一表與《霜寒》并美，居然大雅，高出辭令，此後有《相過》、《右使》、《節過》、《思戀》、《不審》、《又思戀》、《及夏節》、《操之》、《衛軍》、《静息》、《夏日》、《後思戀》、《天寶》、《十一日》、《昨遂》、《腎氣》、《仲宗》、《黄門》、《外甥》、《冠軍》、《可必》、《諸舍》、《阿姑》、《承舍》、《月終》、《東家》、《後操之》、《復不審》、《嫂等》、《鄱陽》、《鵝群》、《敬祖》，凡三十二帖，風神焕然逼乃公，奈何髭聖辱之『枯枿』、『饑隸』耶？第《操之》二帖，與本部中結構不大懸，今爾分屬未曉，所謂《敬祖》、《鄱陽》重見《閣帖》第五卷，而長睿謂敬祖爲承祖子，武岡侯協字不相及，協，右軍之從祖昆也，以歸右軍乃當，而筆小不類。《鵝群》風骨氣概，極爲蘇、黄諸賢所推，而長睿以險遠斥之，又舉帖辭崇虚劉道士語，謂山陰崇虚館乃宋明帝泰始時造，後大令六十年，固也。崇虚既是觀宇佳名，何必山陰？又何必至泰始哉？長睿欲以攷覈作書家董狐，則可耳；欲以八法擅司馬徽水鏡，吾未敢許也。

右摹中書令子敬書下卷，爲法書之第八卷。皆行草，内《諸舍》、《諸女》、《授衣》、《奉别》、《想彼》、《承姑》、《願餘》、《滅書》、《阮新婦》、《奉對》、《得書》、《兩玄度》、《慕容》、《前者》、《鬱鬱》、《桓江州》、《疾不退》、《來恒》、《省前書》、《鐵石》、《後鐵石》、《玄度》、《忽動》、《新婦》、《鴨頭丸》、《阿姨》、《斁奴》、《後鄱陽》、《不審》、《極熱》、《冠軍》、《服油》、《轉折》、《還此》、《西門》、《日寒》、《追痛》、《疾來》、《知汝》、《不數》、《都與》、《彼人》、《孫權》等諸帖，最雄俊，奇崛有致筆，而黄、米諸賢乃往往加喙，謂《玄度》二帖内有仁祖爲軍司語，二公卒年，大令不過十餘歲，不相及，當非右軍書耶？然謂結法不類右軍，又以《極熱》、《服油》書語皆後代人僞作，又以《桓江州》一帖半見右軍部，考張彦遠録右軍法書，信有之，則當爲張旭、懷素輩作耶？然以大令之不相及與右軍書録語而證其非大令則可，以右軍、大令必不作狂草，而盡舉《疾不退》以下斥而屬之旭、素，則不可。按，宋自元嘉以後，有戲學部，此必一時諸賢，或取大令父子語，或集其書作之，不必至旭、素也。長睿又謂《閣帖》第五卷章草昭烈、孔明問對語，與此中一帖辭旨結構皆同，而盡欲附之右軍，謂右軍有《豹奴帖》，亦章法故也。然《豹奴》密而緊，此散而拓，或總大令書，或亦是戲學之論，不可必，故仍附大令部，而備載其説。

右摹法書之第九卷。爲江東始祖、承相、録尚書事、中外大都督、揚州刺史、始興文獻公導，字茂弘，故光禄大夫即丘貞子覽之嫡孫，撫軍長史祠，即丘子裁之子也。始興之從兄，使持節侍中都督、六州諸軍事、大將軍、揚荆江三州牧、武昌公敦，字處仲，即丘次子治書侍御史基之子也。從弟平南將軍、護南蠻校尉、荆州刺史、贈侍中、驃騎將軍、武陵康侯廙，字世將，即丘第四子尚書郎正之子也。從弟平北將軍、徐州刺史、海陵恭侯邃，其父未考。始興諸子，散騎常侍、後將軍、會稽内史、贈衛將軍薈，字敬文。敬和之二子，散騎常侍、衛將軍、尚書令、贈侍中、車騎將軍、開府儀同三司、東亭獻穆侯珣，字元琳；侍中長兼中書令珉，字季琰。正倫之子，司徒左長史歆。東亭二子，侍中太保、録尚書事、揚州刺史、華容文昭公弘，字休元；侍中、驍騎將軍、太子詹事、豫章文孝侯曇首。豫章〔八〕之子，侍中、尚書令、左光禄大夫、開府儀同三司、贈司空、簡穆公僧虔。簡穆二子，冠軍將軍、廬陵王、中軍長史、贈太常懿公慈，字伯寶；金紫光禄大夫、散騎常侍、臨汝安侯志，字次道。子太子詹事、度支尚書筠，字元禮。内世將五紙，敬和四紙，簡穆、伯寶各三紙，休元二紙，自始興而下，正傳凡七代。右軍諸子，自大令外，今存者右將軍、會稽内史凝之，豫章太守操之，黄門侍郎徽之。豫章得二紙，此外又有中軍將軍循及涣之等各一紙。史稱右軍七子知名者五人，玄之、凝之、操之、徽之、獻之，而不及涣之。黄長睿則謂涣之爲右軍子，又皆定其爲真跡，而云：『凝之得其韵、操之得其體、徽之得其勢、涣之得其貌、獻之得其源。』長睿博精不减倉曹，此當有的據，可補史傳之漏。記我簡穆著評云：『自過江東，右軍之前，獨平南爲最。書傳右軍，畫授明帝。』又云：『右軍謂洽：「弟書遂不减吾。」』又云：『亡從祖珉，筆力過於子敬。』子敬戲之『吾弟如騎嬴，駸駸欲度驊騮前』。長睿服膺，則在平南簡穆正書《啓事》，而頗以劭歆三帖爲贋，豈所重在方雅，而詘圓熟耶？青鳳之裘，片羽千金，况爲之後者，焉敢以懸斷而去取之也。

右摹智永真草《千文》，爲法書之第十卷。永則右軍將軍之裔孫也，於陳永興寺披染，正行章草俱入張懷瓘妙品。永師嘗手書正、草《千字文》八百本，散江東諸寺，此八百本中之一也。伯施謂永師一字直五萬，計當爲十萬緡，加以摽目，各十五字，又當爲千五百緡矣。此雖書家自相貴語，亦足徵永師聲價。後一紙《閣帖》誤收右軍部中，今改正於此。當永之在南，其以書名於北者，獨太子少保褒，而永尚有從子曰纂、曰涣者，亦以書稱於隋，而位不顯。余每歎吾瑯琊入李唐後，不唯簪組向稀，而詞翰都謝，始興之裔，宰相尚餘四人，書之可知者，唯秘監紹宗而已。豈淮水猶未涸，而墨池一派先受壅耶？竇臮《書賦》謂右丞維、平章事縉亦瑯琊人，恐誤。維、縉與所紀知敬、知禮，皆太原河東望。

章藻摹瑯琊法書墨蹟十卷

摹古帖亦是可喜物，第從真跡上摹出乃可貴，若止席影響於殘碑間，恐終是戲筆耳。

摹蘇長公真蹟

余於眉山蘇長公無能爲役，凡公生平長技，十不獲一，而獨賢劫以來，所受風味習氣，時時有相入者。昨年始悉取諸名賢文辭、稗官諧史小有關於公者，即筆之，總得十二卷，而家所藏公墨蹟、石刻、小楷、稿行、草聖之類，爲詩、爲文、爲巵語幾百番，兒輩欲分得之垂割，而客有周□□、徐長孺、章仲玉及吾從子駰，素善公結法，因令各響榻大小，彙爲七帙，藏之山房。其體之俶儻權奇、出入變化，所不暇析〔九〕。内《煎茶》、《聽琴》四詠、《歸去來辭》及《跋王晋卿山水歌》、《祭黄幾道文》、《謝送梅花詩》與《久上人帖》，則皆於真蹟榻出者，以故幾若趙郎之見貌周昉，併其情性得之，不止王孫之隆準而已也。昔人之評公書者，或目以墨豬，或譏其畫字，或病其跛偃，或謂其多病筆，又腕著筆臥，故左秀而右枯，要之舉不足以累公，舍此則所謂吃井水地，無不寶愛公遺翰，稱賞不置口。而余最心與者二評，其一王履道云：『世之學公書者多矣，劍拔弩張，驥奔猊抉，則不能無。至於尺牘狎書，姿態橫生，不矜而妍，不束而嚴，不軼而豪。蕭散容與，霏霏如初秋之霖；森踈掩抑，熠熠如從月之星；紆餘宛轉，纚纚如縈繭之絲，恐學者未易至也。』黄魯直云：『東坡道人少日學《蘭亭》，故其書姿媚如李北海，至酒酣放浪，意忘工拙，字特瘦勁似柳誠懸，中歲喜學顔魯公、楊風子，其合處不減李北海。至於筆圓而韵勝，挾以文章妙天下，忠義貫日月之氣，本朝善書自當推公第一。』此二評者，誠爲知言。然公故非當家，政自以品勝耳。品者，人品也，不爾請看吴通微、王著。或又曰否否，李丞相、鍾太傅生身刀筆中來，閭井之儈魁耳，不中與會稽、吴興作奴，而何以鼎峙萬古也？余無以應，退而志於尾。

摹蘇長公真蹟

此所摹多真跡，故應可觀。蘇書在文人中信足稱雄，謂以文而重，公或未甘，若云挾以文章忠義爲宋朝善書者第一，當非誣也。李丞相、鍾太傅能使秦皇、魏武傾心，應非凡品，雖瑕疵莫掩，然要之長處多。若使王氏父子居其上，恐二君未能自安。此乃宋人評品，今世乏真才，正生〔一〇〕此等評隲多耳。

徐髯仙手蹟

余生平所得近代名跡，如仲温、希哲、徵仲、履吉輩至多，獨於徐髯仙子仁頗愛之，而不能多得，以爲恨。久栖靖室，於一切毫翰，付之烏有矣。而新都汪仲嘉忽以此卷見示，皆書青蓮居士作，爲《蜀道難》、《梁父吟》、《天馬》、《陽春》二歌、《前有尊酒行》，凡五章，書正、草得二體。正體乃有古隸筆，似歐陽蘭臺，草書半得章法，而實步趨會稽。

其精雅妍媚，使人嘖嘖生賞，惜腕力少弱，以登蘭臺堂則有餘，叩會稽室或不足耳。漫題其後，付兒輩藏之，以備一種。

題舍弟敬美書雜帖後

吾家右軍《分甘》、《青李》二札，右丞《輞川》一疏，能於蕭散中作清景俊語。蘇長公《種橘帖》亦庶幾焉，誦之不待畢，覺仲長統、蕭大圜田父矣。仲氏敬美以《黄庭》小法書之，時出入《洛神》，覽之不待畢，覺王著、鮮于樞佐史矣。右軍、長公所云，敬美澹圃已饒得之，吾雖不獲西入關，尋輞川遺勝，記與敬美以壬申九月望夕登包山，窮靈盛之跡，俯瞰太湖，天水一色。已而攀曲巖、探幽谷，出没叢薄間，栖鳥格磔，土豹殷殷，尋得竹逕而出，月色逾瑩，群碧摩天，黄雲繡壠，此景似更絶，第不能作此疏耳。嗟乎，是三君子者，亡論其文辭，一齒姓名，三日猶芬甘，不知後千百年人，於吾二人何如也。

敬美書雜帖

右軍帖、右丞疏果多俊語，今刻《尺牘清裁》中，亦俱係敬美書。獨子瞻《種橘帖》未之見，檢之集中亦不得，不知作何語。

穆光胤書父文熙詩

穆考功文熙寄余近作，内有擬少陵《秋興》八首，而其子光胤集右軍書書之者。偶一僧相過，拈以示之，問：『其書似右軍否？』曰：『似，似。』問：『《秋興》似少陵否？』曰：『不似，不似。』余不覺失聲笑曰：『不似不似，似亦不似，不似與似，總是不是。男兒墮地，自名自位，勿作第二人，勿落第二義。』僧亦笑曰：『此戲也，而具少禪理。即令少陵再和《秋興》，右軍重書《蘭亭》，其似耶？不似耶？』因記其語。

穆光胤臨七姬帖

穆生臨宋仲温《七姬帖》，陶靖節、杜少陵詩歌，皆極精，與真本對覈之，幾不可辨。雖然仲温倣鍾太傅、史黄門，不免婢作夫人矣，今得無犯重儓笑乎？近有充相公舍人子者，相公不識也。以問舍人子，亦不識，以問舍人子之舍人子，乃識之，曰：『此吾舍人子也。』吾不欲令兒曹臨寫，恐原主不識也。

吴賢墨跡

家馭提學出吴中諸名公墨跡，凡十一幀。内希哲書昌穀詩，英英并秀，如兩玉樹，皎然風塵外物。徵仲抵掌玉局，蓮花乃似六郎矣。伯虎脱盡平生，後一札筆意大似周越，而詩不稱，第與夢晋俱不失狂奴態。元馭學士命余題尾，諸公翰墨尚易得，獨昌穀零落，幾於吉光片羽矣。家馭善有之，勿令人持去也。

吴贊墨跡

家馭此卷後乃以遺余，希哲書雖秀媚出塵，然是少年書，尚未蒼古。昌穀贈仇東之二絶句，即前司寇公託元馭相公臨出者，書儘秀勁端密，第非當行耳。徵仲效蘇體，肉不勝骨，未足當張光禄之譽。伯虎三絶句果似周越，是此公佳筆也。余赴山東時遇驟雨，此卷爲水濕，今已重裝。

楊南峰墓志

文徵仲先生以古隸書楊君謙先生自草生志，若可謂二絶者。第君謙負古文聲，毋論其辭枝而不脩，即生平軒豁得意，在弘治己酉挂冠，而數語極爲牢落，最骫頓無狀。在正德庚辰，再趣行在，試樂府。嘉靖丙申，獻《九廟頌》及《華陽求嗣儀》，而叙致津津不容口，老誖一至此耶？曷不於庚辰前親三尺土耶？然則文先生此書之佳，故不爲此老幸也。

俞仲蔚墨蹟

《古詩十九首》工與鍾、王《宣示》、《蘭亭》同品，具耳目者，皆知其爲寶地，而苦無蹊逕可尋。仲蔚悉平生力，竭蹷趣此二端，縱不能於詞場墨藪中執牛耳，退亦不失尉佗矣。秋日覽仲蔚書《十九首》，其似耶、稱耶所不論，差勝讀俞氏集一卷。

王行父藏王穉欽詩蹟

僕生平以不及遘夢澤先生爲恨，今日得見先生詞翰，又得與先生之從子行父游，足矣。當呼子墨泚楮尾時，覺行父亦沾沾自喜，不知先生在芙蓉城，聞之以爲何如耳。

王穉欽書五言律詩

天下以才子歸穉欽先生，謂若大紳子啓之，傾寫不倦，則誤矣。搆結鍛琢，極有工夫，一句一字，亦皆有色澤意態，若項西楚、關漢壽，不能得其九戰絶通道、淹〔一二〕七軍之妙，而僅以叱婁煩、馘顔良，喑烏跳盪之粗，目之爲萬人敵也。此卷皆五言律，尤自長城。書法故不必成就，而翩翩自賞，宛有徵仲中年以前筆，先生信奇人哉。

王稚欽書五言律詩

稚欽案上惟置《文選》一部，隨人揭問，輒暗誦無錯者，謂『搆結鍛琢，絶有工夫』，然哉！其書亦自當附季迪、昌穀諸君後。

朝鮮三咨

余所得朝鮮國凡三咨，合爲一卷。其一乃弘治八年咨，遼東都指揮使司護送賀東宫千秋節者；其二嘉靖四十一年咨，禮部進賀萬壽儀者；其三則萬曆十一年咨，禮部進獻慈聖皇太后儀者。前後相去九十年，更三王，而楷筆謹細若一，紙若玉，墨若淳漆，硃色濃透，而咨字行押，似以牙刻刷而精爲之潤色者，其敬慎而能恒若此，宜其享國之久遠也。貢物止各色細苧、花席、豹皮、種馬，蓋洪、永之際每貢有金銀器飾，大約可千餘兩。宣宗皇帝以非其土物，戒使弗進，以故其國人感佩，職貢益勤，比於甸服。聖主薄來之仁與不貴異之誼，豈不踰越前古萬萬哉。因竊識之，以見字小之與事大，實相因而成也。

朝鮮三咨

朝鮮書大都法趙，絶善用墨，真如淳漆。沈瑞伯謂是磨墨積硯上，已乃用筆染水，就墨中蘸起寫。余曾效之不能似，邇來惟莫廷韓善用墨。

趙松雪書大洞玉經(一二)

王氏跋一。趙文敏公書法妙古今，海内争效法之，以故贋書百出，信耳者多不能辨。不知文敏書從二王、李北海來，而搆趙體。今人從文敏書來而爲今書，那得遂無辨耶？《洞玉經》是文敏合作，傳于世多矣，紛紛幾如聚訟，而真蹟乃在參知王公所。余一見驚歎，不獨快其夙慕，亦以自快隻眼。

先君有同年友周君諱感，永嘉人，富文學，有氣節，仕止縣令。其子思友亦讀書，善談論。嘉靖戊午，謁先君于金陵，攜有松雪《大洞玉經》一卷出示余，意若欲售者然，且曰：『先人少學《黄庭》逼真，晚獲此卷，愛之，更時時臨寫。』因指其標首『趙松雪墨蹟』五字云：『此即先人筆也。』又曰：『此原係一幅紙，長可二文餘。因背者欲揭之壁，無此高壁，遂中裂斷，甚可惜。』亦指示余。傍有一友曰：『此價幾何？』周曰：『聞松雪在日，每一字五分，今經二百年，宜更增，但恐勢不能耳。』余時尚不甚知書，但亦覺其勻净可喜。此經字甚多，私計之價殊不貲，度不能償，留十餘日，還之。近萬曆戊子，管子安出法書數卷，内趙書《大洞玉經》，即向周氏卷也，中裂跡宛然，標首五字猶存，蓋三十年矣，感歎者久之。玩其書覺穠媚有餘，風骨未勁，疑未是趙書。去年壬寅，復從子安、子允、功索觀之，則愈覺骨力少，料趙楷法不應止此。今司寇爲王陽德跋趙書此經，謂右軍、北海出入結構中，則當是松雪真跡無疑。王亦永嘉人，何松雪兩本皆落一邑中耶？安得取置案上并校之。

原《弇州山人續稿》卷一百六十五

《書畫跋跋》續卷一

校勘記

〔一〕「清」：疑爲「青」字。

〔二〕「情」：底本作「清」，據《四庫》本改。

〔三〕「喙」：底本、《四庫》本作「啄」，據《書畫跋跋》改。

〔四〕「民」：底本作「氏」，據《四庫》本改。

〔五〕「尚」：底本原闕，據《四庫》本補。

〔六〕「悶」：底本、《四庫》本作「問」，據原帖改。

〔七〕「濕」：底本原作「温」，據《四庫》本改。

〔八〕「章」：底本、《四庫》本作「寧」，據意改。

〔九〕「析」：底本作「柝」，據《四庫》本改。

〔一〇〕『生』：《四庫》本作『坐』。
〔一一〕『淹』：底本作『掩』，據《四庫》本改。
〔一二〕是則見王世懋《王奉常集》卷五十《洞玉經跋》。

弇州山人題跋卷十一

書畫跋跋卷二

碑刻跋

淳化閣帖十跋

第一卷。漢章帝書，當是後人集漢章草法，如《聖教序》類耳。王著既謬稱章帝，遂有謂《千文》不創自興嗣者，得無愈失之耶？晋武帝書，《品》、《譜》、《斷》、《賦》、《述》俱所不載，余嘗見米芾所臨其大小帖，幽深無際，出有入無，自是衛、索間風度。《賦述》僅稱元帝『如發硎刃，虎駭鶚視』，孝武如『露滋蔓草，風送驟雨』，文孝王『雅薄綿密纖潤』，至康、哀、宣、明、簡文，皆所不載。覽其遺墨，盡是夙工。晋世書法之盛如此，宋明略見《賦述》，齊高頗著能品，梁武、晋安故是箕裘。黄伯思謂《安軍》、《破堽》、《數朝》三書，紆繞若出一手，定爲贋作，此殆未然。帝王書多摹則前軌，不解創搆，結法偶同，亦何緣懸斷耶。宣以祖後孫，道子以弟先兄，梁高、梁武判作二人，著手如懸鎚，何以無半册六朝史在腹，良可笑也。文皇大笴白羽取天下，籠蓋一世，而矻矻墨卿毛穎間，工篤若此。伯思謂《弔江叔》、《藝韞〔二〕》二帖爲高宗書，覈矣，謂《枇杷》、《移營》亦高宗，未有據也。吾意唐諸帝，若高若中者，不當辨菽麥，高既工八法，中復能五言，豈混沌一竅耶？叔懷，弟也，不當先伯智，且以人臣耶？置之唐後，則文孝王亦不必在宋明前，皆著誤也。

淳化閣帖十跋

第一卷

漢章帝殘闕《千文》，謂是集古章草，如《聖教序》類，良是。字稍存體式，殊乏古趣，大約唐人所爲。字形大小正與石刻《急就章》相似，疑即是集《急就》爲之，第未及字字細證對耳。卷首想標曰『漢章草』，因訛傳爲章帝書，亦不知誤自何人，未必係王著妄署。章草名，當即由托始《急就章》耳。張懷瓘謂章奏中用之，亦一說。其云『呼史游草爲章，因伯英草而謂』，則是也。長睿謂杜伯度善此書，章帝稱之，故後世目焉，或未確。《東書堂》遂改爲杜操書，尤無據。晉武書，元章定爲孝武，長睿據《續帖》中《炎報帖》筆法與同，駁其誤。余未見《續帖》，不能懸斷，然元章於李瑋家見武帝帖，云字有篆籀氣象，豈與此筆法異耶？西晋無他，宣帝即係仲達，此則漢魏間書矣。起稱之日，非宣帝名，何緣傳爲宣帝書？宜在闕疑。晋元後一帖及孝武札俱佳，明拙、康稚，俱不佳。《安軍》、《破塄》、《數朝》三書筆勢若一，長睿指爲僞作，緣渠曾於秘館見有倣書一函，蓄此疑在在〔二〕胸中，故動作無非竊鈇耳。六朝革命雖多，而時不甚相遠，一時氣習亦多同，無但帝王摹前軌，即諸名士皆然。即如詩歌，使錯置之，雖精鑒者恐未必能别。《鄭修容帖》與《破塄》筆勢亦相似也。唐文皇心手右軍，其書允爲帝中第一。《弔江叔》、《叔藝韞》二帖，長睿辨爲高宗書，於事既覈，其筆法亦微不同，如《得大内書》、《懷讓》兩帖，筆意清勁，得右軍法，的是文皇書。《使至》一帖末署名，是少年書，微有未蒼勁處，若《比者》、《昨日》數帖，字稍大者，乃絶類虞永興，米顛所謂學虞行書是也。《枇杷》、《移營》二帖，長睿疑爲高宗，想以筆弱故。此則係揣摩，似猶未確。司寇公謂高及中『不當辨菽麥』，中宗誠然。若高宗，則非特八法紹箕裘，其政事亦有昭考遺風。惟後爲椒宫所制，遂爲人嗤笑耳。中五言皆出婉兒手，何嘗有一竅。長睿謂宣帝子有叔慎，無叔懷。『懷』、『慎』二字疑似，應係摹誤。謂宋明帖『報休祐』《宋史》『休祐』訛，今帖中『祐』字甚明，則當是《餘論》板刻誤耳。

又

第二卷。張有道書，變章法，創今草，爲古今第一。昔人謂其如『清潤長流，縈洄崖谷，交龍駭獸，奔騰拏攫』，今此諸帖，法具有之。米元章以真蹟久絶，疑爲長史書，恐長史不便解此耳。書詞『祖希時面』，祖希，張玄之也，與大令同時，其結體小踈，亦在山陰之下。余嘗疑其爲大令書，又以爲張融思光，《巵言》載之甚詳。《八月》一帖自古雅，米元章、黄伯思謂《崔子玉》爲唐人書，無所據；謂鍾元常《宣示帖》爲右軍臨書，《白騎遂帖》爲大令臨書，《長風帖》爲逸少少年時書，却琅琅可據。雖然，買王得羊尚可，况贋元常真右軍、大令哉。皇象《文武帖》，寫東觀校書郎高彪送第五御史箴語，後一表云是唐人書，亦以章法類有道《八月帖》耳。《書賦》稱其『龍蠖蟄起，伸盤腹行』，《書斷》稱其『沈著痛快』，才力似蔡邕，而妖冶不逮。肩吾品以上下，葛洪謂之書聖，然哉。張茂先、王茂弘一時名臣，然俱入能品，二帖風稜高利，雅亦相當，元子有真淳之稱，似未若虎兒，恨不及見耳。王氏諸彦，無非上乘，所謂觸目琅玕，寧獨風範。世將兩《表》，評者謂得元常心印，惟《廿四日帖》僞。高平三世豪翰，評者謂方回章健逸發，骯髒〔三〕廉稜，獨表光絶，覽之故當爾爾。衛公自誇得伯英骨，與索靖一臺二妙，似不及索。安石虚和流動，著品不弱，帖所云『道民』者，五斗米道也，『皇恐再拜』，政是佞其師尊耳。米顛不知，便意非真。噫，亦輕于持論矣。書法至魏晋極矣，縱復贋者、臨摹者，三四刻石，猶足壓倒餘子。詩一涉建安、文一涉西京，便是無塵世風，吾于書亦云。張華稱丞相、王珉稱司徒、衛瓘位至太保止稱尚書令，皆王著不讀書故也。

第二卷

此卷書多佳。伯英《知汝殊愁》下三帖并第十卷大令《桓江州》下八帖，米謂俱係伯高，黄則謂此係伯高，大令帖乃伯高、藏真等僞作，然《知汝》及大令諸帖雖過縱肆，却俱是晋人筆法，秀媚有姿，若長史則惟是蒼勁，或兼有糺繞。如《今欲歸》、《二月八日》兩帖，乃的是〔四〕伯高筆，内『憂』字作長勢，尤是髮濡真態。伯英妙迹既絶，此帖有『祖希』等語，當併十卷八帖俱子敬書耳。子敬幼學於父，次習於張芝，其逸氣超邁，應得於伯英者多，故《書斷》論伯英書謂『惟子敬明其深指』，梁武及袁昂評伯英書，云『憑虚欲仙』，云『驚奇』。今司寇公舉『清潤縈洄』、『龍獸騰攫』等評，謂此帖法具有之。然此乃張懷瓘語，懷瓘開元間人，伯英書貞觀時已絶蹤，懷何由見之？亦是以夢證夢耳。《八月九日》章草，古勁中含逸趣，或是晋人臨筆。右軍臨《宣示》、大令臨《白騎》皆有的據，無容贅談。

《長風帖》爲逸少書，以札語得之亦是。總之，鍾六帖俱佳，子玉《賢女》、世將《廿四日》軟而近俗，果僞筆。皇象《幽州箴古》勁而虚和，所謂『恭而安』，真是神品。後一表稍弱，或臨或摹不可知，然亦佳。張、王兩鉅公雖風稜高利，然構法稍疎，以係晋人，故落筆不塵耳，元子亦然。獨處仲素以豪上聞，而結字乃沉著有法，豈千人皆廢者類工嘔嘔耶？世將二《表》精絶之至，古而媚，字字飛動，是小變鍾法，右軍所自出也。敬和、季琰、安石俱行書妙品，珣、方回，草書妙品。『書一涉魏晋、詩一涉建安、文一涉西京便是無塵世風』，此是藝文三昧評，正可與蘇長公『能事畢』語作對。

第三卷。庾元規書，『媞子』，江淮間呼母爲媞，《書箱》計是奉母作。此人亂天下大舅，不下桓元子，但才不足耳。翼既蹇蹇，書法亦古雅，第欲遂比『野鶩』，得耶？按，啓事似上陶太尉者。沈嘉字長茂，竇臮評其『勢捷而踈，鷙擊失中』。杜預二帖，米元章、黄伯思以書辭疑之，過矣。晋語雖不俗，故大不可解。伯思又謂劉超筆與元帝近，因絶外交，不應復有此帖。絶外交語出自竇蒙，然謂其『一帖三行』，存者或即此耳。徽、操、涣、凝，皆逸少子，鳳毛欝然。懷祖乃有書名，坦之不聞箕裘也，今法亦似小拙。司馬攸，即齊王也，見能品。《賦》云『突兀嵩華』、『參差斗牛』，許之至矣。劉瓌之，御史中丞，代王子敬題太極殿榜者，《賦》稱『元寶剛直，兩王之次』，以僻故不能書。其索征西前一帖，章法純古，雖數經摹勒，銀鈎宛然。劉穆之，評者比其類昂藏蹇謬之士，紀札誠可疑，所謂俗語也。張翼、逸少歎小人亂真者，臨倣乃有餘，自運不足。王敬豫，導之子，見能品。陸士龍以下，書不甚著，羊敬元、孔彦琳皆入妙品，評者謂羊『槭若嚴霜之材，婉如流風之雲』，謂孔如『飛流懸沫，吕梁之水』，工力故不如羊耳。僧虔兩啓，結法與《王琰乞江郢帖》同，端雅之極，用掘〔五〕筆，畤手辦此耶？此卷前輩評駁甚衆，要之不足論，其筆法非後人可及也。獨題『庾亮』爲『元亮』，『沈嘉』爲『嘉長』，劉瓌之、孔琳之、王曇首皆去其一名。謂杜預、司馬攸、卞壼、劉穆之、王僧虔爲『侍中』，山新沓爲『太守』，王廞，司徒左長史也，目爲『司徒』。山新沓、杜征西、司馬獻武王、索征西，晋人也；謝莊，宋人也，皆列之庾太尉、王海陵間。著不學至此，而三館諸公無爲糺正者，爲之一笑。

第三卷

此卷元章謂其多僞，長睿亦然。《東觀餘論》别有《跋閣帖第三卷》一條，内稱：『備員秘館，因彙次御府圖籍，見一書函中盡此一手帖，每卷題云「倣書第若干」，此卷僞帖及他卷所有皆在焉。其餘法帖中不載者甚多，并以澄心堂紙〔六〕寫。蓋南唐人取古人語自書之，文真而字非，故斯人自目爲倣書，非臨摹也。』此則已搜得真贜，夫復何説。然就中亦自有佳者，如劉穆之、羊欣兩帖風度固秀發，山巨源《啓事》亦清古，要之此諸僞帖俱猶有晋人遺意，或即是李後主臨古帖亦未可知。又王劭一帖，多摹取二卷中『王敬和洽』『頓首』兩條内字參錯成文，然則文何嘗真，而字何嘗非，又安得爲一手書耶？總是摹手未甚工耳。庾氏在晋，世濟忠義，但才或未副。司寇徒緣與始興相左，故遂以『亂天下大舅』目之，亦輕於持論矣。二庾以古勝，凝之兄弟俱有右軍遺範，謂凝得其韵，操得其體，徽得其勢，涣得其貌，或未盡然。索征西銀鈎超妙入神，前一帖古勁謹密，痕蹟莫窺，後一帖稍縱，然古意不失，神采煒煒照人。徐文長曰：『吾學索靖書久，雖梗概亦不得。人并以章草視之，不知章稍逸而近分，索則精而倣篆。』非深於書學者無此解也。簡穆兩啓，匾古中含逸趣，小楷之妙品，比《江郢帖》更較饒醞籍。璠伯、莊兩謝、坦之、遂恬、曇首、四王及孔琳之，黄、米皆謂真，果佳。杜征南前一帖、黄後跋及米俱謂是真，《刊誤》徒以當時尺牘體疑之，或未然。

第四卷。梁王筠、沈約書，諸書譜不載。王結法殊散緩，沈差有意耳。阮交州在上下品，行草入妙，竇《賦》比之激溜懸磴，垂條晚青。張懷瓘云：『研行草出大王，若飛泉交注，奔流不息，赫赫躍迅。』此帖信有之。黄長睿概疑非真，過矣。蕭確者，邵陵王子，實稱其寬而壯，賒而密，綽約文質，天然超逸。所書《孝經》一則耳，真僞未可辨也。蕭思話，庾品下上，此帖亦佳。梁武帝甚重蕭子雲，肩之妙品，今所書《列子》，雖志在古雅，如十月凍蠅，何足師尚。張懷瓘曰，當世多影效子雲，肥鈍無力者悉非也。此本定贋作，不然，石本翻易失真。《出師頌》故應佳，恨未之見耳。長睿謂褚河南謫潭府時，無侍中姓薛者，又謂《山河帖》是《枯樹賦》中録出者，虞永興《大運帖》、歐陽率更《比年帖》是碑刻中録出者，真書家董狐也。率更行草圉圉寒儉，吾未敢服膺，懷瓘乃謂其跌宕流通，驚奇跳駿，不避危險，示之二王，可爲動色，羊、薄以後，略無勁敵。豈吾見其杜德機耶？夫欲以殘縑斷石寂寥數行而盡千古士，難矣。徐嶠之，浩父，《賦述》稱其婭〔七〕姹鍾門，逶迤王後；陸柬之，吴郡人，《書斷》入妙品，謂其工於倣效，劣於獨斷，今二帖與薛稷帖皆佳。李北海翩翩自肆，雖行草不同，亦雲麾筆也。陳逵，晋人，爲中郎將，今列之陳。薄紹之，宋人，爲丹陽尹，與羊欣齊名，今列之唐。每一開卷，便爲王著村老供一盧胡也。

第四卷

元禮書有大令、簡穆遺範，休文不甚合繩墨而險勁自肆，二公不著書名猶如此，要之六代間人無一不能書也。阮交州、蕭征南兩條，果即前卷僞蹟一手書。司寇謂阮帖有『激溜垂條』、『飛泉奔流』等勢，造次未能解。思話稍有大令法，然不見所謂『仙人嘯樹』意。子雲書有鍾法，武帝最服膺元常，故亦重子雲。此《列子》三章，細玩亦儘有古媚趣，其尾錐無力，則是摹搨失真耳。大凡摹搨，真難於草，小難於大。此是小楷，搨手大難着力，其乏精采固宜。陳逵前一帖佳，『薛八侍中』當即是薛稷，稷乃褚甥。唐人稱謂多加尊一等，故縣令稱明府，縣尉稱少府，薛想係門下省何官，故以侍中呼之。札中『還居要職，擢任雄臺』，自是賀庶職語，贊宰相不當如爾已也。與《家姪帖》正一法，何得妄分葭玉。虞臨《樂毅帖》近俗，想係僞。《山河帖》集《枯樹賦》，《大運》、《比年帖》集碑刻，前卷王劭一條正此類。率更行草不佳，當即只真書勝耳。誠懸以真法爲行，亦有氣岸。右軍帖有『逸少白』，此以與弟稱字，正得體。前陳逵後一帖『伯禮啓』豈亦字耶？李北海帖果與《雲麾》筆法同，陸長史帖大有晋法，長睿又謂其語不類唐，陸既工於倣效，多是臨晋帖耳。

第五卷，爲蒼頡、夏禹、孔子、史籀、李斯、程邈、宋儋、衛夫人、《古法帖》《隨〔八〕朝帖》、智果《梁武帝評書》及何氏二帖、蔡琰《我生》一帖、《敬祖》一帖、

《孤不度德》、《亮白》二帖、懷素《右軍》一帖、張旭《晚後》、《得足下》二帖、無名氏《移屋》及《意識》二帖。著亦以時代錯雜，真僞難辨，故别爲一本耳。頡文科斗，祝融峰《神禹碑》絶無此法，至史籀皆僞作無疑。黄長睿謂李斯《田疇》一帖，乃李陽冰《明州刺史裴君紀德碑》語，其字體亦當爾，謂程邈所作隸書今漢碑中字，此爲僞搆，果也。宋儋，開皇中人，仕至校書郎，竇蒙評其『祖鍾而體流』，著亦不曉耶？智果書梁武帝《評》乃袁昂疏，有梁武帝答詔耳。書辭不同者，『深山道士』《帖》爲柳產，《疏》爲袁崧；『舞女仙人』爲蕭思話，《疏》爲薄紹之；『龍跳虎臥』《帖》爲梁鵠，《疏》爲韋誕；《疏》不載王右軍評辭及遺李鎮東、程曠〔九〕平、桓玄、范惟均、孔琳之，《帖》不載孟光禄。何者爲正耳？吾嘗怪其訾子敬、薄伯英，以爲未當。何氏者，長睿謂爲不知何氏，以爲歐陽率更，亦以其書法近之耳。《敬祖》一帖，以爲子敬，語、法俱似之，或是好事者摹其書，若《聖教序》之類。《孤不度德》二帖，極與子敬帖中章草相同，而差小。《移屋》二行外遒緊飄逸，及《意識帖》俱絶佳，後有『羊欣』二字，是欣書也。

第五卷

倉頡書豈有傳至宋初者？但觀此二十八字形勢，似是所謂古文者。唐元和中，昌黎公曾得科斗《孝經》於李監家，令賀跋恕寫此書，或是傳寫古文，好作贗古者因駕其名於蒼頡耳。夏禹并吾夫子書，亦俱有一二古文，夫子書人傳是季札墓銘，今惟『有吴』『子之』四字可識。『君』字尚在疑似，并餘七字俱須俟通篆者辨之。大抵此等書俱出傳寫好事者，以備古字形體，非便謂真。王著不以入第一二卷，亦是傳疑意。史籀書多係漢碑，李丞相一章有《斐君碑》在，無容復置辭矣。程邈、衛夫人的是僞，宋儋書猶有齊、梁間法。《古法帖》似是臨二王書，《隋詔書》已兆歐、虞狹長妍媚意，豈時代然耶？抑二公在隋時書耶？智果書亦祖鍾太傅，但字小大真草間出不倫，此何體耶？豈即果創爲之乎？此梁武帝《評》已有薄紹之書，王侍書不見耶？何前卷摽作唐臣也？何氏二帖果近歐，然間有褚法，是唐人學歐者耳，未必歐筆也。文姬書，亦是唐人書《胡笳曲》語。《敬祖》、《鄱陽》重十卷大令帖，而字微小，是臨書耳。《孤不度》兩段，章草甚佳，與十卷大令一章法同，未定是何人書，然非武侯筆。長史謂史家潤色語，良是。素師書不類他帖，或少年筆未可知，真僞難辨。《移屋》二章，内有『欣白』字，筆亦近大令，米、黄定爲羊中散蹟，當不謬。然此筆勢甚勁快，何嘗羞澁。武帝《評》亦過抑矣。

第六卷，爲吾家右軍書，開卷頓爾神豁。米元章、黄長睿謂『適得書』至『慰馳竦耳』皆近世不工書者僞作。中間結體小疎，韵度落凡，時或有之，謂盡僞作，則吾豈敢。惟《殷生帖》法既淺促，又是從合晋人臾語，爲不得真耳，然亦非郗、歆書也。《七兒帖》爲之一慨，甫過知命，婚娶都畢，種種琳球，至惡者猶是道韞郎，便堪樂死，何必阿述，始爾飄然。與《周益州》諸帖意皆佳，問君平、子雲後，然汶嶺游目，終否願素，山川濟勝，須種夙根耳。《景風帖》謂是賈曾送張説文，唐人集右軍書，果也。庾子嵩，逸少伯父行，今稱子嵩，似亦無害，彦國老不得爾。晋人固字其父，况他人乎？昔人謂右軍内擫，大令外拓，此大凡也。元章諸君子泥之，故右軍筆稍大者、涉放者，皆定其非真蹟。不知此公龍爪金錯，變化萬端，以區區蠡管求之，毋乃爲永和諸賢笑地下乎？吾力非能辨此者，故置之以寓懷田居可耳。

第六卷

自『適得書』至『慰馳竦耳』，長睿謂除《穆松》、《秋中》二帖，餘皆僞作，足稱具眼。然内《奄至》、《此諸賢》兩帖亦佳，又《省别具》、《旦夕》、《諸從》、《得足下》四帖同《十七帖》，筆法皆勁密，豈可謂僞作耶？惟視《十七帖》風采稍遜。後《省足下》、《云譙周》兩帖亦然，當是摹手不如唐耳。米所駁僞帖大略同，而無此《奄至》等六帖，較更入細，獨《疾不退》一條重出。十卷大令帖字形全同，『此豈嘗』三字，每字下各有一點，亦皆同，第字差小，筆法略異。又『潛損』作『潛處』，下無『亦』字；『何如』下無『云』字，然神氣覺彼勝此，當是臨大令帖無疑。乃米、黄、王三董狐皆不能辨出，豈一時偶忽略耶？《夫人》、《蔡家》二帖，似亦佳，不知米、黄何爲皆置駁？賈曾《送張説序》，集右軍書，甚有態，大抵摹搨出唐人自工。《闊别帖》局促近俗，米不駁而黄駁，較黄爲得。《連不快》爲永師，《一日一起》爲顛史，《追尋》爲大令，元章何據？長睿以『吾老』數語駁之，良是。《廿日》下三帖，筆勢果可疑，余謂『卿與虞休』條亦稍縱，此皆微涉唐氣，劉釋《僕可耳》、《定聽他母子》是米作，《餘可定登非》、《太常司州》、《近因》三帖俱佳，《袁生帖》不如《真賞齋》佳。

第七卷。右軍書多神妙，《都下帖》『當今人物眇然，而艱疾若此，令人短氣』。慨覽今昔，末運所乘，賢俊併墜，致足摧感。黄伯思謂《初月》至《前從洛帖》皆僞，毫髮惝怳間，非吾識所能辨也。《皇象帖》，楊用脩謂『勿勿』非『勿』，『三』也，係石筆誤。然此『三』字甚明，恐是三思之三，因促還皇象草，故止之『勿三』耳。《承足下還来帖》，後有釋智永字，流放無一筆鐵門限法。或云是智永臨右軍書，亦非也。帖尾『謹此代申不具』，非晋人尺牘語，是永自作無疑。《自慰》、《毒熱》二帖，云唐文皇臨本，當别有據。《小園子帖》，米謂大令書，似也。右軍父子俱在神品，安得不交有結法，豈因展筆小縱，便爾致疑，當由内攧之言誤之耳。《七十帖》游目汶嶺，又復諄諄，必欲果此一段奇事，然自謂『年垂耳順』，作書後不久當遂之岱矣，不唯西游未果。汶嶺即岷嶺，用古字，楊用脩辨之甚詳。

第七卷

此卷右軍蹟，佳者多。首兩帖甚淳古有韵，《得都下》乃最有名札，所謂右軍才略以書掩者，此類是也。《謝光禄》下七帖俱淡古出塵，《初月》下四帖略涉俗，無但語可疑。劉釋作『羲之皇恐』，『皇』字是，下乃是『耳』字，難强作『恐』，長睿作『是耳』釋，亦未是。《十月七日》、《昨見君》係集成，果然。《皇象》一條，字甚古勁，『勿三』終是難通。長睿謂『不易可得過夏』非當時語，細味似是『不易可得』，句，『過夏不甚憂』又一句也。若此七帖謂俱出依倣，不無搜求太過。《太常帖》肆筆中古色可挹，《承足下帖》末有『釋智永』字，米何乃注爲子敬？然仍非智永筆，是唐人之下等者。《茍侯帖》果可疑，文皇臨二帖未有據，《小園子》自『動静』下真似子敬書，《龍保》下諸帖皆與《十七帖》同。

第八卷。昔人謂《死罪帖》、《足下各如常帖》爲非右軍書，《蒸濕帖》大令代父書，吾皆不能辨，然『淡悶干嘔』咸古字，須右軍乃解作此。《蒸濕帖》固一二大令風，又焉知非乃公偶爲之耶？凝、操、徽、涣，咸有家學，何據定爲阿敬代筆也？『不去人間而欲求方外，此或速弊』是際竟語，慨然慨然。

第八卷

此卷帖多不甚著名，而皆饒古色，不甚悦俗眼，當多是真帖，似是藏民間後出者耳。首章末『罪』字不分明，或係摹搨誤。《運民帖》内『當慮叛』三字俱有誤筆，《足下各如常》特有奇態，長睿謂唐人作，殆不可曉。《一昨得安西》與後一帖同，而少九字、訛一字，此當是臨書也。《此蒸濕》、《月半》於大令果近，《阮公故爾帖》太縱，《尊夫人帖》力弱，二公駁之甚是。《若闊轉》、《適欲遣書》二帖，何緣亦有雌黄語？元章定《適欲遣》爲智永，尤無據。《謝生帖》已見前卷，但少一『下』字。《不得執手》『手』字中兩畫作波勢，甚奇。《此郡帖》内『託』字外臂是折釵股之法；『亦所未免』，『免』字今釋作『忽』，亦恐是訛。

第九卷。大令書神情散朗，姿態超逸，有御風飡霞之氣，令人作天際真人想。一時羊中散輩相推尊之，光黯騰踔，幾掩乃公。梁、唐二帝擬之『河朔少年』，又辱之『餓隷』，要而論之，殆文武之政耳。卷中《奉對帖》是郗家離婚後語，雅非敬懷不能作，宋司空識遂累大雅。《玄度帖》翩翩敬筆，第帖辭曰『仁祖欲請爲軍司』，謝仁祖卒時，敬方十三，不應便及時事，長睿辨之極當。但結法不類右軍，恐方回書耳。《薄冷》、《益部》二帖，顛米辨爲歐陽率更。其險勁，率更手也，知〔一〇〕非六朝後尺牘語，何長睿書絶不及？米持論往往勝之者，米以法，黄以事，差覈耳。

第九卷

元章謂《相過》、《玄度》、《慕容》、《前告》并無名人僞帖，《薄冷》、《益部》并歐書，然《相過帖》固佳。長睿謂：『借匪獻之，韵自可賞。』此評是。《慕容》、《前告帖》果俗，《玄度帖》似猶有姿態，其稍覺沓拖，或摹搨失真耳。《薄冷》寒儉近歐筆，然陶隱居筆法亦類此；《益部》復更疎逸，二帖的非子敬，或亦難定爲歐也。《雖奉對帖》雖真不佳。《廿九日帖》，長睿以『昨遂不奉恨深』爲近世人語，疑其僞，然此帖見《寶章集》，乃王方慶所藏，豈僞耶？以此知欲以札語斷真贋，尤難也。《静息帖》『内外』二字係旁註，不宜填着行中，甚是。《思戀轉不可言帖》此卷兩見，後條末闕二字，不知二公何爲不指出。司寇謂『黄持論勝米，米以法，黄以事，差覈』，果然。然米實在黃前，黃所駁從米者多，又更加證據，何爲不覈。大都考據一種學問，後出者多得以前人爲之先驅耳。此卷大令多行書，風采煥發，《書斷》云：『行草之間，逸氣過父。』元章《書史》云：『天真超逸，豈父可比。』書家尚姿態者多爲左袒，然其不及父處正在此，所謂子貢賢於仲尼也。

第十卷。大令書《吾當托桓江州》、《疾不退》至《分張帖》，元章諸君子謂爲長史、藏真贋跡，吾不解書，不能辨，第謂長史、藏真，去此尚三舍耳。合觀伯英草，與此結構同，恐是大令創草。黃長睿所論崇虚觀建自宋明帝泰始四年，以此證書之譌，亦得之。然書筆鬱勁遒發，縱出自餘子，譬啖恒山紫花梨，亦以爲快也。大令似不分，右軍吾不知之，習右軍者，自虞永興、褚河南後，不能得一筆，大令筆往往落李北海、米南宮、趙吳興及爾時祝京兆手腕指間，當自有神物司之，敬安能强哉！

第十卷

《桓江州》下八帖，司寇謂恐是大令創草，良是。第二卷已備論，且此諸帖中凡少帶行法，如『胛痛』『官前』『甚急』『體恕』等字，全是大令風度，顛史、狂僧何嘗有此等筆也？《地黃湯帖》唐摹本，李伯玉曾于文壽承家見之，云筆法真入神。此刻帖亦得意筆，并《鴨頭丸》、《不審阿姨》兩帖俱佳。《承冠軍》、《服油》、《復面悲積》、《還此》、《得西問》五帖，不知米、黄何據，定爲非真？刻帖與真蹟不同，摹手有工拙，於此欲具淄澠舌恐難。《東家帖》筆態宛然，二公無異説，然『極不妙之事』一語甚俗，恐晋人無此，作何甄别？《鵝群帖》筆勢最蒼老，然却是卧筆，又險勁乏醖籍，幾落顔魯公、蘇長公窠臼。余亦疑之，第前《地黄湯》下三帖亦俱微帶此法，沈瑞伯嘗謂余曰：『肥匾卧取勢，此蘇體。』然《寶章集》内王僧虔『太子舍人』四行形態絶相似，可見古人體無所不有，然則此怒狂勢，又安知非子敬之龍爪書耶？寺觀名前後重者多，不必以宋明建崇虚館爲證，米謂《鄱陽》歸爲羊欣，無據。五卷内重此帖，乃又註云子敬，可見亦祇是鑿空臆度耳。

淳化閣帖後

今人類多稱《淳化閣帖》，不知往時唯兩府拜日，方被此賜。元祐中，親賢宅諸王僅搨百本遺人，然雅已不逮舊。至靖康朝，遂擲虜手。即無論《潭》、《絳》、《泉》、《汝》、《大觀》、《戲魚》，舊蹟亦自不知矣。包參軍此帖雖木本，然紙墨古色隱隱指睫間，而波磔督策之際，無毫髪遺恨，唯第五卷闕〔一二〕智果、何氏等十一帖，今《泉》石亦少此，而宋刻烏鎮、福清、三山殿司皆棗木，又云有脱落，是未可知也。黄長睿書家董狐，余猶怪其不究極八法，而徒區區於出處真贋。參軍具腕中眼者，毋亦得其意於驪黄牝牡之外哉？

淳化閣帖後

跋稱舊蹟難得，且引《泉》石殘闕及宋刻四木本脱落爲説，則包參軍此帖非閣本明甚。所云『古色隱隱指睫間』，固是權辭，第不宜輕下毫髮無遺憾〔一二〕一語耳。

淳化殘帖

李鴻臚藏《閣帖》第九卷，真奚氏墨、澄心紙，淳化搨賜兩府者。汪端明所謂墨黑甚於漆，字豐穰有神采；李莊簡謂初用廷珪墨則色濃，又初板完好，無銀錠紋，攷之皆合。又此卷唯《益部耆舊》、《薄冷》二帖爲歐陽率更之誤，餘皆大令筆也。吉光片羽，購者千金。鴻臚其善有之，不減得吴興白練裙矣。

李鴻臚淳化殘帖

余嘗謂《閣帖》雖係帖祖，然本不佳，何者？凡摹搨自有别傳，非能書者即能兼之，王侍書衹略知書，其於鈎法尤草草，但前此未有法帖，陡爾摹出，凡人所企慕名蹟俱在内，其形體亦略具。又中草字稍大者或微得筆意，安得不使人艷慕。然魏晋來筆法，决不止此。今此卷帖，賞鑒家皆謂是澄心紙、廷珪墨、無銀錠紋、真初搨賜兩府本，鴻臚兄伯玉銀臺云：『文壽承每過，必索出摩挲移時。』其愛慕如此。余過伯玉，亦時時展之，然細玩殊無運筆勢，無但遠讓唐碑，視邇來《真賞齋帖》猶似不及。假使真蹟尚在，使文氏父子及章簡甫輩爲之，决當勝也。然則購《閣帖》者，但取其是宋初物，又魏晋構法彷佛猶存，備一種古玩，良足自快。必欲由此究古人筆法，末矣。果羨墻右軍，尚當於宋搨《聖教序》求之。

大觀太清樓帖

《大觀太清樓帖》，徽宗時以《閣帖》燬於火，復取真跡摹勒上石，而益以《秘閣續刻》及《貞觀十七帖》、孫過庭《書譜》，總二十二卷。標題卷尾皆蔡京筆，或以爲劉燾無言，非也。摹搨精妙，不减《淳化閣帖》，而世少傳者。徽宗故秘愛之，不久有靖康之變，而時又無它刻，以故視《閣帖》爲尤貴重。甲戌秋八月，余以俸緡四十五千得之長安市，乃故太傅朱忠僖家藏物，然僅卷之二、四、五、八、十耳。明年復以十六千得第七卷爲右軍書於吴中，而缺首數行，其他卷及續刻尚杳然也。搨法精甚，字畫稍肥，而鋒勢飛動，神采射人，若《淳化》之親賢宅、二王府帖、紹興太學、淳熙脩内皆出其下。余故識而藏之，倘日力未盡，尚可希延津之合也。

大觀太清樓帖

此帖不知何人所摹，或蔡京，或劉燾，難以臆斷。然却有筆意，絶勝《閣帖》。大抵徽宗於書學深，其句當諸人皆過王著也。余曾在李伯玉家見第二〔一三〕卷，神采動人，無一帖不佳。近在楊太素給諫家又見數卷，亦皆妙得筆勢，良由摹手高故，以李鴻臚殘《閣帖》方之蔑矣。獨唐元卿家有數卷，是蟬翼搨，却肥而少神氣，豈搨手未工耶？抑係重摹本乎？丹陽孫志新曾託文休承、章簡甫輩摹刻第二卷，今石在崑山張銀臺家，雖不及伯玉原本，然比顧氏所摹《閣帖》固遠勝也。司寇與豫章王孫貞吉書中所云『弘治間丹陽孫氏刻《太清樓蹟》一帖』，即此。

絳帖

此帖吴中黄勉之以十二千得之於市人，割去卷尾，却以『泉帖淳化』云云裝後。勉之子淳父始辨其爲《絳帖》，仍割去尾裝，而屬文壽承籤題其首。後得五十千，質之華禮部叔陽。歸踰三歲，復得三〔一四〕十千，始真爲華氏物。而叔陽病甚，寄余郎中爲别。按，《絳帖》凡十二卷，其首卷倉頡、夏禹至秦漢人而止，今頗與之合。而二卷之帝王自章帝以至於唐高宗、五卷自梁王筠以至薄紹之皆缺，右軍蹟亦失三之一。其《治頭眩方》據《東觀餘論》知其爲真《絳》也。豈《絳帖》不完之本，好事者姑取其標〔一五〕，改作十卷，以希重息耶？抑別有選本耶？第其石刻之精與紙墨之古，不在生平所見《淳化閣》本下。而遍攷宋帖，無此改損本，恐非《絳》不能當也。昔人以《絳》爲《淳化》嫡子，《太清樓》爲介弟，今吾一歲而俱得其十之六七，以比於吉光之片羽，則具體矣。然淳父吾故人、叔陽吾婿方壯，不二年而失之，而况兹帖之閲人若傳舍，又安必其長爲我有也。

絳帖

昔人謂《絳帖》係潘師旦手自摹刻，骨法清勁，足正王著肉勝之失。然潘未見真蹟，祇從《閣帖》上摹出，安得反勝原帖？正如寫像者不見本人，但從遺像中體出，即使神采果勝，乃去真愈遠耳。凡字加瘦則多韵，加肥則饒姿，俱非本色。要使并醜拙意鈎出，斯得其神者也。此帖爲真《絳》與否不可知，然真《絳帖》余曾見之，固不甚佳。

汝帖

《淳化閣帖》出，而其子裔最良者，爲《大觀》，爲《潭》、《絳》、《戲魚堂》、《脩内司》，而其最下者爲《汝》。蓋王寀輔道守汝州，因遍搜諸碑帖篆、分、隸、草，而節取之，自皇頡、夏禹以至錢忠懿、郭忠恕，得十二卷。其所留《淳化》亦不過十之一二，自以爲甚博而綦〔一六〕精，而不知其所得者，多虎賁重儓之類耳。且自以險急偏傾之勢發之，石理粗而刻工拙，所謂『鮑老當場』、『郎當舞袖』者耶？第其刻在汝，大類社之櫟，以不材而獲全，今尚可搨也。昔人謂爲黄長睿所掊擊，不直一錢，噫，令無長睿，亦能與《潭》、《絳》争價耶？

汝帖

此石今尚在，亦間有一二可觀者。但其意以搜僻見奇，割裂逞博，或不無作僞意。長睿所駁皆覈，彼地搨手甚拙，尤損神采。若使吴中人用竹聯紙搨之，或亦可備一種。

東書堂帖

《東書堂帖》者，周憲王爲世子時，手摹上石，大約以《淳化》爲主，而《秘閣續帖》亦時有删取。至宋太宗以後蘇、黄、米、蔡諸家，勝國虞、趙、鮮于之跡皆與焉，刻成亦曾進御。憲王臨池之力甚精，惜其天資少遜，以故粉澤有餘，膚理不足，又似徐偃王前仰後俯，僅爾肉立。此帖蓋摹筆，至使古人之跡屈而從手耳。其於《蘭亭》亦然，蓋雙鈎廓填，始可免此病也。

東書堂帖

憲王不喜宋人書，亦是偏處。此帖無蘇、黄、米、蔡蹟，但有元人鮮于、趙諸帖耳。細玩亦未是摹筆，衹緣鈎法未工，故骨不勝肉，石理亦似粗。

寶賢堂集古法帖

《寶賢堂帖》，自晋靖王爲世子時刻者，大約以《閣帖》、《絳帖》、《大觀》、《寶晋》爲主，而益以邸中所藏宋元及明人墨蹟，摩勒上石，於行款次第頗不俗。第石理既粗，而摹、刻、搨三手俱不稱，以此在諸帖下耳。當孝廟時，嘗進御人主，右文親爲手書褒美之，其所自叙，頗夸詡〔一七〕其墨蹟之盛，而所見寥寥乃爾。視今權相緹帥家蓄，殊不能百一也。余往歲爲晋臬，邂逅中貴人，問古刻真蹟，今無一存者。不知何繇失之，爲一慨歎而已。

寶賢堂帖

余舊曾購一本，問楚中友人，云是重摹《絳帖》。及後獲見真《絳帖》，殊不同。

此帖行款高正與《太清樓帖》相似，疑即是摹《太清樓》，然不及遠甚。惟蘇、黄、米諸帖稍可觀，想係真蹟上摹出耳。

真賞齋帖

《真賞齋帖》三卷，第一卷爲鍾太傅《薦季直表》，初在相城沈啓南所，李貞伯、吴原博俱定爲真蹟，後歸華氏。第唐以来，落何人手，不入天府及竇泉《賦述》，肩吾、懷瓘《品》、《斷》中。又卷首有米芾印，芾自言生平覩真蹟自晋而止，無漢魏者，《寶章待訪》諸録，亦不言太傅，此爲妄益無疑。結體雖與《宣示》、《墓田》少異，余嘗評之，小法十六，楷法十四，要非二王以下人手。第二卷右軍《袁生帖》，妙甚，徽宗時進御者。第三卷唐人摹王方慶進先世書，凡二十八人，其存者僅此。内右軍二帖，有篆籀隸分法，黯淡古雅，出蹊徑之外。餘帖雖有剛柔攊礫之異，種種可翫。沈啓南嘗從華氏乞得，令文徵仲雙鈎，復刻《停雲館》中，此華氏本也。摹本既精，搨法亦佳，爲爾時法書墨本第一。留山房中，歸耕作勞，假以散力。

真賞齋帖

章簡甫乃邇來刻石第一手，尤精於摹搨。聞爲華東沙刻此帖時，既填朱登石，乃更取原帖置面前，玩取形勢，刻成後再較對，有毫髮不似，必爲正之。蓋刻石而又兼手臨者，以故備得筆意。内惟《季直表》係小楷，亦尚未得逼真。若《袁生》及唐摹《王相家帖》，筆勢飛動，真所謂周昉貌趙郎，并得其情性者。止下唐時書丹刻一等，《淳化》、《太清》俱不及也。右軍《袁生》、大令《廿九日》，《閣帖》固俱有，何能及此。華亭顧氏摹《閣帖》，其《袁生》一札，就此體出，便覺神采增數倍，今人欲研精晋法，此帖須日置案上。第聞此石倭亂時燬於火，然其初本不甚難購，其華氏有搨佳本，更有朱色華夏私印，印在首幅，吴中好事家多有之。岳倦翁跋最核，然内『竇泉』作『竇泉』，『燕涎』作『燕涎』，不知原誤書，或摹搨時意改。《季直表》後司寇公購得，《寶章帖》項子長少參購得，獨《袁生帖》未聞所歸。

廬山陳氏甲秀堂帖

《甲秀堂帖》五卷，近忽盛行，想是模刻雜本爲之耳。然真刻頗淳雅可愛，蔡中郎《九疑山碑》雖見《宣和書譜》，而行筆絶類《開元孝經》，陳思王詩及《鶡雀賦》亦然。黄伯思辨其爲李懷琳贋作，極可據也。唯眉山、豫章、襄陽諸尺牘，奕奕有姿態耳。

廬山陳氏甲秀堂帖

此帖規模大約與《汝帖》相近，總是有意搜奇僻，非真爲字也。跋謂惟蘇、黄、米諸尺牘可觀，良然。

文氏停雲館帖十跋

第一卷。晋唐小楷，自右軍《黄庭》至子敬《洛神》，雖極摹搨之工，然不離文氏故步。虞永興《破邪論序》規倣《曹娥》，神明不足耳。余嘗見此《論》，大抵沙門攻傅太史奕語也。率更《心經》、《陀羅尼咒》雖用筆甚勁，而結法小圓，似不類碑石存者。《陰符經》真、草兩帖，俱有小法，顔魯公《麻姑壇》，不如舊本拙而存古意。歐陽永叔謂魯公無此筆，非也，此正是東方朔《家廟碑》縮小法耳。《度人》、《護命經》，匹〔一八〕如銅雀遺瓦，令人寶愛。古人不可及，豈唯翰墨而已耶？

文氏停雲館帖十卷

第一卷

跋謂所摹二王小楷俱不離文氏故步，良是。蓋字真而小，摹手無所着力，即游絲筆亦猶粗，若純付之鈎填，恐失真處或不美觀，不得不稍以己意潤之耳。唐諸小楷亦俱不及原碑，以原刻係書石，故猶不甚失真。余家有《麻姑碑》，係正德間搨者，猶勝此。内《陰符》真書最爲小，然却猶存拙意，細玩頗有古趣，豈搨手一時合作耶？此原刻今不知在何處，司寇公奈何亦未購得，想其妙决不在《郎官壁記》下。

第二卷。唐人雙鈎王方慶所進真蹟，後有岳珂、張雨、沈周、王鏊、文徵明跋。右軍二帖，無上神品，大令、光禄并餘蹟縱横妙境，雖再經摹勒，回睫一閲，諸蹟喪氣。間與家弟臨池，悵手腕之拙，輒自解曰：『藍田佳璧盡矣，安能作烟華色耶？』李懷琳僞爲叔夜書，見諸《書苑》甚詳，叔夜當不致恨地下矣。此君精能之極，幾於悟解，胸次不甚高，故小乏風骨耳。後有湯君載、文徵仲二跋，其辭亦詳縟，可喜也。

第二卷

《寶章集》諸帖俱不及《真賞齋》，李懷琳《絶交書》墨本在安福張氏，余與張尚寶程同官禮部，曾索觀。張已許，竟因循未果，至今恨之。後『湘東』兩行末右軍字，乃是殘闕不了之語，或是右軍嘗稱之，或舉右軍别帖，皆不可知。徵仲據此疑爲摹右軍書，恐未然。右軍書八面具法，所以神。此乃一筆書，何得謂類右軍？看其率意肆書，正是潦倒粗疎態耳。『天監』行下『雲』字當是蕭子雲，可見古人押法。

第三卷。顔魯公《祭姪文》，有天真爛漫之趣，行押〔一九〕之妙，一至於此。噫，此稿草耳，所謂無待而工者，忠義真至之痛，欝浡波磔間，千古不泯。陳深、陳繹曾、文徵明三跋，亦該洽稱是。《朱巨川告》，徐柱國流吏楷耳。懷素《千文》作小行草，號千金帖，貴在藏鋒，而少飛動之勢。林藻《郭郎帖》，古雅殊勝，非後人可及。楊少師《神仙起居法》後有米友仁、商挺、留夢炎諸跋，山谷極推重之，至目以『散僧入聖』。昔人云『張茂先吾所不解』，余於少師亦然。

第三卷

顔魯公《祭姪季明文稿》，昔人謂與《坐位帖》同法，信然。然此幅更覺鐃態，王家馭稱爲妙極。據徵仲跋，『聶文蔚出示』則是江右聶貞襄司馬，乃都元敬《寓意編》又稱『海鹽張黄門静之藏此帖』，豈由張轉入聶耶？抑别有摹本耶？余壬午冬在考功，有賈人持墨本來，索二十千，細玩亦是臨本，而筆意飛動，宛然『壁折』、『屋漏』。蹟内塗抹處一如草稿樣，略無强作痕。石本末尾『饗』字筆稍縱，幾不似本字，而渠本居然是『饗』字形。及與石本對，又略無少異，可見草書使轉之妙。中間率意處神采奕奕，難以盡述。猶記『穀』字、『城』字、『遘殘震悼』等字俱是一筆揮成，而畫畫安置得所，蒼勁中含媚，絶有勢。末兩行亦無此苟簡意。余絶愛之，疑即是徵仲所臨。其裝潢甚草草，但一幅紙耳，無二陳跋，有三元人跋，俱不佳。詰之，云：『陳跋割入他卷。』余許之十千，尚欲增，未定，因留之案上數日。時大計事冗，渠來索〔二〇〕金，適倉卒無以應之，姑還之。及大計畢，問之，則已屬殷金吾矣。金吾，司徒公長嗣也，即與二十千。余深悔不早與價，至今切切。《朱巨川告身》，喬跋謂見唐代典故之式，良是。第不落魯公姓字，筆法又不甚似，不知何緣傳爲魯公，終屬可疑。林緯乾以紛披見態，然尚恨無古法，又筆勢亦不甚蒼，古人書如此者恐尚多，未爲佳帖也。右軍《平安帖》，余在京時嘗過王敬美，適飛鳧人以此帖來售，尚未成，因出示余，云是朱忠僖家物，索六十千。前細書『晋右將軍會稽内史王羲之《平安帖》』十四字，小幅紙，原係卷頭簽識，今亦背在帖旁。敬美指示余云，此宋思陵親筆。王帖係縑素，背處亦微浮起，墨甚濃，乍看若趙吴興。豐人翁謂趙筆法入右軍室，良然不誣。字形與此刻相似，而筆圓墨净，其使轉之妙，亦非石所能傳，然却有不到處率意處，不若石之完善。末一『定』字絶有勢，此刻原不及也。『情』字下闕一點，絹復完好。敬美與余相持莫能定，敬美疑米臨，余時未能斷。既而思之，此或唐人臨，古人不欺人，原帖想紙損，因缺點。臨者不敢益，故缺。若米臨，决當補一點矣。未知是否？今司寇集中無此帖跋，奉常集中亦無之，應是疑其臨本還之耳。然則帖固佳，不當惜價不買也。素師小草《千文》果平淡古雅，然似不若陝刻之奇逸超絶，今休承贊歎如此，且云姚公綬後，經數家無人賞識，則想是骨勝饒醞籍，此刻石衹傳其形質耳。楊少師《起居法》，無但紛披老筆，亦儘有天趣。第效之者須師其意，若形體恐難步趨。荆公書衹紛披近似耳，殊無此遒逸態也。徵仲評商、留諸人跋詳覈如此，謂之熟元人履歷，果然哉。

第四卷。宋名人書。李建中宋初第一手，蘇、黄諸公起，乃稍稍擠之。書家者流，譏其庸拙，此行筆可見。杜祁公行草，僅免俗耳，而耳觀相臾，至黄裳、陳暘跋，如小兒塗鴉，胡重也？永叔鄉社老人，動止供笑，乃頗自矜許，豈獨知人難哉？文潞公乃無論，結構亦老逸可念。王荆公本無所解，而山谷、海嶽争媚之，何也？中間僅一二紛披老筆。蔡君謨二紙，差强人意，然多圑圞未暢。坡公、涪老共四紙，雖結法小異，而俱能於形勢外取態。穎叟存故事耳。唯顛米九帖，燁燁光彩射人，趙氏法書當以此帖第一，第其與人札云：『張旭俗子，變亂古法，高閑而下，但可懸之酒肆。』後人評米書『仲由未見孔子時氣象』，亦略相當，人苦不自知耳。

第四卷

李西臺建中是規矩中字，然無一種出塵意。山谷評謂如『講僧參禪』，最當。正獻、文忠皆鉅公中稍知書者，原非當行，無容深求。杜草似勝歐真，然歐公登二府後始學書，晚尤篤。此札云『忽有伊命』，則是方權開封尹時，尚未留意此道也。潞公有姿態，荆公書未工，然亦非不能書者。忠惠二紙未盡所長，後一帖殊不圍匿，媚姿秀骨，宋人無兩。末三行已是縱筆，第公書却是有意勝無意。蘇、黄亦皆非得意筆，蘇前一帖豪蕩自肆，精采射人，然似爲雞毛筆所掣，不甚圓净。後一帖力稍弱，云『江淮不熟』，當是守徐日書耳。黄行書具四面法，轉筆甚有態，有顔魯公《坐位帖》意；真書亦以態勝，然稍覺未整密。文定亦得乃兄法，何得云『但存故事』？米南宫書，據虎兒跋云九帖，然實止七帖，想爲人割去二帖也。運筆以輕速取態，然未嘗無骨，風韵略似孫過庭。第是行家，非利家，使付之不知書人，恐未有贊其佳者。梅惇一札稍大，覺更暢。此真蹟徵仲既臨得之，應在吴，司寇何爲未購得？

第五卷。蘇才翁、子美各一紙。宋人謂才翁書法妙天下，則不敢信，比之子美，較老蒼耳，子美亦自有字學。范希文、司馬君實如召伯之甘棠，不以書也。馮當世、范忠宣亦然。林君復有書名，而此不稱。此外如少游、參寥、薛道祖、范文穆、姜堯章、李元中，皆有可觀。文穆南宋人，誤置此册中。

第五卷

蘇才翁草法大有筆，宜其名噪一時，第尚不及君謨之秀而匀耳。内稱李西臺不受三司判官，即日拂衣，復展前一札，頓覺清風襲人。又稱李中丞治杭，市白集一部，嘗以爲恨。佳事佳話，堪置座右。滄浪不失箕裘，第筆力較軟，覺不稱名，豈此札偶出匆匆，或摹手少劣耶？『舜欽』二字大難識，因此見古人署名，大約類押字，别作構法也。邇來俞允文、莫是龍亦類此。温公、馮相、文正父子遺蹟如甘棠，良是。然范二公較優，文正尤秀發，忠宣全步趨乃翁，微未密耳。穆父、方回、少游、參寥、澤民、端叔皆蘇、黄同時從事翰墨間者，書雖未盡工，皆有可觀。前與可一跋亦然，覺少游獨勝。少游未識東坡時，嘗效坡書題壁間，此帖却又微帶米法。《洞天清録》稱其小楷逼鍾王，今不知尚有存者否？惜未得覯之。林君復瘦金行草甚勁媚有態，絶耐細玩。凡書瘦最難，非筆法精熟不能。跋乃訝其不稱名，何也？陳簡齋詩勝於書，《蘭亭》石刻甚多，不得薛臨真本，無由見工拙，據此刻頗覺力弱。李元中圓熟有餘，小楷勾填上石，去真遠矣。

第六卷爲南宋名人書。如王定國、錢穆父、賀方回、陳簡齋，皆元祐、政和間人，文氏誤耳。米敷文、陸秘監之奇逸，張于湖之調暢，韓子蒼、定國、方回之老健，虞雍公之儼雅，皆有可采者。張即之大擅臨池，惡札之驢垂此，行押差未敗耳。朱紫陽、張敬夫、文信公儒林國楨，千秋尚新，豈在書乎？葉少藴筆不佳，嘗仕顯矣，好搆撰，其人才亦下中。

第六卷

跋謂范文穆南宋人，誤置前卷；王定國、錢穆父、賀方回、陳簡齋，元祐、政和間人，誤置此卷。今已經改正。惟定國尚在此卷，豈與少藴同一石不可拆耶？米敷文雖乏扛鼎力，自是書家。定國、務觀、少藴、致能、子蒼俱有筆意，其書亦俱有來歷。少藴頗豪縱，其草偃勢略似《絶交書》，乃司寇公獨以不佳評之，恐未輸服。定國近蘇，致能近米，子蒼有《坐位帖》遺意，二張俱負書名，于湖稍古雅，樗寮果是惡札派，然亦有骨力。晦翁素留意書學，此帖亦淳古，微有《坐位帖》法，但形不似耳。姜白石《書譜》持論甚高，此書乃衹是書生面目，不稱所論。

第七卷爲元名人書。鄧文原二札，皆有清令之色。昔人評鮮于太常如漁陽健兒，姿體充偉，而少韵度。此札殊有米顛糾糾風骨，必仁亦瀟瀟可念。虞仁壽札似傷佻，康里巙評者謂其『雄劍倚天』、『長虹駕海』，不無曲筆。又謂如『鶯雛出巢，神彩可愛，頡頏未熟』，頡頏未熟，斯則得之。巎又言，吴興日作可萬字，儂可三萬字，恐無此理。趙彦徵、周景遠、吴興之優孟，揭曼碩伯防、陳敬初之魯衛，他如胡長孺、袁清容、饒介之、張貞居、王叔明，不無一二佳者，要亦偶然之合耳。倪元鎮筆如風女兒，灕漇長袖，豈爲丹青所攜借耶？吾不能知之，以俟鑒者。

第七卷

鄧文肅結體乃有似徵仲處，殆不可曉。伯機良近米，當爲壓卷，必仁亦有態，揭、陳三小楷魯衛，果也。康里亦有米法，周景達即子昂《蘭亭跋》中濟州驛亭相遇者，其人想學趙，但筆力稍弱耳。王家馭雅工筆札，余在禮曹時，嘗歎賞之。沈瑞伯曰：『此乃全是《停雲帖》中得來者。蓋《停雲帖》多自真蹟上摹出，其人雖未必是專門，然筆意宛然，效之則筆不駿，寫來自勁有勢。今觀前卷及此卷，諸公書法雖未工，然却俱有筆，比之《閣帖》覺易得師。二王等固是千古準的，但規格既峻，又以板力代毫力，妙處既不能得，復拘拘必以圓渾間求之，愈不似矣。』瑞伯固是解書語，倪雲林清有餘，第覺穉無力。徐文長獨極稱之，謂其『從隸入，輒在《季直表》中奪舍投胎，古而媚，密而散』，豈鑑以天機耶？然第一卷中《黄庭跋》猶佳，於文長所許猶近似。

第八卷爲吴興趙文敏書。行草尺牘若干首，遒媚清麗，妙有晋人風度。小楷《常清净經》、《千字文》各一篇，精工之極，妙逼《黄庭》、《洛神》，唯凡骨未盡换耳。昔人謂之『儀鳳冲霄，祥雲捧日』，又云『上下五百年，縱横一萬里』，舉無其敵，真知言哉。

第八卷

俱趙文敏書。文敏素工尺牘，此與中峰和尚諸札，圓熟多媚姿，然骨力恨少，未爲上乘。小楷亦祇是文敏本色，去《黄庭》、《洛神》尚遠。司寇遽引『儀鳳』、『祥雲』、『五百年』、『一萬里』語贊之，似過。

第九卷。宋承旨濂、舍人璲各一紙，《書述》稱『宋氏父子不失邯鄲』，覺舍人小縱耳。承旨翩翩，有顔、米筆。詹孟舉叙字小楷，可謂精能。宋克章草書，於彼法中太儇露，未是合作，然已足壓卷。解學士似爲銜檃所苦，未甚馳驟，然跼足差少。禎期舉舉，出藍〔二二〕之能。沈學士一頌一札，清婉流媚，故是當家，然與詹生俱淘洗宿習未盡。《書述》謂沈大理『毬鞠少年，危帽輕衫』，然哉。徐武功是米書之儇浮者，馬刑部是米書之病狂者，劉西臺是吴興之局促者。李少卿愛寫此疏，是其得意事，故出得意筆，有『純綿裹鐵』之狀。張汝弼以小故佳耳，再一展，便不足言。

第九卷

宋學士居卷首，當即是壓卷。舍人雖小縱，然淳古不及也。詹孟舉南郡諸署書俱佳，此小楷衹是穩熟，是二沈所自出，温頗雜有俗氣邪氣，司寇何爲亟許之？解大紳豪氣滿紙，然未脱俗。禎期勁肆，嗣仲珩，開南安。二沈以楷法貴顯，然行書却勝。武功法不勝意。馬刑部何人？豈元敬《寓意編》中所云馬主事抑之，藏顔《坐位帖》者耶？書不狂，是力未至耳。李太僕未能去邪去俗，亦是詹、宋、二沈派，何緣高自許。張南安徑四五寸草書有絶佳者，去其狂而可矣。此小行未展厥技，何反謂『以小故佳』？末尾章草三行，似亦不讓仲温。

第十卷爲祝京兆允明書。《古詩十九首》、《秋風辭》、《榜枻歌》，余往從文嘉所見真蹟，清圓秀潤，天真爛然，大令以還，一人而已。顧華玉跋不能佳，文徵仲代爲書石者。後有陳道復、王履吉題字，亦可觀。《書述》一篇，京兆評國初至弘、正名筆，差許仲温、民則而惡汝弼，其所揚扢皆當。味其微托，固欲與吴興狎主齊盟矣。書法倣章草，不能造幽，亦自不俗。

第十卷

枝山《十九首》，人多稱之，余猶嫌其是一筆書，且多匆促率爾意，未是此翁得意筆也。敬美謂此詩草法從懷琳《絶交書》中出，看其風行草偃勢，果類之。《書述》章草非本色，然却稍有姿。其所評今人諸書未得盡見，未敢隨聲附和。《停雲》初本十卷止，此今增入孫過庭《書譜》爲第三卷，又續以徵仲臨《黄庭經》及《西苑十律》爲末卷，共十二卷。

原《弇州山人四部稿》卷一百三十三

《書畫跋跋》卷二

校勘記

〔一〕『藝韞』：《淳化閣帖》作『叔藝韞』。

〔二〕『在在』：《四庫》本作『在於』。

〔三〕『骳』：底本作『髀』，據《四庫》本改。

〔四〕『的是』：底本作『的是的』，據《四庫》本删。

〔五〕『掘』：《四庫》本作『拙』。

〔六〕『紙』：底本作『紙』，據《四庫》本改。

〔七〕『娙』：《四庫》本作『娟』，《述書賦》作『婭』。
〔八〕『隨』：《淳化閣帖》作『隋』。
〔九〕『曠』：《四庫》本作『廣』。
〔一〇〕『知』：底本作『如』，據《四庫》本改。
〔一一〕『闕』：底本作闞，據《四庫》本改。
〔一二〕『憾』：底本原脱，據《四庫》本補。
〔一三〕『二』：民國本作『三』。
〔一四〕『三』：《皇明五先生文雋》作『二』。
〔一五〕『標』：《四庫》本作『褾』。
〔一六〕『綦』：底本作『碁』，據《四庫》本改。
〔一七〕『詡』：底本作『栩』，據《四庫》本改。
〔一八〕『匹』：《四庫》本作『譬』。
〔一九〕『押』：底本作『狎』，據《四庫》本改。
〔二〇〕『索』：底本作『率』，據《四庫》本改。
〔二一〕『藍』：底本作『籃』，據《四庫》本改。

弇州山人題跋卷十二

書畫跋跋卷二

墨刻跋

衡山禹碑

禹碑在祝融峰，重刻者有二本，而隸釋亦微不同，大抵多以意會耳，非必盡能識之也。按昌黎歌『科斗拳身薤倒披，鸞漂鳳泊拏虬螭』，是書形勢，亦誠有之。及讀盛弘之《荆州記》、劉禹錫寄呂衡州詩，此碑流蹟已久，不當參以蚜蝣之足。但銘辭雖古，未諧聖經，極類汲冢周書《穆天子傳》中語，豈三代之季，好事者托大禹而刻之石耶？然宣王《石鼓文》亦多類是，似更有不可曉者。予直以爲即秦以前文猶勝作西京後人語，而用脩所謂『龍畫傍分，螺書扁刻』，不啻倍屣《嶧山》、《瑯邪》也，留此以冠諸刻。

衡山禹碑

此碑余曾見兩本，然皆非舊刻。其銘辭及篆法俱大類《石鼓文》，舜稱禹『汝惟不矜』，必不樹石自頌，或佐禹者伯益之徒爲之，則未可知。文詞難懸斷，使有虞賡歌及《五子之歌》不列於經，人亦未必無疑。南楚好辭，倚相輩不難作此，但古人無此贗法，水土平已久，復爾頌禹，亦似無謂，後跋謂『不敢遽謂爲秦以後』，最是傳疑定論。第虞夏書皆科斗古文，即漢人得之，亦多不能讀。今此篆形雖間有難識，却去大小篆不遠，恐非虞夏所遺。豈文撰自禹時，舊碑已亡，周末時復以籀篆重勒耶？安得夢魚首黄衣及長人挈古瓶者一詳叩之。

岐陽石鼓文

《石鼓》文辭既深，典出入《雅》、《頌》，而書法淳質，是籀史跡，其爲宣王田獵之語可據。歐陽公偶以臆見疑之，爲書家諸學士貶擊，殆無地可容面。若以夫子之所不應删，則非也，詩固有夫子之所未盡見者。此石今猶在太學，而人不知護持，豈亦所謂舍周鼎而寶康瓠者耶？

岐陽石鼓文

《小雅》辭，史籀篆，或成或宣不可知，然斷爲姬周遺蹟無疑也。孔子删《詩》乃據在樂官者，此詩或未入樂官，不必輕置喙。刻文細而淺，正是有意爲巧，欲得妙手精搨，乃不失真耳。漢印有刻甚淺者，亦是此意。此石今雖在太學，然已磨滅不可識，若得宋搨本存之，允爲至寶。

秦相嶧山碑

昔賢評徐散騎有字學而書法不能工，今所橅斯相《嶧山碑》，僅得其狀耳。求所謂『殘雪滴溜，鴻鵠群游』之妙，徒想像於荒烟榛草間，重以增慨。

嶧山碑

據鄭博士跋，此碑乃取徐常侍模本勒石者，篆書嚴整無轉折痕，於鈎填易爲功，更加以石力，愈覺圓勁，但李丞相筆意無由得覩耳。《嶧山銘》，《史記》不載，今獲傳於世者，賴博士此片石也。《泰山碑》久已亡，近忽搜有二十九字，余曾搨得，乃二世元年續刻，自『臣斯』起至『昧死請』三十字，中闕『臣』下一『德』字，其字微泐，間有修改痕，却猶少存運筆勢，疑或是古刻。再細玩，傍乃有小楷字，不知係何語，爲篆畫穿破。未有篆在先而細書加於粗畫上者，則亦似是唐宋人重勒者耳。歐陽公《集古録》亦有《嶧山刻》，然疑其僞，云其字體比《泰山》差大，自唐封演已言其非真，而杜甫直謂棗木傳刻耳，皆不足貴。獨泰山頂上『二世詔』僅存數十字，是江鄰幾自至刻石處搨者，特爲真。其文與今余所搨正同，特又今湮其半耳。

西嶽華山碑

《西嶽華山碑》，文見楊用脩《金石刻》，亦爾雅可讀，爲新豐郭香察書。凡漢碑例不存書者名氏，此小異耳。至謂東京無雙名，而云『察書』者，監書也，其言亦似有據。然鄧廣德、梁不疑、成翊世、鄧萬世、王延壽、謝夷吾、蘇不韋、費長房、蓟子訓，此何人也？其行筆殊遒勁，督策之際，不盡如鍾、梁二公，乃知唐人隸分之法，所由起耳。

漢太山都尉孔宙碑後

《漢太山都尉孔宙碑》。宙，融父也，卒以延熹四年。又後四年而都尉廢，廢三年而長子褒坐融匿張儉抵罪，時融年十六，宙卒時僅九歲。碑不載宙子名，余故附記於後。碑陰有『廣宗捕巡』等，今皆失之。其書與文雖非至者，要之不失東京本色也。

跋漢隸張蕩陰碑

《後漢蕩陰令張君碑》。君諱遷，陳留己吾人，盖既卒，而其門生故吏刻石記之者也。文辭翩翩有東京風，獨叙事未甚詳覈耳，至謂其先有曰良、曰釋之、曰騫者。按，良，韓人；釋之，南陽堵陽人；騫，漢中人，宗系絶不相及，文人無實乃爾。其書法不能工，而典雅饒古意，終非永嘉以後所可及也。

漢景君銘

《漢故益州太守北海相景君銘》，今在濟寧州學，見永叔、明誠集中，而永叔辨論加詳。隸法故自古雅，尚可識。益州部當言刺史，不當言太守也；額曰『銘』、辭曰『誄』，亦屬未安。東京作者，往往如是。

漢司隸校尉魯峻碑

右《司隸校尉魯峻碑》，亦漢隸中之有聲者也。鄭樵氏謂出蔡中郎，趙明誠疑其不然，俱未有據。峻自司隸再遷以終，今舉其雄者，又爲之私謚曰忠惠父，皆門生故吏意也。

漢圉令趙君碑

《漢圉令趙君碑》，當趙明誠時已刓缺，名字無攷。而所載銘辭，今尚彷彿可讀，書法方整，鍾、蔡所近，其碑是漢舊刻，可重也。《金石録》云『司徒楊公辟』，攷碑『司徒袁公辟』，當以碑爲正。

漢圉令趙君碑

《華山》及《景君碑》余曾見，隸法大約古勁，餘四碑未見也。官名不書見銜，立碑不以終官名，以前官高者名，今人每如此。余嘗疑之，乃東都亦已然。

蔡中郎書夏仲兖碑

按趙明誠《金石録》云，此碑元祐間治河隄得於土壤中，刻畫完好如新。又云家所藏漢碑二百卷，獨此碑最完。然則歐陽公以前，當不及見矣。碑尾今有『蔡邕伯喈書』字，乃後人妄益，然内稱夏君於建寧三年六月卒官，而是時伯喈繇橋司徒府出長河平，入爲郎中。又其隸法時時有篆籀筆，與鍾、梁諸公小異，而骨氣洞達，精彩飛動，疑非中郎不能也。但蔡集不載，而他書亦無可考，姑闕以俟知者。

蔡中郎書夏仲兗碑

漢碑惟此最爲完好，其隸法多蠶頭燕尾筆，與《汝帖》中中郎書數行相似，亦未知果是中郎手蹟否。此石今在永年，余童時見一本，後有嘉靖乙巳南昌唐某跋，稱永樂七年修，歲久仆。成化己亥前守秦公重建，嘉靖癸卯築城之役爲工匠所毀，求之不獲，乃取模書勒石亭上。然則此碑蓋模本也。近來搨者欲贋爲古，皆以重墨湮，此跋背後亦隱隱見之，但模糊不能盡辨耳。後行『建寧三年蔡邕伯喈書』九字，及銘下『淳于長夏承碑』六字，皆後人所益。碑雖重勒，然字形不失，出篆入真，與漢他隸又稍別，奇古遒逸，絶有勢。漢隸妙蹟，賴此猶存彷彿。

桐栢廟碑

後漢《桐栢廟碑》，王文考撰，樵搨精彩動人，覽者謂是宋本。按，歐陽永叔《集古録》謂：『磨滅雖不甚，而文字斷續，粗可考次。』其所載文僅十之六七，不應此本完善乃爾。豈漢碑已泐，而宋人别得善本重刻之耶？分法雖極古雅，然往往有史惟則、張正臣筆意，視《受禪碑》、《勸進表》不無出入，因識以俟知者。

桐栢廟碑

《集古録》祇云磨滅不甚，而此本乃完善，的爲重刻無疑。碑辭頗工，乃昌黎《南海碑》所自出。

皇象天發碑

嘗覽黄長睿《東觀餘論》，稱休明書人間殊少，唯建業有吴時《天發神讖碑》，若篆若隷，字勢雄偉。後又閲趙明誠《金石録》，頗載碑所謂『上天帝言』、『大吴一萬方』等語，以爲妖而不著其奇。昨肖甫中丞搨一紙見寄，大抵與漢隷殊異，亦不用批法，而挑跋平硬，又盡去碁算㪷環之累。隷與篆皆不得而名之，信所謂八分也。雖稍磨阞〔二〕不可讀，而典刑盡在，因録之篋中。跋尾胡宗師不著臨池名，而絶得魯公《宋文貞碑側記》法，亦可取也。

皇象天發碑

跋稱『肖甫中丞搨一紙見寄』，則碑今見在建業，奈何不聞他人有搨者，豈不合時好耶？司寇後官留都，曾摩挲此石否？

急就章

章草，隸之分變也，自伯英創今草，海内争趣之，章日以廢。《書譜》稱二王章法俱入神，而其存者自《孫權》、《豹奴》二三帖外，不復可見，豈非愛而傳者不在是耶？此《急就章》稱皇象書，無可據，唯米元章《書史》云象有《急就章》，唐樵奇絶，在故相張齊賢孫山陽簿直清處。此豈即其物耶？然當葉夢得刻石，時再經摹搨，國初又一入仲温手，風骨盡矣。形似一二存者，精意古色，尚足照映藝圃，况真象書，又當何如耶？

急就章

此但存章草形體耳，無論是皇象筆與否，古意總已全失。

孔子廟碑

《孔子廟記》，後有『陳思王曹植詞、梁鵠書』數字，是宋嘉祐人益者。魏文帝于簒漢後日不暇給，乃有此舉，毋亦禪讓餘策哉？何新之莽、魏之丕来辱吾聖道若此也。碑字多漫漶，其存者結體亦與《受禪》同，差可寳也。

孔子廟碑

孔子廟碑甚多，此碑不知在何地，余未見。

受禪碑

《受禪碑》，云是司徒王朗文、梁鵠書、太傅鍾繇刻石，謂之『三絶碑』。一云即太傅書，未可據也。字多磨刓，然其存者，古雅遒美，自是鍾鼎間物。噫，其文與事不論，後千百年，而使海内之士所指而唾駡者，寶玩不忍釋，孰謂書一藝哉。

勸進碑

《勸進表》亦云鍾繇書，結法與《受禪》略同，第所稱官俱號督軍，蓋是時尚未稱都督耳。以太傅手腕，使書前後《出師表》，刻之七尺珉，不遂與日月相照映哉？吁，可惜也。

又二碑

余所記《勸進》、《受禪》二碑，以乞家弟矣。後復得一本，字畫不甚剥蝕，惜《受禪》闕前數行，中又多斷簡，當是舊搨再經裝池致零落，其存者猶煒煒精采射人也。余始絶喜明皇《泰山銘》，見此而悦然自失也。漢法方而瘦，勁而整，寡情而多骨；唐法廣而肥，媚而緩，少骨而多態，此其所以異也。漢如建安，唐三謝，時代所壓，故自不得超也。

勸進碑

二碑余皆有之，雖磨刓甚，然字猶半可識，真斬釘截鐵手也。余不解隸法，至覩此碑，則把玩不能釋手。明皇《泰山銘》何可倫，惟《夏承碑》堪伯仲。然此是舊石，筆意猶大半存，率更正書險折法多從此變出。

鍾太傅賀捷表

太傅《賀捷表》，一名《戎路表》，清麗無前，唯結法似小異真蹟，藏宣和御殿。歐陽公以二十四年九月内羽未死爲疑，黄長睿復以閏年駁之，當無可措語矣。第此亦非李懷琳輩所辨也。

鍾太傅賀捷表

此《表》閏月無可駁，黄長睿《東觀餘記》載兩跋辨之甚詳甚覈，蓋關壯繆於建安二十四年秋水渰七軍，破曹仁，至冬日中流矢解兵去，此表蓋賀仁、晃此捷，非賀十二月吴之傳捷也，與史正合。表中『矢刃』作『夭刃』，是隸法初變體，永叔誤讀作『手刃』，因此生疑耳。第長睿謂征南將軍即大帝，却非。征南正是曹仁，仁《傳》甚明，故云『運田單之奇，與徐晃并力』，表中語亦自了然，何云大帝也。書法比元常他蹟微佻，然古趣自存，其姿態乃更從古拙中溢出，真所謂意外巧妙，絶倫多奇。李嗣真云：『鍾書如郊廟既陳，俎豆斯在。尚書《宣示帖》當之。』又云：『比寒澗闟〔二〕壑，秋山嵯峨。』此《表》當之。第爾時漢帝在也，而列侯於丞相輒上表稱臣，殊可駭愕，豈元常爲魏相國，於國主儀當爾耶？余藏有一本，後有楊娃『皇妹圖書』小印，不知係印在真蹟上者？搨本上者？《集古録》謂有兩本，字大小不同，小者差類繇書，此豈即小字本耶？司寇後跋有謂出思陵手搨者，未之見，不知字形視此何若。

宋搨蘭亭帖

此《禊帖》所謂《蘭亭叙》正本賜潘貴妃者，及秘殿圖印，乃是作一小册子於綾面書記耳。是元初人装，賻池皆零落，後有朱紫陽及柯丹丘題，仲穆諸公跋，末又一老僧作胡語，末云『付之東屏，永鎮山門』。按，趙吴興《獨孤長老蘭亭十三跋》内稱，吴中北禪主僧東屏有定武《蘭亭》，從其借觀不可，一旦得此，喜不自勝。獨孤之與東屏，其賢不肖可知也。此本爲六觀堂周氏世藏，豈眞北禪物耶？第細看是木本，及取姜堯章《偏傍攷》證之，所謂仰字如針眼、殊字如蟹爪、列字如丁形、云字微帶肉，頗可據，它未必盡爾。又中所註『曾』字乃作一鈎磔，黄長睿謂押縫『僧』字之誤，今亦不然也。字形視他本差大，而中多行筆，雄逸圓秀，天眞爛然。又《聖教序》古刻佳字皆從此中摹出，吾不知於《定武》何如，《復州》以下，皆當雁行矣。始吾一再題，皆謂《定武》，而不能辨木本所以。後閲米海岳《書史》，稱泗州杜氏收唐刻板本《蘭亭》，與吾家所收俱有鋒勢筆活，回視定本及世妄刻之本異。又云錢唐關景仁收唐石本佳於《定武》，不及余家板本遠甚。米高自標樹乃爾，即世所聞『三米《蘭亭》』是也。理廟題作正本，且所謂有『鋒勢筆活』語，豈三米耶？抑杜氏本耶？若『老僧付東屏』一跋，恐是好事者附會，成畫蛇足耳語。云《蘭亭》如聚訟，吾鄉者不熟律，漫爲長歌，遂作一番錯斷公案，然此本亦自不辱也。

又

莫雲卿甚愛吾此本，以爲在《定武》上，而周公瑕不然之，於跋尾頗出異議，人或以難余。余謂昔裴逸民性弘方，愛楊喬之有高韵；樂彦輔性精純，愛楊髦之有神檢。論者評之，以喬雖高韵，而檢不匝；樂言爲得，然并爲後出之儁。此本之視《定武》，殆猶楊喬之有高韵，而微傷檢者乎？要之亦伯仲也。然遂欲定周、莫之優劣，比於裴、樂，則吾未敢知。

又

余嘗見開皇石本、褚河南臨本，與此雖小有不同，然皆行筆也。《定武》稍真，爲一時賞重，然米南宫絶不喜之。其後摹者日益楷而小，非復故步矣。相傳《定武》爲歐陽率更臨，故楷法多勝，褚河南臨則行法勝，蓋皆以其質之近爲之耳。米筆佻，以故不欲爲定武左袒，與公瑕之謂此本不如《定武》者，俱非篤論也。

又

此本初爲周氏六觀堂物，周生歿，其家失之，落拾遺人黄熊手。熊嘗借張氏摹石搨得一紙，作古色，却割去真帖入舊裝，又携示今沈尚寶、中學士乞題尾，質之吾州曹氏，得中金三十兩。以真帖一幅質周金華處，得中金二十兩。最後事露，曹氏却責令原卷，而會金華歿，復從其家購之，始復合而售余，損他器翫直數十千去。久之，而吴中有刻《蘭亭叙》者，文休承爲題尾加奬飾，以爲不下《定武》。細閲之，即張氏石本耳。以此知余所得之妙，信非凡品也。

宋榻蘭亭帖

蘭亭刻雖多，大略不甚相遠，似皆祖定武出，惟褚臨本字稍大稍縱，然款段猶同。惟此賜潘貴妃本則别是一規格，若出己意臨寫，不求甚似者。余曾見重摹本，甚飛動有勢，此跋謂『雄逸圓秀，天真爛然』，良是。第既云『字差大、多行筆』，又『曾字作一鈎磔』，則與《定武》已全異，又何誤認爲北禪真物，及取姜堯章《偏傍》拘拘考證耶？杜氏收唐刻板本、米海岳板本俱未及見，難以懸斷。理廟題作正本，想亦以愛重之故，非有的據。周莫異議亦如歐楷褚行，各以質之近爲評。喬、髦、裴、樂，真切諭也。第右軍筆法内擫，若以較真本，此帖恐終不近。

題宋搨褚模禊帖

昔人稱宋搨《蘭亭》自《定武》外，以《復州》爲勝，《豫章》次之，劉無言重刻張澂褚模《蘭亭》爲第三本。今此帖稱張澂摹勒上石，蓋昔人偶未見澂原石耳。所謂循王家藏本，恐不甘《復州》、《豫章》下也。記余少時，得石刻褚模《禊帖》，前四字爲張即之書，次爲馬軾圖褚摹狀，又次爲米芾元章跋及贊，於尾云：『元祐戊辰獲此書，崇寧壬午六月，大江濟川亭，舟對紫金避暑，手裝。』《禊帖》之下僅『紹興』二字御記，及後有『政和六年夏汝南裝觀察使印』而已，餘七印皆米氏識也。英、景間，吴中陳祭酒緝熙得此本，謁館閣諸大老，跋凡十有三，雙鈎入石。余獲石本後十餘年，而陳裔孫以墨本来售，僅餘忠安等五跋，而增元陳深十三跋於前。詰之，則曰：『近以倭難竄身，失後數紙耳。陳深書尚固未登石也。』余時不甚了了，捐三十千收之。踰月小間，較以石本，不及遠甚。又踰年，檢都元敬《書畫見聞記》云：『祭酒歿，此卷燬于火。』余悶悶不能已，然怪所以存此五跋者，蓋陳命工更臨一本，而刻此跋以授少子，今此其本也。又數年，始獲此宋搨本，内有范文正仲淹、王文忠堯臣手書，杜祁〔三〕公、蘇才翁印識及米老題贊，與前本同異幾二十許字，考之米老《書史》，無一不合，而光堯秘記、敷文鑒定又甚明確，始悟陳所得蓋米本耳。陳本輕俊自肆，至米跋則翩翩可喜，使它人故不易辨此，然亦不敢出入乃爾。意米老嘗别爲贗本以應人，又懼異時奪嫡，故稍錯綜之耶？此老白戰博書畫船，其自叙以王雍雪景六幅、李主翎毛、徐熙《梨〔四〕花》易之，損橐裝矣，能無作此狡獪變也。余不足言，獨怪陳以平生精力與諸老先生法眼不能辨，故詳記其事於張本，以歎夫真賞之不易得也。余贗本爲友人尤子求乞去，余笑曰：『售之，第無損人三十千。』

又

米襄陽謂此爲褚河南的筆，亦非也。既稱『勾填清潤』，又云『以意改，誤易數字』，未有雙鈎廓填而意易者，盖唐人於河南臨本上加雙鈎耳。虎兒實知之，不欲矯其父誤，謾定爲諸葛正等於賜本雙鈎，又非也。『正』當作『貞』，宋人避其廟諱故，余始謂能辨。陳家本作于定國耳，今乃能於米家本作董狐，書畢不覺一笑，噴筍滿案。

宋搨褚模禊帖

管子安臬副購有褚摹《蘭亭》真蹟，余曾借觀月餘，乃是四箱方册，截一行作兩行，每方四行，其湊搭處皆整齊完好，無毫髮空缺。『崇山』二字挖嵌尤妙，渾然天成，即如原在『少長』字傍者。内『觀宇宙』兩幅失去，以墨刻補之，刻搨俱不甚工，末有褚氏印及忠孝之家錢印。後范文正、王文忠二跋并元章跋、元暉鑒定跋，俱原係小方，無割裂。米筆類《哀册文》，極有勢，後書『壬午六月大江濟川亭艤寶晋齋，艎對紫金浮玉群山，迎快風銷暑，重裝』。詹東圖極愛之，謂只此米字，可直百金。其前《蘭亭》字亦流動善取勢，第骨力尚不甚勁，無但右軍。妄意謂即河南筆法，亦恐不止此。惟米跋果佳，第細玩亦似雙鈎，然表册絶精，堅厚而和軟如綿，今裝潢匠不能爲也。司寇意米老或嘗爲别本以應人，子安所得，或出米手。《巵言》中又有論褚模《蘭亭》一段，證辨甚詳覈，但稱張澂石本作『閏六月九日大江濟川亭』云云，謂不應六月復裝一本，定六月者爲贋本。第九月安得有暑可銷，當是録舊跋，但改月分，偶忘『去迎快風銷暑』等字耳。然則循王所得已是米臨本，陳本無文正、才翁跋，管本無杜、蘇跋。世間善鈎勒手固亦時有，恐此三本皆非褚真蹟，陳、管或又非米蹟。不知司寇三十千本視管如何，但不係石本上臨出，或猶彷彿隆準王孫耳。

宋搨蘭亭帖

此帖前有故相李文正題額，後則元杜本、鄭元祐、陳深諸名勝及明楊文貞跋，皆許爲《定武》佳派，而跋語似尚有《蕭翼賺辨才》一圖，今失之矣。紙色如栗玉，墨如淳漆，古雅可愛。考之宋《復州》、《江州》、《豫章》諸本，皆缺前『會』字，及周邸所模第五本結法同，唯督策覺此爲勝，乃知周邸絕愛重之，與兩《定武》、褚模、賜本併爲五耳。莫雲卿題尾云：『海虞有《賺蘭亭圖》，逼真閻中令，而褉刻不稱，後歸趙太史汝師。』今春晒書見之，因舉以貽汝師，未敢遽謂延津之劍，庶幾中郎之虎賁耳。

又宋搨蘭亭帖

《蘭亭叙》結體全近今元常、世將等，古法至此一大變，其妙處惟在字字飛動，若不甚經意，然亦不全無意。其體是真行，總只若屬草者然。然筆法内擫，結構最緊密，雖佚蕩不拘，而筆筆力到，點畫間無一聊且意，所謂『周旋中禮』，『從心不踰矩』。後來臨者，欲求形似，則滯而不得勢；欲急取勢，則又不易得肖。總之皆不得筆，所以最難。定武刻余曾見數本，似皆非真。項子長曾示余一本，乃潘司空子允亮所摹，中剥落磨泐處頗多，而字畫飛動，神采射人，與平昔所見諸本迥異。項云此蓋并剥落磨泐蹟一一鈎填，毫髮不爽者。以此知《定武》所以爲時賞重，正以其緊密兼佚蕩，稍得右軍筆意，故云最逼真。世所傳楷法多太秀媚者，皆似欲求太似，翻輾轉失其真耳。此本有元跋，且俱稱爲定武佳派，不知能勝潘刻否？余曾以潘刻告寮友南海黎君君華，黎遂託朱山人於潘處乞得一本，有潘小朱印，與定武本絶似，而神采却不及項所示者，此又不知何也。

蘭亭肥本

《蘭亭》肥本二，前一本雖少剥蝕，而淳雅饒古趣，當是《定武》正嫡。後一本則時刻中之小有意者，留以備考。

蘭亭肥本

定武刻，人多謂瘦本勝，敬美則云：『古人作字多肥，故元常如此肥，而彼時猶云「胡肥鍾瘦」。凡碑刻搨多，石漸磨損，字乃減瘦。』渠在關中親摩挲諸古碑，證驗得之，良非孟浪。而趙松雪則又謂紙有粗細燥濕，墨有淡濃輕重，刻之明暗，肥瘦隨之，真知書法者，正不在此。其鑑尤精。此二肥本，其一既饒古趣，即當是希有本，不知敬美展玩時作若何評。

周邸東書堂禊帖

《蘭亭叙》刻周憲王邸中者，凡五本。其一爲定武本，二爲定武肥本，三爲褚河南本，四爲唐樵賜本，而其五復爲定武本。不知王所藏本，果無奪嫡之疑否？王果有正法藏眼否？且似以己意臨搨，而不作雙鈎廓填，媚潤有餘，古勁不足，恐未能爲中郎之虎賁也。石刻於畫尤遠，泉石氣韵了不知所在，而諸賢偃仰隗俄之態，尚小可尋，以此知伯時自不凡。其它詩及雜記真行數紙，皆憲王筆，縱不能脱俗，而時時有晋意。譬之王、石飴澳釜、熇〔五〕代薪，比之爾時諸賢，風流都不似，然不至作宋儒喫菜事魔也。此本視近搨差整潔，留之作諸《蘭亭》屏脚。

周邸東書堂禊帖

周邸帖大抵摹手未工，此跋評五帖云『媚潤有餘，古勁不足』，良是的論。摹畫入石，比書更難，此圖無别本，賴此尚存梗概，若得高手出己意臨之，固是一快。司寇門下名畫士不乏，何不令作此圖以配潘貴妃本？

王右軍草書蘭亭記

余初見此帖大駭，亡論與右軍存蹟毫髮不相似，其縱慢生穉，即唐開元以前無之，獨於督策處小近《筆陣圖》耳。楊用修謂《筆陣圖》乃江南李後主僞作，及覽蔡子正跋尾，謂陶穀學士得之李主所，後穀之裔孫遺之，且云邇者定州石刻小字，朝廷尚取而置之禁中，則此書尤可寶重也。蓋陶性貪甚而寡識，又以豪壓李主，所匃奪無厭，李故用懷琳故事，作僞書，裝潢古色以戲陶，陶果不察而寶藏之。其孫又賂子正於樞廷代朱提，而蔡又不察，最後降虜，强作解事，引沈學士『饑鷹夜歸』、『渴驥奔泉』語灾之石，俱可笑也。世固有寶燕石者，猶似玉也，此書固樸之於璞哉。

王右軍草書蘭亭帖

此帖余曾見，大是俗品。

題宋搨黄庭經後

昔人謂右軍《黄庭》不傳世，而傳者乃吴通微學士書。余所見多文氏《停雲館》本，往往纖促，無復遺蘊，以爲真通微贋作。及覩此宋搨，乃木本耳，而增損鍾筆，圓勁古雅，小法楷法，種種臻妙，乃知《停雲》自是文氏家書耳。且通微院吏體，安能辨此狡獪耶？曹君其寶之，異日受《白雲子訣》，見飛天仙人鸞鶴時，更當一大快也。

宋搨黄庭經

曹君本余未見，曾在敬美處見所購朱忠僖家本，此所謂『增損鍾筆，圓勁古雅，小法楷法，種種臻妙』者，果不誣。

舊搨黄庭經

黄長睿以陶隱居《翼真檢》『興寧二年，南嶽魏夫人授弟子楊君《黄庭經》，使作隷字，寫傳許長史』時右軍歿已二歲爲辨，然隱居《上梁武書》云：『逸少有名之跡《黄庭》、《勸進》，不審猶得存否？』長睿以隱居破隱居，亦似癡人説夢也。第唐人謂是《换鵝經》，則可笑耳。此木本宋搨摹拓，展轉失真，而中間尚存意態，如所謂王、謝家子弟，猶可想也。

舊搨黄庭經

陶秀實跋云：『山陰道士劉君以群鵝獻右軍，乞書《黄庭經》。』此是也。元章

《書史》據《晋史》駁之，云『甚可笑』，今司寇亦因其説。第自齊梁以來，相傳右軍真蹟俱有《黄庭》，無《道德》。《黄庭》初出不甚知名，但云『道經』，或遂訛爲《道德經》。此祇由一人訛起，後便相沿。《晋書》雖係正史，亦但采舊聞，且記事但取换鵝爲實，至《黄庭》、《道德》間原無輕重。又褚河南所録《右軍書目》内，《黄庭經》下明注云與山陰道士，夫豈無據？開元時去永和未遠，太白『《黄庭》换白鵝』句或别有所本，史書承訛者亦甚多，據真蹟爲斷，猶有準繩，物我異觀，豈不更相笑哉！

右軍筆陣圖

《筆陣圖》二本，一本刻自周邸者，小類歐陽率更，僞本無疑。此本作行筆而稍大，數行之後，筋距横出，至訛『張昶』爲『張旭』，蓋亦非真蹟也。或云出江南李王〔六〕手，李用筆疎而婉媚，此則遒勁有格，恐亦非宋人所可到也。

右軍筆陣圖

《筆陣圖》語多淺俗，斷非右軍所著。然其來已久，似唐人僞作者。論書語亦間有可取，第不得要領。二本余俱曾見之，覺真字類歐陽者稍勝。

周孝侯墓碑

宜興周孝侯墓有古碑一通，云晋平原内史陸機撰、右軍將軍王羲之書，跋尾云『唐元和六年歲次辛卯十一月十五日，承奉郎、守義興縣令陳從諫重樹』。此碑後又有一條『前試太常寺恊律郎黄某書』，名與書俱糢糊，而『書』字微可推，當是後人因陸機撰下有空石，妄增『右軍將軍王羲之書』，以重其價耳。文内初載處事，大約與《傳》同，至於『弦絶矢盡……左右勸退，處按劍怒曰：「此是吾効節授命之日，何以退爲？我爲大臣，以身殉國，不亦可乎！」』下忽接『韓信背水』文，差不成句，又云『莫不梯山架壑，襁負来歸』云云，『元康九年，因疾增加，奄捐館舍，春秋六十有二。天子以大臣之葬、師傅之禮，親臨殯壤。建武元年冬十一月甲子，追贈……曰孝侯，禮也。賜錢百萬，葬地十頃，京城地五十畝爲第，又賜王家田五頃，詔曰「處母年老，加以遠人，朕每愍念」……其二年月日葬於義興舊原。』按，處以永平七年戰殁，贈平西將軍，賜錢葬地及給處母醫藥酒米，俱如碑。蓋又十五年，而元帝稱制，追封孝侯，建武其年號也。時陸平原殁已久矣，豈於樹碑之際，而爲處後者竄入『謚孝侯』一句耶？然不應以永平之詔移入建武後，至所謂『梯山架壑』、『奄捐館舍』、『天子以師傅之尊』等語，又似平原它文錯簡。然考之吴及晋初，俱無元康年號，不可曉也。書結構雖小踈，筆亦過强，而中間絶有姿骨。督策之際，大得鍾、王意，在李北海、張從申間，又不可以其譌而易之也。

周孝侯墓碑

唐人碑多用此真行體，蓋祖《聖教序》來，謂『太常協律郎黄某書』是也。其文亦非平原筆，似并陸機撰、羲之書俱後人妄增者，黄協律書何不佳，惜多此蛇足。

題右軍十七帖

黄長睿言石刻有二本，其一卷尾有『勅』字及解無畏、褚遂良校者最佳，蓋唐本也。其一爲賀知章臨本，李後主刻之澄心堂者，王著翻刻之，殊拙而瘦，所謂閣本也。此帖後有『勅』字及無畏等校，與長睿語合，蓋宋人得唐本，以精工刻之。其鈎拓擫捺，無毫髮遺恨，而紙墨如新，光彩映射，真所謂山陰之嫡嗣也，吾弟其寶藏之。

右軍十七帖

《十七帖》，張彦遠云：『貞觀内本凡百七行，九百七十三字。逸少草書中烜赫著名帖也。』内除『來禽』等二十字係正書，其餘皆草書，結體亦多相似，彦遠謂文皇取其迹以類相從綴成卷是也。黄長睿謂唐有兩石刻本，一勅字本，一即其所得本，此外乃别有南唐刻賀知章臨本及王著本。又有似南唐刻板本，今此帖謂是宋人重刻唐本，不知於何處辨之。今世盛行兩種，一吴中勅字翻本，亦稍有筆意；又一中州本，乃舊刻，不知以何爲祖。行款俱與吴中本不同，字亦渾勁有古意，第乏運筆勢耳。右軍真蹟多湮滅，得此佳本，果足稱嫡嗣。

宋搨臨江二王帖後

晋《二王帖》，右軍上、中二卷，大令一卷。前爲二像，扶侍者各二，蓋宋臨江石刻也。黄伯思謂《淳化閣帖》多贋本，唯《十七日》等帖後有文皇『勅』字一卷最佳，此本則汰去《閣帖》之僞者，而博取諸家藏真蹟名刻，命好手雙鉤上石，掩映斐亹，劇有生氣，爲書家一代冠冕。余初得右軍上卷，蓋宋搨之絶佳者，喜而題其後曰：『箕裘誰復二王如，底事吴興一卷無。記得向来貞觀例，黄金偏購右軍書。』居半歲，忽復有以右軍中卷及大令下卷售者大令缺數條，後先所得，皆元人裝，然前卷爲卷，後卷爲册，斷非一家物。而紙墨完好，精潤若契，麝煤蟬翅，藹然輕雲之籠日。延津之劍、常山之寶符固無以喻也，爲之踴躍不寐，敬識而藏之。

宋搨臨江二王帖

此帖摹刻手原不甚工，内重摹《淳化》諸帖俱不佳，其中僞者尚多，謂盡汰去，亦未然。右軍二卷，惟薛氏所刻《還轉》、《安善》、《道意》、《服食》、《裹鮓》五帖，類皆有筆意。此諸本所無，信佳帖，想薛本原精耳。次則《寶晋齋·王略》、《淳熙續帖·官奴》兩章亦佳，而《建中靖國》、《豹奴》亦有古章草法可玩，其云長沙新安者，俱即《十七帖》，皆不及原刻遠甚。大令一卷尤多未善，《獨日寒》、《范新婦》二帖，米老所稱，自羊敬元右軍帖内辨出，少存筆意，惜刻手拙耳。《王略帖》米老詫其奇絶，謂與稚恭帖同是神物，故此帖用以冠諸首，筆力精緊，耐細玩，可謂幽深無際，第精神尚不甚焕發，此蓋内摲勝，摹者不易爲力故也。世傳元章在真州謁蔡攸舟中，蔡出《王略帖》，元章求以他畫易之，蔡有難色。元章曰：『若不見從，某即投此江死矣。』因大呼，據船舷欲墮。蔡遂與之。及攷《書史》則云：『在蘇之純家。之純卒，其家定直，久許見歸，而余使西京未還，宗室仲爰力取之，且要約曰：「米歸，有其直見償。」即還，余遂典衣以增其直取回，仲爰已使庸工裝背剪損，古跋尾參差矣。痛惜！痛惜！』夫米諱要劫或有之，不應諱蔡爲蘇。趙疑據船舷事爲妄傳，米性素顛，人又多好怪，實者不傳，怪者遂承訛競傳耳。元章《王略帖贊》、道祖《裹鮓帖贊》，俱奇陗快人。

聖教序

集右軍書《聖教序》、《心經》，余前後閲數十本，獨此舊搨本不失筆意，最佳耳。此《序》爲唐文皇、《記》爲高宗作，今以冠《藏經》，蓋叙記僧玄奘求法事也。始奘於武德末乞往西佛地取經，不許，乃私從一賈胡闌出邊，亡何，胡棄之去，幾死。獨身越五烽，謁高昌王，傳致西突厥可汗，歷十餘國而抵鳩摩。從胡僧戒賢習大乘論，譯經語，又之中天天竺戒日王所説法，積十八年，而以二象馱夾經像還。至凉州，上聞，手詔飛騎迎之，令安夏阿蘭若譯經行世，而父子相率爲《序》、《記》侈大之。噫，彼高宗者固耳，豈文皇之雄略豪氣，而遂衰沮不振至此耶？彼其志得而無所事事，意惓而感慨係之，不之於長生，則之於因果，無足怪也。奘既托之文皇，懷仁又托之右軍，以不朽其業，即令達磨師見之，不滿一笑耳。右軍真蹟固多，第自《禊帖》外，不應行法大小匀整乃爾，且梵字多所不備，其小小展縮，偏傍輳合，所不免也。

又

《聖教序》書法爲百代模楷，病之者第謂其結體無别構，偏傍多假借，蓋集書不得不爾。仲蔚謂出文皇手，又經于志寧等潤色，不無失真，是不知咸亨中沙門懷仁模集勒石，而《心經》末有志寧等潤色題字。蓋玄奘方於洛中總譯西域所齎經藏，以志寧等領其事，故云爾。唐世宰相有兼譯經潤文使者，即其職也，凡唐藏經卷尾皆有諸公名姓。此何與于書，而仲蔚乃以是病之，陋一至此乎？展册爲之失笑。

聖教序

此帖乃行世法書第一石刻也，右軍真蹟存世者少矣，即有之，亦在傳疑。又寥寥數字，展玩不飽，惟賴此碑尚稍存筆意。緣彼時所蓄右軍名蹟甚多，又摹手刻手皆一時絶技，視真蹟真可謂毫髮無遺恨。今觀之，無但意態生動，點點畫畫，皆如鳥驚石墜，而内擫法緊，筆筆無不藏筋蘊鐵，轉折處筆鋒宛然，與手寫者無異。如《蘭亭》諸刻，得體者多不得勢，得態者多不得骨，流動嚴密，二妙難兼。而此帖中如『趣』『流』『類』『群』『領』『懷』『後』『遊』『閒』『朗』『之』『斯』『足』『會』『迹』『不』『無』『盡』等字，皆有體有勢，有態有骨，流動中不失嚴密，具八面之妙，以此想右軍筆法，真是得心應手，超妙入神。唐宋以後雖百舍重繭，不能得其一點半畫也。果宋搨精本，真乃無上至寶。今世間存者尚多，但能不惜價，亦不難購。果不能得，即今關中石，倘得精手搨之，猶應在《閣帖》上。第筆法險峻，無門户可入，若求之形似間恐更遠。惟把玩日久，稍知其用筆意，能驅遣筆，不爲字所縛。即不能似右軍，庶幾换凡骨矣。

絳州夫子廟記〔七〕

絳州《夫子廟記》，宋人集右軍書。《聖教序》猶是真蹟中集者，此又從《序》書及它石本摹刻，形似之外，風流都盡矣。雖然，記得朱紫陽好曹孟德書，劉共父好魯公書，朱以時代譏之，劉答：『固耳，吾唐忠臣若漢賊也？』朱乃屈。笑此《夫子廟記》，不當勝作奘師《序》耶？吾姑爲此石解嘲耳。

絳州夫子廟記

此無但由石本來，其摹刻手亦俱不甚精，第終是右軍字，猶勝他俗碑耳。

攝山棲霞寺碑

棲霞寺碑文及銘，梁尚書江總撰。至宋，沙門懷則始集右軍書勒之石，亦《聖教序》遺法也。結體極婉潤逼真，第鈎捺處不得其行筆之妙耳。總持，江字，佛弟子阿難爲總持第一，故云。祝京兆游棲霞詩所謂『宋刻梁文江令字』者是也。總持平生好佞，其佞佛亦爾，已落綺語障中，是何功德哉。

攝山棲霞寺碑

此碑余初未見，據跋云『婉潤逼真』，謂應在翻本《蘭亭》上。近吕甥孫天成寄一本來，乃即懷〔八〕則手書，非集右軍也。其效《聖教》體，正唐末來僧家寫碑派，不知司寇何爲云爾。謂『勾捺處不得行筆妙』，果然。衡稱『陳侍中尚書令』，亦不係梁文。

王子敬洛神賦

子敬《洛神賦》，舊僅見石本，十三行。今刻之吴中章氏者，雖結法小異，翩翩有格外姿態。昔人評右軍《洛神》如凌波仙女，今絶不可復得，覩此彷彿游龍驚鴻矣。

王子敬洛神賦

自宋來所傳《洛神賦》袛十三行，乃章氏忽刻此全本，不知原帖今在何所。論姿態信有之，第結構全疏，尤多穉筆，晋法不應若此，恐是懷琳餘技耳。碑刻借石力，無轉筆蹟，作贋本固自易。

子敬辭尚書令帖

子敬稱『州民』，當是上揚州刺史耳，蓋會稽王時爲揚州秉政故也。書法遒逸疎爽，然右軍家範不無少變，北海、吴興皆其濫觴，少可惜耳。

瘞鶴銘

《瘞鶴銘》，余往歲游焦山後崖，水落時得之，僅數字耳。而此帖乃一百許字，蓋取舊本刻之壯觀亭者。刻手精，頗不失初意，可翫也。其書炳烺今古，第不知爲何人造，《潤州圖經》謂爲王右軍，至蘇子瞻、黄魯直確以非右軍不能也。歐陽永叔疑是顧況，尤無據。黄長睿謂爲陶隱居，又謂即丹陽尉王瓚。瓚腕力弱，不辨此，隱居雖近似，要之亦縣斷也。余不識書，竊以爲此銘古拙奇峭，雄偉飛逸，固書家之雄，而結體間涉疎慢，若手不隨者，恐右軍不得爾。至於鋒秃穎露，非盡其本質，亦以石頑水泐之故。而魯直極推之，又酷愛之，得無作捧心鄰女耶？取魯直書作小推詰，渠不能不面赤也。

又 十六字

焦山《瘞鶴銘》，或以爲陶隱居，或以爲顧況，或謂即王瓚筆。獨蘇長公、黄太史以爲非右軍不能，而苕溪漁隱辨其誤，似更有據。余所藏舊搨銘書，僅缺二十許字，盖郡守模之壯觀亭者，雖結法加密，而天真微刓。葉伯寅常從其舅氏周六觀游焦山，於水中探刻石，摩娑久之，不及搨，時時悵恨。昨年秋，得袁尚之本，僅十六字，加裝池，屬余題其後。六觀博雅君子，清言爲一時冠，不幸早夭。伯寅念之尤切，毋亦寄渭陽之思於朱方之化耶？題畢三歎。

瘞鶴銘

此銘佳處，惟在字畫飛動，然筆勢太縱，隋以前恐無此法，應是李北海以後筆。顧況雖無據，然唐人善書者多，如王士則《成德軍》等碑，筆法與此亦略相似，大約唐人所書耳。鶴死而瘞之銘之，此等好事，亦近唐人所爲。

陶隱居入山帖

袁昂評陶隱居書：『如吴興小兒，形狀未成長，而骨體甚峭快。』此《入山帖》雖小過側險，而逸氣遒發，雅與評合。第帖語稱『元帝』，乃晋元，非梁元也，若梁元則不甚相及，不應稱帝號。又『邵陵王』乃蕭綸，當隱居卒時綸尚少，不應載其詩。姑闕，以俟再考。

陶隱居入山帖

陶隱居僅見此帖，字形長而瘦勁，内稱弘景名，似是隱居筆。乃司寇公以邵陵王年歲駁之，又覺有據，殊難臆斷。

許長史碑

茅山《許長史碑》，陶隱居著。下有『此一行隱居手自書』，則餘文乃隱居弟子筆耳。長史名穆，世名謐，句容人。祖尚，吴中書郎；父副，寧朔將軍、下邳太守。謐仕至護軍長史、散騎常侍，得道卒年七十二。按，《晋史》有《許邁傳》，邁字叔玄，一名怏，句容人，後名玄，字遠游，與王右軍善，游名山莫知所終，好道者謂之羽化。今碑文稱第四兄遠遊，永和四年嘉遯不返，則長史固邁弟耳。又云長兄揆，世名毗；次兄虎牙，世名聯，皆得道者。《許邁傳》略不及長史事，至於祖父兄弟官閥皆脱略，何也？右軍有『玄度忽腫至』一帖，黄長睿、楊用脩之徒引以駁《晋史》『玄度實病死，乃云服巨勝仙去，不知所終』，不知玄度是許詢，非邁也。《續晋陽秋》曰詢字玄度，高陽人，風情簡素，辟司徒椽不就，早卒。《世説》盛稱之，然略不及遠游。《晋史》既不爲詢作傳，僅附見《孫綽傳》中，亦無服巨勝語，此皆不可曉者。長史仙事未足論，其祖父兄弟世系官述差可以補《晋志》之遺，聊志於此。又記得一事，吾友許邦才好談玄，罷長史歸，李于鱗書戲之曰：『許長史猶在人間。』濟上人不知用古語也，駭謂許：『于鱗何獨乃詛汝？』許爲大笑。於乎，世寧獨濟上人哉！

許長史碑

此碑余所未見，若果陶隱居撰，必有可觀，當覓搨本讀之。

大佛寺碑

此碑在青州北門外大佛寺中，高齊武平四年建。歐陽公嘗守青矣，而不載《集古録》，物之顯晦，固有時耶？其書不能大佳，然猶有漢晋隸分法，文筆瑣冗，是江右體中最下者，内『連袛與密雲争暗，旨酒共澠流競深』、『孝子與順孫蘩芳，節妻共義士相望』、『國道與華胥競高，帝業共虚空比壯』，落霞秋水之法，一篇三見，能不令覽者嘔穢耶？然亦見爾時習尚如此，固不止庾家《射賦》、《舍利碑》已也。寺檀越爲『青州刺史、司空公、寧都縣高城縣開國公、昌國公侯、臨淮王、婁公』，當是婁定遠也。其爵有加封、有別封，悉著之者，虜俗陋故耳。碑陰又有李北海『龍興之寺』四大字，遒偉圓健，猶可賞翫。余別搨一本置山房，因附識於此。

大佛寺碑

六一公金石遺文一千卷，見《集古目録》者不滿四百，此碑應在千卷中，第無跋，今無從攷耳。

智永真草千文

智永書圓勁古雅，無一筆失度，妙在於藏鋒斂態耳。余少時任尚書郎，曾一見絹本真蹟於山陰董氏，妙墨深入膚理，滃鬱欲飛，真神物也。生時一字敵五萬，今當不知如何耳。

智永真草千文

此所云山陰之董氏，當即是吾郡中峰少宰家，不知此絹本今尚存否？張子蓋翰撰曾示余一本，係是白楮紙，已悉裁作條。云偶鄉里人將來，謂是王陽明先生所常學書者，出數金易之。真書圓勁而多骨，草書轉折有氣勢，風度尤勝。徐渭文長跋，定爲智永蹟，雖未可遽謂然，然不亦唐人臨本，斷非宋代以下人所能作也。今世所盛行石本，皆薛嗣通所翻刻，石今在關中，王百穀曾贈余一舊搨本，甚是古秀可愛。項子長謂陝中本不佳，渠别購有古佳本，因摹之於石，亦曾以搨本餉余，然肥而弱，遠不及陝刻也。司寇續跋謂晚得木本，古雅勝舊藏者，而有薛跋，又謂永師《千文》推史家碑，安得悉取校評之。

原《弇州山人四部稿》卷一百三十四
《書畫跋跋》卷二

校勘記

〔一〕『防』：《四庫》本作『汸』。

〔二〕『闍』：《四庫》本作『潤』。

〔三〕『祁』：底本作『郊』，據《四庫》本改。

〔四〕『梨』：底本作『黎』，據《四庫》本改。

〔五〕『熇』：《四庫》本作『蠟』。

〔六〕『王』：《四庫》本作『主』。

〔七〕『記』：《四庫》本作『碑』。

〔八〕『懷』：底本作『惟』，據《四庫》本改。

弇州山人題跋卷十三

書畫跋跋卷二

墨刻跋

唐文皇屏風帖

文皇嘗作真、草書古帝王『龜鑑語』爲二屏風示群臣，今所存者草書耳。輕俊流便，宛然有右軍、永興風度，惜天骨小乏，戈法猶滯。後有祝寬夫、姜夔、王允初跋，亦佳。姜遂題字荒傖不知體，大可笑也。

唐太宗屏風帖

文皇書真有晋人法，其書真草屏風亦佳事，第真蹟在宋時已不聞鑒賞，則摹刻當在唐時。此搨本今時罕傳，應是宋物。

唐玄宗御書太山銘後

《記太山銘》，唐開元帝製及手書。相傳燕、許脩其辭，韓、史潤其筆，以故文頗雅馴，不猥弱。隸法雖小變東京，最爲穠勁饒古意。余嘗游其地，度天門、造碧霞，鬱浡雲霧中，此銘獨燁然有龍翔鳳翥之態。包參軍搨得一本以示余，余既讀而愛之，然竊有慨於帝之侈心也，木有蝕，蠹入焉。當是時，天下幾小康，帝意以前薄秦皇、漢武不足道，而不知太真、林甫、國忠、禄山之徒，固已乘其侈而入之蠹矣。參軍得浯州《中興頌》，當時置墨池傍閱之，其治亂始末，有大足相發者。噫嘻，可畏哉。

又

《記太山銘》者，唐玄宗皇帝御撰及書，字徑可六寸許，雖小變漢法，而婉縟雄逸，有飛動之勢。余嘗登太山，轉天門，則見東可二里，穹崖造天，《銘》書若鸞鳳翔舞於雲烟之表，爲之色飛。既摩娑久之，惜其下三尺許，爲搨工人惡寒篝火焚蝕，遂闕百餘字。傍有蘇丞相頲《東封頌》正書，閩人林焯以四大字刻其上，惡札題名，縱横漶滅不可讀，悵然而下。後人事事可憎，殆不特此。

泰山銘

帝王假手臣下固常事，第詞可潤色，書則祇可代爲之，何由潤其筆。使寫成而重加描補，恐無但不能增妍，將愈滯鈍矣。此銘當是帝手書，不然，則是擇木特效帝作此肥筆耳。

孝經

唐玄宗書《孝經》，後有太子亨、右相林甫、左相適之等題名。韋鄖公陟稱『彭城縣男』，蓋自吏部侍郎出爲河南採訪，始襲公爵，此本封耳。韋斌封平樂郡公，可補本傳之闕。書法豐妍匀適，與《太山銘》同，行押亦雄俊可喜，當其時爲林甫所蠱媚極矣，猶知有是經耶？三子同日就隕屬鏤，南内凄凉，廢食厭代，唐家父子如此，循覽遺蹟，爲之慚慨。

孝經

此隸與《泰山銘》同一法，第彼字徑數寸，得以展其翔舞之勢；此差小，則祇覺肉勝耳。凡隸字大則易佳，唐隸肥，尤宜大。

凉國長公主碑

右《凉國長公主碑》，小許公撰，而開元帝御書。書法過肥，然點畫間自有異趣，要之自唐變此體，帝爲最也。碑辭大半可讀，攷之唐史，睿宗第六女字華莊，始封仙源，下嫁薛伯陽，今《碑》内封爵先後同，而字乃從『花粧』，非『華莊』也。又稱『歸故丞相虞公温彦博曾孫曦』，及考《彦博傳》，曾孫曦尚凉國長公主，《伯陽傳》，尚仙源公主，坐父稷誅，流嶺表自殺。然則公主固嫁薛伯陽，再嫁温曦，史遺曦而《碑》諱伯陽也。

凉國長公主碑

公主碑何勞帝書，想以睿宗愛之故，觀此可見帝篤於同氣，且婉於承父乃爾。跋云唐變此體，帝爲最，然則前《泰山銘》何又云借潤於韓擇木耶？

兖州孔子廟碑

右孔廟八分書，唐太宗詔一通，高宗詔一通、祭文一通，太子弘表一通。後有『朝請大夫開州刺史高德裔刻』十二字，或德裔書，不可知也。其行筆不甚精工，而頗峭勁，時時有漢意，乃知古法自開元帝始盡變也。

兖州孔子廟碑

此碑不知今尚存否？既有刻者名，何爲不著書者名？

唐文皇告少林寺書

文皇圍洛城時，以少林寺僧建功，遣使致書存問，且爲護持之。書法不甚工，而亦不俗，當是幕僚筆。内『世民』二字行草，是親押耳。首有『開元神武皇帝書』，後人所妄加也。今少林寺僧猶以白棓高天下，豈佛教所謂護法者，其時已爾耶？

唐文皇告少林寺書

此書即刻於裴漼所書《少林寺碑》上方，當是勒寺碑時摹前文皇書置碑首耳。謂止廟諱二字是親押，良是。今京署移文惟名係官自僉，然則爾時已如此。上横過又書云已上七字『開元神武皇帝書』，細玩似是指上隸額。

題武后書昇仙太子碑帖後

武氏牝晨，滛革唐鼎，觀此書遂欲亂千古同文之治。嘻，何其甚也。文似出北門諸學士手，筆意軟媚，無鐵椎椎悍馬時意氣，且既爲太子立碑，而以蓮花六郎稱其後身，得不穢千古青簡耶？爲之一笑。

武后書昇仙太子碑

后書體素軟媚，他刻皆然。跋謂既爲太子立碑，何得以蓮花六郎爲其後身，嗤爲穢青簡。不知此雌何心子晋，正自爲蓮花君前身立碑耳。司寇素滑稽善謔，何至此忽落鈍根、墮酸腐窠臼中。

孔子廟堂碑

虞永興《孔子廟堂碑》，石刻在關中。余有二本，其佳者以乞家弟。文雖斷闕，不甚剥蝕，然是五代時翻本也。首有相王旦書碑額，盖舊無額，武后增之耳。至文宗朝，馮祭酒琺請斷去周字，而唐史遂以此碑爲武后時立者，誤也。相王所書『大周孔子廟堂之碑』，虞書入妙品，評者謂其德鄰貞白，又謂與歐陽率更齊名，而專體過之，如層臺緩步，高謝風塵，又如行人妙選，罕有失辭。特其傳世頗少，嘗見賈躭相公極稱虞筆，末云《孔子廟堂碑》青箱中至寶而已。噫，當其時已珍貴如此，况千載之後，其殘碑斷墨如魯靈光者。但再經摹勒，雖典刑僅存，而風骨鋩鎩，所餘無幾。慨念唐石，不勝色飛。

又

記此碑之月餘，客有復来售者。首有『孔子廟堂之碑』六字，殘缺既少，戈法宛然，虚和清粹之色，自爾入人，定爲宋搨無疑也。惜後失數十行，購别本佳者補之，爲山房清玩。記《法書目》中又有永興《謝文皇表》，蓋碑成進御，上賜以右軍黄銀印，故謝耳。於乎，文皇所以期永興至矣。

虞永興孔子廟堂碑

此碑五代時已翻刻，故雖北宋搨，亦皆非真本。余少時得一本，見其内頗多僵筆，竊意僵近隸，即妄認此爲永興法。及後見敬美亟稱韓宗伯家唐搨之妙，因從韓索觀之，則筆筆皆蹲注法，轉折處特陗勁，頗近歐書，宛然手書狀，絶無僵筆，乃知僵者乃摹刻手拙耳。倘得高手取韓本鉤勒入石，應勝關中石。

九成宫醴泉銘

《書斷》謂率更正書出大令，『森森焉若武庫矛戟』，虞永興稱其『不擇紙筆，皆能如意』，高麗亦知愛重，遣使請之，其名大若此。然太傷瘦儉，古法小變，獨《醴泉銘》遒勁之中不失婉潤，尤爲合作。此帖得之十年前，文既殘缺，字亦糢糊，然視汴刻，猶是未央瓦，差不蕩古意也。因識而藏之。

又

《醴泉銘》余所有者，字畫差具可辨，後復得一本更完整，覺其精意古色，流映眼睫間，摩娑竟時。率更之於索靖、李陽冰之於《碧落》，至下馬坐卧，味賞旬日不能去。昔人云『解則愛之』，余不解而愛，愛矣又了不解，不知何也。

又

鄭公此文，因隨〔一〕氏之鉅麗，歸唐德之儉損，《頌》而有《風》體，了然諫録中語也。《渤海書》書鄭公語，當知合也。

九成宫醴泉銘

凡摹真蹟入木石者有五重障：雙鈎一，填朱二，印朱入木石三，刻四，搨出五。若重摹碑，便有十重障矣，真意存者與有幾？惟鈎墨本及書丹碑祇兩重障，然雙鈎隔紙一層，恐尚有疑似失真處，惟書丹則就筆而刻，果刻手精，真可謂毫髮無疑。恨晋法失久矣，惟唐法尚賴此數碑存，今人舍唐碑不寶，乃重價購《閣帖》及《潭》、《絳》等，謂之耳食，不枉也。此《醴泉銘》自昔有名，最整潤多姿，無一筆不妍，亦無一筆不陗，第稍覺太用意耳。余曾及見宋搨本，風度真是殊絕。陝石今尚在，然湮泐已甚，筆稍輕處多瘦細乏神。蓋畫粗處刻深，不易磨；細則刻淺，故日漸瘦耳。以此知敬美謂『碑文搨久乃瘦者』，果也。

虞恭公碑

率更書《温虞公碑》，得之鬻書人者，殘缺不復可讀。第其字畫之妙，不在《醴泉》、《化度》下。如郭林宗雖標格清峻，而虚和近人，他書不免作李元禮謖謖松風矣。

虞恭公碑

豐人翁謂中楷當以信本《虞公碑》爲第一，果然。知書者謂佳，不知書者亦謂佳，真具有八面之妙，但惜殘缺太多。

化度寺碑

趙子固以歐陽率更《化度》、《醴泉》爲楷法第一，雖不敢謂然，然是率更碑中第一，而《化度》尤精緊，深合『體方筆圓』之妙，而殘缺尤甚。昔年得一本，僅二百餘字。後又致一本，雖剥蝕，其可讀者幾再倍之，當是前百年物，而字意小緩散，不能如少本之精勁也。豈搨手微劣故耶？因合而識之，俟明窗細展，究其所以異，可也。

化度寺碑

此碑亦多殘缺，惟韓宗伯一本有五百餘字，當是宋初搨本，字畫亦饒精采，絶爲不易得。『體方筆圓』在《醴泉碑》上，第以《虞恭公》較之，此猶覺少拘耳。

皇甫府君碑

率更書《皇甫府君碑》，比之諸帖尤爲險勁，是伊家蘭臺發源。石刻在西安，雖小苔剥，差可誦耳。皇甫君名誕，仕隋，死於漢王諒之難者，卹典殊不薄，後以子無逸貴於唐，始克樹碑。噫，逝者有知，能無麥秀之歎乎？

皇甫府君碑

跋謂此碑比諸帖尤爲險勁，非也。歐陽蹲注多筆筆著意，此碑則肆筆出之，其陡折勢盡露，正是縱逸耳。然畦徑最明，學歐者以此爲門路，乃易入。

歐陽通道因法師碑

道因與玄奘同譯經者，見《高僧傳》。碑文亦宏麗，饒其家言，然去簡栖頭陀不啻一小劫耳。評者謂歐陽蘭臺瘦怯於父，而險峻過之，此碑如病維摩，高格貧士雖不饒樂，而眉宇間有風霜之氣，可重也。余嘗謂皇象《文武》、索靖《載妖帖》，章草中鳥跡筆者；顔真卿《家廟》、《茅山碑》，正書中玉筯筆者；蘭臺《道因碑》，正書中八分筆者，此未易爲俗人言也。

歐陽通道因法師碑

謂此碑是『正書中八分筆』，果然。謂如病維摩、高格貧士，則似未中。筆法全步武乃翁，但腕力弱耳，遒媚有之，不見所謂風霜氣。亦筆筆作意，第未入圓境，故痕蹟稍露，其不饒樂以此，亦有畦徑易學。

趙模千文

趙供奉在貞觀中以書名，嘗與諸葛貞臨《蘭亭》刻石者。此帖云亦是摹晋真蹟，在吴江史鑑所，匀整流便，矩度森然，恨結法小局促，乏蕭散之趣耳。

趙模千文

此真蹟與褚河南《哀册文》俱藏吴江史明古氏，司寇購彼而遺此，豈不重趙供奉帖耶？據都元敬《寓意編》云，是集晋人書，唐初筆留至今，固是奇寶。何人刻石？今亦不甚流傳。

褚書聖教序記

余舊藏褚登善《聖教序記》，婉媚遒逸，波拂處虬建如鐵線，蓋善本也。後『陝省致一紙，輕弱不足言，或以爲翻刻，或以爲有二本，第俱有可疑者。舊藏本稱『龍朔三年建』，按，遂良以永徽六年貶漢州，顯〔二〕慶二年徙桂州，未幾貶愛州，歲餘卒，蓋未嘗生及龍朔也。豈遂良嘗書之，至是始摹搨上石耶？陝省本則云『永徽四年中書令臣褚遂良書』，攷之本傳、《宰相表》，遂良貞觀末爲中書令，後罷，永徽三年以吏部尚書同中書門下三品，四年進尚書左僕射。疑皆後人附益之耳。

褚書聖教序記

陝西今有二碑，一永徽四年建，止有高宗《記》，無太宗《序》，乃自左寫向右，若倒書然者。果輕弱不足觀，斷是重摹本。第後銜稱『尚書右僕射』，正與史合，不係中書令，不知司寇何由據爲駁。一龍朔三年建，太宗《序》、高宗《記》俱全，但無兩答勑及後《心經》。波拂處雖有鐵線意，然字畫亦未甚圓凈，似亦重摹者。後一行有『大唐褚遂良書在同州倅廳』十一字，則絶拙滯，與前字不倫，的是後人妄益者。跋謂河南公未及生在龍朔，良是。攷懷仁《聖教》係咸亨三年刻，上去永徽癸丑二十年、龍朔癸亥十年。此文撰在貞觀廿二年，應係永徽間勒石，同州刻想在龍朔年。是唐初翻本，故猶不甚失筆意。第後行姓名既係增出，則何緣定其爲褚。雖筆法可玩，安知非彼時善書者書耶？永徽本的是近時人摹，殊失真甚。想懷仁本行，褚石久湮滅耳。庚寅歲，余通書司寇公，偶及此，乃作漫語答，似猶不以爲然。余因是得背古碑法，昔歐陽公得智永《千文》搨本，謂『石有缺，後人或妄補入。所佳者字耳。輒去其僞者二百六十五字，不以文不足爲嫌。而蔡君謨猶云未能盡去』。今此諸碑，亦惟以字重，古人作字，其行款間大小疎密俱相應，且中間亦間有糢糊，文義已不貫串，又何必碎裁作條，僕僕補綴耶？若碎裂恐未免失原行款勢，多參差不整。今但須一行八字，每幅四行，依原紙裂開裝背，至有一二字多餘者，乃凑作八字行續於後，則原碑形勢不失。如此，碑左起者亦易辨，紙片俱整，亦不易致傷損。如欲存其文，則小字别録一通於後，如草帖釋文樣，亦無不可。此似得惜字法，以告米元章，必當擊節。

碧落碑

絳州《碧落碑》，篆書在石像背，州將以不便摹搨，別刻置廟中，今本乃别石耳。李旋之輩以爲陳惟正、李譔、李瓘書，不可辨。按《洛中紀異録》稱，刺史李諶爲母房太妃追薦，造像成，忽二道士来，云：『君刻石須篆書乎？我天下能篆者。』李異之，聽所爲。則扃户三日乃開，化二白鴿飛去，篆文宛然像背矣。此涉誕妄不可信，然李陽冰覽之七日而不忍去，習之十二年而不成，其妙如此，豈惟正、譔、瓘小子所辦乎？字書雜出頡籀、鍾鼎款識，以故與斯體小異，聊識之以俟知者。

碧落碑

余不解篆書，然於此碑則絶愛之。其筆法正與李監陽冰相似，豈李篆果由此悟入耶？然陽冰端整，此則稍有運筆勢，微近李丞相。内有數字與常篆不同，亦稍怪異。乍覩之，彷佛《石鼓文》，第字形稍長耳。雙白鴿事，良涉誕妄，然世間怪事固有。彼時有如此篆手，不應無聞，亦不應祇書此一碑，傳疑可也。

少林寺靈運禪師碑

《靈運碑》者，唐崔琪撰。末云『聖善寺沙門勒』，下殘缺二字，當時僧書耳。文淺陋不足道，書法絶類《聖教》，無一筆不似後世傾側偃臥以取姿態者。其人材雖足稱，要之有愧於此髡也。

少林寺靈運禪師碑

唐時自《聖教碑》行，勒碑者大半用此行體，梵宇尤多。然僧家故習字，今猶爾，但不能唐體耳。此碑亦未爲甚工，跋中褒許似過。

御史臺精舍銘

唐史稱梁昇卿善八分，《東封朝覲碑》聲華爲一時冠，此帖亦可寶也。獨御史臺持憲之地，乃立精舍倡諸繫者禮佛懺悔，昔獄吏命祝〔三〕咎繇，范孟博猶非之，況佞佛乎？崔中令湜固盛言因利結西方緣矣，不知附禁臠事發、曳鋃鐺時，佛亦當庇引之不？爲之一笑。

御史臺精舍銘

佛律視吾儒更嚴，乃自昔憸人類多佞佛，此何以故？良由俗僧欲行其教以賈利，別創捷徑法，謂由此可立躋聖位。凡儒教中種種縛人者皆可略，故專心奉之，如湜輩皆是。彼謂有佛可恃，他無足慮耳。若謂必盡吾儒德業，又入上一乘澄凡慮消滅乃得佛，則習儒已苦，安得重加苦。歐公《集古録》盛述湜惡行，司寇〔四〕此跋意亦同，然湜兹時未必不思鋃鐺自斷也。梁書自唐隸高手，以梁故，即湜文人不嗤棄，藝之能不速朽如此。

桐栢觀碑

新《桐栢觀碑》，唐崔尚文、韓擇木書。桐栢即天台别名，道家所謂金宮玉庭洞天真境，覽興公一章，覺此頌寂寥耳。擇木書於漢法雖大變，然猶屈强有骨，明皇酷嬖太真，無所不似，隸分體不免作豐容豔肌時狀，老杜云『書貴瘦硬方通神』，蓋有感也。計此碑當爲拾遺君印可者。

桐栢觀碑

昌黎《科斗書後記》稱：大曆世，叔父擇木八分與李監篆齊名，欲書碑銘者多歸之。然則豈獨拾遺印可哉！尚書於隸學甚深，匪但屈强有骨而已。此碑在吾浙，不知猶無恙否？

大智禪師碑

此碑爲唐史侍御惟則書，竇臮《賦述》稱史書「古今折衷，大小應變」，聲價極不落莫也。其行筆絶類《太山銘》，而縝密過之，知開元帝潤澤所自耳。大智師，北宗之錚錚者，嚴挺之粗能其家言，俱可存也。

大智禪師碑

此隸殊太肥，又帶俗，不及韓尚書遠甚。司寇乃亟稱之，何也？云『折衷應變』、云『縝密』，玩之俱不得，祇見滯濁耳。

張旭肚痛帖

張長史《肚痛帖》及《千文》數行，出鬼入神，惝怳不可測。後《河滿子》一絶，係張祐作，祐後張史生可五十年，余甚疑之。既考知與《此齋帖》俱高閑筆也。閑書僧，米元章欲懸之酒肆者，然亦自佳耳。

張旭帖

伯高醉後，每以髮濡墨作草書，今觀此《千文》斷簡，神色飛動，真可喜可愕。然大約速由緩來，勁從軟出，所用筆似若今所謂水筆者，正與濡髮同法，惟是執筆有力，故縱筆所如，姿態自横出，然草法至此亦窮矣。《閣帖》中伯英、子敬兩狂草，人或疑爲此顛筆，然彼雖佚蕩，猶在法度内，此則全越規矩，漢晋法真棄脱無餘也。《肚痛帖》似是健毫筆，顧風度却少遜，或刻手假力於石，亦未可知。高閒亦祖長史法，第微校俗。昌黎贈序云逐其迹，云善幻，蓋亦寓譏諷意。

張長史郎官壁記

張長史以草聖名，其楷法獨有《郎官壁記》，爲書中最琅琅者。董逌稱其『隱約深嚴，筋脉結密』，又云『守法度者至嚴，則出乎法度至縱』，識者以爲得長史墨池三昧。此刻在宋已少，吾吴僅有都太僕元敬一本，語具《金薤琳琅》。尋入王文恪公家，文恪親爲跋於裝池之四旁。余聞之三十年矣，而始得之。所藏《九成》、《廟堂》、《化度》名公諸楷帖，皆辟三舍矣。因敬題其後。

張長史郎官壁記

此楷法最有名，碑恨無從得見。吴中好事者多，何不摹刻一本？

心經

此草書《心經》，刻之長安中，云右軍書，非也。雖遒逸而踈縱不入格，不中懷素作奴，况右軍乎？見《唐文粹》，乃駙馬都尉鄭萬鈞書，張説有序。萬鈞，尚睿宗女代國公主字華婉者也，於書家不甚琅琅，宜其然。

草書心經

書亦有筆，但無古法，近代此等書固亦時有。

裴漼少林寺碑

裴懿公漼書《少林寺碑》，開元十六年建，又在嵩山，而《金石録》不載，何也？裴少時負文筆，號『霹靂手』，而雅不以八法名，此碑辭至沓拖不可讀，而書頗秀勁多媚態，得非時代爲之耶？傳不載階封，此書『銀青光禄大夫』、『正平縣子』，亦可補傳之闕。

裴漼〔五〕少林寺碑

書果勁媚，但石似覺少粗，尚未盡其妙。

李北海雲麾將軍碑

李北海翩翩自肆，乍見不使人敬，而久乃愛之。如蔣子文僥倢好酒，骨青竟爲神也。吴興習之加媚，似猶未得其遒，此《雲麾將軍碑》尤著者。將軍名思訓，《畫品》在神、妙間，碑辭絶不之及，豈古人以藝爲諱耶？

李北海雲麾將軍碑

雲麾，官銜也。其碑有三：一在關中，一在良鄉，一在楚中。關中者，乃《李思訓碑》，雖殘缺，猶可搨。燕、楚兩通今罕傳，不知係何人碑，想石亡久矣。此乃李碑跋，謂『翩翩自肆』，果然。然結構不密，未是北海得意筆，當時著名者亦不知即是此碑否？

岳麓寺碑

余友俞仲蔚爲余言，李北海《岳麓寺碑》勝《雲麾》，余亟購得之，僅可讀耳。其鈎磔〔六〕波撇雖不能復尋，覽其神情流放，天真爛漫，隱隱殘楮斷墨間，猶足傾倒眉山、吴興也。題名稱『前陳州刺史』，按，邕謁上太山還，獻詞賦，上悦。會有仇人發其贓者，張説〔七〕忌之，下獄論死。許昌男子孔璋救之得免，謫尉遵化，此其赴謫時道書也。碑文頗庸陋，又於杜拾遺集見其一詩，穉語殆不可曉。何以負干將、莫耶稱於世耶？米元章評其書如『乍富小民』『屈强』『生疎』，此語殊未當。書故佳，小佻耳。豈以纖文獲名，以虚名獲死，以佳書獲訾，皆所不虞者，因附識之。

岳麓寺碑

余少時曾見搨本，然磨泐已甚，不知司寇所購者何。若元章故輕於貶人，若『屈强』、『生疎』，則與北海書全不似。謂其輕率熟脱，猶近耳。此君文雖纖，固是才子，不然燕公何爲忌之。

李北海娑羅樹碑

《娑羅樹碑》是北海筆，遒逸豐美而不傷佻卞，當是合作書也。

李北海書法華寺碑

秦望山《法華寺碑》，李北海書。碑尾稱『伏靈芝刻』，即北海托名也。書法肉好妍雅，不作輕肆習，乃知吴興所得，此爲多矣。

李北海東林寺碑

北海此書，本小東法度，再經摹刻，雖鼻目無異，脂澤有加，而天骨掃地矣。所謂韓生貌趙郎，不得情性者也。余晚自廬山歸東林，程孟孺馳視之，以爲絶奇，即此碑也。

東林寺碑

《娑羅碑》不知在何處，余未見。法華寺在吾郡，然碑已亡。寺嘉靖中尚存，近廢爲墓。即得司寇本重摹之，亦無地安厝矣。想《東林碑》尚使程生驚賞，用爲悵然。

臧希晏碑

右《金吾衞將軍臧希晏碑》，朝議郎守衞尉少卿、淮陽縣開國男、賜紫金魚袋韓秀弼八分書。文多模糊不可讀，所可辨者，其卒以廣德二年八月五日，及有懷恪、懷亮語。考《懷恪碑》，希晏其長子也。書法亦清勁可喜，其能不因開元帝之好而變者乎？撰文爲『銀青光禄大夫、行兵部侍郎、清河郡開國公』，而缺其名，當以史證之。

藏希晏碑

唐隸固時有瘦者，第古色終讓漢耳。

孫過庭書譜

孫虔禮《書譜》刻石凡三，其一《秘閣續帖》末末有宣、政印記者，最爲完，文今不可復得矣。余遊燕中，有僞作古色以鬻者，其刻亦佳，而中有兩訛字，蓋《秘閣》之帖遺於後，而紙敝墨渝，刻者承之，賴以辨耳。其一末有宣、政印記，而前缺一二十字，蓋自内府出，而卷首稍刓破，然自真蹟上翻刻，故獨佳，中間結構波撇皆在。其三爲文氏停雲館刻，則影響耳。虔禮書名烺烺一時，獨竇臮貶曰『凡草閆閻』之類。此帖濃潤圓熟，幾在山陰堂室，後復縱放，有渴猊游龍之勢，細翫之則所謂『一字萬同』者。美璧之微瑕，故不能揜也。因書於第二本後。

孫過庭書譜

跋謂兹《譜》刻石凡三，然余少時曾見有江陰刻石本，與《停雲帖》可相伯仲。後在禮部時，沈瑞伯持一舊本見示，是背成册葉，首缺數幅，構體絶勁浄，與《江陰》、《停雲》兩本絶不同，云是佳帖。余則尚恨其乏流動意，然則是有五刻石也。虔禮運筆得輕法，輕故饒態，後半風韵更勝。米南宫草法頗似之。

徐浩心經

季海書名譟一時，有『渴猊奔驥』之喻。此帖意近而法慢，米顛斥爲『吏楷』，誠爾。然不能不爲眉山小庇之耳。

徐浩心經

季海書用力亦深，第字形不甚秀媚，大約是時書耳。司寇謂『不能不爲眉山小庇之』，然坡翁在日，聞人擬以徐浩輒不喜，小坡有跋，亦力辨乃翁書非學徐浩。然則司寇亦可謂枉護前。

嵩陽觀記聖德感應頌

《聖德感應頌》，尚書左僕射兼右相吏部尚書、晋國公李林甫撰，蓋玄宗命方士煉大還於嵩陽觀，六轉而移煉緱氏山太子廟，九轉而林甫紀其瑞者也。當是時，女蠱、邊釁交作於中外，而林甫以金石之毒發之，天下之緣督幾絶，而唐事去矣。而君臣方日熙熙然，交臾其美而張大之，良可歎也。《頌》成之明載，太真册；其又七載，林甫殁；又四載，帝走蜀。不知大内辟穀、自托元始孔昇真人時，亦得此丹力否耶？書爲徐浩古隸，與帝隸法絶相類，雖以肉勝，亦自有態，可寶也。

嵩陽觀記聖德感應頌

人主夸大，信非美事，顧猶爲處强，第功業成後，此盛滿一念，不可不善自持耳。帝王莫不希不死，帝此時已六旬，使擇日而登遐，豈不爲千古完德？

懷素千字文

此《千文》行草，刻石關中，雖時有譌筆，而遒逸飛動，往往妙境。

懷素千字文

此帖最飛動有勢，第運筆太速，於草法多失。使非《千文》，素師日後觀之，恐亦將如張文定不自識耳。此書以神勝，佳處不在形似，最難摹刻。使唐人爲之猶可，兹石乃摹刻於成化間，出陝西俗工手，安得佳？

懷素自叙帖

此帖如并州勁鐵、北山迅鷹，奇矯無前，獨冠諸種。然坐此亦不得與二王盟，僅屈强江淮耳。真蹟歷數相臣家，歸陸冢宰，近聞一總帥以八百金購之，復入平津邸矣。於乎，素師不習蓮花梵字，作此有爲跡，墮落縑素。伴朱提入紫闥，宛轉粉黛間對肥肉大酒，不亦重痛辱哉！安得祖龍火，了此累劫障爲快也。

懷素自叙帖

文徵仲跋此帖謂『毫髮無遺恨』，恐未然。中間謁筆尚多，可恨者不止毫髮也。第視《千文》微入規矩，使轉處意態尚可求，顧遒逸飛動，則猶當讓彼。細玩彼似羊毛筆書，此似兔毫筆書，以此氣韵稍别耳。此帖乃徵仲手臨，無但渴筆處鈎勒入杪忽，尤更得其勁筆勢，真不讓唐人技。使《千文》亦使徵仲摹之，神采應更勝也。王荆公作字常忙，昔人謂公一生那得許多忙事，然不獨荆公，藏真及元章亦多忙。荆公祇係性躁，二公則不係躁，藏真是恐弱其筆，元章是恐滯其態，坐此尚未得安閒蕭散之妙。然總之亦是未熟。故論聖人，必曰『從容中道』。

懷素聖母帖

素師諸帖，皆遒瘦而露骨，此書獨匀穩清熟，妙不可言。唯姿態少遜大令，餘翩翩近之矣。

懷素聖母帖

唐元卿謂此碑爲僞筆，可謂卓識。雖云匀美清熟，却微帶俗氣，應是高閒輩書耳。細玩亦有數筆類《自叙》及藏真稿帖，更俟具眼者辨之。近張南安等是祖此碑法，然此書却不涉忙。撰碑者何人？稱郭公爲叔父，應姓郭，僧而書道家碑，亦是異事。

懷素藏真帖

懷素《藏真律公》三帖，乃游絲筆，縈回悦渺中有挽强飲石之勁，至不易得。跋尾周越書得其遺意，蔣之奇有蘇、黄法，皆可重也。

懷素藏真帖

此帖是用張長史水筆作顔尚書行押法，内甚稱羨二公，豈有意效之耶？肆筆亂寫，頗有不成字及類稚筆處，然意態自妙，蓋草法力深故耳。周越書僅見此，此固〔八〕佳，何爲彼時人不甚許之？蔣潁叔是蘇、黄前輩，乃顧肯效其書，古人服善如此。

恒山祠記

唐河東公所書北嶽《恒山祠記》。公爲相有武略，其書要非其至者，特以故事存之耳。

恒山祠記

河東公何人？跋稱『爲相有武略』，豈張公嘉貞耶？當覓搨本讀之。

王清源碑

唐《朔方河東河西隴右節度使清源公王忠嗣碑》，中書侍郎元載撰，門下侍郎王縉書，載，其女夫也。所記事與史不甚異，其文詞瑣冗，無足多者。縉於書稱名家，與李邕相伯仲，評者謂其過薛少保。今其結法清婉老勁，不在《岳麓》、《雲麾》下，覽者自當得之。

見超矣。哥舒之力諍，義者能之；李臨淮之先見，智者能之。清源仁者也，所見遠矣，所

王清源碑

司寇每盛稱清源公，劄記謂『無死當是中興元績』，然考之史，亦未見如所言。王相書罕傳，此碑今在何地？搨本亦少。

中興頌

摩崖碑《中興頌》，元結撰，顔真卿書。字畫方正平穩，不露筋骨，當爲魯公法書第一。唐文靡瑣極矣，至結與蕭穎士輩方振之。《頌》亦典雅，做《嶧山》諸碑，第有可議者：頌其君而斥其君之父曰『噫嘻前朝，孽臣姦驕』，且冠之篇首，豈頌體爾耶？吉甫於宣王詩，穆如清風者，未聞其以厲王斥也。序辭所謂『非老於文學，其誰宜爲』，亦誇矣，曉人不當如是。

中興頌

碑今尚可搨，余得數本，皆有描補筆，以字稍大，故遠觀尤不甚失形勢。然歐公《集古録》已稱『字多訛缺，往往爲好事者以墨增補』，今又更五百年，雨雪剥擊，何得不更磨泐耶？字端整，第微乏風韵，當亦以石湮損故，安得歐公所云李西臺本玩之。次山文極力追古，固是昌黎先驅。

東方畫像贊

《東方畫像贊》，碑陰記『顔魯公書』，石刻在陵縣，陵即古平原郡也，故城址猶存，今僅三之一耳。碑已再刻，余所得乃舊本，雖小模泐，然其峭骨遒氣，滃欝奮張，亦足辟易餘子。余謂東方生蹟固奇詭，然以逍遥流易之度處虚實有無間，夏侯文亦時時有壺公、薊子意，獨公書太嚴整，未稱。所以發之，不若留右軍寫其情性可也。語固涉狂，公復生不能不頫首耳。

東方朔畫贊

余有一舊本，字稍可讀，然恐亦未是祖刻。跋謂『已再刻』，不知指何時言？此碑在顔書中最爲斂鋒，多圓法，細玩絶有媚處，有歐率更《化度》、《虞恭公》遺意，當爲魯公正書第一。跋云『峭骨奮張』，此以評顔他碑則可，於此碑似未合。

家廟碑

右顔魯公《家廟碑》，石刻四面環轉，在關中。後廟燬，宋初有李延襲者，語郡移置之。結法與《東方畫像》相類，而石獨完善少殘缺者，覽之風稜秀出，精彩注射，勁節直氣，隱隱筆畫間。吁，可重也。天寶間，安氏蹴天柱折，而力扶之者，郭尚父、張睢陽、平原與常山四耳，顔氏獨擅其二。碑之所以重者，是寧獨書哉？

家廟碑

此碑不但有玉筯筆，其結構取外滿，亦是篆法。跋謂『與《畫贊》相類』，殊不然。此書鋒鋩最厲，點畫間筆筆生峭，想平原忠直氣似之。此法在前鮮有，是魯公創出者。《畫贊》筆固圓，與此正不同。若《麻姑碑》或猶稍近。

多寶佛塔碑

顔魯公《多寶佛塔碑》，石刻在西安，舊搨完善可讀。公書如《東方畫像》、《家廟碑》咸天骨遒峻，風稜射人，此帖結法尤整密，但貴在藏鋒，小遠大雅，不無佐史之恨耳。多寶佛塔事在《法華經》中，歷過去未来阿僧祇劫，世尊説法，此佛即現寶塔空中贊美，大抵皆寓言也。佛惟空，是以常在常現常滿，今以有爲迹求之，得無去之愈遠乎？一念發菩提心，即證菩提，即現多寶塔稱善哉，人自不見聞耳。

多寶佛塔碑

有宦秦中者向余言，唐碑石皆如玉，其字皆直刻入，深一二寸，如今刻牙小印者然，不似今碑但斜掠也。後問之李伯玉，亦不盡爾。惟此《多寶塔》等一二碑爲然，所以經久不糢糊。此是魯公最匀穩書，亦儘秀媚多姿，第微帶俗，正是近世掾史家鼻祖。又點畫太圓，整筆寫不應若此。米元章謂：『魯公每使家僮刻字，會主人意，修改波擊，致大失真。』觀此良非誣。又因此知顏書是腕著案書，案亦大有力，倚此爲墻壁，則折旋皆如意，不致欹斜，但作字時少减趣，亦便無魏晋天然態耳。今世所謂顏書率師此，亦以其有墻壁，易學故。大抵字必帶俗乃入時眼，乃盛行。

茅山碑

魯公好仙術，不特書《麻姑壇》已也。按，李含光者，陶隱居裔，凡五世，其事絶無可紀，獨人謂其隸法勝乃父，遂斷不作隸，差近厚耳。魯公結體與《家廟》同，遒勁鬱浡，故是誠懸鼻祖，然視虞永興、褚河南閶闔氣象，不無小乏。

元次山墓碑帖

顏文忠爲元次山書《中興頌》，殁，又爲撰碑文而自書之，所以推許次山者至矣。其忠義才術略相當，然次山於文非真能古者，何至竭蹶其步而力追之耶？

茅山碑

元次山墓碑

此兩碑余皆未見。

宋文貞碑

余始有碑《側記》，又後一歲，乃得碑文。頗剥蝕，其行筆與《記》全異，碑辭内稱公『雅善戲謔，不常矜莊』，『凡所詼諧，人輒疏取』。昔人見公賦《梅花》，以鐵心石腸爲怪，故不足怪也。非所望於蕭傅，亦是一證。太史公讀張文成事，而疑其偉然丈夫乃如好女子，世固有不可曉者。

宋文貞碑

碑今尚存，予曾搨一本，糢糊已甚，不可讀。構法與《家廟碑》相類。

宋文貞碑側記

《宋文貞公神道碑側記》，顔魯公撰書，石刻沙河。二公剛勁大節相埒，書亦稱是，真足三絶。第其筆以取勢爲主，微類徐吏部而力過之，不免奔驥渴猊。眉山寔得此法，作擘窠書，愈增怪偉。黄豫章獨印賞，以爲《瘞鶴銘》之流亞。噫，惟其似之，是以嗜之，然耶。

宋文貞碑側記

魯公平日作字，或蹲注取妍，或奮張爲勁，俱不免涉矜持，無蕭散自在意。此碑乃縱筆書，雖無一毫帶筆，却具行書法，蕩佚自肆。此由其楷法素精，故一放手，態即溢出，想書時胸中亦自快也。碑已少刓，其輕畫處俱瘦細失真，然是宋時翻刻石，若唐時未泐本，必當更妙。

八關齋功德記

右顔魯公書，字徑可二寸許。方整遒勁，中別具姿態，真蠶頭鼠尾，得意時筆也。此書不甚名世，而其格不在《東方》、《家廟》下，故非餘子所及也。記文宋州將吏爲節度使方田神功疾愈請禱，此猾裨媚驕帥之常，亡足怪者，第其時有可慨也。蓋載縉、鴻漸輩，以因果之説聳人主，至引阿脩羅、帝釋爲證，每虜至，禮佛祈禱，退則脩八關齋，飯僧報謝，將帥體解而世風靡矣。嗚呼，唐之所以終不復振也，有由哉！

八關齋功德記

此既是猾裨媚驕帥之文，不知顏公何爲爲染翰焉。

干禄字碑

余讀顏魯公《家廟碑》，知公世有書學，及覽顏秘監《干禄字書》，益信。蓋秘監於公爲伯父，其所辨證偏傍結構，雅俗燦然，而公於此書尤加意，幾無一筆縱緩。余故識而藏之，以爲臨池指南。書曰『干禄』，蓋唐以書判取士故耳。跋尾句生亦翩翩邯鄲，可玩也。

干禄寺碑

歐公《集古録》稱魯公書刻石者多，而絶少小字，惟此注最小，而筆力精勁可法。又云石殘缺處多，世所傳乃楊漢公模本，而大曆真本以不完，遂不復傳。然則司寇所得，蓋亦漢公本耳。

臧懷恪碑

《臧懷恪碑》，顔魯公撰并書。懷恪再爲王晙、蕭嵩兵馬使，積官右武衛將軍，封上蔡縣侯，三贈而至工部尚書，則以子希讓貴故也。兄懷亮至左羽林大將軍。懷恪有子七人，咸顯，而希讓至尚書節度使。魯國公《碑》稱『兄弟子姓勛賢間出，自天寶距于開元，乘朱輪而拖珪組者數百人』，而唐史不爲立傳，故聊載之。書法偉勁，不減《家廟》、《茅山》，而石完不泐，尤可喜也。《金石録》又載韓擇木書《第三子太子賓客希忼碑》，及《希晏碑》以韓秀弼書之。希讓，胄士也，而能爲不朽計乃爾，誠有過人者矣。

臧懷恪帖

唐史不立傳，若非魯公書碑，即湮滅無聞矣，雖百朱輪何益。

與郭僕射争坐位帖

余少則艷魯公《坐位帖》，晚始得此佳本，爲之摩娑竟日。噫，稿草耳，乃無一筆不作晋法，所謂『無意而文，從容中道』者也。其辭余未敢論，獨笑魚開府、郭僕射與杞載、禄山、希烈之徒澌滅澌盡，而公之斷楮殘墨，千載恒若新。嗚呼，是寧獨書而已哉。

又

公剛勁義烈之氣，其文不能發，而發之於筆墨間，何也？余嘗謂公學不如其人，於《麻姑壇記》見之；辭不如筆、楷不如行、有意不如無意，於兹帖見之。

與郭僕射争坐位帖

按元章《待訪録》，是楮紙，『用先豐縣先天廣德中牒起草，秃筆』。今此石刻中秃筆宛然，此帖妙處乃在具八面勢，忽促中却安閒自在。蓋緣楷法精熟，至急用時但作帶筆真字，姿態自溢，點畫間徘徊掩映，真有無限意趣。元章謂『詭形怪狀，得於意外』，信然。然總係唐楷法，所以筆筆皆到，不作風行草偃勢，要只是《多寶塔》餘態。司寇謂『無一筆不作晋法』，又非也。今胥史起稿、賈人登簿，亦每暗合此法。亦以年久寫之熟，自無意間得之。拋擲處尤逼真，但腹中無魯公楷式，故不能若此沉着饒古意耳。都元敬《寓意編》謂馬主事抑之家藏有米臨此帖，内有元時袁文清桷跋，謂『京兆安氏嘗刻以傳世，吴中復守永興，以安氏石未盡筆法，因再摹』。京兆、永興皆陜中地名，今石在陜中，豈即安氏原石耶？抑永興重摹者耶？又謂安氏分析時剖此帖爲二，至『僕射指』下遂平分爲兩。以石刻較之，正居其半。今此帖共六十九行，『僕射指』處止十九行，正得四分之一多二行，豈馬所藏本又止半幅耶？元章《書史》又謂：『内小行是於行間添注，不盡，又於行下空紙邊横寫，與刻本不同。』若是米臨本，亦當作横寫乃是，何袁跋未見言及？此帖首十餘行，尚覺屈彊未舒，至『僕射指』以下乃始活潑飛動，至『皆有等威』後又更渾化入妙，結末數行筆已倦，意已懈，而餘興淋漓，更出『屋漏雨』蹟，殆若所云『懷素自言初不知者』。若分得後半，當是獲膏腴産矣。袁跋又云：『嘗得坡翁搨本，無毫髮失真，蘇公見安師文帖時帖尚全，嘗手搨數本，書遂大進。』又云：『蘇本付瓘，米本付瑾，以免安氏兄弟之誚。』蘇本久不聞，應已湮没，馬氏藏米本不遠，今尚能存否？元章極賞此帖，謂『石刻粗存概耳』，何緣得臨木觀之？是筆寫或尚存生動態也。内『尊者爲賊所偪』，當是『賤所偪』，又别置一搨下重『使』字，想皆係原稿誤。古人書皆手寫，其正本奈何反不傳？

顔魯公祭姪文

公行押之妙，一至於此。噫，此稿草耳，所謂無待而至者，忠義之氣與懇切真至之痛，鬱浡波磔間，千古不泯。陳深、陳繹曾、文徵明三跋，博雅殊稱是。真蹟在永豐聶氏，尤可寶也。

顔魯公祭姪文

《祭姪季明文》前已見《停雲帖》中，《祭豪州公文》余少時曾見一本於書肆中，恨未買得。其鬱勃頓挫視《季明文》果小遜，然秀密似稍過之。計魯公平日屬草，當不下萬餘，何《郭僕射書》及此兩祭文草獨傳？豈果忠義哀痛有足相發，兹所謂遇其合者耶？

祭豪州刺史伯父文

此帖與《祭季明姪稿》法同，而頓挫欝勃小似遜之，然勃頓挫小似不及也。末有緇郎題名，可恨可恨。

楚金碑

按《賈氏談録》言，通微爲學士，工行草，然體近隸〔九〕，中州士大夫效習之，謂爲『院體』。此碑清圓有餘，遒勁不足，即所謂院本體非耶？得顔尚書小許鈎磔，便脱此病。夏熱偶題。

楚金碑

書近秀媚，風度亦可觀。第結構全疎，攲傾聊且，頗似初學書者，顧何以亦負時名？石今尚不磨泐，豈係重翻本，摹其泛駕，遺其駿骨耶？

峿臺銘

元結次山撰《峿臺銘》，見歐陽永叔《集古録》中。次山凡文多從顔尚書真卿、李學士陽冰索書，此篆書不知陽冰，作者或自作之。次山於文爾雅，然不能高，而愛身後名甚，銘亦類是。昔杜襄陽碑峴首，一絶頂一深澗，曰『吾懼千歲之後之陵谷也』。嗚呼，古人之於名如此。

峿臺銘

次山兹銘，歐陽永叔跋謂『非好古者不知爲可愛』，司寇跋謂『于文爾雅』，然不能高。今元集中無此銘，止有《浯溪銘》。

尉遲祠祈雨碑

此碑辭小屬攷之，則唐張嘉佑祈雨於尉遲勤之祠，應而屬吏紀者也。勤爲太師從子，義師之役，寔從死焉。書法絶似蔡有鄰而少放，得非亦其筆耶？

尉遲祠祈雨碑

祈雨一應，遂乃勒碑，亦遂留傳至今。天下事固各有數耳。

李陽冰篆書謙卦

李陽冰此刻雖再登石，居然有『殘雪滴溜』之狀，是廷尉正脉。至於《謙卦》，當人置座右一紙。

李陽冰篆書謙卦

余家有此搨本，曾以飾圍屏。書勁而細，然筆筆有態，古篆今存者少，宜寶之。

成德節度紀功碑

右《成德節度使李寶臣德政碑》。寶臣降虜，與田承嗣輩創藩鎮之禍，其人本不足道。碑辭脅下爲諛，餒謭不文。獨王士則者，僅見陶九成《書譜》中，不甚著，而書法遒勁瀟洒，有李北海、張從申之筆，良可寶也。碑在真定御史行臺，不易搨。昨夏温中丞如璋致一本，裝潢成帙，而記於後。

成德節度德政碑

余搨有數本，文亦稍糢糊不全，其字豐肉而飛動有勢，法亦自李北海門中來，然蕩而不疎，艷而藏骨，游筆間覺從容有餘態。趙松雪寫碑云步驟李、顧，視此尚隔一塵也。評書以時代，信是耳食，然竟亦豈能全廢。

柳尚書僕射諸葛武侯祠記

右《記》，裴晋公度、柳尚書公綽書，是時在武相元衡幕中。三公勳業年位雖小異，要之不愧忠武侯者。柳於書不得稱名家，獨米元章謂其勝誠懸，弟今觀其行筆，飄灑雄逸，無拘迫寒儉之態，真足塤篪。第結構小疎，不能運鐵腕捺磔間耳。碑在成都，可七百年矣，完好尚如新，得非以僻故存耶？

柳尚書諸葛武侯祠記

余友詹惟柄爲成都守，曾寄一本，字僅能具態耳。以塤箎誠懸，尚有慚色，何得云過之。裴晋公文，是唐時常體，然頌武侯語甚精，殆志意有符契哉！

董宣傳

碑前有四字篆書『漢董宣傳』，《傳》作中楷，結法俱精，雅有方圓意，而不具人姓名，當是唐能書者書之也。余嘗怪郅都董宣其清彊不屈，凜凜至今有生氣，而班、范列之《酷吏》，使與義縱、減宣等，後世將何所取衷哉？

董宣傳

唐人固多能書者，第不知何爲獨書此《傳》。

原《弇州山人四部稿》卷一百三十五

《書畫跋跋》卷二

校勘記

〔一〕『随』：《四庫》本作『隨』，據意爲『隋』字。

〔二〕『顯』：底本作『永』，據《四庫》本改。

〔三〕『祝』：《四庫》本作『祀』。

〔四〕『寇』：底本作『馬』，據《四庫》本改。
〔五〕『淮』：疑爲『灌』字。
〔六〕『磔』：底本均作『殜』，以下據《四庫》本徑改。
〔七〕『説』：底本作『悦』，據《四庫》本改。
〔八〕『此固』：底本作『固此』，據《四庫》本改。
〔九〕『隸』：底本作『吏』，據《賈氏談録》改。

弇州山人題跋卷十四

書畫跋跋卷二

墨刻跋

唐柳書西平王碑

《西平忠武王神道碑》，裴晋公文，柳常侍書，石刻在高陵縣墓所。苔蘚剥蝕，字畫僅存耳，然要之，含蓄於《玄秘》也。是時西平諸子皆已逝，獨太保聽存，乞晋公文，亦寥落不能發其忠義戡定之績。至于料吐番背盟事絶不載，豈有所諱耶？所記官秩，如初拜清道帥，後以邊將入爲神策都知兵馬使，始加左金吾衛將軍，未嘗爲右金吾大將軍。復以神策先鋒討田悦，加御史中丞，再加御史大夫、左散騎常侍，非檢校官。所記諸子僅十二人，史稱十五人，皆當以碑爲正耳。聽於其時，徒見晋公禄位勳業之盛，幾埒西平，意其文之足以光顯其先，而不知晋公雖非忌者，自以爲位宰相，績文崇簡要，體當如是耳，而於西平之元功偉算十不著二三。於乎，是寧非聽責耶？前此韓昌黎、柳柳州固無恙也，有碑誌來爲人子者，其不作李聽鮮矣，吾竊有感，故志之。

柳書西平王碑

太保聽能求誠懸書父碑，亦可謂有意不朽矣。晋公，名相也，文雖不及韓、柳，然言之足重過之，且亦非不能文者，聽此舉未爲全失。若近世其人貪邪？又不解摛辭，乃徒以官爵高趨之，此則又出李聽下數倍者也。使李愿若在，或尚知乞昌黎文，然是時愿已亡矣。

玄秘塔碑

《玄秘塔銘》，石刻在關中。會昌元年建，柳學士公權書，裴觀察休撰。又十二年，休始以鹽鐵使入相，所著《楞嚴義解》諸所參會，妙入玄宗，豈彼法中居士長者之流耶？此碑柳書中之最露筋骨者，遒媚勁健，固自不乏，要之晋法一大變耳。

玄秘塔碑

柳書惟此碑盛行，結體若甚苦者，然其實是縱筆，蓋肆意出之，略不粘帶，故不覺其鋒稜太厲也。全是祖魯公《家廟碑》來，久之熟而渾化，亦遂自成家矣。此碑刻手甚工，并其運筆意俱刻出，纖毫無失。今唐碑存世能具筆法者，當以此爲第一。

題復東林寺碑後

《復東林寺碑》，柳河東書，是年爲大中丁丑。河東自太子賓客復拜常侍，又二載，以太子少師元會，占奏耄謬奪俸，書碑時蓋已幾八十矣。中多作率更體，而小變遒勁爲文弱，亦可愛矣。

復東林寺碑

誠懸幾八十猶能書碑，平生作字甚多，何目力乃能不傷如此？近文氏父子亦然，殆是天縱。

集柳書普照寺碑

集書自《聖教》外，最難逼真。此碑遒勁方整，有一夫當關時力，視誠懸真蹟，不啻如之。金，狄人，奉金狄教，猶不忘臨池，江左吴傅朋、張即之輩爲可愧也。撰文者爲仲汝文，粗能其家言，第云寺故右軍王羲之捨宅者，妄。右軍渡江時未十歲，當是淮南公捨耳。

集柳書普照寺碑

柳書露筋骨，易於摹刻，故雖自碑刻鈎勒來，亦不甚失。金狄但知立碑，集書者固中原人耳。

李劍州碑

長史名廣業，曾祖淮安王神通，父雲麾將軍璲，子爲都統國貞。貞子庶人錡也，以錡顯，故立碑。碑立之末五年，而錡用叛僇矣。夫一傳而子死事，再傳而孫死叛，不亦大徑廷哉。碑辭多泐闕不可讀，書撰人有曰『尚書、刑部侍郎、上柱國、原武男』、有曰『使持節華州諸軍事』者，而皆不可攷矣。書法極清婉可翫，《集古》、《金石》諸書俱遺之，因志其略。

李劍州碑

此碑不甚行，想亦以錡叛逆故。今人搜出，則以字故耳。

濟安侯廟記

《濟安侯廟記》在華州，蓋昭宗自華歸長安，襃賞節度使韓建，而及於城隍之神者也。《記》爲諫議大夫李巨川撰，拾遺柳懷素書。其所載『七月甲午建迎上於富平，丙申至華州，命建與丞相參大政，固辭，其年爲大京兆，光化元年加太傅、興德尹』，與史皆合。特巨川所諛建辭過當，後梁兵下華州，以建所爲表、檄、書、奏皆出巨川手，又爲建畫策殺十六宅諸王、逐禁旅、斂藩鎮資，數而僇之，距碑成僅一年耳。吾故記其事，以戒夫文人之貳心而脂辭者。

濟安侯廟記

唐末事真令忠義人憤恨，班孟堅曰：『哀平際會，禍福速哉。』唐玆時亦然。

僧彦修帖

彦修蓋與亞棲、蛩光〔一〕齊名者。作詩語如避機懶婦，書法如淮陰惡少年，風狂跳踉，俱非本色，可歎可歎。

僧彦修帖

彦修書雖跳踉，然骨力猶存，總是素師餘派。

宋蔡忠惠萬安橋記

『萬安天下第一橋』，君謨此書雄偉遒麗，當與橋争勝。結法全自顔平原来，惟策法用虞永興耳。《晝錦堂》差近之，《荔枝》、《茶譜》不足道也。

蔡忠惠萬安橋記

君謨此記全步驟《中興》磨崖碑，第微覺肉勝。碑原係兩石，嘉靖中遘倭患，燬其半。土人取舊本摹補之，前一片仍舊刻也。

蔡端明荔枝譜

蔡君謨《荔枝譜》一卷，昔人評其書『嚴正方重，如土偶蒙金』，今無乃類之乎？此本棗木，刻在閩中，故不能大佳耳。白樂天《序》稱荔枝：『樹形團團如帷盖，葉如桂，冬青；花如橘，春榮；實如丹，夏熟；朵如葡萄，核如枇杷，殼如紅繒，膜如紫綃，瓤肉瑩白如冰雪，漿液甘酸如醴酪。大略如彼，其實過之。離本枝一日而色變，二日而香變，三日而味變，四五日外色香味盡去矣。』蘇子瞻詩云：『海山仙人絳羅襦，紅綃中單白玉膚。』此皆爲荔枝傳神，君謨不及也。然彼是巴蜀、嶺南荔枝耳，似不足辱二君子語。

蔡端明荔枝譜

樂天序、子瞻詩皆是俊語，此須乞虞永興、歐陽率更書之。若端明《荔枝譜》，正可自書耳。

晝錦堂記

韓魏公以上相作晝錦堂於相州，時歐陽文忠以參政爲之記，而蔡忠惠以三司使書之，時稱三絕。又謂忠惠每一字必寫數十赫蹏，竢合作而後用之，以故書成特精絕，世所謂百衲碑者是也。今觀其用筆特遒勁偉麗，出入清臣、誠懸間，而不無段師琵琶之誚，然自宋書家當以襄爲首云。

晝錦堂記

凡書貴有天趣，既係百衲，何由得佳。且刻碑須書丹乃神，若寫數十赫蹏，擇合作用之，不知若何入石？如用朱填，則益失真矣。

韓魏公書北嶽廟碑

北嶽廟在曲陽，中有一白石梁，相傳云是舜時從嶽飛至者，因祀[二]於此。其説迂誕不可信，然古樹遒竦，有二塑鬼奇甚，皆千年外物，碑刻亦稱是。魏公此書全法顔平原，而時時露柳骨，鋒距四出，令人不可正視。公之受遺二世，以身繫輕重，此亦可窺一班矣。

韓魏公書北嶽廟碑

魏公書全師《多寶塔碑》，但用力未深，祇得其形似，所以方嚴多，秀媚少。然聞當時效之者頗衆，則以其勳業故。

淮瀆廟記

大中祥符間脩淮瀆廟，知制誥路振記之，書則待詔楊遵度也。二子於名俱不甚傳，文踏掩固其習，書法甚熟於《聖教》，而用筆稍粗，且欲以佻溺發勢，竟成俗札。昔人論書而貴人品高，信哉。

大相國寺碑銘

右寺碑在大梁，爲翰林承旨宋白撰，待詔吴郢書，完好若新立者。白亦頗有文學名，而辭蕪雜不工，不敢與江總持作奴，何論簡棲。郢雖不能脱祗候習，頗遒勁自賞，殆類誠懸集書，聊爲存之。

大相國寺碑

宋初沿唐習，能書者尚多，此兩碑猶非其佳者。海南黎君華曾示余數碑，皆遒媚有姿，雖不及唐人，以趙松雪視之，未知孰勝。

宋真宗先天太后贊

真宗此書在亳州龍德宫，遒逸有致，蓋以其年正月謁龍德耳。『先天太后』者，老子母也，唐系自老子，尊徽號曰『玄元皇帝』，故太后之號因之，乃宋亦爾耶？

宋真宗先天太后贊

真宗好文之主，書固宜工。

嵩嶽廟碑銘

右嵩嶽《中天王廟碑》，盧崖州撰，有唐季衰薾之風。孫崇望蓋以書待詔者，運筆固圓熟，毋乃通微院體之遺耶？

嵩嶽廟碑銘

此書未佳，猶在《大相國寺碑》下。

大觀御製五禮記

大觀《五禮記》，石刻在大名舊城。字畫不甚密，而遒朗可取，或云徽宗御筆也。徽宗能作瘦金書，於楷法不足，或是蔡京耳。

大觀御製五禮記

徽宗以書畫自矜，果其書，必標以御筆，或有押字。若蔡京書，贊兹盛典，恐亦必書名。今無款識，當祇是待詔書爾。

醉翁豐樂二亭記

坡公所書《醉翁》、《豐樂》二亭記，擘窠書，法出顔尚書、徐吏侍，結體雖小散緩，而遒偉俊邁，自是當家。《醉翁》一記，偶創新篗，翩翩動人，無取大雅，介甫沿之作誌，更成捧心。若能於壓字處用古韵，差可耳。

醉翁豐樂二亭記

筆法全祖《碑側記》，但增以秀媚，然亦有雄古氣，大約蘇書大乃愈佳也。司寇公素不甚滿永叔，若此二記，恐弇州集中亦未能多，有法何必古。《醉翁記》以散文行賦體，正自奇處，可謂前無古人，第不可有二耳。《豐樂記》意不深而醖籍有餘味，其精神祇在求戰地不得，遂轉入休養生息意，前後掩映，機軸甚妙。坡翁書與此二記正相稱也。

荔枝丹帖

東坡公書《柳子厚羅池銘辭》，遒勁古雅，是其書中第一碑，内『步有新船』、『秋鶴與飛』昔人證之已明，無足論者。子厚英秀，欝欝未吐，没爲明神，亦是常理。獨怪嫚客死，當是伊伾文態未洗盡耳。

荔枝丹帖

余無此石刻本，然有一墨本，乃鄞張君所惠。似是先用鉤法具間架，後乃更用筆書之者。穠艷而勁發有勢，疑是南禺先生所臨，因此思其原本必絶妙。今跋稱是坡翁第一碑，諒不誣也。羅池神能使嫚者死，世俗驚畏正在此。司寇乃以伾文態嗤之，是董狐筆。

金剛經

坡書《金剛經》刻石者二本，其一後有甘昇提舉跋，爲甘刻；其一前有篆書十餘字。凡坡書撇〔三〕法多拂起，是右軍臨《宣示》筆意，甘本失之。今此舊本也，第石理粗漫，鋒鍛多中斷耳。能大師聽此經至『應無所住，而生其心』，言下大悟，不識一字，爲人説法四十年。右軍五十二後便是境界，畢千載不可復得，爲之憮然。

金剛經

《金剛經》是釋氏『心印品』，第不知坡翁書此是欲治心？是欲種福？

蘇書三十六峰賦帖

坡公此書古雅，大勝季海。賦極不足言，亦不見坡集中。

蘇書三十六峰帖

長公諸小文字多不存稿，此賦是以書傳耳。

蘇書歸去来辭帖

此帖頗似李北海，流便縱逸，而小乏遒氣，當是三錢鷄毛筆所書耳。卓契順大奇人，然亦名使之，在彼法中，固無取也。瘴海孤臣，借暖牢落，不爾無以送日，爲之一歎。

蘇書歸去來辭帖

前《歸去辭》字畫全不佳，後題跋六行稍縱逸有態，此碑是延祐乙卯彭澤縣摹刻者，當是石理粗、刻手拙耳。司寇後於文休承處見佳臨本，有跋極贊其佳，懊戲題此雞毛筆語。云罪過。

表忠觀碑

《表忠觀碑》，蘇文忠公撰并書，結法不能如《羅池》老筆，亦自婉潤可愛。銘詞是蘇詩之佳者。余嘗怪錢氏起群盜，非有大功德於民，而能制一方、傳數世，穹爵崇奉，迨於大明，爝火自若。納叛之後，圭組映帶者又百餘年久，而人思之，何也？武肅王初有國，將築宮，望氣者言：『因故府大之，不過百年，填西湖之半，可得千年。』武肅笑曰：『世有千年而中不出真主者乎？奈何困吾民爲？』遂弗改。此其智有足多者，《五代史》故歐陽氏懟筆，未盡徵也。

表忠觀碑

觀中碑今已重摹，擘窠大字，與醉翁《豐樂記》同法而更加嚴重，若以飾圍屏，信偉觀也。荆公與長公極不合，乃獨稱許此文，可見古人服善。宋人言荆公初見時極擊節，連曰『此何語也』數次，繼乃曰『此三王世家也』。潘子真又謂公云是《漢與諸侯王年表》。此兩語皆是，似三王世家是形，似《諸侯年表》是神。初據形言，久之乃悟其神耳，文得於神，斯善法古矣。武肅王草莽英傑，事要不能盡善，惟知安心待真主，始終臣事中原，故能保其封疆耳。其不填西湖，亦是此意。司寇據《錢氏私誌》，謂《五代史》係歐公對筆，恐未然。歐公平日推尊文僖公甚至，《歸田録》所記惟贖珊瑚筆格一事，稍短於明察，然亦不失爲厚德。其他若好讀書、若不得於黄紙書名，皆佳事。好讀書尤爲不易及，何得云非美談。武肅乃文僖曾祖，有何大怨，直至上誣及。歐公曾同謝希深遊嵩嶽，歸抵香山，錢公遣歌妓往，謂『因挾一妓爲錢公所持』，尤非。文僖固不純，亦不因歐公言損品，大抵凡子孫類爲祖父護，前稱道微未至怨遂歸焉。文人負謗皆緣此，近世尤甚。凡頌人必得如孔、顔乃滿志，若止如孟子輿云有圭角，卜子夏云見紛華而説，亦卒不快矣。但不意弇州公亦未鑑錢氏懟説。

東坡陶詩帖

此帖張敉秀才於天地〔四〕亂石中搨得見貽者。不拘拘就繩墨，而古雅之氣流動行押間，可重也。

東坡陶詩帖

司寇公後以此彙入《小酉館帖》中，共詩三首，『孟夏草木長』一首，『人生歸有道』一首，『種豆南山下』一首，使非幼于搜得，便終湮没。古碑不爲人所知，沉埋於苔蘚中者何限哉！

蘇書連昌宫辭帖

元微之《連昌宫辭》，人以爲勝《長恨曲》，非虚譋也。坡此書作行草，極有姿態，而中不無穉筆。《長慶集》中『百官隊仗避岐薛』，宋人多譏之，謂岐、薛二王物故已久，爲微之誤用事。今書作『岐路』，蓋真本也。

蘇書連昌宫詞帖作『岐路』最是，正與下車『颿風』句相應。

蘇書中山松醪賦帖

余嘗見宋人評書者，極稱坡公草聖，恨少見之。此本雖極豪爽，牛鬼蛇神而不免涉疎慢，豈逸少所謂『爾時真大醉』耶？

蘇書中山松醪賦帖

此賦不爲甚工，坡翁乃好書之，豈固有獨得？韓公所謂『惟以自嬉』者耶？

東坡絶句松醪賦帖

東坡絶句三十首，《松醪賦》一首，用筆流利輕俊，指腕間蠕蠕有生色。文待詔精八法者，吾嘗得其臨本覽之，終不似也。詩亦有致語，能使與可錯飯滿案，故自不俗。

東坡絶句松醪賦帖

謂「流利輕俊」，信然。第筆勢稍寬弱，豈刻手拙耶？然蘇公字但小便弱，亦不獨此。

馬券帖

子瞻以天廐賜馬，遺李方叔使鬻之，而爲書券。魯直又爲跋，索十萬錢，大是佳話。然以子瞻故硬差作伯樂，抑勒牙人，亦見爾時詞客之横耳。

馬券帖

馬券事甚奇可賞，三公皆名流，彼買者想亦非俗士，倘獲挂名券中，十萬錢不爲費。

東坡告史全節語帖

坡老言，詩至杜工部、書至顔魯公、畫至吴道子，天下之能事畢矣。能事畢而衰生焉，故吾于詩而得曹、劉也，書而得鍾、索也，畫而得顧、陸也，爲其能事未盡畢也。噫，此未易道也。

東坡告史全節語

『能事畢』三字，絶有分曉。晝吾不能知，若謂詩、文、字至杜、韓、顔三公而極，余未服也。蓋藝至此乃全入今，其機竅入人心髓，今人爲藝，若刻意搜求，未有不入三派者，其道至此窮矣。無但曹、劉、鍾、索，即先天以前，猶别是一面目。今人若舍三派，必須力倣古先，方能絶類不染。不然，忽不知已入窠臼矣。何仲默謂古詩亡於謝、古文亡於韓，亦是此意，第褒貶不同調耳。

東坡雜帖

右坡臨懷素、王右軍、桓大司馬各一首，雜詩二首。桓字元子，今跋尾稱『黿子』，又云『征譙縱時書』，皆誤也。征譙縱者劉裕，此當是平李勢時書。坡臨帖如雙雕并搏，各有摩天之勢，比之自運，尤覺不凡。

東坡雜帖

『鼃子』或不誤，古人讀書多當別有據，不當以譙縱累之。

東坡詞

坡書此黄州二詞，行模大小絶似《表忠觀碑》，遂無一筆失度，恐好事者若《聖教》之勒石也。内『百年强半，来日苦無多』語，人或憂之，而公歙歷禁從節帥又十六年而後殁。四百年後，乃爲唐伯虎作讖，無情之能感有情也如此。

東坡詞

謂是詞字如《聖教》勒石，是漢庭老吏筆。伯虎祈夢衹得『中吕滿庭芳』字耳。然則何不取『百年裏，渾教是醉三萬六千場』，而自認『强半無多』語耶？人自錯，反令夢不錯，大是怪事。

寄文與可絶句三十首

公此書不甚假腕力，而遒婉秀媚，有筆外意，詩亦多清麗可喜。豈公以此君故，瓣香洋州使君耶？

寄文與可絶句三十首
書儘饒態，第不甚强勁。

蘇長公行草醉翁亭記

新鄭公家藏蘇書《醉翁亭記》，今刻之石。結法遒美，氣韵生動，極有旭、素屋漏痕意，第不類蘇長公。余見蘇行草不少，唯渴筆一二得似耳，正書遂無毫髪。且公此書既不登石，不應復用前跋。豈公没後，有王逸老者居恒欲出懷素上，乃其筆耶？或南渡諸公如陸務觀、張温甫輩，覩瑯耶〔五〕石刻戲書之耶？又念三君不辨此妙境，令人怳怳。跋尾趙吴興小愜慢而疎，不應稱宋；及趙子固并沈啓南、吴原博跋，恐亦未爲真耳。區區不能隨人悲笑，因記於此，以俟夫識者。

蘇長公行草醉翁亭記

余曾見此搨本，無但非蘇公書，亦非宋人書。其使轉間雖勁有力，然不免帶俗帶邪，頗類近時李太僕及長沙相兩公脚手，又間雜以解縉紳、宋仲温法。此等書固時有，當是正、成間老臨池手耳。新鄭相獲此帖於徽邸，甚自寶愛，即其弟姪亦不能多見。後江陵相自家入京時，過新鄭宅，語談間忽問及此卷。既去，高公曰：『彼豈尚索我賄耶？』因更侑以別物并卷餽之，張受之去。人或言張後復以卷構高罪，則未可信。

山谷書狄梁公碑

昔人謂狄梁公事，范文正公文之，黄文節公書之，爲海内三絕。然文篇法既俳，書勢亦傾側，未足絕也。黄正書不足存，有韵無體故也。梁公復英王、薦張相，所稱『潛授五龍，夾日以飛』，千載而後，猶凜凜生色。然史稱王及善、王方慶亦與諫復英王者，柬之以梁公薦，自益州拜洛州，再遷秋官，後以姚崇薦入相。世知姚著績開元，不知其薦張，至二王愈泯泯矣。余故附著之。

山谷書狄梁公碑

宋初尚多排體，文正此碑是詞科高手，然亦不落莫。魯直書稍大乃佳，尤貴蒼老。

此書有嫩氣，又小，故姿態未溢，祇覺傾側。要之文與書亦皆足傳，第以并梁公之勲業爲三絶，未免有慚色耳。當神功、聖曆間，持正論者頗多，亦不獨二王，但后所倚重在梁公，故梁公專其功，『姑姪』『母子』兩語人皆誦之。謂梁公以此動后，愚意竊謂未然。此語於理甚淺，后亦豈不知？且后既自稱帝矣，所行原係反常事，若已爲周太祖，而承嗣、三思下以此世及，即如此立廟，以不遷臨百世，於后心亦何不快，子母詎能奪焉？第后知識明達，見爾時人心未忘唐，惟任婁、狄、姚、宋輩，所以天下安然，若盡付之楊再思、來俊臣諸人手，則徐敬業等當更環視而起，必不能一朝居矣。即使不聽梁公，終不返廬陵，后身死後，衆臣亦必共推戴睿宗，果立承嗣爲太子，亦祇足供北軍之誅耳。后無雄傑爲輔，故事不成，梁公能不動聲色使奸邪斂迹，此所謂取虞淵之日。

山谷中興頌碑後詩

山谷《中興頌》碑後詩，是論宗語，俯仰感慨，不忍再讀。迫急詰屈，亦令人易厭。書法翩翩有致，惜摹搨久，遂多失真者。余謂坡筆以老取妍，谷筆以妍取老，雖側臥小異，其品格固已相當，跋尾云『惜不得秦少游妙墨劖之崖石』，少游當亦善書，爾時謫藤州，故谷念之耶？

山谷中興頌碑後詩

此詩開口即可厭，立論庸腐，亦無所謂『不忍再讀』。第就彼道中亦可稱霸滇南耳。書固佳，以居魯公兩廡，可無愧。司寇不識秦少游能書，亦是異事。

山谷書東坡大江東去帖

銅將軍、鐵着板唱『大江東去』，固也，然其詞跌宕感概，有王處仲撾鼓意氣，傍若無人。魯直書莽莽，亦足相發磊塊。時閲之，以當阮公數斗酒。

山谷書大江東去詞

蘇此詞、黄此書俱非雅品，非當行，而皆磊落自肆，正是一派，真足當阮公數斗酒。余有此舊本，而失却首幅，不知刻石在何所？愧無從覓補。

山谷七祖山詩

山谷登七祖山次周元翁韵詩，其書本得意筆，而爲再刻故，且石頑而工拙，所用峭側取老取媚意殆盡，其僅存者，偃蹇桀驁之態耳。詩亦頗自負得意語，而類若爲拙工頑石所侵者，何也？人苦不自知，何緣復寄王子駿。

山谷七祖山詩

此字大幾可四寸，甚易刻，乃不能得其筆意，信哉石頑而工拙也。魯直詩自是別傳，司寇亦無庸饒舌。

山谷書東坡卜算子詞帖

『缺月挂疎桐』一帖，山谷書，蒼老鬱怒，大是奇筆。坡此詞亦佳，第爲宋儒解傳時事，遂令面目可憎厭耳。詞尾『寂寞沙洲冷』，一本作『楓落吴江冷』，『楓落』是崔信明〔六〕詩語，不如此尾與篇指相應。

山谷書東坡卜算子帖

臨江人王説謂坡此詞是爲惠州一女子作，意或近之。

食時五觀帖

涪翁《食時五觀》，乃小乘經牪語耳，然不可不時使何太宰、王侍中讀之。筆法極輕弱，而鮮餘味。

食時五觀帖

余有此舊搨本，字畫飛動，筆力最熟最精勁，當是涪翁佳帖。司寇乃以『輕弱』少之，殊不可解。豈得其翻刻劣本耶？

涪翁雜帖

涪翁草書自作偈語一通，又唐詩二首。此公自謂得長沙三昧，一時亦翕然歸之，其風韵態度，誠翩翩濁世佳公子也。即無論結構與素師手腕有剛柔之異，識者自得之。

涪翁雜帖

素師手力勁，然字形醜；涪翁手力弱，然字形媚。

廬山高歌

歐陽公《廬山高》，自謂出李、杜上，不滿識者一笑。然其雄勁豪放，亦是公最合作詩也。凡李、杜長歌所以妙者，有奇語爲之骨，有麗語爲之姿，若十萬衆長驅，而中無奇正，器甲不精麗，何言師也。山谷此書姿態猶存，而鋒勢都乏，豈石頑工拙之故耶？

廬山高歌

歐公初爲此詩，梅聖俞恨未見，郭功甫爲頌之，聖俞極歎賞，令再誦，因置酒，又再誦。每誦一遍，酒數行，如此十遍，竟不交一言而罷。今司寇乃短之如此，亦時尚異耳。歐公失處乃由用險韵，又不能以五七言行之，却作枝蔓語輾轉以就其韵，故味不長。然歐詩他佳者尚多，謂此爲『最合作詩』，亦未然。

蔡卞靈巖寺疏

米南宫謂卞得筆，此書圓健遒美，有兼人之力，而時以己意參之，蓋有書筆無書學者，要之不可以人廢也。

蔡卞曹娥碑

蔡開府手腕極有力，故行法多遒逸，惜一二俗筆未盡去爾。此碑尤可玩也。

曹娥碑

蔡氏兄弟固皆能書，然學力不深，其得附蘇、黄、米三公後，是以官重。今黜去，以君謨當之，是以人廢。

米南宫天馬賦

庚午春，馬生致米元章墨刻《天馬賦》，筆勢雄强超逸，真有千金蹀躞、過都歷塊之氣，賦語則不受銜轡，膝生秃駒耳。徐元玉後題一詩，頗致代興意，未敢盡許也。

米南宫天馬賦

韓宗伯有一墨本示余，頗豪勁有態，詹東圖謂是真蹟。余細觀之，即此碑臨出本耳，鈎填蹟顯然。

米南宫雜帖

元章三絶句又二紙，神氣奕奕射人，令覽者爽然。

米南宫雜帖

元章帖石刻者少，此石不知在何所，亦未盛行。

米元暉夫子廟記

米元暉書《夫子廟記》，石刻在吴城中。書亦秀穎可愛，但結法既不古，又乏變態耳。黄魯直贈之詩『虎兒筆力能扛鼎，教字元暉繼阿章』，取羲之、獻之故事。書家不愧箕裘者，有大小鍾、大小衞、大小王、大小歐陽、大小米，惟小米差弱耳。

米元暉夫子廟記

今人學元章不成，多似元暉。祇習父業，不能探其原本，故醖籍少。

趙子昂帖

吾鄉人陶氏治地得藏石，凡法帖十卷，後二卷爲姜堯章、盧柳南，餘俱趙吴興孟頫書。吴興《畫蘭》一本，清絶楚楚，與王摩詰《蕉雪》同韵，弟國香零落，不無楚畹之歎耳。書《蘭亭記》幾遂逼真，所不足者，雌黄之表，固未易言。《樂志論》、《盤谷序》并數尺牘皆佳。石既完好，搨手亦精，視真本當十不失一，真可意也。此帖爲顧善夫所刻，内《千文》、《歸去来辭》、《西銘》各闕數行，陶謁文太史書補之，文固謝曰：『莫易視，吾不能爲後人笑端。』人謂太史勝東先生《補亡》遠，彼宋康王之於吴傅朋，非無此論，但恨晚耳。

趙子昂帖

此帖今吴中盛行，是松雪通行書，未爲甚佳。獨《畫蘭》果清絶，衡翁不補趙帖，良是。第於懷素《千文》真蹟却何爲手補？余在唐元卿處見山谷行書石刻，衡翁亦補一幅。夫何嘗不補，豈陶氏無識，欲此翁作僞蹟刻石耶？

趙子昂雜帖

子昂《續書譜》文賦精工之極，如花月松風，娟娟濯濯，披襟留連，不能自已。左太冲詩於曹氏兄弟，猶子昂于大令父子，可謂逼真。第太冲詩末云『振衣千仞岡，濯足萬里流』，尚覺子昂手腕間乏此大氣象。

《服食帖》，家弟初見之驚愕咋指，謂吴興遂能造此妙境，既讀跋尾，知爲臨右軍筆也。相與愀然，歎佛菩薩地分不同若此。

子昂大書不如小，楷書不如行，豐碑大碣、螭首龜趺〔七〕，要多非其至者。須于閒窗散筆，有意無意間求之耳。《赤壁賦》刻之江右王邸中，間亦有金錯刀法，雖瀟灑縱逸，而不乏矩度，與蘇賦俱變體之佳者。

趙子昂雜帖

子昂於大令父子，應如韋蘇州於陶彭澤，氣韻非不似，然相去却遠。今謂猶左太冲於曹氏兄弟，恐未足當。

二王帖，敬美所熟見，何爲不能辨《服食帖》臨本，直至讀跋尾，始知之耶？『佛菩薩地位不同』，自是當行解。

大不如小，楷不如行，豐碑大碣不如閒窗散筆，以此評趙松雪最爲確論。淮府《赤壁賦》余有搨本，是此公得意筆。

趙吴興 佑聖觀記推官廳記

《佑聖觀記》在杭州本觀，《推官廳》在湖州郡齋，俱趙吴興書，俱規摹李北海，而《廳記》稍遒勁。余至湖州，訪墨妙亭遺跡無一存者，用此解饞耳。

番君廟碑

《番君廟碑》者，祀故長沙文王吴芮也。芮以故番令，不能爲秦死而從亂，特以寬厚得物情，能取國於虩項，保爵於猜劉，歷數代而卒以善絶，垂二千年而人祀之有加，不亦幸哉。爲元學士明善文、趙承旨孟頫書，皆暮年筆，故老勁而書尤可喜也。

趙吴興佑聖觀記

番君廟碑

趙碑字多方穩，故韵不長，《番君碑》較蒼勁。司寇責番君不死秦，秦有天下祗十五年，芮不能死楚，何爲死秦？亡秦必楚，謂爲楚報秦可也。

玄教宗傳碑

碑爲集賢脩撰虞集撰，學士承旨趙孟頫書。蓋叙真人張留孫玄教之所由始，自張聞詩而下，及其徒陳義高凡八人，皆贈真人，留孫位已至開府，而其孫吴全節亦階特進，元之名器濫觴至此哉。且虞公脩撰集賢，而留孫實知院事，其文與書雖美，不足論也。

道教宗傳碑

元俗大約尚鬼，故奉道、釋教特隆重，留孫尚有像贊及碑銘，俱趙子昂撰并書，在今都城延祐宫。書與此同，文不及虞也。

虞文靖垂虹橋記

文靖此帖儼雅中有餘意，不失中古衣冠，可重也。

重建廬山東林禪寺記

右記爲奎章閣侍書學士虞公集撰及書，所志寺顛末頗詳，而書亦圓婉可愛，特少遒耳。余嘗過東林，歎其日就荒落，爲之憮然。蓋元時賦斂薄，江淮間有餘力，得以從事小果。今自貴璫外，無能繼之者矣，非盡其教之衰然也。

重建廬山東林寺記

文靖碑不多見，此兩碑尚期搨來一讀之。

孫真人碑

孫真人德彧碑，鄧集賢文原撰，趙承旨孟頫書。德彧即書《重陽真人碑》者也。承旨此書不甚取骨，而姿韵溢出於波拂間，蓋能用大令指於北海腕者也。

孫真人碑

一道流而能令翰林諸名公爲撰文、爲寫碑，彼時道教之重如此。今時不能爾也。

王重陽碑

右碑爲金密國公璹撰，至元而道流李道謙書之，亦遒偉有法。按，重陽名嚞，初業儒不成，去，業武不就，偶以遇異人得度，遂爲全真教祖。張大其説而行之者，皆其徒丘處機力也。其説頗類禪而稍麤，獨可以破服金石、事鉛汞之誤人與符籙之怪誕，而其徒不盡爾也。重陽所爲説，未嘗引鍾、吕，而元世以『正陽』、『純陽』追稱之，蓋亦處機意，所謂張大其説而行之者歟？

馬丹陽碑

丹陽真人初名從義，後名鈺，重陽上足也。其所云『心不馳則性定，形不勞則精全，神不擾則丹結。然後滅情於虚，寧神於極』亦是，第所謂『丹』與『極』者，何物也？丹陽初有家，爲重陽所導至再三，乃棄之，與其妻孫各行化得道。碑爲元學士王利用撰，而道流孫德彧書，文頗詳腴，而書尤勁，有魯公遺意。

馬丹陽碑

道流固習書，元時書學尚盛，故兩人書皆可觀。

王重陽仙跡記

《重陽仙跡記》，金翰林脩撰劉祖謙撰，而姚牧庵璲至元世祖朝以安西文學爲書，書法全學《宋文貞碑》，比之孫、李不作墨猪氣，而文亦能略去幻化，語稍藴藉，不爲其徒張帘也。重陽得無師智近六祖，而懸讖若誌公，蹤跡又似萬回，真異人哉。

王重陽仙跡記

元時仙教大興，諸仙蹟詭異者甚多，不獨王、馬兩公。豈賢傑不爲用，皆逃而之羽化耶？

雪庵茶榜

元僧溥光書《茶榜》，其辭紫方袍底語耳，不得禪悦真味。書法風骨頗遒勁，略具顔、柳及眉山、豫章結法，惜胸中無卍字骨，令天趣流動筆端，結習未忘，超洒不足。所書『官學士後贈司徒唐不空三藏』，且爾胡俗，無足怪也。

雪庵茶榜

此《茶榜》刻，今世多以飾屏，字全師顔魯公，雖天趣未流動，然亦有骨力。余曾見此僧他墨蹟，頗遒勁可喜。

杜待制書清真觀碑

右趙承旨《郡學碑》、杜待制《清真觀碑》各一通，併爲一帙。杜規摹趙，遂無一筆失度，政猶羊敬元之於小王耳。邇来文待詔擅名吴下，紛紛奴書，令人厭開眼。丈夫寧爲鷄口，無爲牛後，惜哉。

杜待制清真觀碑

杜待制何名？其書未見。

明宋璲書千文

仲珩此書頗得晋唐人筆意，圓熟流便，有弄丸運斤之勢，唯結法小疎耳。嘗見方遜志評其草云：『如天驥行中原，一日千里，起澗度險，不動氣力。』初以遜志爲太史公，故未免曲筆，覽而信其非妄也。

宋璲千文

不知此《千文》是何體，世所傳舍人書，多行草耳。

俞紫芝四體千文

俞和元末人，紫芝其別號也。刻意吴興，頗稱優孟。此四體尤精，然不免露本色耳。宋俞秀老號紫芝，此君亦號紫芝，吾友俞允文絶不稱號，近刻一私印，亦曰紫芝。三君子皆俞姓，皆善書，亦大奇事也。

俞紫芝四體千文

余有此帖，其篆乃鍾鼎文，據文徵仲跋，謂是倣趙文敏書。

宋克前後出塞詩

宋克書此詩及後一帖，皆合作者，其精巧更勝古章法，乃所以爲終不及耳。

宋克前後出塞詩

此刻在關中，今每以裝於懷素《千文》後，不知何説。豈石相連耶？字亦小有致，然無古意，祗以章草法助佻勢，未爲甚工。

七姬帖

《七姬誌銘》，爲尋陽張羽撰，東吴宋克書。文既近古，而書復典雅，有元常遺意，足稱二絶。弟其事大奇而不情，楊用脩跋可謂得其隱，真漢廷老吏也。

七姬帖

跋謂『其事大奇而不情』，極欲得讀之，恨未覓得。

枝山十九首帖

京兆此書清圓秀媚，而風骨不乏，在大令下，李懷琳、孫過庭上。《十九首》是千載之標，公書亦一時之英，可謂合作。真跡在休承所，近聞以桂玉故，鬻之徽人，便是明妃嫁呼韓，可歎可歎。

枝山十九首

已見前《停雲館帖》中。

祝書唐初諸君子帖

祝此跋爲刻褚登善書者，祝跋已入石，而登善摹本在許元復處，未及授刻爲恨。筆法清婉貴麗，如顧家婦而不乏林下風氣，置之武德、貞觀間，誰能辨也。

祝書唐初諸君子帖

跋已入石，而摹本尚留，亦是異事。褚書是何帖？跋未明。

祝京兆味泉賦帖

此書二十行外，隸分溢出，古雅有餘，雖大得蘭臺《道因》筆，不作寒儉態。若鈎剔之際少加含蓄，便是大家。

祝書王文恪公墓誌銘

此書方於晋而不疎，圓於歐而不局，開卷時古雅之氣照人眉睫間，是祝金石中第一手。

祝書毛中丞夫人墓誌銘〔八〕

此書視《王文恪志銘》運筆小圓，形差匾，古雅亦相亞也。

祝京兆六體帖

韓淮陰自謂用兵多多益善，此帖近之，唯學素師腕差弱耳。

六體

《王文恪墓誌》最有名，然余尚未見。《六體帖》舊曾有，今失去，亦不爲甚佳。

祝真書有一種近隸者，雖古勁，然頗倔强，非本色。

君子亭記

陽明先生謫龍場，用王猷、張廌例，爲亭竹間，而手書記於壁，後人爲摹刻之。先生是時未忘能所心〔九〕，以故其書與辭皆工，而差可讀也。

君子亭記

陽明先生書，晚年最蒼老入妙。此書尚覺如河朔少年，沓拖而不可耐，不知弇州公何爲反取之？若論文章，固是此時者工。

王新建紀功碑

新建既俘宸濠，獻之歸，待命於南昌而勒者也。結語『嘉靖我邦國』，蓋踰年而世廟自楚藩入繼大統，改元嘉靖，帝王固自有徵哉。

王新建紀功碑

文成公凡功成，每有手書碑紀之，文與書皆磊落可喜。

華氏義田記

華從龍先生此舉，是范氏家法；應德此記，宋文之有致者；徵仲此書，漢隸之有鋒者。聊爲存之。

華氏義田記

徵仲自矜隸書，然刻碑者少，用以存模古意，亦足醒眼。

豐考功筆訣

豐考功《筆訣》一册，故鄞人豐道生所著。道生初名坊，以罪竄易今名。皆采古八法精語，而時時傅以己意。其最所宗事者右軍耳，兼享魏晉，而旁及唐人；至宋元及近代，則齒牙餘剔耳。其書自古鐘鼎籀篆及小楷、行草凡十餘種，種各有法，而以筆滯，故不能無利鈍。吾所謂豐氏有書學而無書才者，此亦一徵也。

豐考功筆訣

余生平見南禺公草書甚多，皆精勁有古法，臨古帖尤妙。唐元卿稱爲我朝第一，惟未見楷書。此帖所刻稍拘弱，未爲快也。隸篆是勉强爲之，視文氏父子遠遜。首五章論書法甚精，學者可置座右，第中釋『折釵股』一節，謂是水墨得所，肉勻骨勁，泯規矩於方圓，遁鈎繩於曲直，嚴重渾厚而不爲蛇蚓之態，則似未然。『折釵股』乃是草書中波畫，用已退筆擲之，其叉頭處類折形，微曲處如釵股。右軍草帖中有一筆絶似，吴中一友曾指余。其帖今不常有，今《閣帖》第八卷末後『詫』字外臂，懷素

《自敘帖》中張長史『長』字上二筆俱微有此法，是筆法精熟中簸弄奇態，所以妙。若如南禺所言，則祇可如釵股，其『折』字説不去。又凡金鐵物類僵而不活，若但欲其勁而曲，又何必取論於釵。愚此解未敢自謂，是願知書者辨之。

原《弇州山人四部稿》卷一百三十六
《書畫跋跋》卷二

校勘記

〔一〕『蛩光』：疑爲『晉光』。
〔二〕『祀』：《四庫》本作『祝』。
〔三〕『撇』：底本作『瞥』，據《四庫》本改。
〔四〕『天地』：《四庫》本作『天池』。
〔五〕『瑯耶』：《書畫跋跋》作『琅琊』。
〔六〕『明』：底本作『餘』，據意改。
〔七〕『趺』：底本原作『蚨』，據《四庫》本改。
〔八〕『銘』：底本作『名』，據《四庫》本改。
〔九〕『未忘能所心』：《四庫》本作『心未忘所能』。

弇州山人題跋卷十五

書畫跋跋續卷二

墨刻跋

禹碑

余所有嶽麓《禹碑》凡三本。其一本差舊而無註釋。其一本刻之紹興者，後有張明道跋，頗偉，而註釋字粗拙之甚。其一乃木本，刻之長沙者，前有宋張世南所紀，後有明湛若水跋，沈鎰釋義，楊慎歌及小序，顧璘、季本、熊宇前後序文。書體亦有作八分者，而醜俗尤甚，釋義是三家社學究語耳，乃自詫以爲神禹夢中所授，當令人唖殺。中間與楊釋異者凡十三字，俱無的然可據，覺楊義差雅。會得其手書歌序釋跋，因定裝於所藏舊本之後，而張紀、湛跋、顧〔一〕辨，乞友人以小楷補之。余嘗謂此碑定非大禹文，亦非大禹筆，而不敢遽謂爲嬴秦以後，何賢良所行世，即人間舊遺本，而衡山之石久已泐，其文理之不可讀，以石泐故。而楊、沈之釋字，亦多以意會之，未必其果合也。虎賁微似中郎，孔北海尚愛之，况隆準公真龍裔耶？楊書貽吾鄉周太僕復俊者，其家人摩去之，字法亦可重也。

又題禹碑

楊慎曰：『釋文第六句舊作「南暴昌言」，余疑文義不貫，字形亦不類，思之不得。是夕夢一魚首黄衣指謂曰，此「南瀆衍亨」四字也。寤而觀之，形義兩協。其所謂思之不得，鬼神將通之耶？』沈鎰則曰『夜夢一長人挈古餅授之，其色黄，高尺許，口傍横書三字「某宫造」，下有篆文，悉如龍蛇草木之形，寤而忘首一字，及旦誦《釋文》，怳若素識』云云。不知者以爲文人矜誇之習類然耳，余以爲倉籀所不盡載，時俗所不能辨，不假之神，何以徵信耶？聊記以資一噱。

跋魯相晨廟碑

按，趙明誠《金石録》謂『魯相晨有兩碑，皆在孔子廟中。……其二云「魯相河南史君，諱晨，字伯時，從越騎校尉拜，建寧元年四月十一日到官。」』正此碑也。其文獨完好可讀，數十行後，字稍大，結法益遒美，後有題尾，稱『大周天□二年』，其書亦用武氏體，雖傾側，而字勢可愛。余在青社時，爲陳道易持去，且二十年矣。一日忽見歸，曰：『吾於古隸法，得十六於《受禪》，得十四於此碑。』余笑曰：『公可謂鮎魚上竹竿，不離故步，何得云爾？』陳亦大笑。史君時尚存而稱諱，古文多有之。

吴天璽書

昔有詩云『中國書流讓皇象，六朝文物重徐陵』，似爲江左張價。象所書《吴天璽碑》，出篆入隸，高古雄逸，要當與蔡中郎抗衡，成侯《受禪》固自超，方之此碑，不免《嶧山》之於《岐陽》矣。昔人故非欺我，然徐陵之於文，實不可與休明同日語也。

漢隸校官

右《漢溧陽長潘乾校官碑》，光和四年立。按，四年之碑，若《逢童》、《三公》、《殽阬〔二〕君》、《無極山神》、《敬仲》、《蔡湛》、《孫根》凡七，見於《集古》、《金石録》，而此獨闕如者，蓋宋至紹興十一年，溧水尉喻仲遠〔三〕始出之固城湖濱官舍，在歐、趙二公後耳。結法最爲高古，伯仲《西嶽》、《勸進》間。第多漫漶不可讀，番陽洪景伯爲之注釋，而闕其二十七字。元至順中，濟陰單博士禧宦游其地，復考辭義之可通者，得十六字，因手書景伯釋文，而附所補於後。吾弟今獲本乃舊搨，而不載單禧所爲跋，釋文止著闕字，而不載禧所補，何也？豈此本在禧刻前，爲洪景伯書耶？景伯書又何以步趨趙吴興也？碑今在溧水，溧水，漢溧陽地。更榻一本，驗之即見。按，此碑恐是元人翻刻真〔四〕本，而別令善趙書者作洪景伯跋耳。

秘閣續帖

右《秘閣續帖》第三、第四卷。此帖既不易得，而又皆右軍書，多縱筆變體，極可愛。内《四月一日帖》及後右軍諸子書稱『弘白』，黄長睿謂爲僞帖，欲去之，甚當。第文壽承跋尾，以爲中數帖類米老所臨者，則非也。此帖刻於元祐中，米老書學尚未著，不應其模本已達中禁，當是唐人臨筆耳。

《續帖》第九、第十。所謂賀知章者，似二王《雜帖》語，今以歸賀，不可知。虞、柳二君蹟，不類平日，而甚有好致，柳尤遒逸。無名二紙，其一詩，亦唐語；其一札，似臨晋帖，飛白五字出古隸。若李懷琳書《絶交書》，壽承以爲至精無以加。而山谷者，人乃謂往在三館，於閣下觀懷琳臨右軍《絶交》真蹟，大有奇特處。今觀此十未得二三，乃知懷琳之妙如此，其所謂十未得二三者，尚足以馳騖後世也。卷尾『天監二年』至『臣雲』小楷，『湘東所進』云云行草，皆懷琳臨筆，今人却作嵇康書媒鬻，而辨者以爲懷琳僞爲康書，亦謬也。唐人《十二月節帖》詞既鄙瑣，書亦無雅致，但結法差緊健，中間尚可包王著、周越耳。

秘閣續帖

此帖刻於元祐中，彼時人主尚幼，是何人司其事？跋謂『刻帖時米老書學尚未著，不應摹本已達中禁』，正未然也。《郭氏争坐位帖》，《書史》不云係二十年前所臨者耶？以其名未著，故所臨者人或遂以爲真，或謂爲唐臨。壽承云云，想以其類元章脚手耳，真墨蹟與唐臨當有辨，若摹唐臨本入石，恐雖逸少復生，不能别也。逸少《敬和》、《隔日》二帖，《汝帖》亦屬之賀知章，想出賀所臨耳。

泉州宋搨淳化帖

余少得《淳化閣帖》飛白、濃墨二種，皆作贋古色，乃泉州翻刻本也。當時絶寶愛之，後漸覺其波磔之際多有可恨，乃至結構時時有譌筆，覺其非古，後先爲人持去不惜。今年始從吴中得此宋搨完善本，以較余所藏《大觀》、《绛帖》雖少遜，比之他刻，大徑庭矣。凡泉刻則五卷，智果而後缺十餘幀，其它不爾也。傳《閣帖》者，邯鄲子與日益繁，而隆準日益少，故爲志而藏之。

泉州宋搨淳化帖

此帖無但五卷缺十餘章，其八卷首止『法帖』二字，不云第幾，下晋『王羲之書』四字作草，舊石甚有筆意，可喜。其搨皆用闊簾竹紙，甚易辨。近來時行者僞筆甚多，非昔石矣。數年前聞晋江有一家造屋，於土中掘得帖石，不甚完，云是舊石。李户部開芳曾惠余一本，細玩之似亦是翻刻者，但在今石前耳。

甲秀堂帖

客有售陳氏《甲秀堂帖》五卷者，《石鼓文》、《泰山銘》皆縮小字爲之，及秦氏《三璽文》尤淳古可愛。蔡中郎《九疑碑》雖見《宣和書譜》，而行筆絶類《開元孝經》，陳思王詩及《鷃雀賦》亦然。黄伯思辨其爲李懷琳輩贋作，似有據也。餘則蘇明允、才翁、子瞻、蔡君謨、黄魯直、米元章筆札耳。按，昔人謂《甲秀堂帖》前有二王、顔魯公蹟，世所未見，一云季氏也。此本蓋零落不完者。其人不復翻《淳化》、《大觀》，欲與之配，亦壯矣。

索靖月儀帖

今年冬，得黄熊所携索幼安《月儀帖》一卷。按，幼安真蹟爲宣和殿所藏，而先已刻之《秘閣續帖》中。米元章與其友人書，謂《月儀帖》不能佳，而黄長睿遂未信，以爲贋物。獨董逌稱其筆畫勁密，它人不能睥睨，然亦是唐人臨手也。《月儀》有正、二、三、九月，凡十一章，俱稱『具告君白』，了不可曉。其辭亦錯雜，絶不類晋人尺牘。而中得一二古雅，如黄初時語，然終不可曉也。此本刻頗精，楮墨亦佳，有古色，或是《閣帖》真本，故存之。

索靖月儀帖

《月儀帖》是古帖，然恐未必出幼安。後人以結法稍類幼安《載妖》一章，遂舉以歸之索耳。大約近唐人所爲，其構法亦可玩，第筆意則全失耳。米貴筆意，故謂不能佳，董謂筆畫勁密，則以法求之耳。今《東書堂帖》中亦刻有小半，筆意更湮，第所云勁密者，點畫間尚有可尋。

真定武蘭亭

《蘭亭》如聚訟，自宋已然。即以定武一石言之，有肥者，有瘦者，有五字未損者，有五字損者。何子楚、王明清謂唐時諸供奉搨此帖，獨歐陽率更逼真，石留之禁中，他本在外争相摹搨，而歐本獨不出。耶律德光〔五〕入汴，得而棄之殺胡林，流轉李學究家，以至復入公庫，所謂未損本也。定武薛帥子紹彭摹之他石，以應世購，潛易古刻，於『湍』、『流』、『落』、『左』、『右』五字微劖一二筆，藏於家。大觀中，人主知之，取進御，龕之宣和殿壁。師陷，諸珍寶悉逐虜北，而此獨留。宗汝霖得之，以進光堯，至維揚而復失之，所謂損本也。然則紹彭之所别摹者，亦得稱未損本也。夫損本既有兩種，不易辨，而先搨者又不可得，蓋不能不取極於損本矣。董逌謂定武非歐筆，爲湯普徹臨，亦未有據。至所云肥瘦本，或以定武有二石，或以搨法少異格之。殊不知辨千里者，不當在驪黄内也。此帖乃五字損肥本，余生平所見非少，俱不能及。雖以摹搨之多，小有剥蝕，而風彩逈出諸本上。遍攷古證，凡五處皆合：若『管絃之盛』，上不損處有小鼀形，與『是日也』第九界行頗肥，『痛』字改筆不糢糊，『興感之由』，『由』字下類『申』，『列叙』之『列』，其『刂』如勁鐵，則可不待訟而勝矣。帖爲陳直齋物，後有直齋印識。趙吴興常從其婣親萬户者索之，而不遂。書法尤遒媚可愛，吴興得獨孤本，自詫以爲遺墨之冠，而尚汲汲於此本，其聲價當何如也。余舊有一歌於定武本，頗極推許，而實不稱，今割以題其後云。

真定武蘭亭

凡宋人《蘭亭》辯證，大約爲薛道祖别摹一石而發，蓋彼時秖此一僞石，觀其劖損五字，正恐自迷眼耳。至南渡後，好事者家刻一本，則凡辯證所記，悉摹入石，若執此以證之，不正墮其網乎？在彼時，或紙墨明暗、新舊不同猶可辯，若今時，則皆爲宋搨，明者、新者悉暗舊矣，有得南渡佳本有不以爲定武初搨者耶？得薛摹本，澄心紙、廷珪墨，又不驚詫以爲古搨之絶奇者耶？此跋謂『取極于損本』，似得要領，無但未損本有兩種，即南宋所刻亦必不摹損本，故凡宋搨損本類多真也。然余曩日曾問莫廷韓《蘭亭》孰佳，渠云：『潘仲庵方伯者佳，其帖近重摹出，五字損，然細玩乃類木本。』又既稱吴静心所藏，顧又竄入《獨孤帖》中九跋，則損本摹搨於元時，又增此一番新意矣。甲堅則兵利，爲之符璽以信之，則并與符璽而竊之，此訟又安能片言决也？此卷爲陳直齋物，以松雪索之而重，然張貞居謂松雪稱《獨孤》而外有趙子固、倪仲剛、吴静心三本，而不及直齋，則此本應是竟未曾見也。

宋搨聖教序

《聖教序》雖沙門懷仁所集書，然從高宗内府借右軍行筆摹出，備極八法之妙，真墨池之龍象，《蘭亭》之羽翼也。余平生所見凡數十百本，無踰于此者。其波拂鈎磔，妙處與真蹟無兩，當是唐時搨本耳。去歲嘉平臘得此本，今年伏中復得定武《蘭亭》，爲自快自賞者久之。窮措大餘生，一何多幸耶。

又聖教序

《聖教序》未裂本，余往往得之，多爲人乞去，而留其頗佳者，此亦其一也。懷仁既善書，又從文皇借得真蹟摹出，以故雖不無偏旁輳合，而不失意。他集右軍書者，未盡爾也。

宋搨蘭亭

姜堯章所記定武《蘭亭》，五字或損或不損，偏傍結構與在明秘藏本不必盡合，然一展閱間，紙色搨法知爲北宋時物無疑也。悦生堂一百十七刻，以修城爲甲，而定武諸本次之，古懿、永興、宣城又次之，在明其自保愛，故當不出此數種也。

宋搨蘭亭

跋稱在明是靖江朱光禄虛谷也，此本紙色搨法既是北宋物，乃於堯章《偏傍》結構不盡合，則正係道祖私摹本，珍重珍重。勝《偏傍》合者多矣。

蘭亭二石刻

前一刻爲陳緝熙家褚摹《蘭亭》，跋者王文端、文安、徐武功諸賢，皆名曉八法，而不能辨。余有張澂石刻，與《書史》正同，始辨其爲褚摹而米臨，見弇州集中。後一刻爲趙吳興臨，凡二本，有『十三跋』，甚精。以登善之神俊、子昂之孅豔，而結構全用己法，尚不能抵掌，何論敓胎。然登善有意於離者也，子昂有意於合者也，米之於褚，在有意無意間者也。緝熙別作廓填，今在池灣沈氏。余又嘗於六觀堂周氏見《十三跋》，書經箋工甚而不無毫釐之辨，石刻則東書堂之初搨耳，附識於此。

跋周邸蘭亭

《蘭亭稧叙》自陶九成所紀賈秋壑家藏脩城定武一百十七刻，又卌〔六〕年而周邸之刻繼之，其聲價劇出諸刻下，雖有定武及肥、瘦、褚摹、唐賜五帖之不同，而結構波拂一一出憲王指腕，無山陰神駿意。第龍眠畫與王手書諸説，却他本所無，亦足稱《稧》史。余前後得十餘本，久而厭之，則皆爲他人物。今年得一本，乃東書堂初搨，王所自寶者，黑處若純漆，白處若栗玉，即不知《淳化》李廷珪墨、澄心堂紙何如，其他恐未多讓也。譬之尹夫人雖不稱絶代，而韶粉靚飾，遇邢娙娥未進時，亦自足賞，保不作他人物矣。

古蘭亭選序

古刻無繫於《蘭亭》者，其石自隋唐二刻及定武後，何止數百千本，而所聚名刻，亦無繫於賈秋壑平章者。凡總爲册分十支，爲刻得一百二十七，而至元末數易主，而歸於錢唐謝氏。陶宗儀見而筆之，以爲希世至寶，今不知落何所，當受妬於祝融、陽侯矣。余生平覩佳本不滿二十，然多秋壑以後，而所藏墨蹟僅唐摹一本、石刻定武損一本、唐本木板一本佳耳，又次僅此六刻，以視賈則黔婁，視趙子固則不貧，戲識於尾。

右蘭亭選

定武石既是貞觀時貴重，則當是歐陽率更手鈎填朱入石者。若謂出歐陽臨本，則當時真跡具在，既不惜令諸供奉摹搨矣，何不即以摹入石，而乃率更蹟耶？此意昔人未道及，余偶揣摩應爾，未知然否。

玉板蘭亭叙麻姑仙壇記

兩年内得玉板小《蘭亭叙》於黄羽淵，得顔清臣《麻姑壇記》於傅伯雅，其刻搨差古雅而精，不類它本，因合之爲一帙。蓋山陰之圓劑魯郡之方，而後集大成，如夷清和惠不相勝，而相用可也。第恐山陰艴然作曾西色耳。

宋搨右軍行草帖

右軍草書二帖，亦光堯筆也。蓋雜選右軍精書，極意摹倣爲之，而刻搨皆脩内司妙手，紙墨又不減澄心、奚超，以故温潤藴藉，光彩焕發，第稍肉而媚，不脱本來面目。内《破甑》一帖，尤目所未見，然似大令結構，非右軍也。象先以爲如何？

臨江二王帖

跋之後七年，而家弟自燕中得最完本，亦云臨江石刻。前有目録，是謝湖袁氏遺物，然細翫之，是木本。以余本較之，神采似稍勝。攷余本《王略帖》尾有『懷充』二字，又方印二，曰『永存珍秘』，曰『墨妙筆精』，蓋米氏私識也，袁本皆無之。又袁本《服食帖》，『食』字僅二點，誤爲令字，而余本下有一二小帶筆，作『食』字明甚，然則袁本之爲翻刻無疑也。第當亦是宋梓，純墨搨，余本乃蟬翅搨，内補大令前數條，與袁本正同。祝京兆一跋稱賞不遺力，而書尤妙絶，因備志之。

汪象先二王小楷帖

象先出此刻，余望而知其爲秦汝立舍人家物，末系陳道復小篆數行，蓋得之華從龍比部者，最爲精絶，所謂《秘閣續帖》本也。弟卷首《蘭亭》是定武損本，想從龍以前好事者合而成册耳。家弟敬美嘗從東沙華氏得全本，前有鍾成侯《戎路》、《賀捷》二表，後有右軍《誓墓》、大令《洛神》與歐、虞、褚、柳名蹟，凡四十餘紙，惜不令象先見之。

汪象先大觀帖

《淳化閣帖》化身爲《潭》、《絳》、《泉》、《汝》、《戲魚》、《井欄》、□□，往往不脱本來面目，獨《太清樓帖》，乃遜功帝出秘府墨蹟，令劉無言輩摹勒登石者，《閣帖》則出王著手。著精於法，故形色不爽；無言妙於勢，故風韵尤勝。□人謂《太清》爲《淳化》介弟，毋亦陳氏二方，難爲伯季者耶？緣《太清》無別本，以故世尤艱得之，得亦不能備。余以甲戌宦燕中，朱忠僖物故僅踰月，而得之其家人，蓋卷之二、四、五、八、十耳。四卷皆飛白，而一卷獨淳黑，唐禮部玄卿所補贈者也。今年爲丙戌，汪象先出所購，則第一、二、三、四、五卷，神采更自焕發可愛。云亦得之燕中，而周公瑕遂定爲朱氏物，不亦信耳而廢目耶？余後復得第七卷不完本於吴門，乃右軍筆，尤佳絶，今併在兒騏處。象先果有意乎，不妨作延津合也。《太清》復有後十二卷，則《秘閣續帖》原本，僅改其標目耳，而益以人間所流傳《十七帖》及孫過庭《書譜》。余復得其五卷，然《秘閣續帖》原搨也。因復志於此，今象先夜眠不着。

跋陳季迪絳帖

諸帖自《淳化》之外，昔人評其『骨法清勁，足正王著肉勝之失』。獨於南朝唐季帝王後，續以宋太宗，差爲蛇足耳。潘師正手自摹刻，所謂『毫髮無遺憾，波瀾獨老成』者。後有旭、素、真卿帖，則皆高節度汝礪增入。國初入晉府，石本零落，非復舊觀矣。此卷不能四之一，然紙墨精緻，神采爛然，當是宋搨之極佳者。吉光片羽，饗尚千金，季迪其寶藏之。王百穀所稱黄淳父十卷，今在吾兒所，中多不同，異日可爲延津之合否？

雜二王帖

雜古法帖一册，凡三卷，後先得之飛鳧人者，皆晉人尺牘。右軍二十四、思陵臨右軍四、大令四、謝太傅一、王東亭一，皆宋搨也。首卷前稱『《蘭亭續帖》卷第三』，攷之諸家石刻不載，而筆意極精佳。次卷吴興等帖，尤有鋒勢，不知是《寶晋帖》中物否？思陵賜米敷文臨書十三紙，見米跋，今僅存四，無一筆失度，恐是雙鈎廓填也。臨江石刻二王書，極爲詳備，而《月相》、《酷旱》、《追傷》、《諸賢》、《道護》、《州民》、《大周嫂》、《不知》、《松來》、《初月》、《見尚書》十一帖、大令《十二月》、《授衣》、《東家》三帖，皆彼中所遺者，故收而藏之。吉光零落，偶獲片羽，豈敢還望成裘，第勤緝之不已，將來尚堪一半臂也。

宋搨樂毅論

沈存中謂《樂毅論》是右軍手書刻石，唐文皇將以殉葬，此殆是夢中語，而莫廷韓復以夢中紀之。按，此《論》乃右軍手書以貽子敬者，至梁武已疑其爲摹跡，而陳文帝時賜始興王。貞觀中進御，十三年命起居郎褚遂良排署，至中宗朝，太平公主携出，以錦袋裝之。後變起，咸陽老嫗竊得，爲吏所跡迫，則投之爨下。宋有二石本，其一秘閣所刻，其一高紳學士家所藏，蓋它摹本之壽諸石者也。此帖乃光堯太上於損齋手搨付石，而石工及紙墨皆脩内司第一品，精緻流麗，精彩射人，而結構柔緩，豐肉少筋，不待再勘，本色畢露矣。家弟有《黄庭經》一卷，與此及《戎路表》正同，予故能辨之，非謂眼力亦勝廷韓也。

宋搨樂毅論

齊、梁間人及米元章似皆謂大令書過右軍，不然也。子敬筆法全祖此論，緣右軍素法多嚴峻内押，獨此論乃外拓而多姿。子敬幼時效之，其所入深，後乃益變而自成家，皆此法爲之骨，然則子敬之超逸，乃所謂得聖人之一體耳。此刻今有兩種，一種肥而行闊，一種瘦而行狹。余所見《寶晋齋》、《東書堂》皆狹本，《停雲館》兩紙皆闊本。狹者局促少趣，《停雲》後幅稍勁，然風韵不及前幅。沈瑞伯謂前幅字雖小，局面實大，大有旨。此兩幅皆在吴中，不知落何人手。論石莫如宋高紳家最古，然其本不完，至『海』字止，今世行本無『海』字止者，則高本不傳久矣。元符所刻，是以唐臨本摹入石者，董逌謂不逮舊本。今司寇此本謂是光堯搨，則豈能加于元符？第《停雲》二刻，不知出元符？出光堯？未能臆定。然要之此論模搨尚少于《黄庭》，倘購得佳本，當爲小楷第一。

宋搨戎路表

《戎路表》，宣和御藏，所記最爲琅琅，黄伯思、董逌比攻守若輸、墨，毋復餘論。第余所見兩石本，皆勁而纖長，又不無剥蝕，此刻獨完好，紙墨皆精，翩翩有《宣示》風，然是思陵手搨，似不無肉勝之歎。廷韓善書而不善鑒，故題語孟浪若此。

曹娥碑

《曹娥碑》小楷則右軍軼塵，行筆則蔡卞竭蹷矣。不謂中間尚藏北海，其流利豐妍，肉不欺骨，自是可人。若題碣隸古八字，奇逸飛動，隱然蔡中郎典刑，後先兩北海必相與痛飲也。

又

右軍《曹娥碑》，搨法近古而精，又文氏停雲館物。昔人謂此書如幼女漂流於波浪間，今求所謂漂流波浪之勢，了不可得，意者其憔悴宛篤，外弱而中勁，庶幾得孝女意於形似之表歟？

智永真草千文

智永真、草《千文》，崔氏所藏真蹟，薛嗣昌刻之長安漕司者。翻本尚完好，但太瘦生，且波發處多有可恨。此紙晚得之徽人汪生，是棗本耳，而肥，以長安石本較之，不啻江妃之望玉環也。刻手工拙，固如此哉。今智永《千文》獨推史家碑，疑此即是也。

又

智永真、草《千文》，宋薛道祖子嗣昌刻之永興軍漕司中，其石尚未泐，而余有一搨，稍舊者，甚明白可愛。晚得此本，有嗣昌跋，正同，而稍昏暗，且又木本，當爲翻刻無疑。而細玫之波磔處劇古雅，遠勝舊藏本，乃知漕司石良已非故物矣。木本乃宋翻，凡出宋人手必佳，吴子輩雖竭蹷而趨之，不似也。

隋八分孔廟碑

《孔廟碑》，隋汝南主簿仲孝俊文，其稱述聖德，與曲阜令陳仲毅裔行相上下，蓋六朝之諛習也。隸古是崔氏父子餘規，雖挑截未精，猶時有漢意，更一轉則入唐矣。

宋搨右軍三帖

吾後先所得《黄庭》三四種，時有佳者，獨不能得宋搨。近於汪仲淹處得《秘閣續法帖》，定爲宋搨，而此本及《樂毅論》尤覺精彩，不甚失筆意。會先已藏《曹娥碑》，更致佳本，因合而留之。昔人謂《黄庭》象飛天仙人，《樂毅論》象端人正士不得意，《曹娥碑》若花蕊漂流、幼女捐軀於波間。余反覆詳翫，第見其美而已，所謂端人正士、飛天仙人，以意揣摩，或互有之。若幼女捐軀之狀，竟不可尋也。豈余兩肉眼不能辨大士法身耶？將書家者流多作誑語，自標置耶？不覺爲一笑，而題其後。

王右軍文賦

覽《右軍書目》，原無載士衡《文賦》，此亦一舊搨，雖筆意圓孅，而少國士風，豈南渡後光堯、重華與我明周憲王戲草耶？

王右軍文賦

跋謂『圓孅而少國士風』，今《東書堂帖》中有宋太宗書此賦，筆法正合此評，得無即此本耶？司寇公疑是周憲王，然則或即《東書堂》舊搨，亦未可知。

跋王右軍筆陣圖李衛公上華嶽書後

右軍《筆陣圖》凡二本，其一正書，差小，有率更之清勁而小怯；其一行筆，甚遒逸，而不能脱俗氣。或以爲江南李主筆，或謂李主不辦是，然斷非右軍蹟也。亡論非右軍蹟，即《圖説》非右軍所著也，何者？右軍十二而過江，神州已委虜矣，所謂『之許』、『之洛』者，何語也？此《圖》之誤也。《華嶽碑》乃張昶，非張旭也，此《書》之誤也。李衛公《上華嶽書》，粗豪不成語，斷亦後人附會之談，而結法却秀穎，有唐人氣。以其皆宋搨，極精孅，故合爲一本，置山房中，配懷琳《絶交書》，成贋古一故事云。

又

《筆陣圖》有真、行二本，皆以爲右軍書。余以爲無論『張昶』作『張旭』字誤而已，其文亦非右軍語，乃六朝之好事者爲之。余此正書真宋搨，筆力遒美，彷彿信本，而古雅勝之。行書差縱，佳處與俗處相錯，當亦是季重光以前物也。李衛公《上華嶽書》，文尤沓拖，一無意人所擬撰，其書却有意，出入右軍、永興間，然右軍避家諱，故以『正』爲『政』，而此云『聰明政直』，何也？

小酉館選帖

余嘗取家所有古墨刻、行草，非豐碑所記全文者，以《雪堂義墨》例例之，彙而爲册，得十有七。其一唐文皇《屏風贊》，僅後半屏耳。筆法圓熟流美，真所謂帝王第一也。其二：蔡中郎《九疑碑》，凡九十字，雖再入刻手，尚具典刑。《出師頌》甚古雅，然謂索靖，恐未敢定也，或是蕭子雲耳。右軍《十二月帖》殊緊密，子敬《辭中令帖》極有天趣，然使李北海竭蹷趨之，或可到。唐摹九帖，右軍二帖最奇古，與《秘閣續帖》所載者同結構。徽、獻、僧虔三帖，皆正行，尤更煒煒。褚河南《哀册》、《枯樹》，吾家石也。其三：李北海《荆門行》，極類《雲麾碑》而差弱，詩大似元白時語，而不類，當再攷之。張長史《千文》二十三字，《忽肚痛》三十三字，奇逸飛動，然恐非其至者。《破除帖》稍圜緊，然不知是長史筆否？徐季海《心經》，一覽之知爲眉山所自，然眉山却少渠一二俗筆也。顔魯公臨右軍三帖尤勝，以爲魯公，覺神氣清緊；以爲右軍，覺鋒骨勁露。《祭伯父》、《從子》二文與《争坐帖》，皆稿草之妙境也。余自有宋搨佳本，此僅得其半，且似襄陽所摹，以其舊刻，故聊存之。其四：懷素《聖母帖》，最瑯琅者，陝石堅好，至今尚未泐。《藏真》、《律公》三帖，多游絲筆，遒美異凡。《千文》不能無小疎謡，當由刻手誤耳，竟是真蹟。其五、其六、其七皆蘇長公。《寄文與可》三十韵，字差小，《松醪賦》、《楚頌》一紙差大，皆正書，而不能不帶行筆，貴在取姿態耳。又陶詩『孟夏草木長』一首、『人生歸有道』一首、『種豆南山下』一首，行書殊古雅，其石在吴中亂山，近始得之。又草書『孟夏草木長』一首，則加放矣。《卞山龍洞詩》稍楷，其石在吴興，又《醉翁操》、『餉雪浪酒』詩，顛逸不在楊少師下。摹懷素一帖、右軍二帖，皆濃墨，本是蘇家法耳，稍參以古，便覺斐然。『孤村微雨』、《萊州雪後》各一詩，亦行書，而皆有意。其後『瞻』字見古押法，《建〔七〕昌宫詞》是名筆中之有異境者，《書妓女雜詩》是無意中之有餘態者。又尺牘十四、研銘一，皆居平小行法也。又書禪語六言一章及少陵詩二章、

『花氣薰人』七言絶一、『我肉衆生肉』五言律佛偈一，則狂草也。魯直前身一女子耳，其書多倣懷素，詩多作禪語，何也？又一紙『樊口舟中，燭下眼花頭眩，更觀東坡醉筆，凡重增睡思』。此公於書最重坡公者，何緣出此語？其九、其十、其十一皆米襄陽尺牘，凡十八章，俱遒逸有氣，讀至書内『芾老矣，先生勿恤廷議，薦之曰：襄陽米芾在蘇軾、黄庭堅之間，自負其才不入黨』，與此大可笑又可惱也。『張顛俗子，變亂古法，驚諸凡夫，自有識者。懷素少加平淡，稍到人成，而時代壓之，不能高古。高閑而下，但可懸之酒肆』。此雖太肆，然不無意也。收得逸少《初月》、《尚書》二帖，智永所臨五帖，皆希世之珍，高壓顔、張數等，足與公西風争長。於思用處購得鍾隱三間無瑕紫玉硯，以董源林石易凝式二帖，層雲峰承晏墨易懷素二帖，又獲端鳳研一、那研一、鳳研一，洞庭石高一尺許，聲如玉，形如鳳，如飛仙，如雲葉，凡再言之，此令人忌且饞發也。又一詞及手劄雜詩小叙，俱有神采。《王略帖》尤英偉，第縱書右軍墨蹟後，膽幾大於斗矣。又《吉老墓表》極有勢，然非七尺碑上物也。祝壽詩一、《慶雲現》詩一、《鷓鴣天》詞一、《賀聖朝》詞一，後皆有子友仁跋，縱筆顛放，了然不讓乃父，似非卑梓之道。其十二張文靖守五札，極爲圓熟；韓子蒼一札，亦遒美，以無他刻故存之。其十三趙承旨子昂《心經》一、《千文》一、臨《蘭亭叙》一、臨《枯樹賦》一、《樂志論》一、《盤谷叙》一，皆行筆，絶得晋人意；《淮雲寺詩》一、《化緣序》一，則稍大，而北海爲多。其十四宋仲温

《續書譜》作小章法，而不甚草，《出塞詩》稍大，能草而不甚章。徐武功元玉《水龍吟慢》神駿有米家風，陸文裕子淵《來鶴詩》極能酌北海、吳興間，微覺瘦骨中有肉恨。其十五祝希哲《古詩十九首》、《和陶詩》廿首，皆翩翩有大令風。其十六希哲。《榜枻歌》、曹子桓詩數〔八〕章，皆劘有章法，老健可愛。《芙蓉池作》，獻之終不似也。《公讌》一章，絶得眉山筆情，詩似勝老米，以時有子敬意故也。《十八學士歌》、《水調歌頭》、《逃暑詩》似米、似黄、似素，不可名狀。其它書尺、書記亦種種可觀。其十七王履吉『白雀雜詩』，是病後筆，姿態溢出，稍覺有意耳；道復『壬辰作』，比之生平極不草草，第以擬古人，終有愧也。

李靖上西嶽書

李衛公《上西嶽書》不見正史，意者影響之談，如《虬髯客傳》類耳。其書亦似唐末五代人筆，雖不能整栗，而微有意。衛公將略爲唐初第一，功最大，故好奇之士多傳之。

李靖上西嶽書

《虬髯傳》果影響之談，若衛公此書，則或非出傅會，第有之，亦不足爲衛公奇也。英雄固時有此等事，衛公後功業顯，故傳。不然，亦山谷間一妄語耳。

歐陽率更九成宮醴泉銘

今世惟歐陽率更《醴泉銘》多舊本，當是宋人好臨倣其書，而石堅緻耐拓耳。余所有二本，皆從故家散帙中得之，而筆墨尤精美可愛，秀勁之氣射人眼睫間。小白猿公手，信乎當與羊鼻公語同傳也。

虞恭公碑

信本《醴泉帖》最易致，而又最完好；《化度帖》最殘缺，最不易致，而聲實倍之。獨《温虞公碑》酌乎其間，余所見凡數本，有佳者，而此亦其一也。

大唐宗聖觀帖

此碑建於武德九年二月，内給事中、騎都尉歐陽詢撰序，侍中、江國公陳叔達撰銘。觀以祀文始真人尹喜者，神堯嘗幸其地用幣焉，故其徒相與侈大之，其文辭稍雅净，而隸古亦遒婉可愛，疑即詢筆也。攷《本傳》，詢官位正合，叔達以黄門侍郎判納言事，而此云侍中，蓋武德三年改納言仍爲侍中耳。《宰相表》則叔達以二年正兼納言〔九〕，九年十月坐事罷，而《傳》遺之，當以此碑爲定。

宗聖觀帖

隸甚淳雅，饒古趣，猶是漢法。第恨無《受禪》折刀頭勁力耳。後有二行小字跋，謂中統時新此觀，嫌其字畫褊淺，命工鎪剔，此乃所謂洗碑法。筆法經此，十無一二存者矣，可恨可惜。其風格不陗峻者以是耳，今存者字畫尚細，料原本必更細，蓋亦是《石鼓》勒法。中統者，元世祖初嗣位未混一時年號也。

歐陽率更化度碑帖

書法自率更而始變晉體，然謂之楷，則誠楷也。《醴泉銘》最大，最易得，《温虞公碑》次小，次易得，《邕禪師碑》最小，最不易得。第其結構精緊，風華燁如，體方用圓，以勁藏媚，則《邕禪師》而外，諸碑瞠乎後矣。余生平慕好之，而三購本皆不能全。第一本可讀者二百三十三字，第二本僅二百十九字，然藏之徐文裕公家，後有陸詹事子淵、胡中丞孝思跋。詹事數行精甚，蓋其時已極重之。二本俱佳，不相上下，而彼此互有無，此不可曉也。第三卷凡四百四字，中間亦可讀，而結法不如前二本遠，豈在宋時有翻刻本耶？然胡以追蠡至此？或云有馬生者，得善本臨搨而梓之者也。姑用以裝尾。

歐陽率更化度碑帖

余嘗謂漢魏時隸乃正書，鍾、王小楷乃隸之行，章草則隸之草也。若楷書則斷自歐陽始。點點畫畫皆具法，無一筆遷就從便意，正與隸同法，正與行草相配也。若云行草在先，則章草亦在鍾、王楷先，蓋各自創爲法耳。今吏楷皆是歐派，其俗處乃在筆弱，不以體方也。司寇謂變法自率更始，謂之楷誠楷，良與余意合。若柳《玄秘》則又具篆法，然是篆之行。

褚河南孟[一〇]法師碑銘後

此《孟法師碑》，乃中書侍郎岑文本文，諫議大夫褚遂良書也。首脱『唐京師至德觀主』七[一一]字，尾脱年月、銜名三十三字。碑叙脱百餘字，詞脱二十七字，當是割表後歷世久遠，贉池零落故耳。第的然唐刻、唐搨本，波拂轉摺處，無毫髮遺恨，真墨池中至寶也。攷褚公以貞觀十六年書，時尚刻意信本，而微參以分隸法，最爲端雅饒古意。余嘗於黄熊所見，而絶愛之，參差未成貿，今歸曹進士繩武。相去里舍不百武，得朝夕寓目，一何幸也。碑目見趙明誠《金石録》，又余有舊翻本，證之辨爲褚書，不然，世不以爲信本者鮮矣。

褚河南孟法師碑銘

此乃褚最有名碑，恨余未見。

雲麾碑

余所有李北海《雲麾碑》凡數本，而此其最佳者。其風骨之尖利與姿態之佻俊，尚可於波礫中尋之，信墨寶也。

原《弇州山人續稿》卷一百六十六
《書畫跋跋》續卷二

校勘記

〔一〕『顧』：底本作『顛』，據《四庫》本改。
〔二〕『阮』：底本作『阬』，據《四庫》本改。
〔三〕『遠』：底本原闕，據《隸釋》補。
〔四〕『真』：底本作『直』，據《四庫》本改。
〔五〕『光』：底本、《四庫》本均作『先』，據文意改。
〔六〕『冊』：《四庫》本作『卅』。

〔七〕『建』：疑爲『連』字。
〔八〕『數』：底本原闕，據《四庫》本補。
〔九〕『言』：底本作『吉』，據《四庫》本改。
〔一〇〕『孟』：底本作『盂』，據《四庫》本改。
〔一一〕『七』：底本作『八』，據《四庫》本改。

弇州山人題跋卷十六

書畫跋跋續卷二

墨刻跋

張長史千文石刻

右《千文》，乃葛邲丞相家藏物，即褙紙亦宋户口册，其爲宋搨無疑。獨以歸之懷素，非也。旭肥素瘦，又云肥勁難瘦勁易，云公定論久矣。此帖雄偉神駿，種種驚人，乃不作牛鬼蛇神態。昔人所稱沈右衛肉飛仙，非長史誰能當之？特爲鑒定，而題其後。

又

始余驗其書蹟肥不類懷素，定以爲張伯高，而又疑其鋒勢小緩而肉勝，謂伯高不至此。後覽董逌《廣川書跋》，有高閑《千文》，而云『閑書不多存於世，其學出張顛』，又云閑知隨步置履於旭之境意者，此爲高閑帖乎？寧使此帖減價，毋寧使老顛受誣於地下也，識以俟考。

唐隸夫子廟記

《夫子廟碑》爲渝州刺史李邕撰，宋州刺史張庭珪書。邕語亦似知尊夫子者，第任書可耳，不當遂任文也。庭珪官至太子詹事，著直聲，家藏二王墨蹟甚夥。《書小史》謂邕所撰碑碣必請庭珪書，此亦其證也。第所謂『古木崩沙、閒花暎竹』者，尚未得盡其致耳。

唐僧懷惲實際碑

右《隆闡法師碑》，僧懷惲撰及書，頗亦能爲其家言，筆法尤圓孅，有《聖教》遺意。後稱『天寶二年』，至明年則改年爲載矣。趙明誠《金石録》極詳備，而遺此，似不可曉。

顔帖

晚又得文忠《與李大夫》二帖、《澄師》一帖、《祭伯父》一帖，附裝《坐位帖》後。《澄師帖》極偉勁，而小過於拙，有篆籀意。《李大夫》、《祭伯父》風骨遒逸，神采驚人，與《坐位》結法正同。據題當有《祭姪季明文》，而今失之，令人悵然。米顛謂顏行書尚可教，其任誕乃爾，然亦不爲無意也。

又顏帖

書家鐵手腕，當推顏魯公第一。如前數帖，皆稿草不經意，而天真爛然，往往有步武山陰意。至於文則愈竄改而愈不快，人有不勝其絮與沓拖者，何也？魯公在唐舉制科，又中文詞清麗科，此尤不可曉。

題顏魯公汝越帖

右顏魯公《送劉太冲叙》石刻，其文不能盡全，攷米元章《書史》，謂此叙真跡在王欽臣家，後有欽臣名印。因與唐垌兩出書，各誤收卷去，垌剪去『將才不偶命，而德其無鄰』，又云：『碧箋宣墨，神采豔發，龍蛇飛動，覩之驚人。』今此『才不偶命』十字全似模刻在唐氏前，而缺叙首語，却不可曉。其行筆與《乞鹿脯帖》、《祭濠州泉□》二文同，而結體稍弱。元章所謂神采焕發則有之，龍蛇飛動未之覩也，豈刻手有工拙故耶？

金天王廟題名

顔魯公《金天王廟題名》極遒偉，而三戈法不無可恨，後題行筆尤老勁有逸趣，所云『奉命來此，事期未竟，止緣忠勤，無有旋意』，末又作二語『人心無路見，時事只天知』，蓋可悲矣。當是又二十年使李希烈而重題者也。公一厄李輔國，再厄元載，三厄盧杞，其初題名自蒲下遷饒，實用載故，至使希烈而死矣。公之禍固杞爲之，其獲死義，亦杞成之也，覽畢三歎。

題家廟碑贈顔判

余嘗評顔魯公《家廟碑》，以爲今隸中之有玉筯體者。風華骨格莊密挺秀，真書家至寶。而其文比之生平，所結撰尤自詳雅，以語顔氏之後人，則又其家至寶也。今年冬，吾州別駕小山君以家乘來乞序，始知爲公之裔孫，播於茶陵者。因舉以歸之。君清白有循吏聲，異時所樹立，當不媿此八尺碑，毋徒曰書家一箕裘而已也。

集顔書默庵記

趙宣撫此文頗清雅可讀，集顔書亦在仁、惲二懷之間，覽之則樊川之勝與方外之適俱可想也。

後周祖廟碑

後周《太祖廟碑》，蓋宇文氏也，其文與書亦出趙寧、張仁願。書行筆殊草草，意小勝耳。丹石之不能謹嚴，始自李太和，濫觴於仁願，至二米極矣，故志之。

華嶽昭應碑

右碑序頌，華陰主簿盛廣爲故相許國蘇文憲公頲祈雨獲澍而作者也，侍御史劉升書。按，趙明誠《金石録》於唐碑搜訪殆遍，而獨遺此，升書亦僅一見於他碑而已。書法八分，頗遒美，可仲季惟則、升卿，而乏漢意，聊爲録之。

華嶽昭應碑

此全是唐隸，不若《宗聖觀》猶有漢意。第細玩筆法，乃全規模蔡中郎，第取勢太巧，翻致乏古趣耳。若史惟則書則肥而壯，又與此不同。

玄元宫碑

此碑建於天寶元年，而闕碑額。攷其辭當在盩厔，爲玄元宫玉真長公主實主之。公主，睿宗最幼女也，碑序爲倉部郎中戴璇、頌爲户部郎中劉同昇撰，末云『開府儀同三司、尚書右僕射曾孫戴伋書』，則建碑年號蓋追成頌序之日而稱者也。伋官至僕射，而世系、年表、列傳俱無之，趙明誠《金石録》亦失不收，俱不可曉者。書法八分，頗穠豔，第以肉勝，蓋兼開元徐、史之法，而加損益者也。

少林寺戒壇銘

少林《戒壇銘》，開元三年爲學生張傑書。當是時，傑應尚少，且不以書名，而筆法老成乃爾，又時未盡習帝書，故猶有瘦勁意。

李陽冰書三墳碑

按，此碑爲李曜卿兄弟三墓，其人皆有文學，早仕宦而不壽以殁，最少弟季卿撰表，而宗人陽冰以玉筯刻之也。其石猶故物，故無傳改之譌。舒元輿所謂『虫蝕鳥步』、『鐵石陷〔一〕壁』、『龍蛇駭解、鱗甲活動』，庶幾於此見其一班。

易州鐵像碑頌帖

右《易州鐵像碑頌》，開元廿七年崇文館校書郎王端撰，行易州録事蘇靈芝書。端此文多頌故太守盧暉德政，詞猥旨瑣，不復可解。靈芝此書遒勁有逸氣，然令景龍間虚和之度掃地矣。《宣和譜》謂其有『成就頓放，當與徐浩雁行，戈脚復類世南』，夫季海誠有之，以擬二王、永興，吾未之敢信也。《譜》又謂靈芝嘗爲易州刺史郭明肅書《候臺記》，宋時墮胡中，胡人每以墨本詒榷〔二〕場，需絹十端始易一本，妬者竟碎之。今此碑幸尚完，而求其所謂十絹之直，理不能得一也。物完毁貴賤，要自有時，然亦有不可解者。

易州鐵像碑額

於行體中取莊法，亦自李北海來，第小拘，又微帶俗，不若《成德軍》之流動自快也。率更如彼方整，乃不涉拘。此行體却拘，王士則不怒張而肉中藏骨，此筆筆加力，乃力反弱。以此知作字自有一段天機，非可形似間襲取也。蘇君負書名，或者全作楷佳，所謂十絹易一本者，疑是莊楷耳。

圭峰禪師碑

圭峰禪師，宗密法門龍象，第以多所游講著述，一時不能無疑於達磨、慧能之宗旨，而裴丞相休獨能知之，然至累千言而爲之辨，則亦贅矣。『自心而證者爲法，隨願而起者爲行』、『行有殊，法則一』，即四語已盡之。是時柳誠懸銘書名天下，僅以之篆額，而自書文者，深欲有效於密也。書法亦清勁瀟洒，大得率更筆意，裴能知密爲四依十地人，其自際當亦不遠，而没後爲于闐王子，顯姓名於背，豈猶未能離輪迴耶？抑亦所謂隨願而現者也？記於此，俟耆宿質之。

圭峰禪師碑

余初得此碑時，絶愛之，以其秀媚而精緊，又別出一風致，且有墻壁。及後取而臨寫，乃覺其拘且力弱，形體雖微似歐，却全不得歐法。歐結體雖方整，其實筆筆含飛動意，安插得宜，所謂『體嚴而用和』。此則刻核求工，往往不能稱意，又乏其筆圓之妙，所以不得佳。然裴素負書名，此碑想翻以有意失之，若縱筆作北海搆法，或當勝，惜未之他見也。文筆甚弱，談佛自是此公當行，禪理吾不能知，第觀所序密公傳教原委，知爾時流派分明如此，非鑿空撰出，自可嘉尚。今時即不能然，然雖有聖師，亦不能使弟子皆得慧解，此又存乎其人。

李抱玉碑

右《鳳翔澤潞行營副元帥凉國武昭公李抱玉碑》，楊文貞綰撰，顔文忠真卿書，見趙明誠《金石録》。余得之乃一舊拓本，最精好，而中缺兩處幾二百許字，蓋成帖後脱落見殘，非石泐也。楊公銜稱『贈司徒』，當是文成而卒於位，其家乞顔公追書之故耳。大曆中名臣無如二公者，而一撰文、一書丹，在凉公誠幸也。第公起邊將，中興名位差肩李、郭，而能守忠節以顯融終，介弟承之，又大開方面勳。且公一武弁，能力辭王爵、辭司空、辭左僕射，以視僕固懷恩輩，不天壤哉。然則微二公，公故不朽也，非幸也。

至道御書法帖

右《至道御書法帖》，凡十一卷六十一條，宋太宗晚年筆也。太宗以淳化之三年勒晋唐名蹟於棗，又二年而書此，其步趣諸名家，遂無一筆脱銜，高處可逼唐文皇，第不能超乘而上耳。書辭多格言，亦類《屏風帖》，每條下一『敕』字，似亦倣文皇故事。搨手紙墨皆精緻，可寶也。

夢英篆書偏傍字源

夢英《篆書偏傍字源》，自謂秦斯雖妙盡方圓，而點畫簡略，直以墨寶歸之李監而已。與郭忠恕能繼其美，復録忠恕報書於後。第吾子行諸君絶不取英篆，以爲少師承，而忠恕書末『所謂何人知之，惟英公知之』，亦大含譏諷，何也？然英篆筆亦自整勁，跋語正書出信本《皇甫君碑》，骨稍露耳。聊記而留之。

杪高僧傳序

湯休『碧雲』之句，乃文通語也，謂之釋氏之文學，可乎？陶學士文，真法門之畫葫蘆者，英太師書，亦筆塚之盜枯骨者，不足辱吾書意也。

夫子廟堂記

《夫子廟堂記》，程浩撰，而僧夢英追書之。浩文是唐人中之沓拖者，英書是柳法中之蹶張者，不足存也。

郭忠恕三體陰符經

右郭忠恕三體《陰符經》，其二大、小篆，其一隸也。忠恕篆筆幾與徐鉉埒，而尤以工小楷名，畫品入妙，仕宋爲國子主簿，用酒狂得罪貶，能自卜死日，或云仙去不死也。《陰符》最爲唐人所重，褚河南前後奉敕書至累百卷，中亦多精語，是老子以下、鬼谷以上人作，但非黄帝書耳。忠恕既謫仙人，宜其有會，屢書之而不足也。

唐憲宗廟碑

憲宗陵廟葺於開寶六年，其撰者爲宗正丞趙某，書者爲待詔張仁願，俱沓拖不足觀。當是時，藝祖方經營海内，祀典之不遑，而首注心於憲宗者，蓋深有感於帝之威略，與藩鎮之横，而趙韓王之説所由進也，天下從此定矣。

汾陰壇頌

漢武帝封泰山，還祀汾陰，何所取義？而唐玄、宋真皆因之，良可笑也。頌文爲王文正〔三〕旦撰，亦天書之緒談耳。尹熙古者，書院待詔，差有《聖教》筆，而不能免通微院體，聊爲志之。

跋蘇書醉翁亭記

蘇長公此帖乃新鄭公得之徽廢邸者，初出時，舉朝争詫賞，以爲神奇。既刻石行，吾吴人之稍識臨池者，無不以爲贋本。所以爲贋本者，其一謂公既爲人草書《醉翁亭記》，不宜更及刻石之跋。其一謂公正行真跡石刻傳世者，往往多臥筆左靡，而今獨扨爲右勁，又其中正書絶寒儉不類。余初亦□爲王逸老、陸務觀、張温甫之好事。長夏稍取展翫，見其渴筆、縱筆、拂策、磔掠之際，森然有折釵股、屋漏痕法，則又以爲公興到書，而最後列公種種行草，擬之則又不類，却是墨池一段大疑獄。其跋尾趙吴興、宋昌裔、沈啓南、吴原博遂無一真，聞入石時文壽承作此伎倆，新鄭原本無是也。要當盡割去之，乃可備一家耳。

東坡乳母銘

此刻在黄州，近有人於土中得之。蓋子瞻親書於石者，以故比之他書，尤淳古遒勁。其用墨過豐，則顔平原之遺軌也。

東坡乳母銘

此書醇雅且含媚，第穩有餘，尚不能如《醉翁》、《豐樂》之跌蕩有概也。石今見存，然傳者尚少。

海市詩

坡公以十月至登，禱海神而見海市，爲詩自幸，比於昌黎之祝融。余以五六月再行部至登，海僅一市而風散之，海神豈真具眼耶？爲之一笑。

坡公雜詩刻

右坡老書黄州諸作，五言古一首、七言近體六首、詞七首，中故有致語，而壓韵使事，殊令人不快。書筆翩翩自肆，間出姿態於矩度中，尤可愛也。公壓『嫌』字韵云『雪似故人人似雪，雖可愛，有人』，其詞翰却不遠此語。

喜雨亭表忠觀二刻

坡公作《喜雨亭記》，在鳳翔軍事推官，年可三十餘。作《表忠觀碑》，在知徐州，年可四十餘。《喜雨》文雖爽儁，而不盡脱書生習，書筆故熟而不無沓拖意。若《表忠》結法謹嚴，而姿態自足，故應以年事作階級耳。公此碑顔體大書，世所盛行，而少有傳其小者，尤可貴也。

喜雨亭表忠觀二刻

《表忠觀》小字，良不易得，不知刻在何所。《喜雨碑》應在關中，奈何不聞彼地人道及，豈爲唐碑所掩耶？

坡公行草定惠院海棠詩刻

坡公好書定惠院海棠歌，真蹟留人間凡十數本，而此其醉書贈張房元明者，於踈縱跌宕間自緊密有態，大概如良馬春原驕嘶自賞，故不作款段騀駊步也。余以壬戌七月望登赤壁，歌公前後二賦，旋訪定惠遺阯，求海棠而不可得，覽公此刻，不覺悵然。或謂公自愛其詩，或謂公蜀人，以海棠蜀種，時俱滯齊，故屢書之以志感。公又嘗有贈妓李宜絕句云：『東坡居士黄州久，何事無言及李宜。却似西川杜工部，海棠雖好不吟詩。』其托物寓意，或怨或適，不可指數也。

坡公行草定惠院海棠詩刻

麻城一友爲余言，東坡所賦海棠定惠院乃在其縣，今黄岡者，非也。緣兩邑皆有此院，人但知坡謫黄州，故即以黄岡爲是耳。其説似有據，然亦未知然否。

南宫父子詞筆

前爲舊搨《江西帥司帖》、元章《壽詞》，樂章都不成語，而筆氣超邁雄逸，若有神助。元暉諸跋，亦自勁雋，非若居平之僅成欹傾而已。後三帖稱是，内收得逸少《初月》一帖，癡事癡語俱奇絶，而書尤妙，覽之令人痴思亦陡發。

王庭筠先主廟碑

涿州有昭烈廟，王庭筠撰記及書篆。庭筠在金，與党、趙輩俱負能書名，行筆絶類南宫父子，正書稍存廉隅，雖筋骨不乏，而姿態遠遜矣。『當陽之役，不以身而以民；永安之命，不以家而以賢』，自是名語。

又

涿郡爲昭烈桑梓地，故金人亦知立廟以祀，而王庭筠爲之記且書之。庭筠作行草得海岳三昧，此書乃楷筆，雜有張從申、柳誠懸風骨，而小以米意運之，遒逸疎朗，亦可貴也。

楊太初書重陽歌

觀重陽此詩，豈淮南、東方而後，仙真例不能作雅語耶？楊生此書，酷倣涪翁，僅作邇年沈啓南耳。

嵩嶽廟碑銘

右嵩嶽《中天王廟碑》，盧崖州撰。有唐季衰薾之風，孫崇望蓋以書待詔者，運筆固圓熟，毋乃通微院體之遺耶？

淮源廟碑

《淮源廟碑》，乃漢延熹六年淮陽太守爲民祈福，而民作者。碑已漫漶不可讀，元人杜昭守唐州，新其祠，乃延待制吴炳，參用漢隸釋法，書舊文於石而刻之。余初怪其文詞殊爾雅可讀，書法雜有《西岳碑》體，而不能洗開元習，見炳跋始了然。跋書作正行，亦得李北海、王黄門遺意，乃知勝國時臨池不乏人也。

華陽十二頌

《華陽十二頌》者，故陶貞白先生造，頗著良常、地肺之勝，而大旨不能出《真誥》外，具見《隱居集》。其後署名紫陽觀主劉行矩等立，不知即行矩書否耶？此書不能盡展，然體方而用圓，微有張長史《郎官壁記》意，可寶也。

東魏孔子廟碑

東魏脩魯《孔子廟碑》，見歐陽公《集古録》。公絶不取其文，特以其用筆不俗，而字畫多異聊存之，今攷之果爾。葢崔司徒之遺軌，而公家蘭臺之濫觴也。廟爲兗州都刺史李仲璇所脩，仲璇其字，不著名，趙國栢仁人，『栢仁』當爲《栢仁碑》誤。按，仲璇勳閥名位亦不薄，而史不之載，豈以其非平棘裔耶？廟脩於静帝徙鄴之五歲，時賀六渾日與黑獺勁東西之鹿未歸，而司士者能從事於學校，可佳也。

蔡有鄰章仇玄素碑

《唐淮陽司馬贈東太守章仇玄素碑》，爲翰林學士内供蔡有鄰書，法取以時趣，不能甚古，而於嚴勁中微有情，似勝韓擇木。玄素者，劍南節度使兼瓊父，以子貴恩封。其文骫瑣，紀詔辭門閥而已，兼瓊利臣，齷齪李、楊二右相門，不足道。第天寶七載之碑，見於《金石録》者凡八，而有鄰書獨有名而獨見遺，所不可曉。

集古録跋

右歐陽文忠《集古録跋》石刻三卷，中有楊博士南仲、劉敞原父釋各一通，劉復有跋一通，尺牘如之。蔡襄君謨跋二通，與裴煜如晦尺牘各一通。公復自與君謨尺牘一通，餘皆公手書跋。公文章妙天下，而於考究小不能無憾，其持論亦有近迂者。居恒謂辨古文奇字，全得楊南仲、章友直力，而又盛推原父博學，無所不通，原父却謂人：『好一歐九，惜不讀書耳。』得非以是哉？余見公墨跡凡三所，與此結法同，而不能如其神采，當又全得石工力也。目録計亦有刻石，而序書出君謨手，吾弟當徐訪之。

永福寺碑

按，至元十三年，常福生以饒州降授其路總官，建〔四〕此寺，至延祐六年而碑始立，相去四十三年矣。其文與事俱不足道，獨趙文敏書爲晚年筆，其規模李北海，遂無一筆失度，不止優孟虎賁之似而已也。『往事已非那〔五〕可説』，想文敏丹石時，不能少此感。

永福寺碑

余素不喜松雪碑刻，以其匀穩處近俗。獨此碑清勁瀟灑，深得李北海《雲麾碑》筆。跋謂『無一筆失度』，果然。松雪他事姑無論，若此碑，或不書亦得。

御服碑

元成宗感異夢，致御服於終南之萬壽宫，趙參政世延記之，集賢孟頫書之。集賢此書乃承制，又中年以後筆，當最妙，而出入北海，有不勝其婉媚者，何也？

龍門建極宫碑

爲神禹作建極宫，而功就於羽流，命出於胡主，吁，可歎也。王鶚、姚樞皆一時名勝，而書與文不副望，亦其時爲之。

鮮于太常千文

伯機此書雄勁飛逸，而時時有高閑筆，當由洗河朔氣未盡耳。跋尾行書亦秀潤而小踈，比之吴興，尚在雁行。

祝京兆小楷選刻

世人往往稱京兆行草，而不知其楷法之工，時出趙吴興上。如《王文恪志銘》精嚴端勁中生氣流動，是金石第一手。《韓孺人志銘》、《陸翁墓碣》古雅之趣，拂人眉睫。《會道觀記》稍不能整栗，而天真藹然。《唐初諸君子帖》虚和流孅，出虞入褚，故是晉、宋間物。《燕歌行》高處迫元常，下亦不失宋儋。《款鶴文》絕類大令，不當以蹊逕求之。《袁介隱誄》翩翩自肆，柔不病肉。《秋風歌》老筆崛强，踈不病筋。《味泉賦》二十行外隸分流溢，可與蘭臺《道因》并觀。獨《陰符》扇書乃行草，以有小法故存之。此君伎倆勝□□山神多矣，因合成一帙，時自披賞，安知後人不與晉唐小楷并傳耶？

題羅生書醫無閭碑後

萬曆甲戌，征虜前將軍今寧遠伯李公成梁大破虜遼左，獲其酋杲。今太宰梁公夢龍以少司馬奉命犒師，勒績於醫無閭山，而歙士羅文瑞書之。梁公奉繩墨從孟堅，故其辭稍嚴潔而不夸逸，羅結法自清臣、誠懸，是以遒莊而不骫骳。説者猶謂酋杲么麿耳，不能當北單于左校，所俘獲亦不能什之一。然萬曆之天下治於和、熹時，明師應而漢黷，醫無閭邇而狼居胥，遥應則壯，邇則無勤。又李將軍崛起戎伍中，果勢壯，往以百戰取徹侯印，甚賢於寶車騎也。噫，銘亡論已，羅生亦幸哉，其名與其書，兹山同不泐也夫！

定武蘭亭後

余所見定武《蘭亭》，前後亡慮數本，而致佳者五。其一在潘方伯允端所，後有趙松雪十五跋，而實非獨孤長老本，蓋時有吴氏子，見獨孤本而乞松雪書之者，最後一跋可驗。其二在余所，爲松雪執友陳直齋物，蓋松雪從人乞直齋藏本不得，而陳氏之後人用以併裝於尾者。其三在家弟所，亦有元人題跋。其四乃賈秋壑爲制置使時，得之前輩劉菊莊秘監者，不知在百二十卷中作何甲乙。紙墨差更明潤，聞今在項元汴所。其五當爲今詹博士東圖所藏，後獨無舊題識，又苦裝潢人去其石龜跡，然第六行之稍闕，與它針眼、丁形、蟹爪之類，則了了可辨，識者以爲五字損本，無疑也。雖然，東圖精公法，故當得其連城夜光於楚工眼表，必待此而後辨，亦淺矣。

定武蘭亭

詹東圖辛卯歲以南銓攷績入京，曾示余此卷，索余題跋。余生平未見定武真本，項子長少參曾與余言二本，一松雪所寶獨孤本，一趙子固水濕本。一本已購得，一本方圖購之，未得也。上海潘方伯參軍兄弟各一本，華亭顧光禄一本，此三本皆有搴石，由摹本辨之，參軍者神色流動，第一。光禄者筆勢勁媚，點畫間有六字與他刻稍異，第二。皆五字不損本。其石上裂路并字殘剥處纖微皆摹出，方伯者似木本，宜居第三。而莫雲卿極稱之，以爲最佳，云是五字損本，其行款比彼稍狹而裂縫一同，殆不可曉。内四跋松雪爲吴静心題，與獨孤十三跋稍同是也。而九跋又全與獨孤本同，其字畫行款大小俱纖毫無異，若松雪書兩本，不應全同若此。且前『九月廿六日』一跋接後『十四日』跋正順，而中插入者，有『廿六日』至『十月三日』六跋，何月日倒置耶？今云係文敏手跋，則斷爲臨出者無疑矣。跋既僞，石本焉得真？司寇乃首舉之，何也？此外又有唐摹二本，其一乃豐存禮摹入石者，意全在取勢，雖稍怒張不圓净，而筆意宛然，謂河南臨本或近之，想其真跡决當妙。其一則潁州舊石，以石理稍粗，故點畫間不甚勁媚，規模大略與豐刻同，而改塗七字俱空。又首行『在癸丑』三字，次行『稽至修』七字，三行『長此』字，四行『竹』字直至下八字，亦俱空不刻，然右直帶毛，『足』字、『後』字末筆拋擲，不異手寫，『欣』字末波頓筆若失誤，然尤轉折相應處絶得作字勢，若定武刻，則尚有安置不匀，若不可解者。而此内『同』字有天趣，不知係何人刻，何緣在潁州。後有永仲及『墨妙筆精』小印。按海嶽《書史》，有蔣永仲亦好收古物，想即其人也。而余同年友朱吏部廷輔曾惠予新搨一幅，云石今現在太學，細玩儘有致，其偏傍考證與姜白石所記皆合，而字形視潘顧本又微異，似是宋時依考證別刻本，國學諸公亦不甚貴重之。東圖本正與相同，但是舊搨耳。司寇以當五佳本之一，或不無爲東圖曲筆，然『無舊題識』、『去龜跡』兩語，亦稍寓微辭。要之，辨《蘭亭》者，必具九方皋天機之識乃可，若拘拘在形似考證間，恐愈細愈誤。

寶晋齋帖

《寶晋齋帖》者，宋禮部員外郎南宫米芾元章手摹二王以下真蹟入石者也。凡《閣帖》所載俱置之，元章自得右軍《破羌》諸帖與顧虎頭畫《維摩天女》，故名其齋曰『寶晋』云。人皆謂元章特妙臨摹，又工作古書畫色，以真贋本併示人，人往往不能辨。此帖雖古意藹然，而不能脱米家腕法，譬之康崑崙琵琶，寧堪段師再聽？余此疑不可解。覽《東觀餘論》，謂此公『好觀古帖，而議論闊疎〔六〕；好摹古帖，而點畫失真』。然則前輩固已言之，彼好事人語，何可盡信也。

寶晋齋帖

『寶晋』是米顛齋名，據此跋，則是此老手摹《閣帖》所遺二王以下諸墨蹟。此老既工書，又自真蹟上摹出，必應出《閣帖》上。管太學允功曾購得一本，許借余觀而尚未克。乃楊用修又云《寶晋齋》曹日新所刻，何也？豈重摹耶？抑帖名偶同耶？宋時尚有《星鳳樓帖》，甚佳，皆摘取二王佳帖，刻手亦工，不知司寇何爲尚闕此種。

宋搨鼎帖

右《鼎州帖》二十二卷，今所存者僅七卷耳。而中有顔太師清臣、楊少師虚白、徐吏部季海行草，多諸帖所無者。舊裝極草草，於紙背皆作《絳帖》字，余以其摹榻不甚類，意疑之而不能辨。賴後跋尾尚存，蓋刻石在紹興之廿一年，江左偏王，戰争尚未息，而發遣張斛、通判趙子濬乃暇結此翰墨緣，甚可念也。編次者，武陵丞趙銍與子濬，當俱皇族。攷之陳繹曾公『《鼎帖》石硬刻手不精，雖博而乏古意』，信然哉。鼎州今常德郡，其遺跡僅有孔明、張旭兩墨池，而鴻都之石，遂蕩然無復存者，無由一窺全文，爲之浩歎。

王子裕先生墨刻五跋

賦中有蘇長公前、後《赤壁》，余嘗謂如文中之有漆園、書中之有飛白、畫中之有董巨，要不可用湘纍蜀贇、招摭詰曲例之。今王子裕先生乃能縱筆以飛白寫其辭，遒逸勁迅，神采飛動，真可謂兩合矣。余家藏陳道復書《赤壁後賦》，其堅偉庶幾并駕，然飛而不白，終當讓先生一頭地也。

王先生《登武林晴暉樓歌》，起頷兩韵，全是青蓮家法，中頗出入唐人，然雄逸爽勁，誦之如食哀家梨，快不可言。若行草則多渴筆，神采飛動，令人思顛旭、醉素。先生之子汝明搨石齋中，以寓羹墻之思。僕謂曷不龕之樓壁，與西湖對，當兩高雲起，雷電轟掣時，方知此歌與此書之妙。

王子裕先生手書《玉芝翁歌》，其八法絶得坡仙三昧。若吴原博先生爲之，風骨雖有餘，神觀似不足先生，故當品先生下也。詩歌婉潤飄逸，置之坡集中，唯《烟江疊嶂》、《贈畫御容師》二歌可具賓主，餘俱避舍。嗚呼，先生往矣，所謂仙而謫者，非耶？

子裕先生手書若《波羅密多心經》，人以爲得眉山臥筆，非也，正自徐浩侍郎八法中來。余嘗見侍郎書此經，僅錢許大，丰容態澤，全與此相類。汝明刻石置之孫蘿庵中，使觀自在以天眼見之，當相印可矣。

右軍專用宣城諸葛兔毫，其書《蘭亭》則以鼠鬚爲之，各適其合也。近來陳白沙先生縛茅草作筆，故白而不飛，遒而不能逸。王仲山先生多作擘窠及飛白、狂草，宜其有取於赤城椶筆也。若歌中縱評鍾、王以下書法，則超然出於毛穎、楮先生表矣。

原《弇州山人續稿》卷一百六十七

《書畫跋跋》續卷二

校勘記

〔一〕『陷』：底本作『隔』，據《玉箸篆志》改。
〔二〕『権』：底本作『摧』，據《宣和書譜》改。
〔三〕『正』：底本作『貞』，據《四庫》本改。
〔四〕『建』：底本作『達』，據《四庫》本改。
〔五〕『那』：底本作『耶』，據《四庫》本改。
〔六〕『闊踈』：《東觀餘論》作『踈闊』。

弇州山人題跋卷十七

書畫跋跋卷三

畫　跋

史道碩八駿圖卷

謝赫《畫品》謂史道碩師曹、衞，與王微齊名，而王得其意，史得其似，不無甲乙。至李嗣真《續畫品》雖屈第中上，然在二曹、顧、陸前，則與赫異矣。《貞觀公私畫史》稱史有《八駿圖》，爲隋朝官本，宋宣和帝因之，遂入《畫譜》。此卷首雖殘破，然有秘殿印記，即趙吴興、白錢塘亦定其爲史本，無疑也。余嘗攷《圖畫見聞志》，謂晋武帝臨御，得穆王時《八駿圖》本，令道碩摹寫之，歷宋、齊、梁、陳以爲國寶，至隋破臺城，爲賀若弼所有，齊王暕以駿馬四十蹄、美錦四十段購得之，尋獻煬帝。至唐貞觀中，勑借魏王泰，因而傳摹於世。今此卷無貞觀小印，當是人間摹本。第其絹素精古，筆力高妙，與郭若虚所記駿鬣、腹項、蹄尾色狀無不脗合，雖神彩小剥落，而駥駊蹀躞、權奇滅没之態，固可按而想見也。少陵咏曹霸與後世所稱二韓、陳閎、龍眠〔一〕、吴興較之，不知當何如耳。萬曆初，黄金臺買此，以爲差勝駿骨，遂識於後。

史道碩八駿圖

萬曆丙子，西域貢一馬，云是千里馬，主上不受。余時在客部，曾同僚友觀之，於時聞者亦争來觀。馬高可五尺，神氣壯偉，若奔踶不可羈。首直昂上，腹下自項直至尾有脊骨一帶，人曰此龍種也。世傳八駿形狀怪異，不類馬。今觀此圖，何嘗不類馬，惟昂首及腹下脊骨是其奇處，正與貢馬同耳。弇州公得此圖正在太僕，因遂刻置太僕廨中。余有搨本，馬高八尺曰龍，貢馬若以周尺計之，亦既八尺。

題勘書圖後

右一卷相傳爲《唐文皇訓子圖》，閣侍中立本畫，元故恒陽文正王手定爲神品第一。圖中隱几而坐者，天顔肅穆，目力注視，奕奕有生氣。童子娟好静秀，展卷畏篤。一武將拱立，豐下而謹，若不敢肆者，然可想見其褰旗挾將之力。餘一侍童、二介士皆各得其意，上有宣和殿印，初翳若霧，余令善工洗〔二〕之，則硃色隱透，光彩射眉睫間。而器物之妙、絹素之精，斷有非後人所能贋者。第文皇面頳而髯虬，挺發可畏，以故世稱之曰『日表』、曰『髭聖』，今像頗不甚合，且爾時教承乾，則不應命立本圖，教高宗，則已長，亦似未通。而余又嘗考《宣和畫譜》，立本所遺無此圖，僅有僞蜀黄筌《勘書圖》二卷，此豈其一耶？蓋宋初諸降王中，獨孟昶有天人相，見於花蕊夫人所供，其童子爲玄喆，武士爲趙廷隱，而當時進御者，以勝國故不敢具其實，故目之爲《勘書圖》，理稍近耳。第其冠服類六朝，不甚似五代，則有未可曉者。姑闕以俟精鑒博識之士。

勘書圖

按《東觀餘論》有《北齊勘書圖》，跋云是楊子華畫。今司寇謂此圖冠服類六朝，正相合。但黄跋謂人物衣冠華虜相雜，又云所寫人如邢子才、魏收輩，豈在其間乎？又云他本尚餘兩榻，有啓軸隱几而仰觀者，有執卷揞如意而沉思者數輩，蓋當時畫此弗但一通也。今此圖稱隱几而坐者天顔肅穆，童子展卷，一武將、一侍童、二介士，則又不相合。豈黄筌用古裝寫今事耶？宣和帝不妄署，果孟昶，彼時必有人識之。今既衣冠類六朝、北齊，圖又云有數本，然則當是黄臨楊簡略本耳。

石刻十八學士圖

右《十八學士圖》，督府參軍李子獲閻中令舊本，摹勒上石，所謂周昉貌趙郎，併得情性者也。内薛收不早死，何減房、杜；許敬宗得早死，不與李猫同傳，生亦有幸有不幸耳。余舊嘗爲朱司空題此圖，末句云『諸公詰朝且虚左，雋〔三〕州流人来上坐』，意謂王、魏兩侍中也。不知此圖今在司空所否？然此十八文學之士，以庶僚爲秦王參預謀議耳，高武朝始有北門學士及崇玄、集賢，漸以官著聞，蓋至於今而極矣。當李子兄少師公爲學士時至十餘人，併英宗朝李文達公輩亦十餘人，爲我明前後盛事，焉〔四〕知後世有不托之繪史也耶？

石刻十八學士圖

余曾見此石本，無他布置景物，止一人一像，十七人俱向左，獨許敬宗身仍左而面特轉向右，好事者或遂謂露傾邪狀。夫許豈無正面時，豈果閻令有意爲之耶？

摹閻立本十八學士

余爲李參軍書《十八學士》石刻之明歲，而公瑕以畫本見遺，云自青瑣摹得者。其人物極爲精雅，服有緋、紫、青、緑四色，皆巾裹，而獨蘇世長黄冠，秃無髮，腦傍有七黑靨若星者，極肥而短頷，胡鬖鬖被口，與虞世南面皆皺紋。蓋二公仕隋代甚久，年可六十，房、杜少而澤，與史合也。其間有牴牾者，圖稱房玄齡字喬年，薛莊字元敬，陸元朗字德明，姚柬字思廉，顔相時字師古，而《唐書》稱姚思廉字簡之，房喬字玄齡，以字行，陸德明、薛元敬字即名也，沈存中欲以是盡而證史之誤。余又考之史，蘇典籤名勖，今曰旭，顔相時亦不當字師古，師古，相時兄也。又唐武德中制，三品服用紫，五品以上朱，八九品用青緑，腰帶搢垂頭於下用撻尾，勳官隨品加佩刀礪、紛帨。貞觀初，始以深緑爲六品，淺緑七品，深青淺青八九品服。今所不可曉者，房、杜既勛邸元僚，官品并等，不宜杜青而房緋，豈房封臨淄侯，而如晦僅建平男耶？按五等爵，男亦不宜青也。蘇世長以陝府長史爲軍諮祭酒，故宜紫，然不宜于志寧、陸德明亦紫，二君官甚卑，傳可攷。又助教蓋文達緑而佩印，玄齡、虞世南緋而佩紛帨，世長、志寧兼佩印及紛帨，德明亦佩紛帨，而他無之也，衣皆窄袖短下，束帶遒緊，無逶迤寬博之象，豈其時服制尚未定耶？存中博極群書，其易持論固宜，然吾意尚不敢以史而廢圖，今欲以圖而糺史，亦未之敢也，姑識以俟知者。

摹閻立本十八學士

閻真本今在兵科，云是先朝所賜。凡官省中者無不取觀，他好古者亦每借觀之。第聞善鑒者云，今藏已是摹本，先朝本不知何時爲人易去，此於理良有然者。凡官庫物最可易，書畫尤甚。無但司鑰者得施胠篋之技，即在外諸人倘有相似摹本，但賄胥人數金，即可潛易之矣。司寇以圖較史，辨駁甚詳，第圖雖贗，大勢斷不錯。史傳錯謬甚多，恐未足據。敬美定爲貞觀物，云政於異同間得之，可謂子貢之億中，不知難兄謂何。

王摩詰演教羅漢

摩詰《演教羅漢圖》一軸，上有徽宗御題押。按《宣和畫譜》，摩詰《羅漢》凡四十六軸，此其一也。公繪事既妙絶，而奉佛尤篤，所畫羅漢於端嚴静雅外，別具一種慈悲意，袈裟文織組秀麗，千載奕奕有生色，此君當云『夙世自禪伯，前身應畫師』，乃稱耳。

王摩詰演教羅漢

摩詰精佛理，此圖係用意。第羅漢形貌從何處來？亦有所本否？若鑿空撰，恐未安。

陸宣公畫像後

余偶得唐陸宣公像於楚中，絹素極古，行筆有昉、幹争趙郎風，而幞頭作折上，蓋貞元末公卿大夫已盛行軍容樣，獨袍色慘淡，似紫而已黯盡，或忠州别駕時服也。愚嘗怪崇陵之於公有大不可曉者，其在翰林日，雖不能盡用公之言，而公於言少所不盡，又爲之一屈通微、再屈參，以伸公。而自公之拜相也，言之所不能盡者十之二，事之所不能盡者十之八，而又爲之伸縱誕無恥之延齡以屈公，而公遂一謫而不復振，豈延齡之才真有足勝參與通微者？人主之侈心日益開，而賢者之言與事日益厭薄少味故也。公歿而始見召，召又踰歲而哲孫立，然是時公僅五十三耳。即不死，而元和之烈，昭昭於蜀、蔡、河朔者，豈邠公、晋公所得有耶？然後世欲究唐之弊，皆在公疏，而驗公之言，皆在史。至謂公文於張文成而密於賈太傅，三代而下，以王佐歸公而無愧色，公亦不可謂不盡也。今天下名爲治平無諱之朝，不知公而在尚有可言者否？與能盡公之言否？所以稱公相業能大異唐否？吾與公之耳孫廷尉與繩善，因書其後以遺之。與繩旦夕且大用，才氣足繼公，當於其身驗之也。

陸宣公畫像

使公在今，其遭際或不能如彼時。然要無貶謫之禍，其相業定勝唐，第名却恐不能如唐重。

擘阮圖

《擘阮圖》，相傳爲周昉畫。一人坐而擘阮，即蔡京詩所謂『左彈右擘弄清音』者也。一坐而持扇若拍，口若啓，所謂『手撚輕蕉口自吟』者也。一坐而傾聽意甚專，所謂『側耳含情披月影』者也。京不足道，其詩亦長語，第奉宣和帝命題此詩，而帝手署三字用瘦金體，極遒美，押法尤妙。攷《宣和畫譜》，不載昉《擘阮圖》，僅周文矩有之。文矩五代人，亦一時名手，此圖設色運筆、風神態度幾可與顧凱之、陸探微争衡，似非文矩所辦。若文矩畫，帝亦不令京題詠也。豈《譜》成而昉此畫最後得之者耶？記以俟夫鑒識者。

周昉擘阮圖

《弇園九友樓記》稱所蓄名畫以此爲冠，按後續跋此圖係挂幅，司寇於挂幅例無跋，今獨跋此，想亦由愛重之故爾。第不知此跋寫於何處，一古畫至令人主手署字、宰相題詩，又鑒賞皆精，自是太平盛事，不必引政事概貶。第恨不令嘉祐帝及永叔當之。

宋徽宗紅橋鸂鶒圖

宣和帝遊後苑龍翔池，見雙鸂鶒翹足紅欄之上，因戲爲此圖。設色不甚深，而目睛羽文駢栖自得之狀，描寫都盡，復作數百言叙其事。書真所謂瘦金體，乍看不得佳，結法亦時時露疎穉，而天骨遒美，逸趣藹然，於細翫得之，信不在李重光下也。按鄧公壽《畫繼》稱，宣和五年，賜宰臣以下燕瓊林，侍從皆預。酒半，遣中使持大杯宣勸，因以此圖示群臣，靡不環立聳歎，稱服神妙。然則當其時帝固自寶愛之若此，而四百餘年後乃入吾手，爲游目助，不大幸耶？鯫生見帝書畫，便以爲議論中奇貨，吾不爾也。衞懿公好鶴，鶴乘軒以亡國，而紐滔母愈好之，人固有宜有不宜耳，因志以當抵掌。

宋徽宗紅橋鸂鶒圖

宋帝畫余不能評，據《畫繼》所記，酒半宣示群臣事，彷彿貞觀餘風，令人歎羡。鯫生今已化爲臭腐，無庸談。總之人主好藝，猶勝别好。從余冢宰兄魚脊論，此猶在善一邊。

徽宗三馬圖

里人顧君出宣和帝《三馬圖》示余，或以行筆稍露蹊逕，疑爲臨本。顧其飲齕騰嘶之態，溢出縑素間，縱爾亦是隆準公的裔耳，似非邯鄲子輿也。當宣、政時，青羌、赤狄千里之貢日至，天廄萬匹，往往吾師，而秘府所藏曹、韓神品，不下數百千軸，宜其妙也。度至五國城，盡觀東夷騊駼駃騠，窮姿極變，要必有進於是者，而浮沉沙漠中，不可得矣。爲之一慨。

徽宗三馬圖

前《瀏鶒圖》，據相傳謂是偶覯瀏鶒因描寫者，當的是御筆。若此等圖，恐不無係供奉輩代作。

范寬山水卷

范仲立畫與李營丘甲乙，俱在神品。此卷層巒疊嶂，掩映向背，自有條理，與宋人評『遠望不離坐外』者，誠相合哉。燕中投刺作勞，歸獲一展閱，塵襟如洗。

范寬山水卷

我舅氏見湖翁有寬山水大軸，嘗以示客。余時尚幼，不能知所以佳，徒隨衆玩賞而已。又戚黨中一相知自云有寬挂幅，甚佳，爲要人强取去，魄一權相。初時自裝潢，人洩之，彼因置酒酣暢間婉轉游説，度不能已，因贈之。權相得之大喜，所藏寬畫數十軸皆出其下。後此君受要人惠，殆逾千金。今此畫是横卷，不知視彼軸孰勝？然山水宜遠觀，應貴挂幅。

高克明雪霽溪山圖

宋絳州高克明受眷仁廟，累官至少府監主簿，賜紫，仍畫院供奉。大梁劉道醇第其格，雁行李營丘、范華原，雖屈居妙品第一，而謂其端愿謹退，尤喜幽默，多行郊野間，博山水之趣，箕坐終日。歸則求静室以居，沈屏思慮，神游物外，景造筆端。所請豪舉之士，即勢迫利購，弗應也。今世稱二馬、劉、夏，要亦以易知之耳。若克明殆猶顧、陸之於張、吴，豈可同日語哉？此卷《雪霽溪山圖》，真飄瞥窅窕，映帶深淺，曲盡灞橋剡溪象態，而筆力蒼古，風格遒勁，妙出丹青蹊逕，其神物也。卷尾二跋爲徐武功、吴文定書，亦是素師首坐、蘇長公入室。當武功時卷在劉完庵所，文定爲沈石田周題，已不無楚弓之歎。今又再易主，屬之家弟矣。弓之得失何足計，但令此神物在在護持天地間，豈不快哉！作一歌仍題其後。

高克明雪霽溪山圖

今人談帝王畫，輒舉宣和帝，令人悶鬱，便欲戒藝。然不知慶曆帝亦善繪事。夫留心圖繪，研究其趣，此豈徒無妨於治，當更有益於陶性情也。仁宗畫今不可見矣，觀克明所以受卷，足知帝賞鑑之精。夫其端愿謹退，博山水之趣，箕坐終日，豪舉之士即勢迫利購弗應，此其人品固已超絶。徽宗時立博士程畫畫院，人至累百，然鄧椿謂其爲人品所限，多泥繩墨，未脱卑凡。嗟乎，二帝之藻鑑，豈待韓、范、富、歐及京、黼輩然後辨哉！

題郭熙畫樹色平遠圖卷

右郭熙《樹色平遠圖》一卷。按，熙河陽温人，渠宗若虚，稱其施爲巧贍〔五〕，位置淵深，雖復學慕營丘，亦能自放胸臆，巨障高壁，多多益壯。至宣和帝則盛推李成，而謂熙與范寬、王詵雖自成名，僅得一體。然熙之傳世者多號『平遠』，與若虚所記頗不同。余嘗得戴文進倣熙卷，絶愛之，時置几案間，以當臥游之樂。今覽熙此圖，乃覺文進尚有蹊逕也。孤亭木末，平楚蒼然，遥艇小橋，時自映帶，若深若淺，或晦或明，幾欲置身此間，文進三舍矣。卷尾趙松雪、虞道園、馮海粟、柯丹丘輩，皆勝國名士，恨語不甚稱耳。

郭熙樹色平遠圖

熙字淳夫，所著有《林泉高致》一卷，論畫家旨趣，頗可喜。據郭若虚序，熙即其父，今司寇乃云『渠宗若虚』，且所稱『施爲巧贍』等語，亦非子稱父體，豈序刻誤耶？『平遠』二字已見圖，大概亦宜遠觀者也。

題文與可畫竹蘇子瞻詩後

東坡先生嘗贊石室先生畫竹曰：『詩不能盡，溢而爲書，變而爲畫。』又爲作《篔簹谷》詩曰：『漢川脩竹賤如蓬，斤斧何曾赦籜龍。料得清貧饞太守，渭濱千畝在胸中。』後石室復貽東坡書云：『近語士大夫，吾墨竹一派，近在彭城。』然則石室真能以書爲畫者耶？若東坡縱横八法中，寧無篔簹谷筆也？余所有此一幀，乃石室先生竹而東坡先生題語，真足三絶。清晝焚香燕坐，一展閲覺眉睫間有潯陽紫極宫色，九咽皆作清冷氣，誓當與此君偕老，殆是前緣。

又

此卷有李衎題。衎，宋人善畫竹者也。鄧文肅、趙仲穆、柯丹丘皆元名士也。舊在文待詔徵仲所，文極愛之，時置几案間，舍弟得與寓目焉。余不意購得一賈人肆中，殊自愛，且以慶此卷之得所歸也。

文與可畫竹蘇子瞻詩

宋人謂與可是竹之《左氏》，子瞻却類《莊子》。又云東坡之竹，妙而不真；息齋之竹，真而不妙。息齋即李衎也。鄉先達史雁峰公宦吴中，曾得挂幅一軸，嘉興項氏《圖畫記》内《文與可竹》下注云『一軸在餘姚史雁峰家』，序其先來歷甚明。余曾及見，果清風襲人，第尚不識其所以似《左傳》處。此卷有東坡詩，又有息齋題，畫竹名手備矣，宜衡翁之愛之也。

題煙江疊嶂圖歌後

余既已和蘇長公韵題此卷後，續覽《宣和畫譜》目，有秘藏晋卿《煙江疊嶂圖》。及考《聖朝名畫譜》，則又稱《煙江疊嶂圖》行於世，然則晋卿作此畫有二本，其行世者爲王定國畫，而長公作歌者也？當宣、政間，詔天下斷公文及墨跡，進御之本豈應復留公歌於後？而畫首乃有『秘閣』圖印，蓋定國之本，僅餘公墨蹟，而畫已失矣。御藏晋卿別本，又有《江山平遠》及《千里江山圖》，安知不流落人間，好事者取以配公書爲一卷，作藝林奇翫耶？若以爲延津之合，則吾未敢，蓋歌辭與畫境小牴牾耳。至於分布搆結、紆徐掩映之狀，妙極工緻，斷非南宋、勝國人所能辨，而蘇長公筆法精純古雅爲平生冠，又不當參置蜉蝣之足也。書此以俟夫真賞鑒者。

煙江疊嶂圖歌

凡古人所好書詩文，皆不止一本；其所喜圖畫，亦不止一本。司寇以歌辭與畫境小有牴牾，定爲好事者配合，良是。但蘇公歌恐亦未必即係爲王定國書者耳。

趙千里畫船子和尚卷

趙千里名伯駒，宗室子也。船子和尚，得南泉游戲三昧者。此圖不甚精，而稍具言外意。後先題贊者，毋慮數十人，皆名僧而語不了了。余乃爲作一轉曰：『千里墨蹟，奕奕若新。和尚自荼毗後，頓絶影響。然究竟不知誰在誰無也。』

李龍眠畫十六應真後

龍眠居士畫馬，幾落馬趣，故其於十六應真供養變化，窮極幻巧乃爾。人物皆儼雅，衣摺作蘭葉描，古木蟠屈遒勁，吾不能多見，吴道子、王瓘今當亦無忝矣。跋尾獨所謂道衍即榮國恭靖公乃真爾，其他元人似别題《渡水羅漢》者，語意不相屬，宜去之，勿使人有蛇足之歎也。

題僧梵隆畫十六大阿羅漢卷

袁汝陽歌謂梵隆以畫名一時，思陵稱其與李龍眠伯仲。此卷畫十六大應真及山神、羅刹、狻猊、龍虎之類，行筆極精細古雅，而精彩焕發，一展卷間，恍然覺此身如入五臺國清，與阿羅漢對語，眉睫鼻孔皆動。吾不知於尉遲乙僧、吴道元如何，信不在龍眠下也。獨怪此僧筆妙絶乃爾，而《畫繼》不詳，不審其故。題語多宋元名僧，是石霜、趙州棒喝派。後三跋出武進薛應旂、太原王道行與余，雖頗掇拾禪門礫屑，譬之窮措大把刀箭，手勢不似也。

飲中八僊圖後

唐開元中八僊，爲少陵拈出，覺竹林太寂寂也。攬此圖翩然動把臂之興，第畏長史顛墨、供奉醉歌，難爲酬往耳。汝陽三斗，固不足道也。

飲中八仙圖

八公酒德未必過竹林，正自可相伯仲耳。賀監行草、李相雅度，恐亦不易及。

馬遠十二水

馬河中遠畫水。遠不以水名，而所畫曲盡其情狀，吾不知於吴道子、李思訓、孫知微若何，然自崑崙西来，至弱羽之沼，中間變態非一，無復遺致矣。畫凡十二幀，幀各有題字，如『雲生滄海』、『層波疊浪』之類，雖極柔媚而有韵。下書『賜兩府』三字，其印章有楊娃語。長輩云，楊娃者，皇后妹也。以藝文供奉内庭，凡遠畫進御及頒賜貴戚，皆命楊妹子題署云。然不能舉其代。及遍考畫記稗史，俱無之，獨往往於遠他畫見楊蹟如一。按，遠在光、寧朝，後先待詔藝院。最後寧宗后楊氏承恩握内政，所謂楊娃者，豈即其妹耶？又后兄石、谷俱以節鉞領宫觀，位至太師，時稱大兩府、二兩府，則所謂賜大兩府者，疑即石也。此卷初藏陸太宰全卿家，李文正、吴文定、王文恪俱有跋，而不能詳其事，聊記以備再考。

題畫後，考陶九成《書史會要》，楊娃者，果寧宗恭聖皇后妹也，書法類寧宗，凡御府馬遠畫，多命之題。所謂大兩府者，果楊石也。因記於後。

馬遠十二水

單畫水甚奇。楊娃題畫，足媲美上官昭容，惜不覩徐賢妃爲文皇署右軍文二卷蹟耳。

李山風雪松杉圖

右金秘書監李山畫《風雪松杉圖》，而黄華老人王庭筠題參寥詩於後，二君皆宋名家子，爲完顔氏禁近，有聲。余偶得二絶句題其後云云，令二君而在，不免泚顙。然李用筆瀟洒，清絶有致，出蹊逕外；庭筠翩翩，遂入海岳庵三昧，皆可寶也。此君僅四十有七而没，然時時自稱黄華老人，極可笑。跋後所謂萬慶者，庭筠子，仕至行省右司郎中，《金史》誤作曼慶，當以此爲正。

石刻高宗尼父七十二賢像贊

宋李龍眠所畫尼父及七十二弟子圖，思陵手自書贊，而刻石于臨安之太學。後有僕射秦檜記，宣德二年吳御史訥刓去之，而志其事于後。余搨得一本，精采尚新，可覽也。思陵研摩八法，入山陰門逕，龍眠丹青妙天下，諸賢器服古雅，令人望而知仰。獨伯玉視尼父爲前輩，而公伯寮，季孫之客，而毁仲尼者。其人賢否雖殊，不當置之門弟子列均也。内顔、噲怪狀不類人，而澹臺豪武若子路。孔子云『以貌取人，失之子羽』，此恐别有據，識以俟考。

石刻聖賢圖像後

石刻《古今聖賢圖像》，凡百二人，在紹興郡學。三代以前，雖内府所藏，亦以意會耳。唐文皇虬髯遶喙，天下稱爲『髭聖』，今本虬而不髯；明皇目細而長，今作巨目；梁武晚節一短瘦老公，而今狀偉甚；隋文以魁異驚世，而今特細瘦；文中子髯下垂至腹，見其書，今微鬚而短。夫求古人之跡於史、求古人之心於其所著書，猶不能盡合，而況區區貌肖之遺，能數傳而無牴牾也？噫！

石刻聖賢圖像

凡世所傳古人像多未必真，然中亦間有真者，第恨莫能辨耳。今南京帝王廟係塑像，文皇髯亦不虬。梁武晚節乃老瘦，此狀魁梧，安知非中年像耶？隋文亦不細瘦，乃是像減小耳，觀身露特多可見。項羽戴唐烏巾，大可疑。王右軍與今二王帖中兩本皆不同。真定大佛寺有宋太祖像，在殿右小樓壁上，與此亦不同，南京廟又不同。華亭孫宗伯有板行《古聖賢圖贊》，與此亦半不同。古人已不可見，由此寓羹墻想亦小快。余欲浼吴中畫手，依此作絹素圖，今尚未克。

宋刻絲僊山樓閣卷

宋刻絲《僊山樓閣》，頗精工，而不甚得畫趣，盖宣、政間裝經像函物也。若唐伯虎、文徵仲歌，陸子淵、顧華玉跋，及君謙、民懌輩題，稍可重耳。卷初藏顧御醫世安，子淵外弟，亦雲間賞鑒家。

高皇帝初，禁人間不得蓄伎巧，一時妙蹟永絶，諸君以爲歎詫。嘉靖中，有巧工得舊刻絲，思之一夕而悟，遂能作此。今人間盛行新刻，或故令揉涴成舊，以索高價，然亦不難辨也。

宋刻絲仙山樓閣卷

宋刻絲之妙，不可名狀。然只是精工之極，謂『不甚得畫趣』，果也。嘉靖新刻絲余亦曾見，然去宋尚遠。

元高尚書夜山〔六〕

高房山尚書作米家山，如孟襄陽詩，大自簡遠。卷中跋畫，勝國名士如趙、虞二文敏，鄧文肅，鮮于困學，皆精八法者，虞公詩是兩馬中皮囊，逮後筆尤可念也。

元高尚書夜山

尚書畫，余四十年前在京師舊家曾見一大山水挂軸，趙松雪題其上，極推重。

趙文敏長江疊嶂圖

趙文敏公此圖冲澹簡遠，意在筆外，不知於李營丘如何，駸駸欲度荆、郭前矣。吾歌所云『直將清遠茗霅趣，寫出滉瀁金焦奇』，公故吴興人，聊用爲戲耳。其於海門吞楊子、浮天浴日、怒雷驚濤之勢固少遜，至杳靄澹蕩、出有入無、潤氣在眉睫間，不至作公家大年朝京觀也。跋尾諸詩，虞伯生、柳道傳勝國名流，陳敬宗、吴原博先朝學士精八法者，而啓南尤畫史中董狐，言故足重也。

又

吾鄉者見公畫，以爲公吴興人，故類苕霅間山水耳。大江中行十日，不遇風，波平如席，病小間，推窗對江南北諸山閲此卷，便似芙蓉鏡中美人，黛眉湛睩，使人心醉，以此知前輩之不易嘲也。

趙文敏長江疊嶂圖

凡古人詩及名畫必須得真境較之，乃知其妙。『芙蓉鏡中』語，逸趣可想。

天閑五馬圖

趙承旨孟頫《天閑五馬圖》，或謂臨李伯時筆。奚官二，紫衣杖而立者，端嚴有威度，朱衣而刷者與馬受刷者一，馬齕草者二，齒相齮癢者二，各極意態。垂柳朱闌，怳然若飛龍天廄之在目。竊謂閻右相、韓晋公合爲此圖，不必伯時本也。王處仲擊唾壺時，以此佐之，當更神王耳。

天閑五馬圖

宋元來畫大約寫遠淡山水爲長，子昂馬雖擅名，第恐視唐技終稍讓耳。

黄大癡江山勝覽圖

近来吴子輩争先覓勝國趙承旨、黄子久、王叔明、倪元鎮畫，幾令宋人無處生活，余甚爲扼腕。今觀子久《江山圖》，僅尋丈耳，而有萬里之勢，且用筆極簡，而意恒有餘，真西施洗鉛粉立苧蘿時狀，我見猶憐，況老奴乎？因題而寶藏之。戊辰夏五月極熱，於蘼蕪園書。

又

王右丞詩云『江流天地外，山色有無中』，是詩家極俊語，却入畫三昧。黄子久《江山勝覽圖》是畫家極秀筆，却入詩三昧。吾嘗挾短笻北固，於輕陰薄暮時，置眼黯澹間，遠樹若薺，人家若蜃市，怳然此卷之在目。歸從青箱中拈出，列之几案，亦似此身復在北固。取右丞二語高咏之，都非人間世物也。

黄大癡江山勝覽圖

王右丞詩中有畫，昔人已言之矣。『山色有無中』果是畫家三昧語。第不知『江流天地外』若何畫，使宣和以此爲題，其魁當作何經營耶？

黄大癡山水爲楊二山題

一峰老人此畫不甚類居平筆，而清潤多遠致，自出南宋諸公表。跋尾預爲老僧作證，不令人巧取豪敚，然僧臘有盡，又安能計弓之失得耶？少宰公具道眼，當作雲霞變幻觀可也。

王叔明阜齋圖

黄鶴山樵畫《阜齋圖》有二幀，當是一向一背，以極其趣耳。松鬣極得米海岳所稱李營丘剛針法，峰巒、竹木、室榭穠麗詳宛，大是本色佳境。及讀沈啓南歌所云『此圖彷彿竹裏館，茨茅翛然傍川水，倚牀張册白日長』似題前幀，『復有孤桐置髹几』則後幀也。阜齋不知何許人，啓南比之輞川，應亦不俗。吾家小祇園寧減此？第此中暫闕主人耳。曹茂来先輩持以贊余文，覽之不覺憮然。

王叔明阜齋圖

一齋乃分向背勢作二圖，大是妙格，前此未聞也。沈啓南畫家，渠率所題詩宛具畫趣。第阜齋元人，啓南恐未必悉其行事，其比之輞川，要亦是畫圖中億度之耳。

黄鶴山樵雲林小隱圖

黄鶴山樵王叔明爲錢塘崔彦暉作《雲林小隱圖》，叔明所長，在重巖複嶂、楓丹栗黄，宏麗之致耳。而此圖則清遠滃鬱，大有北苑、襄陽妙致，驟見之以爲大癡老人，又疑老人不辨是也。圖後意似小未盡，問之王百穀，云猶及見全本，蓋少有浥爛，爲裝師裁去耳。題署者僧泐季潭。叔明既手書所撰雲林辭，而同時爲辭賦、記叙、詩歌者凡廿七人，多佳士，而余所知僅山陰王裕、金華蘇伯衡、始豐徐一夔、嘉興鮑恂、桐廬俞和、臨安錢宰、會稽唐愚士而已。沈道禎戲謂余惜不及文待詔生，當一一爲攷以報，蓋待詔最能詳勝國先朝士大夫始末故也。歸而書之，以志余陋。

黄鶴山樵雲林小隱圖

今雲林遺蹟不知在何所，乃圖顧存，可見畫力過木石，然文辭更久於畫。但得歐、蘇爲記，亦即可不朽。

倪雲林山陰丘壑圖

雲林生平不作青緑山水，僅二幅留江南，此其最精者也。若近若遠，若濃若澹，若無意若有意，殆是西施輕粧臨緑水，不勝其態，倉卒見之，靡不心折。據題初寫寄趙士瞻，後入鄒惟一家，惟一所托以歿者。書法亦遒婉，雅勝其生平時。

倪雲林山陰丘壑圖

雲林既不習青緑技，何爲一落筆便佳，豈果有天解耶？其畫格故不宜著色，不知此圖作何點染，料不必沿諸家法，令人企慕若渴。

雲林西園圖

雲林此圖，乍看不似西園，而細求之乃無不合作。其用筆似弱而老，似淺而深，工力最多，是得意筆也。

雲林西園圖

弱、淺是此公本色，一味杜撰，惟以其天資有獨得處，遂成家耳。若論工力，則良不少，其得趣亦由此。

方方壺雲山卷後

方方壺在勝國，於趙吴興輩亡所推讓，畫家者流，登之逸品。此卷江山秋興，從董、巨、大小米来，而遒勁古雅，别有搆結，非凡筆也。留余山房，時一展翫，以當卧游。方壺名從義，字無隅，貴溪道士也，與張伯雨齊名。

石刻玄元十一子像

《玄元十一子像》，吴興趙承旨手摹書贊登石者。今雖稍剥落，其意像之古雅與書法之精工，尚可據而想見也。其人與事僅見于《莊》、《列》所稱，欲以配吾孔氏十哲耳。佛高弟子亦十人，事事模倣乃爾。

石刻玄元十一子像

余三十年前，曾於韓郡丞子祁處見搨本，韓時尚爲諸生，云近甫自荒草中搜出者，亦頗糢糊矣。韓亦能書，極賛之，置案頭日臨寫。

錢舜舉洪崖移居圖

《洪崖移居圖》，吴興錢選舜舉筆。服飾不甚古，而神彩秀發，贄御亦作天人相，覽之令人洒然。雖然，吾欲拍此老肩，却畏侍者侏儒叟，異日作上帝弄臣，道梯僊界長短也。

又

按《真誥》所稱，洪崖先生爲青城仙伯者，與赤松子俱爲神農氏師。此則唐張氳先生也，先生生於隋，一名藴，字藏真，亦自號洪崖，人以爲即其現身云。長七尺五寸，眉目疎秀，戴烏帽，衣紅蕉葛衫、烏犀帶、短靿韡，携邛竹杖，所乘白騾曰雪精，從者五，曰橘、栗、朮、葛、拙，負六角扇、垂雲笠、方木鐙、二玄書、木如意、長生瓢、魏惠壺、不杜杓。常應開元帝召，欲爵之，不應，辭去。尋乘騾入彭仙煉丹井以化。今攷舜舉此圖，貌飾乘從種種靡不合者，蓋即其人也。當是時，盛言張果先生，而不言張藴先生，豈先生能杜德機更勝之耶？唐傳奇又云，李泌鄴侯任誕，多大言。嘗得酒留客而曰：今夜洪崖先生過宿，當爲具。人皆笑之。夫以爲古青城仙伯則誕，以爲張氳先生不足誕也？鄴侯自靈武功成後，失不匿跡耳，不然，夫安知鄴侯之不爲真，而先生之不爲誕耶？放筆作一笑。

錢舜舉洪崖移居圖

仙家有真訣，然其所記事率多誕妄，此由其徒淺薄無學者，欲過張大其教，乃反遺人破綻。洪崖自是古仙者，若夫張氳先生，恐止不受開元爵一事係實耳，其餘率多傅會無稽。跋舉張果證之，不知果事亦誕妄也。續集跋所引氳事尤多，至云好古玩，尤令人發噱。『鄴侯真』『先生誕』，正是實論。

搜妖〔七〕圖卷後

右《崇寧真君搜妖圖》一卷，蓋元人筆，或謂元本後人所拓也。爲神鬼吏兵七十有六，鷹犬三，爲陸妖者二十五，水妖者二十二，人而妖攝者六，爲人物者一百三十有二，飛者、走者、匿者、懾而跳者、怒而逐者、戀而顧者、争先者、桎者、刃者、矢者、磔者、攘者、跽稟命者、立而屬耳者、坐而指揮者，其爲態不可指數，然往往巧盡其勢，運筆工緻而遒勁，設色之精，俱非後人所易。及其事之幻妄狂獝，所不暇論也。自勝國諸公畫以意勝，而吴士大夫憚于日力，目之以爲俗工，置弗視。噫，固然矣。顧、陸、張、吴之所以妙絶千古者，此非其一班也耶？余故留置之篋笥，以備一家，而志於後。

趙吴興畫陶彭澤歸去来圖題和詩後

趙吴興畫陶彭澤《歸去来》，縱極八法之妙，不能不落豎儒吻。蓋以永初之不臣宋〔八〕，與至元之仕胡，趣相左耳。若其風華秀潤，標舉超逸，虎頭點拂，雲麾烘染，所謂趙郎併其情性而得之者，與彭澤人品文章，真足三絶，又不當以此論也。余詩爲惡韵所窘，不免墮豎儒口業，令嗜古者見之，其不駡爲殺風景者幾希，書畢一笑。

趙吴興歸去來圖

仕宦慕山林，自是常情。《歸去來》可圖，彭澤令不可圖，亦是畫家常格。吴興此染無庸來豎儒吻，第今時惟僞趙筆多，靖節圖尤多，即具眼如弇州翁，詎能無失鑑，但當於此致辨耳。

古畫山水

余癸酉秋自建業揚帆歷采石、皖城，眺九華、匡廬之勝，徘徊於黄岡、赤壁間，所遇無非此圖者。遥岑近渚，空青潤翠，或挂眼睫，或撲衣袂。苦竹黄蘆，低橋斷岸，與舫子相出没，真令人樂而忘返。今来郎，城中如斗大，坐卧一齋閣，忽忽無賴，驟見此圖，恍若故人相值。納節東歸之日，更尋季鷹蓴鱸境一番，作夢覺也。若其畫品之妙，高可以攀馬遠父子，令伯虎與周臣極意爲之，亦自不遠。

古畫山水

『所遇無非此圖』，逸趣可想。

原《弇州山人四部稿》卷一百三十七

《書畫跋跋》卷三

校勘記

〔一〕『龍眠』：底本多作『龍瞑』，均據《四庫》本改。

〔二〕『洗』：《四庫》本作『浣』。

〔三〕『雋』：《四庫》本作『雟』。

〔四〕『焉』：底本作『馬』，據《四庫》本改。

〔五〕『瞻』：底本作『瞻』，據《四庫》本改。

〔六〕『夜山』：《四庫》本做『房山卷』。

〔七〕『妖』：底本作『山』，據《四庫》本改。
〔八〕『宋』：底本作『晋』，據《四庫》本改。

弇州山人題跋卷十八

書畫跋跋卷三

畫跋

題王安衜游華山圖

游太華山者，往往至青柯平而止，至韓退之登其顛不能下，慟哭與家訣，其語聞於人人，而仙掌、蓮花間永絶搢紳先生之跡，而僅爲樵子牧豎所有。洪武中，吾州王履安衜獨能以知命之歲，挾策冒險，凌絶頂，探幽宅，與羽人静姝問答。歸而筆之記若詩，又能托之畫，而天外三峰高奇曠奥之勝盡矣。畫册凡四十，絶得馬、夏風格，天骨遒爽，書法亦純雅可愛。安道殁，歸之里人武氏，而失其四。後於長干酒肆見之，宛然延津之合也，傾橐金購歸，爲武家雅語。垂二百年，而吾友人李憲使攀龍復能登其顛，所至書吾姓名於石，而吾又托友人王參政道行刻石蓮花峰。今年夏，復從武侯所借觀安道畫册及詩、記，磅礴累日。太華既兩有吾名姓，而吾胸中又具一太華矣，是何必減三君子耶？爲大粲笑，識其末。

王安道遊華山圖

華山奇蹟賴昌黎乃顯，近日于鱗一記，狀寫入神，足與三峰同不朽矣。安道善畫，復好遊，其收拾畫景當無遺，此圖即係傳真，又非他徒撮取意態者比也。第視于鱗筆，恐終不無少遜耳。司寇後托陸叔平摹此圖，并浼俞仲蔚、周公瑕、莫廷韓分寫諸詩文，謂安道有靈，當作衛夫人泣。嗟乎，後起者籍自常理，第不知何人能令于鱗泣。

戴文進七景圖

戴文進作圖凡七幀，曰《浣溪春行》、《臥聽松泉》、《竹溪夜泊》、《雷峰夕照》、《凭欄待月》、《西湖雨霽》、《東籬秋晚》。予初閱之，以爲沈啓南作，見題字不工，及驗其印章，而始知爲文進也。然無一筆錢唐意，蒼老秀逸，超出蹊逕之外，乃知此君與啓南無所不師法，妙處亦無所不合耳。吾鄉陸太宰全卿各系以詩，其跋後乃云：『歲乙亥七月寒疾，盧院判宗尹愈之，未有以報，而盧君素輕阿堵物，乃舉以遺之。選事稍暇，當爲君每景賦一詩，以寄興然。』則七詩蓋爲盧補書也。今年乙亥，忽得此於友人，而予與陸公後先丁未進士，各一甲子，其事頗奇。陸公在政府，尚能以其間成此雅話，而余飽飯山鎮中，其容忞忞耶？因感而次於後。

戴文進七景圖

余少時曾問一畫師曰：『我朝畫何人第一？』渠答曰：『戴文進。』乃吴子論，殊不爾，然其所推重者無過啓南。余觀司寇得此佳畫，遂疑爲啓南，然則菰蘆中善月旦者，尚未能作糊名試官也。余於畫道淺，無敢强作解事，第二公恐未易軒輊。無所不師法，妙處無所不合，是蘇味道評，無一筆錢塘意，則公孫夙因未脱耳。王槐野仲父答薛方山仲父書曰：『公吴人也，而負秦性。』正與此同。

城南茅屋圖

此圖乃錢唐戴文進作，有程南雲篆額，楊文貞諸公題詠。文進自謂倣陳仲梅，而中間大有米襄陽筆意，唯落色稍過濃潤耳。茅屋中紅袍人，豈秋江獨釣例耶？文貞一絶，作古隸，頗峻整。吴餘慶及南雲皆以書名，而不能佳。有鮑相者，書甚婉媚有韵，而不以書名。皆所不可曉也。

城南茅屋圖

戴公平生自負，似謂能步趨古人，筆筆入畫格耳。今司寇乃以有米襄陽意賞之，是頌祭將軍惟取其雅歌投壺也。戴公地下聞之，不知肯認爲知己否？

戴文進山水平遠

錢唐戴文進生前作畫不能買一飽，是小厄；後百年吴中聲價漸不敵相城翁，是大厄。然令具眼觀之，尚是我明最高手。此卷奕奕秀潤，境意似近而遠，尤可寶也。

戴文進山水平遠

『小厄』、『大厄』語，足使藝夫流涕。驃騎天幸，李將軍數奇，古來凡事盡然，不獨畫也。

題王孟端竹

孟端竹爲國朝第一手，有石室居士、梅花道人遺意，而清標高格，又似過之。余嘗記其二事。其一，沭黔公行金帛求孟端畫，謝絶之。後忽作一幅遺其僚素厚黔公者，使致之曰：『姑以是塞公意，毋言我爲公也。』其二，月夜聞鄰笛，乘興畫幅竹訪遺之，其人乃大賈，甚喜，具駝絨、文綺各二，求孟端一配幅，孟端却其幣，手裂畫壞之。嗚呼，即無論孟端竹，求其人可更得否？

王孟端竹

孟端二事，好事者每喜道之，然正是畫家俗氣。余不嗤其謝絶及裂畫，獨恨其塞意訪遺耳。患不能爲人役，勃勃手腕間何扮此鑿坏態爲？

王孟端湖山佳趣卷

得一卷初閱之，以爲黄鶴山樵也。清思直撲人眉睫間，應接不暇，至題尾知爲九龍山人王孟端。孟端在永、宣間聲價不下黄鶴山樵，今來漸寂寂，然使有真鑒賞者，望而窺其胸中富丘壑也。吾東吳菰蘆人，步武之外，皆卷中境界。晚途復作吏，不覺自遠，聊置此卷案頭，於春明退朝之暇，時一展看，不令衿裾烟霞色盡也。卷初屬陸太宰時，乞李文正篆額、吳文定題字、邵文莊作歌，其爲名士所推如此。

夏太常墨竹

夏太常墨竹，名價重夷裔，雖近小損，亦不減彭城篋材〔一〕。余嘗題一卷云云。今年秋，復從明輔所見此卷，掩映斐亹，大有好致，而水石復妙，余因輟以贈之，且戲明輔曰：『晋人不識竹，嘗謂是有節蓟，吾太常里人也，盍以歸我？』明輔〔二〕笑不答。

夏太常墨竹

太常吴人也，其竹昔重今減，不知何説。此跋既云『輟贈明輔』，又云『盍歸我』，疑有錯誤。

沈石田春山欲雨圖

石田畫卷無過《春山欲雨》，其源出巨然僧、梅花道人，而加以秀潤，不作驚風怒霆、勃怒戰掣之狀，而元氣在含吐間。峰巒出没，草樹滃鬱，頽然若玉環醉西凉蒲桃後，將賜温泉沐者。卷距今垂百年，每一展覽，覺風格若生，墨瀋猶濕，真神品也。夏日九宜堂與沈山人嘉則、舍弟敬美、曹甥子念相約爲此歌，雖咄咄賞新語，猶自後塵。

沈石田春山欲雨圖

題此圖，但書少陵詩『天欲今朝雨，山回萬古春』二句足矣，無須多出新語。即跋中『元氣』云云，猶覺煩絮。

石田山水

沈啓南先生畫於古諸名家無所不擬，即所擬，亡論董、巨，乃梅道人、松雪、房山、大癡、黄鶴，筆意往往勝之，獨於雲林不甚似，病在太有力耳。此卷二十六幀，幀幀饒氣韵，生趣秀溢楮墨間，至雲林一筆，亦絶無遺憾，尤可寶也。卷初出湯舍人，凡十六幀，汰其四，爲十二；已又從黄羽淵得十二幀，汰其八，爲四；已又從黄淳父得十六幀，汰其半，爲八；已又從沈生得十幀，汰其八，爲二，此所以精也。跋尾彭孔嘉稱文丈待詔云『石田先生，神仙中人也』，此語吾亦聞之待詔，且云『滿百文某，安敢望此老』。前輩風流，推挹乃爾，令人歎慨深。

石田山水

吴中推石田畫咸曰神品，今司寇公亦曰畫聖。此翁畫贋本最多，然余亦曾從賞鑑家獲睹一二真蹟，其氣韵神采信不凡，第用筆終覺粗，於書家乃行草也。宋人謂元章無楷，石田翁未免坐此矣。

贈吴文定行卷山水

白石翁生平石交獨吴文定公，而所圖以贈文定行者，卷幾五丈許，凡三年而始就。草樹、水石、橋道無一筆不自古人，而以胸中一派天機發之，千奇萬怪，種種有真理。至於氣韵〔三〕神采，觸眼若新，落墨皴點，了絶蹊逕。予所閲此老畫多矣，無如此者。令黄鶴山樵、梅道人見之，却走三舍，董北苑、僧巨然當驚而啼曰：『此子出藍，掩吾名矣。』鑒賞者亦以予爲知言否？

又

白石翁畫聖也，或云此卷尤是畫中王也。毋論戴文進、唐伯虎，即勝國諸名家，誰能及之？或云翁有《東莊圖》可以狎主齊盟，然是十三幅，幅各作一體。此卷如萬里長江，千山夾之，當爲翁第一筆。

沈啓南畫虞山致道觀昭明手植三檜

今天下闕里檜已焚，秦松非舊，獨虞山致道觀有昭明太子手植七星檜，然其存者三耳。幽奇怪崛，種種横出意表，且在理外。餘俱宋人補者，雖自遒偉，方之蔑如矣。余嘗欲令錢叔寶、尤子求貌之，袖手莫敢先。晚得沈石田翁畫，獨其最舊者三株，且爲詩歌紀之，與余意甚合。余家小祇園縹緲臺望山頂蒼翠一抹，今復得此，篋笥中又有虞山矣，何必買百里舴艋也。

沈啓南畫虞山致道觀昭明手植三檜

觀在常熟，支有功中丞曾向余贊七檜之奇，云真古今罕有。今跋稱『出意表』、『在理外』，則信乎怪異矣。第有功不言四株已非舊植，則宋人補手蓋亦出東廣微上也。錢、尤袖手莫先，猶勝舐筆和墨輩。啓南獨貌三株，儃儃然得之盤礴蠃閒矣。司寇公既獲其儁，何不令彼兩公各一本揭之園亭？

石田畫隆池阡

石田先生游支硎之隆池阡有記，記中有詩，至其爲圖，則後三百日而始成。以此知先生之易於文，而不易於畫也。一展卷際，便覺蒼翠秀潤之氣入人眉睫間，余游其中再矣，不知視畫孰勝也。

石田畫隆池阡

『先生易於文不易於畫』，良然哉！凡能事皆無出之易者，不遊域外，不入杪忽，决無以發其天機也。驟雨盈溝澮，濕不及寸，欲速則不達，何事不爾。

沈石田臨黄鶴山樵太白圖

白石翁筆底走董、巨，何况黄鶴山樵。此畫《太白山圖》，不知視老樵原本如何？當自勝之。唯翁亦云：『榾榾追三月，極儗加精緻。便欲無此卷，後輩豈可易。』其自負出藍，亦不淺矣。遠浦良疇、扁舟矮屋出没於雲霧杳靄間，連峰障天，奇石插地，楓丹〔四〕楸碧，應接不暇。茂來出示之，幾欲移家此間，買兩豢角犢犂十雙也。

石田臨黄鶴山樵圖

臨手果高，欲勝原本自易，此古人所云戲倣其體者也。然亦有能創作不能摹者，摹臨勝自運，乃其常耳。

石田畫錢塘山行圖

余嘗從桐廬陸行至錢塘，諸山不甚遒聳，而掩映草樹，出没廬井，甚有意態。峰巒翠色欲滴，白雲間之，時時道坌，江上沿洄渺瀰，帆檣相望，又別一境界也。王子猷云『山陰道上行，使人應接不暇』，豈欺我哉。比時有公事，不能出一語博其勝，忽忽往來胸中，今得沈啓南先生所圖閲之，頓還舊觀。置山房中，比於宗生之游，不讓矣。

石田畫錢塘山行圖

汪司馬爲襄陽守時，每登輿必課文一篇，司寇敏於汪，玆者山行何乃以公事奪，不能出一語？若云爲應接山水不暇，猶不失當行。

石田畫

昔杜少陵持《花卿歌》二語，爲人已瘧。至其自述則云『三年猶瘧疾，一鬼不銷亡』，傳之藝林，爲嘔噱柄。白石翁此圖正病瘧時作爾，仲蔚乃欲令馬君寳此作奇方，豈痁鬼亦新，畫師與大曆詞人衕替耶？覽者能無一絶倒也。

石田載酒圖

石田詩落句云『主人昨夜載春酒，酌月還須喚老夫』，似未得與此會也，其描寫風物情景乃爾佳，知此老胸中丘壑矣。烟波畫舫，垂楊曲岸，事事彷佛小祇園，獨真山磊塊奇勝耳。然吾園兩高對聳，湖石嵌空若羅刹，窈窕曲折，花竹臺榭，又似過之。恨不與此老同生，作天然一段真色也。

石田載酒圖

此乃即景寫或圖者，信非高手不能。司寇門下畫士多，何不令爲祇園圖？

又寒山圖

石田此畫品政如其畫，寒山崖巘，丹楓翠竹，别有天地也。不經意處，亦自可人。

又寒山圖

曰寒山，想寫其嚴肅慘栗意，此題不知自古有之，或自此翁創起？

題石田寫生册

此册白石翁雜花果十六紙、折枝鳥三紙、鵝一紙、渡溪虎一紙、秋蟬一紙，其合者往往登神、逸品。按，五代徐、黄而下，至宣和主，寫花鳥妙在設色，粉繪隱起如粟，精工之極，儼若生肖。石田氏乃能以淺色淡墨作之，而神采更自翩翩，吾家三歲兒一一指呼不悮，所謂妙而真者也。『意足不求顔色似，前身相馬九方臯』，語雖俊似，不必用爲公解嘲。

石田寫生册

昔人評畫，謂花鳥爲下，愚意亦然，以其取興淺也。作畫用深色最難，一色不得法即損格，若淺色則可任意，勿借口曰逸品。

石翁綵卉卷

白石翁折枝，自徐熙、易元吉來，不作成都派，以故種種有生氣。此十五花，望而知其非凡筆也。陸文裕以領解之三年，秋游太學跋此，結法踈俊妍美，隱然有『陶貞白吴興小兒』評。是二絶，足富小祇園老圃矣。

題唐伯虎詩畫卷

唐伯虎《桃花庵歌》當有圖，不知落何人手。予後得一幀，意頗與歌似，而秀潤婉麗，妙入趙吴興三昧，因裝潢成卷。按《二科志》載，伯虎首篇作《伥伥行》，又有『何處逢春不惆悵，何處逢春不可憐』二語，今皆削去。伯虎此詩如父老談農桑，事事實際，中間作宛至情語，當由才未盡耳。然過此則胡釘鉸矣。余十年弄筆墨，不敢置眼睫間，今老矣，愛此畫，不妨併讀此詩一再過也。

唐伯虎詩畫卷

任長卿侍御有伯虎桃花一挂軸，余雖不解畫，亦覺其佳。『實際』、『情語』是伯虎詩本色，雖淺率亦自可喜。彼時方尚中晚，調故應爾。幸不落宋，足矣。

唐伯虎寫生册

人以爲徐熙之野逸勝黄筌之富豔，品遂分矣。吾吴中寫生無過白石翁，而伯虎次之。此十六幅，種種臻妙，蓋得徐氏三昧，而稍兼筌筆，不分白石翁下。山齋時一展翫，覺乾坤一種生氣落翰墨間，爲之欣然獨賞也。徵仲待詔有折枝小鳥二，履吉題句附於册後，足稱聯璧矣。

周東村賓鶴圖後

周東村臣爲賓鶴翁作圖，文太史題字，稱二絶。偶有長康之化幾五十年，而翁諸孫幼于復購得之，諸公嘖〔五〕嘖歎賞。幼于兄伯起至以唐伯虎爲其曾大父畫《西園圖》失之不能復，以爲痛恨。爲我謝伯起，公家司空飛去古干將劍，吴中老人家藏長史批諾，丞相燕公饋九公主雞林夜光簾，可併覓也。幼于不忘其先，故當自媮快，人得人失，伯起亦姑置之，何如？

周東村賓鶴圖

凡家藏物失之，自近則堪懊惱，遠則稍可自寬。伯起恨曾大父園圖不能復，亦自常情。此圖在他姓不能如張氏重，人失人得，未是切諭。

周東村韓熙載夜宴圖

《韓熙載夜宴圖》，乃李主遣國手顧宏中於熙載第偷寫得者，曲盡其縱狎跌宕之態。宏中别寫本行人間，宣和帝收得凡四本，俱宏中筆。而又有顧大中二本，亦佳。帝自著《譜》云，大中應是宏中昆季也。弘治間，杜堇古狂稍損益之，尋落江南好事大姓家，以百斛米遺祝希哲，爲作一歌八絶句，手題其後，稱吴中三絶。此則東村周臣摹堇圖，而白陽陳淳書祝詩。周行筆精工不減杜，而陳書亦在逸品，蓋第四佳本也。熙載事絶不足道，顧其意欲自污，不肯作亡國相，有出於長卿犢鼻之上者。昔嚴續僕射爲其父可求索熙載神道碑，以千金雙鬟爲贐，熙載不肯作諛辭，重相苦欲刪潤，立却其婢，題一絶《泥金帶》

曰：『風柳摇摇無定枝，陽臺雲雨夢中歸。他年蓬島音塵斷，留取樽前舊舞衣。』宋人傳奇所載『陶學士風光好』事，此老風流中耿介權譎，種種不乏也。

周東村韓熙載夜宴圖

余曾於徐正夫太常家見此圖，亦臨杜本，然非周筆也。韓叔言自是風流人豪，彼時謂其風采照物，是神仙中人，每縱轡城苑，衆皆隨觀談笑，則聽者忘倦，獻替多嘉納。制誥典雅，有元和之風，其不欲作亡國相，正與錢武肅識見同。大抵遭亂世多有此等才難説，故自汚亦只是就材料作，若使當治世，必能自檢。郭汾陽聞楊文貞作相，遂減伎樂是也。弇州詩文勝此公，其襟懷亦彷佛似之，第立却雙鬟一事，恐弇州公遜此决斷。

吴中諸名士畫

右周東村雜山水八幅，妙有郭、馬筆意。唐六如一幀，亦精絶。陳白陽二幀，其一少年筆，最工，不減六如；一寫意，亦自清遠，似馬文璧，不若晚歲之草草也。文衡山四幅，清遠秀潤，得元人趣。仇十洲四幅，秀氣逼人眉睫間，兩水雄逸，與東村俱不下宋人。陸包山《游天池》一幀，巉巖陡削，《秋懷》一幀，蕭瑟而不寒儉，皆可賞也。

吴中諸名士畫

吴中此等雜小圖最多，余舊時亦有數本，但多係僞筆。今此二十一幀，經弇州辨過無贋蹟，可貴也。

臨李伯時蓮社圖

宋李伯時作《蓮社圖》，其宗人元中爲《記》甚悉。元趙吴興子昂重臨之，而予所得，則又子昂臨本也。即孫枝所不論，其人物儼雅，位置精密，益可以想見其二本之妙。余乃乞俞仲蔚小楷書元中《記》，而仲蔚又略叙所見於後，足補元中之闕。余復考《記》内，佛陀耶舍者，華云覺；佛陀跋陀羅者，華云覺賢。耶舍即鳩摩羅什師，與跋陀羅俱從羅什長安中譯經，後跋陀羅南邁止廬山，與遠公社，而耶舍辭姚秦還西域，足跡蓋未嘗度江也。且遠以晋元熙元年示寂，而道士陸脩静至梁天監初上武帝科儀，相去可百歲，其不相及無疑。要之蓮社事固佳，是禪林游戲三昧地，不必計其傅會與否。以慈氏蓮花藏例之，則三大劫中人皆在會，固無不相及也。異日仲蔚見之，能印證否？

臨李伯時蓮社圖

凡釋氏所紀事類多傅會，緣其徒史學踈，徒欲自侈其事，不知翻犯攻駁也。此圖亦祇以畫傳耳，謂『三大劫中人皆在會』，語太迂不切。滕子濟《唐人出游圖》内有不係同時者，黄長睿謂其揚鑣并驅，睇視相語，近於得意忘象，惟真賞者獨知之。以評此圖或近。

凌氏藏文待詔畫册後

吴人得文待詔一點染法，輒贋作款識，覓生活。此三十六紙，真待詔得意筆，閒窗散懷，出倪入趙，極有意無意之妙，而都不着款識，僅餘一詩。豈邢婭娥敝衣來前，令尹姬自色奪耶？玄旻必欲吾輩證明之，毋乃覺有待之爲煩也，拈出題其後。

凌氏藏文待詔畫册

此正恐他夫人故作敝衣面貌者耳，『有待爲煩』一語，大妙。

文徵仲雜畫後

文太史畫，閒窗散筆，在有意無意間，是以饒意；其書在中年，是以饒姿；詩不作應酬語，是以饒韵。此十幀可謂文氏碎金，置山房中，敵吾家琳琅矣。

文徵仲雜畫

此畫册應亦與前凌氏册同，第經伯樂湔祓，價便數倍。冲虚信仙品，然亦詎能無所待哉？

文太史雲山畫卷後

文太史徵仲諸生時，爲黄博士應龍作此卷，畫倣老米，氣韵〔六〕生色，遂不減高彦敬。書法圓熟，翩翩出晋人，比之晚年筆，少骨而多韵。詩雖大曆以後語，亦自楚楚。應龍絶寶愛之，戒其後人勿爲餅金懸購者所得。去六十年，而其諸孫强以留余，得厚直而去。余聊以寓吾目而已，平泉莊草木不能畢文饒身，人失弓人得之，吾又安能預爲子孫作券耶。

文太史雲山畫卷

佳畫遺子孫，絶不易守。今以屬司寇公，亦可謂得所歸矣。朱司農子孫固不如桐鄉民。

衡翁詩畫卷

癸丑余避地吴中，一日以間謁文太史，手此卷索題。太史坐隅，畫蘭石畢，覺秀色朗朗，射人眉睫間。已書數古體詩，詩亦清拔，是平生合作者，而書法從豫章來，尤蒼老可愛。今日偶理散帙，得此卷出之，墨色尚如新，而太史游道山已七易寒暑矣，爲之泫然一慨。

衡翁詩畫卷

昔人謂求衡翁書畫者，惟入其書室，懇其面作，乃得佳，且無僞。今觀此果然。

文徵仲勸農圖祝希哲記

文待詔作《勸農圖》，瀟灑冲玄，往往有意外色，是孟襄陽、韋蘇州詩境。令田父覽之亦解，忘風雨作勞。跋尾從《蘭亭》、《聖教》來，視暮年結法小涉佻耳。祝京兆文吾所不敢論，其書絶類褚河南，而老健過之，是平生最合作者。噫，二百年無此筆矣。

文徵仲勸農圖祝希哲記

希哲齒長於徵仲，此卷圖與記不知孰先後，記圖、圖記固當有别。司寇後以祝記入《三吴楷法册》，割去畫，余謂不當爾。

陳道復書畫

白陽道人作書畫不好模楷，而綽有逸趣，故生平無一俗筆，在二法中，俱可稱散僧入聖。此卷尤其合作者，至書少陵贈王宰一歌，自擬亦不淺矣。吴中少年不勝家雞之賤，吾故存之，以俟夫賞識者。

陳道復書畫

道復每稱文待詔爲師，元美《卮言》云，家弟嘗問待詔：『道復曾從翁學書畫耶？』待詔微哂曰：『我道復舉業師耳，渠書畫自有門逕，非吾徒也。』意不滿之如此。然余舅氏楊紫溪翁曾同文休承兄弟論畫，休承問吴中畫品，舅氏首舉衡翁，因曰：『賢昆仲皆佳手，此外維陳白陽筆法超邁。』休承擊節曰：『白陽筆法果高，恐老父亦當讓之。』紫溪翁亦以爲然，曾向余述之。舅氏畫家專門，嘉靖末名噪武林，休承又號爲紹翁畫學者，其與紫溪翁言，是心髓語，何乃與衡翁論懸絶？且兩處皆面語，非他人傳者，真不可解。以余臆斷，道復祇長於淺色寫意，非若衡翁無所不能，筆法或有獨得。余非當行，不能深知也。衡翁對敬美或是自謙語，且道其實，司寇公誤疑爲不滿耳。道復書亦近米，不知吴中少年何爲賤之？

陳道復水仙梅卷後

清池新月下看梅花水仙，全似苧蘿〔七〕女爲吴王縞素時狀，道復此卷，併其神情得之，當作百花中周昉也。

陳道復水仙梅卷

道復畫亦花卉爲多，想所長在此。

題畫扇卷 甲之五

右扇卷甲之五，爲名畫，凡七人十八面。内戴文進《松崖圖》，筆簡而趣有餘，故是作者，與祝希哲題字，足稱二絶。沈啓南五面，多老筆槎蘖，磊塊可畏。獨一面榴房妙絶，詞語似戲聾老人，且爲祝生子，亦有希哲題字。唐伯虎二面，其一秀色射人眼睫間，其一布置精密，而逸趣不乏，可與文進鼎足。張夢晋《石湖秋渠》，風流名士。陳道復山水花卉九面，所謂『意足不求顔色似』者，題字亦多佳致。謝時臣小米派也，比之本色，差不俗耳。

畫扇卷 甲之六

右扇卷甲之六，皆徵仲畫也，凡二十面。前一面乃癸丑秋送余北上者，時年八十四矣，尚能作蠅頭小楷，題七言見贈。彭孔嘉以排律繼之，楷法遂不減公。餘十九面皆雜山水、夏木、寒林、清泉、白石，或題詩，或止押名，而蒼古秀潤，妙有勝國諸公遺意。内十面尤合作，攬之令人神爽。又一面於拳石中濬墨隱出一貍奴，若醉薄荷者，而威勢自足，信乎公胸中多伎倆也。世人往往見贋筆，不免有蜉蝣之撼，因拈出之。

畫扇卷 甲之七

右扇卷甲之七，凡六人，爲畫二十一。東村周臣七面，内榴房一面。包山陸治六面，内竹一面，餘皆山水。十洲仇英三面，文水文嘉二面，五峰文伯仁二面，沱江陳括一面。周之工力可稱斵輪，仇之精詣，遠踰葉玉，伯虎而後，當爲第一手無疑。叔平格力本自超絶，伯仁才趣尤擅精麗，而俱好以新意發之，不無偶然之累。然其瑜者，尤足連城。休承淺於子久，穠於元鎮，抑在季孟之間乎？人謂括之視復甫頗足跨竈，不若崇嗣之脱骨，有愧於熙也。吾所蓄畫扇凡六十餘，皆名筆也。攷之古，大令有駁牸之蹟，又文通擬班姬『畫作秦王女，乘鸞向烟霧』，玆其所由昉乎？然自宋以前皆團扇，余所有唐宋人山水花鳥，其製猶存，而今之扇則自倭夷作貢始，以其適用而雅，舉世尚之，即令士大夫袖一團扇揮暑，有不掩口者哉？故知『觚哉』之歎，不作可〔八〕也。

畫扇卷 乙之六

扇卷乙之六，陶翁存仁圖天文、地理各一，文太史徵明六，陳太學道復一，李東昌孔陽一，梁禮部孜一，尤山人求三，張生復一，皆畫也。又二面作梅杏花，似吳延孝筆，而許太僕初小楷二賦其上。書畫法多可觀，而不無作阿婆面。又間有劉司空之恨，聊爲存之。

畫扇卷

據所稱甲乙五六等，當是連前字扇爲次耳。戴、沈、唐、文四公畫若在扇，真爲至寶。其可喜可愛，更過於幅軸也。面字背畫，是扇常格，兹所云題字及書詩賦者似即在畫一面，第不知亦有係與前字扇爲一柄者否？若拆開爲卷帙，不無可惜。

文伯仁燕臺八景

永樂中，人主移蹕大都，而一時館閣諸先生扈從者，光侈其事，分勝標咏，大抵損益勝國之遺，如所傳《金臺八景》然，往往多七言近體，湯王孫所以見屈於劉尚醫者，此也。自李、何後護格，絶不作謅長語，而丹青之托，則杜堇古狂外，亦不復再見。文德承薄游燕市久，取王藍田畫中詩法，别貯奚囊，隱隱有盧龍虎氣，覽者果公子牟耶？江湖間亦足慰魏闕思矣。

文伯仁燕臺八景

《八景》今見《一統志》中，伯仁作此圖，比鑿空强撰者味固長，若得選館閣諸公詩佳者，託公瑕、廷韓輩書之，用以相配，亦足稱名卷。

陸叔平游洞庭詩畫十六幀後

余以壬申之秋九月游洞庭，而陸丈叔平時亦從諸少年往，蓋七十七矣，而簪履在雲氣間若飛。歸日始草一記及古體若干首以貽陸丈，存故事耳。居明年之五月，而陸丈來訪，則出古紙十六幅，各爲一景，若採余詩之景不重犯者而貌之，其秋骨秀削，浮天渺瀰，的然爲太湖兩洞庭傳神無爽也。紗處上逼李營丘、郭河中，馬、夏而下所不論矣。陸丈畫品高天下，遠近望里閭〔九〕而趨者求一水一石而不可得，今乃舉太湖全洞庭之勝而贈我，且復巽辭以其畫，將托余詩而不朽也。余固有偏幸，陸丈毋亦有偏嗜耶？問之陸丈，自言至八十二畫當大成，審爾吾於其時上章乞道士服，策一杖，從探未竟之勝，歸而吾二人者，合作摩詰一身，毋謂傖〔一〇〕少年得隴望蜀也。

陸叔平遊洞庭詩畫十六幀

『詩中有畫，畫中有詩』，昔人於摩詰有是評矣。然詩中畫非善畫者莫能拈出，而畫中詩亦非工詩者莫能點破，二者互爲宅。第畫無所不可詩，而詩容有不可畫，則是兩語者又若專爲畫論也。叔平畫、元美詩，近日真無有兩，公瑕畏水不敢去，難令執管其間。若十六詩公自書，而記令莫廷韓書，并洞庭景可共稱四絶。第不知叔平此圖是爲太湖傳神，是爲弇州詩寫意？若無詩者遂不畫，則亦止是詩中畫也。余謂叔平家此湖山中，當以生平意所賞寫爲數十圖，令司寇逐一詩之，斯盡洞庭之勝耳。八十二乃大成道，復策杖大是佳境，惜俱不能踐，悵恨悵恨。

陸叔平臨王安道華山圖後

余既爲武侯跋王安道《華山圖》，意欲乞錢叔寶手摹而未果。踰月，陸丈叔平來訪，出圖，難其老，侍之至暮，口不忍言摹畫事也。陸丈手其册不置，曰：『此老遂能接宋人，不作勝國弱腕，第少生耳。』顧欣然謂余：『爲子留數日，存其大都，當更細究丹青理也。』陸丈畫品與安道同，故特相契合，畫成，當彼此以筆意甲乙耳，不必規規驪黄之跡也。吾友人俞仲蔚、周公瑕、莫雲卿輩，特妙小楷，吾悉取安道叙記及古近體詩托仲蔚，唐人雜記并詩托雲卿，李于鱗一記六詩、喬莊簡一記一賦托公瑕，都少卿一記托程孟儒〔一二〕，别書作一册。此册成，安道有靈，不免作衛夫人泣矣。

錢叔寶溪山深秀圖

余近獲高麗貢繭，潔白如玉。夏月錢叔寶見過，令作矮行長幀淺色《溪山深秀圖》。結法一派，流自黄子久，而間以啓南老筆，蒼古秀潤，絶出蹊徑之外。一時吴中名士俱作歌賞羨之，真勝事也。人或謂余有所寄，則不然，大丈夫好山水，便當謝去朝市，安用役役寄此爲然？人生有義命，要不當以一端成出處也，譬如見佳畫，輒云是真山水；見佳山水，輒云一幅真畫，究竟何所歸？書此志感，且以解嘲。

又第二卷

叔寶爲余圖之兩月，意不滿，會得佳紙，復作此圖，純用水墨，氣韵精神，奕奕射眼睫間，且要余作歌酬之，曰：『能事盡此二卷矣。』余既如其言，復戲謂叔寶，此浙東西山水也，昔趙大年出新意作畫，人輒嘲之曰『得非朝陵回乎』？謂其所見不滿五百里也。叔寶當頰發赤。然異日老屐游秦隴巴蜀、八桂七閩還，吾更當得兩奇卷矣。

錢叔寶溪山深秀圖

『有所寄』正是司寇公心事，諸跋中屢屢見之，何爲不肯輸服？見佳畫輒云是真，見佳景輒云是畫，是幻境問心語，以較夫廊廟山林，良有似焉。魏公子牟曰：『身在江海之上，心懸魏闕之下。』謝元暉詩曰：『既懽懷禄情，復協滄洲趣。』此二君孰愈？人必多右元暉，余則獨嘉子牟。何者？息念甚難，身能脱即是勇斷，彼居廊廟者何嘗頃刻忘見在？正自日用不知耳。

夏山欲雨圖

梁禮部思伯見訪心遠堂，出沈啓南《春山欲雨圖》示之，後有吾兄弟、沈嘉則三歌。嘉則獨作夏山已雨語，爲不類，思伯遂以錢叔寶《夏山欲雨圖》見示索跋。叔寶此圖晻靄〔一二〕鬱浡，生氣淋漓，遂足雁行啓南，獨二荷傘人，亦似已雨狀。幾欲書嘉則長歌應之，嫌其形穢，相與一大笑而止。不然少陵『雷聲』、『花氣』二言，或足塞白也，思伯其肯我否？

夏山欲雨圖

思伯亦善畫，何不即畫《夏山已雨圖》？少陵二語佳矣，第千峰雨可畫，『雷聲』、『花氣』若何畫？

尤子求畫華清上馬圖

《楊太真華清上馬圖》，舊有粉本，而寂寥不甚稱。尤子求善白描，會余得蜀箋，乃乞子求作圖，而以意增損之，遂妙。其太真上馬時態，與三郎停鞭顧盼之狀，儼有生色。太真及諸姨應俱善騎，觀《麗人行》所稱『足下何所着，紅蕖羅襪穿蹬銀』，又『當軒下馬入錦茵』，故自可想也。當其乘照夜白扈從入蜀，尚自謂得策，六師一小停，而馬嵬之騎不復前矣。吴中善書者，俞仲蔚《連昌宫詞》、彭孔嘉《長恨歌》、周公瑕《津陽門行》、黄淳父《清平調》八首及袁魯望、張伯起、王百穀、王元馭、華幼圜、舍弟輩，各以小楷書《宫詞》，遂成佳本，其他固所不暇論也。

尤子求華清上馬圖

畫家謂人物難，而美女尤難。此據鞍景不知若何，司寇何不作一歌附其後？

錢叔寶紀行圖

吾家太倉去神都，爲水道三千七百里，自吾過舞象而還往者十二，而水居其八。得失憂喜之事錯，或接淅卜夜，所經繇都會繁盛，若雲烟之過眼而已。去年春二月，入領太僕，友人錢叔寶以繪事妙天下，爲余圖自吾家小祇園而起至廣陵，得三十二幀。蓋余嘗笑叔寶如趙大年，不能作五百里觀也。叔寶上足曰張復，附余舟而北，所至屬圖之，爲五十幀以貽，叔寶稍於晴晦旦暮之間加色澤，或爲理其映帶輕重而已。昔宗少文圖五嶽名山於齋壁，曰『鼓琴動操，欲令衆山皆響』，吾請老之日，以此册置書齋，阿堵得之，不自笑令淚出耶。然終南山有捷徑，又安知長安道中之無隱淪也。且吾與二子俱幸而不死，是不能爲向子平，亦終當爲少文矣。因題於後。

錢叔寶紀行圖

張元春即寓敬美家，余時見之，美少年也。渠所至爲圖，司寇公當有指授，得叔寶稍潤色之，應更佳耳。身曾親歷以入畫，自有深味。凡吴越人宦京者，宜人藏一卷。

鍾馗移家圖

鍾馗事僅見唐傳奇中，楊用脩以爲喬鍾葵字辟邪，後人因而附會之，恐亦非也。李伯時舊戲作《嫁妹圖》，或云即《移家圖》，余嘗見其副本，叔寶雖彷彿其意，而所增飾過半，作魈魑虛耗得志跳踉〔一三〕之態，深得小人情狀。昔謂樵神貌醜，畏張平子圖之，不敢見，異日叔寶可免勾攝之苦矣。

鍾馗移家圖

余初時曾於柴山人季通處見一本，云是《嫁妹圖》，仇十洲筆。想亦臨伯時本也。第不知當時作此圖，是取何意？

原《弇州山人四部稿》卷一百三十八
《書畫跋跋》卷三

校勘記

〔一〕『篋材』：《四庫》本作『韉材』。
〔二〕『明輔』：底本作『明佐』，據《四庫》本改。
〔三〕『韵』：底本作『暈』，據《四庫》本改。
〔四〕『丹』：底本作『舟』，據《四庫》本改。
〔五〕『嘖』：底本作『蹟』，據《四庫》本改。
〔六〕『韵』：底本作『暈』，據《四庫》本改。

〔七〕「蘿」：底本作「羅」，據《四庫》本改。
〔八〕「作可」：《四庫》本作「可作」。
〔九〕「間」：底本作「間」，據《四庫》本改。
〔一〇〕「徻」：《四庫》本作「獪」。
〔一一〕「儒」：底本作「孺」，據《四庫》本改。
〔一二〕「靄」：《四庫》本作「曖」。
〔一三〕「踉」：底本作「浪」，據《四庫》本改。

弇州山人題跋卷十九

書畫跋跋續卷三

畫跋

蕭翼賺蘭亭圖

余嘗聞趙太史用賢有楊儀憲副舊藏《蕭翼賺蘭亭圖》，後爲文徵明待詔所書吴説傅朋《跋》。偶借閲之，太史遂舉以見贈，深愧其意。悉輟年來酒鎗、茶具之類爲報。此圖向去已千載，雖絹墨就渝，而神采猶王。毋論老比丘與潦倒書生體態曲盡，雖蒼頭、小妓捧卷執役，無不種種臻妙。所見古賢名蹟多矣，未有能過此者。第傅朋《跋》内云：『翼詒辨才，朝暮還往，性意習洽。一日，因論右軍筆蹟，悉以所携御府諸帖示辨才，相與反覆折難真贋優劣，以激發之。辨才乃出右軍《蘭亭》相示，翼既見之，即出太宗詔札，以字軸置懷袖間。閻立本所圖，蓋狀此一段事。書生意氣揚揚，有自得之色，老僧口呿，有失志之態。』此恐未爲實録。攷何延之《記》，乃是見《蘭亭卷》後，辨才不復安梁檻上，并翼所携二王諸帖，併借臨置於几案間。後辨才出赴人齋，翼遂私至辨才房取得之，便赴驛長凌愬報都督齊善行，使人召才，示詔，驚倒欲絶。何嘗於初見時即奪取也。且老僧趺坐一牀，諸執役者浣杯噓咈自若，賓主從容，寧有争理？口呿不合，正爲蕭生指摘《蘭亭》瑕疵，不能無甚口耳。何傅朋之不審如是。其謂出閻右相，竊又有疑。此畫大抵根抵延之記辭，當右相時，恐未著聞，即有之，是文皇所諱，寧敢著筆，又安知不爲陳閎、周昉也？攷《宣和畫譜》載御府有吴侁畫《賺蘭亭圖》，今本無御題璽記，又稱顧德謙在江南時，以畫名，僞唐李氏云『前有愷之，後有德謙』，其最異者《蕭翼取蘭亭圖》，風格特異，但流落未見。此本豈即德謙筆耶？傅朋語多孟浪，獨所記收藏承傳甚明，在宋世推重已若是，今當何如？待詔楷法尤精絶，便足稱山陰嫡嗣。余仍乞待詔子休承補書何延之《記》於後，休承年已八十餘，雖時時見拙筆，未隤家聲。楊氏尚有定武一帖，審其非恪，爲去之。余自有真定武及褚摹帖，柳誠懸書《群賢詩》、《孫綽後序》，庶幾《蘭亭》之事備矣。

蕭翼賺蘭亭圖

按，公前《四部稿》有《宋搨蘭亭跋》，謂以圖在趙太史處，因舉帖歸趙。玆何乃復因借閱遂得圖耶？公素于畫家來歷攷究精，兹據《宣和譜》疑出顧德謙筆，似近是；第謂蕭侍御爲文皇所諱，閻相不敢着筆，則似落邇來腐語套。古人作事不欺人，此段風流，文皇必更以自憙，謂勝于辨才應募，若見此圖，必當拊掌自快，又何諱耶？文皇方且賞房相、賞蕭、賞老僧，夫豈局促自隘，且延之方遣男呈本開元帝？閻相圖之，夫亦何懼。若傳朋《跋》與延之《記》牴牾，則所傳聞異詞，是未見延之記作圖，其出閻相手，更爲有證，奚必出德謙耶？

夫子杏壇圖後

大廷尉陳公玉叔寶藏其父憲使公所貽《夫子杏壇圖》，出入必奉以偕，至蜀而教鐸所振，與文翁相後先，此圖出，則石室弟子皆披靡矣。今年宦游金陵，携以就世貞，得一恭展。吾夫子據磐石坐而鼓琴，有穆然深思之度，七十二子或環聽，或追趨，雖各自爲態，而左準右規，不失誾誾侃侃意。其行筆精緊，設色古雅，品在神與妙之間。獨程鉅夫跋謂爲吴道玄，則吾未之敢從。道玄生平以神氣勝，運筆衣縷若莼條，所謂『吴帶當風』者，與此絶不類。或出陳閎、李思訓手，聲價何必减道玄？鉅夫元初爲大官，嘗廉訪江南者也，不當在裴晋公前。第晋公遺墨，吾故嘗見之。元和八年，公方自舍人爲中丞，何暇辨此蠅頭楷。宣和御押繇來在書畫贉首，今書之跋尾，與印文皆謁。玉叔苟能割愛去之，余當用海岳庵例，改題曰『唐名人畫《杏壇圖》，元程鉅夫跋』，玉叔許之否？

夫子杏壇圖

凡爲人跋書畫最難，但説是臨本，便已不快。此跋五節辨駁，明係指爲贋作，其欲改題爲唐名人畫，猶是姑婉轉其辭耳。第不知祖何本來，果是唐畫摹出，猶爲可存，恐但徑係近時人僞撰，則但須作今道玄觀，更不必致辨裴程矣。

晋公子重耳出亡圖

少保銅梁張公卒，而其子錦衣君某某輩來請志銘，所贄玉帶重錦悉歸之，獨收此一卷，乃《晋公子重耳出亡圖》。據跋或以爲李伯時，則駁之者以行筆粗細不類，或以爲趙子昂，則有思陵小璽在，二者俱所未論。獨徐察其筆力，精緊遒密，不事鉛華，而自具一種生氣，乃至馳騁追逐、轉盼耳語之狀，無有絲髮遺恨，當是北宋以前第一手。余所蓄古人物畫多矣，獨閻立本《蕭翼賺蘭亭》、周昉《聽阮》與此三絶，可寶也。所惜者此圖當有二十餘幀，今存者十幀耳，而三皆不可考。其可考者，僅重耳之出蒲，僖負羈之私謁；與齊桓公具賓主，而多從馬；齊女與舅犯謀醉公子，置之車而出之；秦宗女之來尚〔二〕者五人；既渡河，舅犯辭而投璧於河；介子推中流舷立而笑之；及以車旂冕服返晋而已。諸圖故當大有致，惜乎其不爲完璧也。雖然，比之吉光片羽，不爲奢哉。公子之事偉矣，返晉之後，其納王、破楚、召狩、盟國、錫命之事尤偉，恨不更作一圖，如周家王會，以明得志，而獨紀此瑣尾流離之狀，蓋其所謂不得志，乃所以爲得志張本也。

晉公子重耳出亡圖

觀跋中贊羨語，其品固應在前《杏壇卷》上，此圖傳世者少，應是佳本。伯時、子昂俱所不必論，要之上去周可二千年，其衣冠車船等無所本，若何創作？如但是任意寫出，雖筆法入妙，無足貴也。

宋徽宗雪江歸棹圖

宣和主人花鳥雁行黄、易，不以山水人物名世，而此圖遂超丹青蹊徑，直闖右丞堂奥，下亦不讓郭河中、宋復古。其同雲遠水，下上一色，小艇戴白，出没於淡煙平靄間，若輕鷗數點，水窮驟得積玉之島，古樹槎蘖，皆少室三花，快哉觀也。度宸游之跡，不能過黄河艮嶽一舍許，何所得此景？豈秘閣萬軸，一展玩間，即曉本來面目耶？後有蔡楚公元長跋，雖沓拖不成文，而行筆極楚楚，與余所藏《題聽阮圖》同結構，一時君臣於翰墨中作俊事乃爾，令人思藝祖、韓王椎朴狀。

又

據蔡楚公題有四圖，此當是最後景耳。題之十又六年，而帝以雪時避狄幸江南，雖黄麾紫仗，斐亹於璚浪瑶島中，而白羽旁午，更有羡於一披簑之漁翁而不可得。又二年而北竄五國，大雪没馳足，縮身穹廬，與殞氊子卿伍。吾嘗記其渡黄河一小詞，有云『孟婆孟婆，你做箇方便，吹箇船兒倒轉』，於戲，風景殺且盡矣。視《雪江歸棹》中王子猷，何啻天壤。題畢不覺三歎。

宋徽宗雪江歸棹圖

此圖應係畫院供奉人代作。

宋名人山水人物畫册

雜宋名人山水人物畫一册。有曰趙大年《雲山》者，峰勢出没罨靄中，草樹暎帶，下爲清流白石，不減南宫父子。有曰李唐《春江不老》者，古松據大石欲攫，峽口崩流，匯爲怒濤，陵岸直上，百步未已，於諸畫中最爲師子吼。有曰劉松年《溪隱》者、《山田》者，翠屏削立雲表，孤莊枕清漣，平疇交遠風，各極其致。曰馬遠《觀梅》者，老挺疎枝，秀出物表，對題御書一絶句，沓拖不成語，復不成字，休承定以爲宋高宗筆，余謂高宗必不落夾乃爾，當是光、寧所題也。遠又有曰《松下揮翰》者，一老人據案，絶似猶龍公，但不知定否五千言耳，覺天骨與天機并秀。遠又曰《觀瀑》者，不敢當棲賢三峽，或於天竺六橋間，雨後得此微尚。有曰夏珪《遠浦歸帆》者，三樹掩暎斐亹，天際一帆，斷岫明滅，自足好致。有曰趙千里《水閣納凉》者，當是狀其邸中景耳，六月閲此，薰風自來，饒令人忘暑。有曰《金谷園》者，寫五十里錦障，宛然在目，以無名款屈署此，殆不減陳閎、李思訓。有曰《柳洲》者，以二月間輞川小浒西湖，麯塵拂拂，恨少青帘點綴。曰《高閣觀潮》者，則錢塘一曲耳，都不見伍大夫拍堤勢。有曰《寒山拾得》者，偃蹇自恣可掬，想爲世尊作貴輔疲津梁，不得不托魚服以逃。有曰閻次平《小景》者，嵐頂巉巉，當作叔明鼻祖，其它緑樹豐縟，甚近自然。有曰次平《松溪别業》者，尤精勁可愛，乃知唐伯虎、周臣於此取之不盡。有曰李嵩《内苑圖》者，或光堯德壽宫冷泉小景耶？若以擬宣和、延福諸位，則大寂寥。有曰《松下鼓琴》者，大具悠然自得意，内不見署名，而人物冠服都雅，恐是馬和之。有曰《松間醉臥》者，忽忽幕天席地時，其阮嗣宗耶？劉伯倫耶？不知有吾身，此樂最爲甚，令人作糟丘侯想。有曰《雪閣》者，險而瘠絶，惟小具暖帽，足曲肱耳，便不煩洛陽令剥琢。有曰《霞嶺扁舟》者，宛然孤鶩齊飛境，漁舟款乃入高柳夕陽中，老子於此興復不淺。有曰《風雨泊舟》者，雖靆晦霡霂，而不作陽侯怒，舷底足濁醪，便不妨倚枕，聽敲篷滴瀝。有曰《採蓮圖》者，殆若耶溪蓮女耶？獨不能貌『笑隔荷花共人語』耳。有曰《柳陰放棹》者，意甚佳，而小恨剥落。有曰《劉阮天台》者，大類前《金谷》，而自然勝之。天台石粱今漸坦陁可涉，而求欲界仙都一尺地不得矣。劉、阮事當不誣，其謂半歲而當人間數世，不敢以爲然也。有曰《高閣燕息》者，麗敞静好，而不作五侯炎色，其晋公午橋、白傅履道甲乙耶？署名不能雅，或休承别有據，聊因之。右爲幀凡二十有七，其可考者僅八人。趙大年名令穰，宋宗室也，官明〔二〕州觀察使。千里名伯駒，南渡後宗室也，至浙東兵馬鈐轄。李唐，河陽三城人，有名徽宗朝。閻次平，待詔仲子，有名孝宗朝。李嵩、夏珪、劉松年俱錢塘人，馬遠河中人，俱有名光、寧朝，後先祇候翰林，賜金紫。是八人者，雖不敢望李成、范寬、北苑、西臺之盛，而跌宕殘山剩水間，亦無有與之執鞭弭而周旋者。後二幀則空繡，其一是滕王閣景，右嚮而虚其左，填以王子安詩序，其可辨字百之一二；其一亦當是閣景，左嚮而虚其右，所繡字尤細若蚊睫，令少年離朱於晴窗下辨之，不能得十餘字，以攷韓退之所爲記，復不合，竟不知其何文也。畫品精工之極，與書俱不可望蹊徑，况敢雌黄？雖然，昔人稱薛夜來爲針神，而唐季女仙有盧眉娘者，於一尺生絹繡《法華經》七卷，今此三寸絹，僅得七百字，唐文似亦不足多詫也。《列子》謂宋人刻沐猴棘端，紀昌以燕角之弓、搠蓬之箭射虱貫心，而懸不絶，噫，吾向者以爲寓言耳，世固不乏此手與此眼哉。

宋名人山水人物畫册

此跋述畫中景歷歷在眼，若使善書者登之屏，即可作展卷觀。

宋人雜花鳥册

右宋人雜花鳥一册，凡二十八幀。爲竹鶴一、爲松鹿一、爲梅月雙雉一、爲桃花遊蜂一、爲梅竹幽鳥三、爲梅竹雙鳥一、爲雙榴幽鳥一、爲白頭冬青一、爲梅花小鳥一、爲杏花白練一、爲碧桃瓦雀一、爲枇杷青鳥一、爲翠禽香柑一、爲白榴小鳥一，爲鸜鵒之在雪樹者一、枯柳者一、雪灘者一，爲蘆渚九鷺者一、爲來禽黄頷者一，爲蒼鶊之在梅花下而理羽者一、浴者一，爲鶺鴒者二，爲魚虎之立蓮房者一、立枯荷者一，爲遊蜂墨蕙者一。其渲染生色，窮態極變，與真宰争勝毫楮間，往往能奪之。惜廢題款，不顯畫人名，而所可辨者，僅趙昌、馬遠、吴伯、毛和、吴珪及宗室彝齋孟堅而已。昌品在神、妙間，遠次之，子固亦有士風，不俗。其它於畫史不甚琅琅，而致佳乃爾。籍令李後主、宣和帝用宋明圍碁例，作大中正，而徐熙、黄筌、邊鸞、易元吉佐進退丹鉛間，不知其妙又當何如也耶？然余此本是汰數十本中得者，當爲眼底第一。

宋畫香山九老圖

家弟自秦中歸，手一卷相示，云得之朱大參孟震者。攷之似是《香山九老圖》，多正統以後不知名人跋，僅有咸淳時一僧，復誤裝於後。而雪齋老人者，至目爲趙大年筆，大年長山水小景、汀洲蘆雁，不言作人物及界畫樓臺也。《畫史》稱劉松年有《九老圖》，此豈其筆耶？樂天自歸洛，六十八而得風疾，乞骸，以刑部尚書致仕，至七十而愈，乃會故懷州司馬胡杲年八十九、衛尉卿吉旼〔三〕年八十六、右龍武軍長史鄭據年八十四、益州長史劉真年八十二、前侍御史内供奉盧真年七十八、前永州刺史張渾亦年七十，而秘書監狄立謨〔四〕、河南尹盧貞〔五〕以未七十，雖與會而不及列，合之得九人，飲於履道里之居第，皆有歌詩紀之，而樂天自叙其事，所謂『洛社耆英會』也。一曰『香山九老』者，樂天時時遊香山之龍門寺，故名。而是圖所謂有亭、有船、有叟，白鬚飄然，若依稀乎履道里者，然攷〔六〕《池上篇》，水五之一，竹九之一，島樹間之。而今水與樹勝，而竹太不勝，又無中高橋、石罇、紅蓮、折腰菱、華亭鶴、紅綃、紫綃、蠻腰、素口之屬，而分配琴奕書畫，以綴其寂寞，不知松年旁礴時當爾耶？第其絹素之精，與位置結構之匀整，往往有宣、政間應制風範。吾生平雅慕樂天，自納節來，頗治弇山園，以希十五年後耆英之盛，而今復厭且棄之矣。兹與吾弟約，異時肖吾貌，必不爲樂天，如不爲僧贊寧者，當爲百三十六歲之李元爽哉？

宋畫香山九老圖

洛社會是千古佳事，宜爲圖。内惟白傅知名，餘俱不甚著。然所賦七言排律俱佳，信乎唐時詩道盛也。弇州公詩文過白傅，其襟懷風度，彷佛似之。第兹時果有此八老，恐公亦未甘與爲會，此即稍遜。跋乃願爲僧贊寧及百三十六歲之李元爽，後一跋又欲作十三歲兒騎黄犢吹笛三生石傍，大約眼前志願稍足，便念長生及來世，亦常理耳。

題惠崇江南春意

惠崇，詩僧也，畫品不能當荆、關半，而今所覩平湖小嶼、汀花水禽、漁舟茅舍，便娟映帶，種種天趣，故非南渡後人所及者。老米謂五季以來，畫江南景稍清遠者輒爲王摩詰，而實非。使不作惠崇題識，將無以爲摩詰耶？此卷自楊先生應寧而歸之陳從訓，從訓亦京口人也，春時唤小刀焦山、北固間，出圖而歌張志和『桃花流水』，按之當與江山俱響應矣。

醉道士圖

此圖文休承司諭鑒定以爲李檢法公麟所作，叙其家世收藏甚詳，且謂張僧繇曾作《醉僧圖》傳於世，懷素有詩云『人人送酒不曾沽，終日松間繫一壺。草聖欲成狂便發，真堪畫入《醉僧圖》』。道士每以此嘲僧，群僧於是聚鏹數十萬，求閻立本作《醉道士圖》，并傳於代。於是范長壽亦爲之，而公麟繼焉。攷郭若虚《圖畫見聞志》及坡公所臨懷素絶句，信然。然求其所謂爲公麟不可得也。後閲坡公《外集》，嘗題一圖云：『僕素不喜酒，觀正父《醉道士圖》，甚畏執杯持耳翁也。』章子厚題其後云：『僕觀《醉道士圖》，展卷末諸君題名，至子瞻所題，發噱絶倒。』坡公再題云：『熙寧元年十二月二十九日，再過長安，會正父於毋清臣家，再觀《醉道士圖》，見子厚所題，知其爲予噱也。持耳翁余固畏之，若子厚乃求其持而不可得者。他日再見，復當一噱。』子厚復題云：『酒中固多味，恨知之者寡耳。若持耳翁，已大苛矣。子瞻性好山水，尚不肯渡仙游潭，况於此而知味乎？宜其畏也。』按，仙游潭事别見一小説，所謂拚命能殺人者。二公一好酒，一不能飲，而又俱工謔，故爾。然譬之兩訟師，子厚尤嚚也。此圖所載道士醉者二十矣，從而醉者十有七，爲醉之事稱之，曲盡潦倒落魄情狀，而獨少執杯持耳翁，亦大缺典。余故補二公相謔語記之，以爲壺史一段佳話也。

李龍眠理帛圖

此圖精工古雅之極，據馮海粟、倪雲林定以爲《理帛圖》，然縫紉亦有之。又定以爲李龍眠，即周昉不是過也。海粟歌爽朗有奇致，結法踈野，正是真跡，雲林與鄧文肅皆負墨池聲，孔炎其善寶之。

李伯時姑射仙圖

《列子》稱：『藐姑射之山有神人焉，肌膚若冰雪，綽約如處子。』然不言其乘龍御氣。而此李伯時所貌與遜功帝所題，謂爲《姑射仙像》，攷《宣和畫譜》亦有之，當不誤也。後有紹興圖記及『賜朱勝非』四字，當是以故相領宫觀侍講席沾此。葛楚輔跋筆意殊遒美，弟稱『紹熙三年尚書左僕射』，按，公以四年始自元樞稱右丞相，而此云左僕射，僕射之不爲僕射者十六年矣。楊廉夫、陳道復後先鑒定，以爲真跡。二公之筆，或老而勁，或放而雅，更的然可寶也。桑慎等三跋亦佳，故爲題其後。

李伯時姑射仙圖

此圖後敬美以寄余，畫亦佳。第筆法不甚似李伯時，又宋兩帝題識及印章頗潦草，不令人快。然欲僞作佳印章及工好題識，亦不甚難也。葛相跋風度自勝，顧奈官銜誤何，豈古人亦或借稱雅銜，如今人席漢唐名者耶？楊廉夫跋似真，然則此卷即僞，亦是元時物矣。古人作畫皆有意，此圖姑射仙意何取？又何所據？作乘龍御氣，皆難强解，安得與深明畫理者談之。

題劉松年大曆十才子圖

潘子過余示此卷，乃劉松年繪《大曆十才子》。其樹石、琴阮、茶竈之類皆精密，得五季隨意，而人物尤妍雅有韵，與此君所圖《西園雅集》頗埒，毋論真跡，臨本翩翩伯時、子昂季孟間矣。十才子爲錢左司、劉隨州、郎員外、獨孤常州、盧郎中、孫舍人、崔集賢之屬，其詩名膾炙人口不已，而流溢丹青，致足羡也。雖然，名者造物所忌，詩以陶寫性靈、抒紀志事而已，要不必有此名，即無論鄴中淪謝，而是十才子無一登三事者，豈所遘人人絳、灌耶？追昔撫今，不覺愯然，因而墨池一泓，生小鱗甲也，題後行自悔矣。

趙千里畫大禹治水圖

秋日，馬用昭參軍出趙千里寫《大禹治水圖》見示，命題。百穀畫家董狐，以爲得周文矩筆，非千里所能辨；而吾弟敬美自陜歸，嘗縱觀砥柱，辨其治龍門、三峽時事。余不善鑒畫，又不獲觀砥柱之勝，唯有歎賞驚絶而已。吾家夷甫論人物，以經阿平品目則不復措意，今有兩阿平在，予復何言。

又

跋後復從馬君索閲一過，其人物古雅之甚，真有非趙千里所能辨者。千里秀麗而小綿弱，去此尚在尋丈外，此北宋以前人作，但不必周文矩耳。

廬陵五公像

沈純甫藏廬陵五君子像，出示余俾題尾。歐陽少師以文冠宋氏，而周丞相、楊秘監亦窺藩焉，其博識則皆出藍矣。丞相雖不甚矯矯，然天下信其爲長者，秘監難進易退，超然不滓於韓史之手，人尤高之。楊通判之死虜、胡侍郎之抗疏，遂皦然與日月争光，所謂一擲得盧者。廬陵山邑獲有之，爲千古文獻嚆矢，盛哉。純甫彈事不減胡公，而一時遘禍尤烈，其文辭已駸駸在丞相秘監前，異時勿令歐陽獨步可也。秘監之子東山先生代著廉勁聲，而文信公收宋三百年正氣，恨不覩其像，爲此卷小闕陷。跋尾劉須溪，真逸民不俗也。

張端衡山水

此二畫以少陵二語爲題，系各兩韵，不能佳，書亦沓拖平平耳，後有一詩云：『端衡寫作無聲詩，留與拙堂伴幽獨。』書體出眉山而不能去俗，款曰『次仲印識』，又曰『司馬』，當是温國孫或司馬才仲弟也。攷《畫史》，端衡張姓，京口人，舉進士，調句容尉，以丹青名。此圖穠淡斐亹中有遒勁飛逸氣，風樹澗溜絶得郭河陽筆，雲嶺墨韵間似僧巨然。今人見懵董山便歸之襄陽父子，以故有題作米元暉、馬端衡者，乃至以爲司馬君實及老章，此尤癡人前説夢，大可笑也。且書法似出一手，而强作三四體，蹊逕宛然。欽之宜急去此蛇足，僅留次仲一跋，縱不能超宋復古、燕穆之，亦豈出南渡殘山剩水下哉？

古十八學士圖

彭茂才出示此圖，其人物、器飾、臺樹工緻古雅之甚，是五代北宋人筆無疑。文待詔徵仲跋其後，云損益周文矩《文會圖》，而加精者也。或云是《十八學士圖》，曾見仇英臨本，不舛，然以余所摹兵科藏本勘之，亦不甚合。第圖止十六人，而前有毁損小幀許，故當是十八人也。内貴人幘皆長耳，直領衫腰束帶，或繫絲帛，或有方團，而垂撻尾。賤者幘皆短耳，盤領衫窄帶，似飾銅鐵。攷之晋、唐二史，輿臺奴隷皆束銅鐵帶，第云幘裏進賢冠則長耳，惠文冠則短耳，初不以貴賤分，此却不可曉。樂有笙、笛、箏、瑟、阮之屬，中一歌者。凡六人皆地坐，據斑文褥，一人僂立持樂句，所謂部頭也。此最近古，或人云徵仲跋是其伯子壽承筆，然翩翩有父風。彭子要余題尾，因略記之，以表一代之制，且爲異時玉堂高會張本云。

再題十八學士卷

每閲卷中蘇世長狀貌，爲之絶倒，因記其在隋二事。其一大業中，爲都水使者，煬帝嘗謂之曰：『卿面何類病驢？』世長再拜，嗚呼以手據地，蹙項敗面，作病驢狀。群臣掩口而笑，帝大悦，賜帛百尺。其一在陜里邑，犯法不能禁，乃引咎自撻於廛，伍伯疾其詭，鞭之流血，不勝痛呼，釁而走。因戲書卷後，再閲之，寧不再爲絶倒也。史稱其有機辨，嗜酒，簡率無威儀，蓋宛然矣。第其仕唐能直諫，又有子良嗣，爲通明相，神堯數賞其直，而數調誚之，當亦以此。

摹古畫後

右集古畫摹四本，合一卷。其一爲顧凱之《女史箴》内當熊一段，顧本乃是五代人摹筆，余嘗于丁卯秋都門外蕭寺中見之。獨愛所畫當熊事，元帝貌奇偉，有帝王度，額上壯髮如《昭儀傳》語，熊勢直上可畏，倢伃挺往而意舒徐，兩宫監交戟，熊宛然若生。後聞在嘉興項元汴所，未及摹，先乞陳方伯子兼略節《本傳》數語以俟。今年秋，始得請於元汴之兄少參子信足其事。其二爲閤立本《蕭翼賺蘭亭圖》，是唐人絕高手周昉、李昭道之流，然非立本也。畫潦倒書生及老僧張口争辨、從者揚湯止沸狀，皆妙絶千古。後吴説傅朋記此圖流傳，乃文待詔所書者，咄咄逼《黄庭》。余既已獲之趙太史，不忍數展，亦摹之而乞休承臨待詔書。休承長於待詔書時五歲，宛爾箕裘也。其三周昉《擘阮圖》，真跡得之陸司空與繩，其畫擘者、聽者，雖耳指間皆有生趣，丹青之能事極矣。本挂幅，今摹作行卷，後有宣和題押、蔡元長詩，今俱乞公瑕書之。其四王摩詰《奕碁圖》，有宣和題識而不甚真，似是畫院筆，然亦工緻。此卷舊藏陸太宰全卿，轉入崑山顧氏，後復爲袁繩之憲副所得。余别見摩詰所爲序及與其弟縉、裴迪三詩，意甚愛之，因從繩之借摹，而乞俞仲蔚小楷題叙詩於後，蓋明日而仲蔚病且死矣，蓋絶筆也。摹出仇實夫之子，以故大都得十之八九，譬之《禊帖》，不減歐、褚臨跡也。余每見畫苑諸家，盛推唐以前畫多神、妙品，不敢盡信，今觀此摹本，毋論仇實夫，即使趙吴興畢力爲之，亦不敢望其藩籬，何況下者。蓋精工古雅之跡可尋，而生肖流動之氣難學故也。近代吴子輩才得元人一二筆，輙目中無北宋以前，故爲拈出之。

摹古畫

昔人謂畫可摹，書不可摹。摹出畫亦即可賞，何必真也。此所云摩詰《奕棋圖》者，隆慶己巳時崑山顧氏曾攜入京，欲售之朱忠僖，索千金。忠僖酬之三百，不肯，曰：『往《清明上河圖》是其家物，彼時實獲千金，此二寶同價。』忠僖曰：『彼時買者欲取刻契于時相，非此無以重之，豈特千金，即再倍之，亦不爲重。今我但取爲案上清玩，即此三百，亦聊酬汝遠來意耳。』若據實言，二百亦已多矣。』顧猶執前説，留數月，竟不售持去。于時翟德夫孝廉與其事，向予道之云：『圖中有四人，一即摩詰，一其弟相國，一其僧兄所謂曇壁上人者也，一裴十迪。無但畫筆高妙，其相盼笑語狀宛然如生，有棋子墜地，一童子拾之。摩詰自有序，道其兄弟久別復會意，及相國裴十皆有詩。』且約余至其寓，當呼顧來共觀之。偶參差不果，至今恨之。今此跋謂別見所爲詩序愛之，并所云『精工古雅之意可尋，而生肖流動之氣難學』者，與翟語皆符，當即是向攜來京一本，不知何時歸之袁憲副。其得值能如朱太保所酬否也？當熊千古奇跡，虎頭畫聖，此真希世之寶，《賺蘭亭》風流獨絶，可亞之。惟《辟阮》事味稍短，此則獨以畫傳耳。

豳風圖畫

此卷爲《豳風圖》五幀，林子煥作。子煥於書畫史俱不載，而畫筆頗遒緊，可雁行馬和之，小篆系詩，尤淳雅可重。解大紳每章以行草釋而後跋之，神采奕奕動人。大紳所謂吏部侍郎許公者，攷其時則吾郡叔雝先生也。叔雝名思溫，佐長陵，以靖難顯名取大官，而能寶此，其亦思王業艱難之所自乎？今以語介胄紈袴之士，知者鮮矣。

豳風圖

沈瑞伯謂古人左右圖書，凡《詩》、《書》皆有圖，因言《關雎》則畫河洲上雙鳩及荇菜，《桃夭》則一桃樹，《甘棠》則一棠樹，《柏舟》但舟在水中，《君子偕老》則止宣姜一像，而服飾無一不合。大約以簡淡妙，有極難畫者，皆巧于取意，雅而不俗。後曾在姊丈吕膳部處見數幅，惜畫手不佳。今此《豳風圖》則景物甚多，殆不勝畫矣。圖亦應有所本，非子煥自創出，若覓得古本《詩》、《書》兩經，令公門下士如尤、如仇等一一臨出，集爲册，更命善書者作小楷，書經文副之，固自快人。

清明上河圖別本

張擇端《清明上河圖》有真、贋本，余俱獲寓目。真本人物、舟車、橋道、宫室皆細於髪，而絶老勁有力。初落墨相家，尋籍入天府，爲穆廟所愛，飾以丹青。贋本乃吴人黄彪造，或云得擇端稿本加删潤，然與真本殊不相類，而亦自工緻可念，所乏腕指間力耳。今在家弟所。此卷以爲擇端稿本，似未見擇端本者，其所云於禁煙光景亦不似，第筆勢遒逸驚人，雖小粗率，要非近代人所能辦。蓋與擇端同時畫院祗候，各圖汴河之勝，而有甲乙者也。吾鄉好事人遂定爲真稿本，而謁彭孔嘉小楷李文正公《記》，文徵仲蘇書吴文定公《跋》，其張著、楊準二跋，則壽承、休承以小行代之，豈惟出藍，而最後王禄之、陸子傳題字尤精楚。陸於逗漏處毫髪貶駁殆盡，然不能斷其非擇端筆也，使畫家有黄長睿，那得爾。

又

按，擇端在宣、政間不甚著，陶九疇纂《圖繪寶鑑》搜括殆盡，而亦不載其人。昔人謂遜功帝以丹青自負，諸祗候有所畫，皆取上旨裁定，畫成進御，或少增損。上時時草創，下諸祗候補景設色，皆稱御筆，以故不得自顯見。然是時馬賁、周曾、郭思、郭信之流，亦不至泯泯如擇端也。而《清明上河》一圖，歷〔七〕四百年而大顯，至勞權相出死搆，再損千金之直而後得，嘻，亦已甚矣。擇端他畫余見之，殊不稱聊，附筆於此。

清明上河圖別本

余在京師一故知家見畫屏風有十餘扇，主人云此《清明上河圖》也。因穆廟命工加彩飾，因乞於内殿諸供奉令渠搆出者，雖筆法絲毫無承受，然規模大略是矣。黄彪初作此贋本時跡甚奇，云但借一觀，三日内遂圖成者。彼時能眩時貴目，惟以非舊裝，爲裝工湯姓者指破。當時亦秖惜二十金賄耳。此圖細于髮，而能暗記潛作之，固亦斵輪手也。今司寇惜張擇端在宣、政間名不著，今黄彪亦與之何異？世間非無奇技，但苦不遇耳人。才亦當若此。

梁楷參禪圖

圖中㟢匑爲宰官説法，大有態，第未見的然爲梁楷筆。考欒城公集，亦不見此三偈。而結法秀逸瀟洒，□同叔欹傾沓拖，體全不類偈辭，讀之便堪拍碎金面碁盤，是徑山石頭本色，亦非此公所辦也。縫篆乃柯奎章家物，印文『眉山蘇氏』云云，恐蘇後人收藏私識耳。伯起多米顛伎倆，强標之曰梁楷畫、同叔書，欲博余新集兩部，而休承復依違其間。

但令佳足矣，何必真同叔、梁楷哉！

題馬遠山月彈琴圖

馬河中畫，筆意殊楚楚，秀骨天發，不墮蹊逕，所小恨者，若孫虔禮之於書耳。此圖一道人焚香鼓琴於山月清泉間，尤自超絶。孔炎王孫走使二千里，索余題鑒，余方清齋謝客，拈筆爲作數語，試於夾池讀之，此琴或能與衆山皆響也。

閲古堂石刻馬

閲古堂馬，石刻，不言是何人筆，長僅尺咫，而爲馬四十餘，其驕嘶逸馳、雄争野適之狀，種種神絶，當是長康、道碩筆，非曹、韓而下所能辨也。堂在韓平原南園，平原藏書畫傾天府，刻此於石，蓋亦寶愛之極。後爲勝國諸名士凡十九人歌詩，各極馳騁，而不能得少陵《丹青引》一句，令人慨然興才難之歎。

蘇黄小像

舊傳，蘇長公爲五祖戒後身，黄豫章爲涪州學佛女子後身。及讀其詩，覺長公瑰麗而稍沓拖，類吴興富兒郎；豫章矯勁粗澁，不耐軟款，絶無支公顧婦姿態。今觀二遺像，而得其臞然、嫣然者，乃信所傳之非妄也，孔炎以爲何如？

蘇黄小像

古人不可見，得見其像，良足慶幸。第既得其真像，即須託高手臨數幅，更摹入石，使廣傳乃爲快。

二趙書畫歸去來辭

余生平好靖節之爲人，而不能忍饑，又不任負耒，中間强顔一出，蓋望而愧之，獨於其文章，雖愧之而不能釋手。今年春，得此卷於幼于，以爲二趙名筆，謂千里畫、子昂書也。畫中草樹俱秀發，而人物尤精雅有生趣，當是北宋筆，何止千里。若子昂則紛披縱放，老手出入北海，不復尋山陰門逕矣。署尾稱『延祐七年八月，書於杭州鹽橋寓舍』，考之傳，公以六年自學士承旨予告還，還三年而卒，其時蓋六十七，亦可以書此辭，惜小晚耳。題筆重爲憮然。

又

家有陶靖節《歸去來辭》，趙千里畫、子昂書，以爲三絶。故將軍曾子澄走二千里來訪我海上，慷慨語合，適橐恥，無以佐行色，因輟贈之，且以銀裝吴鈎侑焉。子澄百戰取將印，一失口而見斺，歸畊汝陽山中，蘧蒢之舍、蟹螺之畆，與柴桑無異。其濁酒清歌，放浪自快，亦不減靖節翁。第人謂吴鈎侑《歸去來》卷非分，將無冒老子、韓非同傳譏乎？是不然，靖節《咏荆卿》，亦豈嘿嘿遂忘世者？有如子澄提此鈎斷北單于首，博斗大通侯印，乘四望車，却以《歸去來》卷手持擲還王大夫，亦豈不快事哉？丈夫爲龍爲蠖，何所不可，因書此以俟。

趙松雪畫山水

趙承旨書畫垂三百年，賞鑒家愈寶購之，以其能集大成也。此圖布景設色極精密，而時時有象外意，不作殘山剩水一筆，當於輞川、營丘間求之。評者稍有墨渝之惜，是不見邢婭何敝衣曳帚、裴令君粗服亂頭態耳，何足置呰喙其後。

趙吴興畫兩馬

吴興畫兩馬，其前馬從容細步，與前人顧盼呼侶之意，後人攀鞍欲上不得；後馬搖尾頓蹄，欲馳而後隱忍態，描寫殆盡。偶一開卷，宛然若生，故不必以龍鬐鳳臆、嘶風逐電爲快也。

題黄大癡畫

大癡老人黄子久作此圖，庵靄戍削，各極其致，而秀潤蒼古之氣，自出塵表。蓋自荆、關中來，而微采馬、夏者也。余故游錢唐桐廬諸山，大都類是。披卷恍如見故人，便欲卜一廛其間而不可得，故於詩三致意焉。詩韵本鐵篴道人楊廉夫，欲以奇勝，故取險諢，而遂無一語合作。步之者王逢、姚公綬輩，皆名手，亦爲韵所牽，塞白而已。余能笑之，而復步之，將使後人復笑後人也。第廉夫名壓勝國東南半壁天，書法亦自老勁，一時耳鑒之士，至忌大癡而争趨鐵篴。余謂顧子，其姑無論鐵篴而寶大癡可也。顧子字汝善，故相文康公諸孫，以文學世其家。

錢舜舉畫陶徵君歸去來辭後

吴興錢選舜舉畫陶元亮《歸去來辭》獨多，余所見凡數本，而此卷最古雅，翩翩有龍眠、松雪遺意，第少却『僮僕歡迎，稚子候門，三徑就荒，松菊猶存』一段柴桑景，當是兵燹時不免破鏡耳。宋南宫仲温以章法書此辭，遒密勁媚，却堪作三絶也。錢太宰溥、謝少宗伯宇、馬太常紹榮，竭蹷而趨仲温，尚不至邯鄲步。馬初冒周姓，後始復故。余病痁初起，值小凉跋此，忽憶《南史》載元亮與彭城劉遺民、雁門周續之同隱匡廬傍，時謂之

『尋陽三隱』。元亮任真樂天，冥跡隱顯，故當推爲龍首；遺民跡挂塵外，而栖心净土，猶涉趣舍，聊屈稱腹；續之金華之學，著聲九重，竟接萬乘，雖不膺蟬冕，而移止鍾山以殁，猶恐不稱尾耳。今世三尺兒知有元亮，而無能舉遺民、續之者，故附志於此。

題古畫王昭君圖

余覩《王昭君出塞圖》，後先凡三本，頗具漢家威儀，而呼韓邪來迓，則極騎吹、駝毦、氊車、弓槊之盛，賓主初覿，懽情與肅容兩稱。而此圖則僅導者數胡騎，亦有漢兒，一以琵琶後隨，一橐駝載服裝而已。雖復低眉掩抑作怯寒狀，而贊御皆寬然暇逸，意是出塞以後事。跋尾當有題識，今失之，不辨何人與何代，然其用筆殊精密，而番馬猶有跐跋驕嘶之致，宛然胡瓌、張戡家風，似非南渡以後供奉手所辦也。昭君以良家子困掖庭，不勝牢慅憤鬱，慨然請適虜，又用虜法，配呼韓邪子，生二女。此與張元、吴昊何異？而書生弄筆，往往深憐而重與之，獨渠宗介夫得其情與事，曰『漢恩自淺胡自深，人生樂在相知心』，雖然坐此一語，令人勘破其方寸，不待許馮瀛王而後惡其不純也，則可笑已。

古畫王昭君圖

昭君事載《漢書》及《西京雜記》甚明，此乃劉中壘父子所記，夫焉有誤。其云自請行者，乃出《後漢書》，不知傳聞自何人，應未足據。其適單于後，甚能爲漢和輯邊塞，至所生女且入侍元后，此正如士君子抱才德，乃見蔽于讒佞，貶謫遠方，尤能爲國家保土化俗，如李衛公之欲變黎然。作詩者『深憐而重與之』，自是情理，安得引張元、吴昊爲比？使張、吴二人能使趙酋，稱臣奉貢，豈不亦宋之忠臣乎？且昭君何曾如中行説教單于叛漢哉！司寇此論欲在翻案，然亦過好奇矣。獨漢元帝以斬郅支，故使呼韓畏懼再來朝，因求壻漢氏，願保塞外，傳之無窮。威德遠振，乃千古大快事，今吟者或乃用和夷爲嗤，似爲負冤。余十五六時，曾作《反昭君怨》三絶句一長歌，今止記一絶：『威振陰山肅，恩行瀚海春。前宫賜美女，不是事和親。』語雖不工，然于事爲核。

題王叔明湖山清曉圖

叔明成文敏宅相，故於丹青獨妙冠一時，余所見多矣。其向背出没，皴點分理，小不無虔禮之恨。獨此卷最爲超絶，曉色初動，湖翠山紫，直撲人眼睫間，其樹皆作《白蓮社》中法，尤見古雅，非近峰數拳，斷以爲摩詰，不亦公麔矣。歎賞之不足，故歌之，而仍題其後。

水亭圖

此《水亭圖》，乃永嘉王朋梅爲吾吴朱澤民寫者。攷《圖繪寶鑑》，王振鵬字朋梅，得幸元仁宗，賜號孤雲處士。舊《吴志》『澤民以文學爲趙承旨薦，授國史編修，遷鎮東儒學提舉，再起浙省參謀，攝守長興以終』。按，『朋梅』於字義無取，恐亦别號，而『孤雲』則仁宗所特賜也。跋語俱稱『征東提舉』，元故無此官，鎮東或路名，然亦不可攷矣。朱之後若憲副公、尚書公，能大其宗，世世奕葉，無事喬木，而爲之子孫者，再失再復，愈寶而愛之，求諸名公詩什，以侈大其事。宋時郡有秘校者，其樂圃之勝聞東南，然再易代而不可究跡，至讀元少保盧賓客諸咏而若新，即畫力亦僅五百年耳，所托以不朽者文也，勖之哉！

梅竹雙清卷

梅獨爲百花魁，而竹能離卉木，而别自成高品者，以其精得天地間一種清真氣故也。竹自文湖州、蘇端明後，有梅道人吴仲圭，以至近代王孟端，而梅則楊補之外，獨推山農王元章。然吴子輩謂其命旨涉淺，爲境易窮，而往往下其品，幾於無處生活。今年六月，信陽王太史祖嫡以元章梅、仲圭竹合一卷寄余，開卷時令人鼻端拂拂有玉清蓬萊想，遂乞休承諸君爲詩歌美之，而余繼焉。或謂戴凱之、范致能所撰二譜，至數百千種，且以大庾萬樹、渭〔八〕濱千畆，而此寥寥一枝，胡取也？是不然，正復以簡貴勝耳。卷首爲沈民則學士題，元章、仲圭各有詩弁尾，而梅前有一歌，亦自粗豪。周疑舫伯器跋，第賞其語不能辨其人，攷印章有所謂『會稽外史』，似楊維禎，而詞氣亦類之，第不聞其别號竹齋，闕疑可也。卷後收藏有『東吴文學世家』印，豈故爲吴中物，太史偶得之耶？似有不偶者，故附記於後。

美人調鸚圖

此圖不知誰作，有坦坦者題作《梅邊美人圖》，又有題爲《杏花》者，最後陸子淵詹事鑒定爲周昉《美人調鸚圖》。葢畫中紅杏一樹，枝上一鸚䳇，美人倚磐石，挼小花引之，當以子淵題爲正。坦坦不知何許人，有『玉堂學士』章。記洪武中，劉三吾學士别號坦坦翁，當即此公。而九十翁沈夢麟，元官入國朝不仕，而三典鄉試。其他若顧博士、曹子文輩，皆國初名士也。劉學士詞翰俱已耄不辨，其爲杏花固當。畫筆是五季、宋初之絶精工者，雖靡周昉題識，斷非後人所能辨也。

趙承旨畫陶靖節事

趙承旨好圖陶靖節高逸事及《歸去來辭》，余先所覩凡十本，皆不能如此圖之妙，其工力與李伯時抗衡，而曲盡瀟灑夷穆之度，令人宛然有北窗羲皇〔九〕上人想。所貌王、檀二江州，龐參軍，皆極意模寫，唯貌顔始安延之，作豐肥而髯，爲不得沐猴態，疑承旨未見《世説》一段語耳。標署書亦甚緊密，是中年筆，故《聖教》十七，北海僅十三。管將軍藏之家二百年矣，一日於海颶震撼、戈甲戛札中袖以示余，相爲歎賞者久之，因語將軍：『一飯斗米，秤肉挂五兩，乘長風破萬里浪，安用此物爲？』將軍笑曰：『不然，尉遲鄂公一部清商送老，韓蘄王策蹇衛西湖六橋，何必減柴桑風致。』審爾題尾者，當亦不甚愧承旨。

沈公濟畫

吾郡沈啓南以丹青妙天下，而賞鑒家如王百穀輩，謂不如啓南之父公濟，獨推以爲神品。吾生平所見啓南盡大小餘三百品，公濟僅二卷耳，此其一也。遒勁縟密，遠近斐亹，使人應接不暇，賴有印識可辨，不，則以爲王叔明、戴文進矣。世眼迷離，知有啓南，不知有公濟，而好奇如百穀，遂至伸公濟而抑啓南，皆不得爲確論。

題沈石田畫册後

沈啓南先生此八幀，掩暎綿羃，遂爲吾吴地傳神。或猶以書法疑之，蓋少來精謹，尚守渠家民則法，未及作雙井老態故也。

錢舜舉畫李白觀瀑圖

右錢選舜舉寫李青蓮觀開先瀑布圖。毋論此君神采欲飛動，即一騎一從，亦見生色。唯兩瀑不甚雄之，直下三千尺，勢當由小窘邊幅耳。圖後綴舜舉一詩，不免蛇足。又有劉文成、宋文憲、胡文穆三詩，皆名手，而首則解大紳印記及小楷五字，絶佳。當時劉、宋題後歸大紳，而文穆始題之耳。後爲上海朱太學邦憲家物，邦憲，余故人也，白皙美姿容，酒態絶出青蓮上，詩亦雁行，殁可二十年矣。嗣子上林家教舉以遺余。噫，在人間世作太白觀，在上林所作邦憲觀，亦可也。余何所與，爲成二歌題後，還之上林，聊寓雪鴻之跡而已。

孔炎所藏古牛車圖

秦漢之世，鬬國騖於騎戰，故七萃之馬不給，而天子或乘牛車。其後更以爲美而加飾之，至王君夫苟道將之，所尚極矣。第使群豪衣火浣、御油碧，而角偏轅之技於邙洛大道間，猶足以暢此車所載輜重耳。而諸老牸疲頓吁喘之狀，有何可賞，而勞厲歸真輩極意描寫之，吾弟、張助甫、李本寧又競〔一〇〕作才語于後，其可笑也已。

原《弇州山人續稿》卷一百六十八

《書畫跋跋》續卷三

校勘記

〔一〕『尚』：《四庫》本作『納』。

〔二〕『明』：底本原闕，據《續稿選》補。

〔三〕『旼』：底本作『皎』，據《四庫》本改。

〔四〕『謨』：底本作『謩』，據《四庫》本改。

〔五〕『貞』：底本作『真』，據《四庫》本改。

〔六〕『玫』：底本作『孜』，據《四庫》本改。

〔七〕『歷』：底本作『曆』，據《四庫》本改。

〔八〕『渭』：底本作『謂』，據《四庫》本改。

〔九〕『皇』：底本作『黄』，據《四庫》本改。

〔一〇〕『競』：底本作『兢』，據《四庫》本改。

弇州山人題跋卷二十

書畫跋跋續卷三

畫跋

聽琴軒圖卷

太子賓客胡頤庵先生儼，初舉進士乙科，授華亭教諭，以憂歸。補長垣，遂遷桐城令，入館閣，輔青禁，長成均，最後用二疏之例以歸，大耋終於家。而此圖琴清軒爲黄鶴隱居趙文筆，其一記爲金華謝南，一記爲南郵陶九成，一七言長歌爲安胡老人王士顯，一五言古風爲錢塘范立。考其歲月，蓋皆華亭所得，而公自記則長垣時語也。趙文畫出黄鶴山樵王叔明，其氣韵皴法極類之，小有穉筆耳。謝出陳文東，王出宋克，范亦藩窺吴興，與趙畫皆有可觀，而皆不顯，然望而知其爲吴興派也。陶九成獨作小篆，其人最負博洽聲，所輯《説郛》、《輟耕録》、《書史會要》皆行世。《會要》則楊鐵史、宋承旨爲序之，蓋相距二十餘年，而猶無恙，故〔一〕足稱邑耆宿也。卷爲豫章王孫所寶藏，一旦舍〔二〕而贈我。胡公其鄉先達，不當舍，而余不當受。特以千里走使，寓高山流水之感於所謂琴清者，不得已而留之行笈，爲識其後，仍手書一紙以報，作朱邸故事云。王孫多熿字宗良，其詩秀儁有色味，不減渠家晦。

戴文進江山勝覽圖

此少傅喬莊簡公所作長歌也，圖爲錢塘戴文進所畫《江山勝覽》，頗斐亹有致。公歌辭亦瓌偉，第有感於舊游，以爲唯金陵以東之景當之。太原黄子廷綬爲其伯父贄壽言，走數千里而貽我。此景在晋中絶不易得，而吾吴在在有之，此畫亦廣於吴而鮮於晋，獨莊簡於王父司馬公爲石交，敬留其遺跡，而僭書此歌於後。以還黄子，俾留作太原一佳話，且令吾書與吾家鄉煙水，付之黄子目中可也。

沈公濟畫

前覽王百穀評，謂相城矐樵老人畫入神品，且云出其子啓南上。嚮者曾一見此，老筆不甚快意。忽張幼于惠此卷，長可三丈許，縱横點綴，濃淡深淺間，勁骨老思溢出。第求其所謂神品，竟不可得也。豈百穀用志不分，而余僅見其杜德機？

周砥沈周宜興山景

匋〔三〕溜生《龍嵒小景》抵掌子久，白石翁《銅官秋色》則藍於嬾瓚矣。余嘗以八月游陽羨，從二九改陸，趣張公、善權，再訪史氏於丹青之勝，鷄肋一二，覩此不覺，怳然如遇故友。當時白石翁欲以己畫作雁媒，不意併媒失之，應亦不快。然此二圖遂成延津之合，毋論得失，俱佳事也。

王孟端竹

王舍人孟端以畫竹名天下，而知者尤賞其有絶俗之標。此卷直幹自阿，瞻叢篠緣老可，遒勁中出姿媚，縱横外見瀟洒，蓋繇方寸間具有瀟湘淇澳一派，不覺流出種種臻妙耳。惜題詩者館閣二三君子如王賓客汝玉輩，詞翰雖若楚楚，覺寂寥不稱。李文正公賓之乃爲楊文襄公應寧賦一長歌於後，辭既瓌〔四〕偉，而行草亦自跌蕩快意，非真於畫趣追望羊，當繇詩底無全牛耳。聊贅數語。

沈啓南畫定齋圖

沈啓南先生作《定齋圖》，不知爲誰。當時有曹時中憲副者以文行著，别號定齋，得非其人否？此圖山石樹卉，雖掩暎瀟疎，而微颸澹雲，不作鬱浡披靡。齋中人亦自湛然，圖書得所，有會稽王凝塵滿席意，蓋真能寫定境者也。吴文定公一歌，劇稱啓南畫，而不題號，似非齋中人所請者，然其書却佳甚，皆真跡也。

趙子惠藏石田畫虞山三檜

余舊游虞山致道觀，摩娑古七星檜久之，思以一詩志其勝，而語不敵。後得沈啓南先生所圖，乃其最奇者僅三檜，而先生後先紀游十餘章，皆附於楮尾，興到遂成一古體。和之又數年，而趙博士子惠復出先生所别圖三檜見示，而命余以舊題題尾。先生於丹青中奪真宰柄，或榮或瘁，頃刻萬變，兹幀所謂愈出愈奇。而余詩既莽莽，不能造小致語，博蟠虬屈鐵之勝，而書復沓拖可厭，所謂一解不如一解，其置之勿令人作狗尾誚也。子惠居天台萬山中，而又喬木世家，長松八桂，琪樹建木，璀璨怪偉，當有如孫興公所詠者，按圖求之，故自不乏，何必區區一虞山彌也。七檜皆梁時種，至宋而腐其四，宋人爲補之。云昭明太子手植者誤，昭明足跡未嘗出建業百里外也，吾前詩語亦漫承舊志爾。

趙子惠藏石田畫虞山三檜

近有人自常熟來者，云此七檜俱已枯，甚可懊。惜宋時人猶能補其四，今遂乃任之，可見今之人好事又不如宋遠矣。跋稱『昭明足跡未嘗出建業百里外』，恐未然。古人事固有不盡記者，若但據陳編遂欲翻案，恐涉以夢證夢。

沈啓南金焦二山圖跋

昔人有詩云『長江如白龍，金焦雙角短』，自詭以爲善名狀。蓋兩山之對雄久矣，而未有圖之者。白石翁乃能於三尺赫蹏中寫沈深滃鬱之勢，一開卷而此身若登鐵甕城，東西指顧，真奇觀也。然考翁題句，實未嘗登焦山。今郭五遊次父剪茅於焦之最勝處，而杖履往來金山，若家圃顧舍，而寶愛兹圖，出入必與偕，不忍釋手。豈幻者真〔五〕，真者幻耶？余不能辨，以問焦光，光不答。次之金山，問了元，元曰：『四大本空，五藴非有，老僧如是山，亦如是彼翁者，欲於何處着丹青？』蘇長公聞之曰：『誑語。阿師難畫兩山真面目，只緣身在兩山中。』五遊了此義否？不了，當以圖與我。

周履道沈啓南二畫

周校書履道、沈山人啓南畫《宜興龍巖小景》及《銅官秋色》各一幀，後多有名賢題詠，若桑民懌、文徵仲、黄應龍輩，皆可寶者。今年夏，以考績忽忽發金陵，談參軍思重强置余行李中而去。歸後小間，展之至卷後，乃有余一跋，真米元章所謂『慚惶殺人』者也。記數年前，曾爲思重書此。念欲返之思重既不可，留之篋笥，亦不可。行求大雅士，得盛君原濟，因以歸之。君挾肘後神術重三吴，多游行荆溪，試一披覽，與諸溪山印證孰勝。其合也，爲我釂三大白賞之。

跋沈啓南太石山聯句圖

余始從吴興凌玄旻所，獲覩李貞伯先生所書《大石山與吴文定、張子静、史明古三君子聯句》，其結法精勁遒密，爲生平冠，而詩亦險刻，有昌黎《城南》、《鬬鷄》遺調，後則楊君謙和章，祝希哲、文徵仲、徐昌穀、徐子仁署尾，尤可愛。而獨軼沈石田啓南圖，玄旻乃托錢穀叔寶補意。錢固佳手，玄旻意若有所不足者，而乞余題以解嘲。未幾而家弟敬美偶購得沈圖，一閲之則墨氣秀潤如欲滴，庵靄掩暎大有致，覺顧長康、王子敬山陰下語爲不遠。間與玄旻之父大夫及之緩頰，欲爲延津之合，不得也。此圖後聯句則吴文定書，似不能當貞伯，而沈亦自和一五言古體。余老且倦游矣，大石在屋簷下，尚阻一躡屐，而啓南畫、貞伯書百年内奇物，既分散數百里外，而後先寓目焉，事固不可曉也。敬美善秘之，亦有以寶鈎青蚨〔六〕之談進者乎？母在，子當不它之矣。

沈啓南梅花圖

燕山雪花大如掌，薊門而北，一白萬里，而恨無梅；羅浮、大庾間，梅花滿天地，參横夢醒，翠禽啁哳，别是一境界，而苦無雪。獨吴越諸山水間，在在不乏。沈啓南先生畫雪不下摩詰、巨然，梅雖作本色，然亦能攀楊旡咎，弟蓄王冕、陳憲章。此圖一時遂爲二種傳神，致足賞也。今年冬晴，遂不見滕六公，而甂缾一枝，寥落不快意，偶獲寓目〔七〕兹卷，覺眉宇間朗朗神王，九咽爲爽。不佞老矣，無暇躡不借、横玉笛、汎水晶叵羅，結孤山銅坑一段勝緣，小盤礴時，尚能謂宗生之不我誣也。

沈石田畫

沈啓南先生畫十幀，幀系一絶句，爲楚州、爲高郵、爲廣陵、爲揚子、爲句曲、爲天平山、爲馬鞍山、爲垂虹橋、爲西湖之岳墳、爲下天竺寺。江以北凡四，皆無山，而江以南〔八〕則山五而水一，真清遠奇麗之觀也。高齋展玩間，自謂不減少文臥游，足以掩關矣。十絶余皆有和，仍托諸君子繼之。

茶坡卷後

此《茶坡圖》，故中丞劉公家物也。蘇長公恒云，茶欲白、墨欲黑，茶欲新、墨欲陳，二者正相反。今所謂茶坡與劉公者，俱不可見，而白石翁之墨猶若新，良可歎也。圖後有王父司馬公一歌，因悚然敬題其後。

沈石田虎丘圖

沈石田先生此圖爲虎丘寫，而讀先生手書詩與匏翁歌，似皆以游靈巖雨興敗而次日得虎丘足之者，蓋以靈巖不可雨故也。若虎丘則毋論雨，它風雪花月之境，無不與人宜者。余嘗再游靈巖，其一亦遇雨委頓返，而雨中宿虎丘蘭若，汲第三泉，拾松枝煮茗啜之，取所攜酒脯，從僧雛作起麯餅供賦詩，小酌至夜分，後猶聞四山歌聲隱隱出簷溜樹滴外。若靈巖有此，當不得二公敗興語也。

題沈石田滁齋圖後

范良父出所藏《滁齋圖》，圖爲白石翁沈周筆，而吾鄉毛文簡公記之。詩者三人，余所知文待詔、潘司空也。白石翁與待詔以書畫名天下，余無所復贅，獨文簡公所造，皆篤實近裏語，不作後人孟浪，而書法亦精謹如司馬文正，無一筆造次，尤可重也。今年入春，忽自厭鄙，四大外内皆塵壒汙濁，覩一『滌』字，令人爽然，如以甘露浸心腑，漫識數語。

林居圖

此圖乃白石翁沈啓南早歲爲北山僧作，其倣黄鶴山樵，遂無一筆失度。圖成垂二十餘年，而始題詩，又三十年，而始棄僧而歸文待詔所，楊君謙、蔡九逵、王履吉、白貞夫皆和之。又六十餘年而始歸余，余又和之。後有屬者與和者，定皆非凡士也。

沈翊南畫

此畫乃白石翁弟沈翊南爲邢麗文作，後有朱堯民、黄應龍詩，四君皆弘、正間知名士也。葑於六門最僻野，麗文家徒壁立，而一時慕稱之，比於通德廉讓。爲黄君諸孫者，亦可以省矣。

文待詔玄墓四景

玄墓爲吴中最勝地，邇年僧貧寺廢，少有游者。余嘗一蠟屐至虎山橋而止，深以爲恨。

今得文待詔所寫四景閱之，恍若置身此中矣。陸子傳先生以詩畫師事待詔，愧〔九〕其意，故晚節有勝游必偕，遇得意輒命丹青以授之，此蓋其最合作者。

又千巖萬壑

文待詔之愛陸子傳先生，如瞿曇叟於鶖眼子，靡不曲示上乘。至此卷則雙林樹下解脱三昧，悉傾倒無餘矣。公瑕以『千巖競秀，萬壑争流』拈出之，可謂名語，然至儗以山陰道上行，似未倫也。余嘗雪後步虎溪，覽香罏背，雨後自紫霄南巖叩天柱絶頂，時時近之。然此老生平足跡所未到也，人胸中故自有丘壑哉。

又人日詩畫

余有文待詔手書《甲子詩》，至除夕止。此爲乙丑，當是新歲第二試筆也。待詔有『寂寞一杯人日雨』句，畫作一荷傘人，穿小橋而出，殆實境矣。壽承題謂惟跋尾三人，在今併壽承皆亡之。零落之恨，豈惟高蜀州？爲掩卷三歎。

周東村畫張老圖

當賓鶴公存日，好古，聲價不減勝國倪元鎮、顧阿英，今覽周臣所爲圖，儼然清秘閣、金粟山房也。然不聞二君有伯起爲之孫，又爲之賦以著，思輸公一籌矣。

唐伯虎畫梅谷卷

梅谷者，當是吾吴德、靖間名士，唐六如伯虎爲作圖，祝京兆希哲題署，而王太學履吉、選部禄之各賦一詩，殊足三絶。偶以示文休承，休承謂尚有京兆一序及待詔一詩，不知何緣脱落，因補書舊和楊補之《柳稍青》詞於後。甫成，而信陽王胤昌太史書來，以元章、補之《梅》、《竹》爲贈，因舉以報之。古人折梅寄遠，故詩中用『驛使』語爲雅事，第不知仙骨寒香，一辭條後，所存幾何？故不若郵筒中尺素之堪遠也。自今後南北山房各留之，以備歲寒一友生，如玉川子所云『忽到窗前疑是君』，猶足代面。

唐伯虎畫

余嘗有唐伯虎《桃花庵歌》八首，語膚而意雋，似怨似適，真令人情醉，而書筆亦自流暢可喜。攷跋辭，當有圖一幀而失之，别購以補，卒不甚稱也。今年三月花時，見李士牧藏伯虎一圖，深紅淺紅與濃緑相間，漁舟茅屋，天趣滿眼，宛然桃花庵景物，意欲奪之，卒不忍，而亦不忍割吾所有歌以予士牧，姑爲題其後。士牧志之，吾兩家異日必爲延津之合也。

唐伯虎赤壁圖

吾嘗以七月望登赤壁，酒酣耳熱，歌坡老所作二賦，飄然欲仙者久之。然坡後賦所紀及伯虎此圖，俱與景不甚似，當相賞有象外意耳。伯虎才氣彷彿此老，而窮達絶不埒，却有一事相關。坡於黄岡作《中吕·滿庭芳》詞，結句有『百年强半，來日苦無多』，見者縮舌，以爲詩讖。無幾而入鑾，坡領巖部，出入貴要者十餘年而後謫，又八年而後逝。伯虎祈夢九仙，得『中吕滿庭芳』五字，至年五十三，驟見坡石刻詞而惡之，趣令徹去，尋病卒。夫詞語不讖於作者，而讖於見者，何也？以其爲二君子且黄岡故事，因漫及之。

唐伯虎畫賓鶴圖跋

友人張幼于，以故唐伯虎先生爲其王父寫《賓鶴圖》乞余跋。伯虎丹青妙天下，獨此圖一叟烏巾白帢，據坐大樹傍，一朱頂鶴竇荆扉而出，於『賓鶴』意小不倫。豈叟爲賓，鶴顧爲主耶？然度叟羽化之日，今已踰七十年，有如一旦。坐幼于先人壠華表而鳴唳者，焉知非叟也耶？又焉知鶴之爲叟也？賓之爲主也？伯虎之昔非而今是也耶？余又焉能辨之。圖首有文徵仲古隸可寶，他圖及文辭鸛雀伍耳，幼于去之可也。

摹輞川圖後

右王摩詰《輞川圖》，臨之者郭忠恕，再臨者仇英實夫也。其二十絶句，書者文待詔徵仲也。余嘗謂讀摩詰絶句，更一覽《輞川圖》，覺便如上下華子岡、斤竹嶺，騁於宫槐陌，汎南北垞〔一〇〕、欹〔一一〕湖、柳浪，徙倚木蘭柴、茱萸沜，即文杏館而休焉。酌金屑之泉，與裴迪秀才對語，不知我之爲摩詰，摩詰之爲我與否也？然則摹本何必實夫，而書亦何必徵仲哉。

題文待詔畫册

文待詔所圖十六幀，多東南名山水，雖間以險絶奇勝爲功，而不離清遠蕭散之致。稍一展視，覺秀色幽韵，直撲眉睫間，此翁真易仙宫中人也。幀各有周公瑕、陸子傳一絶句，内補公瑕闕者王百穀，三君子故竭其心思腕力而趣後塵，以擬三絶，則吾未之敢許。此圖爲朱子朗作，今屬徐建甫氏，要余題其後。賴余老，任作雲霞觀耳，不然，幾令三日不成寐。

三輔黄圖

按《三輔黄圖》，秦始皇帝二十五年作朝宫於渭南上林苑，中廷可受十萬人車行酒馬行炙。其志阿房宮云，一曰阿城，始皇帝因惠文王之遺趾而拓之，規恢三百餘里，離宮別館，輦道相屬，阿房前殿東西五百步，南北五十丈，上可坐萬人，下可建五丈旗，不知即朝宮耶？抑更創之耶？若所稱萯陽、橐泉、步壽、蘄年之數，及取七王宮材而模寫之者，皆在三百里度内矣。此圖能寫其曼衍陡絶之狀，其雄麗奇險所不論，當是唐人閻右伯、李將軍本，而仇實夫所臨者。若杜紫微賦，雖乖本色，不能如《上林》、子雲《長楊》，而縱横磊落，要與南山并崖寕。祝京兆書法滔滔莽莽，清渭同其瀠洄，真傳古中一雄觀〔一二〕也。己丑初春，恭謁大内還，感我明之儉德興，亡秦之窮奢，因執筆紀其後。

題周官飲中八仙圖

周官所圖《飲中八仙歌》，不唯人物、衣冠、器飾皆古雅，而醉鄉意態，種種可念，當由伯時、子昂稿本化出。若其時固開元、天寶全盛之際，宜其如此也。自是而後，宮掖旃席之間，皆以酒爲政，而妖色主之，《霓裳羽衣》之曲未終，而漁陽鼙鼓動矣。豹孫舉以貽我，方右目於眚，麯蘖是讐。爲展覽再過，亟還之，不然，恐復墮糟丘中，爲此曹子淹殺也。

劉氏藏甲申十同年會圖

《甲申十同年會圖》，余所見凡三本，一本於大司徒益都陳公家，一本於太保吴興閔莊懿公家，一本於太保華容劉忠宣公家。其序皆太師長沙李文正公手書，而公所賦詩，視諸公獨夥，又多代人書。此圖自弘治癸亥至萬曆己丑，蓋八十有七年矣，而衣綦猶若新，犀玉參差，青紫輝暎，神觀眉宇，奕奕有生氣，試一指問之：其師師而坐，衎衎而食者，將李文正揮灑内制之暇乎？抑劉忠宣、戴恭簡親承天問之後乎？閔莊懿抗□三尺而得遂志者乎？王襄敏平蜀寇而旋凱者乎？謝文肅講誦絃歌之餘晷乎？無論其人不可作，其時不可遘，而其事亦不可再。不佞貞叨第丁未，于今四十三年矣，同榜二太師、一太保已前逝，今在朝者僅四人。籍令三相君亡恙，沈嚴若太乙貴神，其肯甘末坐，以與諸卿佐周旋若李文正者哉？其肯不厭筆札之役，爲諸卿佐九書其文若詩者哉？嗟嗟，宜不佞貞之有感於三不可也。此會比洛中耆英差彷彿，而弘治之視熙寧，殆過〔一三〕之。劉忠宣可伯仲司馬文正、富文忠，今爲忠宣之後人比部君書此，聊寓執鞭之慕云。

劉氏藏甲申十同年會圖

此圖既係當時所繪，何不如《蘭亭》標出銜名，使後人挹其丰範，何乃混列爲圖，徒使企慕者想像揣度乎？跋所云三相君沉嚴若太乙尊神，良然。古云『人情似紙番番薄』，今昔雖互有賢邪？然要之，薄之一字則實不可返，此諸公亦庶幾宋洛中比。然宋時投閒，今乃當路，則我明勝矣。

原《弇州山人續稿》卷一百六十九
《書畫跋跋》續卷三

校勘記

〔一〕『故』：底本作『欲』，據《四庫》本改。
〔二〕『舍』：底本作『今』，據《四庫》本改。
〔三〕『匋』：疑爲『匊』字。
〔四〕『瓌』：底本作『壞』，據《四庫》本改。
〔五〕『真』：底本原脱，據《四庫》本補。
〔六〕『蚨』：底本作『鉄』，據《四庫》本改。
〔七〕『目』：底本作『耳』，據《四庫》本改。
〔八〕『南』：底本作『北』，據《四庫》本改。
〔九〕『愧』：底本作『媿』，據《四庫》本改。

〔一〇〕『垞』：底本作『宅』，據《四庫》本改。
〔一一〕『欹』：底本作『歌』，據《四庫》本改。
〔一二〕『觀』：底本原闕，據《四庫》本補。
〔一三〕『過』：底本原闕，據《四庫》本補。

弇州山人題跋卷二十一

書畫跋跋續卷三

畫　跋

仇英九歌圖

仇實父圖《九歌》，凡九章，章各有徵仲待詔書。余所見數本，皆闕《禮魂》，而此則併《國殤》去之。其儀從人物都不詳，僅雲中君有少雲氣，河伯持杖御一龍，山鬼乘赤豹乃類虎而已。山鬼殊窈窕，令人消魂，其他種種有生氣。待詔意似草草，而筆勢汎瀾可愛。余嘗謂屈子偶歌此以下神，後人各自出意摹寫，其繁簡工拙之不同，宜也。此卷筆雖簡而意足，視他本不啻勝之，因識於尾。

仇英九歌圖

余舅氏見湖翁有此圖，云的是龍眠真跡，後有小篆書《九歌》文，不著名姓。所圖東皇太乙，儀從甚盛。崑山張石川銀臺屢向舅氏緩頰，欲割取其後幅小篆，舅氏不肯。後又在安福張符卿程處見一本，則甚簡，惟有雲中君龍駕帝服，稍具儀從。湘夫人有一木數葉落，山鬼乘赤豹，餘皆止一像，微摘歌中語默注少景，不知何人筆，然頗饒古淡趣。今觀此跋，似亦是簡本。古畫尚簡，此稿本想傳來久遠，若夫筆法之妙，則余不甚解畫，不敢强分別。

題仇實父臨西園雅集圖後

余嘗見楊東里先生所題《西園雅集圖》，乃臨李檢法伯時筆，有崇山絶壑、雲林泉石之致，與此圖略不同。此圖僅一古檜、一怪石、一立壁，捉筆書者爲子瞻學士，從傍喜觀者王晉卿，按卷對竚者蔡天啓，倚樹睨者李端叔。彼圖則有張文潛而無端叔。此圖據方石畫淵明《歸去來辭》者即伯時，握麈尾觀者蘇子由，握蕉扇者黄魯直，撫肩立者晁旡咎，捉石者張文潛，按膝者鄭靖老。彼圖有端叔而無靖老，益以陳無己。若摘阮之陳碧虚與聽阮之秦少游、説法之圓通大士與聽法之劉巨濟、題壁之米元章與傍觀之王仲至，則所同也。彼圖有名姬二，曰雲英、春鶯，而此皆削之。楊先生又云曾見劉松年臨本，無文潛、端叔、无咎，器物小異，而僧梵隆、趙千里亦嘗摹之。此圖吾吴郡仇英實父臨千里本也。余竊謂諸公踪跡不恒聚大梁，其文雅風流之盛，未必盡在此一時，蓋晋卿合其所與游長者而圖之，諸公又各以其意而傳寫之，以故不無牴牾耳。實父視千里，大有出藍之妙，其運筆古雅，彷彿長康、探微。元祐諸君子，人人有國士風，一展卷間，覺金谷富家兒形穢，因爲之識尾。

仇實父臨西園雅集圖

此圖今臨本頗多，余曾見數本，然亦不甚相同。其文雅風流，足可亞《蘭亭》，比之金谷，良非倫也。李伯時似是即景繪者，其他本或是晋卿別乞人圖，又或彼時善畫者慕其風而想像圖之，亦未可知。要之伯時本佳，今須得臨伯時本，乃可貴耳。

題海天落照圖後

《海天落照圖》，相傳小李將軍昭道作，宣和秘藏，不知何年爲常熟劉以則所收，轉落吴城湯氏。嘉靖中，有郡守，不欲言其名，以分宜子大符意迫得之。湯見消息非常，乃延仇英實父別室摹一本，將欲爲米顛狡〔二〕獪，而爲怨家所發。守怒甚，將致叵測，湯不獲已，因割陳緝熙等三詩於仇本後，而出真跡，邀所善彭孔嘉輩，置酒泣別，摩挲三日而後歸守，守以歸大符。大符家名畫近千卷，皆出其下。尋坐法，籍入天府。隆慶初，一中貴□攜出，不甚愛賞，其位下小璫竊之。時朱忠僖領緹騎，密以重貲購，中貴詰責甚急，小璫懼而投諸火，此癸酉秋事也。余自燕中聞之拾遺人，相與慨歎妙蹟永絶。今年春，歸息弇園，湯氏偶以仇本見售，爲驚喜，不論直收之。按，《宣和畫譜》稱昭道有《落照》、《海岸》二圖，不言所謂《海天落照》者，其圖之有御題、有瘦金瓢印與否，亦無從辨證。第覩此臨蹟之妙乃爾，因以想見隆準公之驚世也。實父十指如葉玉人，即臨本亦何必減逸少《宣示》、信本《蘭亭》哉？老人饞眼，今日飽矣，爲題其後。

海天落照圖

徐奉常正夫，太師文貞公冢孫也，爲余言渠家有《海天落照圖》數本，太師不貴此等物，多爲人乞去，或以餽人。有最下一臨本尚存，猶自可喜。其所圖日光之閃爍明暗及水中日色，海濱人瞻望與夫薄暮人争赴家，市中人收拾市物形狀，踴躍如生，不可畢述。今跋稱秖實父摹一本，則華亭所得者豈又仇氏之耳孫耶？湯君邀友置酒泣别，小璫倉卒投諸火，可歎可惜，而實繪林佳話。若但用贋本貽守公，又或獲重貲而歸之朱，此常事耳，何足紀述。世人又或言此奇物爲造物所忌，類有此患，此又不然。凡物有成必有壞，古名跡鍾、王、顧、陸等今多湮滅，未聞盡遭此厄。其諸俗畫俗字遘會祝融、陽侯者，亦豈盡無？以不足言，遂無人道之耳。司寇得湯卷驚喜，亦不知果是仇筆否？使盡見文貞家數卷，必當更有月旦。真本既亡，臨者孰爲最肖？自唐歷今八百年，中間善畫者多，安知無别臨本？若得宋臨本，固應勝實父也。

送沈禹文畫册

此册前有『壯游鳴盛』四字，爲許初元復玉筯篆。畫凡十有六幀，皆絹素，文待詔徵仲五、仇英實父〔二〕二、陸治叔平一、陸師道子傳一、謝時臣思忠二、文嘉休承一、錢穀叔寶二、陳括子正二。其副葉則宋經箋，各有唐詩一聯，皆待詔書。書體兼真、行、草、篆、隸古法，有《嶧山》、《受禪》、二王、渤海、魯郡、懷素、眉山、雙井、襄陽，翩翩鸞翥鳳舞。畫則全倣詩意爲之，俱秀逸有深致，而文、仇尤自超著，不讓馬、李。叔〔三〕文二則，周天球公瑕、彭年孔嘉所譔，楚楚小楷，孔嘉尤更精絶。詩十有二，則子傳及其弟安道、陸粲浚明、顧奉、金用、徐伯虬、許閏、張鳳翼、休承、元復、叔平、文伯仁、顧雲龍、皇甫昉子循，各又分古詩語題之，雖《河梁》之美，少輸前哲，而臨池之蹟，獨擅一時。内伯虬，故迪功昌穀子也。浚明不能工書，又不好作近體，然代者大是佳手。金用不辨此十指，攷其筆蹤，殆是婦作。用婦規摩履吉，聲名大噪，或謂出藍。後又有王穀祥禄之及陸芝二章，則皆贈别之什，而詩題之闕者二矣。册爲沈大謨禹文北上謁選作，禹文翩翩佳公子，時方盛年，善詞翰，裘〔四〕馬醪肉，問遺文士不絶，故於其行也，合吴中名筆，出所長以贈之。禹文得太常簿，參兩督府，遷肇慶守，竟以好客故，産盡削寄死，爲若敖之餒久矣。余偶得此册，念與禹文同時者俞仲蔚、劉子威，因各乞一詩，以補二題之闕。不兩日仲蔚物故，余乃爲足成之，所謂柳條花氣聯也。偶有錢生者，叔寶子，來看摩娑久之，曰：『此二詩吾猶見之，即待詔及其子彭也。』畫尚有待詔一幀，今以休承一幀代之，其叔寶一幀亦續補，蓋有竊而雜入他册者故也。此册中人僅有一二存，欲歸之沈氏則已無守者，因識而藏之，異日别録一通，焚禹文墓所，以薄酹侑可也。

陸包山寫生卷

畫家寫生，右徐熙、易元吉而小左黄氏父子，政在天真、人巧間耳，宣和主稍能斟酌之。明興，獨吾吴沈啓南入熙室，而唐伯虎於黄氏有出藍之美，陳復甫後出，以意爲之，高者幾無色，下者遂脱胎矣。叔平此卷，卉草果蓏之屬四十二，種種有天趣，而不至出驪黄外，庶幾能斟酌者。印文甚古雅，而署字不類，豈所蛇足也耶？漫題不覺滿紙。

再題游太湖圖記

余以癸酉游太湖，游之明年，而陸丈爲余圖，圖成之二年，而余果避言還里。過陸丈，時已病矣，猶津津談明年當爲公貌太和，以媲太湖，作天下大觀。亡何，竟捐館。今年仲蔚過我弇州園，出此册，摩娑久之。偶有宋紙二番，屬小楷書余記于後。仲蔚楷法尤遒孅，高處在歐、柳間，余文不足以當三絶，然施之太湖，粗亦不俗，而陸丈竟不能踐八十二之約，以成我太和觀，則可歎也。

文伯仁溪山自適卷

東南佳山水，太湖之抱於三吴者，最號清遠，然大較山不勝水。自富陽而溯新安之黄山、白嶽尤奇峻，然往往水不能勝山。五峰文伯仁家吴中，足以窮水之勝矣，而猶未快，乃因游新安，遂盡擥其奇，而發之於丹青。余近得一寓目，真若坐籃轝翠微間，使人應接不暇，區區山陰道上行，烏足以當之哉？此君穢而好罵坐，不知胸中何以富此一段丘壑也。

文文水畫

余從吴氏得諸名士手書詩，王中丞履約二紙，太學履吉四紙，王吏部禄之、袁提學永之各二紙，皆有畫配，而缺其一。畫不著名氏款識，疑以爲文待詔徵仲，蓋吴氏爲待詔外家故也。乃以示待詔子休承，摩娑歎息，審爲渠五十七年前筆，諸君皆已物故久矣。爲補其缺，而跋於後，内《酌酒桂林》一幀，其所新補也。當是時，休承尚少，而蒼老細潤不減家尊，真可謂畫家羲、獻矣。老來精神伎倆、聲實攷據，事事埒之，四君子詞翰與畫亦足三絶，故識而留之山房。

畫南北二詞後

《題柳》「窺青眼」，相傳國初人作，可謂曲盡張緒風流。至馬致遠「百歲光陰」，有感激超曠之致，而音響節奏又自工絶，元人推以爲詞中第一，殆非虚也。其詞既别南北，而復分其早春、暮秋景地，乃謁錢叔寶作圖，而周公瑕復以正行二體書之。風日清美，於文漪堂呼三雅佐展卷，亦不辱矣。惜未有雪兒以紅牙句拍唱耳。

題畫會真記卷

撰《會真記》者，元微之；演曲爲《西廂記》者，王實夫；續《草橋夢》以後者，關漢卿。此卷八分題頴者文彭，小楷書《記》周天球，録曲者周及彭年、俞允文、王逢年、張鳳翼、潘德元、王復亨、顧承忠、管稚圭、張復，吾弟亦得一紙。畫者錢穀、尤求，辨張生即微之者趙德麟，録者王廷璧。千古風流秇文、吴中一時翰墨，能事盡此矣。《會真記》謂崔氏有所適，而不言歸鄭恒，《西廂記》則謂許鄭恒，而卒歸張生，後有耕地得崔鶯鶯墓誌者，其夫真鄭恒也。或以歲月攷之，亦不甚合。合不合所不暇論，第令老夫偶展閲之，掀髯一笑，如坐春風中，萬卉過眼，何預蒲團事耶？爲題於後。

天文地理總圖

吾州有陶翁存仁者，年七十餘，始得《天文地理》方、圓二圖摹之，其後復增摹兩畿諸省十五紙、海外三紙，字皆蠅頭，而精工有楷法，界畫細若游絲，極可愛。此翁後至八十餘，尚能月作兩本供桂玉資，今已矣。攷之《渾儀圖經》，亦不盡合，以備故事可也。

李郡寫旅獒圖

李郡出所畫《旅獒圖》索題，内大酋之狀貌瓌奇，飾裝瑰異，與諸小番之怪醜么瑣，且俱能戢鷙桀爲戚施，種種情性得之。第所謂旅獒者，大犬也，見《孔氏傳》疏甚明，又左氏『公嗾夫獒焉』，杜預註亦云猛犬也。今乃畫作一緑狻猊，大約如近代所貢者，然不作黄色，若佛書所稱青獅則尾大於斗，又其種久已絶，不聞作貢。郡五指如懸槌，少加問學，亦何必減蕭世誠《職貢》、閻立本《王會》耶？爲題於後以勖之。

李郡寫旅獒圖

西旅所獻獒，正今西番所貢獅子。獅有九種，獒則其最下者耳。余嘗觀京師諸古刹壁所繪獅，其首尾毛雖視今西苑所畜者小異，然形狀大略不甚遠，所云『青獅尾大如斗』者，似是特創出怪形，非真物也。李郡此畫，或亦有所本，未可盡非。

題莫廷韓畫郊居扇

廷韓此畫，種種郊居風致，視休文《賦》，不啻過之。其贈孟孺，標格亦絶相類，而雲東公乃疑其意，以爲二君皆非此中物，至欲與之分半席者。謝幼輿日作王大將軍長史，然恒自謂一丘一壑，而顧長康亦桓南郡客，頗能畫幼輿於丘壑間，人亦許之。夫士相賞，有跡外趣耳，令僕果赴河南尹，何必減履道里主人也？季秋望後一日，解嘲題。

莫廷韓竹扇卷

箑面畫竹，便是兩重清真境。廷韓聚十名筆卷而藏之，雖不能出入懷袖，作泠泠天籟，篋笥中別有一種瀟湘界矣。珍重珍重。

題小桃源圖

余所見《桃花源》，圖如趙伯드[五]、文徵仲、陸叔平，詩如陶元亮、王摩詰，皆令人神爽飛越，如身游其間。獨至武陵，求所謂真桃源而不可得，豈陵谷滄桑之説果爾耶？異日扁舟醉此桃花下，三日足矣，因題一詩，以爲張本。

又題畫池上篇後

讀公《廬山草堂記》，末云：『弟[六]妹婚嫁畢，司馬秩滿……則必左手引妻子，右手抱琴書，終老於斯，以成就我平生之志。清泉白石，實聞斯言！』然公記成未幾，而刺忠州、郎禮部，司内外制，連典劇郡，入貳司寇，而廬山之諸竟虚，非此《池上》一篇，何緣能讖詎語業。第公以太子賓客進少傅，尚書分司致仕，二十餘年中，嘗尹河南者三歲餘，顧高逸之勝，芬人齒舌，至於今不衰春日與。元馭四十餘即謝禮部侍郎、翰林學士歸，以一黄冠偃息蓬茅中，余亦棄弇山園泉石之勝從之。賀季真八十餘始以禮部侍郎、集賢學士乞黄冠，得鑑湖之一曲，唐史乃傳之隱逸，何也？古人事多不可解。

陳提學藏百馬圖

余嘗見趙魏公《天閑五馬圖》，金羈玉勒，徙倚流蘇綫，下四紫衫奚官，極意秣刷。噫，貴則貴矣，孰與此所圖百馬驕嘶，逸逐於平沙大荒之爲適也？第龍鬐鳳臆，往往有之，而權奇之蘭筋不露，當是葡萄宫苜蓿過飽而肥耶？今五單于解辮，長平、冠軍方高詠《栢梁》，無所事粟。汝歌豐頌瑞之後，旦夕東封，五色雲錦，庶幾有攸賴哉。陳君，相士之九方歅也，必能别而〔七〕曹驪黄、牝牡之外，第不審誰無負千金價。

尤子求畫關將軍四事圖

關將軍廟成，客有請圖廊壁〔八〕者，余謂公以勇烈冠一時，則無如白馬先登、馘顔良首、樊城破曹氏七軍、僇龐德，降于禁。以勛猷垂身後，則無如七日役神鬼建玉泉寺，爲荆州第一刹，驅風雨剪蚩尤，俾河中鹽政復。故夫白馬、樊城之跡，人人能言之，後二事稍秘。按，天台智者以隋開皇十二年至當陽，上金龍池，月夜有具王者威儀二人，一長而美髯豐表，一少而秀發，長者前致辭曰：『予關羽也，彼羽子平也。漢末分擾，事不果願，死有餘烈，叨王此山，敢問大德聖師何枉神足？』智者曰：『欲建立道場耳。』神曰：『願愍我愚，特垂攝受，此去一舍，山如覆船，厥土深嘉，吾二人當爲力建一刹，供護佛法，願師安禪七日，以須其成。』師既出定，湫潭萬尺化爲平陸，棟宇焕麗，巧奪人目，神即受五戒。智者具書晋王，廣上其事，錫以佳名，而公遂爲此寺伽藍〔九〕神矣，智者所謂肉身菩薩也。宋正和中，解州解池鹽至期而敗，課輒不登。帝召虚静張真人詢之，曰：『此蚩尤神暴也。』帝曰：『誰能勝之？』曰：『臣以委直日關帥可也。』尋解州奏大風霆偃巨木，已而霽，則池水平若鏡，鹽復課矣。帝召虚静而勞之曰：『關帥可得見乎？』曰：『可。』俄而見大身遂充廷，帝懼，拈一崇寧錢投之曰：『以爲信明，當勅拜崇寧真君也。』兩藏所記當不謬，而史志俱遺之，豈用夫子不語怪神例耶？按《黄帝經序》曰：『皇帝殺蚩尤，其血化爲鹵，今之解池是也。』又真定有蚩尤塚七所，每當祭蚩尤，其日白氣貫天，則蚩尤之主鹽池，蓋數千年猶在耳。公固義勇，使不受天台戒，作玉泉功德，縱不令墮蚩尤道，其去阿脩羅能幾也？尤子求善丹青，聞余語而繪公四事於絹素以獻，子求之所能貌者，桓桓糾糾之氣，與指撝跳盪、分身百應之神奇而已，公所爲功與其志不得也。因敬爲拈出之。始貌公者，皆赤面赤馬，而先師所見者，則皙而微酡，馬亦純白，故子求特因之。

李郡畫渭橋圖

唐文皇渭橋一盟，雖神算無遺，亦是大不得已事，非李藥師陰山□鬭雪之何異城下。

此圖承傳頗久，然往往僅作挂幅，而李士牧獨能創爲長卷，且其叙六師之整暇靖肅，大得蕭蕭馬鳴、悠悠旆旌意，而玁虜之解辮，委賫蒲伏戚施，其尊中國之體至矣。第頡利方擁百萬衆，跳梁近甸，未必恭遜乃爾，史蓋多飾辭、諱辭耳。又文皇虬鬚蝟張，神采逼人，此後小酌之，勿作清穆垂裳觀也。

李郡畫美女圖

李士牧手貌美女，自西施以至紅綃，凡六十人，雖人僅一身，而絇履贄執，併其標格情性得之，可謂工且詳矣。第中間二吴，品仙品，不當與媵伎并列，而鄭袖、南威、麗娟、夜來，玉奴、麗華、碧玉、紫雲、李娃、霍小玉〔一〇〕之類，却更不可遺也。翔風、房老是緑珠前輩，不當作小婢裝，當更商之。長夏倚病展此圖，何異維摩天女，第色塵雖不緣影，而嘵嘵數語，似輸一籌。

題海峰卷後

海峰卷，爲鄉前輩金同文先生別號，有祝希哲署題，希哲又與唐伯虎各爲一詩而手書之，先生之子學正元齡分訓吴興，時與文休承同舍，復乞休承補圖，遂足三絶。吾州故濱海，然有海而無山，學正翩翩仙骨，請與共娭之，數千百年後，焉知巨鰲不失足，使閬風、蓬萊翻〔一二〕來此作一段實話耶？

陳道復牡丹

陳復甫作墨本牡丹，甚得徐熙野逸之趣。記宋有去非先生者，作《墨梅》絶句，至今藝林以爲與梅傳神，復甫豈其苗裔耶？何無聲之詩與無色之畫兩相契也。

爲徐太僕爌題馬鞍山圖

余後先游馬鞍山，得古近體五首，遠者二十五年，近亦二十年矣。嗣是凡四游，皆邦君見邀，於車馬行色中不及搦管。今於巖泉太僕公處覩此圖，不覺恍然若夢。既而命書此詩，則又赧然自愧，得無爲山靈所笑，以不復唱渭城耶？異時丘壑之日長，當與公攝衣登絶頂，盡取唐人句和之，又恐有華山約束，不獲如願奈何？姑識此以俟。

爲章仲玉題保竹卷

人云竹祖孫不相見，今章氏園不易主，而王父所手植，寧有存理？章之儁簡甫乃能徵蔡九逵〔一三〕、文徵仲、許伯誠、袁永之、黄勉之、王禄之以文詞紀其事，而王文恪太傅、胡孝思中丞爲大書署，顧文休承復圖之，置之三尺篋中，蓋三歷祀，而淇園秀色猶若新也。

仲玉善保之，夫豈直祖孫一相見而已。

題洛中九老圖

右《洛中九老》，黄鵠圖以遺余者。鵠，南陽人，依武昌吴明卿以居，貌寢甚，年二十餘，而能曲盡老人傀俄婆娑態。余因戲與約，更二十年貌我，置其間得否？九老中，獨香山居士小解事。人或謂海山仙宫有居士一院，居士不首肯，曰『歸即應歸兜率天』，吾意頗與之合。審爾當貌我作十三歲兒，騎黄犢吹笛三生石傍也。

長江萬里圖 有王蒙識非

余舊有黄子久《長江萬里圖》，又於一友人處見夏珪所圖，皆極微茫庵靄、黏天無際之勢，而不能一一辨所自。然皆自武昌汎洞庭，沿江陵而上，趣峽口入蜀，乃足稱萬里。此圖則自武昌溯漢江，遶故郢、度襄樊、抵太和山而止。蓋喆匠朝真，即舟次所得而貌之者也。即無論是否黄鶴山樵，其結構演染有不合者，鮮矣。余自癸酉歲以楚臬出京口，抵武昌，又於武昌入漢，詣郢陵。丙子解鄖鎮，登太和，下襄江，詣郢陵，按之皆歷歷在目眦。獨自采石而上九江、蘄、黄之間，江山秀發，不可指數，而此却寥寥，因志於後，以俟黄鶴之徒補之。

題殳生畫

語云，天廄萬匹皆吾師，此古人匠心之妙也。然自荆、關、李、范、北苑、巨然而下，皆有承傳，小加化裁耳。邇來白石翁、衡山待詔亦然，至於仇實父則鮮所不摹擬，然而人巧極矣。吾久不踏足吴閶門，乃聞有稱殳質甫者，以爲叔寶、休承入室上足，今覽其盤礴齋筆，信有出藍之美，所恨不能舍蹊逕而上之。昔人論詩『羚羊挂角，無跡可尋』，噫嘻，豈惟詩而已哉，殳生其勉之。

錢舜舉畫水僊跋

錢舜舉在勝國以丹青名一時，幾與吴興雁行，而卉草尤自超，駸駸度驊騮前矣。此卷《水僊》爲華氏世藏，零亂中有綽約、迎風、承露種種，姿態百出，蓋舜舉得意筆也。後有款識而失之，華生以爲恨，乞余題尾。噫，待款識而後真，淺之乎真矣。

周之冕花卉後

勝國以來，寫卉草者無如吾吴郡，而吴郡自沈啓南之後，無如陳道復、陸叔平。然道復妙而不真，叔平真而不妙，周之冕似能兼撮二子之長，特以嗜酒落魄如李邈卓，不甚爲世重耳。日坐弇園，與花事周旋，此卷遂來爭勝，聊題數語，不覺芳英爛熳筆端。

題倪駕部勝遊畫册

宗少文好山水，愛遠游，西陟荆、巫，南登衡嶽，欲懷尚平之志不遂，晚歸江陵，歎曰：『老疾俱至，名山恐難遍覩。』凡所游履，皆圖之於室，謂人曰：『鼓琴動操，欲令衆山皆響。』故自賢哲高風，丹青佳話。昨晤倪駕部霖冲，出其所圖二大册，則凡平生宦轍所經繇，都邑之鉅麗，山川之名勝，皆在焉。而俾余宫洗、王廷尉、詹吏部、亡弟太常各書其舊作於副簡，且曰：『少文處而吾尚出，彼故不得以群方爲几席，而吾亦不得專一室爲卧游。雖然，少文之杖〔一三〕屨，僅楚服耳，而吾之輸轡，固已倍屣之，吾之游未已，而圖亦未已也，我故當勝。』余謂駕部膂力方剛，經營四方，子寧一鑿坯老父而已耶。且彼能以一室而收楚服之全，子乃能以一篋笥而收彼之爲圖者又數十楹，寧但勝彼。第俟子之功成，而後爲少文，子之篋笥中當作輿地圖矣。余異日欲幀書一詩，必腕指且痛，姑於此塞白焉。

題張復畫二十景

隆、萬間，吾吴中丹青一派斷矣。所見無踰張復元春者，於荆、關、范、郭、馬夏、黄、倪無所不有，而能自運其生趣於蹊逕之外。吾嘗謂其功力不及仇實父，天真過之。今年長夏，爲吾畫此二十幀，攜行梁溪道中，塵思爲之若浣。因據景各成一絶句，題其副楮。復畫貌山水，得其神，余詩貌復畫，僅得其肖，似更輸一籌也。楊公伯謙游藝之好，比余更深，因割以貽之，倘於機務小暇時，間一展翫，庶幾夔龍席間，不盡荒箕潁色耳。公其以爲何如？

原《弇州山人續稿》卷一百七十
《書畫跋跋》續卷三

校勘記

〔一〕『狡』：底本原闕，據《四庫》本補。
〔二〕『父』：底本作『夫』，據《四庫》本改。
〔三〕『叔』：疑爲『叙』字。
〔四〕『裘』：底本作『表』，據《四庫》本改。
〔五〕『繡』：疑爲『驌』字。
〔六〕『弟』：底本作『第』，據《四庫》本改。
〔七〕『而』：疑爲『爾』字。

〔八〕「壁」：底本作「璧」，據《四庫》本改。
〔九〕「藍」：底本作「籃」，據《四庫》本改。
〔一〇〕「玉」：底本原脱，據《四庫》本補。
〔一一〕「翻」：底本作「潘」，據《四庫》本改。
〔一二〕「逵」：底本作「達」，據《四庫》本改。
〔一三〕「杖」：底本作「技」，據《四庫》本改。

弇州山人題跋卷二十二

佛經畫跋

王摩詰羅漢後

摩詰丹青之妙，出入吳、李間，別造逸品，而又精心奉竺乾教，以故所貌羅漢至多。余舊覩一本，乃《演教圖》，有御押，是宣和殿藏物。此則其散在人間者，雖剥蝕之餘，神采尚自焕發，足令波旬合掌、龍女獻供，下視貫休、梵隆輩，蛇神牛鬼，奚啻霄壤矣。

李伯時十六羅漢

余所覩貫休畫《十六應真》，以險怪眩時眼，梵隆則瀟灑饒意態，然未有如李公麟檢法。此圖之精者，其木石帷几，粗細異筆，僧雛、老少、后妃、婆羅門、侍胡、山神服裝異狀，然不作離車相。諸俊比丘，翛然有塵外度，劇是合作。跋尾吳興、趙肅書，真得承旨家風，吴郡劉珏僉憲頗稱伯仲，沈周先生則居然雙井雲仍矣。此李應禎太僕家藏物，不知何緣落德州張氏手，復歸我，楚弓之失得，何足論也。

善財參觀世音三十二變石本後

右畫善財童子參觀世音大士，凡三十二幅，皆石本，云是李龍眠居士筆，不可知。然法相端嚴，體勢綽約窈窕，非龍眠不能辦也。幀幀各綴一偈，無論工拙，是當行語，依稀妙喜、幻住家風。攷之《華嚴》本經，善財所接大善智識五十三員，獨文殊、彌勒爲至，而觀世音僅補陀一見耳。龍女化佛，亦自文殊成之，不知何緣闌入觀世音法門，而龍眠爲之圖此。開士又以偈爲之贊，且善財之始見世尊，年固十二，及參諸方得道，已百二十，所謂童子者，以童真不壞也。即文殊亦然，今作六七歲兒狀，大謬。雖然，此圖權也，《華嚴》亦權也。以權顯實，即得；以實破權，即不得。余將爲下一轉語云：道宜覩此，努目而訴之薄伽梵，薄伽梵曰：『鈍根阿師，且置。』菩提達磨聞之曰：『且喜没交涉。』

畫西方十六觀經

余既感鸞法師受菩提流支西方十六觀，俾故人尤子求效丹青之士，而子求之子道恒能楷書，仍爲我系經文於後。字體徑寸，頗遒勁可觀。會閲藏至《阿閦世王經》，與元馭學士相對扼腕，不平其事。而僧修禮辨《十惑論》，果有權文學者，謂頻婆娑〔二〕羅，賢王也，應救而不救之；阿闍世，逆子也，不應救而救之，爲世尊失政之大。而修禮則謂：《觀經》有云，頻婆娑羅幽閉置於七重室内，自然增進，成阿那含。阿那含者，名爲不□生欲界，阿闍心生悔熱，遍體生瘡。經云，若不隨順耆婆語者，來月七日，墮阿鼻獄。詳夫幽憤而陞上果，雖外凶而内吉，冥日而超下界，雖名死而實生，救之即翻損，任之即自益。至若身瘡而心熱，罔知廻向之路，業深而報近，將墜泥犂之城，救之即爲益，任之即爲損。斯即觀其所應救，救之以爲益；察其所應捨，捨之以爲利，而曰應救而不救之，不應救而救之，聖心雖微，知之何陋矣。然定報受之而不易，明業之難犯也；重罪悔之而以輕，明行之可革也。今父子咸進於道，何顛不扶；賢愚并從於化，何來不勸。按，此答既不明究，所以强爲解事，全屬遁辭，何以示訓。竊詳頻婆娑羅於毘富羅山射獵，無故殺一五通仙，致被誓於未來世必報此命，又闍世王已於毘婆尸佛初，發阿耨多羅之心，則闍世此生殺父之罪，固重於山海，而夙根之善與受冤之深，亦有可言者。佛若救頻婆娑羅而生之，則此債終無了期，故授之佛經，使成阿那含果，以酬其賢，而聽其幽死，了彼冤對，不爲異世之累。至於救闍世王疾，却有深意。蓋佛法有救生無殺生，闍世罪雖重，佛不能爲誅也。其人既舊發菩提，且受冤苦，雖染惡疾，命本不當絶也。人王法王，相倚成化，人而不仁，疾之已甚，則彼肆其無所顧藉〔三〕之惡，而濫僇釋種，破滅佛教，其禍有不勝言者。故因而利導之，俾之去惡從善，以敷暢大化，不爲厲梗。然則阿闍世之不死，其本壽也。所以得盡本壽者，餘福也。攷之本經，明言略受地獄之苦，然而出爲帝釋，爲輪王，以至成佛。夫爲帝釋、輪王成佛，此權語也；其云地獄，實語也，夫地獄之壽有定數，有與諸天齊壽者，有窮劫者，何得言略受也？言略受，亦權語也。攷之《觀經》，月光大臣云，劫初至今，惡王貪位而弑父者，萬八千人，則彼中視爲恒事。佛雖示戒西人，未必遽遵急於救時，而緩於立訓，蓋亦佛道當然耳。第有可恨者，毘富羅山五通仙既發讐報深誓，又非多生眷屬，何以不爲它人，而必爲王子，以陷弑父大僇耶？此必有任其咎者，然而於佛無與也。

畫觀彌勒上生經

汪仲淹乞余爲其婦作志銘，而以《觀彌勒上生經》爲幣。經首有《釋迦授記慈尊聖會圖》及《兜率陀天内院》三圖，皆瑰麗侈貴之觀。而經筆亦方整，下題有燕山張繼者，當是宣、英時名手也。計當復有《下生經》，而不可得。按，彌勒者，梵音本梅呾麗耶，此云慈氏也。慈氏之初發心，在釋迦前，以一進一退，故釋迦超六劫，而先證菩提。攷《法華經》，日月燈明佛時，文殊以妙光菩薩爲上足弟子，作七佛師。而文殊八百弟子中，有求名菩薩，貪着利養，雖復讀誦衆經，而不通利，多所遺失，是爲彌勒。而彌勒亦自稱心重世名，好游族姓，至然燈佛出現於世，乃得成無上妙圓識心三昧，識性〔三〕流出無量如來，而釋迦於是時，僅一獻花布髮之男子耳。此其爲前後輩，可證也。第然燈佛見釋迦，即授記作佛，而彌勒又歷諸無央佛，踰七佛至釋迦，而始授記。夫釋迦之精進在然燈佛前，不應始獻花布髮；其精進在然燈佛後，則不應先彌勒而授記也。彌勒紫金身十六丈，而釋迦僅丈六尺；彌勒壽八萬四千歲，而釋迦僅八十歲；彌勒行化之地，東西長四十萬里，南北廣三十二萬里，王國鷄頭末城，周圍四百八十里，而釋迦所化僅五天竺諸胡地，周不過十萬餘里，浄飯所都與王舍所栖，其城不過四十餘里而已；彌勒之地若琉璃鏡平，無丘陵坎窞，人無夭札病癘戰鬬，而釋迦皆返之，所謂五濁惡世也。夫以釋迦之緣，果功德俱若不能如彌勒，然《法華·化城喻品》乃謂大通智勝始成佛，而釋迦與彌勒、阿閦、十六世尊親爲之子，浄脩梵行智慧明了其事，在往過去，無量無邊，不可思議。阿僧祇劫前兹時，不知彌勒發心與否，《壽量品》則謂釋迦成佛以來，無量無邊，百千萬億那由他劫，蓋示菩薩行於歷劫，以顯再成耳。而遍攷《大藏》，彌勒皆無之，疑本未成佛，至當來世而後成也。釋迦正報身爲千丈毘盧遮那，於色究竟天成佛，釋迦僅億身之一身耳，而彌勒則未聞它有報身也。釋迦二輔，文殊、普賢皆古佛，現菩薩身，以示無兩大耳。而彌勒之輔無着，未登十地。天親，甫脱二乘去，二大士恐殊有間也。初地學人既不能作德光論師徑登兜率，揖彌勒而叩之，又不能盡掃此無益之疑，而拘拘於一階半級，寧不爲宗門老宿所笑？聊識於此，以志余陋。

渡海阿羅漢像

摹龍眠居士李伯時《渡海阿羅漢像》一卷。一力士負戈而立，若衛法者，諸阿羅漢出没煙霧波浪中，然各有所持：乘笻而虎者，横錫而獅者，龍而握其角者，手香鑪而立三足蟾者，共一槎者其一操如意、一操葫蘆，吐雲氣裊裊不絶、端坐五色雲者，卓錫而立、背若龜首、尾若龍而不角、足差短者，立一蔡者，指端出雲、雲際雙鶴盤旋者，二少髡，無有所踐而波没趾者，一負笻、一捧經而皆矯盼鶴不已者，騎大鯉、鯉戟鬐而哆口者，立大蠣若石、手一鉢飛錫前引者，老龐眉，眉垂至肩頂，衲而五水神擁之者，肩笻笻挂一羽扇而踐巨袱者，立於龜者，前現小二堵波有白毫，相合掌而禮之者，立蕉扇，手一貝葉者，立五色兜羅雲者，合掌而掌端之氣佛刹從中現者。侍者小沙彌四，皆輕行無碍。蓋始抵龍藏，則兩玉女奉几，几有香鼎，一軍持二稍次，龍子女各一，合掌而迓。龍君挺笏繼之，二玉女捧扇翼之，宫官四人復翼之，從傺四人復翼之。旌幢幡蓋輿輦戈戟之屬，繽紛摇曳，庵靄顯晦不一。大抵衛法之神勢甚獰猛，而專諸、阿羅漢飛行自在，游戲三昧，波鳴浪激而甚暇。龍君偉而肅，龍子女娟好而静，從官怪儻而恭，其纂本之妙若此，不知於真蹟又當何如也。吾聞之，盡閻浮提羅皆當充金翅鳥王食，能脱其口者，獨娑竭主而已。鄉故遇如來，踞獅子坐時，輒獻花頂禮，與聞出世大教，而如來及諸弟子大菩薩、阿羅漢，亦時時降其宮説法，至末教垂傾，悉貝多所書者，付之居士。此圖之爲娑竭主無論，第不知爲曼殊室利與諸法眷度龍女時耶？將舍利弗、大目犍〔四〕連講經時耶？抑龍樹尊者取《華嚴》時耶？諸羅漢〔五〕時在閻浮提中，而莫之識，是吾曹尚不能如娑竭龍有法眼也，其不充鳥王食者，幾希矣。

再題白蓮社圖

余嘗跋趙松雪圖《白蓮社》臨本，頗亦有所攷據，而圖爲陸與繩取去，跋今留《弇州稿》中。後游匡廬，憩東林寺，訪遺像斷碑於荒煙落照間，視虎溪不數十武，僅涓涓細流，歎慨久之。今者復一覯此圖，與前位置雖小別，而彷彿見大都。偶閲僧優曇所著《蓮宗寶鑑》，爲略辨之。按，中土釋教自永平而後，雖日以滋盛，而識限因果，毋關性心。圖澄神異，志存弘護；道林卓犖，乃闡老莊。遠公獨能思紹先緒，取證羅什，删繁絀邪，以净信念佛爲宗，誠開士之要軌也。第劉遺民、雷仲倫、宗少文、張萊民、張秀碩、周道祖諸公，雖復神情朗潔，而塵跡猶存，發願之後，往來室家，恐亦未隱，至乃汰靈運、挽靖節，固徵裁鑒之精嚴，第必置瓻酒以待徵君，似亦小爲名使，非如來本戒。又西來本地，以法性言之，尚不爲實，而况雁門乃寄生之鄉，何足多戀。至煩諸弟子別創西林，以倣新豐，毋乃贅乎？又優曇謂公以經律未備，禪法無聞，乃於内更造浄室，請一禪師率衆習禪，令弟子逾沙漠求禪經，庶江表四輩，咸得脩習。又謂罽賓國馱跋陀羅因請至廬山，語遠公云，西天傳法，祖師大迦葉直下相承二十七祖，有般若蜜多羅者，在南天竺行化，慧燈相傳，至達磨多羅爲二十八祖，著《禪經》，其略亦云然。故遠公爲序，曰達磨多羅者，西域之儁，禪訓之宗，《寶林集》與《傳法正宗論》因之。達磨多羅者，即菩提達磨，愚不敢遽以爲信也。夫達磨未來性學猶蔽，雖露思惟脩字，而實不及最上一乘。比其時，中原鼎沸，江左偏安，西僧避亂，越符、姚之境，而南者猶間有之。南僧西邁，出秦、蜀，度葱嶺，求經請法，其人誰也？又所謂禪師者，其人誰也？有禪師何以不焯焯聞也？且遠公以太元十一年丙戌建東林寺成，至義熙十二年丙辰卒，相去蓋三十年，梁普通元年後庚子，而達磨至建康，距遠公卒已一百四年。跋陀羅離長安而至東林，又前二十年，達磨領師戒，紹祖席者六十七年，而離西土又十餘年而西返，雖如梁武所云老壽百五十餘歲，第其時僅三十餘耳，恐猶在王宫，未參師面，何由而遽自稱祖？何由而遽著《禪經》，令諸四衆傳習？何由而抵建康後一語不及舊著，一字不追遠公？然則《禪經》故非達磨法言，經序又非遠公遺筆。習西方者贋爲之，引禪而自重；習禪者喜得之，將引經而證祖，要皆非實録也。僕此公案似了了，第恐遠公聞而赬臉，謂：『老書生何强預方外事？』却無以應之。

又題十六應真後

昔人畫《十六應真》，皆以唐梵、老少分配，以避過庭『風草』之譏，而不知其實有不然者。獨此不作唐相、少年相，甚爲得之。據三藏師於執師子國，得佛涅槃後八百年，慶友羅漢《住記》云：『薄伽梵般涅槃時，以無上法秘囑十六大阿羅漢并眷屬等，令其護持，使不滅没，及勅其身與諸施主作真福田，令彼施者，得大果報。第一尊者賓度羅跋囉惰闍與千眷屬住西瞿尼洲，第二尊者迦諾代蹉與五百眷屬住北迦濕彌羅國，第三尊者迦諾迦跋釐惰闍與六百眷屬住東勝神〔六〕洲，第四尊者蘇頻陀與七百眷屬住北俱盧洲，第五尊者諾矩羅與八百眷屬住南贍部洲，第六尊者跋陀羅與九百眷屬居躭没盧洲，第七尊者迦理迦與九千眷屬住僧迦荼洲，第八尊者伐闍羅弗多羅與千一百眷屬住鉢剌拏洲，第九尊者戍博迦與九百眷屬住香醉山，第十尊者半托迦與千三百眷屬住三十三天，第十一尊者囉怙囉與千一百眷屬住畢利颺瞿洲，第十二尊者那伽犀那與千二百眷屬住半度波山，第十三尊者因揭陀與千三百眷屬住廣脅山，第十四尊者伐那婆斯與千四百眷屬住可住山，第十五尊者阿氏多與千五百眷屬住鷲峰山，第十六尊者注荼半托迦與千六百眷屬住持軸山。』若一應天人脩供此十六大阿羅漢及諸眷屬，隨應分散往赴，隱聖同凡，受供捨福。今按，西土齋襯必供佛及羅漢聖僧，而以賓頭盧爲首。賓頭盧，疑即賓度盧跋羅度闍之訛略也。又按，經藏中有外道婆羅門，謗佛，謂無神通者，立五丈竿懸鉢食於其杪，而號之曰：『吾以食施，瞿曇弟子能飛受乎？不能者當出吾下。』蓋知佛戒弟子不得受外道供也。時舍利弗不忍佛戒之犯，故隱而過之；賓頭盧不忍佛道之屈，故飛而受之，以是見擯揵椎，不獲從佛遷化，而至今猶在聲聞果中。然則是十五應真者，其猶有小未滿故耶？抑所謂受無上妙法護持不滅没者耶？果地愚所不敢辨，特以世之像應真者，不得十六之説，故志之於此。

再題梵隆羅漢卷

後考得梵隆字茂宗，號無住，吴興人。思陵極喜其畫，見輒爲品題之。其白描人物山水，皆師李伯時，氣韵小不逮耳。真吾九友齋中方外佳侣也。

朱君璧摹劫鉢圖

《劫鉢圖》吴中有二本，此本爲元朱君璧所摹宣和秘藏跡。相傳鬼子母有五百子，在人間食人精血殆盡，佛愍之，乃攝其所愛最少子置之琉璃鉢中。母求佛出其子，不得，則竭魔力與其魔衆舉此鉢，復不得，則四百九十九子各以所從鬼兵數萬，排山倒海，掣雷電以擊佛，槍〔七〕刃矢石所抵，皆化爲蓮花。蓋愈恚愈不得，技窮而後改意迴向，誓不食人，廼以其子還之。與此圖合。第攷之，《大藏》中《鬼子母經》則謂佛游大兜國，時有一女多子，而喜盜人子，與其子共噉之，亡子家亦不知阿誰取，里哭巷議，如是非一。阿難聞而白佛，佛言：『此非凡人故，現鬼子母。是母有千子，半在天上，半在世間，皆爲鬼王。一王從數萬鬼，上嬈諸天，下嬈人民，吾當伏之。』便勑諸沙門誒其夜出，掩取十數子，閉精舍中。母還不見子，號哭尋子。乃復勑沙門，導使見佛。佛爲委曲開譬，示以罪福，俾皈依五戒，即時得須陀洹果，結約千子，皆從護法。今二十諸天中所貌，鬼子母天是也。即不聞有劫鉢事，豈好事者以魔波旬嬈佛，與佛攝毒龍歸鉢二事，傅會而成耶？將法顯、奘公輩自西域來，別有所受耶？余皆不敢論，獨念佛以大慈心，行堅忍力，化强暴若轉圜，鬼子母以一念廻向，脱萬劫罪，而立證初果，可猛省也。若其筆力之精勁入神，則有顧馬湖、張銀臺二跋，何容喋喋。

圓澤三生圖

圓澤師行逕，頗類栽松道者，其事甚奇。宋人所作畫更奇，虞文靖公以古隸書傳，尤更奇。雖然，此師能預審去處，已得無漏通，其作牧牛兒知來處，又能一見呼李洛守得宿命通，而三載戀戀不肯入錦襠嫗竇，乃至不欲行斜谷道中，既遇時，又與李泣別，何也？豈道臘逾七十，反不如十三歲兒灑落耶？此一段未勘破，故爲拈出之。

書文徵仲補天如獅子林卷

勝國時則天如和尚，爲高峰嫡孫、中峰主鬯，行化諸刹作獅子吼，已乃挂錫吾郡，選地得獅子林。郡中諸善智識，用幻住庵故事，運瓦擇木，成此蘭若，遂以幽奇冠一郡叢林。天如嘗有十六絶句，頗紀其勝，法嗣善遇輩遂釐十二景，而洪武初王先生彝、高太史啓、謝太史徽、張水部適、王處士行皆游而有絶句紀之。前是朱提舉澤民圖之矣，徐布政賁復圖之，倪山人瓚、今趙善章復圖之。真跡不知散落何手百五十年，而文待詔徵仲重貌其勝，而書彝、啓之作，系而歸之主僧超然者。超然没，歸之竹堂僧福懋，不能守，歸之歙人黄汴，幾若落異域矣。汴殁，幸而歸之崑山周鳳，周殁，其家又不能守，而吾弟敬美始得之。余乃拈天如絶句授敬美，伊倣徵仲例，以小楷系于末。聞十餘年前獅子林尚在，而所謂十二景者，亦半可指數，今已受據民家陸氏。縱織作畜牧其中，而佛像、峰石、老梅、奇樹之類，無一存者。嗟夫，如來遷化後，尚不能長有王舍給孤獨竹園，而一天如力，烏能使獅子林垂二百年，而巋然無恙也？敬美意似欲盡購三四君子圖，大較謂書畫力更可得數百載，將以救兹林之泯泯，然總之幻耳。天如一幻人，獅子林幻地，今皆已幻化，而乃欲狗此幻跡，了幻念耶？故不若中峰老人之以『幻住』名庵也，因復贅我幻語。

題葛仙翁移居圖

詹東圖出此卷示余，云《葛仙翁移居圖》，不知是何人所作，其貌人物絶得吴道子、王瓘遺意，樹石則荆、關也。前一夫甚悍而短，肩行李，諸藥囊、瓢銚、衣籍之類皆在焉，二少女步而從，一攜琴，一提藥籠，六白羊先後之。二村童，長者亦肩衣襆，而牽一繭角黄犉，則仙翁乘焉，黄冠藍衫，可似四、五十許人，色腴而意殊暇，手一編，且行且誦。少者拊小黑犢翼之，後水牯牛，則白衣媪乘焉。三嬰兒，少者在抱，稍長者襁而肩左，又長者踞半牛背。凡爲人之事十，雅俗老少各極其致；爲羊牛之事九，躑躅偃蹇各極其態，而要之皆有物外賞。更一紙則山谷老人書七言律題後，結法莽蒼遒勁，是晚年得意筆也。考之太極左仙公玄不娶無子，縱有之，生平如幻三昧，豈不能盡之。一襆似當爲稚川子。稚川曾娶南海太守鮑姑女，弟不知此老移居，在散騎常侍領大著作前？將解勾漏令後耶？稚川亦無子，晚而就從子廣州參軍望養，此三嬰兒竟不成長，或寓言耳。吾詩與書俱不敢望山谷，覺少悉稚川事，東圖以爲何如？

錢舜舉畫洪崖先生

此吴興錢選舜舉所寫洪崖先生像也，神采秀發，意象閒遠，望而知其非人間人。家弟嘗寄余一本，乃宋人筆，更佳。而後缺一幀，題以爲《葛稚川移居圖》，余辨以爲洪崖像，弗信也。得此本證之，乃屈。按《列仙》諸史傳，謂先生長七尺五寸，眉目如畫，常御烏紗帽、紅蕉衣、黑犀帶、短靿鞾，攜笻竹杖，今像正爾。而後一人短而闊，若段柯古所云弄臣者，其執即六角扇也；餘四人大小不一，即橘、朮、葛、律、拙也。其挽而不前者一白騾，即雪精也。肩者即鐵如意、長盈壺、常滿杯、文榴酒榼、自然榴杓，一云垂雲笠、方木欖、二玄書、葛木如意、魏惠壺、木栢杓也，蓋靡不合者。舜舉拙於書，而最後有題句云『去歲無田種，今春乏酒材。從它花鳥笑，佯醉臥樓臺』，此先生詩也。然先生又有二詩云『下調無人采，高心又被嗔。不知時俗意，教我若爲人』，又『入市非求利，過朝不爲名。有時陪俗物，相伴且營營』。語甚淺而有味，舜舉似不知也。始余嗜古書畫器物幾成癖，乃先生更甚焉。而一時名士若李太一贈孔子木履，郭翰復贈孔子二儀履，楊炯復贈孔子石硯與揚雄鐵硯，田游巖贈尹喜龜王戎、如意杖，楊齊哲贈嵇康鍜錐，劉守章贈四皓鹿角枕，司馬子微贈淮南王藥杵臼，魏肅贈陶潛琴、隱居芙蓉冠，劉長新贈王喬笙，張守珪贈尺八寸海蝦蟆牙，秦休莊贈河上公注《道德經》稿本，周子恭贈《古帝王圖》，元亭贈謝靈運鬚，僧儵然贈迦葉頭陀鉢，智遠贈蔡邕焦尾琴、葛洪刮藥篦。余始而笑，以爲何所辨真贋？既而私喜，以爲靈真嗜好若此，何况我輩。第今年秋盡捐所藏付兒曹，僅荷一被一瓢、佛老書十餘卷入城南精舍，此身灑然，覺先生之尚有累也。先生諱氲，一諱藴，字藏真，晋州神山人。趙道一謂其年九十三，四月八日尸解於洪崖古壇，至八月復見於晋州，復尸解。而徐慧謂其初乘白驢，從五童，入洪崖古井，後復不知所終。道一謂其慕古洪崖先生，因自號洪崖先生，而慧則謂即古洪崖先生也。夫洪崖先生固張氏，乃黄帝之臣伶倫也，一見於《衛叔卿傳》，再見於班孟堅賦，三見於郭景純詩，四見於陶貞〔八〕白《真誥》，蓋遐遯之靈真，而希夷之妙跡也。張氲先生出處靈幻，故静能、公遠之儔而博綜藝尚庶幾貞白伯仲耳。且使古洪崖而在，則吾孔子尚當稱東家丘，桐栢真人當稱吹笙少年，而何器物之足羡，故須以道一所紀爲正。

五星二十八宿摹本

今世人稱《五星二十八宿真形圖》爲閻右相立本筆，按，《宣和畫譜》載立本僅有《五星》及《太白》〔九〕、《房宿》二像耳，若張僧繇、吴道玄則俱有之，而今不可得矣。此卷乃摹梁令瓚本，令瓚宋人，故有聲畫院中。愚於丹青所未暇論，獨怪是星宿在九天，寧有此委瑣詭怪狀？即有之，何從令人見而寫之？且牛星作牛，女星作羊，千古靈匹，一旦興盡，真堪供噱嘔耳。余曾見一本，云是吴、張稿，與此全别，而段柯古所記昴如剃刀、畢如笠、觜如鹿頭、參危如婦人靨、井張翼如足跡、鬼如佛胸、柳如蛇、星如河岸、軫角如人手、房如瓔珞、心女如大麥、尾如蝎尾、箕如牛角、斗如人拓石、牛如牛頭、虚如鳥、婁如馬頭、胃如鼎足，云出佛書，而闕亢、氐、室、壁、奎，則又别矣。然恐是星形耳，非星神形也，附志以備攷。

又爲莫廷韓題五星二十八宿五嶽真形圖

莫廷韓所藏《五星二十八宿圖》，乃梁令瓚摹本，致佳，而微與閻右相本不合，其段柯古所載如笠、如鹿頭、如足跡等，則又遥矣。又《五嶽真形圖》，不知是金母所傳漢武的本否？若五星名氏，則『澄瀾青凝』之類；二十八宿姓，則『鞞耶尼』之類；五嶽名氏，則『玄丘目陸』之類，余皆有别記記之，不暇一一爲廷韓書也。廷韓仙才勝漢武遠，能去彼多欲，此圖當長侍衣裓，不隨栢梁火飛去矣。其以余言爲然耶？否耶？

題八仙像後

八仙者，鍾離、李、吕、張、藍、韓、曹、何也，不知其會所繇始，亦不知其畫所由始。余所覩仙跡及圖史，亦詳矣，凡元以前無一筆，而我明如冷起敬、吴偉、杜堇稍有名者，亦未嘗及之。意或妄庸畫工合委巷叢俚之談，以是八公者。老則張，少則藍、韓，將則鍾離，書生則吕，貴則曹，病則李，婦女則何，爲各據一端，作滑稽〔一〇〕觀耶？乃至邇者紫姑、靈鬼往往冒真人，而上援此八公，以相蠱惑，尤可笑也。是八公者，不佞能攷其七，而疑其一，爲志之。鍾離公者，諱權，字雲房，嘗以裨〔一一〕將從周孝侯，敗於齊萬年，跳終南山，遇東華王真人得道，至唐而始一出，度純陽，自稱『天下都散』。漢吕公者，諱嵒，字洞賓，父讓，嘗舉進士不第，遇正陽真人得道，在五季及宋時化跡最著，而又與正陽度劉海蟾，已度王重陽，及自度何仙姑、張珍奴之屬。張公者，諱果，隱恒州中條山，見召於唐開元帝，與葉静能輩諸公比，而公最爲長者，自言堯時官侍中，葉公密識之曰『混沌初分白蝙蝠精也』。授銀青光禄大夫放歸，天寶初尸解。藍公者，不知何許人，恒衣破藍衫，黑木腰帶，跣一足、鞾一足，醉則持三尺大拍板行歌云：『藍采和，藍采和，世界能幾何？紅顔一春樹，流光一擲梭。』後語多不能悉。至濠州，忽擲鞾帶拍板，乘雲而去。韓公者，諱湘，昌黎之從子。少學道，落魄它鄉，久而始歸。值昌黎生辰宴，怒之。公曰：『無怒也，請効〔一二〕薄伎以獻。』因爲傾刻花，每瓣〔一三〕金書一聯云：『雲横秦嶺家何在，雪擁藍關馬不前。』昌黎不悟，遣之去。後果讁潮，至藍關，公來候，昌黎乃悟，因吟三韵以補前詩，竟別。曹國舅者，苗善時《傳》不能舉其名，第言丞相彬子，皇后弟，少而美姿安恬，上及皇后重之，一旦求出家雲水，上以金牌賜之，云『詔書到日，如朕親行』。抵黄河，爲篙工索渡直，急用金牌相抵。純陽見而警之，遂拜而得道。按，皇后乃侍中彬孫女，金牌云云，大約俚巷委談也。審爾所謂曹公者，當作青巾少年，不當作髯而翼善冠也。何仙姑，零陵市人女也，純陽以一桃與之，僅食其半，自是不饑，頗能談休咎，老而解化，亦苗善時云。攷之它野史，謂仙姑晚而枯瘠，其言休咎，亦不甚驗。趙道一《仙鑑》則謂純陽所度者趙姑，名何者也，有仙姑何姓者，開元中羽化去，合在純陽前。若李公者，諸方外禆官都不載，獨聞之乩云：『諱元中，開元、大曆間人也，於終南山學道四十年，陽神出舍，爲虎所殘，得一跛丐乍亡者而居之。』不可知也。今〔一四〕鍾離、吕公而游人間，必從東華挾海蟾，與〔一五〕重陽輩而八；令張果先生而取友，則必從赤松、安期，次則静〔一六〕能、公遠、張洪崖、胡長仙輩而八，必不屑屑求瓦合諸公方逍遥乎上清，亦必不僕僕焉一符之是聽而受塵凡役也。不佞此跋，即受乩頭詈所不恤矣。

全真四祖八仙像

自我教主東華帝君得統於太上，而傳之鍾離、正陽，正陽傳之吕純陽，純陽傳之劉海蟾，凡三真人，而後爲我王重陽。重陽真人之有全真也，猶達磨大師之有禪那也。見若以爲創始，而不知其自海蟾而上遡之太上，見若以爲無師之智，而不知純陽、海蟾之顯，度而默授之也。蓋至於重陽，而教始大明矣，自重陽而爲丹陽之馬、長真之譚、長生之劉、長春之丘、廣寧之郝、玉陽之王、媲丹陽而稱女真者，又有清净之孫，凡八真人，蓋至於長春而教益大行矣。前四真者，亘千年而不爲遥，後八真者，聚一時而不爲近，三百年而一真而不爲少，一時而八真而不爲多，亡他，遘有緣而成有時也。吾始乞李郡爲此圖，既成，而吾弟敬美自江右臬以覲歸，且發，因輟以予之。敬美頗嚮道而厭事，我長春以八十老公，應普顔篤聘於單于之庭，扶服數萬里而不以倦稱者，救物故也。善救物者，事應而中不累，功滿而不自有，出不碍道，處不違性，敬美而苟悟此，當金蓮煜煜，火宅中俄頃成清涼界，何必朝夕仙師哉。

仙奕圖

故協律郎冷起敬，以畫鶴之誣瓶隱，其所圖《仙奕》，張三丰道人已詳記之。今年春，有攜售者，以直太昂不能應，聊爲摹其大都。因戲謂石室仙奕太遲、取滑待詔天人奕太速、孤山仙姑婦奕太巧、恒□山仙奕太拙，吾不知此仙人於巧、遲、拙、速何似，有粲者姝樂於橘中叟遠矣，漫爲題尾。

又

《仙奕圖》今在張伯起家，初無泠起敬題款，止據張三丰一跋，爲二仙遺跡，故見重耳。然跋内稱『與宋司户參軍趙孟頫於四明史衛王府，覩唐李思訓將軍之畫』，按，彌遠與孟頫生不相及，復稱以此圖奉送太師元老淇園丘公，而末云『永樂壬辰三丰遯老書』，尤可笑。攷壬辰爲永樂十年，而前是五年丁亥，上遣胡忠安訪三丰於武當，則先期已隱化矣。七年己丑，丘淇公敗没於迤北，全家謫海南矣。豈有至壬辰而三丰復出，淇公更生者耶？都太僕號博洨，而此易事不能辨，何也？漫志於此。

原《弇州山人續稿》卷一百七十一

校勘記

〔一〕『娑』：底本原脱，據意補。
〔二〕『藉』：底本作『籍』，據《四庫》本改。
〔三〕『性』：底本作『姓』，據《四庫》本改。
〔四〕『犍』：底本、《四庫》本作『捷』，《續稿選》作『睫』，據意改。
〔五〕『漢』：底本作『源』，據《四庫》本改。

〔六〕『神』：底本作『身』，據《四庫》本改。
〔七〕『槍』：底本作『搶』，據《四庫》本改。
〔八〕『貞』：底本作『真』，據《四庫》本改。
〔九〕『太白』：底本原闕，據《宣和畫譜》補。
〔一〇〕『稽』：底本作『嵇』，據《四庫》本改。
〔一一〕『裨』：底本作『俾』，據《四庫》本改。
〔一二〕『效』：底本作『校』，據《四庫》本改。
〔一三〕『瓣』：底本作『辨』，據《四庫》本、《續稿選》改。
〔一四〕『令』：底本作『今』，據《四庫》本改。
〔一五〕『與』：底本作『而』，據《四庫》本改。
〔一六〕『静』：底本作『靖』，據《四庫》本改。

附録

孫月峰先生書畫跋序

予友孫編修守愚，過予問曰：『志刻石者自何始也？』曰：『自遷《史》。遷《史》則約而勿該也，楊佺期之記洛陽也，酈道元之注《水經》也，熹平樹六經於石，東西之列、存毁之數，歷歷可數焉。』『類名翰者奚昉？』曰：『自王方慶。王氏能書人，由羲、獻以迄僧虔，代不乏也。方慶集而編之，上於朝，志唐經籍者有目焉。』『記名畫者權輿何人？』曰：『自張彦遠。《六經》、《爾雅》之圖，都城宫闕之度，渾儀鹵簿之制，以暨古賢列女遺聞軼事之可傳可法者，有唐秘府靡不充實。彦遠博聞而廣見，更僕而悉數之，蕲美備焉。』曰：『之三者，爲以富藏弆乎？供流覽乎？娱燕閒乎？』予曰：『不然。讀書貴證據，尚古者必得其性情，許君謹撰《説文》，考於石經，而知六藝之有異文；羅長源紀《國名》，觀《袁良碑》，知説漢王者即其先世；朱新仲解甲觀畫堂，不曉魯有九子之母，翻疑應仲遠注《班史》之非。然則之三者，豈徒爲口耳近玩哉！前代賢人達者，一點一拂之微，至或愛之逾金石，護之若頭目。詳而爲記，萃而爲録，垂之爲鑑，編之爲史，褒之爲評，列之爲品。或會計之爲估，或疏注之爲釋，乃至與經儒之剖析微文、考證墜簡相等，非其癖嗜也。迹傳而性情傳，性情傳而古人若可旦莫遇焉。』

有明中葉，吴中士夫争以清賞相貴，都穆玄敬、朱存理性甫、王世貞元美號爲巨魁。玄敬、性甫輯有成書，元美書畫跋尾附《四部稿》而傳，流俗不能登其堂，尚望嚌其胾乎！編修先大司馬月峰先生，於書無所不窺，遺著滿家，讀之者窮年累月而不能究。《題書畫跋》一書，蓋承元美之闕失而補之者也，如郭象注《莊》，如裴松之注《三志》，合之則兼綜條貫，孤行則各自名家，世未能盡知也。予於馬、班、陳、范之書，句櫛字比，庶以匡其譌繆，正其遺漏。讀《秦始紀》，怪其獨闕《繹山》之碑，覩先生書而乃知其文不泯於世也。讀《匈奴傳》，惜王嫱之遠嫁，讀先生書乃知呼韓保障邊塞，和親非失計也。其他性闇識劣，不能盡窺見其根歷，而研辨及於經史者，已益予若是。所謂讀書貴證據者，此非其職志乎？編修弟上舍力臣，嗜學能文章，與予交深，緘書請予序先生之述作。因編修之問，遂書以貽之。乾隆己未秋九月，後學杭世駿題。

書畫跋跋序

字書之興，兆於河洛。古者庖羲氏始進卦象，時未有書，但布靈量體，或以爲所畫乃古書之文，或以爲畫即書之所祖。及史皇作書，爰有象形，徐鍇註《説文》，稱書即大書象形之一端，其實異事而同理。蓋六藝之支流，百技之榮華者也。自周漢代降，以之成名者既多，英人學士往往施諸詳議，加之綴集，自晋迄明，其書或多至數十百部，其最著且傳者，衛恒之《四體》、鮑照之《銘》、張旭之《十二筆意》與夫庾肩吾之《品》、柳尚書之《訣》、李後主之《筆法》及夫袁昂、梁武帝、陶隱居之《評》，尉遲郎中之《贊》與《書苑》、《書斷》、《書録》、《書畫史》、《畫録》、《圖書見聞録》、《歷代名書記》及近世《書畫坊》、《鐵網珊瑚》、《圖繪寶鑑》、《丹青志》、《人間録》之屬，好奇雅嗜之士，皆可以游息而騁目焉。

予常觀明王氏所粹刻書畫諸篇，喜其採拾多而見聞廣，非獨論書畫也。其間往往多逸事，足資異聞博識。然又未嘗不怪其擇之不精，若《筆陣圖》則以爲右軍，《永字八法》則以爲歐陽信本，《畫山水訣》則以爲關仝、右丞，此蓋後世僞俗之所託。又如孝源評畫，略無短長，御史賺書，等於俳説。既不區夫謏雁，亦濫列乎鐫緹。是故業無論其重輕，學無分乎鉅細，非摭捃博衆爲難，而核審精辨之爲足尚也。

是《書畫譜》如干幟者，爲明宗伯尚書餘姚孫文簡公所訂輯。公仕明神宗時，以文章著清望，自《詩》、《書》、《禮》諸經與夫《三史》、《晋書》、《文選》皆有評論。斯編以學問之餘，更起而争勝於《廣川書跋》、《東觀餘論》、《海岳書史》之間，以相與上下。前輩風流文彩之盛，殆可想已。公六世孫翰林君宗溥方官於京師，將謀刻之。宗溥，予門人也，故謁焉而屬爲之序。乾隆庚申仲春上浣，後學任蘭枝題。

書畫跋跋凡例

一、先大司馬於從政之暇，著述甚勤，有《名世述》三卷、《人傑編》三卷、《後越絶》十卷、《書畫跋跋》四卷、《居業初編》、《次編》、《餘編》十二卷、《會心案》、《皛盤雪》、《里居樂事》共三卷，銓曹東省、經略南樞俱有《奏議》，共二十卷。其他《馬班異同》、《太史直筆》、《周人輿》、《古文四體》等書，莫能殫述。緣家世籍餘姚，遷杭以來，卷帙散失。是編始得鈔本，錯訛極多，後復從家姊壻趙意林信處得此本，矜慎之私，不敢自秘，用公當世。

一、是書爲跋王大司寇弇州先生《書畫跋》而作也。原本簽題《弇州書畫跋》，似爲王氏之跋而於先大司馬附跋之，義未明。爰仍《書畫跋跋》之名，餘俱未敢妄有增易。

一、集内間有一二條係跋司寇之弟奉常敬美先生之跋者，其爲王氏之跋則一也，故以『王氏跋』概之。

一、集内輯注謹因先大司馬有此遺編，而《弇州山人四部稿》内又皆有可徵引，爰述舊聞，稍晰疑義，未嘗一參論例，因不復加以『謹按』名目。

一、本跋文義自明，不必更載王氏跋語者，於題下止繫王氏跋，以明相因之義。有必參王氏跋互看而始明者，於王氏跋下加『○』，節録之或全録之。

一、弇州先生好古敏求，考覈精密，有一題而載一跋者，亦有一題而載三四跋者，儻可不必繁引，止徵一跋。而先司馬錯綜諸跋，而斷以己意，則於『○』下别冠以『次跋』、『三跋』名目，互證之。

一、注釋例宜附載本句之下，第有止摘一二語，頗不足以發明本句者，必連及之。又病於沓拖，故酌從綱舉目張之例，而冠之於前。

一、徵引王氏跋語之外，有必并載前人書札而語意始明者，謹於標題上加『○』别白之。

一、弇州先生才識宏卓，於書畫跋尤瀾翻不竭，即一跋亦往往累幅未已，注釋僅取其可互相發明焉而已，其不盡者，空一字再述更端。

一、前代書畫法帖，悉萃天地菁英而流轉人間，要不得比諸烟雲過眼、鴻爪雪泥，故於授受流傳之際，雖王氏跋語無關本文者亦互載，以爲賞鑑收藏者之一助。

一、是本爲毛稚黄先生所藏，後繫一跋，今併附刻，不敢忘所自也。第輾轉傳抄焉，保無豕魚亥魯之謬等，雖敬謹校讐，付諸梓人，未能自信，亦藉是廣爲就正云爾。

孫宗溥、宗濂謹識。

毛先舒跋

右《弇州書畫跋》正、續共六卷，係絳雲未録本，余獲睹於蕉鹿關先生處，借歸乞書人録出，暇日一展翫，覺容膝地已不啻書畫舫矣。行當謀付剞劂，以餉嗜古者。順治己丑十月朔旦，先舒識于思古堂。

四庫提要

《書畫跋跋》三卷續三卷，浙江孫仰曾家藏本。

明孫鑛撰。鑛有《月峰評經》，已著録。是書名《書畫跋跋》者，王世貞先有《書畫跋》，鑛又跋其所跋，故重文見義，猶《非非國語》、《反反離騷》例也。明以來未有刊本，僅有鈔本在仁和毛先舒家，後歸其邑人趙信。信爲孫氏之壻，故鑛六世孫宗溥、宗濂又從趙氏得之。乾隆庚申始刊版印行，任蘭枝爲之序。初，宗溥等以鑛書本因世貞而作，如不載世貞原跋，則鑛之所云有不知爲何語者，乃取世貞諸跋散附於各題之下。其明人書札，可與鑛參證及爲鑛語所緣起者，亦附載焉。凡墨迹一卷、碑刻一卷、畫一卷，續亦如之，惟續跋『碑刻』作『墨刻』，蓋偶爾駁文，非宏旨所在也。詹氏《小辨》曰：『王元美雖不以字名，顧吴中諸家惟元美一人知法古人。』又《書史會要》曰：『王世貞書學雖非當家，而議論翩翩，筆法古雅，蓋拙於揮毫而工於別古者也。』鑛以制義名一時，亦不以書畫傳，然所論則時有精理，與世貞長短正同，亦賞鑒家所當取證者矣。

索　引

凡　例

一、索引以本書正文爲範圍，包括《弇州山人題跋》和《書畫跋跋》二書，含人名和作品名兩類，編排時不作區分，統以筆畫排序。

二、人名一般以姓名爲主索引項，字號、行輩、職官、郡望等稱呼，以括注的形式標於主索引項後。

三、知名人物，以通行字號爲主索引項。如“文徵明”爲主條目，“徵仲”“衡山”等字號屬括注。

四、歷代帝王，以姓名作爲索引項。

五、先秦人物、典故人物，不作索引。

一至二畫

三畫

四畫

五畫

六畫

七畫

八畫

九畫

十畫

十一畫

十二畫

十三至十四畫

十五畫

十六畫

十七畫

十八畫

十九畫

二十畫

二十一畫及以上

圖書在版編目（CIP）數據

弇州山人題跋／（明）王世貞撰；湯志波點校．書畫跋跋／（明）孫鑛撰；湯志波點校．--上海：上海書畫出版社，2020
（中國書畫基本叢書）
ISBN 978-7-5479-2275-0

Ⅰ．①弇… ②書… Ⅱ．①王… ②孫… ③湯… Ⅲ．①題跋－作品集－中國－明代 Ⅳ．①I264.8

中國版本圖書館CIP數據核字(2020)第037437號

弇州山人題跋　書畫跋跋

〔明〕王世貞　孫鑛　撰　湯志波　點校

責任編輯　雍　琦
審　　讀　田松青　李保民
特約校对　郭啓冉　楊玉梅
整體設計　王　峥
技術編輯　顧　傑
出 品 人　王立翔

出版發行　上海世紀出版集團
　　　　　上海書畫出版社
地　　址　上海市延安西路593號　200050
網　　址　www.ewen.co
　　　　　www.shshuhua.com
電　　郵　shcpph@163.com
印　　刷　上海中華商務聯合印刷有限公司
經　　銷　各地新華書店
開　　本　720×1000mm　1/16
印　　張　47.75
字　　數　475千字
版　　次　2020年4月第1版
　　　　　2020年4月第1次印刷

書　　號　**ISBN 978-7-5479-2275-0**
定　　價　**180.00圓**